Meeresblau

Britta Strauß

SIEBEN VERLAG

Meeresblau
Britta Strauß

Covergestaltung: Andrea Gunschera
Fotos: Shutterstock (Yuri Arcurs, Slava Gerj, Levent Konuk)
ISBN: 978-3-941547-36-0

www.sieben-verlag.de

Prolog

Der alte Fischer stand an der Reling seines Kutters, paffte eine Pfeife und starrte in das Meer hinab. In letzter Zeit genoss er seine Fahrten mehr denn je, denn bei jeder hatte er das Gefühl, es könnte seine letzte sein. Längst fuhr er nicht mehr zum Fischen hinaus, sondern zeigte seiner Tochter die Welt, die ihn seit vielen Jahrzehnten verführte. So erfolgreich, wie es nicht einmal ihre Mutter vermocht hatte. Gleich würde seine Tochter, die im Schiffsbauch am Logbuch schrieb, sich zu ihm gesellen.

Der Fischer bedauerte das herannahende Ende seines Daseins nicht. Selbst wenn er hier und jetzt sterben würde, wäre es gut so. Sein Leben war reich und erfüllt gewesen, er strebte nach nichts mehr. Nur ein Wunsch brannte noch in ihm: Er wollte auf dem Meer sterben. Hier auf seinem Kutter, mit Blick auf die Wellen.

Der Fischer nahm noch einen Zug aus seiner Pfeife. Vor ihm tauchten in der Dunkelheit die Felsen des Riffs auf, weit genug entfernt, um keine Gefahr zu bilden. Das Licht der Mondsichel überhauchte sie mit fahlem Silber, sodass er erkennen konnte, dass auf einem der Felsen etwas saß.

Neugierig nahm der Alte die Pfeife aus dem Mund. Seine Augen waren noch immer scharf, denn in all den Jahren auf See hatte er sich auf sie verlassen müssen und sie nicht wie andere Menschen durch Computer- oder Fernsehbildschirme verdorben. Trotzdem erkannte er nicht genug, also suchte er nach dem Fernrohr, fand es unter einer Plane und sah hindurch. Als er das vermeintliche Tier deutlicher erkennen konnte, durchfuhr ihn ein Schauder der Ungläubigkeit.

„Ist das etwa … aber das ist doch eine … Herr im Himmel. Eine echte …“

Ihm stand der Mund offen. Er sah leuchtende Haut und ein schmales Gesicht, das von langen, dunklen Haaren umrahmt war und selbst aus der Entfernung Zeugnis davon ablegte, wie wunderschön die Frau sein musste. Doch das Erstaunlichste war, dass dort, wo die Hüften sanfte Rundungen bildeten, ihr menschlicher Körper in etwas anderes überging. In den silbrigweißen Leib einer Nixe.

Dem Fischer stockte der Atem. Sah er wirklich richtig? Sah er eine Meerjungfrau? Eine wahrhaftige, echte Meerjungfrau? So wie in den Legenden, die sich überall auf der Welt die Seeleute erzählten? So wie in dem Buch, das unten in seiner Koje lag?

Anmutig ließ sich das Wesen in das Wasser gleiten und tauchte unter. So schnell war es seinen Augen entschwunden, dass es dem Fischer wie eine Einbildung erschien. War das Wesen doch nur ein Trugbild aus Gischt gewesen? Ein Spiel der Wellen, die sich am Riff brachen, gepaart mit der durchgehenden Fantasie eines alten Mannes? In letzter Zeit war er wunderlich geworden, das stimmte. Aber eingebildet hatte er sich nie etwas.

„Geh nicht“, flehte er. „Ich will wissen, dass du real bist. Ich habe immer gewusst, dass es mehr da draußen gibt, als einem die Landratten weismachen wollen. Komm zurück. Ich will etwas, das ich mitnehmen kann. Ich will einen Beweis.“

Stechende Schmerzen durchzuckten seinen Brustkorb, strahlten in den linken Arm aus. Der Alte bekam es mit der Angst zu tun, doch plötzlich tauchte ein silberheller

Schatten unter ihm im Wasser auf. Es war die Meerjungfrau. Lächelnd, umwallt von schwarzem Haar und so schön, dass es wehtat, sie anzusehen. Die Hände des Fischers krallten sich um die Reling, wild hämmerte das Herz. Hier stand er, mit einem Bein schon im Grab, und erblickte den Traum eines jeden Seemanns. Die Geschichten waren wahr. Es gab sie, die atemberaubenden Sirenen der Tiefe. Die Jungfrauen der Wellen, die menschliche Seelen umgarnten und mit sich nahmen. Sicher war sie gekommen, um auch ihn zu holen. Seine Angst, ohnehin nur flüchtig, löste sich in Sehnsucht auf.

„Ich bin bereit", rief der Alte. „Nimm mich mit."

Ein Muster aus Streifen und Sprenkeln überzog den Fischleib des Wesens, so weiß, dass es bläulich schimmerte. Wie das Mondlicht in besonders hellen Nächten. Manchmal erschien es ganz deutlich, dann wieder verschmolz es mit dem Silber der glatten, hier und da von Schuppen verzierten Haut. Als die Frau ihm den Rücken zudrehte, sah er, dass sich dieses Muster wie ein feines Netz an ihrer Wirbelsäule emporwand. Auf der Rückenlinie des Fischleibes stellte sich eine lang gezogene Flosse auf, deren Strahlen in nadelspitzen Stacheln endeten. Die Meerjungfrau wandte sich ihm wieder zu und sagte etwas. Worte in einer Sprache, die er nicht verstand, und deren Sinn er dennoch begriff. Ihre Hände streckten sich nach ihm aus. Alles Irdische wurde gleichgültig, als die süße Stimme in seine Seele drang. Nichts wollte er mehr, als ihr zu folgen. Hinunter in die Tiefe.

Immer fester krallten sich seine Hände um das kalte Eisen, immer schneller hämmerte sein Herz. Wie von selbst griff er nach dem Armband, das er seit über fünfzig Jahren trug. Es bestand aus Münzen, jede aus einem anderen Hafen dieser Welt und mit einer Erinnerung verknüpft. Überall dort, wo er als junger Matrose geliebt hatte, war eine Münze hinzugekommen. Sydney, Damaskus, Hawaii, Vancouver und Kapstadt. Nur eine Sekunde tat es weh, als er das Armband ins Wasser warf. Silbern blitzend torkelte es in die Tiefe, bis ihre Finger es auffingen.

Er rief nach seiner Tochter, doch sie schien ihn nicht zu hören. Unter den Augen der Meerjungfrau ging er in die Knie. Ihre Schwanzflosse durchschnitt verspielt das Wasser, als er auf die Planken sank und nach Atem rang. Sie lächelte sanftmütig. Beharrlich auf seine Seele wartend. Das Herz des Alten flatterte noch einige Augenblicke, kämpferisch und nicht willens, nach sieben Jahrzehnten unermüdlicher Arbeit aufzugeben. Doch die Macht der Sirene war stärker. Er spürte, wie sie mit jedem Wort, mit jedem Laut mehr Kontrolle über seinen Körper und sein Leben gewann.

Die Stimme des Fischers war kaum mehr zu hören, als er zum letzten Mal den Namen seiner Tochter rief. Diesmal öffnete sich die Kajüte, doch im selben Augenblick wusste der Alte, dass die Meerjungfrau in den Wellen verschwunden war.

„Nein", wisperte er verzweifelt, wandte mit letzter Kraft den Kopf und suchte nach ihr. „Sie soll dich noch sehen. Sie soll an dich glauben."

Doch als das Herz des alten Fischers seinen letzten Schlag tat, waren nur noch die im Mondlicht schimmernden Wellen zu sehen. Die Tochter nahm ihren Vater in die Arme und rief nach ihm. Vergebens.

Seine Seele würde auf dem Meer bleiben und nie wieder das Land erblicken.

Kapitel 1

Sehnsucht

Denke daran, dass wir dazu bestimmt sind,
Seelen in das Meer zu locken.
Wer uns liebt, liebt seinen Tod,
Wer uns begehrt, begehrt seinen eigenen Untergang.

~ ~

Universität von St. Andrews, Schottland

Die Vorlesung neigte sich dem Ende zu. Christopher schaltete den Beamer aus, lehnte sich gegen das Pult und verschränkte die Arme vor der Brust. Befallen von einem Gefühl heftigen Bedauerns musterte er die Studentenschar. Hätten seine Schützlinge gewusst, welche Nachricht auf sie wartet, wären die Gesichter weit weniger entzückt gewesen. Doch er wollte ihnen noch etwas Zeit geben. Noch ein paar Minuten kostbarer Unwissenheit. Die Blicke aus neunundzwanzig Augenpaaren klebten an seinem Mund, jeder gierte danach, dass er seinen Vortrag wieder aufnahm. Diese uneingeschränkte Aufmerksamkeit, die ihm ausnahmslos jeder seiner Studenten entgegenbrachte, weckte den Neid vieler Kollegen. Gerne behaupteten sie, die Zuneigung seiner Schützlinge verdanke er allein den oberflächlichen Attributen. Jung, gut aussehend, schwarze Haare, dunkelblaue Augen, und schon war alles andere zweitrangig.

„Zur Abwechslung mal ein paar Fragen an Sie", begann er nach einigen Momenten des Schweigens, legte die Hände zu einem Spitzdach zusammen und zwang sich zu einem Lächeln. „Clare Fergusson, nennen Sie mir bitte die verschiedenen Schichten des freien Wassers."

Das Mädchen strahlte, dass es eine wahre Freude war. „Zuerst kommt das Epipelagial", antwortete sie eifrig. „Dann das Mesopelagial, gefolgt vom Bathypelagial. Zuletzt haben wir das Abyssopelagial und das Hadopelagial."

„Vollkommen korrekt." Er hielt sein Gesicht in die warme Herbstsonne und fühlte sich wie in einem Traum. Doch es war kein schöner Traum, sondern eiskalte Wirklichkeit. Morgen früh würde er nach Skye zurückkehren. Zurück nach Hause, auf seine Insel. Aber seit zehn Tagen war es nicht mehr die Heimat, die er kannte. Es war nur noch ein unvollkommenes, seinem Herzstück beraubtes Fragment.

„Dann können Sie mir mit Sicherheit auch sagen", führte er weiter aus, „in welche produktionsbiologischen Zonen wir das Pelagial einteilen?"

Clare stützte sich mit den Ellbogen auf dem Tisch ab, umfasste ihr Gesicht und schmachtete ihn an. „Wir unterteilen das Pelagial in eine trophogene Zone und in eine tropholytische Zone", antwortete sie mit säuselnder Stimme, was einige männliche Zuhörer veranlasste, die Augen zu verdrehen. „Ersteres wird auch Nährschicht genannt, zweiteres Zehrschicht."

„Sehr gut. Wie ich sehe, funktioniert euer Gedächtnis tadellos." Er stieß sich vom Pult ab und ging zum Fenster. Ihm wurde warm, die Wolle seines schwarzen Pullovers begann zu kratzen. Während er am Rollkragen herumzupfte, betrachtete er die im Sonnenlicht leuchtenden Wiesen mit ihren prächtigen Bäumen. Würde er jemals an diesen altehrwürdigen Ort zurückkehren? Die Wege des Schicksals waren unvorhersehbar, und doch flüsterte ihm sein Bauchgefühl ein, dass er diese Universität nie wiedersehen würde.

Schwindel übermannte ihn, als er sich auf dem Fensterbrett abstützte. Er wusste, was das bedeutete und was als Nächstes geschehen würde. Kläglich versuchte er, sich dagegen zu wehren, doch der Sog war auch diesmal stärker. Das war nicht gut. Zum ersten Mal geschah es in aller Öffentlichkeit. Er musste standhalten … doch sein Geist driftete ab, als zwängte ihn etwas in einen oberflächlichen Schlaf. Stimmen säuselten in seinem Kopf, mal fern, mal nah, dabei so drängend, dass sich ihr Zischen und Raunen wie wirbelnde Eissplitter anfühlten.

Hilf uns … komm zu uns …

Wir brauchen dich …

Abgehackte Bilder zuckten durch seinen Kopf. Eine dunkle, unauslotbare Tiefe, im Hintergrund die Silhouetten scharfkantiger Felsen, bewachsen mit Tiefseekorallen. Er sah bleiche Hände, die nach ihm griffen, schemenhafte Gesichter mit großen, schwarzen Augen und langem Haar. Zarte Finger, verbunden durch Schwimmhäute, tasteten über seinen Körper. Dann kam ein schwereloser Flug über einen im Meeresboden aufklaffenden Abgrund, während blaues Licht den Ozean flutete und seinen Augen immer mehr Details enthüllte. Gezackt wie eine Wunde zog sich der Tiefseegraben über den Meeresboden. Gesang drang aus dessen Tiefe hervor. Wunderschöner, bezaubernder Gesang, in dem Verzweiflung lag.

Hilf uns … sie kommen immer näher … wir sterben …

Ein lautes Klappern ließ Christopher zusammenfahren. Schwer atmend fand er sich am Fenster lehnend vor, eine Hand auf der Stirn, die andere auf seiner Brust. Ein Blick auf die Uhr über der Tür sagte ihm, dass nur wenige Sekunden vergangen waren. Sein Herz raste. Ein Junge in der obersten Reihe hatte seine Thermosflasche heruntergeworfen, hob sie auf und verstaute sie mit hochroten Ohren in seinem Rucksack.

„Dr. Jacobsen, geht es Ihnen nicht gut?"

Die beiden Studentinnen, die ihm am nächsten waren, musterten ihn aus geweiteten Augen. Hilfsbereit stand eine auf und wollte zu ihm kommen, aber er hielt sie mit einer abwehrenden Geste auf Abstand.

„Nein. Doch. Alles bestens. Danke." Mit vorsichtigen Schritten ging er zum Pult zurück und atmete tief durch. Nur noch ein fernes Echo der Stimmen wehte durch seine Wahrnehmung. Der Schwindel wich so schnell, wie er gekommen war, doch er hinterließ ein Gefühl von Erschöpfung. Die Visionen, oder wie auch immer man sie nennen mochte, wurden mit jedem Mal kräftezehrender.

„Kommen wir zum Fazit des Ganzen." Er ließ sich auf seinen Stuhl sinken. Es war wohl besser, den Rest seiner Vorlesung sitzend abzuhalten. „Die Welt, mit der wir uns heute beschäftigt haben, ist eine sterbende. Neunzehnhundertzweiundneunzig brachen die Kabeljaubestände vor der Küste Neufundlands ein. Vierzigtausend kanadische Fischer verloren praktisch über Nacht ihren Lebensunterhalt. Der ehemals reichste Fischbestand der Welt war durch rüde Fangmethoden irreparabel zusammengebrochen und hat sich trotz Schutzmaßnahmen bis heute nicht erholt. Dem begehrten Blauflossen-Thunfisch lauert man alljährlich auf seiner Wanderung zu den Laichgründen in der Straße von Gibraltar auf, um ihn abzufangen. In den vergangenen zehn Jahren hat sich die Fangquote um mehr als achtzig Prozent verringert, doch das Massaker geht weiter. Die Weltbevölkerung wächst, und mit ihr der Hunger nach den Früchten des Meeres. Gleichzeitig werden jedes Jahr neununddreißig Millionen Tonnen an Beifang tot ins Meer zurückgeworfen, weil das Gesetz verlangt, dass ein Schiff nur bestimmte Fischarten fangen und an Land bringen darf.

Führen Sie sich vor Augen, dass dreizehn Jumbojets in einem einzigen Schleppnetz Platz finden würden. Fangleinen mit über einer Million Haken werden ausgebracht und sind so lang, dass man sie fünfhundert Mal um diesen Planeten wickeln könnte. Die Schutzmaßnahmen, die man ergreift, können dank Korruption, Geldgier und Lobbyismus nur als lächerlich bezeichnet werden. Bleibt es beim heutigen Stand der Dinge, gibt es noch vor dem Jahr zweitausendfünfzig kein Leben mehr in den Meeren. Die Ozeane sterben, und wir mit ihnen. Mit diesem Schlusssatz beende ich meine Vorlesung."

Beifall und Jubelrufe erhoben sich. Christopher stand auf, warf einen Blick auf die Uhr und bereitete sich auf das vor, was er seinen Studenten zu sagen hatte.

„Einen Moment noch. Bevor Sie gehen, muss ich noch einmal um Ihre Aufmerksamkeit bitten. Dies hier war meine letzte Vorlesung an dieser Universität. Es tut mir leid."

Neunundzwanzig Gesichter entgleisten. Für ein paar Momente herrschte bleierne Stille, dann brandete der Lärm über Christopher hinweg.

„Sie gehen? Aber warum? Kommen Sie zurück? Wohin gehen Sie? Wirklich schon morgen? "

Er hob beschwichtigend die Arme und ließ sie wieder fallen. Ansatzweise kehrte Ruhe ein. „Eine familiäre Angelegenheit zwingt mich dazu", sagte er. „Es tut mir leid, aber es ist mir unmöglich, noch länger hier zu verweilen. Ich bedanke mich für eure Aufmerksamkeit und Treue und wünsche euch für die Zukunft alles erdenklich Gute. Vielleicht sieht man sich auf einer Expedition. Ich würde mich freuen."

Er klemmte die Tasche unter den Arm, nahm sein Jackett und verließ den Raum, begleitet von den Schwüren mehrerer Studenten, ohne ihn würden sie ihr Studium an dieser Universität hinschmeißen. Ein paar Mädchen brachen in Tränen aus. Er hatte sich den Abschied schwer vorgestellt, doch jetzt musste er einsehen, dass die Wirklichkeit seine Befürchtungen noch übertraf. Kurz und schmerzlos hätte es sein sollen, doch gelungen war ihm nur ersteres.

Er dachte nicht weiter darüber nach.
Seine Schwester brauchte ihn. Nichts anderes zählte.

Isle of Skye, Meeresbiologisches Institut, vier Wochen später

Schneegraue Abenddämmerung legte sich über die Insel. Den ganzen Tag war Maya das Gefühl nicht losgeworden, heute etwas Sonderbares zu erleben. Doch inzwischen, da der Feierabend nahte und nichts Weltbewegendes geschehen war, ging diese Ahnung in Enttäuschung über. Es war ein Tag wie jeder andere. Angefüllt mit Tabellen, Diagrammen, einem sechzigseitigen Expeditionsplan und Fingern, die sich anfühlten, als versteinerten sie.

Sie sank in den Sessel zurück und rieb sich die brennenden Augen. Ein kurzer Blick brachte die Gewissheit, dass eine Aufräumaktion ihres Büros dringend vonnöten war. Wie das Büro einer Institutsleiterin sah dieses Chaos wahrhaft nicht aus. Überall stapelten sich Unterlagen, Bücher und Studien. Ihr Schreibtisch war unter all dem Krempel kaum mehr zu erkennen, und selbst die Guppys litten an einer akuten Verwucherung ihres Aquariums.

Außerdem war sie todmüde. Die Reise ans andere Ende der Welt rückte mit beängstigender Geschwindigkeit näher. Tausend Dinge mussten noch koordiniert werden. Über Nebensächlichkeiten wie Aufräumen oder Schlafen durfte sie erst nachdenken, wenn dieser verdammte Expeditionsplan fertig war.

Eine neue E-Mail kündigte sich an. Verschickt von einem Freund aus ihrer Studienzeit, der momentan irgendwo vor Hawaii auf einem Schiff unterwegs war. Offenbar hatte er ihr eine Datei mit selbst aufgenommenen Walgesängen geschickt. Maya wollte sie öffnen, als ihr Telefon klingelte. Die Zentrale. Das konnte nur etwas Lästiges bedeuten.

„Ja?“, nuschelte sie lustlos in den Hörer.

„Miss Mawatha?“ Eine der im Institut aushelfenden Meeresbiologie-Studentinnen war am anderen Ende. „Haben Sie kurz Zeit?“

„Ich habe nie wirklich Zeit.“ Maya beäugte den Stapel Expeditionsplan-Entwürfe und stellte sich vor, ihn rituell zu verbrennen. „Aber schießen Sie los.“

„Ich habe hier jemanden, der bezüglich der Südamerika-Expedition mit Ihnen sprechen will.“

„Ist es ein Student? Alle Plätze für Seegurken-Umstülper und Knurrhahn-Zähler sind besetzt.“

„Nein, kein Student. Es ist Dr. Christopher Jacobsen. Er sagt, er hätte erst nächste Woche mit Ihnen einen Termin, lässt jedoch anfragen, ob Sie bereits heute für ihn Zeit hätten.“

Ihre Müdigkeit war wie weggeblasen. Dr. Jacobsen? Hier und heute? Um Himmels willen! Hektisch rieb sie sich mit Zeige- und Mittelfingern die Schläfen. Nebenbei fiel ihr auf, dass Kaffeeflecken auf ihrem weißen Hemd prangten. Genau wie auf der Jeans. Keine guten Voraussetzungen für ein Gespräch mit einem der gefragtesten und jüngsten Dozenten Großbritanniens, über dessen Aufsätze sie in den letzten Wochen hingerissen gebrütet hatte.

„Miss Mawatha?“ Ein Räuspern war zu hören „Was soll ich ihm sagen?“

„Ich … ähm …“ Ein paar Mal tief durchatmen half, ihren Herzschlag zu verlangsamen. „Also gut, schicken Sie ihn hoch.“

In heller Aufregung begann sie, die Papierstapel zu durchforsten. Verflixt, irgendwo mussten die Unterlagen doch sein. Sie arbeitete sich in fieberhafter Geschwindigkeit von rechts nach links vor, bis der dritte Stapel endlich das Ersehnte brachte. Lebenslauf und Leistungen von Dr. Christopher Jacobsen. Jahrgangsbester im Studium der Meeresbiologie und der maritimen Geochemie an der angesehenen St. Andrews Universität, gerade mal zweiunddreißig Jahre jung, magna cum laude Promotion, Fachmann auf dem Gebiet der Tiefseeforschung sowie gefragter Dozent und Gastredner, dessen Vorlesungen aufgrund ihrer Unterhaltsamkeit enorm beliebt waren. Warum in aller Welt ließ sich ein solcher Mann dazu herab, hier am Arsch der Welt in einem kleinen, unbedeutenden Institut anzuklopfen?

Um ihre strapazierten Nerven zu beruhigen, ging sie zum Aquarium, gab zwei Futtertabletten ins Becken und beobachtete, wie Scully und Mulder sich darüber hermachten. Die beiden Marmorkrebse ließen den Guppys keine Chance. Binnen zweier Sekunden befanden sich beide Tabletten zwischen ihren Scheren und wurden eilends zum Stammplatz verschleppt – eine halbe Kokosnussschale im hintersten Winkel des Aquariums.

Nur noch zwei Monate, bevor die Reise losgehen würde, und sie kroch bereits jetzt auf dem Zahnfleisch. Das klang nach viel Zeit, es sei denn, man war Expeditionsleiterin und verantwortlich, dass alles rund lief. Dass nun auch noch überraschend eine Koryphäe der Wissenschaft hier aufschlug, während ihr Büro einem atomaren Testgelände glich, setzte ihrer Lage die Krone auf. Irgendwie musste sie diese Herausforderung meistern.

Kaum war sie wieder in den Sessel gesunken, klopfte es schon an der Tür. Mayas Herz fiel wie ein Stein in Richtung Magen.

„Bitte kommen Sie herein.“

„Entschuldigen Sie, dass ich in Ihr Institut platze wie ein plumper Neandertaler“, erklang eine überaus angenehme Stimme. „Aber da ich in der Stadt zu tun hatte, wollte ich mein Glück einfach mal versuchen.“

Sie hatte Fotos gesehen, kleine Abbildungen in Schwarz-weiß. Sie hatte überschwängliche Lobreden diverser Studenten und Wissenschaftskollegen gelesen, doch der Mann aus Fleisch und Blut war noch beeindruckender. Sie registrierte, dass ihr Mund offen stand und ihre Zunge zu vertrocknen drohte wie eine Qualle in der Sonne. Schnell schloss sie ihn, griff Halt suchend nach der Pauamuschel, die sie an einem Lederband um den Hals trug, und fummelte daran herum.

„Kein Problem.“ Maya stand auf und reichte ihm die Hand. Eine Schockwelle durchfuhr ihren Körper. Sein Griff war weder sanft noch fest, angesiedelt in der perfekten Mitte zwischen Freundlichkeit und Bestimmtheit. Doch das Gefühl, das sie durchzuckte, war mit Worten kaum zu beschreiben. Sie spürte Wärme und eine Form von … Macht. Wie hätte man es sonst umschreiben sollen? Es war etwas Fühlbares, das angenehm durch jede Zelle ihres Körpers sickerte und am Ende, als er ihre Hand wieder freigab, eine Art Leere hinterließ. Als hätte er ihr durch seine Berührung etwas genommen. Verrückt.

„Nehmen Sie doch Platz." Ihre Stimme klang heiser. Für einen Augenblick noch benommen starrte sie auf ihre Hand und setzte sich. „Bitte verzeihen Sie das Chaos, aber vor einer Expedition sieht es bei mir immer so aus."

Der Mann ließ sich nieder und lächelte beschwichtigend. In seinen blauschwarzen Locken glitzerte geschmolzener Schnee. Ebenso auf seinem braunen Wollpullover, der schwarzen Jeans und dem schwarzen Schal. Vor drei Wochen hatten Archäologen eine Statue aus der Ägäis gezogen, von der man annahm, sie stelle einen Meeresgott dar. Sie konnte sich nicht erinnern, wie genau der Name dieses Gottes war, doch die Statue hatte ein ganz ähnliches Antlitz wie der Mann, der nun auf ihrem Gästestuhl saß. Klassisch, vornehm und zeitlos.

„Also … ähm …" Ihr rhetorisches Geschick versagte auf ganzer Linie. „Verraten Sie mir zuerst eines. Warum sind Sie hier? Ich meine, natürlich freut mich Ihr Interesse außerordentlich, aber das hier ist wohl kaum das, was Sie gewöhnt sind. Immerhin sind Sie ein Stern am Himmel der ältesten und besten Universität Schottlands."

Dr. Jacobsen verschränkte die Arme vor der Brust und blickte mit dieser Art von natürlicher Arroganz auf sie herab, die verriet, dass er sich den meisten Menschen überlegen fühlte. Jeder andere wäre nach einer solchen Musterung in hohem Bogen rausgeflogen, doch bei ihm erlaubte sie sich eine Ausnahme. Sein Anblick faszinierte sie, auch wenn ihr die Art, wie er sie von oben herab fixierte, nicht behagte. Ohne Frage gehörte Selbstsicherheit zu seinem Repertoire.

„Spielt das eine Rolle?", fragte er sanft. „Ich bin hier. Ich möchte an dieser Expedition teilnehmen und ich will auf zunächst unbestimmte Zeit für Ihr Institut arbeiten. Sofern Ihnen das behagt."

Maya nickte. Dabei ließ sie ihren Blick über jeden Zentimeter seines Körpers gleiten, obwohl ihr klar war, dass es wahrscheinlich unhöflich wirkte. Es war wie der Drang, in ein überirdisches Licht zu schauen, um in dessen Glanz zu baden.

„Gut." Sie glich ihre Unverschämtheit mit einem Lächeln aus, denn sein Angebot behagte ihr sogar außerordentlich. Dr. Jacobsens Spezialgebiet passte perfekt zu den Aufgaben, die sie im Laufe der Expedition abzuarbeiten hatten. Abgesehen davon wurden Experten wie er immer gebraucht. „Also mache ich es kurz. Sie sind mit Freuden angenommen. Leider ist der Plan noch nicht ganz fertiggestellt. Spätestens Mitte nächster Woche dürfte es allerdings so weit sein."

Jetzt nickte auch er, wobei Skepsis in seinen Augen lag. Vielleicht war es das Schildchen, das auf ihrem Tisch stand und sie als Professorin auswies, verbunden mit der Tatsache, dass auch sie noch sehr jung war für ihren Posten und oft für eine Studentin gehalten wurde. Vielleicht war es auch dieses schäbige Zimmer oder das Institut an sich, das ihm vermutlich wie eine Baracke vorkam.

„Auf unserer Expedition kommt modernste Technologie zum Einsatz", erklärte sie nicht ohne Stolz. „Unser unbemanntes Tauchfahrzeug Pelal5000 taucht bis zu sechstausend Meter tief. Außerdem kommen zur Unterstützung unseres Messprogramms zwei Gleiter der neuesten Generation zum Einsatz, die uns vom deutschen Institut IFM Geomar zur Verfügung gestellt wurden. Daneben unser Multibeam sowie das Atlas Parasound zur Erlangung eines möglichst detaillierten Abbildes des Ozeanbodens. Haben Sie Erfahrungen bezüglich bodensimulierender Reflektoren, Dr. Jacobsen?"

„Letztes Jahr, nordöstlicher Atlantik", kam es unbeeindruckt zur Antwort. „Vorletztes Jahr das Guineabecken. Die letzte Fahrt vor knapp vier Monaten ging zum Håkon Mosby Schlammvulkan vor der Küste Norwegens, jeweils mit Einsatz der von Ihnen genannten Geräte. Und bitte nennen Sie mich Christopher. Ich halte nicht viel von Titeln. Sie bedeuten mir ehrlich gesagt gar nichts."

„Von mir aus gern. Ich heiße Maya. Das *Professor* davor kehren wir auch mal unter den Teppich. Bezüglich Titeln sind wir einer Meinung."

Christopher lächelte. Seine Haltung wirkte entspannt, aber distanziert. Die Beine waren übereinandergeschlagen, die Arme vor der Brust verschränkt. Ein paar Locken fielen ihm vorwitzig in die Stirn, doch er strich sie nicht fort.

„Was ist das auf dem Bildschirm?" Er beugte sich ein wenig vor. „Ist das eine Aufnahme von Walgesängen?"

„Ja." Röte schoss ihr ins Gesicht. „Das ist eins meiner Steckenpferde. Manche behaupten, der Ozean selbst sei ein Lied, in das Wale, Möwen und Meerjungfrauen harmonisch einstimmen."

„Meerjungfrauen?"

Er neigte den Kopf. Nicht spöttisch, sondern interessiert, als weckte die mythologische Seite des Meeres ebenso seine Faszination wie die wissenschaftlichen Facetten. Als sie eine Welle von Sympathie aufsteigen spürte, sah sie etwas Erstaunliches. Je nachdem, aus welchem Winkel man seine Augen betrachtete, sahen sie anders aus. Mal ozeanblau, mal schwarz wie ihre eigenen und dann wieder … liebe Güte. Hatte man ihm Opale eingepflanzt? Über Jahre angeeignete Selbstsicherheit wich kindlicher Erregung. Vor ihr saß der erste Mann, den sie guten Gewissens und voller Überzeugung als schön bezeichnen würde. Auch wenn der Art, auf die er schön war, etwas Unheimliches anhaftete. Sie konnte diese Empfindung nicht näher definieren, doch sobald sich ihre Blicke kreuzten, durchliefen sie heißkalte Schauder. Er strahlte eine natürliche Form von Macht aus. Es war nichts Antrainiertes oder Erlerntes, sondern eine Aura aus Stärke, die seine gesamte Erscheinung ausmachte. Maya bezweifelte, dass seine Studenten gute Klausuren schrieben. Schlicht und einfach, weil sie vermutlich die gesamte Vorlesung damit verbrachten, ihn anzustarren.

„Darf ich erwähnen, dass deine Augen etwas ganz Besonderes sind?", hörte sie sich sagen. „Sie gleichen dem Ozean."

„So waren sie schon immer."

Er zuckte mit den Schultern und sah sie an. So ungeniert und tief, dass sie erstarrte. Das Atmen fiel ihr schwer. Etwas Drückendes legte sich um ihren Brustkorb, und für einen Moment fühlte es sich an, als triebe sie in schwindelerregende Tiefe hinab. Sie zuckte zusammen. Was zum Teufel war das? Begann sie zu halluzinieren? Hatte er etwas gemerkt? Angesichts seines verdutzten Blickes stand das außer Zweifel.

„Ich habe es heute wohl übertrieben mit dem Kaffeekonsum." Die Ausrede klang lahm, selbst in ihren Ohren. „Wo wir gerade über Walgesänge sprechen. Diese Aufnahme hat mir ein Kollege aus Hawaii geschickt. Möchtest du sie hören?"

„Unbedingt." Er saß am anderen Ende des Tisches, doch seine Stimme schien ganz nah an ihrem Ohr zu schweben. „Und da wir gerade über meine Augen sprachen." Sein schiefes Lächeln verriet verschmitzten Humor. „Du siehst nicht aus wie eine Schottin."

„Ich bin nicht von hier. Ich bin zur Hälfte Sioux, zur Hälfte Japanerin", antwortete sie. „Klingt komisch, ist aber so. Ich kann nichts dafür. Die meiste Zeit meines Lebens habe ich in Arizona verbracht. Auf Skye lebe ich erst ein paar Jährchen. Reiner Zufall, dass ich hier gelandet bin. Ich habe weltweit Hunderte von Bewerbungen verschickt, geklappt hat es am Ende hier auf dieser wunderschönen Insel."

Maya wusste, dass sie zu plappern begann, also reichte sie ihm schnell die großen Kopfhörer und setzte sich selbst die Kleineren auf. Dann drehte sie an ein paar Knöpfen, schob mithilfe der Maus einen Regler auf dem Monitor nach links und drückte auf den Startknopf.

Christophers zuvor regloses Gesicht löste sich in Verzückung auf. Oh ja, sie wusste, was diese Laute auslösten. Die Gesänge der Wale schwollen auf und ab wie der Strom der Gezeiten. Sie seufzten, klagten und sangen über die Weiten des Ozeans, über die Schönheit des tiefen Blaus und das Wunder des Lebens. Sie erzählten in ihrer Fantasie von Leid und Freude, von Geburt und Tod. Von Stürmen, fernen Inseln und versunkenen Welten tief unter Wasser.

Als der Wal verstummte, bemerkte Maya etwas, das sie verwirrte. Christopher seufzte, legte die Hände auf die Kopfhörer und schien wie verzaubert. Irgendetwas entzückte ihn über alle Maßen.

Sie tippte ihm auf die Schulter. „Hörst du irgendwas?"

„Ja", antwortete er. „Er erzählt von seinem Leben. Von den Dingen, die er auf seinen Reisen zwischen den Ozeanen erlebt hat. Von allem, was er fühlt und denkt. Zwischen den Strophen singt er Laute, die so tief sind, dass man sie wie Vibrationen spürt. Wie Schwingungen. Sie übermitteln Gefühle."

„Schwingungen? Hörst du sie gerade jetzt?"

Er nickte enthusiastisch. Das war seltsam, denn sie hörte absolut nichts. Maya setzte ihre Kopfhörer ab und studierte sein Gesicht. Saß ihm der Schalk im Nacken? Trieb er ein Spiel mit ihr?

„Ein Buckelwal ändert sein Lied ständig", sagte sie. „Keine Strophe wiederholt sich und jedes Tier besitzt seinen eigenen Dialekt. Deine Theorie würde das auf die romantische Weise erklären."

„Es ist keine Theorie." Er gab ihr die Kopfhörer zurück und heftete seinen Blick auf das an der Wand hängende Plakat. Es zeigte sämtliche in den Ozeanen beheimateten Walarten. „Das mag einem Wissenschaftler seltsam erscheinen, weil er an nichts glaubt, was er nicht auseinandernehmen kann. Aber die Person, von der du gehört und gelesen hast, ist nur ein kleiner Teil von mir."

„Wer kann schon wissen, was die Tiere wirklich sagen?" Sie faltete ihre Hände und berührte damit ihr Kinn. „Das konnten nicht einmal meine Vorfahren mütterlicherseits. Aber eine Sache ist merkwürdig."

„Welche?" Sein freundlicher Blick rührte Maya, denn er strahlte Unschuld aus und wischte ihren ersten Eindruck von Arroganz beiseite.

„Zwischen den Strophen höre ich rein gar nichts", brachte sie ihre Verwirrung auf den Punkt. „Mir kommt da ein Gedanke."

Ein Hörtest war zweifellos eine skurrile Idee, aber da Maya ihren schillernden Ruf eben diesen verdankte, konnte eine weitere nicht schaden. Kurzerhand holte sie einen anderen Satz Kopfhörer aus der Schublade.

„Hier. Setz die mal auf."

Christopher nahm sie entgegen. Argwöhnisch drehte er sie hin und her und erweckte den Anschein, mit einer schweren Entscheidung zu ringen.

„Keine Sorge", setzte sie hinzu. „Das ist nur ein harmloser Hörtest. Ohne Stromschläge, versprochen."

„Du meinst, ich kann mich bedenkenlos in deine Hände begeben?" Er lächelte, setzte die Kopfhörer auf und lehnte sich zurück. „Also gut, mein Vertrauen gehört dir."

„Kann ich?" Das Herz schlug ihr bis zum Hals.

„Nur zu."

„Gut. Du hörst gleich einen tiefen Ton. Sag mir einfach, wann du nichts mehr hörst."

„Von mir aus." Er verschränkte die Arme vor der Brust, woraufhin sie den Test startete. Sein Gesicht verzog sich, als bereitete ihm der Ton Unbehagen, entspannte sich wieder und er neigte den Kopf. Es währte lange, bis er sein „Nichts mehr" von sich gab. Eindeutig zu lange.

„Und nun dasselbe in den hohen Frequenzen."

„Autsch."

Christopher zuckte zusammen. Er strafte sie mit einem ärgerlichen Blick und entspannte sich erst, als sie den Ton um einiges höher geschraubt hatte. Das war ungewöhnlich. Sie hatte die Grenze, hinter der das menschliche Ohr versagte, längst überschritten. Maya schraubte den Ton noch höher, doch Christopher blieb still. Als sie dachte, er würde gar nicht mehr reagieren, gab er ein „Jetzt" von sich.

„Ist das dein Ernst?" Maya nahm ihm die Kopfhörer ab und verstaute sie in der Schublade.

„Ist es."

Unfassbar. Sie tippte auf die Maus. Ein Diagramm erschien auf dem Bildschirm. Hin- und hergerissen zwischen Begeisterung und der Vermutung, dass dieser Mann ihr einen riesigen Bären aufband, betrachtete sie die Auswertung.

„Zumindest wird mir jetzt klar, warum du die Walgesänge so anders hörst als ich. Das menschliche Gehör ist ziemlich beschränkt. Im hohen wie im niedrigen Frequenzbereich leistet es nicht besonders viel, aber das weißt du sicher selbst. Von den Frequenzbereichen, die dein akustischer Sinn meistert, kann das normale menschliche Gehör nur träumen. Du übertriffst die für Homo sapiens festgelegten Grenzen um ein Vielfaches."

Christopher erwiderte nichts. Er saß einfach nur da und lächelte sanftmütig, als wäre er das männliche Pendant zu Mona Lisa. Das Ergebnis schien ihn nicht überrascht zu haben, und während er sie musterte, kam sie sich wie ein Studienobjekt vor.

„Und was denkst du jetzt?" fragte er.

„Ehrlich gesagt, keine Ahnung." Maya hob kapitulierend die Schultern. „Mir fällt nichts dazu ein. Du hast etwas gehört, was du nicht hören dürftest. Was soll ich dazu sagen?"

„Am besten gar nichts. Kommen wir einfach zum Wesentlichen."

Christophers Blick richtete sich gen Fenster, hinter dem die Dunkelheit hereinbrach. Im Licht der Schreibtischlampe schimmerte seine Haut wie die eines Fotomodells, dem man mithilfe schamloser Retusche Makellosigkeit verliehen hat. Nur dass im Falle dieses Menschen alles auf Natürlichkeit zu beruhen schien. Er war unwirklich. Ja, das umschrieb seine Erscheinung und Fähigkeiten am besten.

„Wann beginnt noch mal die Expedition?", fragte er.

„Die dritte Fahrt unseres Schiffes FS Astero startet am 28. Dezember und endet am 28. März." Wieder griff sie nach ihrer Muschelkette und nutzte den Anhänger, um ihre Nervosität zu überspielen. Das Schmuckstück war das letzte Geschenk ihres Großvaters. Der Tag, an dem sie die Kette verlor, würde der Tag ihres Untergangs sein. „Sie führt uns entlang der Küste von Chile und Peru. Unsere Forschungen drehen sich in erster Linie um die Untersuchung der Sedimentablagerungen und der Wassermassen auf dem Schelf mit Schwerpunkt auf Diatomeen und Foraminiferen sowie der Erforschung ihrer Auswirkungen auf die Sauerstoffmangelzonen vor der peruanischen Küste."

„Und in zweiter Linie?"

„Erforschung der Tiefsee. Das Erfassen neuer Arten im Rahmen des Census of Marine Life. Boden- und Wasserproben, das Nachprüfen der Existenz möglicherweise vorhandener Maganknollen- und Methanhydratfelder."

Christopher gab ein Lachen von sich, in dem eine gewisse Verachtung mitklang. Es überraschte sie nicht. Ihr Gegenüber war bekannt für seine verbissenen Bemühungen, was den Meeresschutz betraf. Gerüchteweise war er aufgrund eines Vorfalls, über den zahllose Versionen kursierten, sogar einmal zwei Tage im Knast gelandet. Einige seiner Artikel hatten ihr nicht nur eine Gänsehaut verpasst, sondern mit ihrer Unverblümtheit und brutalen Ehrlichkeit auch die eine oder andere Träne in die Augen getrieben.

„Natürlich", raunte er wie zu sich selbst. „Die heiß begehrte Energiequelle der Zukunft, et cetera et cetera. Alles für einen unguten Zweck und zum Wohle der gönnerhaften Investoren. Aber ich muss eine Bedingung stellen, ohne deren Erfüllung meine Teilnahme an dieser Reise ins Wasser fällt."

„Und die wäre?"

„Ich kann meine Schwester nicht drei Monate allein lassen. Sie hat niemanden mehr außer mir, seit unsere Eltern gestorben sind."

„Das tut mir leid."

Er zuckte mit den Schultern. „Wir kommen damit klar. Oder besser gesagt: Wir müssen es.“

„Du kümmerst dich also um deine Schwester? Ihr beide seid allein?“

Er nickte und sah wieder zum Fenster hinüber. Melancholie stand ihm ausgezeichnet. Sie gab ihm eine Tiefe, die etwas Magisches an sich hatte. Maya wollte ihn nicht schamlos anstarren, doch sie konnte nicht anders.

„Ich habe meine Stelle an der St. Andrews Universität aufgegeben, um mich um meine Schwester zu kümmern“, erzählte er. „Ich konnte sie nach dem, was passiert ist, nicht alleinlassen. Nächstes Jahr beendet sie ihre Schule, dann sehen wir weiter.“

Maya ertappte sich, wie sie mit dem Zeigefinger auf ihre Unterlippe tippte. Ihr Sessel knarrte leise, während sie vor und zurück wippte. Dieser Mann konnte unmöglich real sein. „Das ist bewundernswert“, sagte sie. „Es gibt nicht mehr viele Menschen, die sich so um ihre Familie kümmern. Und bezüglich ihrer Teilnahme sehe ich keine Probleme. Wir tragen sie einfach gleich mit ein, als eine meiner Helferinnen. Um die Schule kümmere ich mich nächste Woche. Für solche Sachen machen Lehrer gern eine Ausnahme. Den Stoff nimmt sie mit auf das Schiff, Prüfungen werden nach Rückkehr nachgeholt. Als Vorbereitung für ein Studium ist so eine Expedition immerhin Gold wert.“

„Danke.“

Christopher erhob sich, was sie mit unvermittelter Enttäuschung erfüllte. Er wollte gehen? Jetzt schon?

„Leider ist meine Zeit heute knapp bemessen. Ich muss mich verabschieden, so gern ich unser erstes Zusammentreffen auch ausgeweitet hätte.“

Maya stand auf und ging zu ihm. Es war schwer, ihre Begeisterung für sich zu behalten, doch sie bemühte sich um Professionalität. Christopher war jemand, dessen Wohlwollen enorm kostbar für ihr Institut war. „Danke, dass du uns unterstützt“, sagte sie. „Durch deine Teilnahme wird die Expedition ohne Frage an Wert gewinnen. Ach ja, ich habe hier übrigens deinen Arbeitsvertrag. Unterschreib ihn einfach gleich und nimm ein Exemplar mit.“

Sie fischte die entsprechenden Papiere aus dem vordersten Stapel, zog einen Stift aus der umfunktionierten Coladose und reichte ihn Christopher. Während er seinen Namen auf dem Papier verewigte, konnte sie nicht umhin, seine Hände zu bewundern. Feingliedrig waren sie, wie die Hände eines Künstlers. Und doch sah man ihnen an, dass sie bereits schwere Arbeit verrichtet hatten. Ein paar Knöchel waren aufgeschürft, auf der Handinnenfläche befanden sich die Spuren frisch verheilter Schrammen.

„Ich habe in den vergangenen Wochen auf Fischerbooten gearbeitet.“ Ihm war ihre Musterung offenbar nicht entgangen. „Nach all den geistigen Anstrengungen war mir nach etwas Handfestem.“

„Auf einem Fischerboot? Wie verträgt sich das mit deiner Leidenschaft für den Meeresschutz?“

Er zeigte ein undurchsichtiges Lächeln. „Es handelt sich um kleine Kutter unseres heimischen Dorfhafens. Kaum groß genug, um die Selbstversorgung und einen Verkauf in kleinem Rahmen sicherzustellen. Das hat nichts mit den industriellen Raubzügen zu tun. Und da ich Fische auch in gebratenem Zustand liebe, finde ich es am ehrlichsten, sie selbst aus dem Wasser zu ziehen. Außerdem brauche ich das Geld. Ich verdiene weniger als die meisten glauben, und das Studium meiner Schwester dürfte teuer werden."

Sie schmunzelte. Sich diesen Mann auf einem Fischkutter vorzustellen, schwere Netze hievend und klatschnass, hatte etwas für sich. „Stimmt eigentlich diese Gefängnis-Geschichte?", wagte sie zu fragen. „Manche meinen, es wäre nichts weiter als ein bösartiges Gerücht. Andere schwören, sogar dabei gewesen zu sein. Mit dir in einer Zelle."

„Es stimmt", antwortete er tonlos. „Und ich bereue nichts."

„Welche Version der Geschichte ist die Richtige?"

Sein Lächeln war absolut entwaffnend. „Kein Kommentar."

„Okay." Maya nahm einen unterzeichneten Vertrag entgegen und biss sich auf die Zunge, um nicht zu grinsen. „Damit wäre so weit alles geklärt. Wie schon erwähnt, wird der Plan nächste Woche fertig sein. Darin findest du alles, was du wissen musst. Die Route, die Stationen, deine Aufgaben und das komplette Programm. Jeden Samstagabend halten wir traditionell eine Vorlesung auf dem Schiff ab, also falls du dich bereit erklärst, eine zu halten, würden mit Sicherheit Begeisterungsstürme losbrechen. Während der Reise solltet ihr euch auf unterschiedliche Temperaturen einstellen. Wir bewegen uns zwar theoretisch in tropischen Gewässern, aber dank des Humboldtstroms herrscht in unserem Forschungsgebiet ein gemäßigtes Klima. Das heißt, ein paar Tage verbringen wir in tropischer Hitze, während die anderen deutlich kühler ausfallen."

„Nett, dass du mich darauf hinweist." Er lächelte und ging zur Tür. „Also dann, bis nächste Woche."

Viel zu schnell verschwand er, und mit ihm löste sich die magisch-entrückte Stimmung in Luft auf. Maya fühlte sich, als sei sie aus einem Traum erwacht. Und diesmal war diese oft benutzte Floskel nicht einmal übertrieben.

„Der helle Wahnsinn. Scully und Mulder, das ist ein Fall für euch. Die Wahrheit ist irgendwo da draußen. Und ich werde sie finden. Verlasst euch drauf."

Kläglich versuchte sie, den Rest ihres Pensums abzuarbeiten, doch jeder Versuch, sich zu konzentrieren, war zur Erfolglosigkeit verdammt. Ein böses Übel. Sie befand sich mit dem Expeditionsplan bereits in Verzug. Es musste dringend noch koordiniert werden, wann wo was zum Einsatz kommen würde. Und am besten hätte alles vorgestern fertig sein sollen.

„Großer Geist." Sie raufte sich die Haare. „Jetzt reiß dich mal am Riemen."

Sie atmete tief durch. Langsam wich ihre Faszination und überließ peinlich berührtem Schrecken das Feld. Sie hatte diesen Mann unsäglich zugeplappert und ihn, wenn auch unabsichtlich, für dumm verkauft. Ohne Frage hielt er sie nun für eine Idiotin. Seit jeher hatte Maya es vorgezogen, allein zu arbeiten, selbst wenn das bedeutete, dass sie schuften musste wie eine Besessene und wie ein Zombie herumlief, weil wochenlang nur drei Stunden Schlaf pro Nacht möglich waren. Jeder wusste, dass sie eine Eigenbrötlerin war. Irgendwer hatte sie mal als misanthropische Amazone mit

Indianerblut in den Adern und Feuer unterm Hintern bezeichnet. Im gepflegten Umgang mit hohen Tieren der Wissenschaft war sie ungeübt und hatte bisher auch keinerlei Drang verspürt, an dieser Tatsache etwas zu ändern. Versnobte Anzugträger befanden sich jenseits des Personenkreises, dem sie Sympathie zollte, doch Christopher brachte sie aus dem Konzept. Sie hatte Erwartungen gehegt, und jede einzelne war revidiert worden. Er war anders. Von einem versnobten Anzugträger Lichtjahre entfernt.

Sie trat an das Fenster, lehnte die Stirn gegen das Glas und beobachtete, wie der letzte Rest Dämmerung im Westen verlosch. Bleigrau war der Abend, erfüllt von der schwermütigen Winterstimmung, die sie an dieser Insel so liebte. Kutter und Boote in allen Größen bevölkerten den Hafen, weiß gekalkte Häuser mit schiefen Holzzäunen duckten sich unter dem schneeschwangeren Himmel. Die Schreie der Möwen erinnerten Maya daran, wie sehr sie sich nach dem offenen Meer sehnte und wie viel Zeit vergangen war, seit sie das letzte Mal dort draußen war.

Zurück an ihrem Schreibtisch zog sie eine Schublade auf und nahm das darin liegende Foto heraus. Britisch Kolumbien im Jahr neunzehnhundertzweiundneunzig. Zwei Wochen Blockhaus inmitten der Wildnis, gemeinsam mit ihrem Großvater. Glücklich lagen sie sich vor dem Hintergrund eines nebelverhangenen Sees in den Armen, und in Opa White Elks langem, ergrautem Haar hing eine gestreifte Feder.

„Ich vermisse dich.“ Mit zwei Fingern zupfte sie die Feder ab, die sie damals am Foto befestigt hatte, und steckte sie in ihren Zopf. „Das Schicksal nimmt seinen Lauf, hättest du wohl gesagt. Und ich glaube, so ist es.“

Der Ruf des Meeres nahm zu, hallte in jeder Faser seines Körpers wider und ließ ihm keine Ruhe. Würde der Tag kommen, an dem der Ruf zu stark wurde, um ihm zu widerstehen? Etwas in ihm veränderte sich. Er wusste nicht, was es war. Er wusste nur, dass es stärker wurde. Greifbarer und realistischer, ein höhnischer Beweis, wie kläglich der wissenschaftliche Verstand scheitern konnte. Die Visionen waren nur ein Teil eines weitaus größeren Ganzen, das er nicht mehr länger verharmlosen konnte.

Christopher ging einen weiteren Schritt auf die Brandung zu. Rumpelnd schlugen die Rümpfe der beiden Fischkutter aneinander, die vom letzten Sturm beschädigt worden waren und deshalb festgezurrt im Hafen lagen. Früher hatte es hier vier Anlegestellen gegeben. Übrig geblieben waren nur zwei. Die Fischerei im kleinen Rahmen lohnte sich kaum mehr. Zu leer war das Meer geworden, seit am Horizont die schwimmenden Fabriken vorbeizogen.

Als der Schaum seine nackten Füße umspülte, legte er den Kopf in den Nacken und lauschte auf das Sehnen in seinem Inneren. Was zuvor nur ein Flüstern war, subtil und sanft, wuchs seit einigen Wochen zu einem verzehrenden Hunger heran. Einem Hunger nach etwas, das unmöglich war.

In St. Andrews war es ihm gelungen, diese befremdliche Seite aus seinem Leben auszuklammern, wenn auch zeitweise mehr schlecht als recht. Seine Tage und Nächte waren angefüllt mit Vorlesungen, Studien, Reisen und Studentenfeiern, zu denen er sich nur hatte breitschlagen lassen, um bei dröhnender Musik und zwischen gut gelaunten Menschen abschalten zu können. Jetzt aber brachen die Veränderungen mit aller Macht hervor. Es war die Nähe des Meeres. Die Ruhe, die ihm plötzlich gegönnt war. Es war der Geruch in der Luft, das Salz auf seiner Haut und der Schmerz über den Verlust. Die Visionen der vergangenen Tage waren erschreckend klar gewesen, und der Hunger nach dem Unbekannten so stark, dass er sich inzwischen völlig ausgezehrt fühlte.

Sonnenlicht fiel durch eine Lücke in den schiefergrauen Wolken und überflutete das Meer. Goldene Facetten aus Licht spielten auf den Wellen, tanzten in der Gischt und glänzten auf den Kieseln des Strandes. Die salzige Nässe auf der Haut tat gut. Seevögel weckten sein Fernweh, und er stellte sich vor, mit ihnen hinaus aufs Meer zu fliegen, um zu sehen, was hinter dem Horizont lag. Schwarz-weiße Austernfischer trippelten am Strand entlang, drehten Muscheln herum und suchten in Tangbüscheln nach Nahrung. Zwei Krabben huschten an seinen Füßen vorbei. Schnell verschwanden sie unter einem der ausrangierten Boote, die an Pfählen festgezurrt vor sich hinmoderten.

Er liebte diese Insel von ganzem Herzen, aber wenn er den Blick auf den Horizont richtete und darüber nachdachte, was unter dem Spiegel des Ozeans lag, kehrte die Unruhe zurück. Das Bedürfnis zu reisen. Immer weiter und weiter, auf der Suche nach etwas, dessen Natur er nicht kannte.

Der Sturm wurde stärker, doch Christopher lief weiter, bis sein Weg vor den hohen Klippen endete. Bleich wie Knochen und geformt von den Gezeiten der Jahrtausende ragten sie in den Himmel. Vor ein paar Tagen hatte man im Kalkstein das Skelett eines Fischsauriers gefunden. Demnach hatte es hier schon immer das Meer gegeben. Ein schöner Gedanke, der das menschliche Zeitempfinden relativierte.

Eine Muschel fiel ihm ins Auge. Er hob sie auf und dachte, während er ihre vollkommene Symmetrie bewunderte, an die Frau aus dem Institut. Ihre Augen waren wunderschön. Groß, glänzend und pechschwarz. Es hatte in seinem Leben bisher nicht viele Menschen gegeben, von denen er fasziniert war. Doch Maya gehörte zweifellos dazu. Ihr Bild geisterte unaufhörlich in seinem Kopf herum. Unordentliches, zu einem Pferdeschwanz zusammengebundenes Haar, das im offenen Zustand vermutlich kurz über ihre Schultern reichte und so schwarz war wie ihre Augen. Ein schmales, androgynes Gesicht. Sehnige Glieder wie die einer Katze und Haut wie helle Bronze. Der Gedanke, drei Monate mit dieser Frau auf einem Schiff zu verbringen, gefiel ihm.

Eine Zeit lang sah er den Wellen zu, gab sich der Vorstellung hin, sich die Kleider vom Leib zu reißen und ins Wasser zu rennen. Er stellte sich vor, zu schwimmen, bis das Land nur noch eine Ahnung war und unter ihm die Tiefe gähnte. Doch auch diesmal kehrte er dem Meer den Rücken. Wie immer verbunden mit dem Gefühl, die falsche Entscheidung zu treffen.

Vom Regen durchnässtes Gras schmatzte unter seinen Füßen. Schutzbedürftig kauerten sich die Häuser zwischen die windumtosten Hügel, umarmt von Bergen im Osten und dem Meer im Westen. Strandhafer wiegte sich dort im Wind, wo anderswo

Rosen blühten oder Clematis rankten. Es gab nur einen winzigen Laden, der zugleich als Friseur und Treffpunkt der Gemeinde diente.

Der Rhythmus des Lebens besaß hier einen ruhigen Takt und wurde kaum berührt von dem, was sich im Rest der Welt abspielte. Auf überdachten Holzgestellen hing Stockfisch und trocknete im Wind. Duftender Qualm stieg aus den beiden Räuchereien auf und wand sich dem Himmel entgegen. Gestört wurde die Ruhe nur vom Geschrei der Seevögel. Manchmal ertönte der Motor eines Autos oder eines Fischerbootes. Es gab kaum Zerstreuung, aber es gab das Meer und Geschichten am Feuer. Salz in der Luft und eine Ursprünglichkeit, die die Zeit gleichgültig vorbeiströmen ließ. Es war das perfekte Dasein. Nach mehreren Jahren St. Andrews und dem Trubel der Stadt begriff er das umso mehr.

Seine Heimat mochte durch Marthas und Roberts Tode viel verloren haben, doch das Gefühl, zu Hause zu sein, war immer noch da. Als er in die Küche trat, sah er Jeannes Schultasche in einer Ecke liegen, umringt von herausgefallenen Heften und Büchern. Seine Schwester hatte das Abendessen nicht angerührt. Eine unheilschwangere Stimmung ließ die Luft vibrieren. Es hatte also Ärger gegeben. Wieder einmal.

Das Mädchen war inzwischen zu seiner Tochter geworden, und er war kein Bruder mehr, sondern ein Vater, der den Großteil seiner Kraft darauf verwendete, sie zu schützen. Vor dem Leben, vor der Einsamkeit und vor sich selbst.

Oben in der Dachetage warf er seine nassen Kleider in die Wanne und zog eine bequeme, schwarze Hose und ein dunkelblaues Hemd über. Er wollte sich zu Jeanne aufmachen, als aus heiterem Himmel der Juckreiz begann. Mit einem unterdrückten Fluchen balancierte er auf dem linken Bein und zerkratzte sich das rechte. Was war in letzter Zeit nur los mit seiner Haut? Eine Krankheit fehlte ihm gerade noch, jetzt, da Jeanne in der schwierigsten Phase ihres Lebens steckte und seine Nerven blank legte. Manchmal hatte er das Gefühl, ihr trotz aller Anstrengungen nicht im nötigen Maße beistehen zu können. Was, wenn seine Bemühungen nicht genügten?

Er erlaubte sich nicht, diesen Gedanken intensiver zu verfolgen. Er würde eben weiterhin tun, was getan werden musste, und das so gut er konnte. Auf gewisse Weise war es amüsant. Das Studium hatte er mühelos gemeistert, er löste Aufgaben mit einer kurzen Überlegung, über die seine Mitmenschen tagelang brüteten, und erfasste komplizierte Zusammenhänge mit spielerischer Leichtigkeit. Doch jetzt, als selbst ernannte Vaterfigur, fühlte er sich zum Scheitern verurteilt.

Jeannes Traurigkeit wehte ihm bereits entgegen, als er in das zweite Geschoss hinunterging. Seidig weich fühlten sich die Schafwollteppiche unter seinen nackten Füßen an, und so bohrte er, während er an die Zimmertür seiner Schwester klopfte, ein paar Mal die Zehen hinein.

„Kleines? Darf ich reinkommen?"

Es blieb still hinter der Tür, doch er wusste, dass sie in ihrem Zimmer war. Vor seinem inneren Auge sah er sie auf ihrem Bett hocken und mit der Entscheidung ringen, ob sie bereit für ein Gespräch war oder nicht. Vorsichtig öffnete er die Tür und fand sein geistiges Bild in die Realität versetzt.

Jeanne hob den Kopf, als er eintrat. Das Zimmer ähnelte inzwischen sehr seinem eigenen: eine behagliche Mischung aus hellen Erdfarben, dunklen Möbeln und exotischen Masken, Muscheln und Schnitzereien. Auch hier hing ein altes Fischernetz an der Wand, und über dem Bett prangte ein Gemälde von Kolumbus' Mayflower.

„Hi, Schwesterherz."

In sich zusammengesunken saß sie da, die rotblonden Haare offen und so lang, dass sie das Bettzeug berührten. Ihre grünen Augen waren rot umrandet vom Weinen, ihre Arme fest um Finns Hals geschlungen. Finn, der schwarzbraune Husky, den ihre Eltern aus dem Tierheim geholt hatten, weil Jeanne ihm rettungslos verfallen war.

Stumm setzte sich Christopher zu ihr, nahm den Schneidersitz ein und hob auffordernd eine Augenbraue.

„Sieh mich nicht so an." Ihre sonst zarte Stimme klang wie ein Knurren.

„Wie denn?"

„So treudoof." Mit einem unwilligen Seufzen legte sie das Kinn auf Finns Kopf.

„Was heißt hier treudoof? Das nimmst du zurück. Sonst brate ich deinen Hund."

„Meinetwegen."

„Gut, wie willst du ihn? Süßsauer?"

Jeanne verpasste ihm einen Hieb in die Seite, woraufhin er beschwichtigend die Arme hob. „Komm schon, Kleines. Was war los? "

Trotzig schob sie die Unterlippe vor. Wie beschützenswert sie war. Wie verletzlich. Jedes männliche Wesen, das es auch nur wagte, seiner Schwester rüpelhaft zu kommen, würde er in der Luft zerreißen.

„Nichts, was man nicht als alltäglich bezeichnen könnte", antwortete sie. „Es ist immer dasselbe. Ich bin die Außenseiterin. Die, mit der keiner reden will, außer es geht mal wieder darum, mich zu schikanieren. Und heute haben sie es übertrieben."

„Was ist passiert?"

„Sie sagten, ich würde den Tod unserer Eltern dazu benutzen, auf ewig mit Samthandschuhen angefasst zu werden. Und sie halten mich für völlig bescheuert, weil ich eine Nixe ins Matheheft gemalt habe. Kanntest du schon den Begriff Mondkalb?"

„Klar kenne ich den." Christopher schob Finn zur Seite und umarmte Jeanne. Mit einem verzweifelten Schluchzen umschlang sie ihn so fest, dass ihm die Luft wegblieb. „Hör einfach nicht hin", presste er hervor. „In ein paar Monaten ist es vorbei. Dann steht dir die Welt offen."

„Du bist wegen mir zurückgekommen." Jeanne schluchzte. „Du hast deine Dozentenstelle aufgegeben, weil du mich nicht allein lassen willst. Eine Stelle, für die andere ihre Seele samt der Großmutter als Bonus verkaufen würden. Das schlechte Gewissen bringt mich um."

„Hätte ich zulassen sollen, dass sie dich in ein Heim bringen? Keine Selbstvorwürfe mehr, in Ordnung? Ich kann auch hier eine Anstellung finden."

„Ich würde allein klarkommen."

Jeanne blickte ihm fest in die Augen, doch hinter dieser gespielten Stärke war sie verwundbarer als je zuvor. Eine Tatsache, die ihn zutiefst rührte.

„Das würde ich."

„Nichts da. Mach in Ruhe deinen Abschluss, ich genieße solange meine Auszeit. Übrigens fange ich ab Ende Dezember im hiesigen Institut für Meeresbiologie an. Auch nicht übel, oder?"

Jeanne nickte und sackte in sich zusammen. Dann presste sie kleinlaut hervor: „Ich hasse die Schule."

„Ein paar Monate musst du es noch aushalten", beschwor er sie. „Für mich, in Ordnung? Ich habe es geschafft, also wirst du es auch schaffen. Nach allem, was wir gemeinsam ertragen haben, dürfte das die kleinere Herausforderung sein." Er nahm Jeannes Gesicht in seine Hände und lächelte verschwörerisch. „Außerdem habe ich eine Überraschung für dich. Ich wollte sie dir gestern Abend schon verraten, aber du kamst erst so spät nach Hause und hast ausgesehen, als wolltest du im Stehen einschlafen."

„Eine Überraschung?" Jeanne musterte ihn mit jener wissenden Unschuld, die er nur von ihr kannte. „Was für eine Überraschung?"

„Wir gehen für drei Monate nach Südamerika."

Sie zog die Arme zurück. „Was?"

„Ich war heute im Institut. Sie wollen mich bei ihrer Expedition dabei haben, und du wirst die persönliche Assistentin der Leiterin. Nach Weihnachten geht es los und Ende März kehren wir zurück. Natürlich nur, wenn du für die Zeit nichts Besseres vorhast."

„Das ist nicht dein Ernst." Jeanne klappte der Mund auf. Kummer und Sorgen verschwanden aus ihren Augen.

„Es ist mein Ernst", bestätigte er. „Die zuständige Expeditionsleiterin wird sich darum kümmern, dass du von der Schule freigestellt wirst. Lernen kannst du auf dem Schiff und Prüfungen holst du nach, wenn wir wieder zurück sind."

„Wir beide fahren nach Südamerika? Wir beide auf einem Schiff?"

„Genau. Allerdings wirst du dir die Finger schmutzig machen müssen." Christopher schmunzelte, wusste er doch genau, dass diese Aussicht die Begeisterung seiner Schwester noch steigern würde.

„Wow", flüsterte sie perplex.

„Gern geschehen. Ach, verdammt." Wieder begann sein rechtes Bein zu jucken, diesmal noch penetranter als zuvor. „Das bringt mich noch um den Verstand. Dein Hund hat mich mit Krätze angesteckt. Wir sollten ihn rasieren."

Er schob das Hosenbein hoch und betrachtete sein verschorftes Bein. Inzwischen sah es genauso schlimm aus wie das linke.

„Jedem anderen würde ich sagen, er soll Salbe drauftun." Jeanne zog eine Grimasse. „Aber du bist ja gegen alles Chemische allergisch. Und hör auf, meinen Hund zu beleidigen. Finn hatte niemals Krätze. Er hat nicht mal Flöhe."

„Ich sollte mir mal etwas Pflanzliches holen. Wenn das so weitergeht, ziehe ich mir noch die Haut ab." Er rang kläglich um Disziplin und schob das Hosenbein wieder hinunter. Jeanne starrte ihn an und knetete ihre Unterlippe zwischen Daumen und Zeigefinger. Kein gutes Zeichen. „Was ist los, Schwesterherz?"

Sie zuckte die Schultern. „Ich habe gesehen, wie du gestern mitten in der Nacht an den Strand gelaufen und erst im Morgengrauen wieder zurückgekommen bist.

Irgendwas ist passiert. Habe ich recht?"

„Was soll passiert sein?"

„Sag du es mir. Was beschäftigt dich so sehr, dass du kaum noch schläfst?"

„Keine Ahnung."

„Weißt du noch, das Lied, das Mom manchmal gesungen hat, wenn ich nicht einschlafen konnte?"

„Oh, das Indigo in deinen Tiefen", zitierte Christopher und fühlte Sehnsucht aufklaffen. „Du salziges, ewiges Blau. Nimm, Meer, mir die Beine, denn sie zwingen mich an das Land."

„Ja. Jacks Lied. Und ich habe Angst, dass es wahr wird."

Ihm wurde flau im Magen. „Warum sagst du so was?" Er hatte mit ihr niemals darüber geredet. Über seinen Zwiespalt, die Visionen und die mit jedem Tag heftiger brennende Unruhe. Dass sie ihn trotzdem durchschaute, hätte ihn nicht verwundern sollen.

„Ich habe dein Buch da gelesen." Jeanne griff nach dem Bildband, der neben ihr auf dem Bett lag. „Da war diese Geschichte. Eine Legende darüber, wie der erste Narwal entstand."

Christopher nahm es entgegen und blätterte darin herum. Es war eine Sammlung indianischer Legenden, untermalt mit Bildern wilder Küsten, durch blaue Tiefen schwebende Wale und sturmgepeitschte Hochsee. Vor einigen Wochen hatte er dieses Buch zufällig in einem Laden entdeckt und verschlungen. Wieder musste er an die Meeresbiologin denken. Sie war halbindianisch. War das ein Zufall? Er betrachtete die Abbildung auf der aufgeschlagenen Seite. Auf dem Rücken eines Narwals, der schaumgekrönte Wellen durchmaß, lag ein Mädchen mit langem, schwarzem Haar.

„Du meinst den Krieger, der keine Ruhe fand? Der Mann, der seiner Liebsten nicht nahe sein konnte und sich von der höchsten Klippe aus ins Wasser stürzte, um zu ertrinken?"

„Ja", antwortete Jeanne. „Aber die Götter hatten Erbarmen und verwandelten ihn in ein Einhorn."

„In ein Einhorn des Meeres. Er wurde der erste Narwal." Christopher klappte das Buch zu und legte es zurück auf das Bett. „Das ist es, was mir an diesen Geschichten gefällt. Sie sehen den Ozean als Ort der vollkommenen Freiheit."

Wieder wollte sich diese Leere in ihm einnisten. Er blickte aus dem Fenster. Die Dämmerung legte sich über die Küste. In diesem Licht sah es aus, als wollten Himmel und Wasser miteinander verschmelzen. Wellen vereinten sich mit Wolken, Gischt mit Nebel. Das Rauschen dort draußen war der Rhythmus, der die Welt seit Millionen von Jahren erfüllte und nach dem sich alles zu bemessen schien. Am Anfang war das Meer gewesen. Und dann lange Zeit nichts außer Wellen und Himmel und Salz.

„Chris?" Jeanne zupfte an seiner Hose. „Lass nicht zu, dass ich dich verliere. Ich sehe doch, wie du mit jedem Tag ruheloser wirst. Wie du dich kaum noch losreißen kannst vom Strand und wie du dort hinausblickst. Als wolltest du dich ins Wasser stürzen wie der Mann aus der Geschichte."

„Das würde ich nie tun", flüsterte er. „Ich bin nicht lebensmüde."

„Aber eines Tages passiert es vielleicht.“
„Was passiert?“
„Wenn du lange genug auf das Wasser starrst, wird es dich holen.“
„Unsinn.“ In einer liebevollen, beruhigend gemeinten Geste zerwühlte er ihr Haar, doch im Inneren fürchtete er sich. Letzte Nacht hatte er wieder die Stimmen gehört. Stimmen aus der Tiefe, die um Hilfe flehten. Er fragte sich, ob er Jeanne von den Visionen erzählen und ihr den Grund nennen sollte, warum er wirklich auf diese Expedition ging. Sollte er ihr sagen, dass es den gezackten Graben im Meeresboden wirklich gab, knapp sechzig Seemeilen vor der chilenischen Küste? Irgendwann, schwor er sich. Aber nicht heute Abend.

Jeanne fühlte sich frei, während sie lachend durch die Nacht rannten, Hand in Hand. Es war das herrliche Gefühl, alle Sorgen von sich abfallen zu spüren und nur noch zu leben. Mit allen Sinnen und gemeinsam mit ihm.

An diesem Abend war die Wolkendecke aufgerissen und hatte den Blick auf einen prachtvollen Sternenhimmel freigegeben. Hastig waren sie in ihre Wollmäntel geschlüpft, hatten sich eine Decke von der Ofenbank geschnappt und waren gemeinsam mit Finn in die Nacht hinausgerannt. Der Hund verschwand irgendwo hinter den Weiden, weshalb es mit Sicherheit wieder Ärger mit dem Schafzüchter geben würde, der ständig in der Furcht lebte, Finn könnte ein apokalyptisches Blutbad unter seinen Tieren anrichten.

„Du bist ja barfuß.“ Jeanne betrachtete Christopher kopfschüttelnd. „Wie hältst du das nur aus?“

„Du hast eben einen abnormalen Bruder.“

„Wohl wahr.“ Übermütig sprang sie in eine Pfütze aus geschmolzenem Schnee. Die Nacht war herrlich. Der klare Himmel brachte jene schneidende Luft mit sich, die den Winter ankündigte. Die Tage und Nächte der Eiszapfen, der haushohen Wellen und des Raureifs. Bald würden die Morgen kommen, an denen man aufwachte und eine Märchenwelt vorfand. Von Reif überzogene Berge und zu filigranen Kunstwerken erstarrte Strandhaferbüschel. Das Meer würde sich in Dunst hüllen, Nebel das Dorf bedecken und die Schreie der Seevögel in einer großen Leere widerhallen. Sie liebte diese Zeit. Mehr als den Sommer und den Frühling, denn dann geschah es viel zu oft, dass schnatternde Touristen ihr Dorf stürmten.

Bleiche Atemwolken ausstoßend stapften sie durch den Schlamm, der heute Morgen noch Schnee gewesen war. Nach einer Weile erreichten sie den Pfad, der in einer halbmondförmigen Windung zum Meer hinunterführte.

„Sieh mal. Sind das nicht unglaublich viele Sterne?“

„Mindestens eine Milliarde“, bestätigte Christopher. „Oder was meinst du?“

Er sah sie an, und das Indigo des Nachthimmels fand sich in seinen Augen wieder. Etwas Seltsames umgab ihn. Eine Art melancholisches Wissen und in sich ruhende Kraft. Beides war noch spürbarer geworden, seit er vor vier Wochen aus St. Andrews zurückgekehrt war. Oft hatte sie versucht, seine Besonderheit zu ergründen, nur um zu scheitern. Vielleicht wollte sie das Geheimnis auch gar nicht enthüllen. Denn die schönsten und zugleich furchterregendsten Erklärungen für Christophers Andersartigkeit waren immer noch die, in denen sie sich ausmalte, Großvaters Geschichten entsprächen der Wirklichkeit. Noch immer hörte sie seine sonore Stimme: *Sie haben ihn nicht adoptiert, so wie sie es dir und ihm gern erzählen. Sie fanden ihn am Strand zwischen Tang und Muscheln. Vom ersten Augenblick wussten deine Eltern, dass er nicht zu den Menschen gehörte. Dass er ein Geschenk war. Eine Gabe des Ozeans. Als sie ihn mitnahmen, glaubten sie, das Aufblitzen einer silberweißen Flosse zu sehen, die aus den Wellen auftauchte wie zum letzten Abschiedsgruß.*

„Meerjungfrauen“, war Jeannes begeisterte Antwort gewesen und ihr Großvater hatte geheimnisvoll gelächelt.

„Ja. Meerjungfrauen. Sie kennen die Menschen genau. Sie wissen, wie es in ihren Herzen aussieht. Und sie wissen, wem sie das Kostbarste anvertrauen können. Ihr eigenes Fleisch und Blut. Denn das ist ihre Angewohnheit seit ewigen Zeiten. Sie schenken Menschen ihre Kinder, lassen sie an Land aufwachsen und Liebe spüren. Liebe, die es in ihrer wahren Heimat nicht gibt. Doch wenn diese Wesen eines Tages den Ruf des Meeres hören, werden sie allem Erdbehafteten den Rücken kehren. Das Lied ihrer wahren Familie wird immer verlockender werden, bis die Kinder, die geglaubt hatten, Menschen zu sein, wieder zurückkehren. In die tiefe, blaue See. Dein Bruder ist ein Sohn des Meeres. Denk daran, Jeanne. Eines Tages wird er spüren, wohin er gehört. So, wie es Jack gespürt hat.“

Christophers Stimme riss sie aus ihren Gedanken. „Lass uns dort hinuntergehen. Komm.“

Er zog sie zu einer halsbrecherischen Treppe, die zu einer Bucht hinunterführte. Geschützt lag sie zwischen den Felsen, nur durch einen schmalen Durchlass mit dem Meer verbunden, sodass Wellen und Strömungen ihr nichts anhaben konnten. Als Jeanne die erste Stufe betrat, ließ etwas sie innehalten. „Hast du das gesehen? Da hinten? Das Helle?“

„Nein.“ Christopher breitete die mitgebrachte Decke aus, legte sie zuerst um ihre Schultern und dann um seine eigenen. „Siehst du etwa den Geist eines verschollenen Matrosen?“

„Nein. Ich …“

Seine plötzliche Nähe ließ ihren Atem stocken. Sie roch das Aroma von Salz, Strand und Meer und sog es tief ihre Lungen. Er war ihr Bruder, wenn auch nicht im Blute. Ihre Verbundenheit besaß etwas Heiliges, das nicht beschmutzt werden durfte. Doch heute fiel es ihr schwer, die an die Oberfläche strebenden Gefühle zu unterdrücken.

Weit draußen auf dem Meer, wo Wellen sich am Riff brachen, schien etwas auf einem Felsen zu sitzen. Reglos und schemenhaft. Sie machte Christopher darauf aufmerksam, doch er winkte ab.

„Das ist sicher nur ein einsamer Basstölpel. Nichts von Bedeutung und schon gar kein Geist. Lass uns runtergehen, Schwesterherz.“

Vorsichtig folgten sie der Treppe hinab in die Bucht, suchten Stufe für Stufe Halt auf dem glitschigen Stein. Hier unten war das Wasser ruhig, doch jenseits der Felsen tobte das Meer. So wütend warf es sich gegen die Klippen, dass sie das Beben unter den Füßen spürte. Am Strand angekommen, löste Christopher sich von ihr. Seiner Wärme beraubt, zog sie die Decke fest um die Schultern und sah der Wolke ihres Atems nach. Trotz der nie ganz weichenden Schwermut fühlte sie sich wundervoll. Wie euphorisch sie der Gedanke stimmte, bald drei Monate mit ihm auf einem Schiff zusammen zu sein, irgendwo am anderen Ende der Welt, konnte er wohl kaum ermessen. Sie drehte sich um die eigene Achse. So klar wölbte sich das Firmament über die Klippen, dass sie glaubte, die Sterne mit den Fingern berühren zu können. Der Große Wagen leuchtete genau über ihr. Über den Klippen schwebten Kassiopeia und die sieben Schwestern der Plejaden.

„Keine Angst“, hörte sie Christopher rufen.

Das sagte er so einfach, denn sie sah, wie er seinen Mantel auszog und Hose nebst Hemd folgen ließ. „Bist du verrückt? Es ist eiskalt. Und das Wasser, es …“

„Ich kann nicht anders.“

Sie kam nicht mehr dazu, ihren Satz zu beenden. Zu sprachlos machte sie der Anblick, wie er nackt ins Meer ging. Ganz langsam, als befreite ihn jeder Millimeter Wasser, der seine Haut umschloss.

„Bitte. Tu das nicht.“ Ihre Stimme war nur noch ein Wispern. Christopher hörte nicht auf sie. Atemlos stand sie da, hin- und hergerissen zwischen Angst und Faszination. Mein Gott, wie schön er war. Wie fremd trotz aller Vertrautheit. Sie sah, wie die Wellen seinen Körper umschlossen. Wie sie ihn umgarnten, als wollten sie ihn willkommen heißen. Er legte den Kopf in den Nacken, sodass seine blauschwarzen Locken auf die helle Haut fielen, und dann, mit einem erlösten Seufzer, ließ er sich ganz in das Wasser gleiten. Wie gebannt starrte sie auf das Funkeln der Oberfläche, in der sich die Sterne spiegelten. Nur wenige Herzschläge, und nichts tat mehr kund, dass ihr Bruder in den Fluten verschwunden war. Das Meer war so still, als hätte sich eine undurchdringliche Spiegelfläche hinter ihm geschlossen, um ihn für immer in der Welt aus Wasser zu halten. Sie fröstelte. Was, wenn Christopher hier und heute spürte, was er wirklich war? Was, wenn er sie zurückließ?

Was dachte sie da? Es war doch nur eine Legende. Ein Märchen für Kinder. Wieder und wieder sog sie die kalte Luft ein, bis sie das Gefühl hatte, in die Wirklichkeit zurückzukehren. „Hör bloß auf zu spinnen“, ermahnte sie sich. „Denkst du wirklich, ihm wachsen Flossen?“

Noch immer war er nicht wieder aufgetaucht. Wie viele Minuten waren vergangen? Fünf? Vielleicht sogar mehr? Möglicherweise hatte er sich irgendwo versteckt. Ängstlich starrte sie auf die Wasserfläche. Es gab in der Bucht keine Felsen, hinter denen er in Deckung hätte gehen können. Nur steil aufragende Klippen.

„Komm zurück“, rief sie. „Bitte. Hör auf damit. Das ist nicht witzig.“

Kaum war das Echo ihres Rufes verklungen, tauchte er mitten in der Bucht wieder auf. Die Erleichterung war so groß, dass ihr Herz mehrere Schläge auszusetzen schien. Herrgott, wie konnte er ihr so einen Schrecken einjagen? Blödmann.

„Oh, es war herrlich“, rief er, drehte sich auf den Rücken und schwamm zurück an den Strand. „Du glaubst gar nicht, wie schön es war. Ist man erst mal drin, kommt es einem gar nicht mehr kalt vor."

Schwer atmend entstieg er dem Wasser, das ihn nur widerwillig gehen ließ. Aus dem Nichts entstehende Wellen umflossen seine Füße, als versuchten sie, ihn zurückzuziehen. Der letzte Zentimeter seiner Haut verließ das Meer. Ungläubig sah Jeanne, wie die zuvor makellose Wasseroberfläche der Bucht begann, sich wieder im Wind zu kräuseln.

„Tu das nie wieder", entfuhr es ihr harscher als beabsichtigt. „Ich dachte, du wärst ertrunken."

„Wie lange war ich weg?"

„Keine Ahnung. Fünf Minuten? Sind dir Kiemen gewachsen oder was? Ich bin fast umgekommen vor Sorge."

Nass, wie er war, stieg er in seine Kleidung. „Meine verträumte kleine Schwester. Manchmal hast du zu viel Fantasie. Was hältst du davon, wenn ich dich morgen von der Schule abhole? Dann fahren wir gemeinsam nach Hause und unternehmen einen Ausritt? Die Sheepbouwers haben sicher nichts dagegen, wenn wir uns ihre Pferde ausleihen."

Das Glück, das sie bei seinem Vorschlag empfand, war trügerisch wie eine dünne Eisfläche über tiefem Wasser. Sie grub ihre Finger in Christophers tropfnasse Locken, legte den Kopf auf seine Schultern und nickte. Früher als Kind war sie sorglos mit ihm am Strand herumgetollt, gleichgültig ob Vergangenheit und Zukunft, voller Flausen und Hoffnungen. Wie gern hätte sie wieder am Strand Treibgut gesammelt, vom Meer ausgebleichtes Holz zu einem Lagerfeuer aufgestapelt und selbst gefangenen Fisch gebraten, erfüllt vom ungetrübten Glück eines Kindes. Sie hatten sich damals Geschichten von Nixen, Kobolden und Ungeheuern erzählt und sich gebannt um das Feuer gedrängt. Ihre Körper bebten vor genüsslicher Furcht, während sie jeden Augenblick damit gerechnet hatten, die Eltern oben an den Klippen zu entdecken.

Was war aus diesen Zeiten geworden? Jetzt waren Mom und Dad tot, und sie bereitete sich auf eine ungewisse Zukunft vor. Ihr Hunger nach Abenteuer war nie gestillt worden. Nur die Sorglosigkeit war verlöscht wie ein Lagerfeuer, das von der Flut überspült wurde.

„Wir hörten beide bei unserem ersten Atemzug das Geräusch der Wellen", sagte sie. „Unser ganzes Leben ist davon erfüllt. Als wären sie unser Herzschlag. Und wenn sie aufhören, hören auch wir auf."

„Aber die Wellen werden immer da sein", antwortete Christopher. „So wie Millionen Jahre vor uns und Millionen Jahre nach uns. Bis die Sonne sich aufbläht und das Meer verdampft."

„Wirst du wieder gehen?", flüsterte sie.

„Nicht ohne dich."

Die Haut seiner Wange, an die sie ihre Stirn schmiegte, war kalt wie Eis. Der Gedanke, ihn erneut loslassen zu müssen, war unerträglich. Und doch war er allgegenwärtig. Bei allem, was sie tat. „Warum vergeht die Zeit so schnell?" flüsterte sie an seinem Ohr. „Warum rinnt sie einem durch die Finger, immer schneller, je älter man wird?"

„Hm“, machte er. „Keine Ahnung. Da musst du einen Physiker fragen.“

Über ihnen erklang ein Kläffen. Finn stand am Rand der Klippen, gespenstisch wie einer der Tiergeister, von denen man sich hier oft erzählte.

„Darf ich heute Nacht bei dir schlafen?“ Jeanne drängte sich noch fester an ihn. Innerlich wie äußerlich war ihr kalt. „Ausnahmsweise?“

„Sicher darfst du. Aber jetzt lass uns gehen, sonst verwandelst du dich noch in einen Eiszapfen oder fällst gänzlich der Melancholie anheim. Freust du dich denn nicht? Auf unser anstehendes Abenteuer?“

„Doch.“ Das tat sie wirklich. „Sehr sogar.“

Sie nahm ihn bei der Hand, und dann rannten sie mit dem Hund zum Haus zurück. Heimlich, als wären da noch immer ihre Eltern, die nicht bemerken sollten, wo sie sich schon wieder rumgetrieben hatten, schlichen sie in die Dachetage. Hinauf in Christophers Refugium.

„Ab in die Federn.“ Oben angelangt deutete er auf das Bett. „Sonst kommst du morgen nicht raus. Hast du nicht auch irgendwas von einem Biologie-Test erzählt?“

„Nein, ein Spanisch-Test. Und ich will auch nicht aus den Federn kommen.“ Sie grub ihre Finger in das Nackenfell des Hundes, der es sich zu Füßen des Bettes bequem gemacht hatte. „Was nützt es mir, wenn ich berechnen kann, mit welchem Energieaufwand ein Kühlschrank geöffnet wird oder wie schnell ein Apfel vom Pisaturm fällt? Ich lerne nur unnützes Wissen und muss dafür auch noch zu Unzeiten aus den Federn. Wer einatmet, muss ausatmen. Wer einschläft, muss ausschlafen.“

„Ganz meine Meinung.“ Er zog eine Matratze auf den Boden und legte eine Decke sowie ein Sofakissen darauf. „So, darf ich die Dame bitten?“ Galant vollführte er eine Verbeugung. „Alles ist auf das Trefflichste vorbereitet.“

Ihrer Kehle entwich ein Glucksen. Wohlig kuschelte sie sich in die Decke und fühlte eine Behaglichkeit, wie sie nur tiefe Müdigkeit gepaart mit einem weichen, warmen Zufluchtsort hervorrief. „Ich werde morgen früh unmöglich aus den Federn kommen“, nuschelte sie. „Vielleicht sollte ich blaumachen. Was meinst du?“

Christopher schnalzte mit der Zunge. „Ich würde dir gewaltig die Leviten lesen.“

„Warum?“

„Weil wir nun mal in einer Zeit leben, in der gewisse Dinge nötig sind. Oder hast du eine Idee, wie wir ohne Geld auskommen könnten? Willst du auf deiner Geige spielen und ich singe? In einer Fußgängerzone? Oder versuchen wir uns als Bankräuber?“

„Warum nicht?“

„Träumerin.“

In liebevollem Tadel schüttelte er den Kopf und zog sich aus. Müde schloss sie die Augen. Als sie sie wieder öffnete, stand er in einer schwarzen Jogginghose vor ihr. Es gab eine Menge Jungen aus der Schule, die ihre Körper wie besessen in den Fitnessstudios malträtierten, entschlossen, sich zu einem athletischen Adonis zu mausern. Doch keiner erreichte auch nur annähernd die körperliche Anmut, wie sie ihr Bruder besaß. Von der Natur erschaffene Perfektion, ausgeprägt von der schweren Arbeit auf den Fischerbooten, die er seit seiner Rückkehr gerne und oft annahm, von langen Wanderungen über die Klippen, vom Schwimmen und den stundenlangen Ausritten.

Von nichts zu viel und von nichts zu wenig.

„Was ist?“ fragte er. „Komm, teil deine Sorgen mit mir. Sonst fressen sie dich von innen heraus auf. Wie die Aliens aus dem Film, den wir letztens gesehen haben.“

Er gab genüssliche Seufzer von sich, kuschelte sich in sein provisorisches Lager und schaltete die Lampe aus. Dunkelheit erfüllte das Zimmer.

Sie blinzelte an die Decke hinauf. „Sag, dass du mich niemals allein lässt. So, wie Mom und Dad uns allein gelassen haben.“

„Es war ein Geisterfahrer.“ Seine Stimme klang gepresst. Sie konnte den aufbrechenden Schmerz ihres Bruders regelrecht spüren und schalt sich eine taktlose Idiotin. „Du redest, als hätten sie Schuld an ihrem Unfall.“

„Nein“, wisperte sie. „So meinte ich das nicht. Ich will nicht auch noch dich verlieren. Denn wenn du gehst, dann gibt es niemanden mehr in meinem Leben.“

Christopher stützte sich mit dem Ellbogen ab. Sein Gesicht schimmerte fahl in der Dunkelheit. „Was redest du denn da? Wie kommst du darauf, dass ich dich allein lassen könnte?“

„Ach, nichts.“

Die Erinnerung raubte ihm jede Aussicht auf Schlaf. Er konnte es Jeanne nicht erzählen. Er konnte ihr nicht sagen, was er empfunden hatte, als er ins Meer eingetaucht war. Als die Kühle des Wassers seine Haut umschmeichelt hatte wie eine Liebkosung. Er konnte ihr nicht erzählen, wie frei er sich fühlte, als er endlich ganz abgetaucht war und unter sich den sandigen Grund sah, von Gezeitenrillen durchzogen wie Hautfalten eines riesigen Geschöpfs. Wie herrlich es war, als er tiefer hinabtauchte. So tief, bis der sich in der Strömung wiegende Seetang seine Haut streifte. Schläfrige Fische waren durch das Indigo geschwebt, Muscheln und Schnecken hatten im Sand geglänzt. Und als er sich auf den Rücken drehte, waren über ihm hinter dem Wogen des Meeres die Sterne erschienen. Wie winzige, silberne Nadelstiche.

Dann war da der Sog.

Eine Strömung, die das Meer durch das Felstor der Bucht presste und es wieder hinauszog in die sturmgepeitschte Weite des Ozeans. Unwiderstehlich war ihm dieser Sog erschienen. Zuerst hatte er sanft an ihm gezogen, doch bald war die Zärtlichkeit in Penetranz umgeschlagen.

Komm zu uns. Die Freiheit ist ganz nah.

Komm zu uns. Komm. Du gehörst hierher …

Er wäre diesem hypnotischen Ruf gefolgt, hätte ihn die Stimme seiner Schwester nicht aufgehalten. Allein wegen ihr war er zurückgekehrt. Zurück in eine Welt, die ihm plötzlich falsch und fremd erschien. Was war nur los mit ihm? Wurde er krank? Verließ ihn der gesunde Menschenverstand? Er wusste es nicht. Er wusste nur, dass er klar im Kopf bleiben musste.

Lange versuchte er, Schlaf zu finden, doch die ersehnte Ruhe wollte sich nicht einstellen. Schließlich stand er leise auf, schlich hinaus und ging in das Arbeitszimmer seines Vaters.

Der gediegene, im Kolonialstil eingerichtete Raum war inzwischen zu seinem Reich geworden. Ein gewaltiger Mahagonischreibtisch quoll über vor Büchern, Vorlesungsunterlagen, diversen Ausdrucken und Notizzetteln. In dem Regal, das eine gesamte Wand einnahm, tummelten sich wissenschaftliche Wälzer neben fantastischen Romanen und Sachbüchern über die Mythen und Legenden des Meeres. Der Duft von Vanilletabak lag noch immer in der Luft, obwohl seit Wochen niemand mehr hier Pfeife rauchte.

Wohl zum tausendsten Mal nahm er den Ausdruck zur Hand, der eine Topografie des Meeresbodens vor Chiles Küste zeigte. Nur zufällig war er während einer Recherche über Manganknollenvorkommen auf die gezackte Narbe gestoßen, die sich über eine Länge von zwei Kilometern hinzog und verglichen mit anderen Strukturen unauffällig daherkam. Weder war sie besonders lang noch besonders tief, doch sie barg ein Geheimnis.

Ein Geheimnis, das er lösen musste.

Die Standuhr schlug Mitternacht. Erschöpft sank er in den knirschenden Ledersessel, stützte sich mit einem Ellbogen auf dem Tisch ab und starrte auf die Karte. Jeder Gedanke war schwer wie ein Mühlstein. Träge tickend rückte der Zeiger der Uhr vor. Halb eins, ein Uhr …

Als ein tiefer Gong ertönte, verschleierten sich seine Sinne. Stimmen begannen zu säuseln. Leiser als ein Flüstern. Leise wie ein Gedanke.

Hilf uns!

Wir brauchen dich … ohne dich sind wir verloren.

Kannst du uns nicht hören?

~ ~

Es war noch nicht einmal hell, als für Jeanne die Nacht endete. Der Ton des Weckers zerfetzte so nervenaufreibend die Stille, in der sie geschwebt hatte, dass sie abrupt auffuhr und nach dem Gerät schlug. Polternd fiel es zu Boden, knapp neben Christophers Kopf. Er seufzte nur, drehte sich auf den Bauch und knüllte sein Kissen zusammen.

Im Halbschlaf zog sie sich an, ging in die Küche und verfluchte die Tatsache, dass noch nicht Wochenende war. Sie schlürfte ein Glas Orangensaft und aß Cornflakes, während sie um sechs Uhr morgens aus dem Küchenfenster starrte. Strand und Felsen waren von Nebel verhüllt. Mit wabernden Fingern tastete er nach dem Dorf, glitt über die Wiesen und berührte den weiß gekalkten Stall der Sheepbouwers.

Das Haus auf den Klippen, in dem früher ihre Großeltern gelebt hatten, war nur als geisterhafter Schemen zu erkennen. Obwohl seit vielen Jahren andere Menschen darin wohnten und der einstmals üppige Garten verwilderte, war es immer noch ein seltsames Gefühl zu wissen, dass sie nicht mehr dort waren. Damals wäre ihr Großvater im ersten Morgengrauen in den Garten hinausgegangen, um nach dem Rechten zu sehen. Er hätte dort gestanden, seinen Labrador Ben gestreichelt und eine Pfeife geraucht, um nach ein paar Momenten der Entspannung die Beete abzugehen. Hier und da pflückte er etwas oder hob etwas auf, um am Ende seines Rundgangs mit Ben an den Strand zu gehen. Ihre Großmutter wiederum, gekleidet in einen karierten Kittel, bereitete das Frühstück zu.

Jeanne sah diese Szenen deutlich vor sich. Die erleuchtete Küche, die durch den Nebel strahlte, der Umriss der alten Frau, die eifrig herumhantierte. Damals hatte sie mit Christopher jeden Morgen vor der Schule bei ihnen vorbeigeschaut, um einen Brombeer-Pfannkuchen hinunterzuschlingen und Großvaters Geschichten zu lauschen. Er wusste immer etwas über das Meer zu erzählen. Manchmal fand er beim morgendlichen Spaziergang ein Stück Treibgut, über das er sich eine Legende ausdachte, manchmal eine besonders schöne Kaurischnecke oder eine Muschel. Mal erzählte er von winzigen Katzenhaien, die er bei Ebbe in den zurückgebliebenen Gezeitentümpeln gefunden hatte, oder von Jack, dem Fischer, der seine Liebe zum Meer mit dem Leben bezahlt hatte.

Jedes Mal hatten Christopher und sie das Gefühl gehabt, viel zu schnell aus einer verzauberten Welt in die Realität hinausgezwungen zu werden, um sich schnöden Menschendingen zu widmen. Dingen wie Mathematik, Physik und Geografie. Und den Rest des Tages verbrachten sie fantasielos: Formeln statt Meerjungfrauen. Rechenaufgaben statt Selkies und Aufsätze statt verwunschener Inseln.

Sie wünschte, ihr Großvater würde noch leben. Er hätte vielleicht gewusst, wie man Christopher helfen konnte. Seit jeher besaß ihr Bruder eine Stärke, von der sie nur träumen konnte, und doch schien ihn etwas innerlich zu zerreißen. Von Tag zu Tag mehr, seit er zurückgekehrt war. Wo würde das enden?

Sie vertrieb die quälenden Gedanken, nahm ihre Schultasche und ging hinaus in den Nebel.

~❁~

Schlaftrunken stapfte Christopher durch den frisch gefallenen Schnee, begleitet von Finn. Ein scharfer Wind wehte ihm das Haar ins Gesicht und biss in seine Haut, doch es kümmerte ihn nicht. Genüsslich leckte er sich das Salz von den Lippen. In letzter Zeit hatte er einen wahren Heißhunger nach diesem Mineral entwickelt, verspeiste Unmengen an stark gewürzter Brühe, Schinken, Chips und allem Möglichen, das viel Salz enthielt. Angesichts dieser Essgewohnheiten hätte er inzwischen das Aussehen eines tausendjährigen Tiefseeschwamms besitzen müssen, doch allen Unkenrufen zum Trotz nahm er kein Gramm zu. Seinen Hunger glich er mit Unruhe aus, die ihn immer wieder nach draußen trieb. Reiten, wandern, schwimmen. Oft stundenlang. Dazu kamen die Jobs auf den Fischerbooten, die harte, aber willkommene Arbeit mit sich brachten.

Längere Ruhe machte ihn verrückt, das hatte er inzwischen erkannt. Die Wände des Hauses machten ihn irre. Manchmal schrumpften sie, wurden enger und enger, bis er es nicht mehr aushielt und an den Strand gehen musste, um atmen zu können. So auch heute. Das Geräusch der Wellen gab ihm Kraft. Da war das Rollen, mit dem sie sich dem Strand näherten. Das Donnern, wenn sie brachen, und das Rauschen, wenn sie über den Kies flossen. Am Ende flüsterte das Wasser, wenn es wieder zurückströmte. Doch es war ein Flüstern, das im Laufe der Jahrtausende Felsen zermalmte.

Zunächst ziellos schlenderte er in Richtung Strand, bis ihm Jacks Hütte in den Sinn kam. Lange war er schon nicht mehr dort gewesen, und warum sollte er seinen morgendlichen Spaziergang nicht etwas ausweiten? Noch hatte er Zeit, bevor sein neuer Job begann und ihm die Möglichkeit zum Müßiggang verwehrt wurde. Er folgte dem verschneiten Pfad, der in mehreren Windungen bis zu den mit Kiefern bestandenen Klippen hinaufführte. An ihnen schlängelte er sich entlang und endete bei dem Strand, zwischen dessen Dünen das Fischerhaus vermoderte.

Nur schwammig konnte er sich an den Mann erinnern, der dort gelebt hatte. Groß war er, mit bernsteinfarbenen Augen und braunem Haar, das Gesicht leer wie das eines Toten. Im Gegensatz zu den anderen Kindern konnte er bei seinem Anblick keine Furcht empfinden, obwohl Jack, wann immer sie sich begegneten, ihn wie eine Erscheinung anstarrte. Warum er allein gelebt hatte, warum er mit niemandem sprach, wenn er ins Dorf kam, und woher die Traurigkeit in seinem Blick rührte, war ein Rätsel geblieben.

Eines Morgens war der Fischer auf das Meer hinausgefahren und nicht mehr zurückgekehrt. Ob auch er den Ruf gehört hatte? Dieses lockende Flüstern und Raunen? Abertausende Knochen vermoderten in der Tiefe, Überreste der Menschen, die auf See geblieben waren. Jack war nur einer unter vielen, doch mit seinem Lied hatte er sich einen Platz in den Köpfen der Menschen erhalten. Fischer sangen es, wenn sie mit ihren Kuttern hinausfuhren. Man trug es auf Dorffesten vor, und Mütter sangen ihre Kinder mit Jacks Worten in den Schlaf.

Es war ein Lied, das Christopher aus dem Herzen sprach.

Er streichelte Finns Kopf und wanderte weiter durch die windverkrüppelten Kiefern bis zum Strand. Die Hütte stand noch, eingerahmt von schneebedeckten Dünen. Ihre Fenster waren mit Brettern vernagelt, doch die Haustür hatte jemand von der Sperre befreit. Selbst von hier aus konnte er die Spuren sehen, die sich im Sand abzeichneten. Sie kamen aus dem Meer und führten über den Strand zum Haus.

Er suchte die Umgebung ab, konnte jedoch keine weiteren Spuren ausmachen. Auch ein Boot war nirgendwo zu sehen. Aus dem Schornstein der Hütte stieg eine Fahne bleichen Rauches auf und wurde schnell dichter, als wäre jemand dabei, den Kamin anzufachen. Neugier erwachte. Den Hund am Halsband gepackt hielt er auf die Hütte zu. Donnernd brachen sich hinter ihm die Wellen am Strand, aufgeworfen vom Sturm. Das Meer war über die Jahre immer näher gekommen und drohte, das Haus beim nächsten Orkan zu verschlingen.

Vorsichtig öffnete er die Tür, deren Holz das Gefühl vermittelte, es könnte unter seinen Fingern zerfallen. Feuerschein erhellte die Düsternis des Raumes, Modergeruch schlug ihm entgegen wie greifbar gewordene Vergangenheit. Eine Frau saß auf dem zerschlissenen Sessel vor dem Kamin, die nackten Beine angezogen, gekleidet in ein fadenscheiniges, viel zu großes Fischerhemd. Die Fremde besaß langes, gewelltes Haar und zarte Finger, mit denen sie ein Buch festhielt. Neben dem Sessel lagen weitere

Bücher. Er erinnerte sich, dass sie schon dort lagen, als er als Kind durch die zugenagelten Fenster lugte, neugierig darauf, einen Blick auf Jacks geheimnisvolle Welt zu ergattern.

„Wer sind Sie?", fragte er. „Kommen sie aus dem Dorf?"

„Nein", antwortete ihm eine Stimme, die so klang, als streichelte man über Samt. „Ich bin nicht von hier."

Sie wandte sich ihm zu, und in dem Moment, da ein Blick aus Augen von tiefstem Blau den seinen traf, glaubte er, einem Trugbild aufzusitzen. Denn er sah in ein nur leicht verändertes Spiegelbild. Das Geschöpf besaß weichere, weiblichere Züge, doch ihre Augen hatten dieselbe Farbe wie seine. Das Blau der Meerestiefen changierte in Petrolgrün. Wie er besaß sie ein ovales Gesicht, volle Lippen und Augen, deren leicht schräge Form ihren Zügen etwas Fragiles und Fremdartiges verlieh.

„Wer sind Sie?" Christopher wich zurück, bis er die Wand in seinem Rücken spürte. „Woher kommen Sie?"

Finn ließ sich auf die Hinterbeine sinken und starrte der Frau entgegen. Ein leises Winseln war zu hören, als hätte er Angst. Normalerweise fürchtete der Hund sich vor niemandem.

„Wer ich bin?" Eine träge Sinnlichkeit ging von ihr aus, als sie sich im Sessel rekelte. „Ich bin so wie du. Genauso wie du."

Als die Frau aufstand und zu ihm kam, presste er sich gegen die Wand. Das Herz klopfte ihm bis zum Hals. Es musste ein Traum sein, ein sehr realer Traum, und wer konnte schon sagen, wo darin die Grenze zur Wirklichkeit verlief? Hell wie Perlmutt schimmerte die Haut ihrer Beine. Sie war zu glatt und zu hell. Nicht menschlich, sondern unwirklich makellos. Und wie vorsichtig die Frau lief. Jeder Schritt schien ihr Schmerzen zu bereiten.

„Erkennst du mich nicht?"

Ihre Hand streckte sich nach ihm aus. Christopher wagte nicht zu atmen, als die Finger seine Schulter berührten und sich an ihn schmiegten. Nachdem sie eine Weile still verharrte, glitt die Hand unter seinen Pullover. Kühl war ihre Haut, versehen mit scharfen Nägeln, die über seine nackte Brust kratzten.

„Nein", brachte er hervor. „Ich kenne dich nicht."

„Das macht nichts. Bald wirst du mehr wissen."

Sie ließ ihre Hand höher gleiten. Verlangen glomm in ihren Augen auf, so freimütig nach außen gekehrt, dass er es endgültig mit der Angst zu tun bekam. Er fühlte sich hilflos und hatte keine Ahnung, warum. Ihr Körper war zerbrechlich. Zierlich wie der eines Vogels. Es wäre ein Leichtes, sie zu überwältigen.

Die Frau beugte sich vor, kam näher und näher, bis er ihren Atem auf seiner Kehle spürte. Doch als ihre Lippen seine Haut berührten, wich sie aufstöhnend zurück und ging zum Fenster.

„Was wurde mir nur aufgebürdet?", stieß sie mit einem Seufzen hervor. „Meine Aufgabe ist schwerer, als ich dachte. Aber niemanden habe ich je mehr geliebt als deine Mutter. Sie war meine Schwester. Meine engste Vertraute."

Christophers Gedanken gefroren. Dieses Wesen war die Schwester seiner Mutter?

Seiner wahren Mutter?

„Was weißt du über sie?“, fragte er harscher als beabsichtigt. „Sag es mir!“

Die Frau neigte den Kopf. Ihre Hand legte sich auf die morschen Bretter, und dann summte sie eine Melodie. Die Schönheit ihrer Stimme war beängstigend. Sie weckte den übermächtigen Wunsch, ihr ewig lauschen zu wollen. Nein, ihr ewig lauschen zu müssen. Die Töne schienen zwischen den Welten zu schweben und trafen etwas in seinem Innersten, von dem er nicht gewusst hatte, dass es existierte. Es tat weh. Und war unbeschreiblich bezaubernd.

„Du hast den Ruf der See gehört“, sagte die Frau schließlich, wobei das Summen nahtlos in gesprochene Worte überging. „Du hast den Ruf von deinesgleichen gehört. Bald wirst du ihm nicht mehr widerstehen können. Du wirst das Wasser brauchen wie die Menschen den Atem. Das Salz, die Gischt, die Tiefe. Ich bin hier, um die Hoffnung meines Volkes auf Rettung zu erfüllen.“

„Das muss ein Traum sein.“ Er schüttelte den Kopf, um ihn wieder klar zu bekommen. Wieder und wieder. „Du bist nicht echt. Du kannst nicht echt sein. Ich träume.“

„Es ist kein Traum“, raunte sie. „Aber vielleicht sollte ich dir ein wenig bei der Antwort helfen.“

Und dann begann die Frau, Jacks Lied zu singen.

„Sehnsucht zieht mich hinaus,
wenn Wellenschaum meine Füße umspült.
Wenn die See mich ruft und lockt.
Mir sagt, dass ich nicht bin wie die Menschen.
Oh, das Indigo in deinen Tiefen.
Du salziges, ewiges Blau.
Nimm, Meer, mir die Beine, denn sie zwingen mich an das Land.“

Als ihre Stimme verklang, klaffte Leere in seinem Inneren. Ein unbestimmbarer Schmerz sickerte wie Säure durch seinen Geist. Er wollte, dass sie wieder sang. Er wollte, nein, er musste sie hören.

„Dieses Lied hat er für uns geschrieben“, säuselte die Fremde. „Es erzählt von dem, was wir in Menschen wecken.“

Sie kam wieder zu ihm und strich mit den Fingerknöcheln über seine Wange. Hingabe lag in ihrem Blick. Als hätte sie viele Jahre auf diesen Augenblick gewartet. „Ein paar Menschen glauben noch an uns. Meist die Alten, die noch wissen, wie es ist, sich am Feuer Geschichten zu erzählen. Für alle anderen sind wir nur noch Legenden. Verblassende Sagengestalten.“

„Wer ist uns?“

„In manchen Geschichten ist ein wahrer Kern“, war ihre kryptische Antwort. „Aber jetzt würdest du es noch nicht verstehen.“

„Was verstehe ich noch nicht?“

„Was du bist. Was du kannst. Ich habe dich gesehen, bei deiner Arbeit auf den

Fischerbooten. Du hast getan, was deine Aufgabe war, aber tief im Inneren hast du dich elend gefühlt. Als wäre es ein Teil von dir, der in den Netzen stirbt."

Er antwortete mit Schweigen. Ja, er hatte sich elend gefühlt. Er hatte diese Gefühle beiseite gewischt und weitergemacht. Der Ablenkung und des Geldes wegen.

„Ich weiß, dass sie dich über alles liebt", sagte die Frau. „Aber es ist nicht gut."

„Von wem sprichst du?"

„Jeanne. Deine Schwester. Wenn sie auch nicht deine wahre Schwester ist."

Die Realität schien zu gefrieren. Als sie ihren Lauf wieder aufnahm, war nichts mehr wie zuvor. Worte lagen auf seiner Zunge, doch er konnte sie nicht aussprechen.

„Ich weiß, dass Menschen die Liebe für das Mächtigste halten", fuhr die Frau fort. „Aber die Art von Liebe, die wir in ihnen auslösen, ist gefährlich. Wir lassen sie so fühlen, damit sie ohne Angst in den Tod gehen. Das tun wir schon seit ewigen Zeiten. Sie zappeln in dem Netz, das unsere Schönheit für sie spinnt, und sie kommen darin um. Es ist ein wundervoller Tod. Es ist, als würde eine lebenslange Sehnsucht endlich ihre Erfüllung finden. Kein Fluch, sondern ein Geschenk."

„Genug!" Christopher hob abwehrend die Arme. Was immer sie ihm für einen Bären aufband, er wollte nicht weiter zuhören. „Hör auf damit. Ich glaube dir nicht."

„Noch nicht", erwiderte sie mit fester Stimme. Ihre Augen waren kalt und gnadenlos wie die eines Raubtieres. „Aber denke daran, dass zwischen uns und einem Menschen niemals erfüllende Liebe wachsen kann. Sie können nicht in unsere Welt kommen und wir nicht in ihre. Denke daran, dass wir dazu bestimmt sind, Seelen ins Meer zu locken. Wer uns liebt, der liebt den Tod. Wer uns begehrt, begehrt seinen eigenen Untergang."

„Ich gehöre zu Jeanne." Jedes Wort fühlte sich an, als wäre es eine bleischwere Lüge. „Ich werde immer zu ihr gehören."

Die Fremde ließ ein betörend schönes Lachen erklingen. „Nein. Du wirst nur geduldet. Du bist ein Gefangener. Aber das wirst du jeden Tag deutlicher spüren. Nichts und niemand kann etwas gegen den Lauf des Schicksals tun, und unser Schicksal ist es, menschliche Seelen zu verführen. Ob wir es wollen oder nicht. Du kennst die alten Bilder, die Menschen von uns malten. Du hast sie schon als Kind stundenlang angestarrt. Erinnerst du dich an die Meerjungfrau von Zennor? Das Bronzeschild in der alten Kirche?"

Er presste die Lippen aufeinander. Sein Unterbewusstsein hatte längst begriffen, was sein Verstand nicht bereit war, zu glauben. Als die Frau sich umdrehte und zur Tür ging, wollte er sie packen und zurückreißen. Doch er konnte keinen Finger rühren.

„Atme das Wasser", sagte sie. „Dann bist du frei. Eine Wahl hast du nicht. Zögere es hinaus, solange du willst. Umso schwerer wird es für dich. Du gehörst dem Meer. Es wird dich rufen, bis du nicht mehr widerstehen kannst. Und vertraue den Menschen nicht, hörst du? Niemals taten sie unserem Volk Gutes, auch wenn du jetzt glaubst, von ihnen geliebt zu werden. Damals erlag ich derselben Hoffnung, aber am Ende wurde ich fortgejagt. Von den Menschen, die mir vorher nie Böses angetan hatten. Der Weg, den du einschlagen willst, ist der falsche. Und gefährlich."

Damit ging sie hinaus, hielt vor der Tür inne und grub die Zehen in den Sand. Dies hier war kein Traum. Diese Frau war echt und in ihren Worten lag eine Wahrheit, die wie eine scharfe Klinge seine Seele zerschnitt. Alles ergab plötzlich einen Sinn. Einen betörenden, schrecklichen Sinn.

„Erzähl mir mehr." Er folgte ihr mit zögernden Schritten. „Woher kommst du?"

„Aus dem Wasser. Genau wie du."

Die Fremde lächelte, strich sich das Haar zurück und lief zur Brandung. Als die erste Welle ihre Beine umschäumte, verharrte sie und legte mit einem erlösten Seufzer den Kopf in den Nacken. „Komm morgen wieder hierher. Aber erzähle niemandem von mir."

Sie begann, ihr Hemd aufzuknöpfen. Es glitt an ihrem Körper hinab und enthüllte das schönste Wesen, das er jemals erblickt hatte. Er wollte diese Haut berühren. Diese unmenschliche, seidige Haut, deren Schimmer an fleischgewordenes Mondlicht erinnerte. Ein Muster zog sich entlang der Linie ihres Rückgrats. Filigrane Streifen und Tupfen fluoreszierten wie eine Illusion. Auf ihrer Hüfte, den Oberschenkeln und der Taille glänzten kleine, silberne Erhebungen. Beinahe wie Schuppen. Wellen umschlangen die Knie, dann die Schenkel. Gischt schäumte über makellose Brüste. Sie holte tief Atem, stieß ihn wieder aus und warf sich nach vorn, hinein in eine heranrollende Welle. Ehe Christopher einen klaren Gedanken fassen konnte, verschwand das Wesen mit vollendeter Anmut im Meer.

Entgeistert stand er am Rande der Brandung. Die Frau war verschwunden. Untergetaucht in der Tiefe. Und sie kehrte nicht wieder zurück.

Als er wie paralysiert zur Hütte zurückging, öffnete sich das Grau des Himmels. Schneeflocken tanzten umher, verhüllten Klippen, Meer und Berge. Finn hatte sich nicht vom Fleck gerührt, die Bücher lagen auf der Erde und eins aufgeklappt auf der Sessellehne. Sie hatte hier gesessen. Sie hatte mit ihm geredet und war vor seinen Augen ins Wasser gegangen. Mit zitternden Fingern hob er das aufgeklappte Buch auf und las den Titel.

Jules Vernes Zwanzigtausend Meilen unter dem Meer.

„Wer bist du?", flüsterte er. „Was bist du?"

Wieder und wieder stellte er der Stille diese Frage, denn er wusste, dass die Antwort auch die Frage nach seinem Dasein erklären würde. Seine Visionen, sein Drängen und Sehnen. Schleichend verwandelte sich die Hoffnung, nur zu träumen, in die Angst, aufzuwachen.

~ ❁ ~

Maya starrte auf die Karte mit den Küstenabschnitten, in die sie im Laufe des Tages diverse Expeditionsziele eingezeichnet hatte. Kläglich versuchte sie, ihr Gehirn in Schwung zu halten. Den ersten Teil der Reise hatte sie durchgeplant. Fehlte noch der zweite.

„Verdammt." Sie schnupperte nach dem penetranten, äußerst unangenehmen Geruch, der seit zehn Minuten unter der Bürotür hindurchquoll. „So kann ich mich nicht konzentrieren." Sie ging zur Tür, lugte hinaus und warf einen Blick nach links und rechts. Nichts, nur leere Gänge.

„Hat hier einer Durchfall?“, rief sie in die summende Stille hinein. „Oder gab es eine Lieferung Tiefseeschlamm?“

„Nein“, kam es von irgendwoher. „Tim kocht Hühnersuppe. Für das Abendessen.“

„Okay, dann streicht mich bitte von der Liste.“

Es sah ganz danach aus, als würde dieser Tag nicht nennenswert besser werden. Sie schenkte sich die siebte Tasse Kaffee ein, in der Hoffnung auf etwas Energiezufuhr. Doch der Pegel dümpelte nach wie vor am unteren Ende der Skala herum. Vermutlich half nur noch eine Auszeit. Sie schüttete ein paar Tabletten ins Aquarium. Scully und Mulder krochen aus ihrer Kokosnussschale und stierten, während sie das Futter mit begeisterter Brutalität zerlegten, argwöhnisch auf den Fischschwarm.

„Wagt es nicht, wieder meine Guppys zu zerteilen.“ Maya streckte und reckte sich, vollführte aus reiner Verzweiflung ein paar dieser albernen Übungen, auf die die Studentinnen schworen, und fühlte sich nach Vollendung derselben nicht im Geringsten munterer. Wie in aller Welt sollte sie so rechtzeitig fertig werden? „Disziplin“, beschwor sie sich. „Nur noch ein paar Seiten. Komm schon. Das kriegst du auch noch hin.“

Kaum saß sie wieder im Sessel und richtete ihren Blick auf den Bildschirm, verwandelte sich die Karte vor ihren Augen in ein psychedelisches Muster. Es half nichts. Sie brauchte eine Pause. Ja, ein winzig kleines Nickerchen würde helfen. Also verschränkte sie die Arme auf dem Tisch und legte den Kopf darauf. Nur ganz kurz. Fünf Minuten, allerhöchstens.

Sie fand sich in einem Kanu wieder. An ihr glitt die Küste von Britisch Kolumbien vorbei. Wälder, Berge und von verkrüppelten Tannen bewachsene Inselchen. Hier war sie das letzte Mal mit Opa White Elk glücklich gewesen. Hier hatte sie mit ihm am Lagerfeuer gesessen, hatte im ersten Morgengrauen mit ihm geangelt und seinen Geschichten gelauscht, wenn nachts im Blockhaus der Kamin prasselte. Er hatte ihr von den Legenden und Sagen ihrer Vorfahren erzählt. Mythen über unglückliche Liebende, stolze Krieger und fantastische Wesen, die so riesenhaft waren, dass aus ihrem Blut Meere entstanden und aus ihren sterbenden Körpern Gebirge. Während dieser zwei Wochen waren sie glücklich gewesen, obwohl das Wissen um den Ablauf ihrer gemeinsamen Zeit bereits über ihnen hing.

Die Dämmerung verwandelte das Meer in fließendes Kupfer. Pelz schmiegte sich an ihren nackten Körper, in seiner Weichheit ein Gegenpol zu dem Schmerz, der an ihrer Seite aufflammte, sobald sie sich bewegte. Es war der Schmerz eines Messerstichs. Sie wusste, dass sie in diesem Kanu lag, um zu sterben. Es würde sie hinaus auf den Ozean bringen, dorthin, wo ihre letzte Reise begann. Man hatte ihr Federn, Muscheln und Knochen mitgegeben. Sie sah Biberfelle, Pfeile, bestickte Lederbeutel und den Schädel eines Hirsches. Frieden erfüllte Maya, während sie dahintrieb. Das Gefühl des gleitenden Kanus, das Auf und Ab der Dünung, all das wiegte sie in einen glückseligen Dämmerzustand. Die Küste entfernte sich und verschwand im Dunst. Mächtige Rückenflossen tauchten aus dem Wasser auf, rechts und links vom Boot, zerteilten das Meer wie scharfe Klingen.

Ein Lachen entfloh ihr, als die Orcas mit ihren Atemfontänen einen salzigen Regen auf sie niedergehen ließen. Die Tiere waren gekommen, um sie hinaus in ihr Reich zu führen. Sie waren ihre Freunde und Wächter. Die Bugwellen ihrer Körper trieben das Kanu voran, zum Horizont, wo eine fremde Welt darauf wartete, sie willkommen zu heißen. Maya sehnte sich nach dem Tod. Nach dem immerwährenden, tiefen Schlaf, in dem sie kein Gedanke mehr erreichen würde.

Niemals hätte sie zurückgeblickt, wenn nicht plötzlich etwas aufgetaucht wäre. Etwas Helles, das sich an einem scharfkantigen, aus dem Wasser ragenden Felsen festhielt. Mit letzter Kraft richtete sie sich auf. Es war ein Mensch, doch etwas stimmte nicht. Zu hell war seine Haut. Entlang des Rückgrats leuchtete es silberweiß, als wäre er von einem Muster gezeichnet. Seine Hände umfassten die Zacken des Felsens und boten einen sonderbaren Kontrast zu dessen Schwärze. Da waren dunkle Locken, die nass im Nacken des Wesens klebten, doch mehr konnte sie nicht erkennen, denn es hatte ihr den Rücken zugewandt.

„Wer bist du?", flüsterte sie mit schwindender Kraft. „Warum bist du hier draußen? Ich sterbe, aber du lebst."

Das Geschöpf wandte sich um und blickte sie an. Es war der Mann, der den Gesang der Wale verstand, und doch war sein Aussehen nicht dasselbe. Es besaß etwas Nichtmenschliches. Etwas zutiefst Fremdartiges, das sie hätte erschrecken sollen. Doch alles, was sie fühlte, war Verwunderung. Der Blick seiner tiefdunklen Augen bohrte sich in ihre Seele. Sah in sie hinein, als wäre ihre körperliche Hülle aus Glas. Der heftige Wunsch nach seiner Nähe überkam sie. Der Drang, bei ihm zu sein, wurde stärker als die Sehnsucht nach dem Elysium. Immer weiter entfernte sich das Kanu von dem Felsen, angetrieben vom Flossenschlag der Orcas. Immer weiter …

„Nein", rief sie. „Hört auf. Lasst mich zu ihm. Bringt mich nicht weg."

Sie zog sich über den Bootsrand. Der Messerstich brach wieder auf, Blut rann warm aus der Wunde. Doch es war ihr gleich. Sie musste zu ihm, sie konnte seine Stimme hören. So lockend und bezaubernd, dass sie nichts als Entzückung empfand. Langsam, Zentimeter für Zentimeter, richtete sie sich auf.

Ein Sturz, ein kurzer Fall. Wasser schloss sich um ihren Körper. Kälte zog ihre Lungen zusammen und ließ sie verzweifelt nach Luft ringen. Eine Kraft zog sie unter die Oberfläche, als sie einen Atemzug erkämpft hatte. Nichts konnte sie dem Sog entgegensetzen, er riss sie tiefer und tiefer, und als sie aufblickte, war über ihr das tanzende Licht der Oberfläche. Fern waren Land und Luft. Hier unten war alles blau. Tiefblau und still. Der Sog verebbte und nahm ihre Furcht mit.

Ein mächtiger Schatten schälte sich aus dem Indigoblau. Majestätisch wie die Geschöpfe aus White Elks Märchen kam der schwarz-weiße Koloss auf sie zu. Immer näher. Als der Orca sich zur Seite wandte, um den Eindringling zu betrachten, konnte sie sich in den Augen des Wales sehen. Ihre Finger berührten seine glatte Haut. Sie streichelte ihn, schmiegte sich an ihn und wünschte sich, ewig verweilen zu können. Für Momente nahm sie teil an einer wunderbaren, gewaltigen Einheit, in der alle Fragen beantwortet und alle Wahrheiten enthüllt wurden. Doch als der Wal zu singen begann, verstand sie ihn nicht. So sehr sie sich bemühte, so sehr sie in sein Innerstes zu blicken versuchte, die Laute blieben unverständlich. Vollkommenes Glück verwandelte sich in schale Enttäuschung.

Ihres Schweigens überdrüssig wandte sich das Tier ab und verschwand. Seine Gestalt verschmolz mit dem Blau des Meeres, um nichts als Einsamkeit zurückzulassen. Verzweiflung überwältigte sie. Alles Schöne und Hoffnungsvolle wurde aus ihrer Seele getilgt, als könnte sie nie wieder Freude empfinden, doch dann spürte sie Hände. Sanft und zärtlich auf ihrer Taille. Sie wurde herumgedreht. Lippen streiften ihre Stirn, Finger ihre Wange.

„Keine Angst“, wisperte eine Stimme in ihrem Kopf, so schön, dass ihr Klang alle Enttäuschung vergessen ließ. „Ich bringe dich nach Hause.“

Der Mann lächelte sie sanftmütig an. Seine Haut schimmerte ätherisch hell, silbrige Streifen zogen sich über Wangen und Schläfen. Doch am erstaunlichsten waren diese Augen. Sie glommen aus ihrem Innersten heraus, in einem solch hypnotisierenden Blau, dass Maya den Drang verspürte, darin einzutauchen. Ihre Lungen gierten nach Sauerstoff. Sie wollte zur Oberfläche schwimmen, doch das Geschöpf hielt sie fest. Unnachgiebig und überraschend stark. Ihre Gegenwehr war zuerst schwach. Zu fantastisch war alles, was sie umgab. Das Blau, die verhallenden Walgesänge, die aus der Tiefe heraufdrangen. Diese Augen und der Körper, der sich an ihren schmiegte. Das Haar des Mannes bewegte sich in der Strömung wie fließendes Seegras und umrahmte ein Gesicht, dessen kalte, gnadenlose Schönheit nichts Menschliches besaß. Vorsichtig, als befürchtete er, ihr wehzutun, berührte er ihre Wange. Seine Hände – oh Gott, seine Hände besaßen Schwimmhäute. Weiß und transparent spannten sie sich zwischen langen, in scharfen Krallen endenden Fingern.

„Lass mich frei“, flehte sie, als ihre Lungen zu brennen begannen. Sie musste an die Oberfläche. Sie musste atmen. „Bitte lass mich frei.“

Mit der Kraft der Verzweiflung kämpfte sie gegen die Umarmung an. Sie strampelte, zerrte und zog, bis ihr schwarz vor Augen wurde. Die Oberfläche entfernte sich immer weiter. Sie würde sterben. So fern waren Licht und Luft. Sie musste atmen …

„Deinen Leib und deine Seele für das Meer“, flüsterte die Stimme in ihrem Kopf. „Komm mit mir. Dann wirst du frei sein.“

Ihr Körper gab den Kampf auf. Jeglicher Schmerz verschwand, und mit ihm die Gedanken an die Welt, aus der sie gekommen war. Vergangenheit und Zukunft versanken in Bedeutungslosigkeit. Ihre Arme umschlangen den Körper des Wesens, während sie tiefer sanken, immer tiefer und tiefer. Hinunter in die immerwährende Dunkelheit des Abgrunds. Seine Lippen legten sich auf ihre, kalt und schmeichelnd. Sie saugten ihr das Leben aus. Tranken ihren Willen. Und das letzte Licht der Oberfläche verlöschte zu dunklem Indigo, entschwand gemeinsam mit ihrem Leben.

Schweißgebadet fuhr Maya auf. Wo war sie? Im Wasser? Tief im Meer? Tot … ertrunken … verloren.

Hastig rang sie nach Luft. Ihre Lungen brannten und fühlten sich an wie trockene Klumpen. Erst als sich die unsichtbare Fessel um ihren Brustkorb löste, sank sie japsend in sich zusammen. Mit den Fingerkuppen berührte sie ihre Lippen. Noch immer glaubte sie, den Druck zu spüren. Den köstlichen Druck des Kusses. Und dieser Schwindel, dieser wunderbare Schwindel, als sie tiefer und tiefer gesunken war und alles bedeutungslos wurde.

„Verflucht." Maya barg ihr Gesicht in den Händen. „Was ist nur los mit mir?"

Alles war still. Nur die Aquariumpumpe gluckste, begleitet vom Ticken der Schreibtischuhr. Laut Ziffernblatt hatte sie kaum fünfzehn Minuten geschlafen. Wieder drifteten ihre Gedanken ab. Weg aus dieser Wirklichkeit. Wasser, das ihren Körper umschloss. Die glatte Haut des Wals, ihr Lächeln in den Augen des Tieres. Der Blick des Mannes drang bis in den tiefsten Winkel ihrer Seele und saugte ihren Willen in sich auf. Dann das Gefühl, in die Tiefe zu sinken, gehalten von den Armen eines Wesens, dessen Schönheit alles übertraf, was sie jemals erblickt hatte.

Stöhnend rieb sie sich die Nasenwurzel. Was ging hier vor? Stand sie nicht sonst mit beiden Beinen auf der Erde? Seit wann rissen sie Traumgebilde dermaßen von den Socken? Vermutlich hatten die Medien ausnahmsweise recht. Wer mehr als sieben Tassen Kaffee pro Tag trinkt, halluziniert wild drauflos. Mit ausgestreckten Armen justierte Maya ihr kränkelndes Gleichgewicht aus. Sie musste nach Hause. Schlaf nachholen, Ruhe finden und endlich runterkommen. Nichts anderes würde helfen.

~ ❁ ~

Geschwungen wie eine Haifischflosse ragte die höchste der Klippen vor Christopher auf. Wo das Gras endete und sie steil zum Meer hin abbrach, schimmerte Kalkstein bleich wie Knochen. Als hätte man der Erde die Haut abgezogen, um ihr Gerippe zu entblößen.

Der braune Wallach schnaufte protestierend. Doch als sie den höchsten Punkt erreicht hatten und sich die grandiose Aussicht ausbreitete, schien auch Sir Henry in Ehrfurcht zu erstarren. Christophers Blick wanderte über die See, streifte das Licht, das ein ferner Leuchtturm über die See schickte, und verlor sich in der Ferne. Seine Gedanken kamen zur Ruhe. Hier oben war er ohne Sorgen und Fragen. Nicht lebend, nur existierend. Erleichternd war diese Leere, weshalb er tief im Innersten froh war, dass Jeanne den Abend in ihrem Zimmer verbringen wollte. Vermutlich war er ihr während der Fahrt zwischen Schule und Dorf zu schweigsam gewesen, aber was hätte er auch sagen sollen? „Liebes, ich war heute in der alten Fischerhütte und traf eine Frau, die sich als Schwester meiner Mutter vorstellte. Sie erzählte mir ein paar rätselhafte Dinge über meine Herkunft und verschwand anschließend im Meer, als wäre sie ein Fisch."

Nein, solange er selbst nicht begriff, was all das bedeutete, wollte er sie nicht noch mehr verwirren. Vielleicht verbarg sich hinter alldem eine logische Erklärung. Eine Lösung, die sich mit der rationalen Welt vertrug. Seinen Studenten und Kollegen hatte er stets die Illusion vermittelt, über einen schier grenzenlosen Wissensschatz zu verfügen. Jede Frage hatte er beantworten, jedes verworrene Rätsel lösen können. Nichts hatte ihn verwirrt, alles war ihm strukturiert und logisch erschienen. Bis die Visionen ihn heimgesucht und eine gewaltige Sehnsucht mit sich gebracht hatten.

Jetzt war der Spiegel der Welt, der ihm so klar erschienen war, blind geworden. Er hatte das Gefühl, nichts mehr zu wissen. Er wusste nicht einmal mehr, wer er war.

Wütend über die Gedanken, die ihn nun auch hier einholten, ließ er sich aus dem

Sattel gleiten, streifte Sir Henry die Zügel über den Kopf und ging zu dem verwitterten Stein. Seit Ewigkeiten trotzte der Menhir hier oben den Stürmen. Etwa mannshoch und überzogen von Flechten erweckte er den Eindruck eines Grabsteins. In einem Touristenführer war zu lesen, dass es sich bei diesem Relikt um einen piktischen Symbolstein aus dem fünften Jahrhundert nach Christus handelte. Niemand wusste Genaues, denn die eingeritzte Botschaft war im Laufe der Jahrhunderte unleserlich geworden und gab den Zweck des Steines nicht preis. Zu erkennen war nur noch das Abbild der Nixe. Seine Finger fuhren die verwitterten Linien nach, befühlten und betasteten sie, erforschten jede Kleinigkeit. Die keltische Art, mit Linien und Mustern zu spielen, besaß etwas Faszinierendes. Komplizierte Schnörkel bildeten die Haare und schlangen sich um Schultern, Brüste und Hüften der Nixe. Schuppenartige Muster bedeckten ihren fischartigen Unterleib. Er fragte sich, wer diese Figur geschaffen hatte und warum. Lag eine tiefere Bedeutung dahinter?

Sir Henrys Wiehern riss ihn abrupt aus seinen Gedanken. Das Pferd bot einen sonderbaren Anblick. Wie versteinert, die Ohren gespitzt, starrte es auf das Meer hinunter.

„Was ist los? Siehst du Gespenster?“ Er ging zu dem Tier, legte ihm die Hand auf den Widerrist und folgte seinem Blick. Zunächst sah er nichts. Nur das Glänzen des Wassers, die Sprenkel der Gischt und den fernen Schein des Leuchtturms. Dann aber erhaschten seine Augen etwas Helles zwischen den Wellen. Es war kein Tier. Kein Vogel, kein Seehund, kein Fisch. Alles in ihm gefror, als er sich auf den Rücken des Pferdes zog und ihm die Hacken in die Flanken drückte.

In gestrecktem Galopp jagte Sir Henry über den Abhang zum Strand. Wo die Brandung den Schnee geschmolzen hatte, stemmte der Wallach seine Hufe in den Sand, und noch während das Tier schlingernd zum Stehen kam, sprang Christopher aus dem Sattel.

Wo war sie? Eben noch hatte er ihre Gestalt gesehen, die in den Wellen spielte. Draußen, wo das Riff begann. Rasch lief er den Strand entlang zu den Felsen, wo Berge angeschwemmten Tangs lagen. Vielleicht war sie wieder zu sehen, wenn er auf einen der Steine kletterte. Gerade wollte er die Idee in die Tat umsetzen, als sein Fuß sich in etwas verfing. Stolpernd ging er zu Boden, grub seine Halt suchenden Finger in den nassen Sand und sog scharf die Luft ein. Ein Gefühl berauschender Intensität durchzuckte ihn. Überdeutlich fühlte er die winzigen Körnchen, das Wasser und die Tangstückchen. Roch das Meer. Das Salz. Den herben Geruch von Verwesung und Fruchtbarkeit.

Ein Nylonstrang hatte sich um seine Schuhspitze zusammengezogen. Vermutlich stammte der Strang von einem Netz, das eines der Fischerboote am Riff verloren hatte. Zwei Fische und eine tote Silbermöwe hingen darin. Wahrscheinlich hatte der Vogel, auf leichte Beute hoffend, nach den im Netz zappelnden Leibern schnappen wollen und war selbst gefangen worden.

Er befreite seinen Fuß, nahm den Kopf des ertrunkenen Tieres in die Hand und betrachtete ihn. Es war ein wunderschöner Vogel. Tote Möwen besaßen etwas Tragisches, weil sie ein Sinnbild der Freiheit waren. Bei ihren Spielen mit den Stürmen schienen sie über der Sterblichkeit zu stehen. Eine Illusion, die oft auf diese Weise ihr Ende fand. Er legte den Kopf wieder ab und richtete sich auf. Keine Frau war mehr zu sehen. Offenbar war er einer Halluzination seines überreizten Gehirns erlegen. War sie nicht nur Einbildung, weil er so sehr nach Antworten auf seine Fragen brannte? Oder weil er schlichtweg verrückt wurde?

Kein Mensch wagte es, dort draußen zu schwimmen. Viele waren schon in den Strömungen gestorben, zermalmt an den scharfen Felsen des Riffs oder in die offene See hinausgezogen worden. Nur selten hatte man ihre Körper wiedergefunden. Das Wasser war hungrig und gab seine Opfer nur ungern wieder frei. Es gierte nach den Seelen derer, die ihm auf Gedeih und Verderb verfallen waren. Derart, dass sie nicht mehr schlafen konnten, nicht mehr essen und nicht mehr leben.

Komm zu uns …

Komm … atme das Wasser …

Komm!

Christopher begann, sich auszuziehen. Er wollte diesen Stimmen folgen. Der Versuchung nachgeben und endlich das tun, wonach es ihn verlangte. Ganz gleich, wie verrückt es war. Wind strich über seinen nackten Oberkörper, feucht von salziger Gischt. Seine Vernunft war nur noch eine winzige Regung irgendwo unter einem übermächtigen Verlangen.

Die Kraft der Wellen schien zuzunehmen, je wilder das Sehnen wurde. Ein Gefühl von Macht strömte durch seinen Körper, verlockend und berauschend, vereint mit der Kraft des Windes und der See. Immer höher rollten die Wellen an den Strand, umschäumten seine Füße, zogen und raunten und lockten. Das Wasser verführte ihn wie eine Frau ihren Geliebten und plötzlich war ihm, als wäre er es selbst, der die Wellen rief und den Sturm beschwor. Seine Arme breiteten sich aus. Euphorisch bot er sich der Macht dar, die in ihm heranwuchs. Niemals hatte er sich freier gefühlt. Es war herrlich, die Nacht auf seinem nackten Leib zu spüren, das Wasser und die Kälte und den Wind. Seine Gedanken an Jeanne verblassten. Das auf- und abschwellende Rufen der See löschte seine Ängste aus. Als eine meterhohe Welle auf ihn zurollte, warf er sich nach vorn und tauchte in sie ein.

Zu Hause. Er war endlich zu Hause.

Das Wasser umschloss ihn und brachte ihn hinaus. Die Strömung riss nicht an ihm, sondern war sanft und behütend. Als er die Augen öffnete, sah er, wie sich das nächtliche Meer vor ihm erstreckte. Sein im Nichts verschwimmendes Blau war eine einzige, ergreifende Metapher für die Freiheit, nach der er sich so lange gesehnt hatte. Alle Verwirrung war vergessen, alle Fragen fanden zu einer Antwort, deren Einfachheit überwältigend war. Heller Sand erstreckte sich unter ihm, durchzogen von Gezeitenrillen. Luftblasen tanzten auf seiner Haut, die unter Wasser noch blasser aussah als an Land. Genüsslich ließ er sich hinabsinken, bis er über dem Grund trieb und seine Finger in den Sand grub. Die Welt dort oben war weit entfernt, gleichbedeutend mit Schwerfälligkeit und Gefangenschaft. Jetzt fühlte er sich leicht und frei wie ein Vogel, der durch den Himmel gleitet.

Er streckte die Arme aus und drehte sich auf den Rücken. Hoch über dem Meer sah er die Wolken ziehen. Selbst als sie den Mond verdeckten, war der Ozean nicht dunkel. Er konnte sie sehen, die dahinschwebenden Quallen, deren Körper träge pulsierten. Garnelen, die über den Sand flitzten, ein mächtiger Heilbutt, groß wie ein Wagenrad, der über den Grund glitt. Seesterne krochen über den Meeresboden, Krabben staksten unter ihm daher. In einiger Entfernung schwamm dicht unter der Wasseroberfläche ein Schwarm großer Fische, deren Name ihm nicht einfiel. Doch in dieser Welt waren Namen gleichgültig, also dachte er nicht weiter darüber nach.

Die Strömung trug ihn weiter hinaus, bis die ersten Ausläufer des Riffs auftauchten, bevölkert von Wellhornschnecken, Seeigeln und Kaltwasserkorallen. Fasziniert betrachtete er jede Kleinigkeit, befühlte alles, sog die Eindrücke auf. Hauchzart fühlten sich die Anemonen an, scharfkantig der Fels und glatt die Schnecken. Wie aus rauem Sandpapier gemacht war die Haut eines Rochens, der über den Steinen schwebte, samtig waren die Füße der Seenelken, deren fedrige Tentakel sich in der Strömung neigten.

Als er seine Hand über eine Ansammlung aus violetten Wachsrosen gleiten ließ und aufgeschreckte Fische wie Quecksilbertropfen um ihn herumhuschten, wurde die Frau gleichgültig, die ihn gelockt hatte. Das Pferd wurde gleichgültig, selbst Jeanne erreichte kaum mehr seine Gedanken. Immer weiter schwamm er hinaus, bis der Sand dunkel wurde und bedeckt war von Seegras. Hinter den Wiesen des Meeres begannen die Wälder. Ein Dschungel aus Tang mit Stängeln, die sich vom Grund bis zur Oberfläche erstreckten, und in der Strömung tanzenden Blättern. Sie streichelten seinen Körper wie Finger, schlangen sich um seine Hüften, um Arme und Schenkel. Mondlicht goss Säulen aus Licht in das Wasser. Der Genuss, der ihn durchströmte, glich einer Geburt, denn es war, als spürte er zum ersten Mal das Leben und all seine Sinnlichkeiten.

Eine Weile tat er nichts anderes als inmitten des Waldes umherzutreiben, den Fischen und den Quallen zuzusehen und zu spüren, wie die See seinen Körper durchströmte. Niemals wollte er wieder zurückkehren. Zurück in eine Welt, in der sein Körper so schwer war wie Stein, erfüllt von sinnlosen Zweifeln und Ängsten. Menschen konnten unter Wasser nicht leben. Obwohl das Wasser voller Sauerstoff war, konnten sie ihn nicht atmen. Wie hatte er jemals glauben können, zu ihnen zu gehören? Warum hatte er so lange dort oben durchgehalten?

Jeanne …

Der Name geisterte durch seinen Kopf. Fern und träumerisch. Seine Schwester dort oben in der Welt aus Luft und Erde. Irgendwann würde sie ihn vergessen. Irgendwann würde sie wissen, dass es so richtig war.

Ein schmerzhaftes Kribbeln in den Beinen stieß in seinem Unterbewusstsein eine weitere Erinnerung an. An Land hatte er sich Tag für Tag blutig gekratzt. Doch hier fiel es ihm leicht, das Jucken zu ignorieren, und so schwamm er unbekümmert dem offenen Ozean entgegen. Es bereitete ihm keinerlei Mühe. Er war eins mit dem Wasser und es trug ihn, wohin auch immer er wollte.

Aus dem Blau tauchte das Riff auf, eine düstere Landschaft aus Schluchten und schroffen Felsgraten. Menschenaugen sahen nur die obersten Spitzen dieses Gebirges und wussten nichts von der Welt, die sich unter der Oberfläche verbarg. Denn hierher wagten sich wegen der Strömungen nicht einmal die Fischer. Tiefer und tiefer ließ er sich hinabgleiten, bis es in den Ohren rauschte und der Druck seinen Brustkorb zusammenschnürte. Es tat weh, doch kaum hatte er einen tiefen Atemzug genommen und das Wasser in sich hineingesogen, wie Menschen Luft holten, verging der Schmerz. Er atmete das Wasser. So, wie er es längst hätte tun sollen.

Er sank hinab, bis ihn völlige Finsternis einhüllte. Der Druck des Wassers sang in seinen Ohren. Es war ein Rauschen, das sich steigerte und in einem schmerzhaften Knacken endete. Irgendetwas musste sein Gehör freigelegt haben, denn jetzt vernahm er noch weitaus mehr. Eine solche Vielfalt an Lauten strömte auf ihn ein, dass er nur wenige benennen konnte. Das Geräusch der am Riff vorbeifließenden Strömung, die Klicklaute von Delfinen, Sonargeräusche und metallische Töne von Schiffen und U-Booten. Er hörte das Rumpeln der Fischernetze, die über den Meeresgrund gezogen wurden und das Tuckern eines Krabbenkutters. Selbst den Klang der Muscheln, die ihre Schalen auf- und zuklappten, um zu atmen. Und der Laut, den Seetang verursachte, wenn seine Stängel sich aneinander reiben.

Lange ließ er sich hinabtreiben, bis er felsigen Grund unter seinen Füßen spürte. Der Boden der Schlucht. Wie still es hier unten war. Als könnten all die Geräusche und Klänge, die zuvor auf ihn eingestürmt waren, die Dichte des Wassers nicht durchdringen. Bewegungslos verharrte er in der Dunkelheit, sog die Stille auf und machte sich bewusst, dass er hier war. Tief auf dem Meeresgrund. Wo kein Mensch überleben konnte. Dieses Wissen, obwohl durchdrungen von fernem Schrecken, erfüllte ihn mit nie gekannter Freude. Es bewies ihm, dass er anders war. Kein Mensch. Kein Geschöpf des Landes. Ungläubigkeit durchdrang seinen Rausch, gefolgt von zurückkehrenden Erinnerungen. Jeder Augenblick, den er hier unten verbrachte, veränderte ihn mehr. Er wollte es zulassen, wollte sich endlich ganz befreien, doch das Wissen, dass Jeanne ihn brauchte, kehrte mit aller Macht zurück. Er glaubte, ihre Stimme in seinem Geist zu hören und ihre Sorge zu spüren. Das Kribbeln in seinen Beinen wurde stärker, breitete sich in seinem Körper aus und bereitete die Veränderung vor. Er musste zurück, bevor es zu spät war. Noch hatte er die Grenze nicht überschritten. Das Riff glich einer Mauer vor dem offenen Ozean und schirmte ihn von einer Verlockung ab, der er niemals hätte widerstehen können. Solange er diese Grenze nicht überschritt, war das Band, das ihn an das Land fesselte, noch spürbar.

Kraftvoll stieß er sich vom Grund ab und wagte nicht, sich umzudrehen. Hinter ihm begann das ewige Blau aus Jacks Lied. Stimmen strömten aus der Weite zu ihm und zehrten an seinem Geist, wollten die Gedanken an Jeanne aus ihm tilgen und ihn endgültig vom Land trennen – doch er musste zurück. Er musste zu seiner Schwester, ganz gleich, wie verlockend der Gedanke war, sich von allem zu lösen. Er schwamm weiter, kämpfte gegen den Sog der Strömung an und hörte die Stimmen lauter rufen. Sie waren nicht mehr sanft und flehend, sondern zornig.

Verlasse uns nicht! Komm zu uns … befreie dich!

Du darfst nicht zurück!

Komm, bevor es zu spät ist!

Der scharfe Ton verstärkte seinen Entschluss. Niemand befahl ihm. Absolut niemand.

Unter ihm glitt das Riff vorbei, etwas Helles schimmerte an einem der Felsen. Unwillkürlich hielt er inne. Es war ein abgerissenes Stück Netz, das sich an einem spitzen Vorsprung verfangen hatte. In seinen Maschen wand sich ein Katzenhai, der vor Erschöpfung auf dem Rücken trieb. Schneeweiß schimmerte der Bauch des Tieres, nur noch matt öffnete und schloss sich das Maul, um Sauerstoff durch die Kiemen strömen zu lassen. Hektisch sah er sich um. Ganz in seiner Nähe klebte eine Halsabschneider-Muschel am Stein. Menschen hatten ihr diesen Namen gegeben, weil die Kanten ihrer Schalen scharf genug waren, um Kehlen aufzuschlitzen. Vorsichtig brach er sie vom Felsen ab, schwamm zum Hai und nahm ihn behutsam in die Arme. Das Tier begann, mit letzter Kraft zu zappeln. Todesangst flutete Christophers Geist und gab ihm das Gefühl, er selbst sei es, der sie empfand. Wie seltsam. Fast war es, als spürte er die Gefühle dieses Geschöpfes. Er empfand sie so deutlich und klar, als wäre es seine Natur, fremde Emotionen zu empfangen.

„Ganz ruhig", sprach er in Gedanken. „Ich will dir helfen."

Gehorsam erschlaffte das Tier. Er erlaubte sich nur einen kurzen Moment fassungsloser Freude. Mit der freien Hand versuchte er, das Netz zu zerschneiden, und jetzt, da er mit beiden Händen arbeiten konnte, waren seine Bemühungen erfolgreich. Ein Strang zerfiel unter den scharfen Rändern der Muschel, zwei weitere, die sich um die Schwanzflosse des Hais gewickelt hatten, waren bald durchschnitten. Eine letzte Fessel fiel, und das Tier tauchte mit müden Bewegungen in die Tiefe jenseits des Riffs ab. Dankbarkeit wehte durch seinen Geist. Dann eine Abfolge verschwommener Bilder und Eindrücke, seltsam eingefärbt und für sein Empfinden fremdartig, da sie mit den Sinnen eines Hais wahrgenommen wurden. Ein Fischschwarm, in den er hineinschoss, um zu jagen. Panik, Blut und rauschhafte Gier. Eine Höhle tief im Riff, in der er schlief. Seetang, an dem filigrane, transparente Eikapseln hingen, in denen sich winzige Haikörper bewegten und noch kleinere Herzen schlugen.

Ihm fiel nichts Besseres ein, also beantwortete er diese Botschaft mit der Emotion, die er am stärksten empfand: Freude.

Erst lange, nachdem der Fisch seinen Blicken entschwunden war, verschwand er auch aus seinem Geist. Wenn er die Gefühle und Wahrnehmungen dieses Wesens lesen, mit ihm kommunizieren konnte, war es bei jedem anderen Tier ebenso? Er fragte sich, was ein Wal empfand, wenn er die Ozeane durchmaß. Oder eines der scheuen Tiefseegeschöpfe, die so fremdartig waren, dass sie einem anderen Planeten zu entstammen schienen. Ganze Schatzkammern voller Wissen warteten dort draußen. So viele Erfahrungen und Welten, die es zu entdecken galt.

Aber er musste zurück in sein menschliches Leben.

Die Zerrissenheit erfüllte ihn mit Zorn. Energisch zerrte er an dem Netz, damit es keinen weiteren Schaden anrichten konnte, als er plötzlich bemerkte, dass sein Bein festhing. Mehrere feine, kaum sichtbare Stränge hatten sich um Fußgelenk und Wade gewickelt. Verdammt! Er war unter Wasser. Was tat er hier? Warum kehrte ausgerechnet jetzt das Bewusstsein zurück, zweiunddreißig Jahre als Mensch gelebt und geatmet zu haben?

Adrenalin raste durch seinen Körper. Er kämpfte gegen die aufkommende Panik an und versuchte, die Stränge mit der Muschel zu zerschneiden, doch er rutschte ab und bohrte sich die scharfe Kante in die Hand. Eine Wolke aus Blut breitete sich im Wasser aus.

Der Drang zu atmen kehrte mit aller Macht zurück.

Er schnitt weiter, während ein höllischer Druck den letzten Rest Sauerstoff aus seinen Lungen presste. Es gelang ihm noch, einen zweiten Strang zu zerschneiden, dann zog sich ein schwarzer Schleier um ihn zusammen. Jeanne würde niemals erfahren, was mit ihm geschehen war. Das Meer würde ihn verschlucken und sie für immer in Ungewissheit lassen. Alles war nur Illusion. Er musste atmen, doch das Wasser ließ ihn nicht. Es würde ihn töten wie zahllose Menschen zuvor. Sein Bewusstsein schwand. Alles löste sich auf und wurde zu schwarzem Nichts.

Der Tod …

Doch sah man im Sterben blauen Himmel durch das Wasser schimmern? Sah man Strahlen aus Licht? Nach Momenten der Finsternis glitt der Schleier wieder auf. Noch immer war er unter Wasser, und es war Tag. Ein sonniger Wintertag, dessen Licht das Meer azurblau leuchten ließ. Als er einen Atemzug nahm, hieß ihn das Wasser wieder willkommen. Sauerstoff strömte durch seine Körperzellen, kühl und rein. Doch diesmal fühlte es sich anders an. Er hatte das ungute Gefühl, eine Grenze überschritten zu haben. War eine Rückkehr noch immer möglich?

Ein Blick zur Oberfläche zeigte, dass die Ebbe kam. Von der offenen See näherte sich ein Fischerboot. Stunden mussten vergangen sein. Stunden, in denen er unter Wasser gefesselt gewesen war. Er musste zurück, und zwar schnell. Wie durch ein Wunder hatte er während seiner Bewusstlosigkeit die Muschel festgehalten, also begann er, zu schneiden.

Als der letzte Strang fiel, glitt ein Schatten über seinen Kopf hinweg. Er erstarrte und fragte sich, ob er für jemanden, der sich über den Rand beugte, zu erkennen war. Es war unfassbar. Er hatte überlebt. Er atmete, wo kein Mensch atmen konnte und empfand in eisigem Wasser keine Kälte. Wenn sie wüssten, was er war, würden sie ihn bis ans Ende der Welt verfolgen, um sein Geheimnis zu erforschen. Der Wissenschaftler in ihm wollte nichts anderes, doch der Teil, der als Bruder und Liebender fungierte, befürchtete, den Kampf gegen das Meer zu verlieren. Hatte er zuvor die Wahrheit in den Worten der Fremden nur geahnt, erfüllte ihn nun eine schreckliche Gewissheit. Seine Menschlichkeit war in dieser Nacht ausgelöscht worden. Er hoffte, dass es einen Weg zurück gab. Für Jeanne.

Unendlich mühsam kam er voran, und wäre die Ebbe nicht gewesen, die das Land hatte näher rücken lassen, wäre die See zweifellos stärker gewesen. Schwer wie ein Stein fühlte sich sein Körper an, als er die Füße in den Sand stemmte und sich aufrichtete. Er wollte nach Luft ringen, doch ein sengender Schmerz raste durch seine Nervenbahnen und zwang ihn zu würgendem Husten. Wasser verließ seine Lungen in hohem Bogen. Dem ersten Schwall folgte ein zweiter und dritter, erst dann konnte er atmen. Es fühlte sich an, als saugte er winzige, scharfe Klingen in sich hinein. Die Furcht, sich zu sehr verändert zu haben, lähmte für einen Augenblick seine Gedanken.

Egal, er musste weiter. Zurück zu Jeanne. Schritt für Schritt watete er an den Strand. Wenn jemand ihn sah, musste er glauben, einen Betrunkenen zu beobachten. Diese verdammte Erde gab ihm das Gefühl, schwer wie ein Walross zu sein. Seine Lungen brannten und seine Beine schmerzten. Alles in ihm schrie danach, sich umzudrehen und ins Wasser zurückzulaufen. Doch er ging weiter. Stur und entschlossen.

Als er seine Kleidung erreichte und sie überstreifte, erschien ihm dieser Vorgang grotesk. Socken, Schuhe, Unterhose. Das alles war merkwürdig, lächerlich und völlig verrückt. Beim Zubinden der Schnürsenkel fiel ihm der Schnitt auf seiner Daumenwurzel ins Auge. Es tat nicht weh, und deshalb verblüffte ihn die tiefe, hässliche Wunde umso mehr. Als er die Hand prüfend bewegte, durchzuckte ein Stechen seine Nervenbahnen. Der Schnitt begann wieder zu bluten. Mit grimmiger Faszination beobachtete er, wie rote Tropfen in den Schlick fielen. Immerhin, das sah nach wie vor wie menschliches Blut aus. Oder war jeder Eindruck von Normalsterblichkeit seit jeher nur Illusion gewesen? Nach allem, was geschehen war, mutete es seltsam an, wieder den Wissenschaftler in sich erwachen zu spüren. Er lief weiter, als bewegte er sich durch eine Illusion. Seine Beine trugen ihn mit vehementer Sturheit, mahnten ihn daran, wohin er gehörte. Sein Geist aber verzehrte sich danach, wieder die Schwerelosigkeit des Wassers zu spüren.

Es war kein Kampf gegen die See, den er auszufechten hatte.

Es war ein Kampf gegen sich selbst.

Inzwischen war der Schnee restlos geschmolzen, denn der neue Tag hatte einen milden Wind gebracht. Grell schien die Sonne vom Himmel, tauchte das Land in surreale Farben. Die Klippen, das Gras, die weiß gekalkten Häuser. Ohne die blaue Weichheit des Wassers wirkte alles scharf und abweisend. Ihm wurde schwindelig. Das Letzte, was er sah, bevor seine Beine nachgaben, war seine Schwester, die auf ihn zurannte.

~ ❁ ~

Im Halbschlaf schlurfte Maya in ihr Büro, ließ sich in den Sessel fallen und bemitleidete sich eine Runde. Vier Stunden Schlaf hatte sie ergattert, was kein schlechter Schnitt war, wären diese kostbaren Stunden nicht unterbrochen worden von einer Lache Katzen-Erbrochenem direkt vor dem Bett, gelangweiltem Gemaunze und einem nur noch undeutlich in ihrem Gedächtnis vorhandenen Albtraum, der etwas mit Chuck Norris und den Fangarmen eines giftgrünen Kraken zu tun hatte.

Infolgedessen hatte sie das Gefühl, überhaupt nicht geschlafen zu haben. Wahrscheinlich sah sie zum Davonlaufen aus. Die Jeans waren löchrig, das Kakihemd voller schwarzer Katzenhaare. Und ihre eigenen Haare waren generell eine Katastrophe. Zu müde zum Kämmen, hatte sie sie einfach zusammengebunden.

Zwei Gedanken erreichten von fern ihren schlafenden Verstand: erstens, dass noch eine Menge Arbeit auf sie wartete und zweitens, dass es ganz fantastisch wäre, wenn sie den Expeditionsplan heute vollenden würde. Nicht nur, dass in dem Fall ein freies Wochenende lockte. Es brachte außerdem die Möglichkeit, den Plan bei Christopher vorbeizubringen. Das Dorf, in dem er lebte, war vermutlich ein beschauliches Plätzchen, und obwohl sie sich im Klaren war, dass diese Tatsache nicht der ausschlaggebende Punkt für ihren Ausflug war, schob sie den Gedanken an einen nächtlichen Spaziergang am Strand vor sich her.

„Verflixt noch mal", entfuhr es ihr, als sie ihren Expeditionsplan aufrief. Dieses Ding war ihr inzwischen gewaltig zuwider. Ungeachtet dessen begann sie, ihre Eingaben zu machen. „Schnitt auf zehn Grad Süd von achtundsiebzig Grad dreißig West nach fünfundachtzig Grad Süd. Mit acht CTD-biogeochemischen Stationen, drei experimentellen Stationen sowie Spurenmetallbeprobungen …"

Ihre Disziplin schwand wie Schnee in der Sonne. Einerseits konnte sie es kaum erwarten, endlich auf Reisen zu gehen. Andererseits war die Aussicht, drei Monate mit einer Menge Menschen auf engstem Raum zu leben, eine furchterregende Vorstellung. Privatsphäre existierte auf einem Schiff nicht. An dieser Tatsache änderte auch eine Einzelkabine nichts, da es auf der Astero nur zwei Räume gab, die man abschließen konnte: Das Behandlungszimmer des Schiffsarztes samt Labor und das Lager. Schaudernd erinnerte sie sich an die Azorenreise vor vier Jahren, während der neunundzwanzig von vierzig Besatzungsmitgliedern sturzbetrunken über Bord getorkelt waren, während sie Partylieder grölten und mit nach faulen Eiern stinkendem Tiefseeschlamm um sich warfen.

Sie musste endlich den Plan beenden.

„… versuchen, herauszufinden, welche Bakterien in welchen Wasserschichten leben können und was sie genau machen. Schwerpunkt liegt auf den Untersuchungen zur Nährstoffverfügbarkeit und welcher Nährstoff oder welche Kombination von Nährstoffen …"

Während sie tippte, schweiften ihre Gedanken zu Christopher ab. Sie dachte an seine Augen, an sein meeresgöttliches Gesicht und seine sonderbare Art. Sie musste ihn dringend zu dieser Sache mit den Walgesängen befragen, auch wenn der rationale Teil in ihr darauf beharrte, dass kein Mensch auf Erden diese Tiere verstehen konnte. Niemand vermochte das tiefere Gefüge des Ozeans zu begreifen, weil es zu groß war. Zu überwältigend. Nicht die menschliche Sprache war es, die über das komplexeste Lautsystem dieses Planeten verfügte, sondern die Lieder der Buckelwale. Selbst nach vielen Jahren Forschung hatte sie das Gefühl, nicht einmal die Spitze des Eisberges zu kennen.

Aber was war mit diesem Mann? Ein paar weitere Tests hätten sie davon überzeugt, nicht verrückt zu sein und ihre überschnappenden Gedanken aus dem Wolkenkuckucksheim herausgeholt. Oder das Gegenteil bewirkt. Ach, was sollte das? Solche Überlegungen waren schon vom Grundsatz her überflüssig. Dr. Christopher Jacobsen würde den Teufel tun, sich irgendwelchen hanebüchenen Tests zu unterziehen.

Im Laufe der Expedition würde sich das Geheimnis vermutlich von ganz allein lüften. Auf einem Schiff, das wusste sie aus eigener Erfahrung, blieb nichts lange verborgen.

~ ☸ ~

Obwohl es sein eigenes Bett war, fühlte es sich seltsam an, darin zu liegen. Der Stoff auf seiner Haut, das Gefühl der Schwere, der Trockenheit und der Wärme. Widerwillig öffnete Christopher die Augen, blinzelte ins Licht und war zuerst der Meinung, nur geträumt zu haben. In seinem Schädel pulsierte es mit einem schmerzhaften Rhythmus. Ein vertrautes Gefühl, denn so erging es ihm nach jeder Vision. Sein Blick fiel auf das Fischernetz an der Wand, den Flachbildfernseher, das Bücherregal, den Stapel Universitäts-Ordner – all das fand er hier und jetzt bizarr.

Neben ihm saß Jeanne. Sichtlich übernächtigt und gestützt vom treuen Finn. In ihrem Blick vereinten sich Erleichterung und Empörung.

„Hast du mich …?“ Er ließ den Rest der Frage offen und lugte unter die Bettdecke. Statt Sand und Schlick sah er seinen Lieblingsschlafanzug aus schwarzer Seide.

„Nein“, erwiderte Jeanne tonlos.

Ihre Stimme durchdrang kaum den Nebel seiner Benommenheit, doch er erkannte den zornigen Vorwurf. „Du bist selbst zurückgelaufen, hast dich geduscht und angezogen. Anschließend bist du ins Koma gefallen.“

„Davon weiß ich nichts mehr.“

„Wie geht es dir? Sag schon.“

„Gut“, murmelte er.

„Gut?“ Ihre Stimme überschlug sich fast. „Ist das dein Ernst? Wo hast du dich so aufgeschlitzt? Ich musste es nähen. Du kannst von Glück reden, dass keine Sehne durchtrennt war.“

Die Verblüffung machte ihn etwas wacher. „Du hast es genäht?“

„Ja. Mom hat es mir beigebracht, als Dad damals durch das Fenster gefallen ist. Ich dachte, es wäre nicht gut, dich zu einem Arzt zu bringen. Ich glaube nämlich, dass du nicht normal bist. Also, woran hast du dich verletzt?“

„An einer Muschel.“ Schmerzen durchzuckten seinen Körper, als er sich probeweise im Bett aufsetzte. Woher kam dieser Muskelkater? Soweit er sich entsann, hatte er sich im Wasser federleicht gefühlt und jede Bewegung war ohne spürbare Anstrengung geschehen. Im Wasser … großer Gott! Er war wirklich dort unten gewesen. Dabei reichten die Schluchten des Riffs bis in eine Tiefe von mehreren Hundert Metern.

„Eine Muschel?“ Jeanne runzelte die Stirn. Sie knautschte Finns Ohr so unsanft zusammen, dass der Hund knurrend zurückzuckte. „Was hast du gemacht? Warum warst du die ganze Nacht weg? Ich bin fast verrückt geworden vor Sorge.“

„Ich war …“ Er hielt inne und wog das Für und Wider von Wahrheit oder Lüge ab. Schließlich entschied er sich für Ersteres. Wenigstens diesmal wollte er ehrlich sein. „Ich war schwimmen. Ich konnte nicht anders. Es war so schön, Jeanne. Ich fühlte mich so frei. Die Farben, die Formen, die Fische, das Riff und der Tangwald im Mondlicht. Ich wünschte, du hättest es sehen können.“

Als er sah, dass Tränen in ihren Augen glänzten, hielt er inne. Seine Sehnsucht verwandelte sich in Wut. Etwas wollte sie auseinanderbringen und Jeanne aus seiner Erinnerung tilgen. Die Fremde aus der Hütte, die Stimmen, woher auch immer sie kamen. Vielleicht das Meer selbst.

„Ich wollte einen Hai aus einem Netz befreien“, fuhr er fort. „Dabei habe ich mich verheddert. Ich benutzte eine dieser Halsabschneider-Muscheln, um freizukommen."

Jeannes Augen wurden groß wie Untertassen. „Du warst am Riff? Das ist unmöglich, allein die Strömungen hätten dich umgebracht."

„Das Meer hätte mir niemals etwas angetan. Es wollte …" Er verstummte. Bei allen guten Geistern, die Wahrheit klang vollkommen verrückt. Und doch sprach er sie aus. „Es wollte, dass ich zu ihm komme."

„Das ist nicht dein Ernst."

„Doch, Jeanne. Ich stand an der Brandung und plötzlich …" Wie sollte er es erklären? „Ich konnte nichts dagegen tun. Als ich wieder zu mir kam, war ich im Wasser. Und dann war es zu spät. Danach geschah alles wie von selbst."

Sie streichelte über seine verbundene Hand. Ihrer Erscheinung haftete etwas Verletzliches, Empfindsames an, das ihn zutiefst erschütterte. Was wäre aus ihr geworden, wenn er dem Ruf gefolgt wäre?

„Weißt du jetzt, warum ich mir so viele Sorgen mache?" Ihre Stimme war leise, aber fest. „Warum ich Angst davor hatte, dass du dem Ruf folgst? Es ist gefährlich dort draußen. Was, wenn du keine Muschel zum Zerschneiden gefunden hättest? Was, wenn du am Riff hängen geblieben wärst, und die Ebbe hätte es trockengelegt? Das erkläre mal jemandem, der dich so findet."

Er musste lachen, obwohl ihm nicht danach zumute war. Aber was blieb ihm anderes übrig, als sich am Galgenhumor festzuklammern? Sein Blick fiel auf das Geflecht aus Adern, das sich über Jeannes Handrücken zog. Sanft fuhr er die malvenfarbenen Linien mit dem Zeigefinger nach. Er wollte sie trösten, doch seine Worte klangen hohl: „Tut mir leid, dass du dir solche Sorgen gemacht hast."

Sie rollte seufzend mit den Augen. „Versprich mir einfach, dass du mich nicht verlassen wirst."

„Du wusstest es immer, oder? Du wusstest, dass etwas mit mir nicht stimmt."

Jeanne zuckte mit den Schultern. Ihre aufeinandergepressten Lippen zitterten. „Es fing an, als wir damals *Die kleine Meerjungfrau* gelesen haben. Oben im Heuschober der Scheepbouwers. Weißt du noch?"

„Wie könnte ich das jemals vergessen?"

„An diesem Tag fing ich an, über gewisse Geschichten nachzudenken. Und ich erkannte immer mehr Wahrheit in ihnen. Einen der Texte, die ich gelesen habe, weiß ich bis heute auswendig."

„Sag ihn mir."

„Sirenen, wenn auch selten, werden zumeist in britannischen Gewässern angetroffen. Dort sitzen sie auf Felsen und Sandbänken, gesegnet mit einem lieblichen Antlitz und wunderschönem Haar. Bis zur Hüfte ist ihr Körper menschlich, darunter wird er zu dem Leib eines Fisches. Die Verführungskraft der Sirenen-Stimmen ist unwiderstehlich. Sie verzaubert die Herzen der vorbeisegelnden Seeleute, sodass ihre Sehnsucht unerträglich wird und sie ihre Schiffe auf das Riff laufen lassen." Jeanne legte eine Hand auf ihre Stirn und atmete tief ein. „Bitte Chris, sag mir, dass du dich nicht für das Meer entscheiden wirst. Ich kann nicht ohne dich leben."

Eine Stimme in seinem Inneren lachte spöttisch auf, und doch versicherte er ihr, dass er sie niemals allein lassen würde. Während dieser Worte zitterte seine Stimme. Heute Nacht hatte er gespürt, wie stark seine wahre Natur und der Drang, ihr nachzugeben, wirklich waren. Allein schon, weil unzählige Herrlichkeiten und fantastische Erfahrungen dort draußen auf ihn warteten. Er hatte mit einem Hai kommuniziert und die See durch seine Augen gesehen. Welche unglaublichen Dinge gab es noch unter dem Spiegel der Oberfläche?

„Weißt du, was dir passiert wäre?", fragte Jeanne leise. „Ich meine, wenn du dich für das Wasser entschieden hättest? Hättest du dich verändert?"

Wie konnte er seine Empfindungen mit Worten beschreiben, die nicht dafür geschaffen waren, dergleichen zu erfassen? „Ich weiß es nicht." Er drehte sich auf die Seite, stützte sich mit einem Ellbogen ab und sah zu Jeanne auf. „Aber ich bin stärker als irgendwelche Mächte. Wäre ich es nicht, würde ich nicht hier liegen. Belassen wir es dabei. Mehr kann ich dir nicht erklären. Ich kann es wirklich nicht."

Jeanne seufzte. „Weißt du noch, als wir oben am Old Man of Storr waren? Du hast gesagt, du könntest die Wale hören. Du hattest alle möglichen Allergien gegen chemische Stoffe. Schon als Kind konntest du länger unter Wasser bleiben als jeder andere Mensch."

„Mom hat mich nie Ärzten präsentiert", fügte er hinzu. „Aber ich hatte ein Attest, das mich vom Schwimmen befreite."

Jeanne grinste dürftig. „Sie hatte wohl Angst, dass du dich verwandeln könntest. Vor aller Augen. Stell dir nur mal das Gesicht deines Schwimmlehrers vor, wenn dir mitten im Unterricht plötzlich Flossen und Kiemen gewachsen wären."

Christophers Verwirrung entlud sich in einem Lachen. Er lachte, bis ihm die Seiten wehtaten, während zahllose Erinnerungen und Erkenntnisse auf ihn einprasselten, die kaum zu ordnen waren. Gerade wollte er Jeanne einen Schwur leisten, so, wie sie sich früher oft Dinge geschworen hatten, als plötzlich der Juckreiz zurückkehrte. Und diesmal so heftig, dass er wie unter einem Stromschlag zusammenfuhr.

„Was ist los?" Sie fuhr erschrocken hoch. „Was hast du?"

„Nichts, es ist nur …" Er schnappte nach Luft. Ein weiterer Impuls jagte durch seinen Körper, deutlich stärker als der erste. Er konnte nicht anders, als zu kratzen. Tausende Ameisen krochen in seinem Fleisch umher, abgelöst von einem Feuer, das sich durch die Fasern fraß. Himmel, es fühlte sich an, als würde er bei lebendigem Leib verbrennen.

„Tut mir leid, ich …"

Der Rest des Satzes erstickte in seiner Kehle. Hals über Kopf sprang er auf, stürzte ins Bad und schlug die Tür hinter sich zu. Weitere Impulse quälten ihn, immer intensiver, brennender, bis er das Gefühl hatte, jede einzelne Zelle würde zerrissen und neu zusammengefügt werden. Fieberhaft zerrte er den Verband von seiner Hand, fetzte sich den Schlafanzug vom Leib und stellte die Dusche an. Blut lief an seinen zerkratzten Beinen hinunter.

„Chris?" Jeanne klopfte gegen die Tür. „Sag doch was? Alles okay?"

„Ja." Erleichterung überkam ihn erst, als er sich unter den Wasserstrahl stellte. „Ich brauch nur … ich muss kurz allein sein."

Als er weiterkratzte, durchfuhr ihn ein heißkalter Schock. Seine Fingernägel rissen ganze Streifen Haut ab, doch es war ihm unmöglich, aufzuhören. Er kratzte weiter, bis sich ganze Stücke seines Fleisches ablösten und darunter etwas Anderes zum Vorschein kam. Etwas Glattes, Schimmerndes.

„Verdammt!“ Ihm blieb keine Zeit, in Panik zu verfallen. Der Juckreiz überflutete seinen Körper mit sengendem Feuer. An den Armen, an der Brust, selbst im Gesicht. Sein Verstand setzte aus. Er rieb und kratzte über seine Haut, überall schmerzte und juckte es so heftig, dass es schier unerträglich war. Und doch wusste er, dass er es aushalten musste. Er musste seine alte Haut abstreifen und sein Blut in den Abguss fließen sehen, zusammen mit seinem alten Leben und seiner Menschlichkeit.

Neun Stunden, zwei Keksschachteln, drei Joghurts und sechs Tassen Kaffee später hatte Maya es vollendet. Die Erleichterung war grenzenlos. Sie jagte den Plan durch den Drucker, heftete ihn auf eine blaue Lasche und sank erlöst zurück. Geschafft. Endlich. Nach ein paar Minuten des Innehaltens ließ sie das Institut in Windeseile hinter sich. Ein arbeitsfreies Wochenende empfing sie mit offenen Armen, und ein solches hatte sie zuletzt vor zwei Monaten genießen dürfen.

Als sie den Hafen passierte, bot sich ein friedvolles Bild. Ebbe war eingekehrt. In der trüben Abenddämmerung schimmerten die Gezeitentümpel wie Pfützen aus geschmolzenem Blei. Felsen und Muschelbänke lagen frei, bildeten eine feucht glänzende Mondlandschaft, in der Seevögel nach leichter Beute suchten. Maya sehnte sich nach einem Spaziergang am menschenleeren Strand, nach Ruhe und dem ziellosen Fließenlassen ihrer Gedanken. Vor allem aber wollte sie Christopher wiedersehen. Er hatte ihre Neugier entfacht und sich wie ein Virus in ihre Gedanken eingeschlichen. Ein verführerischer Virus, keine Frage. Möglicherweise war es eine dumme Idee, ihn aufzusuchen. Es war nicht ihre Art, unangekündigt in die Privatsphäre fremder Menschen einzudringen, doch sie wollte mehr über diesen geheimnisvollen Gast in ihrem Leben erfahren. Nein, sie musste mehr erfahren. Gut möglich, dass er sie einfach wieder fortschickte oder schlichtweg nicht zu Hause war, aber einen Versuch war es wert.

In der Wohnung angekommen, fütterte sie ihre Katzen Pollux und Castor, schlüpfte in durchgescheuerte Jeans, einen braunen Rollkragenpullover und in ihre uralte, dunkelbraune Wildlederjacke, die sie innig liebte. Zuletzt stopfte sie die Paua-Kette unter das Unterhemd, damit sie sie beim Strandgut sammeln nicht verlor, und huschte nach draußen. Endlich frei! Enthusiastisch stieg sie in ihren schwarzen Jeep und lächelte über die Worte *Putz mich!*, die irgendwer auf die Motorhaube gemalt hatte. Was wussten die Leute schon? Jeeps mussten schmutzig sein. Dafür waren sie geschaffen.

Froh darüber, die Helligkeit der Stadt hinter sich zu lassen, bog sie in die Küstenstraße ein und legte eine Kassette mit Trommelmusik ein, weil ihr plötzlich der Sinn nach archaischer Untermalung stand. Infolgedessen führte sie hinter dem Steuer eine Art Kriegstanz auf, lachte über sich und jagte in die Nacht hinaus. Von der Hoffnung getrieben, den mysteriösesten Mann ihres Lebens vielleicht ein wenig näher kennenzulernen.

~ ❁ ~

Ihm stockte der Atem, denn was er sah, konnte nicht sein. Zitternd wie Espenlaub stieg er aus der Dusche, rutschte in seiner Hast auf dem nassen Boden aus und verlor das Gleichgewicht. Instinktiv griff er nach dem Handtuchhalter, doch der hielt nicht stand und wurde mitgerissen. Unsanft landete Christopher der Länge nach auf den Fliesen.

„Verdammt!" Seine Finger, die eines der Handtücher umklammert hielten, veränderten sich vor seinen Augen, verbunden mit einem schmerzhaft ziehenden Gefühl. Sie wurden länger und endeten in etwas, das wie scharfe Krallen aussah. Er sprang auf und hastete zum Spiegel. Nein! Das konnte nicht sein. Was ihm dort entgegenblickte, war nicht mehr er selbst.

Seine Haut nahm einen silbrigen Schimmer an, reflektierte das Licht der Lampe auf gespenstische Weise und wurde noch glatter, als sie es ohnehin schon war. Ein stechendes Kribbeln erfüllte seinen Körper. Über Wangen und Schläfen zogen sich schmale, zart schimmernde Streifen gleich der Musterung auf dem Rücken einer Makrele. Weitere Male fanden sich an seinem Hals und an den Unterarmen. Auch auf der Haut seiner Brust erschienen diese Streifen, mal deutlicher, mal blasser, abhängig vom Lichteinfall. Er hob die Hände und musste zusehen, wie ihm Schwimmhäute wuchsen. Halb transparente, silbrigblaue Membranen, bedeckt mit feinen Sprenkeln aus dunklem Blau.

Er zwang sich, weiter zu atmen. Irgendwie aufrecht zu bleiben und nicht auszuflippen. Vorsichtig berührte er seine Haut. Tastete mit der einen Hand über Wangen und Stirn, mit der anderen über die Fläche des Spiegels, um sich bewusst zu machen, dass echt war, was er sah.

Was ihm entgegenblickte, war kein menschliches Wesen. Es war eine fremdartige Kreatur, ein Geschöpf aus uralten Sagen und mit keiner Wissenschaft zu erklären. Das blaue Feuer seiner Augen war kalt wie Eis. Etwas Gnadenloses lag darin. Etwas, das zu bizarr war, um es zu begreifen.

Das Klappen der Tür ließ ihn herumfahren. Jeanne stand vor ihm – und erstarrte zur Salzsäule.

„Raus", entkam es ihm mit einem Knurren, das wenig Menschliches an sich hatte. „Lass mich allein."

Sie gehorchte und kurz darauf hörte er sie draußen weinen. Nach Luft ringend sackte er gegen die Wand. In seinem Kopf herrschte die Lähmung eines Schocks. Immer wieder sah er auf, hoffte, dass sein Spiegelbild wieder das zeigen würde, was er kannte. Doch jedes Mal erschien ihm sein Anblick befremdlicher. Er sah die blutigen Fetzen in der Duschwanne. Seine menschliche Haut. Tiere häuteten sich, um etwas Neuem Platz zu schaffen. Für ein neues Leben, einen neuen Körper.

Während er regungslos an der Wand lehnte, verebbte das Prickeln in seinem Körper.

Die Häute zwischen seinen Fingern schienen langsam zu verschwinden, die Muster verblassten.

Wurde er wieder normal?

Er konzentrierte sich darauf, ruhig zu atmen, und als er es erneut wagte, in den Spiegel zu blicken, war sein menschliches Antlitz zurückgekehrt.

Wenn auch nur oberflächlich …

Da war noch immer der gespenstische Glanz in seinen Augen, auch wenn ihr Ausdruck an Bedrohlichkeit verloren hatte. Seine Haut war nach wie vor zu glatt und hell, untermalt vom Schwarz seiner Haare. Als er sah, wie diese neue Haut das matte Licht der Lampe reflektierte, fühlte er sich elend. Wie sollte er diese Veränderungen kaschieren? Kontaktlinsen? Puder?

Fast hätte er gelacht. Sich den Schlafanzug wieder überzuziehen mutete wie Hohn an, denn die Hoffnung, einfach in die Alltäglichkeit zurückkehren zu können, war absurd.

Als er aus dem Bad trat und Jeanne erblickte, wurde der zuvor unwirkliche Schrecken greifbar. Ihr Blick bewies, dass er keiner Halluzination erlegen war. All das war wirklich geschehen. Es war echt. Für wenige Momente hatte er seine Maske abgeworfen und war zu dem geworden, wozu er bestimmt war. Ein Beweis, dass er keine Macht über die Metamorphose seines Körpers besaß.

„Komm mit", sagte er.

Stumm folgte sie ihm in das Arbeitszimmer. Er musste etwas tun. Etwas, das ihn ablenkte und bewies, dass sein Leben nicht gänzlich verloren war. Während er einige Bücher aus dem Regal zog und sich auf die dunkelgrüne Chaiselongue fallen ließ, nahm Jeanne auf dem Boden Platz und klammerte sich an Finn fest. Der Hund schnupperte an ihm, musterte ihn und akzeptierte ihn schließlich mit tiereigener Toleranz als das, was er war. Als hätte sich nichts Entscheidendes geändert. Eine tröstende Reaktion.

„Geht es dir gut?" Sie grub ihre Finger Halt suchend in das Fell des Hundes. „Sag mir die Wahrheit."

„Es ist okay." Er ließ zu, dass sie aufstand und mit den Spitzen ihrer Finger über seine Wange strich. Die Angst in ihrem Blick traf ihn wie ein Messer ins Herz. Gerade erst hatten sie ihre Eltern verloren, und nun geschah das hier. Wenn er es nicht schaffte, diese fremdartige Seite in sich zu kontrollieren, würde seine Schwester einen weiteren Verlust ertragen müssen. Und vermutlich daran zerbrechen.

„Hat es sehr wehgetan?" Sie setzte sich wieder auf den Boden und kaute auf ihrer Unterlippe herum. „Sag schon."

Mit einem Kopfschütteln nahm er ein Buch aus dem herausgesuchten Stapel. „Reden wir nicht mehr drüber, ja? Tut mir leid, dass ich dich rausgeschmissen habe." Noch immer nicht fähig, das Ausmaß des soeben Erlebten zu begreifen, betrachtete er seine Hand. Ihr menschliches Aussehen schien ihn zu verspotten. „Kennst du die Geschichte des Shellycoat?" Er schlug die entsprechende Seite im Buch auf. „Schon mal davon gehört?"

Jeanne schüttelte den Kopf. „Nein."

„Ich habe in letzter Zeit ein bisschen nachgeforscht, welche mythologischen Wesen es im Meer gibt."

„Weil du wusstest, dass du zu ihnen gehörst?"

Er zuckte mit den Schultern. „Es war wohl etwas Instinktives. Der Shellycoat ist eine der berühmtesten Figuren hier auf der Insel. Aber er ist in jeder Geschichte hässlich und plump. Deswegen trägt er auch den Ganzkörper-Mantel aus Muscheln."

„Die meisten männlichen Wasserwesen sind hässlich." Jeannes Versuch, zu scherzen, mutete kläglich an. „Damit musst du leben."

„Meistens sind sie bärtig." Er betrachtete eine Abbildung in dem Buch, die ein behaartes, fischähnliches Wesen zeigte. Auf dem Kopf trug es etwas, das wie eine umgestülpte Lotosblüte aussah. „Mit schiefen grünen Zähnen und fetten Bäuchen. Manche sehen auch aus wie aufgedunsene Wasserleichen. Zum Glück habe ich mich nicht in so was verwandelt."

Jeanne schnaufte. „Letzteres wäre der normale Verlauf der Dinge gewesen."

„Und Ersteres nicht weniger fatal." Ein trockenes Lachen entfloh seiner Kehle. Mit diesem Laut schien ein Eispanzer zu zerbrechen. Er ließ sich zurück in die Polster sinken und legte eine Hand auf seine Stirn. Das alles war vollkommen verrückt. Vielleicht verlor er tatsächlich den Verstand.

„Ich würde dich trotzdem noch lieb haben", hörte er Jeanne murmeln. „Auch als fetten Wassermann. Es gibt Tricks, die deine Haut unauffälliger aussehen lassen. Und farbige Kontaktlinsen. Ich weiß, es ist egoistisch, aber du bist mein letzter Halt. Ich ertrage es nicht, wenn …"

Er schnitt ihr das Wort ab. „Hör auf damit. Ich gehe nicht, hörst du? Niemals."

Ach ja?, höhnte sein Verstand. Und wie willst du ihr beistehen, wenn dir ein Fischschwanz wächst? Etwa in der Badewanne hausen?

Das Zimmer um ihn herum drehte sich. Alles in ihm war in Aufruhr. Es war ein Taumel aus Verwirrung, Furcht und seltsam schmeckender Euphorie, die dem nicht menschlichen Teil in ihm entstammte. Dem Teil, der die Veränderungen willkommen hieß und ihn drängte, an den Strand zu gehen. Hinein in das Wasser, um die Herrlichkeiten einer neuen Welt zu entdecken.

„Ich bin für die Sotalia." Er hob eine Spur zu hastig das Buch. „Ja, das klingt nicht übel."

„Was sind Sotalia?" Jeannes trauriger Blick vertiefte sein Elend, doch das sardonische Lächeln auf seinen Lippen hielt stand.

„Eine Art von Delfinen. Sie leben an den Küsten und in den Flüssen Südamerikas. Manchmal, in besonders hellen Mondnächten, verwandeln sie sich in schöne, junge Männer, kleiden sich ganz in Weiß und suchen Dörfer auf, um Frauen zu verführen. Am nächsten Morgen nach der Liebesnacht gehen sie wieder zurück ins Wasser, und fortan entbrennt die Menschenfrau in für sie unerklärliche Sehnsucht, denn der Sotalia nimmt die Erinnerung an ihn mit sich in das Wasser."

„Arroganter Kerl."

„Ich habe meine Tugenden. Falsche Bescheidenheit ist keine davon." Er zwinkerte ihr zu, kläglich darum bemüht, sie aufzuheitern.

„Aber ich finde, am wahrscheinlichsten sind die Sirenen. Wie du selbst schon sagtest."

„Sind das nicht ausschließlich Frauen?"

„Klassischerweise. Aber du musst bedenken, dass diese Legenden aus einer Zeit stammen, als nur Männer die Meere befuhren. Da ist es kein Wunder, dass sie überall nackte Frauen sahen. Immerhin krochen sie monatelang auf dem Zahnfleisch bezüglich gewisser Bedürfnisse."

„Großer Gott, Chris, weißt du eigentlich, was du da sagst? Sirenen locken Seelen mit ihrem Gesang in den Tod." Jeanne sprang auf und wedelte energisch mit den Händen. „Sie werden immer als gefährlich beschrieben. Als schön, aber tödlich. Aber es passt. Alles an dieser Theorie. Deine Stimme war schon immer etwas Besonderes. Gerade in letzter Zeit ging etwas von ihr aus, das ich nicht beschreiben kann. Selbst, wenn du mir nur einen guten Morgen gewünscht hast, bekam ich eine Gänsehaut."

„Im Ernst?" Ihm missfiel die düstere Seite an dem Ganzen. Er erinnerte sich an die Worte der Fremden und fühlte sich tief im Inneren kalt wie Eis. Was, wenn sie recht hatte? Lag in ihm eine Macht, die Menschen tötete?

„Aber warum müssen Sirenen zur dunklen Seite der Macht gehören?", fuhr Jeanne nachdenklich fort. „Nur weil sie Seelen ins Totenreich führen? Vielleicht ist ihre Aufgabe etwas Schönes. Vielleicht bringen sie verlorene Seelen nach Hause."

Er hatte in dem Buch noch etwas nachsehen wollen und ließ es nun sinken. „Ich kann nicht glauben, dass wir darüber diskutieren, was für ein Monstrum ich sein könnte. Und diese verdammten Bücher helfen mir auch nicht weiter. Legenden, Mythen, Sagen. Von jeder mehrere Versionen. Ich brauche einen Ratgeber. Etwas wie *Kiemen – und was nun?*"

„Hast du etwa welche? An deinem Hals ist nichts, aber logischer wären Atmungsorgane in Höhe deiner Lungen."

„Nein." Unwillkürlich tastete er über seine Rippen. „Keine Kiemen. Bisher jedenfalls nicht."

„Also sind wir genauso weit wie vorher." Plötzlich verfiel Jeanne in hilfloses Gekicher. „Hoffentlich ist es deine untere Hälfte, die sich in einen Fisch verwandelt. Und nicht die obere. Darauf kommt es doch an. Auf die richtige Hälfte."

„Hör auf damit."

„Mir fällt da noch was ein. Eine andere Legende besagt, dass eine Meerjungfrau keine Seele besitzt. Erst wenn sie ein Kind von einem Menschenmann empfängt, erhält sie eine. Gleichzeitig verliert sie im Gegenzug ihre Unsterblichkeit. Ich frage mich, ob das sinngemäß auch für Männchen gilt. Ich meine, für männliche Meerjungfrauen."

„Das mit der Schwangerschaft wohl nicht."

„Es sei denn, du trägst Seepferdchen-Gene in dir. Hast du eine Bauchtasche an dir entdeckt? Dann könntest du nämlich schwanger werden."

„Jeanne! Das ist nicht witzig."

„Nein", bestätigte sie.

„Seelenlos fühle ich mich im Übrigen nicht. Es gibt keinen Menschen und kein Tier ohne Seele. Sogar Steine sind beseelt. Ich habe es gespürt, als ich im Meer war. Das

Gefühl, dass alles voller Leben ist und das Wasser voller Erinnerung, als hätte es Jahrmillionen in sich gespeichert. Es war, als wäre ich eins mit allem. Ein Teil einer gigantischen, vernetzten Einheit. Verdammt, wie höre ich mich eigentlich an? Jeanne, bring mir eine Kutte, ich werde Guru." Sein Körper überzog sich mit Gänsehaut. Wie sie hier saßen und über was sie redeten. Es war verrückt.

„Fühlst du dich unsterblich?", fragte Jeanne.

„Nichts kann unsterblich sein. Das wäre gegen die Natur."

„In der Schule habe ich gehört, Seegurken seien praktisch unsterblich, sofern sie nicht gefressen werden. Und ein Tiefseeschwamm in der Antarktis ist zehntausend Jahre alt."

„Ich fühle mich weder gurken- noch schwammähnlich. Was mich mehr beunruhigt ist die Tatsache, dass das Fleisch und das Blut eines Meerwesens magische Wirkungen entfalten sollen. Früher glaubte man, dass beides Unsterblichkeit verleiht, wenn man es zu sich nimmt."

„Dann pass auf dich auf." Dieser Gedanke schien ihr ganz und gar nicht zu gefallen. „Wenn Esoterikfrauen Wind von dir bekommen, werden sie dich vernaschen wollen."

Er rollte mit den Augen. „Ich glaube nicht, dass ich jemanden rufen werde, wenn mir demnächst in der Wanne ein Fischschwanz wächst."

„In Splash trocknete die Meerjungfrau ihren Schwanz mit einem Föhn." Wie ein kleines Mädchen kaute sie auf ihren Fingernägeln herum. „So gelangte sie wieder an ihre Beine. Soll ich mal ein Glas Wasser holen? Vielleicht holt Wasser deine Flosse hervor."

Er schnaufte. „Glaubst du wirklich daran?"

„Keine Ahnung. Die eine Hälfte ist an das Wasser angepasst, die andere nicht. Wo liegt da der Sinn? Die Natur denkt praktisch, weshalb ich nicht glaube, dass sie zweigeteilte Wesen erschafft."

„Praktisch?" Er musste lachen. „Was ist mit dem Pfau und dem Pelikanaal? Was mit diesen bunten Korallenfischen? Hast du schon mal einen Pyjama-Kardinalbarsch gesehen? Die Evolution ist verspielt bis über beide Ohren. Und sie produziert regelmäßig Murks."

„Siehst du dich als Murks?"

„Natürlich nicht."

„Und was ist mit deinen Beinen? Fühlen sie sich seltsam an?"

„Vorhin im Wasser taten sie weh. Und dann der Juckreiz in den vergangenen Wochen … vielleicht mutiere ich doch zu einem Fisch. Zu einem Ichtyoiden, wissenschaftlich ausgedrückt."

Jeannes Kehle entkam ein klägliches Seufzen. „Als Wissenschaftler musst du doch verzweifeln, oder?"

„Tue ich", bestätigte Christopher. „Im Grunde sitze ich in einer dunklen Ecke und weine meinem Weltbild nach."

Sie verschränkte die Hände im Schoß und starrte ins Leere. Er tat es ihr gleich und wälzte tausend Gedanken, bis sie vom Geräusch der Klingel aufgeschreckt wurden.

„Wer ist das denn? Freitag Abend um diese Zeit?" Ärgerlich stand Jeanne auf und verschwand.

Christopher lehnte den Kopf gegen das Polster und startete einen Versuch, sich zu entspannen. Es war zum Scheitern verurteilt. In seinem Kopf schwirrte und summte es. Gerade wollte er resigniert das nächste Buch nehmen, um es zu durchforsten, als er eine vertraute Stimme hörte.

„Hi. Tut mir leid, dass ich jetzt noch störe. Aber ist Dr. Jacobsen da?"

Unwillkürlich fuhr er auf. Die Institutsleiterin?

„Wer sind Sie?", hörte er Jeanne fragen. „Was wollen Sie von meinem Bruder?"

„Mein Name ist Maya. Vielleicht hat Christopher mich erwähnt. Ich arbeite im Institut für Meeresbiologie in Dunvegan und wollte ihm seinen Plan vorbeibringen."

Er konnte Jeannes finsteres Gesicht vor sich sehen, wie er ihre Gedanken spürte. Jetzt, da sie wusste, was er war, sah sie eine Meeresbiologin ohne Frage als Feind an. Am Ende würde sie Maya noch davonjagen.

„Kommen Sie rein", hörte er Jeanne zu seiner Verblüffung sagen, als er aufstand, um zu den beiden zu gehen. „Ich werde mal nach ihm suchen."

„Danke. Sehr nett von dir. Ist es hier eigentlich immer so windig? Da fliegt man ja fast weg. Sieh dir das bloß mal an, ich sehe aus wie ein explodiertes Rosetten-Meerschwein."

Bei der Vorstellung musste er lachen und ein warmes Gefühl kroch durch seinen Körper, dessen Intensität ihn verblüffte.

„Ich kann Ihnen versichern, dass Sie nicht wie ein Meerschwein aussehen", sagte Jeanne.

„Nenn mich doch Maya, bitte. Mein Großvater White Elk sagte früher immer, mein Totemtier sei ein Opossum. Das passt. Nur, dass ich mich nicht zum Schlafen mit dem Schwanz an einem Ast aufhänge."

„White Elk? Das klingt nach …"

„Er war ein Sioux."

„Cool. Dann bist du Indianerin?"

„Ein Halbblut. Mein Vater stammte von der Insel Hokkaido."

„Aha. Und Opossums hängen sich zum Schlafen auf?"

„Das kommt vor. Ihr Schwanz funktioniert wie eine Klammer, weshalb sie stundenlang kopfüber an Ästen baumeln können. Sieht grotesk aus. Vor allem, wenn an einem Baum mehrere von den Dingern hängen. Aber sag mal, Christopher ist wirklich dein Bruder? Ihr seht euch gar nicht ähnlich."

„Er ist …" Jeannes Stimme klang unsicher. „Er ist mein Adoptivbruder. Aber ich muss dich warnen. Ihm geht es heute nicht besonders."

„Ist er krank?"

„Nein. Er hat nur schlechte Laune."

Auf seinem Lauschposten verdrehte er die Augen. Seinen Zustand mit schlechter Laune zu umschreiben, war auch eine Interpretation.

„Ach, na dann. Das kommt mir bekannt vor. Falls er den Einsiedlerkrebs machen will, dann richte ihm gute Besserung von mir aus."

Die Frau gefiel ihm. Auch das noch. Skeptisch betrachtete er seine Hände. Keine monströsen Veränderungen waren zu sehen. Es sprach also nichts dagegen, sich ein wenig näher mit ihr zu beschäftigen. Vielleicht half ihre Nähe, das Chaos in seinem Kopf zu besänftigen.

~❁~

Maya folgte der Aufforderung des Mädchens, sank in den Sessel zurück und betrachtete ein großes, gerahmtes Bild über dem Kamin. Es zeigte das Foto einer berühmten antiken Statue. Der Kampf Laokoons und seiner beiden Söhne gegen die Seeschlangen. Etwas hatte sie schon immer an dieser Darstellung gereizt. War es der zu Stein erstarrte, für die Ewigkeit festgehaltene Moment des Todeskampfes? Die morbide Schönheit des Schmerzes oder die Leidenschaft der Selbstaufgabe? Vielleicht auch das Wissen, dass es das Schicksal dieser drei Menschen war, von den Seeschlangen ins Meer gezogen zu werden? Sie dachte an Christophers Augen, die ihr das Gefühl gegeben hatten, in eine lichtlose Tiefe hinabzusinken. Sie dachte an den Kuss in ihrem Traum und an das Gefühl köstlicher Resignation, als sie begriffen hatte, dass sie ertrank.

Tief musste sie in ihren Gedanken versunken gewesen sein, denn als hinter ihr Geräusche erklangen, fuhr sie zusammen. Ein schwarzbrauner Husky, das rotblonde Mädchen und Christopher kamen ins Zimmer. Bereits bei seinem ersten Besuch im Institut hatte diesen Mann etwas Mystisches umgeben, doch hier und heute wirkte er noch unwirklicher. Ein Lächeln umspielte seine Lippen, von dem man nicht sagen konnte, ob es freundlich, abweisend oder provokant war.

„Hallo Maya." Er setzte sich auf die Lehne des Sofas und verschränkte die Arme vor seiner Brust. In jeder Bewegung lag etwas Vorsichtiges, fast, als hätte er Schmerzen. „Was führt dich zu mir?"

Für einen Moment war sie sprachlos. Waren seine Augen bei ihrem ersten Treffen schon so blau gewesen? Sie hatte nur ein Mal eine solche Farbe gesehen. Spät in der Nacht auf einem Schiff, als sie allein auf die Morgendämmerung gewartet hatte. Etwas hatte im Wasser geleuchtet. Eines der Wesen, die in der Nacht aus der Tiefsee heraufkamen, um nach Nahrung zu suchen. Wie sonderbar, dass seine Augen sie daran erinnerten. Aber sie besaßen nicht das Blau des Himmels, eines Edelsteins oder einer Blüte, sondern das Blau der tiefen See. Meeresblau.

Maya räusperte sich. Herrgott, sie musste sich zusammenreißen und aufhören, ihn anzustarren. „Tut mir leid, dass ich mit der Tür ins Haus falle", nuschelte sie. „Ich wollte euch nur den Expeditionsplan vorbeibringen. Da drin steht alles, was ihr wissen müsst. Aber ich kann euch die Einzelheiten zur Reise gern noch persönlich darlegen."

Christopher nahm den Hefter entgegen, blätterte kurz und nickte. Dann sah er sie an. Absolut und vollkommen unergründlich. So lange, bis sie glaubte, von der Tiefe seines Blickes eingefangen zu werden wie Laokoon von der Seeschlange. Im Traum hatte er sie umarmt und in die Tiefe gezogen. Sie hatten sich geküsst. Großer Geist. Warum sah er sie so an? Maya wich seinem Blick aus und fragte sich, warum sie sich wie die letzte Idiotin benahm.

„Ich würde euch beide am 25. Dezember abholen." Bildete sie es sich ein, oder zitterte ihre Stimme? „Der Flug geht ab Inverness um 00:45 Uhr. Zwischenstopp ist planmäßig in London. Dann geht es um 21:10 Uhr am nächsten Abend weiter im Direktflug nach Sao Paulo. Von dort müssen wir weiter nach Santiago fliegen, wo ein Bus uns zum Hafen von San Antonio bringen wird. Die ganze Reise zieht sich über zwei Tage. Wir übernachten in einem Hotel, am nächsten Morgen geht es auf das Schiff. Die genauen Routen sowie eure planmäßigen Aufgaben und Einsätze findet ihr im Hefter."

Ihr wurde heiß. Alles verschwamm in einem bläulichen Nebel. Zu viel Kaffee, zu viel Arbeit, zu wenig Schlaf. Hierherzukommen war eine blöde Idee gewesen. Saß sie wirklich in diesem luxuriösen Wohnzimmer, zusammen mit zwei Menschen, die ihr fremd waren, und plapperte sie hemmungslos zu? Vielleicht war es das Beste, dieser Situation zu entfliehen. Sie brauchte Kälte, Wind und Wasser. Irgendwas, das ihren Verstand klärte. Maya beschloss, die beiden nicht weiter zu belästigen und lieber einen kleinen Spaziergang zu unternehmen, der sie vielleicht wieder auf den Teppich holte.

„Ich habe einen langen Arbeitstag hinter mir." Mit einem demonstrativen Gähnen erhob sie sich, um ihre vorschnelle Flucht nicht unhöflich erscheinen zu lassen. „Ich glaube, ich brauche eine kleine Auszeit. Alles, was ihr wissen müsst, steht in dem Plan. Wenn ihr Fragen habt könnt ihr mich die Woche über jederzeit im Institut erreichen. Auf der vorletzten Seite findet ihr außerdem meine Handynummer. Tut mir leid, dass ich euch so spät noch überrannt habe."

Sie floh in Richtung Garderobe, ohne sich noch einmal umzusehen, zog ihre Jacke an und öffnete die Tür. Als sie sie zufallen lassen wollte, tauchte Christopher samt Hund vor ihr auf. Ihr Herz vollführte einen wilden Hüpfer in Richtung Hals.

„Was dagegen, wenn Finn und ich dich zum Auto begleiten?"

Ohne ihre Antwort abzuwarten, griff er nach einem halblangen, schwarzen Mantel, zog ihn über und schenkte ihr ein entwaffnendes Lächeln. Sie scheiterte daran, auch nur den leisesten Anflug eines Gefühls darin zu lesen, und das stürzte sie in Verwirrung.

„Ähm, gern. Ich hatte allerdings vor, noch ein wenig auf Wanderschaft zu gehen. Den Kopf freibekommen und so."

„Ich will mich nicht aufdrängen, aber falls meine Gesellschaft erwünscht ist …"

Sein erwartungsvolles Schweigen beschleunigte Mayas ohnehin ungesunden Herzschlag. Eine Spur zu hastig nickte sie. „Gern."

Er war ihr so nah, dass sie das Spiel der Meeresfarben in seinen Augen sehen konnte. Es erinnerte an ihre Pauamuschel. Die Hüterin vieler Erinnerungen an staubbedecktes Glück. Illusion und Wirklichkeit waren dabei, sich zu vermischen und ihr die Fähigkeit zu rauben, beides zu unterscheiden. „Wir sind hier, um zu träumen", hatte White Elk gesagt. „Träume zeigen uns den Weg. Durch sie reden die Geister mit uns, und sie wissen die Antwort auf alle Fragen." Aber ob es den Geistern gelang, diesen Mann zu durchschauen? Wohl kaum. Er war wie die See bei Nacht. Man sah den Glanz der Oberfläche, aber die Tiefe darunter blieb den Augen verborgen. Fast hätte sie laut aufgelacht. Dieser Mann brachte merkwürdige, gar poetische Saiten in ihr zum

Klingen. Es war verrückt, oh ja. Aber ohne Frage aufregend.

Gemeinsam wanderten sie den Pfad entlang. Obwohl das Schweigen andauerte, empfand Maya es nicht als unangenehm. Strandhafer rauschte im Sturm, verfallene Mauern ragten aus dem Gras. Sie erblickte zwei keltische Grabsteine und die vom Zahn der Zeit abgetragenen Überreste eines Gebäudes, das vor langer Zeit einem nicht mehr auszumachenden Zweck gedient hatte. Zu dieser Ruine lief der Hund, um schnüffelnd in ihrem Schatten unterzutauchen.

„Das Dorf wurde auf einem piktischen Heiligtum errichtet", beendete Christopher die Stille mit seiner sanften, einlullenden Stimme. „Diese Ruine war mal eine Kirche. Sie steht auf einem Ritualplatz. Man wollte die heidnischen Traditionen ein für alle Mal auslöschen."

So etwas hatte sie erwartet. Längst Vergangenes war zum Greifen nahe. Es lag Magie in der Luft, ein vertrauter Zauber, den sie lange nicht mehr gespürt hatte. Zum letzten Mal vor vielen Jahren im Sommer, als sie mit White Elk die Heiligen Felsen in der Wüste aufgesucht hatte, um im Mondschein vor prähistorischen Malereien zu sitzen. Nur kurz empfand sie den Drang, etwas zu antworten. Dann gewann das Gefühl Oberhand, dass es schöner war, einfach nur still zu sein. Christopher würde es ihr nicht übel nehmen. Er war einer der seltenen Menschen, denen Stille nichts auszumachen schien. Also liefen sie weiter, lächelnd und schweigend, bis sich ein Kiesstrand samt kleinem Hafen vor ihnen öffnete. Das hier war nicht das eingezwängte Meer im Hafen der Stadt. Hier spürte man die Macht des Wassers, atmete, roch und schmeckte sie. Salz brannte auf den Lippen, der Geruch von Freiheit tränkte die Luft. Sie schloss die Augen, um dieses Aroma, zusammengesetzt aus allem, was sie umgab, tief in ihre Lungen einzusaugen.

Ohne ein Wort zu wechseln, verharrten sie Seite an Seite am Saum der Brandung. Christophers Blick wirkte leer, als er auf das Meer hinausstarrte. Wind spielte in seinen Haaren und wehte sie ihm ins Gesicht. Leise klackerten die Rümpfe der Kutter aneinander.

„Liebst du das Meer?", fragte er nach einer Weile.

„Ja."

Sie hob die Arme und ließ sie wieder fallen. Es war eine Geste, mit der sie am liebsten ihre ganz persönliche Resignation ausdrückte. „Aber es ist eine ziemlich zerstörerische Liebe."

„Warum?", fragte er sanft.

„Nun ja." Sie überlegte, wie sie es am besten formulieren konnte. „Vielleicht, weil ich viel zu selten dort rausfahren kann. Weil mir das Meer so fragil und verletzlich vorkommt und ich meine Lebensenergie dafür geben möchte, es zu schützen. So sehr, dass ich mich manchmal darüber vergesse. Es dauert ewig, bis ich einen Förderer finde und die Genehmigung für eine Expedition erhalte, und oft gehen die Interessen unserer Investoren mit meinen nicht konform. Aber was soll ich machen? So ein Forschungsschiff kostet Tausende Pfund pro Tag. Und wenn ich nach einer Reise zurück bin in meinen vier Wänden, ist das Fernweh schlimmer als vorher. Manchmal so schlimm, dass ich am liebsten alles hinschmeißen und aufs Geratewohl losziehen möchte."

„Ich weiß, was du meinst." Er scharrte mit den Schuhen im nassen Kies. „Alle Fesseln lösen, alles hinter sich lassen. Es geht nur noch um dich. In den letzten Jahren bin ich viel gereist, aber es hat meinen Hunger nie gestillt. Eher noch verschlimmert."

„Alle Fesseln lösen." Maya seufzte, überwältigt von einem Gefühl, das sie nicht definieren konnte. Wie sie hier standen und worüber sie sprachen, oder wie sie einfach nicht sprachen … konnte es wirklich sein, dass sie diesen Mann eben erst kennengelernt hatte? „Wenn das so einfach wäre."

„Das ist es nicht. War es nie."

Mit klopfendem Herzen starrte sie zu ihm auf. In diesem Augenblick fühlte sie sich ihm unglaublich nah. Fast als wüsste sie genau, wer er war. Es mochte Illusion sein, vielleicht. Aber es fühlte sich gut an. Wenn sie ihn anblickte, war da diese Sehnsucht, dieses schmerzende Drängen in seinen Augen, das ihr so vertraut war. Und wenn sie schwiegen, fühlte sich ihre Zweisamkeit an, als würden sie sich bereits seit Ewigkeiten kennen. Offenbar legten sie die Zeit, die Menschen für gewöhnlich brauchten, um sich näherzukommen, im Zeitraffer zurück.

Maya sog dieses Gefühl auf. Seit sie auf Skye lebte, waren eine Handvoll Männer durch ihr Leben geweht worden, flüchtig und mit bitterem Nachgeschmack. Keine Beziehung war in die Tiefe gegangen. Alle endeten, ohne etwas in ihr berührt zu haben. Langsam hatte sie es angehen lassen wollen. Vorsichtig und ohne Erwartungen, die ohnehin nur dazu taugten, wie Vögel vom Himmel geschossen zu werden. Aber jetzt sah es ganz danach aus, als litten ihre Prinzipien unter einem Schwächeanfall.

Gemächlich liefen sie weiter. Die Schönheit der Nacht, die angenehme Gesellschaft und das Wissen, nach wochenlanger Schufterei von den meisten Pflichten befreit zu sein, stieg ihr gehörig zu Kopf. Sie hatte Zeit und sie war hier an einem der schönsten Flecken der Insel. Gemeinsam mit einem Mann, der ihre Sinne in Verzückung versetzte. Von diesen Gedanken beflügelt erklomm sie den Pfad zu den Klippen, doch während Christophers Atem kaum schneller ging, als sie das Wäldchen erreichten, pfiff sie auf dem letzten Loch. Gerne hätte sie die alten Kiefern und den ihr zu Füßen liegenden Ozean bewundert, doch sie war zu sehr damit beschäftigt, nach Atem zu ringen. In der Dunkelheit zwischen den Bäumen waren Grabsteine zu erkennen. Wie herrlich morbid.

„Du kommst öfter hier hoch, was?" Sie fächelte sich Luft zu. „Bitte sag mir, dass es so ist, sonst fühle ich mich wie der letzte Waschlappen."

„Es ist so." Er lächelte dürftig. „Da hinten auf dem Friedhof liegen meine Eltern und Großeltern."

Sie folgte seinem Blick zu den Steinen und Kreuzen, die friedvoll unter den Bäumen dahindämmerten. Seine Traurigkeit war beinahe körperlich zu spüren.

„Du vermisst sie sehr?"

„Ja."

Sie hatte das Bedürfnis, ihn zu trösten, wusste aber beim besten Willen nicht, wie sie das anstellen sollte. Diese Art von Kummer machte jeder mit sich selbst aus.

„Es geht vorbei", sagte sie, nur um etwas zu antworten. „Oder besser gesagt wird es erträglicher. Ich habe meine Eltern auch verloren. Mein Vater verschwand noch vor meiner Geburt, meine Mutter starb an einer Alkoholvergiftung. Ein alltägliches Schicksal im Pine Ridge-Reservat."

„Du kommst aus einem Reservat?"

„Bis zu meinem achten Lebensjahr lebte ich dort. Als meine Mutter starb, holte mich mein Großvater zu sich und gab mir ein Zuhause. Er wohnte in einem knallblauen Holzhaus in der Wüste von Arizona. Es war alt und überall regnete es durch, aber ich liebte es. Bevor White Elk mich aufnahm, wusste ich nichts von dem Glauben und der Denkweise meiner Vorfahren. Er hat mir die Türen zu einer neuen Welt geöffnet."

Maya verstummte. Warum erzählte sie ihm das? Normalerweise war sie nicht so offen Fremden gegenüber, aber mit Christopher war nichts so, wie sie es von anderen Menschen kannte. Lächelnd lief sie durch den Hain aus knorrigen Kiefern bis zum äußersten Rand der Klippe. Vor ihr lag das Meer in all seiner nächtlichen Pracht. Zwischen den Wolken blitzte der Mond hervor und betupfte die Kämme der Wellen mit silbrigem Schimmer.

„Ich würde aufpassen." Christopher stand plötzlich so nah hinter ihr, dass sein Atem ihr Ohr streifte. „Der Kalkstein bricht gern ab. Ein paar Unvorsichtige fanden hier oben schon ein unrühmliches Ende."

Seine Arme legten sich um ihre Taille und zogen sie zurück. Der sanfte Druck seiner Hände währte nur kurz, doch er genügte, um ihren Atem stocken zu lassen. Blut schoss in ihre Wangen. Einen Moment konnte sie den Duft seiner Haut wahrnehmen. Schwer und warm, so angenehm, dass sie ihn unwillkürlich tief einatmete. Verdammt, wo war ihr Mut, wenn sie ihn brauchte? Es wäre so leicht, ihn zu küssen. Sie musste nur eine Hand in seinen Nacken legen, ihn heranziehen und ihre Lippen auf seine pressen in der Hoffnung, keine Ablehnung auszulösen. Doch sie wagte es nicht. Stattdessen wich sie ein wenig zurück, eine Hand noch immer um seine Taille gelegt, und beugte sich vorsichtig über den Rand der Klippe.

Nur ein schmaler Strandsaum begrenzte das Meer, durchsetzt von scharfen Felsen und Haufen angespülten Tangs. Ihr wurde schwindelig, was keineswegs an der Tiefe lag, die unter ihr gähnte.

„Manchmal macht es mich wütend." Christopher wandte sich ab, als hätte es den verstörenden Moment ihrer Nähe nicht gegeben.

Er ging zum Friedhof, während Maya ihm folgte. Vor einem der Grabsteine, den man einem keltischen Kreuz nachempfunden hatte, kniete er nieder. Seine Fingerspitzen strichen über die eingemeißelte Inschrift.

Martha und Robert Jacobsen.

Die schiefen, per Hand eingeritzten Buchstuben besaßen in ihrer Ungeschicktheit etwas Anrührendes. Kein Datum, doch Maya vermutete, dass diese Wunde in Christophers Seele frisch war.

„Momentan wäre ich am liebsten allein", sagte er unvermittelt. „Damit meine ich nicht dich, Maya. Ich liebe meine Schwester, keine Frage, aber in letzter Zeit würde ich am liebsten einfach verschwinden und weiterziehen wie ein Nomade. Ich weiß nicht, wonach ich suche. Oder ob es das Reisen wirklich besser macht. Wahrscheinlich ist es nur eine Flucht. Gäbe es nur niemanden, der sich verletzt fühlt, wenn man gehen will. Niemand, um den man sich sorgen muss. Wie ist es, nur sich selbst zu gehören?"

Maya war um eine Antwort verlegen. Sie war allein und hatte niemanden, der ihr nachtrauern würde, doch war sie deshalb freier als er? Christopher sprach mit ihr über seine Gefühle, als seien sie seit Langem Vertraute. Es fühlte sich seltsam an. Berührend. Und es erfüllte sie mit einer Hilflosigkeit, die sie so noch nie erlebt hatte. „Ich könnte jederzeit abhauen", sagte sie schließlich. „Nur hapert es bei mir am Geld. Irgendwo muss ich mir meine Brötchen verdienen. Als Meeresbiologin gleicht es einem Sechser im Lotto, eine gute Stelle zu bekommen, deswegen bin ich heilfroh, hier gelandet zu sein. Aber lass mal, in ein paar Wochen können wir uns den Wunsch nach Nomadentum erfüllen. Es bedeutet eine Menge Arbeit, klar, aber immerhin sind wir weg. Unterwegs. Und wir folgen unserer Bestimmung oder wie sagt man so schön? Nur was der Mensch versteht, will er auch schützen."

„Und was er als schön und nützlich empfindet", setzte Christopher kühl hinzu. „Es ist immer dasselbe. Einerseits sind da die wirtschaftlichen Interessen der Gönner, andererseits der Drang, das Meer zu beschützen. Beides passt nicht zusammen, weil es gegeneinander arbeitet."

Sie hob die Arme und ließ sie wieder fallen. „Klar. Aber ohne Wissenschaftler wie uns, die sich für die richtige Seite einsetzen, wäre die Welt völlig im Eimer. Wir können nach Wegen suchen, beide Interessen Hand in Hand gehen zu lassen. Es ist nicht das Ideal, klar, aber wir tun, was wir können, um es besser zu machen."

Nach ihrer kleinen Ansprache starrte er ins Leere. Hell leuchtete seine Haut vor dem dunklen Stein, unwirklich in ihrer Makellosigkeit. Sie kniete nieder, gönnte sich einen nervösen Moment des Zögerns und berührte seine auf dem Grabmal ruhenden Finger. Er fühlte sich sonderbar an. Kühl, glatt und zart. Wieder war da dieses undefinierbare Gefühl, das sie durchströmte. Ähnelnd dem Sog, der manchmal von seinem Blick ausging. Das Bild ihrer aufeinander ruhenden Hände erinnerte an Ying und Yang. Ihre Dunkelheit, Christophers Helligkeit. Sie begriff erst, was sie tat, als er mit einem scheuen Lächeln zu ihr aufblickte.

Himmel, was war los mit ihr? Sie ging mit einem wildfremden Menschen spazieren und nahm sich einfach die Freiheit, ihn zu berühren wie eine unbeherrschte Idiotin. Ihre Verwirrung war abgrundtief. Darüber, wie wenig sie es vermochte, sich zusammenzureißen und ihre Professionalität zu wahren. Darüber, dass sie sich in der Nähe dieses Mannes wie betrunken fühlte. Genau genommen war sie Christophers Arbeitgeberin, auch wenn sie vermutete, dass er aus reiner Lust am Zeitvertreib in ihr Institut geschneit war. Ein Gefühlschaos von verstörender Intensität wütete in ihr. Es musste an diesem Ort liegen. An der Nacht und an ihm. Er brachte sie aus dem Konzept.

Spontan erklomm sie die nächste Kiefer, setzte sich auf einen Ast und ließ sich nach hinten fallen. Blut schoss ihr in den Kopf, als sie kopfüber vom Baum hing. Der vertraute Schwindel, als die Welt sich drehte, glich einer Zeitreise.

Zu ihrer Überraschung tat er es ihr gleich, und als sie beide an ihren Ästen hingen, überkam sie der kindliche Impuls zu kichern.

„Das habe ich ewig nicht mehr gemacht." Sie streckte die Arme aus und berührte mit den Fingerspitzen den Waldboden. „Ich habe vor lauter Arbeit ganz vergessen, wie gut es sich anfühlt."

Er warf ihr ein spitzbübisches Grinsen zu. Seine Melancholie war wie weggeblasen und überließ dem Schalk eines zu Streichen aufgelegten Jungen das Feld.

„Kennst du die Geschichte mit dem weißen und dem schwarzen Wolf?", fragte Maya und schaukelte am Ast. Als Christopher den Kopf schüttelte, begann sie zu erzählen. „In jedem von uns leben zwei Wölfe. Einer ist weiß und einer schwarz. Der weiße Wolf ist gutartig und fügt niemandem Leid zu. Er lebt in Harmonie mit allem und führt niemals einen sinnlosen Kampf. Aber ist es berechtigt, zu kämpfen, dann tut er es mit aller Kraft und bei klarem Verstand. Der schwarze Wolf hingegen ist voller Wut. Jede Kleinigkeit bringt ihn zur Weißglut. Er bekämpft alles, die ganze Zeit und meist ohne Grund. Vor lauter Wut und Angst kann er kaum mehr denken. Manchmal ist es schwer, mit beiden Wölfen zu leben, denn beide versuchen, den Geist zu beherrschen."

„Und wer von beiden gewinnt?"

„Der, den du fütterst."

„Aha."

Eine Weile schien er darüber nachzudenken. Wie er da am Baum hing und mit ernster Miene ins Leere starrte, brachte sie zum Lachen. Lange hatte sie sich nicht mehr so gut gefühlt. Vermutlich hatte sie sich noch nie so gut gefühlt. Als er wieder zu schaukeln begann, rutschten sein Mantel und das Kapuzenshirt nach unten, sodass seine Brust entblößt wurde. Entzückt nahm sie diesen Umstand zur Kenntnis. Alles an ihm schien vollkommen, aber irgendwo musste ein Makel sein. Etwas, das diesen Mann realer machte. Und dann entdeckte sie etwas. Ein Riss schien sich durch ihren Verstand zu ziehen, unter dem sich etwas anderes an die Oberfläche wühlte. Sie sah es deutlich vor sich. Viel zu deutlich. Ein silberhelles Streifenmuster schimmerte für kurze Momente auf seiner Brust. Fluoreszierend.

„Großer Geist." Für einen Augenblick vergaß sie, sich festzuklammern, was sich unmittelbar rächte. Unsanft schlug sie auf dem Boden auf. Der Aufprall presste ihr die Luft aus den Lungen und jagte einen stechenden Schmerz durch ihr Steißbein.

„Hast du dir wehgetan?" Er schwang sich vom Ast und stopfte das Shirt in seine Jeans. „Noch alles ganz?"

„Ich glaube schon." Sie rappelte sich auf und klopfte Nadeln und Erde von ihrer Kleidung. Neuerdings halluzinierte sie also auch noch. Wunderbar. Dieser Ort ließ ihre Fantasie überschnappen, das musste es sein. Nach wochenlanger Nerven zermürbender Büroarbeit mutete sie sich einfach zu viel zu. Ganz zu schweigen von diesem Mann, der Öl in das Feuer ihrer Fantasie goss.

Der Wind wurde stärker, zerrte an ihren Haaren und an der Jacke, ließ die Kiefern knarzen und drückte die Wellen gegen die Klippen. In ihr prickelte die Energie purer Lebendigkeit. Sie wollte sie aufkochen lassen, wollte, dass sie ihren ganzen Körper flutete.

„Ich muss den weißen Wolf füttern." Sie gab dem Impuls, einfach loszulaufen, kurzerhand nach. Maya rannte, bis ihre Lungen schmerzten, huschte zwischen den Kiefern umher, lief einen Hang hinab und sog die salzige Luft ein. Über ihr trieben vom Mondlicht umrandete Wolken dahin, so tief, dass sie sich einredete, sie mit ein wenig Strecken berühren zu können. Grasähren kitzelten die Innenflächen ihrer Hände, trockene Nadeln knirschten unter ihren Schritten. Sie rannte weiter, bis sich das Kiefernwäldchen öffnete und den Blick auf einen hell schimmernden Strand freigab.

Es war ein wunderschöner Anblick. Ein surreales Caspar David Friedrich-Gemälde, das ihr das Gefühl gab, eine Traumwelt zu durchwandern. Nebelstreifen ließen die Linie zwischen Land und Meer verschwimmen, Frost glitzerte auf den starren Halmen des Strandhafers. Am Rande der Dünen stand ein kleines Haus. Obwohl ihre Augen in dieser Dunkelheit nicht viel sahen, war doch gut zu erkennen, dass eine einzelne Fußspur aus dem Meer kommend darauf zuführte. Während sie weiterrannte, hörte sie Christopher etwas rufen, doch über das Tosen des Meeres verstand sie ihn nicht. Ausgebleichtes Treibholz säumte die Linie zwischen Dünen und Strand, vom Meer in etwas verwandelt, das aussah wie die Knochen eines Saurierfriedhofes.

Nur einen Moment zögerte Maya, als sie das Haus erreichte. Es sah verlassen aus, aus der Nähe betrachtet glich es eher einer besseren Bretterhütte. Ohne anzuklopfen, riss sie die morsche Tür auf. Ein Fehler, den sie sofort bereute.

In einem Sessel, der aussah, als fiele er jeden Augenblick auseinander, saß eine Frau. Splitterfasernackt. Ihre Finger spielten, vom Licht eines Kaminfeuers in goldenes Licht getaucht, mit einem Armband aus Münzen.

Maya spürte, dass ihr Mund weit offen stand. Peinlich berührt klappte sie ihn zu. Die Augen der Fremden waren dunkelblau, mit geheimnisvollem Indigo und einem Hauch von Meeresgrün. Ihr Anblick war surreal. Magisch. Eine märchenhafte Illusion. Mayas Entschuldigung, ohne Vorwarnung in die Hütte geplatzt zu sein, blieb ihr im Halse stecken.

Diese Frau war Christopher auffallend ähnlich. Der besondere Farbton ihrer Haare, die bis auf ihre Oberschenkel hinabflossen, das schmale Gesicht, die großen Augen. Hinzu kam die Art, wie sie nur durch ein träges Blinzeln eine den Verstand vernebelnde Sinnlichkeit ausstrahlte.

„Ich habe doch gesagt, dass du von der Hütte wegbleiben sollst." Christopher stand hinter ihr und klang erbost. „Warum hast du nicht auf mich gehört?"

„Tut mir leid." Sie war wie betäubt von einem Anblick, der nicht in diese Wirklichkeit passen wollte. „Ihr seid verwandt, oder?"

„Nein." Sein Blick heftete sich starr auf die Frau. Es war unmöglich zu sagen, was er fühlte. „Lass uns allein. Bitte."

„Okay. Tut mir leid."

„Schon gut. Geh nach draußen. Es dauert nicht lange."

Noch einmal erhaschte sie einen Blick auf die Frau, deren Schönheit ihr Angst einjagte, dann wandte sie sich um und verließ die Hütte. Die Tür fiel hinter ihr zu. Sie lief ein paar Schritte, schüttelte den Kopf und versuchte, zu begreifen. Was war das schon wieder? Wurde sie endgültig verrückt?

Die Hände in ihren Jackentaschen vergraben lief sie zum Saum der Brandung hinunter. Ihr für gewöhnlich ordnungsmäßig arbeitender Verstand erreichte die Grenze, hinter der das Reich kühner Fantasien und kruder Theorien begann. Maya setzte sich auf einen angespülten Baumstamm und stützte die Arme auf den Knien ab. Sie versuchte, ihre Gedanken zumindest halbwegs zu sortieren. Christopher verfügte über ein übermenschliches Gehör. Er verstand auf unerklärliche Weise den Gesang der Wale, hatte binnen kürzester Zeit die Struktur seiner Haut verändert und besaß mit Abstand die abgefahrensten Augen, die sie je gesehen hatte. Hieß das, dass er nicht normal war? Im Sinne von – sie schluckte schwer über diesen Gedankengang – nicht ganz menschlich?

Ein Schatten löste sich aus der Dunkelheit und trabte zielstrebig auf sie zu. Es war der Husky. Mit schief gelegtem Kopf blieb das Tier vor ihr stehen.

„Du willst wissen, was los ist? Dein Herrchen unterhält sich da drin nur mit einer nackten Frau, die dem Meer entstiegen scheint, und ich knalle fröhlich durch. Wie findest du das?"

Finn drehte seinen Kopf in Richtung Hütte und spitzte die pelzigen Ohren.

„Verrückt, was? Aber was will man machen, wenn die Alterssenilität schneller kommt als erwartet? Oder ist es ein Gehirntumor? Die Matrix? Bin ich vielleicht vorhin überfahren worden, liege im Koma und träume das alles nur? Das wäre auch eine Idee, findest du nicht?"

Der Hund legte seinen Kopf auf ihren Oberschenkel und schnaufte.

„Wenigstens einer versteht mich."

Maya seufzte. Gemeinsam mit Finn sah sie zu, wie die Gischt der Wellen über den Strand schäumte und eine spiegelnde Fläche zurückließ. Immer wieder betastete sie die Pauamuschel, spürte ihre glatte Härte unter dem Pullover und bildete sich ein, White Elk auf diese Weise irgendwie beschwören zu können. Fing sie hier und heute an, an Fabelwesen zu glauben? An Sirenen, Meerjungfrauen und Poseidons Volk? Ihr Opa hätte lakonisch entgegnet: „Warum nicht?"

Ja, warum nicht. Vielleicht, weil ihre Welt aus wissenschaftlicher Logik bestand und White Elk seine Spiritualität nicht an sie vererbt hatte?

Maya stand auf und raufte sich die Haare. Grübeleien wie diese führten zu nichts. Sie war eine Meeresbiologin, eine Analytikerin, also musste sie so an die Sache herangehen. Das Rätsel analysieren, Stück für Stück, bis am Ende eine befriedigende Lösung herauskam. Aber wo sollte sie ansetzen?

Eine Weile wanderte sie unschlüssig umher. Als sie einen Spalt zwischen den Brettern der Hütte entdeckte, war ihre Neugierde nicht mehr zu unterdrücken. Kurzerhand beugte sie sich vor und blickte hindurch.

Christopher und die nackte Frau standen dicht voreinander. Sie streckte ihre Hand aus und legte sie auf seine Brust. Langsam strichen ihre Finger darüber, unverhohlen verführend. Diese beiden Wesen waren die Verkörperung weiblicher und männlicher Anmut. Sie waren aus derselben Essenz, von derselben weltfremden Andersartigkeit. Doch worauf beruhte diese Andersartigkeit?

Mit gequälter Miene schloss Christopher die Augen, während seine Hände sich auf die Hüften der Frau legten. Als hätte sie nur darauf gewartet, zog sie ihn näher an sich, legte den Kopf an seine Schulter und flüsterte etwas, das Maya nicht verstehen konnte. Seine Finger glitten über makellose Brüste, mehr neugierig als verlangend, wischten feuchte Haarsträhnen beiseite und zogen die Linie ihrer Taille nach.

Probeweise kniff Maya sich in den Unterarm, doch anstatt aufzuwachen, wurde sie Zeugin, wie sich die Frau Christophers Armen entwand und mit einem wütenden Zischen zurückwich.

„Begreif es endlich“, warf sie ihm entgegen. „Du kannst nichts dagegen tun. Gar nichts. Deine Zeit an Land ist abgelaufen. Weißt du, wo du hier bist? Es ist die Hütte deines Vaters und deiner Mutter. Hier lebten sie, bevor das Schicksal sie für ihre Sturheit bestrafte.“

Diese Worte schienen ihn zu treffen wie ein Schlag in die Magengrube. Schwankend griff er nach der Lehne des Sessels. „Das hier ist die Hütte meiner Eltern?“

„Der Fischer namens Jack.“ Die Frau zeigte ein herausforderndes Lächeln. „Er war dein Vater. Und er glaubte wie du, seinem vorbestimmten Schicksal entkommen zu können. Es kann zwischen uns und einem Menschen keine Liebe geben, verstehst du das? Deine Mutter opferte viel für Jack. Sie kehrte dem Meer den Rücken zu und gab sich der Illusion hin, ein Mensch sein zu können. Nur ein paar Jahre lang waren sie glücklich. Er ging fischen und sie hütete das Haus, wie es Menschenfrauen tun. Beide glaubten, ihre Liebe sei stärker als das Schicksal und stärker als ihre Natur. Für diesen Irrtum bezahlten sie einen hohen Preis. Meine Schwester starb bei deiner Geburt. Ihr Blut floss ins Meer, als sie dir inmitten der Wellen das Leben schenkte. Niemals zuvor ist es geschehen, dass jemand unserer Rasse sich mit einem Menschen vermischte. Niemals. Unsere Liebe tötet, und am Ende erfuhr das auch dein Vater. Der Verlust seiner Frau ließ seine Seele zerbrechen. Einige Jahre noch fuhr er auf das Meer hinaus, bis in einer Winternacht der große Sturm aufzog. Er lenkte sein Schiff mitten hinein.“

Christopher sank in den Sessel. Eine Weile sagte er nichts, während sein Gesicht zu Eis erstarrte. „Warum hast du ihn nicht gerettet?“, presste er hervor. „Du hättest es tun können.“

„Er wollte nicht gerettet werden“, erwiderte die Frau, diesmal zärtlich und sanft. „Er wollte vom Leben erlöst werden und wieder bei deiner Mutter sein. Ich befreite seine Seele, so wie ich ihre befreit habe.“

„Und was war mit mir?“

„Meine Schwester wollte, dass du nach alter Tradition unter den Menschen aufwächst. Sie wollte, dass du Liebe spürst und lernst, die Welt aus Luft und Erde ebenso zu schätzen wie die des Meeres.“ Etwas Verächtliches klang in ihrer Stimme mit, als sie fortfuhr. „Eines Abends sah ich ein Paar am Strand entlanglaufen und spürte, dass sie die Richtigen waren. Sie und niemand sonst. Also legte ich dich am Strand ab und wartete, bis sie dich fanden.“

Christopher schloss die Augen und atmete tief ein. „Wie lange war ich bei ihm?“

„Bei deinem Vater? Ich nahm dich mit, nachdem meine Schwester starb. Er hat dich nie im Arm gehalten. Er wollte dich nicht.“

Unvermittelt fuhr er hoch und ging auf die Frau zu. Mit einem wütenden Knurren packte er sie bei den Schultern, drückte zu und entlockte ihr einen Schmerzenslaut. „Warum sollte ich dir glauben? Woher weiß ich, dass du die Wahrheit sagst?"

„Weil du es spürst", zischte sie zwischen zusammengebissenen Zähnen. „Dein Körper verändert sich. Das Blut deines Vaters stirbt ab, während das deiner Mutter stärker wird und deinen Körper übernimmt. Es gab noch nie ein Halbblut wie dich, also weiß ich nicht, ob du in jeder Hinsicht bist wie wir. Wir altern nicht, wie es Menschen tun. Nach der Verwandlung bleiben wir jung, aber Verletzungen können uns töten. Wir können durch Gifte sterben oder dahinsiechen, wenn wir zu lange dem Wasser fern bleiben. Es gibt nur noch wenige von uns, sehr wenige. Viele starben durch Krankheiten, als das Meer schmutzig wurde, und die wenigen Überlebenden verstecken sich aus Angst vor den Menschen in der Tiefe. Sie haben ihre Macht verloren. Ihr Stolz gehört der Vergangenheit an. Sie sind nur noch Schatten und warten auf Erlösung."

„Wo verstecken sie sich?", fragte Christopher matt.

„Weit weg von hier, warum fragst du?"

„Ich sehe Bilder. Und ich glaube, ich kann bestimmen, wo sich das befindet, was ich sehe."

Die Fremde nickte. „Ja, Jack hat mir viel über eure Fähigkeiten erzählt. Aber all eure Macht beruht auf Maschinen, nicht auf eurem Geist. Bei dir ist das anders. In dir spüre ich die Macht, die unserem Volk einst gegeben wurde. Verleugne dieses Erbe nicht. Wir brauchen dich. Du und ich, wir sind die beiden Letzten, in denen diese Kraft liegt. Damals wurden meine Schwester und ich ausgesandt, um andere Überlebende zu suchen, aber wir fanden nichts. Nur ein Meer, das nicht mehr so war, wie wir es kannten. Gehe nicht mit den Menschen, vertraue ihnen nicht. Sie sehen uns nur, wenn wir ihre Seele nehmen. Komm in die Welt, in die du gehörst, bevor es zu spät ist."

Christopher stieß einen Laut aus, der wie ein ersticktes Knurren klang. „Ich kann nicht. Ich kann nicht mit dir gehen. Unmöglich."

Wutschnaubend wandte sich die Frau ab und riss die Tür auf. In letzter Sekunde gelang es Maya, auf Abstand zu gehen. Der unergründliche Blick der Fremden traf sie, gerade als sie mit dem Fuß betont unschuldig im Sand einer Düne herumscharrte. Ohne ihre Neugierde zu tadeln, wandte die Frau sich ab und lief zum Meer hinunter. Maya fühlte Übelkeit aufsteigen. Was hatte sie da nur belauscht? Wie sollte sie das mit ihrem Verstand vereinbaren? Es musste ein Scherz sein, versteckte Kamera oder etwas in der Art. Hätte sie nur niemals durch diese verdammte Lücke geblickt.

„Verschwinde." Christopher lief der Frau ein paar Schritte hinterher. Dann blieb er stehen und verschränkte die Arme vor seiner Brust. „Niemand befiehlt mir, was ich zu machen habe."

Die Fremde warf ihm einen Schulterblick zu. „Du hast keine Wahl."

Mondlicht verwandelte ihren Körper in eine Statue aus frostigem Quecksilber. Eine Stimme in Mayas Kopf flüsterte das Wort übermenschlich, doch sie hörte dieser Stimme nicht zu. Es musste eine andere Erklärung geben. Eine logische.

„Du musst nach Hause kommen. Sei nicht so dumm und laufe sehenden Auges in dein Verderben."

Wellen umspülten die Füße der Frau, doch sie schien die Kälte des Wassers nicht zu spüren. Kein Zucken durchlief ihren Körper, nicht einmal eine Anspannung. Stattdessen ging sie einfach weiter. Hinein ins Meer.

„Komm", lockte sie. „Komm schon."

„Nein." Christopher rührte sich nicht vom Fleck. „Ich entscheide über mein Leben. Niemand sonst."

„Ich habe dir gesagt, was dein Schicksal ist, und daran kann keine Macht dieser Welt etwas ändern. Es ist deine Natur. Das, wozu du erschaffen wurdest."

Wieder schüttelte er den Kopf. „Nein."

„Oh doch. Und du wirst es bald begreifen."

Jetzt stand die Frau bis zu den Hüften im Wasser. Der Körper des Wesens veränderte sich. Es jetzt noch als menschlich zu bezeichnen, war unmöglich. Die Haut der Fremden schimmerte silbern, weiße Schuppen leuchteten auf Oberschenkeln und Hüfte. Dann warf sie sich nach vorn und tauchte in das Wasser ein. Geschmeidig wie ein Fisch. Binnen eines Wimpernschlags war nichts mehr von ihr zu sehen. Nur das vom Sturmwind aufgewühlte Wasser.

„Scheiße!" Maya spürte die eisige Umklammerung eines Schocks. Im Unterbewusstsein war ihr klar, dass die Frau kein Mensch war, und doch reagierte ihr Verstand nach dem üblichen Muster. „Wir müssen ihr helfen."

Sie wollte Christopher am Arm packen und ihn aus seiner Starre reißen, doch sein Gesichtsausdruck ließ sie erschreckt zurückzucken. Unbeschreibliches Verlangen brannte in ihm. Ein Verlangen, das an Wahnsinn grenzte. „Himmel, was passiert hier? Was ist das für ein abgefahrenes Zeug?"

Er rang nach Atem. Die geschwollene Ader an seinem Hals pochte in ungesundem Rhythmus.

„Was ist los mit dir?" Sie umklammerte seine Schultern. „Wir müssen was tun. Ein paar Minuten, und sie kollabiert bei diesen Temperaturen."

Christopher stieß einen gequälten Laut aus und riss sich los. Wie ein eingesperrtes Tier begann er, hin und her zu laufen. Er raufte sich die Haare, murmelte unverständliche Dinge und schien sie nicht mehr wahrzunehmen.

Im nächsten Moment zog er wie von Furien gejagt seine Kleidung aus. Nein, er fetzte sie sich regelrecht vom Leib. Es war eindeutig, was er tun wollte. Blankes Entsetzen packte sie. „Bist du irre? Du wirst genauso erfrieren wie sie."

Aber er tat es. Ungeachtet der hohen Wellen und der eisigen Kälte stürzte auch er sich in das Wasser und verschwand. Verschluckt vom Mahlstrom der Wellen.

Maya war wie gelähmt. Fieberhaft rang sie um eine Entscheidung, was zu tun war. Die beiden würden ertrinken und ihr würde man die Schuld geben. Finn tauchte aus der Dunkelheit auf und kläffte das Wasser an. Sie musste etwas tun. Sie musste. Verdammt! Kurzerhand zog sie Schuhe und Jacke aus und spürte die Kälte der Nacht wie ein Band aus Eisen um ihren Brustkorb. Etwas Helles war dort im dunklen Wasser. Ein lebloser Körper? Sie hatte keine Wahl. Ihr Handy lag im Auto, und ehe es ihr gelingen würde, Hilfe zu holen, würden Christopher und die Frau längst tot sein.

Tief einatmend schaltete sie jegliche Gedanken aus und rannte ins Meer. Sie war eine ausgezeichnete Schwimmerin und ausgebildet darin, Menschen in Not zu retten, aber dieses Wasser war wie flüssiges Eis. Es raubte ihr augenblicklich den Atem. Kälte schloss sich um ihren Körper und schnürte ihn gnadenlos zu. An Atmen war nicht zu denken. Doch sie musste die beiden finden. Maya tat einige Schwimmzüge, tauchte unter und öffnete die Augen.

Nichts. Nur sprudelnde, eisige Dunkelheit. Kein Körper.

Die Kälte war gnadenlos. Das hier brachte nichts, sie musste zurück. Sie rang nach Luft, durchstieß sie die Wasseroberfläche und wollte einatmen, doch eine erstickende Last drückte ihren Brustkorb zusammen. Tausende Nadeln aus Schmerz stachen in ihr Fleisch. Wellen warfen sie umher, hoben sie hoch und ließen sie wieder fallen. Salzwasser schwappte in ihren Mund, Muskeln verkrampften sich und ließen einen Schmerz auflodern, der alles bisher Gefühlte in den Schatten stellte. Sie zwang sich, weiterzuschwimmen, doch das Ufer schien plötzlich viel zu weit entfernt zu sein. Verdammt, sie wollte nicht sterben. Doch das schwarze Wasser kannte keine Gnade und saugte die Kraft aus ihrem Körper. Eine Strömung erfasste sie und trug sie hinaus. Weg vom Land. In den Tod.

Kaum umschloss ihn das Wasser, verblassten Christophers Gedanken an das Land. Die Kraft des Soges spülte alle Ängste, alle Zweifel fort, denn diese andere Welt berauschte ihn wie eine Droge. Er spürte den Hunger des Meeres und seine wütende Gier. Die Ungeduld einer großen Macht, die es gewöhnt war, sich zu nehmen, wonach es sie verlangte.

Wieder trug ihn die Strömung hinaus, bis in der indigofarbenen Dunkelheit der Wald aus Tang auftauchte. In diesem Küstenabschnitt gab es kein Riff. Nur vereinzelte, von Anemonen und Seenelken bewachsene Felsen. Tang trieb umher, abgerissen vom stürmischen Seegang. Fischschwärme suchten im Dickicht der Pflanzen Schutz. Die zornige See erfüllte ihn mit Entzücken. Er lieferte sich dem Spiel des aufgewühlten Wassers aus. Nur kurz hatte er das Gefühl, als drückte die Atemnot seinen Brustkorb zusammen, dann strömte der Sauerstoff durch seinen Körper und machte die Funktion der Lungen überflüssig.

Wieder war das Meer von zahllosen Geräuschen erfüllt. Es summte, rauschte und dröhnte in seinen Ohren. Er hörte Klicklaute, das Sonar in weiter Ferne vorbeiziehender Wale und den Flossenschlag der Fische. Er hörte die Brandung, den wogenden Tang und den Sturm.

„Dein Zuhause“, flüsterte eine Stimme in seinem Kopf, gefolgt von dem Gefühl zweier Arme, die sich um ihn schlangen. Schnell zog ihm die Frau die restliche Kleidung aus. Er genoss es, denn der Stoff auf seiner Haut war störend, überflüssig und lächerlich. Kein Bedauern erfüllte ihn, als er sah, wie die Sachen hinabsanken. Ein Sinnbild für die Welt, die er zurückließ.

Er klammerte sich an den letzten Rest Wut, blickte in das Gesicht der Fremden, doch schon spürte er, wie das Wasser seine menschlichen Gefühle fortschwemmte. Sie hatte es geschafft. Er war hier. Dort, wo sie ihn haben wollte. Weil sich plötzlich jeder Atemzug an Land wie flüssige Lava angefühlt hatte und jeder Schritt auf der Erde wie ein Tanz auf Klingen. Das Wesen zog ihn tiefer, bis seine Füße den weichen Sand berührten. Weit über ihnen spielte das Mondlicht auf der sturmgepeitschten Oberfläche des Wassers.

Dass dort oben jemand nach ihm rief, streifte seine Gedanken nur flüchtig.

„Komm", flüsterte die Frau in seinem Kopf. „Komm mit mir."

Sie entwand sich ihm und tauchte mit der Anmut eines Fisches im Tangdickicht unter. Das helle, liebliche Echo ihres Lachens erklang, lockte mit Freiheit und Abenteuer. Hier war kein Riff zwischen ihm und der offenen See. Kein Hindernis. Er musste nur den Wald hinter sich lassen.

„Komm mit mir", drängte die Stimme in seinem Kopf. „Komm. Ich bringe dich nach Hause."

Als die Frau zwischen den wogenden Stängeln auftauchte, hatte sich etwas an ihr verändert. Es war nur ein kurzes, irisierend helles Aufschimmern, wie der Widerschein von etwas Glänzendem, das kurz in der Tiefe auftaucht und wieder verschwindet. Zu schnell verbarg sie sich wieder im Wald, als dass er die Veränderungen deutlicher hätte wahrnehmen können, die zweifelsohne auch ihm widerfahren würden.

„Nimm es an." Ihr Raunen wurde fordernder. „Hier und jetzt …"

Er sah er an sich hinab. Silbrige Flecken entstanden auf seinen Beinen und breiteten sich aus. Kleine Erhebungen wuchsen auf seiner Hüfte und wurden zu glänzenden Schuppen. Es war, als zerrissen die Fasern seines Fleisches und fügten sich neu zusammen. Der Preis für wahre Freiheit.

„Nimm es an …"

„Nein!" Das Eis des Vergessens wurde dünner und zeigte ihm blasse Erinnerungen. Jeannes Stimme. Mayas Gesicht. Ihr Lächeln, als er oben auf den Klippen kurz davor gewesen war, sie zu küssen. Das Funkeln ihrer kohlschwarzen Onyxaugen. „Ich kann nicht."

Er wehrte sich gegen die Strömung. Das Meer wurde ungeduldiger. Hungriger. Er musste nur loslassen, und es würde ihn weit hinaustragen, Meile um Meile. Aber wenn er jetzt losließe, würde er wieder zurückkehren können? Oder nur noch für verschwindend kurze Zeit einen Blick auf das werfen, was er verloren hatte?

„Nimm es endlich an!"

„Ich kann nicht!" Er schrie es im Geiste wütend hinaus, und dieser Ruf, obwohl unhörbar, schien im gesamten Ozean widerzuhallen. „Ich gehe zurück."

„Nein!" Die Fremde tauchte vor ihm zwischen den Tangstängeln auf. Zorn ließ ihre Augen aufleuchten wie hellblaues Eis. Die untere Hälfte ihres Körpers war zu dem Leib eines Fisches geworden, kraftvoll, geschmeidig und überirdisch schön. Gemacht wie aus Silber und Seide. Eine Flosse auf ihrem Rücken stellte sich auf, bestückt mit scharfen Stacheln. „Vergiss das Land. Es ist ein Gefängnis. Es ist gefährlich. Wenn du jetzt gehst, kann ich dich nicht beschützen."

Der Geruch nach Panik breitete sich im Wasser aus. Jemand war dabei, zu ertrinken. Christopher hörte das Gurgeln menschlicher Lungen und blubbernde Schreie unter

Wasser. Er erkannte diese Stimme, obwohl sie hier unten verzerrt klang. Maya war im Wasser, doch ihr Körper konnte nicht so atmen, wie es der seine tat. Warum ging sie in eine Welt, die sie tötete? Etwa, um ihn zu retten? In dem Irrglauben, er wäre ein Mensch?

„Vergiss sie."

Der fächerförmige Fischschwanz der Meerjungfrau peitschte wütend das Wasser. Und doch wagte sie sich nicht näher an ihn heran. Er schmeckte ihre Angst metallisch auf seiner Zunge. Sie hatte Angst vor ihm?

„Vergiss die Welt dort oben. Sie will uns nichts Gutes. Sie ist nicht dein Zuhause. Sieh dich an, du gehörst nicht zu ihnen."

Christopher wandte sich dem Strand zu und tat einen kräftigen Schwimmzug. Das Brennen in seinem Körper verebbte, die Schuppen verschmolzen wieder mit seiner Haut. Eine neue Form von Kraft durchströmte ihn und gab ihm das Gefühl, allem und jedem die Stirn bieten zu können. Selbst der uralten Macht der See. Doch jetzt, da er sich vom Anblick des offenen Meeres losgerissen hatte, erfüllte ihn eine unvorstellbare Qual. Eine im Innersten aufbrechende Verzweiflung, die ihn in der Mitte entzweireißen wollte. An der Oberfläche schlugen die Wellen noch höher auf, verkörperten donnernd und brüllend die Wut des Meeres.

„Es wird dich bekommen", rief die Stimme in seinem Kopf, als er auf Mayas im Wasser treibenden Körper zuschwamm. „Die See ist in deinem Blut und in deinem Geist. Du selbst bist die See."

~ ☸ ~

Gnädigerweise verlor sie das Bewusstsein, gerade als sie glaubte, es keine Sekunde länger ertragen zu können. Die sich verkrampfenden Muskeln am ganzen Körper, die Atemnot, die Kälte. Und vor allem die Gewissheit, zu sterben. Fast lag in der Schwärze, die Maya übermannte, ein Hauch jener Schönheit, die sie in ihrem Traum verspürt hatte.

Das Nächste, das sie wahrnahm, war gottserbärmliche Kälte und ein lautes Würgegeräusch. Gepaart mit dem Gefühl, als würde sich ihr Innerstes nach außen krempeln. Sie benötigte ein paar Momente, bevor ihr klar wurde, dass dieses Geräusch ihrer Kehle entfloh. Zähneklappernd lag sie im Sand wie eine auf den Rücken gedrehte Schildkröte und hustete sich die Seele aus dem Leib.

Es war ihr unmöglich abzumessen, wie viel Zeit vergangen war, als die Übelkeit endlich versiegte. Jeder Muskel ihres Körpers war verkrampft vor Kälte und hart wie Stein. Am Rande ihres Bewusstseins nahm sie wahr, dass Christopher sie hochhob. Alles war gleichgültig. Alles, bis auf diese Kälte.

„Was hast du dir dabei gedacht?", drang seine warme Stimme an ihr Ohr. „Wolltest du mich retten?"

Ihre Stimmbänder waren eingefroren. Die Zähne klapperten derart, dass sie glaubte, sie müssten zerspringen. Ein idiotischer Teil in ihr versuchte dennoch, sich mitzuteilen. „W-w-was …"

„Still", befahl Christopher.

Er trug sie zur Hütte und stieß mit einem Fuß die Tür auf. Sie sah noch den Hund in das Dunkel schlüpfen, dann zog sich erneut Schwärze über ihr Bewusstsein.

Als Maya erwachte, fand sie sich auf einer muffig riechenden Pritsche wieder, und zwar nackt. Zusammengekrümmt lag sie auf der Seite, vergraben unter staubigen Decken, und zitterte sich die Seele aus dem Leib. Keine drei Schritte entfernt legte Christopher soeben zwei Scheite in ein Feuer. Narrte sie ihre Wahrnehmung, oder war auch er nackt? Ja, sie musste träumen, denn dieser Mann und sein Hund, der wie eine Sphinx neben ihm hockte, boten ein Bild, das nur eine Wahnvorstellung sein konnte.

Ihre Kleider hingen über dem einzigen Sessel im Raum. Ein weiterer Kälteschauder schüttelte sie. Es half nichts, die miefenden Decken enger um sich zu ziehen und sich einzukugeln. Nichts vertrieb diese Kälte. Sie fiel wieder in eine Art Halbschlaf, der nicht tief genug war, um die Qual auszuschalten, wohl aber einen Schleier darüber legte und sie erträglicher machte.

Nach einer Weile legte sich jemand hinter sie. Zunächst fühlte sich der Körper, der sich an den ihren schmiegte, kühl an. Doch schnell kam Wärme. Sie sickerte in ihre starren Glieder, wohltuend, doch viel zu langsam. Instinktiv wölbte sie ihren Rücken, um näher an der wärmenden Quelle zu sein, doch es fühlte sich an, als gäbe man einem Verhungernden nur ein Bruchstück der rettenden Nahrung. Jetzt, wo ihre Muskeln langsam auftauten, begann es überall zu kribbeln. Glühende Nadeln marterten ihr Fleisch, brennende Ameisen krochen durch ihre Adern.

„Denke nicht daran", hörte sie Christopher sagen. „Versuch, nicht an den Schmerz zu denken. Gleich wird es besser."

Er lag hinter ihr und spendete Wärme durch seinen Körper und seine Stimme. Sie war wie ein Streicheln. Sanft und tröstend.

„Sprich weiter", bat sie ihn.

„Warum hast du das getan? Wolltest du mich retten? Obwohl du wusstest, dass du sterben könntest?"

Sie brachte ein Nicken zustande. Alles in ihr schrie danach, ihn anzusehen, doch als sie den Kopf wandte und versuchte, einen Blick auf sein Gesicht zu erhaschen, drückte seine Hand sie behutsam zurück. Die Frage, die seit dem belauschten Gespräch in der Hütte in ihrem Kopf brannte, lag auf den Lippen.

„Was bist du?"

Sein Arm schlang sich um ihren Körper und zog sie näher an sich heran. „Versuch zu schlafen", antwortete er.

Die Intimität dieses Moments durchdrang selbst Kälte und Schmerz. Seine Wärme, der Trost der Umarmung, untermalt von der weltfremden Stimmung der vom Feuerschein erhellten Fischerhütte und dem Rauschen der Wellen, ließ sie beinahe vergessen, wie knapp sie dem Tod entronnen war. An Christophers Körper geschmiegt wurde sie wunderbar müde.

Mit allen Sinnen wollte sie seine Nähe aufnehmen, doch die Anstrengung des Tages forderte allzu schnell ihren Tribut. Flüsternd stellte sie noch einmal die Frage, auf die er ihr keine Antwort gegeben hatte und driftete in den Schlaf.

Die Realität hatte sich nicht verändert. Christopher schlief neben ihr. Er lag auf dem Rücken und hatte den Kopf zur Wand gedreht. Noch immer befanden sie sich in der Fischerhütte, noch immer heulte der Wind und rauschte die Brandung. Lediglich Kälte und Schmerz waren nur noch ein Echo in ihrem Körper. Eine Weile lag sie still da, dachte über Legenden und Wirklichkeit nach, über die Grenzen dazwischen und das Auflösen derselben.

Dankbarkeit erfüllte sie und etwas, das sie nicht zuordnen konnte. Das Gefühl von tief empfundener Nähe und dem Drang, diese Verbundenheit zu zeigen, war beinahe überwältigend. Christopher schien von unruhigen Träumen geplagt. Sein Atem ging schwer, seine Augen bewegten sich unter den Lidern. Vorsichtig zog Maya ihre Hand unter der Decke hervor und berührte mit den Spitzen ihres Zeige- und Mittelfingers seine Wange.

„Was bist du?", flüsterte sie erneut und begriff, dass die Antwort noch weit jenseits ihrer widerwillig ausgeweiteten, wissenschaftskonformen Grenzen lag. „Sag es mir. Du kannst mir vertrauen. Ich muss es einfach wissen. Nur damit ich weiß, dass ich nicht verrückt bin." Kindliches Staunen erfüllte sie, als ihre Finger die feuchten Locken aus seiner Stirn strichen. „Du hast mein Leben gerettet. White Elk würde sagen, dass ich damit für den Rest meines Daseins mit dir verbunden bin. Wie in diesen alten Blutsbrüder-Geschichten."

Seinen Körper durchlief ein Zucken. Schlagartig öffnete er die Augen und fuhr hoch, so abrupt, dass sie fast von der Pritsche geworfen wurde. Im letzten Moment fing sie sich, packte ihn bei den Schultern und stieß ihn zurück.

„Hey! Alles in Ordnung. Du hast nur geträumt."

„Nein." Christophers Augen starrten zu ihr auf, wahnhaft und glimmend. „Kein Traum. Sie rufen mich. Sie hören nicht auf."

„Wer ruft dich?" Sie packte seine Handgelenke, als er erneut begann, sich mit der Mattigkeit eines gerade Erwachten gegen ihren Griff zu wehren. Mit aller Kraft drückte sie ihn in das Kissen. Die Tatsache, dass nur eine Decke ihre nackten Körper voneinander trennte, klammerte sie mehr schlecht als recht aus.

„Was meinst du? Wer ruft dich?"

Sein Blick schien etwas zu fixieren, das außerhalb ihrer Vorstellungskraft lag, glitt auf beklemmende Weise durch sie hindurch und gab ihr das Gefühl, nicht wirklich zu sein. „Es tut mir leid", brachte er endlich hervor. Mit einem Ruck riss er sich los und schob sie von sich hinunter. „Tut mir leid, dass ich dich da mit reingezogen habe. Ich verstehe es selbst kaum, wie muss es dann dir gehen?"

Maya starrte in das fluoreszierende Blau seiner Augen, als er sich über sie beugte. Sein schwerer Atem streifte ihre Lippen. Sie fühlte sich wie hypnotisiert, als taumelte sie über einem Abgrund. „Ich pack das schon", hörte sie sich murmeln. „Mach dir keinen Kopf." Fast hätte sie gelacht. Oh ja, sie war eine Meisterin im Selbstbelügen.

„Ich weiß nicht, wohin ich gehöre", sagte er und ließ sich wieder auf den Rücken fallen. Mit beiden Händen fuhr er sich durchs Haar. „Ich weiß gar nichts. Ich kann nicht hier bleiben, aber ich kann auch nicht gehen. Was tut man, wenn es keine richtige Entscheidung gibt?“

Ihr Instinkt wusste, welche Bedeutung in seinen Worten lag. Doch ihr Verstand weigerte sich beharrlich, diese Theorie in Tatsache umzuwandeln.

„Es wird immer schlimmer“, fuhr Christopher fort und klang, als spräche er zu sich selbst. „Es fühlt sich an, als würde ich in zwei Hälften zerrissen werden. Mit einer Hälfte bin ich in dieser Welt, mit einer in der anderen. Wie kann ich jemals ganz sein? Eine Hälfte wird mir immer fehlen, egal wie ich mich entscheide.“

Ihr Körper reagierte losgelöst von ihrem Verstand, richtete sich auf und schob sich über ihn. Sie musste nur diese dünne Decke fortschieben, um ihn ganz zu spüren. Nie hatte sie sich jemandem näher gefühlt. Niemandem hatte sie je so blind vertraut wie diesem Mann, der ihr Weltbild ins Wanken brachte und so unwiderstehlich war. Sie wollte ihm nahe sein. Sie wollte ihm bedeuten, was sie empfand. Nichts anderes würde Erleichterung bringen. Ihre Finger gruben sich in sein Haar. Sie beugte sich tiefer und tiefer, bis sie die Berührung seiner Lippen spürte.

„Nein.“ Er packte ihre Schultern. Seine Gegenwehr geschah so matt, dass Maya den eigentlichen Willen hinter dieser Reaktion spürte. Er wollte ihr nahe sein, so wie sie ihm nahe sein wollte. Aber vor etwas hatte er Angst. „Was, wenn sie recht hat?“, sagte er. „Was, wenn ich deine Seele nehme? Vielleicht passiert es durch einen Kuss.“

Sanft umfasste sie seine Hände und drückte sie beiseite. „Nichts wird passieren. Glaub mir, ich weiß es.“ Eigentlich wusste sie nichts, aber das war gleichgültig. Sie wusste nicht, was er war oder was er tun konnte, sie wusste nur, dass sie ihn brauchte. Dass sie ihn wollte. Und als sich ihre Lippen endlich auf die seinen legten, war alles, was sie spürte, eine unendliche Wohltat. Hungrig konzentrierte sie sich auf jede Nuance dieses Moments. Auf die Wärme seiner Haut, den Geschmack seiner Lippen, den Duft seines Atems. Die trägen Bewegungen, mit denen er ihren Kuss erwiderte. Seine Finger, die über ihren Rücken strichen. Hier und jetzt beschränkte sich ihrer beider Welt auf diese Hütte. Auf die vom Feuer beschienene Dunkelheit und das Rauschen der Elemente, die einen Gleichklang mit ihrem inneren Aufruhr fanden.

„Lass uns ans andere Ende der Welt reisen“, hauchte sie auf seine Lippen. „Solange man reist, holen einen die Dämonen nicht ein.“

In seinem Blick lagen Staunen und Zuneigung, vermischt mit dem bitteren Geschmack von Verzweiflung. „Ich werde es immer hören, Maya. Weil es in mir ist. Sie hat recht, ich kann nichts dagegen tun. Ich belüge mich nur selbst. Da ist etwas in mir, das dir schaden könnte. Etwas, das ich noch nicht verstehe.“

„Nicht jetzt. Nicht hier.“ Sie zerrte die Decke beiseite und schmiegte sich an seinen heißen Körper. Mit jedem Atemzug drängte sich seine erwachende Männlichkeit härter gegen ihren Schoß. Nichts wollte sie mehr wahrnehmen, nichts außer dem Wind, dem Feuer und seinen Körper. Für diese Nacht wollte sie glauben, die Zeit hätte in ihrem Lauf innegehalten.

Maya legte ein Ohr an seine Brust und lauschte dem Herzschlag. Zuerst schlug es schnell, doch während sie zuhörte, wurde es langsamer. Sein Pochen erfüllte ihre Wahrnehmung und schenkte ihr eine sinnliche Ruhe, die flüchtig war, aber jenseits aller Ängste. Behutsam senkte sie sich auf sein Glied hinab, ließ es langsam in ihren Körper eindringen und setzte sich auf, um es noch tiefer aufzunehmen. Jede Bewegung geschah wie in Zeitlupe und war durchdrungen von einer berauschenden Intensität. Langsam ließ sie ihr Becken kreisen, während sich Christophers Gesicht in Verzückung auflöste. Er schloss die Augen und lächelte, während leise, verführerische Seufzer aus seinem halb geöffneten Lippen drangen.

„Vielleicht ist es gefährlich", flüsterte er kaum hörbar. „Aber egal, hör nicht auf."

Mit beiden Händen umfing er ihre Hüften und hielt sie fest. Obwohl sie spürte, wie groß sein Hunger war, setzte er ihre Behutsamkeit fort. Quälend langsam zog er sich aus ihr zurück, um ebenso gemächlich wieder in sie einzudringen. Berauscht von diesem lasziven Rhythmus genoss sie das Gefühl, ihn in sich aufzunehmen und wieder freizugeben, wieder und wieder. Sie wollte sich davon nicht mitreißen lassen, noch nicht, wollte jede köstliche Sekunde ausreizen, sich und ihn foltern und den Gipfel mit kleinen, schleppenden Schritten erklimmen.

„Großer Gott." Christopher fuhr hoch und zog sie mit einem Ruck so fest an sich, dass sie ein Stöhnen ausstieß. Mit den Lippen umschloss er ihre Brustwarze und saugte so herrlich fest, dass ihre mühsam aufrecht gehaltene Contenance jubelnd aufgab. „Nein", sagte er atemlos an ihrem Ohr. „Halt still."

Maya erschlaffte, während Christopher sie sicher hielt und in einen wiegenden Rhythmus verfiel. Die Trägheit ihrer Bewegungen reizte Regionen in Körper und Geist, von denen sie nicht einmal gewusst hatte, dass sie existierten. Es erinnerte sie an das Auf und Ab der Wellen. An ein sich aufschaukelndes Meer, dessen Wogen sanft blieben, sich aber höher und höher auftürmten. Feucht glitt seine Zunge über ihre Kehle, drückte sich über ihrer Halsschlagader in die Haut und zog kleine Kreise. Ihr Körper überzog sich mit Gänsehaut, sensibilisiert bis in die Haarspitzen. Jede Berührung glich einem Feuerwerk. Das Kratzen seiner Fingernägel an ihrer Hüfte, das Kitzeln der Haare an ihrer Schulter, seine Lippen und jeder Millimeter Haut ihres Unterleibs, der sich gegen den seinen presste und sich an ihm rieb. Die Welle des Höhepunktes rauschte trotz der Sanftheit ihrer Bewegungen mit brachialer Gewalt über sie hinweg. Sie hörte sich lachen, während Christopher immer schneller wurde, härter und grober. Er warf den Kopf in den Nacken und öffnete den Mund, als wollte er schreien. Doch kein Ton kam über seine Lippen. Sein schweißnasser Körper fand Erlösung und erschlaffte zitternd in ihren Armen.

„Maya … ich …"

Sie strich ihm das feuchte Haar aus der Stirn. Langsam und zärtlich, obwohl diese Sanftheit im Gegensatz zu dem stand, was sie in diesem Augenblicken brauchte. Sie nahm seinen Kopf zwischen beide Hände, küsste ihn und schob ihre Zunge in seinen Mund. Er reagierte nicht, wie sie es erwartet hatte. Unvermittelt zog er sich zurück und ließ sie vor Frust aufstöhnen. Ein wölfisches Lächeln umspielte seine Lippen.

„Noch mal?" Er stieß dieses Wort wie ein dunkles Knurren aus. Jedes Härchen auf ihrer Haut sträubte sich.

„Unbedingt", flüsterte sie.

Nach Verwirrung kam Erleichterung. Sie hatte nicht geträumt und war noch immer hier. Schläfrig wandte Maya den Kopf und sah, dass das Bett neben ihr leer war. Lange konnte es noch nicht so sein, denn als sie die Hand ausstreckte, fühlte sie noch die Wärme seines Körpers.

„Guten Morgen, Schönheit."

Selbst die dreckige Cordhose und das zu große Fischerhemd, das wie ein Sack an ihm herabhing, konnten nichts an seiner Vollkommenheit ändern. Allein der Gedanke, mit ihm vereint gewesen zu sein, brachte sie vor Sehnsucht schier um den Verstand.

„Zieh das hier an." Er hielt ihr ein Bündel entgegen. „Deine Sachen sind noch ziemlich nass."

Sie war zu benommen, um Einspruch zu erheben. Sämtliche Gräten taten ihr weh und zwar in einem Maße, dass sie bezweifelte, überhaupt vernünftig gehen zu können. Erst ertrinken, dann Sex. Was für eine Nacht.

Maya nahm die Kleidung entgegen und unterzog sie einer Musterung. Sowohl das Hemd als auch die Hose muteten alles andere als einladend an und stammten offenbar aus der Hinterlassenschaft des früheren Eigentümers dieser Hütte. Christophers Vater, erinnerte sie sich. Der Fischer, der sich in eine Frau aus dem Meer verliebt und sein Ende in der Verzweiflung gefunden hatte. Trotz Schmutz und modrigem Geruch schlüpfte sie anstandslos in die Sachen.

„Wie geht es dir?" Er ging neben Finn in die Hocke und legte einen Arm um den Hund. „Alles in Ordnung?"

„Ich glaube schon." Vorsichtig stand sie auf. Ihre Beine taten weh, waren aber funktionstüchtig. Nur widerwillig ließ sie den Gedanken an sich heran, dass es Zeit war zu gehen. Die Rückkehr in die Wirklichkeit brachte nicht nur den Abschied, sondern auch die Notwendigkeit, über das Geschehene nachzudenken.

„Wir müssen zurück", sagte Christopher. „Jeanne wird mich schon vermissen."

Er starrte auf das Münzenarmband, das er in der Hand hielt. Fahles Sonnenlicht fiel durch die Bretter der Hüttenwände, spielte auf dem Metall und hauchte seidigen Schimmer auf sein Profil. Es war, als hätte ein Künstler mit zarten Pinselstrichen das Antlitz einer göttlichen Statue in die Dämmerung gemalt, deren Gedanken niemand erfassen und hinter deren undurchschaubaren Zügen so viel mehr verborgen lag, als Mayas Verstand verarbeiten konnte.

Vermutlich war er kein Mensch. Aber was zum Teufel war er dann?

„Großer Geist." Sie rieb sich die Augen. „Ich habe mich noch nie so seltsam gefühlt. Wusstest du auch schon mal nicht, ob du wach bist oder träumst?"

Er antwortete nichts, doch seinem Gesicht war zu entnehmen, wie aufgewühlt er war. Maya pflückte ihre nasse Kleidung vom Sessel und klemmte sie sich unter den Arm. Zuletzt stieg sie in die viel zu großen Schuhe, die er bereitgestellt hatte. Darüber, wie oft der ehemalige Eigentümer sie vollgeschwitzt hatte, dachte sie besser nicht nach. Fein, die Realität lag also wieder vor ihr. Fand sie diesen Umstand erstrebenswert oder nicht? Zögernd öffnete sie die Tür und atmete ein paar Mal tief durch, um sich bewusst zu machen, dass dies hier die Wirklichkeit war. Raureif funkelte auf den Halmen des Strandhafers. Der Sturm war abgeflaut, die Brandung sanft. Möwengeschrei lag in der klaren Morgenluft, begleitet vom Pfeifen der Seeschwalben.

Es wurde Zeit für ein klärendes Gespräch. Aber wo sollte sie anfangen? Stumm ging sie neben Christopher her, bis sie den Pfad zum Kiefernwäldchen erreichten. Dort beendete sie ihr Schweigen. „Du musst mir was erklären."

Er gab etwas von sich, das wie ein Lachen klang. „Kann ich mir vorstellen. An was erinnerst du dich?"

„Belauscht habe ich alles ab der Geschichte über deine Eltern."

„Du hast gelauscht?" Es klang weder tadelnd noch überrascht. „Warum wundert mich das nicht?"

Sie zuckte mit den Schultern. „Deswegen weiß ich, dass du irgendwie nicht …"

„Ja?" Sein Gesicht war freundlich. Falls er Wut oder Trauer empfand, verbarg er sie perfekt. „Sag es einfach."

„Du bist nicht normal."

„Stimmt."

Er ließ ein beängstigend schönes Lachen erklingen. Sie reagierte mit einer Gänsehaut, die ihren Körper vom Scheitel bis zu den Zehenspitzen überzog, wie in der Nacht zuvor, als sie sich geliebt hatten. Vielleicht raubte er so menschliche Seelen. Durch den Zauber seiner Stimme. Sirenengeflüster.

Die Nähe, die sie miteinander geteilt hatten, ließ noch immer ein Feuer in ihrem Inneren brennen. Maya fühlte sich wund an gewissen, stark beanspruchten Körperstellen und wusste nicht, ob sie überglücklich oder völlig im Eimer war. Genau genommen war sie beides zugleich.

„Und was denkst du jetzt?", fragte er.

„Ich weiß es nicht." Im Versuch, ihre Gedanken zu sammeln, holte sie tief Luft. „Du bist anders. Du hast mir das Leben gerettet und ich hatte in dieser Nacht den besten Sex meines Lebens." Ein Seitenblick auf sein Profil verriet ihr nichts, also plapperte sie weiter. „Laut der Frau ist das Meer dein Zuhause und deine Rasse, was immer ihr auch seid, raubt Menschen die Seele. Sehe ich seelenlos aus? Hast du mir irgendwas geraubt?"

„Nein", sagte er und seine Mundwinkel zuckten. „Ich glaube nicht."

„Gut, also weiter. Ihr seid im Begriff, auszusterben, und die letzten Überlebenden eurer Art verbergen sich fernab irgendwo. Deine Mutter war kein Mensch, also bist du zur Hälfte etwas anderes."

„Ein Halbblut wie du", erwiderte er liebevoll.

„Stimmt." Dieser Gedanke besaß etwas Schönes, das ihre Konfusion durchdrang. Maya ließ ihn sich auf der Zunge zergehen, bevor sie fortfuhr. „Soweit schon mal die Punkte, derer ich mir sicher bin. Der Rest ist Rätselraten. Möglicherweise war sie eine Art Meerjungfrau? Eine Sirene?"

„Beides."

Christophers Gesicht wurde emotionslos. Er blickte auf ein vermoderndes Gebilde aus Holz, das unweit von ihnen aus dem Sand einer Düne ragte. Maya durchlief ein heißkalter Schauder vom Nacken bis zu den Zehenspitzen, als sie ein Boot erkannte. Elemente und Gezeiten hatten es fast zerstört, der Rumpf besaß das Aussehen eines kaputten Skeletts. Noch immer erkannte man, dass es schmal und elegant gewesen sein musste. Wie das Kanu aus ihrem Traum.

„Du meinst also …“ Ihre Stimme klang rau und kratzig. „Eine Meerjungfrau? So richtig mit Fischschwanz?“

„Ich habe es gesehen. Als ich zu ihr ins Wasser ging, verwandelte sie sich.“ Er stieß einen Pfiff aus. Vom Kiefernwald trabte der Hund heran und verharrte an seiner Seite. „Sie wollte, dass ich mit ihr gehe. Oder besser gesagt, mit ihr schwimme.“

„Dann bestand niemals die Gefahr, dass sie ertrinkt?“

„Nein. Wir können nicht ertrinken.“

„Aha.“ Sie legte eine Hand auf ihren Brustkorb und atmete tief durch. Sie musste ruhig bleiben. Es irgendwie schaffen, das zu verarbeiten. Ihre Gedanken fuhren Achterbahn, während sie den sandigen Hang hinaufstapfte. „Ihr atmet also unter Wasser“, dachte sie laut. „Es ist euch völlig schnuppe, wenn es gotterbärmlich kalt ist und euch wachsen Fischschwänze. Außerdem seid ihr unsterblich, sofern man euch nicht gewaltsam massakriert oder vergiftet, und eigentlich dürftest du gar nicht mehr hier sein, sondern müsstest deinesgleichen retten und Seelen jagen.“

„Hm.“ Christopher wiegte den Kopf hin und her. „Genauso ist es, bis auf die Sache mit dem Seelenjagen. Das klingt reißerisch.“

„Was hat sie dir erzählt, bevor ich euch belauscht habe?“

„Eine Geschichte. Über die erste Seele, die meine Mutter genommen hat, nachdem sie sich verwandelte.“

„Verwandelt? War sie vorher ein Mensch wie du?“

„Ja. Obwohl ich glaube, dass das Menschliche in unserem Fall nur eine Maske ist. Die Frau erzählte, dass die Kinder unseres Volkes an Land aufwachsen, bevor ihre Körper sich verändern und an das Wasser anpassen.“

„Bevor ihnen Fischschwänze wachsen.“

Er nickte. „Diese Sitte hat ihre Wurzeln in uralten Zeiten. Damals lebte das Meervolk mit dem Landvolk noch Seite an Seite und man respektierte einander. Aber es gab schon seit Jahrzehnten kein Kind mehr. Vielleicht sogar seit Jahrhunderten.“

„Weil eure Rasse geschwächt wurde?“

„Alles kommt und geht. In dieser Welt gibt es wohl keinen Platz mehr für Legenden.“

„Was war das für eine Geschichte, die sie dir erzählt hat?“

Er lächelte müde. „Damals, als die Insel noch von den Pikten beherrscht wurde, lief ein Schiff in der Nacht auf das Riff. Alle ertranken oder wurden an den scharfen Felsen zerschmettert bis auf einen Mann namens Mearran. Er rettete sich an das Ufer, fand eine neue Heimat in dem Dorf, das früher hier stand, und nahm sich eine Frau. Eines Nachts, als er nicht schlafen konnte, ging er an den Strand und fand eine schöne, nackte Fremde, die auf den Felsen saß und sang. Sie verführte ihn, raubte ihm den Verstand und die Seele, bis er sich von ihr in die Tiefe ziehen ließ. Erst Tage später gab das Meer seinen toten Körper wieder frei. Man begrub ihn dort oben.“ Christopher deutete nach vorn. „Auf der Klippe, die aussieht wie eine Haifischflosse.“

Ihr blieb jedes Wort im Halse stecken, überwältigt von der Magie des Augenblicks.

Jenseits der Bucht, in der die Fischkutter lagen, erhob sich eine mächtige Formation aus Stein in den Himmel. Nebelgrau und elegant geschwungen, vom Dunst der Ferne fast verschluckt.

„Es gibt dort oben einen Symbolstein, in den eine Meerjungfrau eingeritzt ist", erzählte Christopher. „Unter ihm liegt Mearran begraben. Das erste Opfer meiner Mutter. Ich hatte schon immer eine seltsame Beziehung zu diesem Stein. Als Kind saß ich stundenlang dort oben und starrte die Zeichnung an."

„Kannst du mir den Stein zeigen?"

„Nächstes Mal." Er umfing ihre Hand und strich mit dem Daumen über die Innenfläche. Diese Berührung, obwohl nur zart und flüchtig, versetzte Maya in einen Taumel verwirrter Entzückung.

„Deine Mutter verwandelte sich zur Zeit der Pikten?", fragte sie. „Das ist ewig her."

„Ja."

Sie fasste sich an die Stirn. Wie sollte ihr Verstand das unbeschadet überstehen? „Also beginnt ihr euer Leben generell als Menschen? Ich meine unter Menschen?"

„Soweit ich gehört habe."

„Und ihr tötet unseresgleichen?"

„Wir locken Seelen ins Meer, um ihre Sehnsucht zu erfüllen. Niemand wird willkürlich getötet, es geschieht nur, wenn es das vorherbestimmte Schicksal desjenigen ist."

„Hat die Frau dir das gesagt?"

„Ja, und es leuchtet mir ein. Manche Seelen verzehren sich nach dem Meer. Sie kommen nicht davon los und brauchen es wie eine Droge. Solche Menschen sind es, die von uns geholt werden. Und ich habe Angst, dass …"

Er blieb stehen und sah sie an. Die Art, wie er nach Worten suchte, rührte sie auf seltsame Weise. „Du hast Angst, dass es mich auch erwischt?"

„Ja." Christopher seufzte. „Die habe ich."

„Hör auf." Maya legte eine Hand auf seine Wange. „Ich kann auf mich aufpassen. Wir mögen uns kaum kennen, aber ich weiß, dass du mir nie etwas antun würdest. Du bist stark. Stärker als irgendwelche kryptischen Mächte." Was redete sie da eigentlich? Ja, sie kannten sich kaum. Selbst, wenn er ein gewöhnlicher Mensch gewesen wäre – wie konnte sie behaupten, ihn auch nur ansatzweise zu durchschauen? Und doch wollte sie ihm bedeuten, dass sie sich nach seiner Nähe sehnte. Ganz gleich, was er war. Ob er Seelen raubte oder nicht.

„Ich würde dir nie absichtlich wehtun", sagte Christopher. „Aber ich würde lügen, wenn ich behaupte, ich könnte die andere Seite meines Seins kontrollieren."

Maya nickte. Die Wissenschaftlerin in ihr zankte und zeterte und wurde doch beiseitegedrängt. Hier half sie nicht weiter. „Damit muss ich erst mal klarkommen", murmelte sie. „Das ist, als wenn … tut mir leid, dazu fällt mir kein Vergleich ein."

„Glaube mir, ich fühle mich genauso überfordert wie du." Hand in Hand liefen sie weiter, und Maya schmiegte sich an ihn, als wäre es das Natürlichste der Welt. „Bis vor Kurzem dachte auch ich in rein wissenschaftlichen Bahnen. Aber jetzt hilft mir diese Vorgehensweise nicht weiter."

„Ein Paradigmenwechsel der heftigsten Form." Maya seufzte. „Mir fällt da ein Witz ein. Sitzen eine Meerjungfrau, ein Einhorn und ein Zentaur im Restaurant. Beschwert sich das Einhorn: ‚Was für eine Unverschämtheit. Die Kellner tun gerade so, als gäbe es uns gar nicht.'"

Christopher prustete, anscheinend nicht weniger zerstreut als sie. „Vor gar nicht so langer Zeit hielt ich in London eine Gastvorlesung über den weltweit verbreiteten Mythos der Sirenen. Und jetzt? Jetzt bin ich selbst eine. Was würden meine Studenten dazu sagen?"

„Sie wären hin und weg." Maya fühlte sich auf kopfüberhängende Weise so euphorisch, dass sie am liebsten laut gelacht hätte. „Aber in einer Sache hat dich die Frau belogen."

„Und die wäre?"

„Dein Vater hat dich geliebt. Er gab dich nur weg, weil ihm keine Wahl blieb."

Sein Lächeln gefror. „Vielleicht."

„Kanntest du ihn?"

Jetzt blieb er stehen. Sein Blick war dunkel vor Wehmut. „Ich bin ihm als Kind oft begegnet. Er starrte mich an und sah todtraurig aus."

Als Maya sah, wie aufgewühlt er war, schloss sie ihn wie selbstverständlich in ihre Arme. „Weil er dich geliebt hat."

Christopher nickte. Die Art, wie er sich zitternd an sie presste, war schmerzhaft und herrlich zugleich. Es zeigte ihr, dass er sie in diesem Moment ebenso brauchte wie sie ihn.

„Er weinte wegen mir. Ja, ich glaube, er hat mich geliebt. Aber warum habe ich es nicht gespürt? Warum habe ich meinen Vater angesehen und wusste nicht, wer er war?"

„Du warst ein Kind und hattest eine Familie. Die ganzen Gerüchte über Ahnungen und instinktives Wissen halte ich für übertrieben. Wann ist dir klar geworden, dass du anders bist?"

„Vor einigen Monaten, als die Visionen kamen."

„Was für Visionen?" Maya war nicht überrascht. Vermutlich gab es momentan nichts, dass sie hätte überraschen können.

„Ich sehe meinesgleichen. Ich höre, wie sie mich rufen. Es ist wie ein Traum, nur im Wachzustand. Aber sicher war ich mir erst, als ich bemerkte, dass ich unter Wasser nicht mehr atmen muss. Nicht im menschlichen Sinne jedenfalls."

„Kiemen?"

Er verneinte kopfschüttelnd. „Hautatmung."

„Die findet aber nur im Wasser statt, oder? Denn sonst müsste deine Haut permanent feucht sein. Die meisten Tiere, die ausschließlich über die Haut atmen, sind ziemlich klein. Generell wurmförmig oder flach, um eine im Vergleich zu ihrem Volumen möglichst große Oberfläche zu schaffen." Es half, die Sache gewohnt analytisch zu betrachten, also sprach sie weiter. „Bei größeren Wesen wäre die Diffusion von Atemgasen über die Haut nicht mehr ausreichend, deshalb spuckte sich die Evolution in die Hände und erfand Kiemen und Lungen. Ich zum Beispiel decke als Mensch nur ein Prozent meiner Atmung durch die Haut ab. Du hingegen wechselst

zwischen Lungenatmung und Perspiration hin und her. Wie geht das?"
„Keine Ahnung." Er zuckte mit den Schultern. „Der Schlammspringer ist ein Fisch und kann trotzdem an Land atmen. Die Art, wie ich unter Wasser an meinen Sauerstoff komme, ist noch unerforscht. Es könnte alles ganz anders sein, als wir es kennen. Auch die moderne Wissenschaft ist nicht allwissend, so gern sie es auch wäre."
Sie wich zurück und sah zu ihm auf. „Wo wir gerade davon reden. Hältst du es immer noch für eine gute Idee, mit auf das Expeditionsschiff zu kommen?"
„Absolut. Ich habe so eine Ahnung, dass es Schicksal ist."
„Schicksal hin oder her, so ein Schiff ist genau der Ort, an dem Geheimnisse am schwierigsten zu bewahren sind. Um genau zu sein, ist es fast unmöglich, überhaupt eine Privatsphäre aufrechtzuerhalten. Ich will nicht schuld sein, dass jemand herausfindet, was du bist. Die sind nicht so wie ich, verstehst du? Sobald Roboter aus dem Wasser gezogen werden, flippen die Typen aus vor Eifer. So viel Aufregung für schnöde Wasserproben. Stell dir mal vor, die bekommen mit, was du bist. Glaub mir, die belassen es nicht beim Ausfragen."
„Ich bin selbst Wissenschaftler. Vergiss das nicht. Sämtliche Risiken sind mir bewusst."
„Wie du meinst. Denk nur daran, dass es auf so einem Kahn immer ein paar Augen und Ohren zu viel gibt."
Er antwortete nichts darauf, nahm sie nur bei der Hand und lief weiter. Als sie sich dem Haus der Jacobsens näherten, flog die Tür auf. Jeanne huschte heraus, stürmte auf sie zu und fiel Christopher in die Arme. Schluchzend schüttete sie eine Salve Schimpfwörter über ihn aus und malträtierte ihn mit matten Schlägen, die er mit stoischem Lächeln ertrug.
„Ich stör euch besser nicht weiter. Wir sehen uns." Maya wollte ihn nicht verlassen, doch sie musste dringend ihre Gedanken ordnen. Wieder auf den Teppich kommen. Das Ganze wenigstens ansatzweise verarbeiten.
„Was machst du an Heiligabend?"
Sie stutzte. War das die Ankündigung zu einer Einladung? „Bisher noch nichts."
„Möchtest du zu uns kommen? Um drei Uhr nachmittags?"
Euphorie wurde durchdrungen von Enttäuschung. Einerseits konnte sie ihr Glück kaum fassen, Weihnachten mit ihm zu verbringen. Hier, in seinem Zuhause. Andererseits schien für ihn damit beschlossen zu sein, dass sie sich erst Heiligabend wiedersehen würden. Wie in aller Welt sollte sie das aushalten? „Ich komme gerne", beeilte sie sich zu sagen. „Kann es kaum erwarten."
„Sehr gut." Er schenkte ihr sein schönstes Lächeln. Sie sog es auf wie eine Kostbarkeit. Genau dieses Lächeln musste sie über die nächsten Wochen retten. Irgendwie.
Als sie den Jeep startete und das Gaspedal durchdrückte, weinte und lachte sie gleichzeitig. Das Leben war ihr gestern noch geordnet erschienen, zumindest auf gewisse Weise. Der Weg war klar und deutlich gewesen. Doch jetzt fühlte sie sich wie Alice im Kaninchenbau. Konnte sie noch normal weiterleben? Wollte sie das überhaupt? Nein, auf keinen Fall.
Was sie erlebt hatte, war magisch. Es war fantastisch. Auch wenn es sie um den Ver-

stand brachte. Legendäre Geschöpfe existierten. Träume wurden Wirklichkeit. Die ganze Welt hüllte sich in schillernde Farben und machte das Unmögliche möglich.

~❁~

Immer, wenn sie die Lichter sah, fühlte sie sich seltsam. Nach wie vor war da ein winziger Teil in ihr, der sich dieser Welt zugehörig fühlte, sich daran erinnerte, wie es war, an der Feuerstelle einer Hütte zu sitzen und im Kreise einer Familie zu essen, zu schlafen und aufzuwachen. Mit ihnen zu lachen, zu leiden und zu hoffen. Dieses Leben war lange vergangen.

Der Ozean hatte viele Erinnerungen ausgebleicht wie einen Baum, der nach Jahrhunderten im salzigen Wasser als morscher Knochen zurück an den Strand gespült wurde. Nur noch ein Fragment war übrig geblieben, das an die Oberfläche kam, wenn ihr Blick das Land streifte oder ihre Füße Erde berührten. Dachte sie an ihre Kindheit zurück, war diese Erinnerung verknüpft mit dem Gefühl, in einem winzig kleinen Leben in einer winzig kleinen Welt gefangen zu sein.

Damals als Mensch hatte sie nicht so empfunden, doch wer einmal die Weite des Meeres gekostet hatte, wer einmal eins mit den Strömungen gewesen und im Mondlicht in einem gewaltigen, atmenden Ozean getrieben war, der würde niemals wieder an Land leben können, ohne sich eingeengt zu fühlen. Sogar während der kurzen Zeit, in der sie ihrem Körper seine frühere Gestalt aufzwang, fühlte es sich entsetzlich an. Aber sie musste es tun. Ein Instinkt sagte ihr, dass sie die Fähigkeit, wie ein Mensch zu atmen, anderenfalls verlieren würde. Blieb sie zu lange unter Wasser, verkümmerten ihre Lungen. Unterzog sie sich längere Zeit nicht der Verwandlung, fiel sie ihr beim nächsten Mal unsagbar schwer.

Ein Teil in ihr vermisste die alten Zeiten. Heute saßen die Menschen nicht mehr an Feuerstellen und fürchteten sich nicht mehr vor der Nacht und den Meerestiefen. Trotzdem liebte sie es nach wie vor, in der Dunkelheit auf einem Felsen zu sitzen und die Lichter zu beobachten. Dem Rauch der Schornsteine zuzusehen, wie er sich in den Himmel hinaufwand und den Halbmond hellen Kieses zu betrachten, auf dem wie früher die Boote festgezurrt lagen.

Keiner der Dorfbewohner zündete mehr das Feuer auf der höchsten Klippe an, um verirrten Seelen eine Zuflucht anzuzeigen. Keiner schickte mehr den Ruf in die Nacht hinaus, der viele Jahrhunderte lang jede Nacht dort oben geleuchtet hatte. Ob sie ihren Glauben vergessen hatten? Oder kümmerten sie die alten Geschichten einfach nicht mehr?

Sie strich über die Stelle an ihrer Hüfte, wo Haut in von Schuppen verziertes Silber überging. Selbst nach so langer Zeit weckte das, was das Meer ihr geschenkt hatte, ihr Erstaunen. Da war dieses Muster, das manchmal verschwand und dann wieder aufleuchtete und an die ins Fleisch geritzten Darstellungen erinnerte, mit denen Menschen sich in früheren Zeiten geschmückt hatten, um den Göttern des Meeres zu gefallen. Mearrans Brust hatte das schönste Muster geziert, hineingestochen in seine Haut, als seine Sehnsucht nach der Tiefe unerträglich geworden war. Er hatte nach Befreiung geschrien, und sein Flehen war erhört worden. So rein war dieser Mann gewesen. So stolz und leidenschaftlich. Wie gerne hätte sie selbst die Seele von seinen Lippen gesaugt.

Inzwischen hatten sich die Menschen von ihrem Ursprung abgewandt. Noch immer lebten sie an den Ufern des Ozeans, reisten auf ihm für Nahrung, Abenteuer und Reichtum, aber sein wahres Wesen kannten sie nicht mehr. Sie hatten vergessen, dass das Wasser das Blut der Erde war, denn wie sonst war es zu erklären, dass das Meer so laut geworden war? So schmutzig, gefährlich und leer?

War es wirklich richtig, den Jungen in diese sterbende Welt zu holen? Was gab es denn noch zu retten, selbst wenn er zu ihnen kam und seine Macht zu beherrschen lernte? Eine Handvoll Überlebender, die sich in einem Tiefseegraben versteckten und nur noch Schatten ihrer selbst waren, die Überreste eines einst stolzen Volkes, das die Meere der alten Welt beherrscht hatte. Möglicherweise überstand er die Zerreißprobe. Noch durchfloss ihn das Blut seines Vaters.

Wellen brandeten gegen den Felsen und streichelten sie mit kühler Gischt. Wehmütig starrte sie auf das am höchsten gelegene Licht des Dorfes. Dort oben fand er keinen Schlaf, war voller Unruhe und bis zum Zerreißen angespannt. Nein, unmöglich, dass er widerstand. Mit jeder Stunde wurde der Mensch in ihm schwächer. Mit jedem Atemzug und jedem Schritt auf fester Erde. Bald würde er den Kampf aufgeben, und dann würde er ihr gehören. Nach so vielen Jahren des Wartens.

„Widerstehe, solange du willst“, sagte sie in menschlicher Sprache, stieß sich vom Felsen ab und glitt in das Wasser hinein. „Aber du wirst zu mir kommen. Spätestens, wenn der Erste sterben muss, weil er dich liebt.“

~❁~

Ihm war, als zerkochte sein Körper. Schwitzend lag er im Bett und starrte an die Decke. Das Blut rauschte wie ein Stakkato in seinen Ohren, sein Atem ging flach und schnell. Immer schärfer wurden seine Sinne, immer lauter vernahm er das Pfeifen, Heulen und Säuseln des Windes, bis er glaubte, jeden einzelnen sich biegenden Grashalm zu hören.

Doch kein Geräusch vermochte es, das Rauschen der Wellen zu übertönen. Je länger er ihnen zuhörte, umso mehr fühlte er sich eins mit ihnen. Ihr Rhythmus passte sich seinem Herzschlag an. Oder war es sein Herz, das den Gleichtakt zu dem Wasser fand? Während er in seinem Fieber dalag, fühlte er sich ebenso alt wie das Meer. All sein Wissen war in ihm. Seine gewaltige Zeitlosigkeit und seine unauslotbaren Tiefen.

Irgendwann richtete er sich auf, zog das T-Shirt aus und ließ es zu Boden fallen. Seine Haut war zu empfindlich geworden, um den reibenden Stoff zu ertragen. Jeder Luftzug, der sie streifte, brachte seine Nervenenden zum Klingen, und als er mit der Spitze des Zeigefingers über seinen Arm strich, durchlief die Schockwelle dieser Berührung seinen ganzen Körper. Es fühlte sich an wie in der Nacht, als er Maya geliebt hatte. Die Sehnsucht nach ihr, nach ihrem Körper und ihrer Seele, verzehrte ihn. Wie gerne wäre er Hals über Kopf zu ihr geflohen, doch er wusste, dass es in einem

Desaster enden würde. Seine Beherrschung hing an seidenen Fäden. Es war schlimmer geworden, sehr viel schlimmer. Nur schlecht als recht rettete er sich von einem Tag zum anderen, während er sich fühlte wie eine verblassende, langsam verschwindende Abbildung seiner selbst.

Ruhelos stand er auf, stellte sich vor das Fenster und legte beide Handflächen auf das Glas. Der Wind nahm zu, und mit ihm das Geräusch der Wellen und der Stimmen. Wollten sie ihn lauter rufen, jetzt, da sie wussten, dass er zuhörte?

Komm zu uns … komm …

Wir brauchen dich. Du gehörst zu uns … zu uns … zu uns …

Der, der Land und Meer in sich vereint …

Sein Herz kämpfte um jeden Schlag. Etwas ballte sich in ihm zusammen. Ein gewaltiger, beängstigender Druck.

Wir warten auf dich …

Du bist unsere letzte Hoffnung …

Er hielt sich die Ohren zu. Er wollte das Meer nicht mehr hören, diese Stimmen nicht mehr ertragen.

„Lasst mich in Ruhe,“, schrie er ihnen zu, doch alles, was es ihm einbrachte, war ein noch drängenderes Flehen und Flüstern in seinem Kopf. Erschöpft lehnte er die Stirn an die Scheibe, todmüde und doch unfähig, Schlaf zu finden. Die Fremde war dort draußen. Er wusste es. Sie wartete auf ihn und schlich sich in seinen Verstand ein, um den Verfall seines Willens zu beschleunigen. Zitternd strich er sich die Haare aus der Stirn. Seine Augenlider wurden schwer, immer schwerer. Doch sobald er sie schloss, kamen die Bilder. Durch die Finsternis der Tiefe huschende Wesen. Kalte Finger. Haar wie Seegras. Eine gezackte Wunde am Grund des Meeres.

Heulend fegte der Wind mit zunehmender Kraft über das Gras der Hügel. Seit Jahrmillionen zehrte das Meer am Land und würde nicht damit aufhören. Jeden Tag und jede Nacht fraß es weiter, um bald die gesamte Insel in sich aufzunehmen. Genauso, wie es mit seiner Seele geschah.

Mit einem wütenden Aufschrei riss er das Fenster auf und ließ den Wind herein. Die Böen fegten durch das Zimmer, ließen Papier umherfliegen, rissen eine Maske von der Wand und brachten die am Fischernetz befestigten Muscheln zum Klirren.

Er breitete die Arme aus und bot sich dem Sturm dar. All seine Wut legte er ihm zu Füßen, schleuderte sie ihm entgegen und schrie sie hinaus. Eine gewaltige Böe riss ihn fast von den Füßen. Er stemmte sich dagegen, umklammerte den Fensterrahmen und schenkte den Elementen noch mehr seines Zornes. Bücher flogen vom Schreibtisch, die Farnpalme wurde umgerissen, Bilder fielen herunter, Glas zersprang auf dem Boden. Der Sturm brüllte. Eine wilde, zornige Entzückung überwältigte ihn, als er begriff, dass das Toben der Elemente aus seinem Innersten kam. Er steuerte diese Urgewalt. Es war seine materialisierte Wut, die die Wellen zu Giganten auftürmte und den Orkan entfesselte. Er wollte mehr! Viel mehr. Wenn er alles hinausließ, wenn er die Fesseln ganz und gar löste, würde der Sturm dieses Haus, dieses Dorf und vielleicht ihn selbst zerreißen. Grenzenlose Macht, grenzenloser Rausch. Die urtümliche Lust nach Befreiung und Selbstzerstörung verwandelte seine Seele in ein Inferno.

Herrgott, was tat er?

Mit einem Knall schlug er das Fenster zu.

Stille. Schweigen. Bis zum Stillstand verlangsamte Zeit.

Die Beine gaben unter ihm nach. Das Beben der Macht flutete seinen Körper und ließ ihn brennen. Kaum koppelte er seinen Geist vom Rausch der Elemente ab, flaute der Orkan zu einem säuselnden Wind ab. Das ferne Donnern der Brecher verebbte, die zerrupften Bäume in den Gärten, zuvor in die Waagerechte gezwungen, standen still.

„Chris?" Jeannes Stimme ließ ihn hochfahren. Mit schreckgeweiteten Augen stand das Mädchen in der Tür. „Was war das?"

„Nichts", erwiderte er matt. „Nur ein Sturm."

„Das glaube ich nicht."

„Und was glaubst du?" Seine Schwester stand da. Schweigend, reglos und verängstigt.

„Ich habe dich gesehen", sagte sie nach einer gefühlten Ewigkeit. „Wie du am Fenster standest. Chris, ich glaube, dass du den Sturm gerufen hast."

~ ❁ ~

Die Weihnachtsbeleuchtung des Dorfes durchdrang den Winterdunst, wirkte heimelig inmitten der Weite des Landes. Jeder Bewohner hatte Lichterkränze in die Fenster seines Hauses gestellt, an Türen und Zäunen hingen Misteln und Tannengrün. Dieses Örtchen an der rauen Küste, vergessen vom Rest der Welt, ließ genau jene Stimmung aufkommen, die Maya all die Jahre vermisst hatte. Dazu gesellte sich eine Vorfreude auf Christopher, die kaum zu ertragen war.

Hier war die Zeit buchstäblich stehen geblieben. Alte Bruchsteinhäuser, Grabsteine aus grauer Vorzeit und verfallene Mauern. Eine Herde Schafe mit ihrem Schäfer, der verwundert stehen blieb und ihren Jeep betrachtete. Wer wusste schon, wie oft hier Fremde auftauchten, in diesem winzigen Nest am äußersten Zipfel von Skye?

Als sie den Wagen vor der Garage der Jacobsens abstellte und zur Haustür ging, breitete sich ein flaues Gefühl in der Magengegend aus. Sie hörte Klaviermusik, die in die winterliche Stille hinaustropfte und durch eines der Fenster fiel das Strahlen eines prächtigen, in Silber und Gold gehaltenen Weihnachtsbaumes. Sie biss sich auf die Zunge und drückte den Klingelknopf. Erinnerungen kamen hoch, an den letzten Weihnachtsbaum, den sie gemeinsam mit White Elk geschmückt hatte. Türkis war er gewesen. Glitzernd türkis, mit grünem Lametta und blauen Spiralkugeln.

Als sich ein Schatten hinter dem Milchglas der Haustür abzeichnete, klopfte ihr das Herz bis zum Hals. Er musste es sein. Christopher. Der Mann, mit dem sie die wunderbarste Nacht ihres Lebens verbracht hatte und der alles war, nur kein Mensch.

„Hi", hörte sie ihn wie von fern sagen. „Schön, dass du hier bist."

Da stand er vor ihr in der Tür, strahlte wie ein kleiner Junge und war gekleidet, als wollte er in die Oper gehen. Der schwarze, offenbar maßgeschneiderte Anzug samt dem weißen Hemd stand ihm ausgezeichnet. Seine Haare hatte er zu einem kurzen

Zopf zusammengebunden. Es schmeichelte der Feinheit seines Gesichts. Genau genommen sah er viel zu gut aus, um wahr zu sein.

„Ich bin eindeutig unpassend gekleidet." Sie sah an sich hinunter. Musterte ihre uralte, schwarze Cordhose und das braune Leinenhemd, das an mehreren Stellen durchzuscheuern drohte.

„Du siehst wundervoll aus." Sein Lächeln ließ ihre Knie weich werden. „Mach dir nichts draus. Ich habe das nur angezogen, weil Jeanne findet, dass es mir steht."

„Allerdings." Ihre Kehle fühlte sich staubtrocken an. Großer Gott, löste sich ihre Beherrschung erneut in Wohlgefallen auf? Trat ihr Mut die Flucht an und stellte sich ihr rhetorisches Geschick stur? Es sah ganz danach aus.

„Komm rein."

Seine Hand legte sich auf ihre Schulter. Eine Salve elektrischer Impulse raste durch ihren Körper, vom Scheitel bis zu den Zehenspitzen mit eindeutigem Schwerpunkt im Unterleib. Sie musste sich ablenken. Zumindest vorerst. Maya sah sich um. Ein geschmackvolles Weihnachtsgesteck aus Tannengrün, rot-grün karierten Bändern und vergoldeten Zapfen hing von der holzvertäfelten Decke herab. Kaffee- und Gebäckduft schwangerte die Luft, während das Knistern eines Kamins und dezente Klaviermusik der heimeligen Atmosphäre die Krone aufsetzte.

„Es spielt also keiner Geige oder so was?" Sie drapierte ihre Tasche und den Rucksack im Esszimmer, wo bereits zwei weitere Taschen aus schwarzem Leder standen.

„Nein", antwortete er. „Jeanne hatte zwar mal Geigenunterricht, aber sie wird einen Teufel tun, uns etwas vorzuspielen."

Sanft schob er sie in Richtung Wohnzimmer, wo seine Schwester bereits am Tisch saß und ihr neugierig entgegenblickte. An eine vollgemüllte Zweizimmer-Wohnung gewöhnt, die ohne jeden Komfort auskam, fühlte sie sich angesichts der Noblesse dieses Heimes überfordert. Allein das Wohnzimmer war so groß wie ihre Wohnung im Gesamten. Ein Traum aus hellen Erdfarben, cremefarbenen Vorhängen und weichen Teppichen. Jede Kleinigkeit war farblich aufeinander abgestimmt, während sie in ihrem Kabuff einfach alles, was im Laufe der Jahre zusammengekommen war, wild kombiniert hatte.

„Schön, dass du hier bist." Jeanne stand auf und streckte ihr die Hand entgegen, wobei ihr eierschalenfarbenes Kleid im Licht der Kerzen glitzerte. Ihre rotgoldene Haarpracht war kompliziert aufgesteckt. „Ich hoffe, du fühlst dich wohl bei uns. Wir haben drei Tage nur geputzt, aufgeräumt, gekocht und gebacken."

Maya antwortete mit einer höflichen Floskel, setzte sich neben Christopher an den Tisch und harrte der Dinge, die kommen würden. Das Weihnachtsgesteck passte, wie sollte es anders sein, perfekt zur cremefarbenen, mit winzigen Goldsternchen bestickten Decke, zum Porzellan mit dem Muschel-Muster, zu den weißgoldenen Leuchtern und den makellos gefalteten Servietten. Die beiden hatten ganze Arbeit geleistet. Beschämt dachte sie daran, dass sie, sofern sich Besuch ankündigte, Küchenrollenpapier als Servietten benutzte.

„Das sieht fantastisch aus." Wenigstens gab es nur eine Sorte Besteck und keine endlosen Reihen, durch die man sich durcharbeiten musste. „Und ich war schon stolz auf mein dreißig Zentimeter hohes Glitzer-Kunstbäumchen mit bunten Birnchen."

„So eins hab ich auch." Jeannes Miene wurde ernst. „Wir freuen uns wirklich, dass du gekommen bist. Es ist das erste Weihnachten, das wir …" Sie warf einen unsicheren Blick auf ihren Bruder, der ihn sanft lächelnd erwiderte. „Wir feiern das erste Mal allein Weihnachten. Ohne unsere Eltern."

Maya biss sich vor Verlegenheit auf die Zunge. Was sollte sie darauf sagen? „Es tut mir leid. Ich weiß, wie schlimm sich so was anfühlt."

Jeanne nickte und fragte nicht weiter nach, also war davon auszugehen, dass sie die Geschichte über Mayas Eltern bereits kannte. Eine Sache aber hatte sie Christopher nicht erzählt. Das schlimmste Weihnachten hatte sie erlebt, nachdem White Elk seiner Krankheit erlegen war. Wie ein Häufchen Elend hatte sie in dem blauen Holzhaus in der Wüste gehockt, stur auf die ferne Bergkette gestarrt und war fest davon überzeugt, dass ihr Leben zu Ende war. Das Schicksal indes hatte sie in eine andere Richtung gelenkt. Keine zwei Monate später war sie nach San Francisco gegangen, um ihr Studium zu beginnen. Irgendwie geht es immer weiter. Dieser Spruch umschrieb perfekt ihr Leben.

„Können wir jetzt?", fragte Christopher. „Ich sterbe vor Hunger."

Die folgenden Stunden verbrachten sie in wortkargem Genuss. Der Kaffee war köstlich, der Kuchen und die Kekse ebenfalls, und wenn sie zwischendurch ihren Blick zum Weihnachtsbaum schweifen ließ, unter dem ein Haufen Geschenke lag, fühlte sie sich nervös wie ein Kind. Sie dachte an die chaotische Terrasse ihres alten Hauses, auf der man so wunderbar sitzen und in die Wüste hinausblicken konnte. Sie dachte an den Staub, der alles mit einer dünnen Schicht bedeckt hatte, und an die Kaninchenkäuze, die ihre Bruthöhlen unter dem Haus gegraben hatten. Fast glaubte sie, wieder den Geruch Arizonas wahrzunehmen. Sand, Wüste und Staub. Heiße Erde, Kakteenblüten. Am herrlichsten hatte es gerochen, wenn Regen gefallen war. Sie vermisste diese Zeit. Und sie vermisste White Elk. Er wäre von Christopher begeistert gewesen. Ein Lächeln stahl sich auf ihre Lippen, als sie sich vorstellte, wie ihr Großvater ihn in die Wüste schleppte und als Erstes einem Willkommens-Ritual unterzog.

Sein Blick heftete sich auf sie. Sie erwiderte ihn, und alles, was sie umgab, zog sich in einen surrealen Nebel zurück. Melancholisch schwebten die Klänge der Klaviermusik über ihnen, erinnerten mal an wehende Schleier, mal an das Klagen ferner Stimmen. Sehnsucht fraß sich durch Körper und Geist. Sie wollte ihn spüren. Sie wollte das, was sie in jener Nacht wie durch den Schleier einer Betäubung genossen hatten, bei wachem Verstand erleben. Seine Lippen hoben sich zu einem Lächeln. Worte schienen durch ihren Geist zu schweben.

Heute Nacht gehörst du mir.

Fast wäre ihr die Gabel entglitten, als sie sah, wie er das Eis von seinem Dessertlöffel ableckte. Sein Blick ruhte unablässig auf ihr. Ein einziges Versprechen.

Wer kann es mit dir aufnehmen, unergründliche See …

Ausgerechnet jetzt gingen ihr die Worte eines Gedichtes von Percy Bysshe Shelley durch den Kopf. Hitze pochte in ihrem Unterleib.

Unergründliche See. Ozean der Zeit, der du die Grenzen der Sterblichkeit umfasst.

Ihr schwindelte. Sie versank. Tief hinein in diese Augen. In das Meer. Die Musik erinnerte jetzt an Walgesänge. Sie schienen überall zu sein und ließen den letzten Rest Realität verschwimmen.

Das Blau, dessen Wellen Jahre bedeuteten. Verräterisch in der Ruhe, schrecklich im Sturm …

Christopher holte tief Luft. Sie sah ihn wie in Zeitlupe blinzeln. Jede Geste, die er vollführte, war sinnlich. Wohlige Schauder durchliefen in Wellen ihren Körper, konzentrierten sich in ihrem Unterleib, stiegen ihr zu Kopf und ließen ihre Haut glühen. Erst, als sich seine Lider senkten und dichte, schwarze Wimpern das Blau seiner Augen versteckten, kam sie wieder zu Atem.

Nichts hatte sie dem Sog entgegensetzen können. Sie spürte den Druck seiner Lippen und nahm ihren Geschmack wahr, obwohl er sie nicht berührt hatte. Sie spürte seine Hände auf ihrem Körper, den süßen Druck der Vereinigung zwischen ihren Schenkeln und die Atemstöße auf ihrer vor Erregung überempfindlich gewordenen Haut. Ihre Sinne hüllten sich in einen Schleier. Sie redete mit Christopher und Jeanne, wusste jedoch im Nachhinein kaum mehr, um was sich ihre Gespräche gedreht hatten.

Nach dem Kaffee packten sie die Geschenke aus, setzten sich zum Abschluss in die urige Küche vor den Kamin und tranken noch mehr Kaffee. Ihre Ungeduld wuchs, bis sie glaubte, es keine Sekunde länger zu ertragen. Als er sie endlich bei der Hand nahm, hätte sie am liebsten aufgestöhnt vor Erleichterung. Er zog sie mit sich, während Jeanne behauptete, todmüde zu sein und ins Bett gehen zu wollen. Doch das gequälte Lächeln des Mädchens entging ihr nicht. Trug sie die Schuld daran? Hieß Jeanne ihr Verhältnis zu Christopher nicht gut?

Sie wollte nicht darüber nachdenken. Nicht jetzt, wo ihr Körper danach schrie, endlich Erlösung zu finden. Gemeinsam erklommen sie eine Wendeltreppe, die in das Dachgeschoss führte.

„Möchtest du bei mir schlafen?“ Galant öffnete er die Tür zu seinem Zimmer und bat sie hinein. „Ganz unverbindlich natürlich.“

Sie lachte und biss sich auf die Zunge, um das zarte Kartenhaus ihrer Beherrschung nicht zu schnell in sich zusammenbrechen zu lassen. Das Zimmer war warm und gemütlich. Durch das bodentiefe Fenster sah man die grasbewachsenen Hänge, ein paar Häuser des Dorfes und das Meer. Gespenstisch leuchteten die Schaumkronen der Wellen in der Finsternis. Vor dem Fenster lag eine Decke aus Fellimitat, flankiert von ein paar schwarzen Kissen. Im Schneidersitz nahm sie darauf Platz und lehnte sich mit der Schulter gegen das Glas. Alle Anspannung, die über die Jahre mit ihr verwachsen war, fiel Schicht für Schicht ab und ließ etwas Befreites, Gelöstes zurück.

Als Christopher sich neben sie setzte, war sie versucht, kurzerhand über ihn herzufallen und ihm diese lästigen Kleider vom Leib zu reißen. Doch sie hielt sich zurück, malte die Bilder lediglich in Gedanken. Ob er wusste, wie er aussah? Männliche Reinheit vermischte sich mit verruchter Sinnlichkeit. Wie geschaffen war er dafür, Menschenseelen in einen verführerischen Tod zu locken. Ein paar schwarzblaue Locken hatten sich aus dem Zopf gelöst und fielen ihm ins Gesicht, verführten dazu, sie zärtlich fortzustreichen. Maya erwiderte seinen Blick so lange, wie sie es ertrug. Auf eine merkwürdige Art hatte sie das Gefühl, in einen Spiegel zu sehen. Sie sah in ihm dieselben Gefühle, dieselben Hoffnungen, Sehnsüchte und Ängste, die auch ihre Seele füllten. Aber was sie sah, war nur die Oberfläche eines mythischen Ozeans.

Er legte eine Hand auf ihr Knie. Sie erwiderte die Berührung, indem sie seine Finger mit den ihren umschloss. Als wären sie füreinander geschaffen, schmiegten sich ihre Hände aneinander. Kühl fühlte sich seine Haut an. Ihre Fingerspitzen ertasteten die Beschaffenheit, erforschten sie zaghaft und wanderten über das Handgelenk, bis die Manschette begann. Kein Härchen war auf seiner Haut auszumachen. Sie war makellos glatt, angepasst an ein Leben unter Wasser. Sein Lächeln wertete sie als Aufforderung zu einem Spiel, bei dem noch nicht klar war, wer Sieger und Besiegter sein würde.

Das Gefühl, sein Blick würde ihre Seele trinken, war diesmal nur einen Herzschlag lang zu ertragen. Beabsichtige er diese Wirkung? Es erinnerte sie an einen Abend vor vielen Jahren, als sie gemeinsam mit ein paar Freunden auf der Golden-Gate-Bridge gestanden hatte, zugedröhnt mit den bei Studenten so beliebten Drogen, den fernen Horizont im Blick und betäubt von einem Gefühlscocktail, der dem Gedanken, sich einfach fallen zu lassen, eine große Verführungskraft verliehen hatte. Es war keine Sehnsucht nach dem Tod im Spiel gewesen. Viel eher die Sehnsucht nach Leben.

Langsam ließ sie ihre Hand emporgleiten und fuhr seinen Arm hinauf bis zur Schulter, um dort einige Momente zu verharren. Ihr Blick klebte an seinen Lippen, während ihr Körper danach schrie, sie überall zu spüren. Saugend, liebkosend, streichelnd. Als Maya spürte, wie die Hand von ihrem Knie verschwand und einen Augenblick später über ihren Rücken glitt, brannte etwas in ihr durch. Ihre Finger schoben sich in seinen Nacken, und ehe sie wirklich begreifen konnte, was sie tat, fiel sie mit einem stürmischen Kuss über ihn her. Hitze durchflutete ihren Unterleib. Ein wohliges Seufzen von sich gebend umfing er ihre Taille und rückte näher an sie heran.

„Nimm dir, was du willst“, raunte er atemlos. „Ich gehöre dir.“

Keine Berührung hätte erotischer sein können als diese Worte. Mit zittrigen Fingern löste sie das Band, das seine Haare gefangen hielt. Sie ließ es zu Boden fallen und wich zurück, um zu sehen, wie die blauschwarze Flut befreit in sein Gesicht fiel. Vorsichtig, als könnte jede zu hastige Bewegung die magische Membran zerstören, strich sie die Locken zurück, grub ihre Finger hinein und fühlte, wie die Strähnen seidig über ihre Haut flossen. Sein Haar besaß dieselbe Farbe, wie man sie an der Lichtgrenze des Ozeans fand. Nachtblau.

Ein Blick hinunter zeigte ihr, mit welcher Heftigkeit sein Körper auf ihre Berührungen reagierte. Die unwillkürlich durch ihren Kopf fließenden Gedanken waren verrückt und poetisch, schmutzig, liebevoll und begierig. Sie öffnete den ersten Knopf seines weißen Hemdes, biss sich vor Nervosität auf die Unterlippe und machte sich über den zweiten und dritten her. Sein regungsloses Gesicht, seine in sich gekehrte Ruhe und die Art, wie er nach Atem rang, strahlten eine Sinnlichkeit aus, die sie an den Rand der Beherrschung brachte. Ungeachtet dessen bemühte sie sich um langsame Bewegungen. Sekunde um Sekunde genüsslich hinauszögernd. Als sie auf seine halb entblößte Brust starrte und er sich ein wenig zur Seite bewegte, erschien etwas auf seiner Haut.

„Schau mal, du leuchtest wieder." Makrelenstreifen zogen sich über seine Haut, bläulich silbern. Als er sich erneut ein Stück bewegte, verschwanden sie spurlos, nur um kurz darauf erneut aufzutauchen. Ein Hauch von Streifen fand sich auch auf seinen Armen und auf den Wangen. „Ist das krass."

„Es wird stärker", sagte er leise. „Am Anfang war es kaum zu erkennen, aber jetzt … du siehst es ja selbst."

„Erinnert mich an einen Korallenfisch." Sie öffnete den letzten Knopf. Als das Hemd endlich über seine Schultern glitt, ließ sein Anblick sie einen Moment lang schwindeln. Fassungslosigkeit rang mit Entzückung um die Vorherrschaft. Niemals hatte sie solche Reinheit erblickt, hinter der Gefahr lag, denn kaum riss sie den Blick von seinem nackten Oberkörper los und sah ihm in die Augen, fühlte sie es erneut. Einen Sog, der sie einfangen wollte. Vielleicht hatte er mit seinen Befürchtungen recht. War sie nicht eine dieser Seelen, von denen er erzählt hatte? Ruhelos, zerfressen von Fernweh, vernarrt in das Meer?

Mit den Fingern strich sie über seine Haut. Er war schön. Viel zu schön. Jedes Detail sog sie auf, während sein Blick über ihren Körper wanderte. Als er auf ihrer Brust zum Ruhen kam, versteiften sich ihre Knospen und drückten sich durch den Stoff, gierig danach, von seinen Fingern und Lippen berührt zu werden.

Ihr Blick heftete sich auf das gespenstische Glimmen des Musters. Es leuchtete auf, verblasste und kehrte zurück. Wie ein Narrenspiel für ihre Sinne. So, wie er aussah, konnte er unmöglich mit auf das Schiff kommen. Nein, sie wollte nicht darüber nachdenken. Nicht jetzt.

Christopher beendete diesen entrückten Moment, indem er ihr Hemd aufknöpfte, es auszog und beiseite warf. Ohne zu zögern, widmete er sich ihrem BH. Eine kurze Bewegung und das Kleidungsstück, das Männer sonst hoffnungslos überforderte, landete auf dem Boden. Versunken betrachtete er ihre Brüste als seien sie eine himmlische Erscheinung. Sie waren klein, für ihn gerade eine Handvoll. Augenblicklich krochen Minderwertigkeitskomplexe hoch.

„Maya?"

„Hm?"

„Ich wünschte, du könntest dich mit meinen Augen sehen. Du würdest nie wieder an dir zweifeln."

Sie lachte kläglich. Seine Finger berührten ihr Gesicht, streichelten über Wangenknochen, Nase und Lippen, fuhren den Bogen ihrer Augenbrauen nach und liebkosten die Linie ihres Kiefers. Er ließ sich Zeit. Verdammt, er ließ sich viel zu viel Zeit. Gleich würde sie endgültig die Beherrschung verlieren und ihn zu Boden werfen, sich auf ihn stürzen, über ihn herfallen und äußerst unsittliche Dinge mit ihm anstellen. Sanft berührte er die Narbe an ihrem Kiefer, ein Andenken von einer Steinkoralle. Als seine Fingerspitzen Druck darauf ausübten, durchzuckte sie ein angenehmer Schmerz. Alles Blut schien in tiefere Regionen zu schießen. Sie wand sich vor Verlangen, konnte unmöglich mehr stillhalten.

Ihm blieb das nicht verborgen. Hose und Slip riss er ihr regelrecht hinunter, während sie sich von ihren Socken befreite. Die Erlösung war zum Greifen nah. Hastig zerrte sie ihm die restliche Kleidung vom Leib, um sich endlich mit einem Seufzer der Erleichterung an seinen nackten Körper zu pressen. Wie Geister spiegelten sie sich vor der Dunkelheit des Abends im Fenster. Er das Licht, sie der Schatten. Maya lächelte sich zu, dann schob sie jeden rationalen Gedanken weit weg und fühlte nur noch.

Geschickt massierte er ihren Nacken, glitt höher und wühlte sich durch ihr Haar. Sie schnurrte vor Wonne, stellte sich auf die Zehenspitzen und küsste ihn. Jetzt gab es keine Sanftheit mehr. Er packte fest zu, ließ seine Zunge in ihren Mund eindringen und löste ein Prickeln an einer ganz anderen Stelle ihres Körpers aus. Sie erwiderte sein Spiel, ließ ihre Zunge mit der seinen spielen und umschlang ihn mit aller Kraft. Hart drückte sein Glied gegen ihren Bauch, verlangte unverhohlen danach, sich mit ihr zu vereinen. Als sie mit beiden Händen sein Gesäß umfasste und ihn an sich heranzog, stöhnte er auf. Sie brauchte ihn. Hier und jetzt und keine Sekunde später.

„Mach schon", hörte sie sich sagen.

So mühelos, als besäße sie das Gewicht einer Feder, hob er sie hoch und drückte ihren Rücken gegen das kalte Glas des Fensters. Doch er drang nicht in sie ein. An Stillhalten war nicht mehr zu denken, jetzt war er so nah und doch nicht nah genug. Ein knurrendes Geräusch grollte tief in seiner Kehle. Finger krallten sich in ihre Hüfte, Muskeln verkrampften sich, doch noch gab er nicht nach. Herrgott noch mal, sie hätte schreien wollen.

„Ich dachte, du gehörst zu mir, also tu, was ich sage. Mach schon."

Sein Lachen vibrierte auf ihrer Haut. Der Druck, mit dem er sie gegen das Glas presste, wurde fester. Seine Hände glitten nach vorn und zogen ihre Schenkel in einer geschmeidigen Bewegung noch weiter auseinander und endlich stieß er zu, so heftig, dass ihr die Luft wegblieb. Etwas Rohes, Ungezügeltes lag in dem, was er tat, doch hier und jetzt war es genau das, was sie brauchte. Gnadenlos hielt er sie fest, drückte sie gegen das von ihrem Schweiß rutschig gewordene Fenster und stieß zu, wieder und wieder, so heftig, dass sie befürchtete, das Glas würde zu Bruch gehen.

Der Höhepunkt kam so schnell und mit solcher Wucht, dass sie einen Schrei nicht zurückhalten konnte. Christopher erstickte ihn mit einem Kuss, hielt in den wilden Bewegungen inne und ließ stattdessen sein Becken kreisen. Mit einem Arm hielt er sie fest, während er die freie Hand in ihren Schoß wandern ließ. Als er ihre empfindlichste Stelle mit einer Geschicklichkeit streichelte, die sich als pure Folter darstellte, entwischte ihr ein Wimmern. Es klang kläglich. Geradezu flehend. Seine Fingerspitze bewegte sich im selben Rhythmus wie sein Becken. Träge glitt er in sie, so tief, wie ihr Körper ihn aufnehmen konnte, während er mit der Hand ihre Wonnen in schwindelerregende Höhen hinauftrieb. Er nahm ihre linke Brustwarze zwischen seine Lippen und begann daran zu saugen. Diesmal war die Welle, die über sie hinwegbrandete von solcher Intensität, dass ihr jeder Ton im Hals stecken blieb. Ihr Körper zuckte, ihr Herz geriet schon jetzt völlig aus dem Takt. Sollte er so weitermachen, würde sie das nicht überleben. Doch Christopher schien noch mehr vorzuhaben, denn er zog sich aus ihr zurück, nahm sie auf den Arm und trug sie zum Bett.

Maya landete auf einer kuscheligen, weißen Decke. Während er sich über sie beugte, rekelte sie sich genüsslich auf dem Stoff, der sich auf ihrer sensibilisierten Haut so

wunderbar weich anfühlte.
„Was ist das?“ Neugierig befühlte er die halbmondförmig angeordneten Male an ihrer Hüfte.
„Das Andenken eines kleinen Blauhais. Nur ein Liebesbiss.“
„Muss wehgetan haben.“
Behutsam legte er seinen Kopf auf ihre Brust und schien ihrem Herzschlag zu lauschen. Sie ließ sich in die plötzliche Stille fallen, schwelte in der Vorfreude auf mehr Ekstase.
„Hier, koste das.“
Er nahm etwas vom Nachttisch und hielt es an ihre Lippen. Eine Erdbeere. Gehorsam ließ sie sich die Frucht in den Mund schieben und kaute darauf herum. Sie war süß und saftig. Perfekt.
„Und jetzt das.“
Er wickelte ein Schokoladentäfelchen aus und fütterte sie damit. Die Mischung der schmelzenden Köstlichkeit zusammen mit dem Erdbeeraroma war pure Sinnlichkeit.
„Physalis. Die Frucht der Liebe.“
Vorsichtig befreite er die kleine, orangefarbene Knospe von ihren schutzenden Blättchen und liebkoste sie mit der Spitze seines Zeigefingers, als sei es der empfindlichste Teil ihres Körpers. Sie betupfte die Frucht mit ihrer Zunge, leckte, schloss die Augen und nahm sie in ihren Mund. Milde, saftige Süße ergoss sich auf ihre Zunge.
„Wow.“ Ihr fehlten die Worte.
Christopher lächelte zufrieden. Zärtlich leckte er den Saft von ihren Lippen, küsste sie und erforschte mit genüsslichen Seufzern ihren Mund. Er gab ihr ein weiteres Stück Schokolade, wartete, bis sie es vernascht hatte, und schob sich wieder über sie. Diesmal drang er sanft in sie ein. Sie hob sich ihm entgegen, und er tat nichts weiter, als diesen Druck zu erwidern. Fest aneinandergepresst verfielen sie in einen trägen Rhythmus, während sie eine herrliche Lebendigkeit durch ihren Körper strömen fühlte. Alles, jede einzelne Faser, prickelte vor Energie und Empfindsamkeit. Diese Nacht war heilig, und doch besaß sie etwas Zerstörerisches.
Liebte sie das Wesen, das eines Tages ihre Seele rauben würde? Und wenn es so war, würde das etwas ändern?
Sie hörte seinen schweren Atem, sah sein verzücktes Gesicht und die Schweißtropfen auf seiner Kehle, als er sich aufbäumte und den Kopf zurückwarf. Egal, was er war oder was er tun würde, sie brauchte ihn. Selbst wenn das Schicksal ihn dazu ausersehen hatte, sie in die Tiefe zu ziehen.
Sie kostete den Geschmack seiner verschwitzten Haut. Sie leckte über seinen Hals und schmeckte das Meer. Freiheit, salzige Gischt. Stöhnend sank er über ihr zusammen, gab sich seinem Höhepunkt hin und lag zitternd auf ihr. Sein Gewicht, das auf ihr lastete, fühlte sich wunderbar an. Sie hielt ihn fest umklammert, wollte ihn am liebsten den Rest der Nacht so spüren, doch irgendwann rollte er sich von ihr hinunter, legte sich hinter sie und umfasste mit einem Arm ihren Oberkörper. Zärtlich küsste er ihren Nacken, sog die Haut zwischen seine Lippen und streichelte die Rundung ihrer Hüfte.

„Ich liebe dich."

Seine Stimme war nur ein Flüstern, doch es brachte ihren Körper und ihren Geist zum Klingen. Hatte er das wirklich gesagt? Lagen sie wirklich hier und teilten diesen magischen Moment miteinander?

„Ich liebe dich auch."

Das zu sagen fühlte sich zum ersten Mal richtig an. Wie sonderbar, hatten sie doch erst so wenig Zeit miteinander verbracht. Sie wollte diese Worte noch einmal sagen, und noch einmal und noch einmal … nein, sie wollte sie hinausschreien. Mochten alle an Land und im Wasser es hören. Sein Arm legte sich um ihre Schulter und gab ihr das Gefühl, am sichersten Ort der Welt zu sein. Sie kuschelte sich an ihn. Mit dem Duft seiner Haut in der Nase schlief sie ein.

Es war noch dunkel, als Christopher sich vorsichtig unter der Decke hervorschälte, Mayas Hand von seiner Schulter schob und so leise wie möglich aufstand. Er betrachtete die neben ihm schlafende Frau und war sicher, niemals ein so bezauberndes Wesen gesehen zu haben. Die Nähe, die sie miteinander teilten, erstaunte ihn über alle Maßen. Er kannte Maya kaum und fühlte sich doch unglaublich wohl, wenn sie bei ihm war. Es war nicht nur schlichtes körperliches Begehren. Die Worte, die er ihr gestern zugeflüstert hatte, waren wie von selbst aus ihm hinausgeströmt. Absolut ehrlich und aus tiefstem Herzen. Keine Sekunde lang hatte er es bereut, sich ihr offenbart zu haben.

Genüsslich schnupperte er an ihrem Haar, das nach dem Aroma ihrer Vereinigung roch, strich mit den Lippen über ihre Wange und spürte den zarten Flaum darauf. Mit aller Macht kehrte das Verlangen zurück. Heiß flutete es seinen Unterleib und schrie nach einer Wiederholung der vergangenen Nacht. In ihrer Nähe wurde er wieder zu einem Teenager, der immer und überall nur eins wollte – und auch konnte.

„Schlaf weiter, Schönheit", flüsterte er ihr zu, als sie sich träge rekelte. „Ich mache Frühstück."

Mit einem glückseligen Seufzer stand er auf, schlüpfte in eine Jeans und in das weiße Hemd vom Vortag und ging hinunter in die Küche. Leise deckte er den Frühstückstisch, zündete das Feuer an und kochte Kaffee. Einen Becher füllte er sich mit dem Gebräu und setzte sich auf den Teppich vor dem Küchenkamin. Jede Kleinigkeit der vergangenen Nacht rief er sich wieder ins Gedächtnis, durchlebte alles noch einmal und lächelte in sich hinein. Sie hatte sich so wunderbar angefühlt. So heiß, weich und zart. Wie nasse Seide. Der Drang, hoch in sein Zimmer zu stürmen und Maya noch einmal lieben, wurde übermächtig. Er lachte über seine Unersättlichkeit, wärmte seine Hände an der Tasse und fühlte sich seit langer Zeit wieder glücklich. Die Stimmen schwiegen, das Meer war nicht zu hören, es ging ihm fantastisch. Selbst die Veränderungen seines Körpers, die in der vergangenen Nacht wieder deutlich gewesen waren, tangierten ihn nicht. Er würde es schon schaffen. An Mayas Seite würde er alles schaffen. Auf die geistigen Scheuklappen der Menschen war ohnehin Verlass. Vieles musste passieren, um sie zu überzeugen, dass mythologische Wesen existierten. Selbst wenn jemand Zeuge wurde, wie ihm Schwimmhäute wuchsen, wer würde solchem Seemannsgarn Glauben schenken? Er musste vorsichtig sein, keine Frage, doch wenn man es nüchtern betrachtete, bewegten sich die Gefahren in einem überschaubaren Rahmen.

„Guten Morgen."

Ihre Stimme ließ ihn herumfahren, gerade als er sich vorstellte, sie hier vor dem Küchenkamin zu lieben. So wie Maya vor ihm stand, zerzaust und übernächtigt, sah sie unwiderstehlich aus. Wie ein ausgehungertes Raubtier fuhr er hoch, zog sie in seine Arme und ließ sie spüren, woran er gerade gedacht hatte.

„Meine Güte, wie kannst du schon so munter sein?" Sie kicherte wie ein kleines Mädchen. Eng umschlungen sanken sie auf den Teppich nieder, während er ihren Hals mit Küssen bedeckte. „Bist du gar nicht erschöpft?"

„Nein." Am liebsten hätte er Maya die Kleider vom Leib gefetzt, doch stattdessen streichelte er ihr wie einem Kind über das Haar. Sie schien tatsächlich vollkommen ausgelaugt zu sein. Ihrer Haut entströmte der Duft nach aufsteigender Lust, doch ihr Körper fühlte sich unter seinen Händen matt und schwach an. „War ich zu grob?"

„Nein." Genüsslich erschlaffte sie in seiner Umarmung. „Ich bin nur … ähm … etwas wund."

„Das tut mir leid."

„Wehe!"

„Darf ich an dieser Stelle dein Schleichtalent loben?" Es fühlte sich so gut an, hier zu sitzen und sie im Arm zu halten. Ihm wurde schwindelig vor Zärtlichkeit. „Du hast es geschafft, dich ins Esszimmer nebenan zu stehlen, deine Sachen aus der Tasche zu holen und zurück ins Bad zu gehen, ohne dass ich es gemerkt habe. Ich höre normalerweise sehr gut, wie du weißt. So gut, dass ich oben am Old Man of Storr die Wale vor der Küste hören kann."

Er hatte das lächerliche Bedürfnis, sie zu beeindrucken. Seine Vernarrtheit hatte inzwischen den letzten Rest Verstand infiziert und verwandelte ihn in einen verliebten Jungen.

„Im Ernst?" Sie sah fasziniert zu ihm auf. „Ist ja krass."

Er dachte darüber nach, wie er ihr die Stunden bis zur Abreise versüßen konnte, füllte einen Becher mit Kaffee und hielt ihn ihr entgegen.

„Oh, vielen Dank." Erfreut nahm sie ihn an. „Meine liebste Droge. Gleich nach Karamelltoffees."

„Meine liebste Droge", sagte er. „Gleich nach dir."

Sie lachte und errötete noch heftiger. Ihr Hals war von einem Flaum zarter Härchen bedeckt, der der Haut im Feuerschein einen samtigen, zum Liebkosen einladenden Schimmer verlieh. Seine Finger zuckten vor Verlangen, sie zu berühren, sein Körper wollte sie wieder spüren, doch für den Augenblick gab er sich damit zufrieden, sie einfach nur anzusehen.

„Ist eigentlich viel zu früh für mich", murmelte sie in ihren Kaffee hinein. „Wie fühlst du dich?"

„Fantastisch.“ Er bemühte sich nicht, sein zweideutiges Lächeln zu kaschieren. Ein Blick in ihre Augen und er wusste, dass sie nichts dagegen hätte, die Geschehnisse der vergangenen Nacht hier fortzusetzen. Und das beruhte auf Gegenseitigkeit. Neckisch schaute sie ihm über den Tassenrand in die Augen.

„Ich nehme mal an, du bist schon länger kein Meerjungmann mehr?“

Um ein Haar hätte Christopher seinen Kaffee ausgeprustet. „Nein. Tut mir leid. Ich verlor meine Unschuld im zarten Alter von siebzehn Jahren.“

Lächelnd zwirbelte sie eine Haarsträhne. Ihrer Haut entströmte noch immer der Duft nach Sex und entfachte einen Hunger, der durch kein Frühstück der Welt gestillt werden konnte.

„Du magst diese Frau nicht besonders, oder? Ich meine die Meerfrau.“

„Nein.“ Er zuckte mit den Schultern. Über irgendwelche Wesen abgesehen von Maya und Jeanne nachzudenken, erschien ihm überflüssig. „Sie sagt, sie ist die Schwester meiner Mutter und deshalb mir irgendwie nahe, aber sie hilft mir nicht weiter. Was ich will, interessiert sie nicht. Ihr geht es nur darum, in diesem Spiel zu gewinnen.“

„Glaubst du das wirklich?“

„Ich will nicht darüber nachdenken.“ Seine Erregung kühlte zu Beklommenheit ab. Die Frau aus dem Meer mochte aus Besitzdenken handeln, doch die Stimmen in seinen Visionen waren verzweifelt. Sie fürchteten sich. Wenn diese Wesen am Grund des Pazifischen Ozeans ihre letzte Zuflucht gefunden hatten, musste er alles tun, um sie zu schützen. Man würde Kameras in die Tiefe schicken, Messgeräte und Roboter. Was da auf ihn wartete, war keine leichte Aufgabe, doch er war bereit, sich ihr zu stellen.

„Viele alte schottische Geschichten handeln von Kindern, die aus dem Meer stammen“, sagte Maya. „Es gibt zahllose Legenden darüber, und sie alle enden gleich.“

„Die Kinder kehren ins Wasser zurück, um nie wieder gesehen zu werden.“ Orangerot spiegelte sich das Feuer in Mayas schwarzen Augen und überhauchte ihre Haut mit einem sinnlichen Spiel aus Licht und Schatten. „Mach dir keine Sorgen. Ich lasse dich nicht allein. Niemals. Es sind nur Geschichten.“

„Du weißt, dass es nicht nur Geschichten sind.“ In ihrem Blick lag etwas wie Verzweiflung. „Was, wenn …“

Er legte einen Finger auf ihre Lippen. „Du wolltest doch den Stein sehen. Jeanne ist eine ausgemachte Langschläferin. Wir haben noch viel Zeit.“

„Der Stein?“ Neugier verdrängte den dunklen Schatten über ihren Augen. „Der Meerjungfrauenstein? Gern.“

Synchron sprangen sie auf und lachten. Während Maya einen grünen Wollpullover anzog und die Lederjacke darüberstreifte, beließ er es bei seinem Hemd. Warum sollte er ihr gegenüber noch so tun, als ob er frieren würde? Er sah keinen Grund, seine Andersartigkeit vor dieser Frau zu verheimlichen. Ein wunderbares Gefühl.

Sie hob eine Augenbraue. „Heute Morgen Chuck Norris gefrühstückt oder was?“

„Kälte macht mir nichts aus.“

Sie sah ihn einen Moment an. Dann nickte sie verständnisvoll. „Ach so.“

Das Aroma des Meeres lag in der schneidend kalten Luft. Die Rufe der Möwen, der Wind auf seiner Haut und Mayas Lächeln, das er Ewigkeiten lang hätte anstarren wollen, all das erfüllte ihn mit schwerelosem Glück. Dies hier würde eine niemals verblassende Erinnerung werden, die selbst am Ende eines langen Lebens noch frisch war und in vergangene Zeiten entführte. Wenn er an einem Punkt angelangt war, an dem er nur noch zurückblickte, würde diese Erinnerung ihn glücklich und traurig zugleich machen.

Ihm war klar, dass es sein Schicksal sein würde, Maya altern zu sehen und selbst jung zu bleiben, doch noch wurde diese große, dumpfe Angst von anderen Gedanken überlagert. Ihm stand eine gefährliche Reise bevor. Ob sie gut verlief oder in einem Desaster endete, hing allein von der Stärke seines Willens und seiner Geschicklichkeit ab. Es gab Wesen dort draußen, die seine Hilfe brauchten. Es gab Geheimnisse, die gelöst werden mussten. Und es gab seine wahre Natur, die vor Dutzenden neugierigen Augen versteckt bleiben musste. Es wurde Zeit, Maya in seine Pläne einzuweihen.

„Ich habe dir doch von den Visionen erzählt." Er legte einen Arm um ihre Schultern und zog sie an sich. Am östlichen Horizont ging die Sonne auf. Sie war nicht stark genug, um die graue Wolkenmasse aufzulösen, doch ihr hindurchdringender Schimmer genügte, um das Meer in eine Ebene aus geschmolzenem Silber zu verwandeln. „Visionen, in denen Stimmen um meine Hilfe bitten. Ich sehe einen Tiefseegraben und ich sehe Wesen, die so sind wie ich. Sie sind der Grund, warum ich mich bei deinem Institut beworben habe."

„Weil wir genau dorthin fahren, wo sie auf dich warten?" Maya blickte stur geradeaus. „Heißt das, du verlässt mich, wenn wir da sind?"

„Niemals." Er sprach es so heftig aus, dass er sie zum Lächeln brachte. „Ich will dorthin, um ihnen zu helfen. Sind wir mal ehrlich, in erster Linie dient die Expedition dazu, nach neuen Energie- und Rohstoffquellen zu suchen, die man ausbeuten kann. Und zwar genau in der Gegend, die meiner Art als letztes Rückzugsgebiet dient. Ich muss sie vor der Entdeckung bewahren. Als der Mensch, der ich vorgebe zu sein, dürfte mir das am besten gelingen."

„Du meinst als Dr. Christopher Jacobsen? Der jüngste Dozent in der Geschichte von St. Andrews, zu dem jeder respektvoll aufblickt? Und dem jeder glaubt, wenn er sagt, dass ein Meeresgebiet uninteressant ist?"

„So ist es. Das Versteckspiel wird schwer werden, wenn wir tatsächlich auf Manganknollenfelder treffen. Aber es ist zu schaffen."

„Wir schicken Kameras in die Tiefe", bemerkte Maya. „Wie stellst du dir die Rettung deiner Artgenossen vor?"

„Ich will für diese Geräte allein verantwortlich sein. Denkst du, du bekommst das hin? Meine Erfahrungen dürften mehr als ausreichend sein."

„Sicher. Aber du solltest beachten, dass du erstens schlafen musst und zweitens das Filmmaterial regelmäßig vor versammelter Mannschaft ausgewertet wird. Falls du mit einem der Roboter also in eine Meerjungfrauen-Versammlung platzt, werden wir die Aufnahmen manipulieren müssen."

„Kein Problem. Lass das meine Sorge sein."

„Wunderbar." Sie seufzte theatralisch. „Ich habe einen Meermann an Bord, der kriminelle Anwandlungen zeigt. Dürfte spannend werden. Aber was machst du, wenn du schlafen musst?"

„Dann schlafe ich zur Not vor den Bildschirmen. Genau genommen brauche ich kaum noch Schlaf. Das scheint auch eine Nebenwirkung der Metamorphose zu sein."

„Du brauchst kaum noch Schlaf, du bleibst praktisch ewig jung und dir liegt das Meer zu Füßen. Sag mal, könntest du mich vielleicht zu deinesgleichen machen?"

„Du meinst zu einem Fisch? Ich glaube nicht, dass das geht. Du verwechselst da gerade ein paar Fabelwesen miteinander."

„Frag diese Frau, wie ich mich verwandeln kann, und dann verschwinden wir zusammen."

Mayas Blick lag auf der im Morgenlicht glänzenden Fläche des Meeres. Er spürte ihr Sehnen wie einen schmerzenden Klumpen in seinem eigenen Geist.

Denke daran, dass wir dazu bestimmt sind, Seelen in das Meer zu locken.

Wer uns liebt, der liebt den Tod. Wer uns begehrt, begehrt seinen eigenen Untergang.

„Komm her." Abrupt zog er sie noch enger an sich. Niemals würde er zulassen, dass etwas ihr wehtat. Er konnte sie in sich spüren, diese gewaltige, schlafende Energie, die nur darauf wartete, geweckt zu werden. Allem würde er die Stirn bieten, wenn es darum ging, sie zu schützen. Maya legte ihren Kopf an seine Schulter, und während er behutsam seine Hand auf ihren Hinterkopf legte, beobachtete er die aufgewühlte See. Nach der in ihm summenden Energie greifend, stellte er sich vor, wie das Wasser ruhiger wurde. Eine Weile geschah nichts, doch der Schein trog. In ihm ballte sich etwas zusammen, eine Kraft, warm und sanft, die sich mit allem vereinte, was ihn umgab. Tatsächlich, die Wogen glätteten sich. Wellen und Brandung verloren an Kraft. Den Frieden, den er in Mayas Nähe empfand, kehrte er nach außen und ließ ihn eins werden mit den Elementen. Wind, Wasser und Erde, strömende, ineinander zerfließende Energie. Und plötzlich spürte er es wieder. Dieses wilde, herrliche Glücksgefühl, ausgelöst von dem Wissen, große Macht in sich entdeckt zu haben und sie nutzen zu können. Still wie ein Spiegel lag das Meer vor ihm. Makellos ruhig. Kein Lüftchen regte sich.

„Wow," flüsterte Maya und drehte sich in seiner Umarmung. „Sieh dir das an. Als wäre die Zeit stehen geblieben."

Er lächelte, die Lippen auf ihre Stirn gelegt. Sich mit der allgegenwärtigen Energie des Lebens zu vereinen, fühlte sich gut an. Fast zu gut, denn es glich einem Rausch. Seinen Verstand davor zu schützen, von dieser Macht vernebelt zu werden, würde schwer werden.

„Warst du das?" Maya blickte erschreckt zu ihm auf. „Hast du das eben getan? Chris, sag's mir. Letztens habe ich in der Zeitung von einem Orkan gelesen, der wie aus dem Nichts kam und nur diesen Küstenabschnitt hier betraf. Die Meteorologen waren vollkommen ratlos."

„Magie ist nichts weiter als Natur", erwiderte er ausweichend. „Dinge, die sich der Mensch noch nicht erklären kann."

„Hör auf damit."
„Wer würde schon in Betracht ziehen, dass ein lebendes Wesen die Macht hat, Stürme heraufzubeschwören oder das Wasser zu beherrschen?"
„Du solltest es trotzdem nicht tun. Sieh dich um. Hör genau hin. Alles ist wie tot."
Sie hatte recht. Etwas Gespenstisches lag über dem stillen Ozean, etwas, das von der Natur nicht gewollt war. Noch einmal ließ er die Energie durch seinen Körper fließen. Er musste nichts tun, nur dem Strom seinen Lauf lassen. Wind kam auf. Das Meer schmückte sich mit Kronen aus Schaum. Keine zehn Schritte entfernt hockten drei Möwen am Rand der Klippe und gafften.
„Danke. Das war unheimlich."
Sie bebte in seinen Armen. Er spürte ihre Angst vor dem Unerklärlichen. Ihre Angst vor ihm und dem, was er tun konnte. Unvermittelt bereute er seine unüberlegte Tat.
„Sag mir, wie sieht es da unter Wasser aus?", flüsterte sie. „Erzähl es mir."
„Bist du nie getaucht?"
„Doch, aber noch nie hier."
Behutsam streichelte er über ihren Hinterkopf, auch wenn es ein lächerlicher Versuch war, sie zu beruhigen. „Zuerst ist der Sand ganz hell und von Gezeitenrillen durchzogen. Man sieht Muscheln, Seeigel, Schnecken und Krabben. Weiter draußen wird der Sand dunkler. Es kommen Seegraswiesen und die Tangwälder. Sie sind ähnlich wie die Wälder an Land. Es gibt Stängel, so hoch wie Bäume. Die Blätter bewegen sich in der Strömung wie das Laub im Wind. Zwischen ihnen schwimmen Fische, Robben und Quallen. Hinter den Tangwäldern beginnt das Riff. Scharfe Felsen mitten in einer starken Strömung. Ganz unten in ihren Schluchten ist es still und nachtschwarz. Schließlich kommt die offene See. Dort bin ich nie gewesen, weil ich das Gefühl hatte, sonst nicht mehr zurückkommen zu können."
Sie schmiegte sich an ihn wie ein Kätzchen und steigerte seinen Beschützerinstinkt. Er musste sich ermahnen, sie nicht fester als nötig zu umarmen. Ohne Eile liefen sie weiter, folgten eine Zeit lang stumm dem Rand der Klippen, bis die Küstenlinie in der von Gras bewachsenen Haifischflosse gipfelte.
„Was muss das für ein Gefühl sein", flüsterte Maya. „Einfach abzutauchen, ohne Taucheranzug und Pressluftflaschen. Wie fühlt es sich an, die Sache mit der Hautatmung?"
Er versuchte, dieses besondere Gefühl zu visualisieren, doch schnell begriff er, dass Worte es nicht umschreiben konnten. Dennoch versuchte er sein Glück. „Es fühlt sich an, als würde das Wasser meinen gesamten Körper durchdringen. Der Sauerstoff strömt durch mich hindurch. Es … hm … keine Ahnung. Ich kann es nicht beschreiben. Tut mir leid."
Am höchsten Punkt der Haifischflossenklippe standen sie schweigend da und genossen den sonnenschweren Dunst des Morgens. Irgendwann löste Maya sich von ihm, um zum Stein hinüberzugehen. Er ließ ihr Zeit, das Relikt eine Weile in Ruhe zu betrachten, dann gesellte er sich zu ihr. Wie unzählige Male zuvor berührte er den Menhir, fuhr das Muster mit den Fingern nach und reiste in Gedanken in längst vergangene Zeiten. Seine Mutter hatte die Seele des hier begrabenen Mannes befreit. Sie

hatte ihn getötet und eine Aufgabe erfüllt, die eines Tages auch ihn treffen würde.

„Hier sind ihre Haare." Mayas Stimme senkte sich zu einem Flüstern. „Und hier geht ihre Hüfte in den anderen Körper über. Ich sehe Schuppen und eine Flosse. Das hier sieht aus wie Seetang, der sich ineinander verschlingt."

Als sie aufstand, sich das Gras von der Cordhose klopfte und ins Leere starrte, lag Fassungslosigkeit in ihrem Blick. Was dachte sie? Was spürte sie? Er hätte es zu gern erfahren, scheute sich jedoch aus irgendeinem Grund, danach zu fragen.

„Das hier kommt mir so vertraut vor", wisperte sie. „Ich sehe den Stein vor mir, wie er früher war. Ganz früher, als man hier noch die Feuer angezündet hat."

„Die Feuer? Du weißt von ihnen?"

„Hab davon gehört." Mit Daumen und Zeigefinger rieb sie sich die Nasenwurzel. „Glaube ich jedenfalls. Keine Ahnung, irgendwas hier lässt meine Fantasie durchbrennen. Wenn ich mit dir zusammen bin, ist alles so unwirklich. So … du weißt schon. Fantastisch."

„Man hat früher hier Feuer angezündet, um verlorenen Seelen auf See ein Licht mitzugeben." Er stand auf und blieb dicht vor Maya stehen. „Jede Nacht brannten sie hier oben, bis man im letzten Jahrhundert diese Tradition beendete."

„Wie schön."

Sehnsüchtig wartete er darauf, dass sie erneut seine Nähe suchte, und als sie sich endlich in seine Arme warf, durchzuckte ihn Ungläubigkeit. Diese Frau verstand ihn. Sie akzeptierte ihn als das, was er war, trotz aller Gefahren, die seine unberechenbare Natur mit sich brachte. Er hoffte zutiefst, ihr nie wehzutun.

„Wenn es so weit ist, dann nimmst du mich mit." Ihre Augen, groß und dunkel, blickten zu ihm auf. Am liebsten hätte er Maya wie ein Kätzchen unter seinen Pullover gesteckt, um sie für den Rest seines Daseins zu beschützen. „Irgendwann kommt meine Zeit, und dann befreist du meine Seele."

Sprach sie vom Sterben? „Warum sagst du so was?"

„Warum nicht? Kennst du das Gefühl kurz vor dem Einschlafen? Das Gefühl des Fallens, von dem du zuckend aufwachst?"

„Ja."

„Genau das fühle ich, wenn du mich ansiehst. Es ist, als würde ich in die Tiefe gezogen werden, als würde mein Willen sich auflösen und nur noch einen Wunsch zulassen. Frieden finden. In der Tiefe des Meeres. Du hast gesagt, dass ihr dazu bestimmt seid, Seelen nach Hause zu bringen und ihre Sehnsucht zu erfüllen."

„Ja, aber …"

„Ich bin nicht todessehnsüchtig." Sie gab ein kindliches Lachen von sich. „Vielleicht siehst du mich alt und grau in einem Schaukelstuhl sitzen, bevor es so weit ist. Ich glaube, du übst diesen Zauber nur auf die Menschen aus, deren Seelen dazu bestimmt sind, dir zu folgen. Wir wussten von Anfang an, dass wir zusammengehören, nicht wahr? Der Mensch, der dich zur Welt bringt, ist dir genauso nahe wie der, der dich in den Tod begleitet. Ich würde mir niemand anderen als Begleiter für diese Reise wünschen. Versprich mir das."

Er nickte beklommen. Die Härchen in seinem Nacken sträubten sich, wie elektrisiert von ihrer Nähe. Am Ende würde er ihr Schicksal erfüllen, das sagte ihm ein tief in ihm ruhendes Wissen. Er schloss die Augen, hielt das Gesicht in den salzigen Wind und hoffte, dass dieser Tag in weiter Ferne lag.

Sie spielte in den Wellen, ließ sich von ihnen auf und ab wiegen, tauchte mit einem Flossenschlag wieder in die Tiefe hinunter und durchmaß das von Lichtstrahlen erleuchtete Blau. Alles hier unten war blau. Die Wintersonne, die Felsen, Fische und Muscheln. Die filigranen Anemonen und die über den Sand gleitenden Rochen.

Eine Weile trieb sie mit ausgebreiteten Armen auf dem Rücken und beobachtete die Tangwedel. Sie leuchteten in der Sonne und warfen Schatten, genauso wie die Bäume an Land vor ewigen Zeiten im Sommer. Wie schön wäre es, endlich wieder in das Meer der Tropen zurückzukehren. Nur wegen des Sohns ihrer Schwester harrte sie hier aus, um ein Versprechen einzulösen, das sie vor vielen Jahren gegeben hatte, doch langsam wuchs ihre Ungeduld. Er ahnte ja nicht einmal im Ansatz, wie kostbar er war. Ihre Rasse starb aus, so, wie die Legenden und der Glauben in den Köpfen der Menschen starben, und die Überlebenden waren zu schwach, um für Nachkommen zu sorgen. Aber käme er zu ihr, jung und stark und ebenso mächtig, wie sie es war, würde es vielleicht eine Rettung geben.

Damals, als sie gemeinsam mit ihrer Schwester die Ozeane durchwandert hatte, waren sie von einer Welt voller Gefahren empfangen worden. Gigantische Netze, die den Meeresboden umpflügten und nichts als Zerstörung hinterließen. Riesige Schiffe in ungeheurer Zahl. Sogar Schiffe unter Wasser, größer als zwei Wale zusammen und Töne aussendend, so laut und alles zerfetzend, dass sie betäubt im Wasser umhergetrieben und nur langsam wieder zu Sinnen gekommen waren. Diese Welt war nicht mehr ihre Welt, aber sie wollte nicht aufgeben. Christopher, das Bindeglied zwischen zwei Welten, war in erster Linie eines: Hoffnung.

Das Tuckern eines Bootes schreckte sie aus ihrem Dämmerzustand auf. Konnten diese verfluchten Menschen sie nicht mal in Ruhe lassen? Unablässig kreuzten Fischer oder Touristen ihren Weg, wühlten mit den Booten das Wasser auf und machten unerträglichen Lärm.

Mit ein paar Flossenschlägen tauchte sie ab, durch den Tang bis zum sandigen Grund. Dort verharrte sie und blickte zum vorbeiziehenden Boot hinauf. Sein Boden war aus Glas. Dahinter schimmerten bleiche, hässliche Menschengesichter und starrten in das Wasser. In der Hoffnung, für diese Wesen unsichtbar zu sein, verbarg sie ihren Körper mit Tang und blieb regungslos, bis der lärmende Schatten vorbeigezogen war. Vermutlich fuhr es wie die meisten Touristenboote hinaus zu den Robbenbänken, um dort zu drehen und am Wasserfall vorbeizufahren, der sich unweit von hier eine Klippe hinabstürzte. Menschen! Da saßen sie in ihren schwimmenden Kästen und verstanden rein gar nichts von dem, was sie sahen.

Als das Boot vorbeigezogen war und sie zurück in die offene See schwimmen wollte, durchzuckte ein vertrautes Gefühl ihren Geist. Ihr Herzschlag beschleunigte sich. Er war ins Wasser gegangen. Ihr zukünftiger Gefährte. Der Mann, in dem die Hoffnung ihrer Rasse lag.

„Ich bin hier", gab sie ihm zu verstehen. „Komm zu mir."

Er antwortete nicht. Und er schwamm auch nicht weiter hinaus, sondern blieb in der geschützten Bucht. Endete ihr Zusammentreffen etwa wieder in einem Machtspiel?

„Komm", flehte sie noch einmal, tauchte auf und durchstieß die Wasseroberfläche. Es schmerzte, als sie die Luft in ihre Lungen sog. Wie es immer wehtat, in die andere Welt einzudringen. Doch das war nichts gegen die Qual, die nur Augenblicke später über sie herfiel. Denn jetzt gab er ihr zu verstehen, weshalb er gekommen war.

Christopher wollte Abschied nehmen und ihr klarmachen, dass er noch heute fortgehen würde. Zusammen mit den Menschen. Sein Trotz war ihr nur allzu vertraut. Sie wusste kaum noch etwas von ihrem alten Leben, doch die Erinnerung an den Kampf zwischen See und Erde war eines der wenigen deutlichen Bilder, die sie sich bewahrt hatte.

„Tu das nicht. Du darfst nicht gehen. Bitte."

Er hörte ihre lautlosen Worte, erwiderte sie aber nicht. Gepackt von Verzweiflung schwamm sie hinüber zur Bucht, passierte den Eingang und fand sich umringt von Felsen wieder. Das Gefühl des Gefangenseins übermannte sie. Dort oben war er. Ahnungslos und kurz davor, einen furchtbaren Fehler zu begehen.

Als sie dicht vor ihm das Wasser durchbrach, schrak er nicht zurück. Sein Gesicht war ohne jede Regung, in seinen Augen lag Entschlossenheit. Oh ja, er war stark, trotz des menschlichen Anteils in seinem Blut. Viel stärker als sie es sich je hätte träumen lassen. Umso furchtbarer würde es sein, wenn sie ihn verlor.

„Ich gehe." Seine Stimme war hart. „Ich weiß, was ich bin, und ich weiß, dass meinesgleichen Hilfe braucht. Als Mensch kann ich mehr für sie tun. In ein paar Tagen bin ich auf einem Schiff, das mich zu ihnen bringt."

„Du gehst mit den Menschen auf ein Schiff? Du reist mit ihnen an das andere Ende der Welt?"

„Ja, das werde ich. Nur so kann ich dafür sorgen, dass sie den Graben nicht entdecken. Du kennst ihre Methoden nicht, ich schon. Man glaubt meinen Worten und dem, was ich tue."

„Aber du verwandelst dich." Lange hatte sie sich nicht mehr so hilflos gefühlt, und das machte sie wütend. „Bald schon. Egal, wie sehr du dich wehrst. Wenn du die Menschen so gut kennst, dann weißt du auch, wie gefährlich sie sind. Komm mit mir. Dann bringe ich dich zu unserem letzten Versteck."

„Nein", beharrte er. „Ich tue, was du willst, aber auf meine Weise. Selbst wenn ich das Meer und die Stürme beherrsche, wird das die Menschen nicht aufhalten. Immer mehr werden kommen, mit immer besserer Technik. Ihre Gier ist unersättlich. Ich muss sie davon überzeugen, dass es nichts zu holen gibt. Nur so kann ich euch schützen."

„Du unterschätzt die Macht deiner wahren Natur." Sie presste sich an ihn, schlang ihre Arme um seinen Hals und legte alle Verzweiflung in ihren Blick. Geschmeidig schlang sich ihr Fischschwanz um seine Beine. Sie wollte ihn festhalten, ihn verführen, doch er schien unempfindlich gegen eine Macht zu sein, die sonst jede Seele in die Knie zwang.

„Lass mich in Ruhe!"

Seine Stimme zerschnitt ihr Herz. Er riss sich los und schwamm zurück ans Ufer. Kaum verließ er das Wasser, verlor das Meer einen Teil seiner Kraft. Zurück blieb nur Trauer. Er hatte sich den schlechtesten Moment für seine Rebellion ausgesucht. Seine Verwandlung würde unter den Augen der Menschen geschehen, wenn er nicht schnell genug ein Versteck fand. Das Volk des Landes war zu keiner Zeit freundlich mit ihnen umgegangen, und heute, wo man nicht einmal den Ozean noch respektierte, zog eine Enttarnung gewiss noch schrecklichere Folgen nach sich. Er glaubte, dass sie aus reinem Besitzdenken handelte. Dass sie gefühllos war und grausam. Sie konnte es ihm nicht verübeln, denn ihre Welt war so anders als seine. Einfacher, geordneter und Gesetzen unterworfen, die in ihrer Klarheit brutal wirkten.

„Bitte komm zurück. Du kannst es nicht aufhalten."

Sie schloss die Augen und rief sich sein Gesicht vor das innere Auge. Sein schönes Gesicht mit den schwarzblauen Augen, die so viele Dinge noch nicht gesehen hatten. Im Geiste berührte sie es, hauchte einen Kuss auf seine Lippen und versuchte ihm zu bedeuten, was sie fühlte. Sie wollte ihn beschützen. Sie wollte ihm eine Lehrerin und eine Gefährtin sein, hier draußen in einer Welt, deren Herrlichkeit berauschend war.

Doch es war zu spät.

Kapitel 2

Erkenntnisse

„Wie Träume liegen die Inseln
im Nebel auf dem Meer.
Noch einmal schauert leise
und schweiget dann der Wind.
Vernehmlich werden die Stimmen,
die über der Tiefe sind.“

(Theodor Storm)

~ ☸ ~

Alles ging so schnell, dass Jeanne kaum begriff, wie ihr geschah. Plötzlich saß sie in Mayas Jeep. Eingequetscht zwischen Reisetaschen und Rucksäcken wandte sie sich noch einmal um, prägte sich jede Kleinigkeit ein und versuchte, sie festzuhalten. Eine Weile sagte niemand ein Wort. Wenn Mom und Dad sie jetzt nur sehen könnten. Ihre sonst so scheue, zurückhaltende Tochter auf dem Weg zu drei Monaten Forschungsarbeit im Pazifik. Sie wären schrecklich stolz gewesen, und das war ein tröstender Gedanke.

Abenteuerlust vertrieb ihre Trübsal. Sie beobachtete die Berge, die an ihnen vorbeizogen, in der Abenddämmerung schimmernde Seen und Kiefernwälder. Vielleicht würde ihr ja alles noch schöner erscheinen, wenn sie nach drei Monaten zurückkehrte. Abgesehen von Finn, der vermutlich rigoros fasten, abmagern und die Sheepbouwers zur Verzweiflung treiben würde.

Viel zu schnell kamen sie zur Brücke. Als Jeanne zum letzten Mal zurückblickte, sah sie Skyes Berge und Klippen in der Dunkelheit verschwinden. Alles, was für sie Heimat bedeutete, lag nun endgültig hinter ihnen. Auf kopfüberhängende Weise war es ein gutes Gefühl. Wie eine Flucht vor Trauer und Verlustangst.

„Und? War es schlimm?“

Mayas Hand legte sich mitfühlend auf die ihres Bruders. Auch wenn die Gewissheit, dass Christopher diese Frau liebte, anfangs wehgetan hatte, war Jeannes Eifersucht inzwischen abgeflaut. Niemals hatte er gelöster und glücklicher gewirkt als jetzt, da Maya bei ihm war. Es war, als wäre der Schatten seines Schicksals von ihm abgefallen und für diese Wirkung auf ihren Bruder war sie Maya dankbar.

„Auf ins Abenteuer.“ Christopher warf Maya einen Seitenblick zu. „Übrigens habe ich zwei Vorträge vorbereitet. Wo du mich doch so nett darum gebeten hast.“

„Klasse. Worum geht's?“

„Vortrag Nummer eins lautet *Energiequellen aus dem Meer*. Eine kritische Betrachtung der Vor- und Nachteile. Vortrag Nummer zwei trägt den Namen *Sirenenzauber – Die Erotik des Todes.*"

Maya gab einen überraschten Laut von sich. „Hast du etwa vor, aus dem Nähkästchen zu plaudern?"

„Natürlich nicht." Christopher grinste. „Es ist ein älterer Vortrag, den ich das erste Mal vor einem Jahr in Dublin gehalten habe."

„Ich rechne mit zehn Prozent Beteiligung an Vortrag Nummer eins und mit neunundneunzig Prozent an Vortrag Nummer zwei. Wobei, nein, die Bude wird so oder so gerammelt voll sein. Es gibt Leute, die können über das Liebesleben von Toastbrot reden und man hängt gebannt an ihren Lippen."

Wieder gab Christopher ein melodisches Lachen von sich. Jeanne glaubte, unter der Oberfläche menschlicher Tarnung etwas herauszuhören. Etwas Schleichendes, Gedanken Vernebelndes. Eine Gänsehaut überzog ihren Körper.

„Alles klar bei dir?" Plötzlich war sein Blick auf sie geheftet. „Du bist so still."

„Mir geht's gut." Sie verwuschelte seine Haare, die von dem letzten Ausflug ins Wasser noch immer feucht waren. Skyes Meerwasser. Eine letzte kleine Verbindung nach Hause.

„Ich kann es gar nicht glauben. Morgen sind wir schon in Südamerika."

„Eigentlich übermorgen", korrigierte Maya. „Nachher geht unser Flug nach London, und morgen Abend wagen wir den Sprung über den großen Teich. Dann landen wir in Sao Paulo zwischen und schlagen zu guter Letzt in Santiago auf. Hach. Klingt dieser Name nicht aufregend? Santiago. Das ist schwüle Hitze, das sind wilde Rhythmen und heiße Nächte. Erotik pur auf der Zunge, dieses Wort. Findet ihr nicht? Ich muss dringend mit euch in diesen Club. Habe nur seinen Namen vergessen."

Jeanne grinste. Zufrieden kuschelte sie sich zwischen den Reisetaschen in ihren Sitz, ließ den Kopf zurücksinken und setzte die Kopfhörer ihres MP3-Players ein. Marillions Ocean Cloud erklang. Für sie war es Christophers Lied. Ein schmerzhafter Traum von Befreiung und Sehnsucht.

„I've seen too much of life/ so the sea is my wife/ and a sweet Ocean Cloud / is a mistress I'm allowed for now."

Ihre Augenlider wurden schwerer und schwerer. Erhaben berührten die Berge der Highlands den Nachthimmel und glitten in den Horizont hinaus, als nähmen sie nie ein Ende. Die Stirn an die Scheibe gepresst, döste sie vor sich hin. Letzte Nacht war sie von einem furchtbaren Traum geweckt geworden. Sie hatte in einem Boot gesessen, mit Christopher in ihren Armen und umringt von einem ruhigen Meer, das sich wellte wie Satin. Immer schwerer war sein Atem gegangen, immer trockener war seine Haut geworden, bis sie unter Jeannes Fingern aufgeplatzt war wie brüchiges Pergament. Das Wasser war seine Rettung, sein Lebenselixier, doch sie hatte ihn nicht loslassen können. Waren Träume real? Was waren Träume überhaupt? Ihre Mutter hatte damals eine ganz eigene Idee dazu gehabt.

„Es ist vielleicht so, Jeanne, als hielte man einen Fächer in der Hand. Ist man wach, ist der Fächer geschlossen. Schläft man, ist er geöffnet. Beides ist real, nur auf andere Weise."

Erschöpft rieb sie sich die Augen. Angst sickerte in ihren Magen und nistete sich ein wie ein Gewicht aus Blei. Dieses Gefühl wurde derart schwer, dass sie es nicht mehr aushielt.

„Wir werden drei Monate dem Meer ganz nah sein", flüsterte sie ihrem Bruder ins Ohr. „Noch näher als auf unserer Insel."

„Und?", erwiderte er schläfrig. „Worauf willst du hinaus?"

„Was, wenn du es nicht erträgst?"

„Du bist schon wieder bedeutungsschwanger im neunten Monat. Hör auf damit."

Jeanne biss sich auf die Zunge. Seine Augen erschienen ihr so schmerzhaft schön, dass alles in ihr danach schrie, sich von ihrem Anblick abzuwenden. Und doch konnte sie es nicht.

„Es ist besser geworden", sagte er leise. „Viel besser."

„Wirklich?"

„Ja. Und jetzt muss ich schlafen. Vergiss mal deine düsteren Gedanken. Vertrau mir einfach, ja?" Damit wandte er sich ab und sank im Sitz zurück.

„Ich hab dich sehr lieb." Sie formte die Worte stumm mit ihren Lippen. „Wenn du gehen willst, dann halte ich dich nicht auf. Versprochen."

~ ❁ ~

Im Traum rannte er direkt auf die Klippe zu. Mitten im Lauf riss Christopher sich die Kleider vom Leib. Das Meer tauchte vor ihm auf, glänzte silbern im Sonnenlicht. Kurz vor dem Abgrund fetzte er sich den letzten Rest Kleidung vom Körper, holte tief Atem und sprang.

Alles Vergangene wurde bedeutungslos. Es blieb hinter ihm zurück, oben auf den Klippen. Er breitete die Arme aus, spürte den Wind, den Fall, die Gischt der Wellen. Dann tauchte er hinein in das Blau. Funkelnde Blasen perlten über seine Haut, erfrischender Sauerstoff durchdrang seinen Körper. Er sog das Wasser tief in seine Lungen, streifte mit den Füßen den sandigen Grund und tauchte wieder auf zur im Sonnenlicht schimmernden Oberfläche. Er durchbrach sie nicht, sondern schwebte unter ihr, die Arme wie Flügel ausgestreckt. Er wartete auf den Schmerz der Verwandlung und als er kam und alle Menschlichkeit auslöschte, wehrte er sich nicht dagegen. Das Wasser strömte in jede Körperfaser, ließ ihn eins werden mit dem Ozean.

Endlich …

Der Schmerz der Metamorphose wich. Alles war so, wie es sein sollte. Das Land war nur noch eine ferne Erinnerung. Er war hier. In der Tiefe. Es gab keine Grenzen mehr, nur die gewaltige Weite der See. Er schwamm zur Oberfläche und in jenem Moment, da er zwischen Wasser und Himmel war, als die Sonne auf seinen Körper schien und er in einer Kaskade aus Tropfen wieder in das Meer eintauchte, wurde der letzte Rest Menschsein aus ihm getilgt und durch vollkommenes Glück ersetzt. Weit schwamm er hinaus, der Freiheit entgegen. Sein Körper, halb Fisch, halb Mensch, trug ihn mit kraftvoller Mühelosigkeit. Die Felsen unter ihm verschwanden in der Tiefe. Um ihn herum, so weit er sehen konnte und so tief seine Ahnung reichte, gab es nur noch

Blau.

Gefleckte Delfine jagten durch das Wasser. Fächerfische und Marline, Makrelen, Blauhaie und ein Schwertfisch. Über einem Tiefseegraben, der pechschwarz im Meeresboden klaffte, jagten sie einen glitzernden Sardinenschwarm. Leben in seiner wildesten, reinsten Form umringte ihn. Ein Wirbelsturm aus Jägern und Opfern. Furchtlos tauchte er ab, tiefer und tiefer, bis an die Grenze des Lichts. Selbst, als Schwärze ihn umhüllte und der Druck seinen Körper zusammenpresste, lag noch immer ein unermesslicher Abgrund unter ihm. Bald wurde ihm diese Finsternis zu gespenstisch, also kehrte er wieder in lichteres Wasser zurück.

Schwerelos glitt er mit den Strömungen dahin, bis vor ihm eine Sandbank auftauchte, umgeben von flachem, türkisfarbenem Wasser. Die Meerjungfrau war bereits dort. Sie wartete auf ihn, als wäre ihr klar gewesen, dass er kommen würde. Sonne streichelte ihre Haut und ließ den puderzuckerfeinen Sand leuchten. Sie lächelte, als er sich neben sie legte und den Kopf auf seine verschränkten Arme bettete. Ihr menschenähnlicher Leib ging wie der seine ab der Taille in den eines Fisches über, verjüngte sich anmutig und endete in einer großen Flosse, die mit den Wellen spielte. Auch ihre Haut war uberzogen von einem fluoreszierenden Muster aus Streifen und glimmenden Sprenkeln. Diese komplizierten Verzierungen wiederholten sich auf der menschlichen Haut, doch verschwanden sie dort manchmal, je nachdem, wie das Licht darauf fiel. Eine lange, spitz gezackte Flosse wuchs entlang ihrer Rückenlinie und stellte sich auf, während er sie betrachtete.

Ungläubig sog er die Erscheinung dieses Wesen in sich auf, versunken in zahllosen Details. Ab der Taille glichen sie einander, als wären sie Zwillinge, und so bewunderte er zugleich sich selbst und das, was ihm geschenkt worden war. Träge plätscherte das Wasser unter einem Flossenschlag. Ewig hätte er so daliegen können, auf dieser Sandbank inmitten eines tropischen Meeres. Endlich geborgen in seiner wahren Gestalt.

Wohl des Müßiggangs überdrüssig, ließ sich die Meerjungfrau ins Wasser zurückgleiten und zog ihn mit sich. Spielerisch durchmaßen sie die See, streiften den sandigen, von Rillen durchzogenen Grund und freuten sich am Leben. Das Wasser war so klar, dass es aussah, als gäbe es gar keines. Kein Fels oder Stein störte in dieser Welt aus weißem Meeressand. Ausgelassen tollten sie umher, sprangen wie Tänzer aus dem Wasser, drehten sich in der Luft und ließen sich wieder zurückfallen, glitzernde Tropfen versprühend.

Sie neckten einander, jagten umher und spielten wie Kinder. An der Oberfläche bespritzten sie sich mit Wasserfontänen oder fingen den einen oder anderen Fisch, der, sobald er in ihren Händen lag, wie leblos erstarrte.

Nach einer Weile beendete die Meerjungfrau das Spiel und strebte hinaus in die offene See. Die Kraft seines neuen Körpers berauschte ihn. Selbst als der Abend dämmerte und die Nacht hereinbrach, verspürte er nicht den Anflug von Erschöpfung. Sie durchmaßen eine Welt aus Blau, die unendlich schien. Und schöner, als er es sich je hätte vorstellen können.

Bis sich Dunkelheit um ihre Körper schloss.

Man konnte nichts sehen, nur spüren. Feine Stränge, die sich um die Arme legten, um den Hals und den Fischleib. Er spürte die Angst seiner Gefährtin und wollte ihr helfen, doch das unsichtbare Netz zog sich immer fester um ihn zusammen. Immer enger, je mehr er sich wehrte. Euphorie verwandelte sich in Verzweiflung. Hilferufe hallten durch das Meer, wurden weit hinausgetragen und von vielen Wesen gehört. Delfine kamen, Meeresschildkröten, Haie und schwarze Pilotwale, doch keine Zähne vermochten es, das Netz zu zerbeißen. Ein Tier nach dem anderen wurde gefangen, eingewickelt und erstickt von zarten Schnüren, die das Meer wie eine Mauer des Todes durchzogen.

Selbst die Orcas entkamen diesem Schicksal nicht. Immer mehr tote Körper trieben im Wasser. Immer mehr Tiere kamen hinzu, hörten ihre Warnungen nicht, schwammen ahnungslos in ihr Verderben, weil sie ihnen helfen wollten. Die Qual war unbeschreiblich. Zu viel Tod, zu viel Schmerz im Wasser. Schrilles Kreischen erfüllte das Meer, das nicht von einem Tier stammte, sondern von Kränen und Winden. Das gewaltige Netz bewegte sich hin zu einem Schatten, der wie ein Monstrum auf den nächtlichen Wellen schwamm. Ein lebloser Körper nach dem anderen wurde hinaufgezogen. All die Fische, Schildkröten und Wale. Bald würde man auch sie sehen. Er wünschte sich, zu sterben. Der Tod war besser als das, was jenseits des Wassers auf sie wartete.

Die neu gewonnene Freiheit … verloren.

Das endlose Blau. Bald nur noch eine blasse Erinnerung.

~ ☸ ~

„Alles in Ordnung?“

Etwas bedrückte Christopher. Seit Maya ihn auf dem Parkplatz des Flughafens geweckt hatte, war er abwesend und verstört, beharrte jedoch bei jeder Nachfrage darauf, es sei nur die Müdigkeit. Nun ja, müde waren sie alle. Sie sogar derart, dass sie das Treiben der Menschenmassen, die Stimmen, Aufrufe und sonstigen Sinneseindrücke wie durch Watte wahrnahm.

Jede Sekunde, in der sie Christophers Hand hielt, steigerte ihre Glückseligkeit. Immer wieder fragte sie sich, ob das alles wahr war, ob er wirklich zu ihr gehörte. Sie konnte es nicht glauben, doch jeder seiner Blicke, jedes Lächeln sagte ihr, dass es der Wahrheit entsprach.

Ohne Frage musste sie einen Preis für diese Liebe bezahlen. Es war komplizierter, gefährlicher und erforderte Kompromisse, doch selbst das größte Opfer auf Erden war es ihr wert.

Als sie im Flugzeug gezwungen waren, sich zu trennen, tat seine Abwesenheit körperlich weh. Während Maya sich am vordersten Ende der Maschine befand, saßen Christopher und Jeanne in der vorletzten Reihe. Sehnsüchtig drehte sie sich um und kam sich vor wie ein Backfisch. Als sein Blick sie traf, über zwei Dutzend Köpfe hinweg, versank sie erneut in einem Taumel aus Glück. Dieser Mann brachte so viele Saiten zum Klingen. Die Wissenschaftlerin in ihr glühte vor Neugier, die Romantikerin seufzte hingerissen und der abenteuerliche, wilde Teil empfand eine Erregung, die wie ein warm glimmendes Feuer ihre Fasern durchzog.

Ihr wurde schwindelig, also drehte sie sich wieder um, versank in ihrem Sitz und schloss die Augen. Kaum hatte sie das getan, forderten mehrere Wochen Schlafentzug ihren Tribut. Trunken vor Müdigkeit dachte sie an die Wüstennächte in Arizona, als sie sich im Sand unter den Sternen ihre Zukunft ausgemalt hatte. Alle möglichen Verrücktheiten waren dabei gewesen, doch der Wahrheit kamen nicht einmal die kühnsten Träume nahe.

Poseidons Volk. Sirenen und Selkies. Wenn Christopher existierte, was existierte dann noch? Wie war seine Rasse entstanden? Durch Evolution oder eine Art Schöpfung? Woher stammte sie? Was unterschied ihren Metabolismus von dem des Menschen? Noch hatte sie keine Antwort auf all diese Fragen, doch Zeit und Geduld würden das Rätsel lösen.

Das Brummen der hochfahrenden Turbinen vibrierte in ihrem Körper. Es erinnerte an ihre gemeinsame Nacht mit Christopher, an diese berauschenden Momente, die einen schier unstillbaren Hunger geweckt hatten. Auf dem Schiff würden sie viele Nächte miteinander verbringen. So viel Zeit, so viel Nähe. Allein der Gedanke ließ jede Zelle vor Vorfreude prickeln.

Ein verführerischer Tanz am Abgrund.

Als das Flugzeug auf die Startbahn rollte und beschleunigte, gesellte sich zu der lustvollen Wonne das Gefühl von Befreiung. Weg, einfach nur weg. Auf den Horizont zu, in die Nacht hinaus. Die Maschine hob ab, die Lichter entfernten sich. Bald sahen sie aus wie verstreuter Glitzerstaub im Schwarz der Landschaft. Das trübe Grau der Wolken dort draußen vermittelte ihr das Gefühl, blind zu sein. Als sie diese Masse durchstießen und sich unter ihnen eine Landschaft aus vom Mondlicht beschienenen Bergen und Tälern ausbreitete, erschien ihr der Anblick wie eine Metapher für ihr neues Leben. Sie war irgendwo zwischen den Welten. Weder im Hier noch im Dort, sondern in der Wahrheit. Magie war in ihr Leben eingekehrt. Grau schillerte in allen Farben. Gerade, asphaltierte Wege wurden zu verwunschenen Pfaden.

„Danke", flüsterte sie mit geschlossenen Augen. „Danke, dass du mir das geschenkt hast."

Fast war es ihr, als käme eine Antwort zurück. Ein flüchtiges Gefühl von Wärme und Zuneigung. Aber vielleicht irrte sie sich auch.

Als Maya die Augen schloss und, kaum dass sie eingenickt war, von einer Durchsage aufgeschreckt wurde, schienen nur Sekunden vergangen zu sein. Umso verblüffter stimmte sie die Tatsache, dass die Maschine zur Landung ansetzte. Ein Blick auf die Uhr brachte Gewissheit. Sie hatte, ohne es bemerkt zu haben, die gesamte Flugzeit verschlafen. Unfassbar. Im Halbschlaf ließ sie sich von der Masse mitreißen, ging die Gangway entlang und blieb nur aufrecht, weil Christopher sie stützte. Alles in ihr schrie nach einem Bett.

Die kurze Fahrt mit dem Taxi bekam Maya kaum mit. Nur ein flüchtiger Eindruck blieb in ihrem Geist haften – Christopher, der an ihrer Seite einschlief und dessen Kopf auf ihre Schulter sackte. Wie es aussah, neigte er genauso wie jeder normale Mensch zur Selbstüberschätzung.

In das Hotel taumelte sie wie im Halbschlaf, brachte es irgendwie fertig, das Formular auszufüllen, und schleppte sich und ihre Tasche in den Fahrstuhl.

„Schaffst du es allein bis zu deinem Zimmer?“ Christophers Stimme hüllte sie in ein warmes Halo. „Oder soll ich dich tragen?“

Der Gedanke gefiel ihr. „Trag mich.“

„Wie Sie wünschen.“

Maya kicherte, als er sie auf seine Arme hob. Genießerisch schmiegte sie sich an ihn, schlief prompt ein und wachte erst wieder auf, als er sie mitten im Hotelzimmer absetzte.

„Da wären wir.“ Er hauchte einen Kuss auf ihre Stirn. „Gute Nacht, Schönheit. Und träum was Schönes.“

Viel zu schnell verschwand er, doch ihre Müdigkeit war zu tief, um ihm lange nachzutrauern. Das hatte sie nun davon. Erst plagte sie ihren Körper wochenlang mit Schlafentzug und jetzt trug sie die Konsequenzen. Unter größter Anstrengung gelang es ihr, die Kleider auszuziehen und in eines der weißen T-Shirts zu schlüpfen, die sie als Nachthemd benutzte, dann warf sie sich mit Schwung auf das Bett. Weiche Polster, in die man herrlich einsinken konnte. Wunderbar. Kaum war sie unter die Decke gekrochen, dämmerte sie in den Schlaf hinüber. Sie schlief so tief, dass keine Träume zu ihr kamen. So tief, dass sie eine Weile brauchte, bis ihr klar wurde, dass das Klopfen an der Tür real war.

„Wo? Was?“ Sie war völlig desorientiert. Erst nach angestrengtem Nachdenken war ihr klar, wo sie sich befand. In einem Hotelzimmer in London, eingerollt in eine steife, weiße Decke.

„Maya? Bist du da? Ich muss dir was zeigen.“

„Chris?“ Ihr Herz vollführte einen übermütigen Hüpfer. Die Reaktionen ihres Körpers waren derart heftig, dass kein Zweifel mehr daran bestand, wie vernarrt sie in diesen Mann war. Hitze stieg ihr zu Kopf, in ihrem Bauch flatterten klischeehafte Schmetterlinge. Und als sie die Tür öffnete, vollführten diese Schmetterlinge einen wahnwitzigen Veitstanz. Er sah zum Niederknien aus. Die Haare verwuschelt, die Augen glasig vom Schlaf. Er trug eine weite, dunkelgraue Leinenhose, während das weiße Unterhemd Brust und Oberarme viel zu wirkungsvoll betonte. Sein Blick war seltsam. Etwas war im Busch.

„Darf ich reinkommen?“

„Klar. Nur zu.“

Sie wich zurück, sodass er sich an ihr vorbeischieben konnte. Der Duft seiner Haut stieg ihr zu Kopf. Meer, Seife, Moschus. Als ihre Körper sich berührten, spürte sie die verschlafene Wärme seiner Haut. Ein Seufzen entfloh ihrer Kehle.

„Du wirst erfreut sein.“ Er ließ sich auf die Bettkante nieder, sie setzte sich neben ihn. „Ich bin aufgewacht und fühlte mich seltsam. Es tat nicht weh, aber ich spürte, wie ... jedenfalls, sieh es dir einfach an. Ich habe etwas herausgefunden.“

Kurzerhand zog er sein Unterhemd aus. Mayas Mund klappte auf. Das Muster war wieder da, doch diesmal war es anders. Für die Beschreibung dessen, was sich ihren Augen nun offenbarte, konnte sie keinen anderen Begriff als magisch benennen. Die

Streifen glommen und schienen in einem trägen Rhythmus zu pulsieren. Silbrig blau, absolut überirdisch. Sie starrte auf die fluoreszierenden Reflexe, auf die unwirkliche Glattheit der Haut und seine Hände, die irgendwie … großer Geist!

Ihm wuchsen Schwimmhäute. Seine Haut schimmerte silbrig, zuerst ausgehend von den sich verlängernden Fingern, dann über die gesamte Fläche der Hand. Winzige Tupfen leuchteten auf den Membranen.

„Erfreut?", hörte sie sich erstickt keuchen. „Du meinst, ich wäre erfreut? Darüber?"

„Ich kann es beherrschen. Schau her."

Kurzerhand zog er seine Hose etwas hinunter. Helle Erhebungen wuchsen auf seiner rechten Taille und zogen sich bis zur Hüfte. Sie wuchsen, während sie dabei zusah. Doch gerade, als sie begann, diesen Anblick zu begreifen, verschmolzen die Schuppen wieder mit seiner Haut.

„Das darf doch wohl nicht wahr sein." Maya hielt sich mit einer Hand die Stirn. „Du leuchtest wie eine Wunderlampe und dir wachsen Schuppen?" Wie verrückt war ihr Leben eigentlich geworden? Das durfte nicht sein. Nicht jetzt, wo drei Monate Forschungsschiff auf sie warteten. „Was meinst du damit, dass du es beherrschen kannst? Ist das dein Ernst?"

„Ja." Er verwandelte seine Hand noch einmal und ließ sie wieder menschlich werden. „Die Macht des Geistes ist unerschöpflich. Sie siegt über alles Körperliche. Ich stelle es mir vor, konzentriere mich – und es geschieht."

„Aha."

Sie hätte erleichtert sein sollen. Warum war sie es nicht? Langsam streckte sie die Hand aus, Zentimeter für Zentimeter, um sie schließlich auf seine Brust zu legen. Etwas Überwältigendes durchzuckte sie, das mit Worten nicht zu umschreiben war. Sie wagte nicht zu atmen. Konnte man es Energie nennen? Dieses Prickeln, das über ihre Haut floss und sich verstärkte, als sie die Handfläche auf das phosphoreszierende Muster legte, war unfassbar.

„Meerestiere haben so was perfektioniert", sagte sie mit einer Stimme, als befände sie sich irgendwo außerhalb ihres Körpers. „Kennst du Sepien? Sie wechseln binnen von Sekundenbruchteilen die Farben, indem sie ihre Pigmentzellen öffnen oder zusammenziehen. Sie sind zu einem Farbspiel fähig, das jede Vorstellungskraft übersteigt. Nirgendwo ist die Biolumineszenz so weit verbreitet wie bei Meerestieren."

„Und ich bin ein Meerestier." Sein Grinsen weckte den Anschein, als fände er die unbeschreiblichen Metamorphosen seines Körpers in hohem Maße amüsant. „Nicht dass du auf die Idee kommst, mich in kochendes Wasser zu werfen. Oder plötzlich Lust auf Fischstäbchen bekommst."

„Du bist viel zu schade zum essen." Humor mutete unter den gegebenen Umständen sonderbar an, aber er half. „Allerdings denke ich alle sieben Sekunden daran, dich zu vernaschen."

„Das beruht auf Gegenseitigkeit."

Er zog sie mit einem Ruck an sich und küsste sie, bis ihr schwindelig wurde. Maya wand sich unter seinen tastenden Händen. Herrgott, er machte sie vollkommen verrückt. Jede Beherrschung zerschmolz unter seinen Berührungen zu nichts. Als er sich kurz von ihr löste und sie ansah, rieselten warme Impulse ihre Wirbelsäule hinab. Am liebsten wäre sie hintenüber gekippt und hätte ihn mit sich gezogen.

„Bleibt nur zu hoffen", presste sie hervor, „dass sich dein Paarungsverhalten nicht dem des Riesenkalmars anpasst."

Selbst sein Lachen löste körperliche Reaktionen aus. „Dann müsste ich ein Spermapaket mit brachialer Gewalt unter deine Haut injizieren, was dich derart traumatisiert, dass du für den Rest deines Lebens jedes vor dir aufkreuzende Männchen zu fressen versuchst. Oder ich bin so eifrig bei der Sache, dass ich mir das Ding selbst ins Bein schieße. Oder dir ins Auge."

„Und wie wäre es mit den Anglerfischen?"

„Noch schlimmer. Ich bin als Männchen winzig klein und hefte mich an deine Seite, vereine mich mit deinem Blutkreislauf und schrumpfe zu einem Spermasäckchen zusammen, das fortan nur noch einen Zweck hat. Sporadisch gewisse Sachen abzugeben. Außerdem muss ich damit leben, dass sich bis zu einem Dutzend Konkurrenten an dich pappen. Ob es mir passt oder nicht."

Maya kicherte. Vorsichtig strich sie über seine Brust und erkannte mit wachsender Verzückung, dass das Schimmern durch ihre Berührungen intensiver wurde. Zärtlich fuhr sie die Streifen nach, beugte sich vor und setzte mit den Lippen das fort, was ihre Finger begonnen hatten. Sein Körper reagierte unvermittelt. Auf ganz menschliche Weise und nach Art eines verliebten Tintenfischs. Am liebsten hätte sie laut aufgelacht. Oder wäre in Tränen ausgebrochen. Der Cocktail ihrer aufkochenden Emotionen war überwältigend.

Er hob ihr Kinn mit der Spitze seines Zeigefingers an und blickte ihr in die Augen. „Woran denkst du, Maya?"

„Dass das Leuchten etwas mit Erregung zu tun hat. Wie bei den Sepien."

Belustigt hob er eine Augenbraue. „Hör auf, mich mit einem Tintenfisch zu vergleichen."

„Tut mir leid. Ich meine nur … intensive Gefühle sorgen auch bei dir dafür, dass die Haut mit diesem Schauspiel reagiert. Hast du vielleicht etwas Entsprechendes geträumt?"

„Oh ja. Ich habe von dir geträumt. Du lagst auf einem Felsen im Meer. Und zwar nackt. Im Traum habe ich dich …"

„Schon gut." Sie unterbrach ihn mit einem Wedeln ihrer Hand. „Da haben wir den Auslöser. Großer Gott, das ist unglaublich. Es gefällt mir nicht. Ich meine …" Wie sollte sie es ausdrücken? „Natürlich gefällt es mir. Es ist fantastisch, aber wenn ich dich bitten dürfte, auf dem Schiff nicht oben ohne rumzulaufen?"

„Das hatte ich nicht vor."

„Gut. Und falls dich irgendwer so sieht, erzählst du ihm was von neuester Tattoo-Technologie."

Er lachte auf, während sie ihre Hilflosigkeit in einem Seufzen entlud. Die Tatsache, dass er vor ihr saß, halb entblößt und auf dem besten Wege, zu einem sagenhaften Geschöpf zu mutieren, stürzte sie in einen Abgrund aus Sorge und Euphorie.

„Und wenn dich der unwiderstehliche Drang packt, dich auszuziehen, komm in meine Koje." Er sah sie an, tief und unergründlich. Diesmal verspürte Maya nur gewöhnliches Herzklopfen und normalsterbliche Nervosität. Das Gefühl, in die Tiefe gezogen zu werden, blieb aus. Vielleicht, und das war zu hoffen, konnte er es tatsächlich kontrollieren.

„Kannst du meine Gedanken lesen?" Sie blickte ihm fest in die Augen.

„Ich wüsste nicht wie."

„Dann siehst du hoffentlich meinem Gesicht an, was ich fühle."

„Allerdings."

Ohne Vorwarnung stieß er sie auf das Bett nieder, schnappte nach ihren Handgelenken und drückte sie rechts und links neben ihrem Kopf in die Matratze. Ehe sie wusste, wie ihr geschah, war sie festgepinnt wie ein Schmetterling. Der Griff um ihr linkes Handgelenk löste sich, tastende Finger wanderten über ihren Hals und verfolgten die Linie ihres Kiefers, bevor sie tiefer glitten. Während sie die Augen schloss, schob er ihr T-Shirt hoch. Ganz langsam immer höher, bis er ihre Brüste entblößt hatte. Lippen schlossen sich um die rechte Knospe, ein Gurren drang aus ihrer Kehle. Jede Nervenfaser spielte verrückt. Sie war erregt bis über beide Ohren, euphorisch und angereichert mit Angst und Sorgen. Alles in ihr schrie danach, sich hier und jetzt um den Verstand zu lieben, bis alles gleichgültig wurde, außer ihre Nähe zueinander. Doch Christopher dachte nicht daran, ihr den Gefallen zu tun. Zärtlich küsste er ihren Mund, tupfte mit seiner Zungenspitze gegen ihre Lippen, schob ihr Shirt wieder hinunter und liebkoste ihre Brustwarzen durch den Stoff hindurch.

„Schschsch…", versuchte er sie zu beruhigen.

Seine Stimme klang samtweich. Verzaubernd und magisch. Ihr Körper erschlaffte willenlos. Sie war ihm ausgeliefert. Vollkommen und unwiderruflich. Keinen Finger konnte sie rühren, während er auf sie einflüsterte, denn dieses Raunen, obwohl sie kein Wort davon verstand, war wie ein Strudel, der sie in wonnige Dunkelheit zog. Sie wusste nicht, ob es Worte waren, die er sprach. Es schien keine Sprache zu sein. Keine Sprache, wie sie sie kannte. Es war etwas, das in ihrer Seele zu vibrieren schien. Sirenenzauberei.

Seine Lippen strichen über ihr Schlüsselbein, küssten ihre Schulter, dann Brust, Arme und Bauch. Jeden Zentimeter Haut streichelte er mit geduldiger Hingabe, mal mit dem Mund, mal mit den Fingern. All ihre Sinne tauchten ein in die Verzückung des Moments. Sie roch seinen Duft, spürte seine Berührungen, schmeckte seine Lippen und hörte das Geräusch seines Atems.

Jede Kleinigkeit seines Spiels zelebrierte er wie einen heiligen Akt, bis ihr Körper eine Empfindsamkeit erreicht hatte, die wehtat. Wieder saugte er an ihren Brustwarzen, streichelte die Innenseiten ihrer Schenkel und ließ seine Finger langsam bis zu ihren Zehenspitzen wandern. Ekstase überspülte sie in konvulsivischen Wellen. Sie hielt es nicht mehr aus. Konnte nicht mehr.

„Bitte, Chris."

Er griff nach ihrem T-Shirt, wollte es ihr über den Kopf streifen und erstarrte. Etwas an der Art, wie er Atem holte, ließ in Maya sämtliche Alarmglocken schrillen.

„Was ist los? "

„Nichts. Ich bekomme nur schlecht Luft." Verwirrung lag in seinem Blick, die sich beim nächsten, mühsamen Atemzug in Angst verwandelte. „Korrektur. Ich bekomme verdammt schlecht Luft."

Ihre Erregung verwandelte sich schlagartig in Sorge. Sein Blick wurde starr, wie der eines panischen Tieres, das nicht verstand, was mit ihm geschah.

„Ganz ruhig." Sie nahm sein Gesicht in beide Hände. „Ganz ruhig atmen, okay? Du kannst es kontrollieren."

Mit wachsender Verzweiflung schnappte er nach Luft. Er hustete und keuchte, zuckte in ihren Armen und sprang plötzlich auf. In der Dunkelheit stieß er gegen den Türrahmen. Einem unterdrückten Schmerzenslaut folgte ein Röcheln, das so klang, als kollabierten seine Lungen.

Sie musste einen Arzt rufen. Aber wie sollte sie Christophers wenig menschliche Natur erklären?

Aus dem Bad erklang das Geräusch der Dusche. Sie schüttelte sich aus ihrer Starre und rannte ins Bad. Irgendwie musste sie ihm helfen. Zitternd stand er in der Dusche, lehnte an der gekachelten Wand und hielt sein Gesicht in den Wasserstrahl. Er atmete. Tief und gierig. Völlig durchnässt klebte die Hose an seinen Beinen.

„Geht es wieder?" Sie berührte seine Schulter. Jeder Muskel war angespannt und trat hervor, die Adern an Hals und Unterarmen schwollen an. „Was war das?"

„Es geht schon wieder. Alles in Ordnung."

Diese Aussage konnte ihr nur ein gereiztes Schnauben entlocken. Er sah schlicht und ergreifend elend aus. „Unsinn. Nichts ist okay. Du bist alles andere als in Ordnung. Du hattest grade einen Erstickungsanfall, der erst besser geworden ist, als du unter dem Wasser standst. Dir wachsen Schuppen und du leuchtest munter vor dich hin wie eine Tiefseequalle. Weiß du, was ich glaube?"

„Ja."

Er packte sie an den Schultern, zog sie mit einem Ruck zu sich in die Duschkabine und presste sie an seinen Körper. Er musste hohes Fieber haben. Das Wasser schien auf seiner Haut zu verdampfen. Sie legte beide Hände auf seine Brust und blickte zu ihm auf. Sein Gesicht schirmte sie vor dem Wasserstrahl ab, Tropfen rannen über seine Wangen wie Tränen.

„Du denkst, dass mir die Welt aus Luft und Erde mit jedem Tag schlechter bekommt", flüsterte er an ihrem Ohr. „Und dass ich meine Verwandlung nicht aufhalten kann."

„Die Welt aus Luft und Erde?" Sie atmete tief ein. Musste sich beweisen, dass sie hier war. In dieser Wirklichkeit. Bei ihm, unter dem rauschenden Wasserstrahl der Dusche, an seinen Körper gepresst, der womöglich gerade dabei war, seinen letzten Rest Menschlichkeit zu verlieren. Trotz ihrer Angst um ihn konnte sie gewisse Dinge nicht ausklammern. Dinge wie Wassertropfen, die unerhört appetitlich an ihm herabperlten. Haare, die nass auf seiner Haut klebten. Glatte Muskeln unter elfenbeinfarbener Haut und wie Wildseide glänzende Schuppen, die auf Hüfte und Oberschenkel erschienen.

Sie küsste ihn stürmisch. Zwischen atemlosen Berührungen presste sie die Worte hervor, die ihr auf dem Herzen lagen. „Wenn ich ehrlich bin, Chris, wird mir übel bei dem Gedanken, dass wir die nächsten drei Monate auf einem Schiff sind. Hast du eine Ahnung, wie kritisch das wird? Eine winzige Unaufmerksamkeit, und die gesamte Belegschaft aus Wissenschaftlern tickt aus. Die werden dich in ein Labor verschleppen, sezieren, auseinandernehmen und sonst was mit dir anstellen. Warum habe ich dich bloß mitgenommen? Warum war ich so unvorsichtig? Warum bist du so unvorsichtig? Ach verdammt, das alles kommt mir vor wie eine ungeheure Dummheit. Rettungsaktion hin oder her, das kann nicht gut gehen."

„Gibt es auf dem Schiff eine Dusche?"

„Natürlich." Sie krallte ihre Finger in sein Haar und wünschte sich zurück nach Skye. Zurück in ihr schäbiges Institut und in ihre vollgemüllte Wohnung. Vielleicht auch zurück in ihr normales Leben, in dem sie nicht vor der Herausforderung stand, ein magisches Wesen, in das sie sich Hals über Kopf verliebt hatte, vor ihren Kollegen zu beschützen. Eine Schnapsidee, das war es. Eine idiotische Schnapsidee, die aller Wahrscheinlichkeit nach in einem Unglück enden würde.

„Komm wieder runter, Maya." Er strich ihr das nasse Haar aus der Stirn. „Wenn etwas passiert, kann ich jederzeit ins Wasser flüchten."

„Verdammt, du machst mich wahnsinnig." Sie verpasste ihm einen matten Schlag vor die Brust. Es war äußerst ungesund, permanent zwischen Faszination und Sorge zu hängen. Ihr war klar, dass sie es aus mehreren Gründen nicht fertigbringen würde, Christopher zu einer Rückkehr zu überreden. Und damit forderte sie auf unverzeihliche Weise das Schicksal heraus. Nicht ihr eigenes, sondern seines. Die einzige Gefahr, die für sie bestand, war die eines Abgrunds aus Vorwürfen und Schuld.

„Du bist viel zu leichtsinnig", mahnte sie noch einmal. „Du kannst dir die Schlechtigkeit der Menschen gar nicht vorstellen, oder? Lass mich raten. Bisher lagen sie dir ausnahmslos zu Füßen."

„Ich bin nicht vom Mond." Er machte den Eindruck, als amüsierte er sich über sie. „Ich bin mir sehr wohl der Gefahr bewusst und kenne die Konsequenzen, falls etwas schiefläuft. Ich bin kein Naivling, das solltest du eigentlich wissen, wo du meinen Werdegang studiert hast. Denkst du wirklich, ich verrenne mich in Schönmalerei? Außerdem habe ich ungefähr zehnmal Splash gesehen."

Sie machte sich Sorgen und er Scherze. Wunderbar. „Warum sehe ich mich gerade mit einer Angel über einem Bottich hocken?"

„Ich werde vorsichtig sein, okay?" Plötzlich schien sein Amüsement in Gereiztheit umzuschlagen. „Ich will mit dir kommen. Ich muss, das weißt du ganz genau. Also hör auf, die Beschützerin zu spielen."

„Aber mir wachsen keine Schuppen, verdammt noch mal. Ich laufe nicht Gefahr, vor versammelter Mannschaft zu mutieren. Wenn die dich in ein Aquarium sperren, nützt das deinesgleichen gar nichts. Momentan stehe ich ehrlich gesagt auf der Seite der Meerjungfrau. Ich liebe dich, Chris. Ich will dich nicht verlieren. Aber dieses Schiff ist kein Ort für dich. Du hättest mit ihr gehen und ein artgerechtes Leben anfangen sollen."

Er seufzte, drehte die Dusche zu und sah sie an. Solange, bis sie das hypnotische

Blau seiner Augen nicht mehr ertrug. Am liebsten hätte sie ihn gepackt, zum Bett gezerrt und hemmungslos geliebt, solange, bis sie rettungslos den Verstand verlor. Sie musste es einsehen. Es war unmöglich, ihn umzustimmen. Sie fühlte sich abgrundtief hilflos und verließ die Dusche mit einem verzweifelten Knurren auf den Lippen. Zurück im Zimmer zog sie sich um, fischte eine schwarze Schlafanzughose aus ihrer Tasche und reichte sie Christopher durch die Tür.

Als sie schließlich im Dunkeln auf dem Bett lag und ins Leere starrte, fühlte sie sich wie ein Geist. Ein Teil von ihr befand sich in einer anderen Welt und sehnte sich danach, wieder vollständig zu sein. Sie wollte nach Hause. Wirklich nach Hause, und keine Angst mehr um ihn haben. Doch dieser Gedanke war lächerlich. Sie wusste nicht einmal, wo dieses Zuhause lag.

Herrgott, was konnte sie melodramatisch sein. Sie musste damit aufhören. Es half rein gar nichts. Maya schloss für eine Weile die Augen, atmete tief durch und wartete, bis ihr Herzschlag einen gesünderen Rhythmus angenommen hatte. Als sie wieder aufblickte, saß Christopher auf der Bettkante. Er sah sie an. Reglos, ausdruckslos.

Warum hatte sie ihn nicht bemerkt?

Nach einer Weile, in der sie seinem Blick ausgewichen war, legte er seine Hand auf ihre Wange und drehte ihr Gesicht herum, sodass sie gezwungen war, ihn anzusehen. Kaum lieferte sie sich seinem Blick aus, fiel die Angst wie ein altes Kleidungsstück von ihr ab. Ruhe kehrte in ihrem Inneren ein. Eine Ruhe, so tief, dass ihr Körper, dieser Raum, ja selbst das Universum ausgefüllt wurde.

Die Welt löste sich auf.

Und entstand neu …

… schwerelos schwebte sie in der Tiefe. Sah nichts außer dem Mond, der hoch über ihr durch das Wasser schimmerte, mit den Wellen zerfließend und tanzend. Sie trieb dahin. Gedankenlos, zeitlos. Eine Strömung umgarnte ihren Körper. Gab ihr das Gefühl, als wäre sie ein Kind und läge in einer Wiege. Sie wusste nicht, warum sie hier war, woher sie kam oder wie viel Zeit vergangen war. Jahrtausende hätten vorbeifließen können. Es war gleichgültig. Sie trieb dahin im Meer des Vergessens, und über ihr wanderten die Sterne mit ihr durch die Ewigkeit.

London, Heathrow Airport

Christopher saß in der Wartehalle, mehr liegend als sitzend in den Stuhl gekauert, und las die Anzeigetafel. Sydney, San Francisco, Barcelona …

Schon immer hatte er den Klang solcher Ziele geliebt. Sie erinnerten an lange Reisen zu Schiff, an fremde Welten und Hafenromantik. Er fragte sich, ob der Seemann noch lebte, dessen Münzenarmband er an seinem Handgelenk trug. War er eine jener Seelen gewesen, die die Meerjungfrau genommen hatte? Er ließ seinen Blick schweifen und entdeckte Maya zwischen einer Gruppe energisch plappernder und gestikulierender Menschen. Einige hatte er bereits als Mitglieder der Crew kennengelernt, andere waren ihm noch fremd. In der Stunde, die sie bereits in der Halle verbrachten, hatte er gefühlte zehntausend Fragen beantwortet.

„Sind Sie es wirklich? Es ist mir eine Ehre … Dr. Jacobsen, ich habe so viel von Ihnen gehört … Werden Sie einen Vortrag halten? Wenn ja, worüber? Stimmt es, dass Sie bei Antritt Ihrer Lehrtätigkeit der jüngste Dozent Großbritanniens waren?“

Glücklicherweise hatte er im Laufe seiner Lehrtätigkeit den höflichen, aber eindeutigen Rückzug perfektioniert, sodass man ihn inzwischen in Ruhe ließ. Die üblichen, sondierenden Blicke ausgenommen. Seine Gedanken waren zu abgelenkt, um sinnvolle Konversationen zu führen.

Etwas hatte er mit Maya getan, und er wusste nicht, was. So, wie er auf der Klippe seine Ruhe auf das Meer übertragen hatte, war es gestern Abend auch bei ihr geschehen. Er hatte sie einfach angeblickt und auf sie eingeflüstert. Zusammenhangloses ohne Sinn, weil er wusste, dass sie seine Stimme als angenehm empfand. Er hatte sie beruhigen wollen, ihr ein wenig die Angst und Sorge um ihn nehmen. Nach wenigen Worten war sie eingeschlafen und das hatte ihm Angst gemacht, denn eine solch heftige Reaktion auf seine Beruhigung hatte er nicht erwartet. Was, wenn er etwas tat, das ihr schaden könnte? Was, wenn er unbeabsichtigt die tödliche Sehnsucht in ihr Herz pflanzte und damit ihr Schicksal besiegelte? Vielleicht hatte die Meerjungfrau recht und seine Liebe zu Maya bedeutete nichts als Gefahr für sie. Der Gedanke, ihr fernzubleiben, erschien dennoch unmöglich. Niemals hätte er es übers Herz gebracht. Es schnürte ihm beinahe die Luft ab und erinnerte ihn an seine Atemnot gestern Nacht im Hotelzimmer. Verdammt, er hatte sich Hals über Kopf verliebt, zu einem Zeitpunkt, an dem er es eigentlich nicht gebrauchen konnte. Maya tat ihm gut. Ihre Liebe gab ihm die Kraft, die er brauchte, um seine Aufgabe durchzuziehen.

Mit einem Seufzen schloss er die Augen, während das Prickeln mehrerer Blicke über seine Haut zog. Wenn er in dieses Flugzeug stieg, würde er bald viele Tausend Kilometer von Skye getrennt sein. Fatalismus und Abenteuerlust stiegen ihm zu Kopf, gepaart mit dem Gefühl, das Richtige zu tun. Alles war vorherbestimmt. Alle Befürchtungen und Ängste waren überflüssig und behinderten nur. Er musste sie ausklammern. Nur so konnte er tun, was getan werden musste.

Seit er unterwegs war, schwiegen die Stimmen. Die Stille in seinem Kopf besaß etwas Wartendes, Ungeduldiges. Zum ersten Mal wich seine Verwirrung dem Bewusstsein, wer er war und in was seine Aufgabe bestand. Seine positive Grundeinstellung wurde ihm erst vergällt, als er erkennen musste, dass Maya am hintersten Ende der Maschine saß und er ganz vorne.

Zwei Stunden später verließ das Flugzeug den Kontinent. Der Ozean tauchte unter ihm auf. Bei seinem Anblick durchfuhr Christopher ein kaum in Worte zu fassendes Gefühl. Es war immer etwas anderes, am Strand zu stehen und sich die Größe des Wassers auszumalen, oder sie zu überfliegen. Alles dort unten war tiefblau und glänzend. Es war seine Heimat. Dort war er geboren worden, und dorthin würde er zurückkehren. Eines nahen oder fernen Tages.

In ihm schien ein Vakuum zu herrschen, dunkel und still wie das All. Die unheilschwangere Ruhe vor einem Sturm. Vielleicht auch etwas ganz anderes. Er wurde müde. So müde, als rächte sich hier und jetzt die Rastlosigkeit der vergangenen

Monate. Neben ihm lehnte Jeanne ihre Stirn an das Bullauge und döste mit halb geschlossenen Augen vor sich hin. Er beobachtete sie eine Zeit lang, schwankte zwischen väterlichem Stolz und der obligatorischen Sorge des großen Bruders für seine kleine Schwester. Für ihr Alter sah dieses Mädchen zu erwachsen aus.

„Du liebst sie, habe ich recht?" Jeanne hatte seine Blicke gespürt und blinzelte zu ihm auf.

„Ja."

„Und sie liebt dich. Das ist schön."

Christopher streckte eine Hand aus und strich über ihr rotblondes Haar. Ihm fiel nichts zu sagen ein, also lächelte er.

„Ihr passt wunderbar zusammen", murmelte Jeanne verschlafen. Keinerlei Vorwurf lag in ihrer Stimme. „Wirklich."

„Findest du das? Es ist für dich in Ordnung?"

„Natürlich. Was hätte ich für ein Recht, über dein Leben zu bestimmen? Es geht dir gut. Das ist das Wichtigste."

„Du hast Angst um mich." Er nahm ihre Hand und küsste die zarten Knöchel. „Bitte hör auf damit. Du bist schon ganz dünn geworden vor Sorge."

„Das Meer ist stark. Stärker als ich."

„Hör auf damit. Wir hatten das doch schon geklärt."

Sie lächelte dünn. „Du willst dich gegen etwas wehren, dass seit Millionen von Jahren existiert. Das so groß ist, tief und mächtig. Komm schon, machen wir uns nichts vor."

„Ich habe mich entschieden." War es wirklich Stärke, die er fühlte, oder nur kindlicher Trotz gegenüber etwas Unausweichlichem? Jeanne wusste nichts von seinem Anfall gestern Abend und er würde den Teufel tun, es ihr zu erzählen. „Die Meerjungfrau konnte rein gar nichts dagegen tun."

„Und wie lange willst du das durchhalten? Bis ich tot bin? Bis Maya …" Sie blickte beschämt zu Boden. „Es tut mir leid."

Er ließ ihre Hand los. Jeanne lehnte die Stirn wieder gegen das Bullauge. Ihr Blick ging ins Leere und der Ausdruck war ihm allzu vertraut.

„Ich bleibe bei dir, solange du mich brauchst", sagte er. „Nimm das als Versprechen. Nein, nimm es als Schwur."

Sie nickte und schloss die Augen. Glaubte sie ihm? Glaubte er sich selbst? Er drehte sich um und suchte nach Maya, hungerte nach ihrem Anblick. Wie ein kleines Kind in ihre Wildlederjacke gekuschelt saß sie viel zu weit weg und hörte Musik, offenbar noch immer eingehüllt in den Nachhall ihres Höhepunktes. Kurz bevor sie zum Flughafen aufgebrochen waren, hatte er sie noch einmal geliebt. Sanft und vorsichtig. Maya erfüllte jede Zelle seines Körpers mit zärtlicher Hingabe und gierigem Hunger. Ungläubig starrte er sie an. Ihre Augen waren geschlossen, ihr Kopf wippte hin und her. Etwas Friedvolles ging von ihr aus. Zum ersten Mal erschien sie ihm bis in den letzten Winkel ihres Seins entspannt. Lag es an dem, was er letzte Nacht getan hatte? Er redete es sich ein, denn darin lag das Gefühl, seine Macht kontrollieren und Gutes bewirken zu können.

Malerisch schmiegte sich die Stadt in ein weitläufiges Tal, durchschnitten von einem Flusslauf. Auf der einen Seite war sie begrenzt von ockerfarbenen und braunen Hügeln, auf der anderen ragten die schneebedeckten Gipfel der Anden in den Himmel hinauf. Im Tal flirrte die Hitze. Vierzig Grad im Schatten, wollte man der Durchsage im Flugzeug Glauben schenken.

Christopher spürte schon jetzt, dass ihm diese Hitze nicht gut bekam. Während der kurzen Zeit, in der sie auf ihr Gepäck warteten, überzog sich sein Körper mit einem Schweißfilm. Längst waren Jackett und Hemd in der Tasche verstaut, doch selbst das dünne, weiße T-Shirt erschien ihm ob der drückenden Wärme als zu dick.

Er betrachtete die Palmen, deren bedauernswert trockene Wedel im Glutwind raschelten. Der Himmel über der Stadt sah aus wie blaues Milchglas. Gebleicht vom Smog, gab er ihr das Aussehen einer Traumkulisse.

Benommen sank er neben Jeanne auf den Rücksitz des Taxis und sah, als der Wagen losfuhr, Santiago nur verschwommen an sich vorbeiziehen. Auf den ersten Blick wirkte diese Stadt wie jede andere Metropole. Es gab gläserne Bürotürme, Hochhäuser und graue Klötze, vermischt mit prachtvollen Kolonialbauten, Denkmälern und Kathedralen.

Auf den zweiten Blick aber offenbarten sich exotische Kleinigkeiten: unbekannte Pflanzen, blätternde Häuserfassaden in himmelblau und violett, gelb, limettengrün, rosa und ocker, an Straßenecken zu Trommelmusik tanzende Menschen, farbenfrohe Schilder auf Spanisch und chaotische Märkte. Unter Platanen musizierten Indios, Künstler warteten hinter kunterbunten Ständen auf Interessenten.

Surreal zog all das an ihm vorbei. Der Schweiß lief ihm in Rinnsalen den Rücken hinab, während er eine Luft einatmete, die man in Stücke hätte schneiden können. Zunehmend rückte jede Erinnerung an Skyes winterliche Kälte in weite Ferne. Ihm wurde übel, doch er versuchte, dieses Gefühl zu unterdrücken, indem er einfach stillhielt und sich darauf konzentrierte, ruhig zu atmen. Ein mühsames Unterfangen bei dieser Schwüle. Noch dazu baumelten drei widerwärtig stinkende Duftbäume am Rückspiegel des Taxis.

„Alles klar?“ Maya, die auf dem Beifahrersitz saß, wandte sich zu ihm um und rüttelte an seiner Schulter. „Hallo? Wie geht’s dir?“

„Was?“ Ihm schwanden für einen Moment die Sinne. Der Lärm der Stadt hüllte ihn in Watte.

„Wie es dir geht, will ich wissen.“ Argwöhnisch hob sie eine Augenbraue. „Du siehst nicht gut aus. Die Hitze hier ist nichts für dich, was?“

„Mir geht’s gut.“ Sein Kopf sackte nach hinten und strafte diese Beschwichtigung Lügen. Inzwischen musste er um jeden Atemzug kämpfen. Ging es etwa los, mitten in der Stadt? Hier in diesem Taxi? Es begann wie im Hotel, als er das Gefühl gehabt hatte, ohne Wasser zu ersticken.

„Bekommst du wieder einen Anfall?“ Mayas Stimme wurde scharf und ängstlich „Du schnappst nach Luft wie ein Karpfen auf dem Trockenen. Reiß dich zusammen, okay? Wir sind gleich da, dann bekommst du deine Dusche."

„Was für einen Anfall?" Jeanne schrie regelrecht, was den Fahrer animierte, einen besorgten Blick über die Schulter zu werfen. „Was meinst du? Los, sag's mir!"

„Er braucht einfach nur Wasser." Maya legte eine Hand auf seine Stirn, nur um sie erschrocken wieder zurückzuziehen. „Himmel, du glühst ja."

„Hört auf damit." Er schlang die Arme um den Brustkorb und gab ein unwilliges Knurren von sich. „Ich komme mir ja vor wie ein kleines Kind." Jeder Atemzug fiel ihm schwerer als der vorherige. Weil er trotzdem versuchte, nicht allzu auffällig nach Luft zu ringen, kompensierte sein Körper den fehlenden Sauerstoff mit einem in den Keller sinkenden Kreislauf. Die Haut seiner Hände wurde trocken und rissig. Kein gutes Zeichen. Gar kein gutes Zeichen. Ihm wurde heiß und kalt vor Schrecken.

„Maya hat recht", hörte er Jeanne sagen. „Du siehst furchtbar aus. Du trocknest aus, hast Fieber und kannst kaum noch atmen."

„Mir ist nur heiß, zum Teufel." Unkontrollierbare Wut kochte in ihm auf. „Weiter nichts. Und jetzt hört auf, mich zu bemuttern."

„Still!" Maya raufte sich die Haare. Ein von Palmen gesäumtes Gebäude nach Art eines griechischen Tempels zog an ihnen vorüber. „Wenn ich jemanden bemuttern will, dann tue ich das. Damit musst du leben."

„Und was, wenn er sich verwandelt?" Jeanne flüsterte die Worte verstohlen in Mayas Ohr, doch hören konnte er klar und deutlich. „Was sollen wir dann machen?"

„Solange er nicht hier im Taxi mutiert."

„Wie weit ist das Meer weg?"

„Zu weit. Wenn er ausgerechnet jetzt meint, seine natürliche Gestalt anzunehmen, haben wir ein Problem."

„Wir wissen ja nicht mal, wie seine natürliche Gestalt aussieht. Vielleicht verändert er sich kaum."

„Äh … naja …"

„Was?"

„Stell dir Madison aus Splash vor und gib ihr sein Aussehen."

Jeanne klappte der Kiefer nach unten. „Also doch ein Fischschwanz? Woher weißt du das? Hat er es dir erzählt? Hast du es gesehen?"

Jetzt wurde es ihm endgültig zu bunt. „Hallo die Damen? Ich habe gute Ohren. Also lasst den Blödsinn."

„Du sei lieber still."

Maya sank in ihrem Sitz zusammen, Jeanne hockte wie ein Häufchen Elend neben ihm. Diese verdammte Luft! Stickig war kaum ein Ausdruck für diesen Cocktail aus Abgasen, Smog, Zigarettenqualm und Hitze. Wenn sie nicht bald das Hotel erreichten, würde es übel enden. Die Haut seiner Hände fühlte sich an wie brüchiges Pergament. Seine Lungen brannten, und das allzu vertraute Kribbeln in den Beinen setzte ein.

Jeanne blieb sein Gesichtsausdruck nicht verborgen. Sie fuhr hoch und schnauzte auf Spanisch etwas in Richtung Fahrer. Der knurrte zurück und trat auf das Gaspedal, um in halsbrecherischer Geschwindigkeit zwischen hupenden Autos hindurchzurasen.

Christopher schloss die Augen und wandte alle Konzentration auf, um die Verwandlung seines Körpers aufzuhalten. Im Hotel war es ihm leicht gefallen, die Mutationen hervorzurufen und verschwinden zu lassen, indem er die entsprechenden Geschehnisse in seinem Kopf visualisierte. Doch jetzt entglitt der Vorgang seiner Kontrolle.

Als der Taxifahrer endlich vor einem hohen Gebäude aus Sandstein hielt, hatte sich sein Zustand dramatisch verschlechtert. Irgendwie gelang es ihm dennoch, sich aufrecht zu halten und seine Tasche zu tragen. Jeder Schritt schmerzte, jeder Atemzug war eine sengende Qual. Seine Lungen begannen zu streiken.

„Geht's noch?" Jeanne strich über seinen Rücken. „Meinst du, du schaffst das?"

„Ja", blaffte er zurück. „Mir geht's gut." Schwindelnd lehnte er sich an den Tresen der Rezeption und starrte auf die Formulare, die man ihm gab. Die Schrift verschwamm vor seinen Augen, sodass er die Spalten auf Geratewohl ausfüllen musste. Beim Schreiben zitterten seine Finger so heftig, dass er kaum den Stift halten konnte.

„Fühlen Sie sich nicht wohl?", fragte die Empfangsdame mit besorgter Höflichkeit. „Soll ich einen Arzt rufen?"

„Nein!" Jetzt lief das Fass seiner Beherrschung endgültig über. „Sollen Sie nicht." Mit einer Gereiztheit, die er von sich nicht kannte, knallte er den Stift auf den Tresen, schnappte sich Jeannes Tasche und seine eigene und ging zum Fahrstuhl. Ein Fluch kam über seine Lippen, der seine Schwester und Maya erschreckt zurückzucken ließ. Irgendwo unter seiner Verzweiflung tat es ihm leid, dass sie ihn so erleben mussten, doch er hatte keine Kraft mehr, gegen seine Gefühle anzukämpfen. Wenn er es nicht schaffte, diese verdammte Metamorphose zu beherrschen, war alles verloren.

Bis sie ihre Hotelzimmertür erreicht hatten, war das Schweigen zwischen ihnen dick wie Melasse geworden. Kaum waren sie in das Zimmer hineingeschlüpft, entlud Maya ihre Emotionen mit einer urplötzlich losbrechenden Standpauke.

„Ich muss wohl nicht betonen, dass ich mir große Sorgen mache, Chris. Das sind keine guten Voraussetzungen für unsere Schiffsreise. Wirklich nicht. Wie stellst du dir das vor, bitte schön? Wie willst du solche Anfälle auf Dauer kaschieren? Sollen wir uns eine Kreislaufkrankheit ausdenken, auf die du im Notfall zurückgreifen kannst? Am liebsten würde ich dich würgen, aber du leidest auch so schon genug."

„Das wäre sogar eine gute Idee", warf Jeanne vorsichtig ein. „Ich meine die Sache mit der Kreislaufkrankheit. So würde keiner Verdacht schöpfen, wenn er mal wieder kollabiert."

„Mit einer Kreislaufkrankheit kann man aber keine Schuppen oder gar einen Fischschwanz erklären, Hundekacke noch mal. Ich bin die Leiterin dieser Expedition. Wenn was schiefläuft, trage ich die Verantwortung. Klar so weit?"

„Ich kollabiere nicht." Christopher warf die Taschen zu Boden „Und mir wächst auch kein Schwanz. Ich muss nur eine Weile untertauchen. Wenn ihr also damit aufhören würdet, euch wie hysterische Glucken zu benehmen? Danke!" Damit verschwand er im Bad, knallte die Tür zu und drehte den Wasserhahn über der Wanne bis zum Anschlag auf.

„Mit Schwanz kommt der mir nicht aufs Schiff", hörte er Maya vor sich hin schimpfen. „Zur Not fessele ich ihn und stecke ihn persönlich in ein Flugzeug zurück nach Schottland. Verdammt, diese Hitze ist wie ein Keulenschlag. Auf Wiedersehen. Soll er doch zusehen, wie er klarkommt. Sturer Bock."

Er hörte das Knallen der Tür. Es verpasste ihm einen weiteren Stich ins Herz. Plötzlich hasste er sich. Das, was er war und das, wozu er wurde. Er tat Maya weh und erfüllte sie mit Sorgen. Was sollte er nur tun? Wie konnte er ihr helfen, wenn er selbst alle Kraft brauchte, wenigstens ansatzweise die Kontrolle über seinen Körper zu behalten? Zurückzukehren war unmöglich. Selbst, wenn die Rettung seiner Artgenossen nicht zu seinen Aufgaben gezählt hätte, wäre es ihm nie in den Sinn gekommen. Er brauchte Maya. Und das mit einer Heftigkeit, die ihm das Gefühl gab, seinen Gefühlen völlig ausgeliefert zu sein.

Endlich war die Wanne voll. Hastig zog er sich aus und ließ sich in das Wasser gleiten. Wunderbar! Er tauchte ab, schaltete seine Gedanken aus und sog die kalte Flüssigkeit tief in seine Lungen ein. Das hier war etwas ganz anderes als das Meer. Dieses Wasser war tot, ohne jedes Leben und ohne Erinnerung. Aber es half.

Morpheus-Club

Licht spielte auf königsblauem Wasser. Es atmete und spielte, tanzte und schimmerte. Christopher konnte seinen Blick kaum von der riesigen Leinwand abwenden, die über der Tanzfläche schwebte. Alles hier war in blaues Licht getaucht. Eine Bar aus schwarzem Stein, der sich warm unter den Fingern anfühlte, hunderte Menschen, verwinkelte Ecken, schwarze Sofas und Sessel und die gewölbeartige Decke, von der silberne Spiralen herabhingen. Sie waren mannsgroß und umfassten jeweils eine blaue Kugel. Drehten sich diese Spiralen, so entstand der Eindruck, die Kugeln schwebten wie von Zauberhand auf und ab.

„Gefällt es dir?" Maya musste gegen die laute Musik anschreien. „Oder willst du lieber schlafen gehen, wie Jeanne?"

Er schüttelte den Kopf. Seine Schwester tat ihm leid. Zu gerne wäre sie mitgekommen, doch der Jetlag hatte sie niedergestreckt. Vermutlich litt sie gerade allein vor sich hin und hasste den Rest der Welt. So, wie es ihm noch vor wenigen Stunden ergangen war. Das Bad in der Wanne hatte ihn erfrischt und seinem Körper neue Kraft geschenkt, auch wenn es nicht zu vergleichen war mit der Wohltat des Meerwassers. Maya wiederum schien sich entschieden zu haben, seinen Ausbruch unter den Teppich des Vergessens zu kehren und war mit keinem Wort mehr darauf eingegangen, sah man einmal von der Tatsache ab, dass sie energisch versucht hatte, ihm den Besuch des Clubs auszureden.

Die tiefen Bässe der Musik verwandelten ihn in einen Resonanzkörper, der unter jeder Schwingung wohlig vibrierte. Maya, etwas glasig um die Augen von den reichhaltigen Cocktails, blickte ihn versunken an. Die Hitze zauberte Schweißtropfen auf ihre Stirn. Einer dieser Tropfen lief die rechte Schläfe hinab. Er nahm noch einen Schluck Caipirinha, folgte dieser feuchten Spur mit Blicken und malte sich aus, den Tropfen fortzuküssen. Das Salz auf seiner Zunge zergehen zu lassen. Das köstliche Salz ihres Körpers, das so schmeckte wie das Meer. Ihre schwarze Lederhose schmiegte sich eng an ihre Schenkel, das weiße Hemd umschmeichelte ihre Brüste und war gerade so durchsichtig, dass es ihn um den Verstand brachte und seine Fantasie zu Hochtouren auflaufen ließ.

In Ermangelung passender Kleidung trug er eine gewöhnliche schwarze Hose und ein schlichtes, schwarzes Hemd. Mayas Blicke führten ihn jedoch zu der Erkenntnis, dass sie seine Aufmachung keineswegs unattraktiv fand. Ihre Blicke waren wie die eines Verdurstenden, dem man das kühle Nass geradewegs vor die Nase stellte. Für den Augenblick schien sie ihre Sorgen über Bord geworfen zu haben. Hier und jetzt waren sie zwei junge Leute, die einen normalsterblichen Abend verbringen und normalsterblichen Spaß haben wollten. Maya leckte sich über die Lippen, spielte mit kecken Gesten und wippte im Takt der Musik mit den Hüften. Er wollte sie. Verdammt, er wollte sie mit einer Heftigkeit, die an Brutalität grenzte.

Mit der gestreiften Feder in ihrem Haar erinnerte sie an eine wilde Kriegerin. Kraft und Anmut vereinten sich zu einer atemberaubenden Symbiose. Sie war überwältigend. Schaudernd stürzte er seinen Caipirinha hinunter, spürte, wie das Gebräu in seinen Magen sickerte, warmes Feuer auslöste und postwendend zu Kopf stieg. Er hörte Mayas Blut rauschen. Über die laute Musik hinweg vernahm er ihren Herzschlag und ihren schweren Atem, so sehr waren seine Sinne auf sie eingefahren. Pheromone stiegen ihm in die Nase, der zarte Hauch eines Deos. Gierig sog er alles in sich auf. Ihr Herzschlag wurde schneller, ihre Düfte noch intensiver. Pulsierendes Leben. Erhitzte Haut. Scharf, süß und würzig zugleich.

„Dieses Zeug hier ist verdammt stark", rief sie ihm ins Ohr. „Ich finde es heiß, wenn du mich ansiehst wie ein ausgehungertes Raubtier. Als würdest du mich mit Haut und Haaren verspeisen wollen. Aber du weißt, dass du vorsichtig sein musst, ja? Auch auf die Gefahr hin, dass du mich wieder als hysterische Glucke bezeichnest."

Er sackte gegen den Tresen und konnte sich ein Grinsen nicht verkneifen. „Verspeisen ist eine gute Idee. Hier und jetzt." Er fühlte sich fantastisch. Alles war leicht, verschwommen und zugleich vollkommen klar.

„Wir sollten uns ablenken."

Mayas Blicke verschlangen ihn. Ihre Zunge zu sehen, wie sie träge die Lippen befeuchtete, war zu viel. Wenn er sie noch länger ansah, würde er sie wie ein Neandertaler in die nächste dunkle Ecke schleifen müssen.

„Du schwebst auf rosa Wolken", erkannte Maya. „Alles ist witzig, schön und völlig bescheuert."

„Ja." Seine Antwort klang irgendwie in die Länge gezogen.

„Fein. Aber angesichts deiner Besonderheiten würde ich lieber keine Experimente wagen. Also Finger weg vom Alkohol, okay?"

„Mir geht es gut. Mir geht es sogar sehr gut. Es ist nicht das erste Mal, dass ich Alkohol trinke."

„Aber in letzter Zeit bist du nicht mehr ganz du selbst."

Er schnaufte. Sie hatte recht, aber er hatte es satt, sich um seine unmenschliche Natur oder um die sich daraus ergebenden Gefahren Gedanken zu machen. Nicht heute Nacht. Wie herrlich wäre es, diese wunderschöne Frau einfach gegen den Tresen zu drängen und seine Hand unter ihr Hemd gleiten zu lassen. Er stellte sich vor, ihr Gesicht mit beiden Händen zu umfassen und sie zu einem stürmischen Kuss zu zwingen, und ehe er wusste, wie ihm geschah, setzte er diese Idee in die Tat um. Ihr Körper fühlte sich so verletzlich an, wie ein zarter Vogel. Die schmalen Schultern, das sich abzeichnende Schlüsselbein, die sanft geschwungenen Hüften. Heiß war ihre Haut. Nass geschwitzt und so empfindlich, dass seine Berührungen sie zum Zucken brachten. Er schnupperte an ihr wie ein Tier, ließ die Zunge über ihre Kehle gleiten und packte den Stoff ihres Hemdes, um ihn mit einem einzigen Ruck …

„Tanzen?" In letzter Sekunde entwand sie sich ihm. „Ich liebe dieses Lied. Und verdammt, ich muss mich ablenken. Du machst mich fertig. Später, okay? Ich möchte nicht schon nach fünfzehn Minuten die Segel streichen. Der Eintritt hat ein Vermögen gekostet."

„Tanzen?" Zweifelnd blickte er auf die Menge, sah, wie die Körper sich wanden, spürte das Kitzeln herabrinnender Schweißtropfen an den Schläfen. Ihm war unglaublich heiß, doch es schien das normalsterbliche Alkoholfieber zu sein. Er hatte noch nie getanzt, nicht mal auf den Studentenfeiern in St. Andrews. Vermutlich war er ein mieser Tänzer.

„Komm schon."

Mayas kohlschwarze Augen funkelten. Ein derart verführerischer Lebenshunger ging von ihr aus, dass er nicht widerstehen konnte. Er nahm ihre Hand und sie zerrte ihn hinter sich her, rücksichtslos mitten durch die Menge, bis sie von sich windenden Menschen eingekesselt waren.

„Denk nicht nach", schrie sie ihm ins Ohr. „Tu's einfach."

Er tat es, zog Mayas Körper an sich und passte seine Bewegungen ihren an. Etwas rief sie ihm lauthals zu, doch er verstand es nicht. Leidenschaft loderte auf, so berauschend, dass jegliche Zurückhaltung unter ihrer Hitze schmolz. Seine Hände umfassten ihre Taille, spürten die heiße Haut unter dem nass geschwitzten Hemd, glitten höher und umfassten ihre Brüste. Ihren Körper so nah an dem seinen zu spüren, riss an den ohnehin dünnen Seilen seiner Beherrschung. Wie sie sich an ihm rieb, sich rhythmisch wand und mit fiebrigen Augen zu ihm aufsah, brachte ihn um den Verstand. Er wollte sie. Er brauchte sie.

„Ich will zurück", rief er in ihr Ohr. „Ich will allein mit dir sein."

Sie lachte. Plötzlich wurde er erneut geschnappt und weggezerrt. Quer über die Tanzfläche hinüber zu einem der Käfige. Als ihm schwante, was sie vorhatte, meldete sich sein Verstand zurück.

„Du willst doch nicht wirklich …"

Sie presste ihre Lippen auf die seinen und erstickte jedes weitere Wort. Fatalismus lag in ihrem Geschmack. Ein wildes Feuer, dem er nicht widerstehen konnte. Willenlos ließ er sich hinaufziehen, hinein in einen von Strahlern erleuchteten Stahlkäfig. Durch die Gitter blickte er auf die Menschenmenge hinab. Augenpaare starrten ihn an, zogen ihn mit Blicken aus, kehrten Wünsche und Begehrlichkeiten freimütig nach außen. Emotionen stachelten seinen alkoholvernebelten Geist an, flogen ihm zu und fluteten seine Sinne mit den schillernden Facetten des menschlichen Seins. Ihm wurde seltsam zumute. Auf der Leinwand tanzte und spielte das Wasser. Alles schien sich in blauen Nebel zu hüllen. Nein, es war blaues Glas. So, als blickte er vom Meeresgrund aus in das Licht.

Maya legte eine Hand auf seine Brust. „Was ist mit dir? Alles okay?“

Ihm fehlten die Worte. Das Bild der Leinwand veränderte sich, zeigte nun ein vom Sturm aufgepeitschtes Meer. Wellen türmten sich auf, urgewaltig und schaumgekrönt. Sie schleuderten ihre Gischt in den düsteren Himmel hinauf, fielen in sich zusammen und bäumten sich erneut auf. Als Tropfen herabzuregnen begannen, glaubte er an eine Halluzination. Doch dann spürte er, wie das Wasser über sein Gesicht rann. Es durchnässte seine Kleidung und perlte über seine Haut.

„Regen?“

Tatsächlich. Ein Sprühregen aus salzigen Tropfen ergoss sich auf die Menge hinab. In der Hitze des Saales verwandelte sich Nässe in Dunst und gab den sich windenden Körpern etwas Surreales.

„Mordsmäßige Effekte, was?“

Maya strich mit den Fingern über Christophers Kehle. Sie beugte sich vor, küsste seinen Hals und ließ ihre feuchte Zungenspitze über seine Kehle gleiten. Die Berührung fuhr wie ein Blitz in seine Lenden. Sinneseindrücke prasselten nur so auf ihn ein. Herzschläge dröhnten, Gedanken flüsterten. Da war Sehnsucht in vielen Seelen. Eine Frau, die ihrer verlorenen Liebe nachtrauerte. Ein Mann, der sich danach sehnte, gehen zu dürfen und nichts mehr zu fühlen. Menschen, die sich Hals über Kopf verliebten, vom Glück Berauschte und vom Leben Gebeutelte, die die Hitze des Saales mit ihren Emotionen füllten.

Maya ließ ihren Kopf in unverhohlener Einladung zurücksinken und rieb ihren Körper an dem seinen. Diese Frau brachte seinen bis zur Schmerzgrenze empfindsamen Körper zum Brennen. Er wollte alles um sich herum vergessen, alles bis auf Maya, doch eine innere Stimme sagte ihm, dass ihn nur noch eine hauchdünne Membran vom Kontrollverlust trennte. Es durfte nicht sein. Nicht hier, umringt von wimmelnden Massen. Er entwand sich ihren Armen, sprang aus dem Käfig und lehnte sich erschöpft gegen die Stangen.

Seine Haut prickelte. Eis schien durch seine Adern zu fließen, als kündigte sich erneut eine Veränderung an. Nein, die Hände sahen normal aus, ebenso wie der Rest von ihm, soweit er das beurteilen konnte. Keine Schwimmhäute, kein Leuchten. Sein Blick suchte Maya, die im Käfig geblieben war. Er gab ihr durch ein Lächeln zu verstehen, dass es ihm gut ging, und sie begann wieder zu tanzen. Ein Hauch von Erleichterung wehte durch seine Gedanken, zart wie eine Berührung. Ausgelassen spielte sie mit dem Rhythmus, ließ ihre Hüften kreisen und wand sich wie losgelöst zur Musik. Ihr Treiben ließ die Blicke so mancher Männer glasig werden. Nur das Gleichgewicht wahrend, indem er sich an den Käfigstäben festhielt, starrte er sie an, verfolgte ihr laszives Spiel und malte sich aus, diese Bewegungen an seinem Körper zu spüren. Hemmungslos und entfesselt. Die Reaktion seines Körpers auf diese Gedanken war so heftig, dass es wehtat. Ein Knurren grollte in seiner Kehle.

„Sie müssen Dr. Jacobsen sein“, rief plötzlich eine schrille Stimme in sein Ohr. „Ich bin Susan. Eine der Studentinnen, die auf der Fahrt Mädchen für alles spielen. Mein Gott, ich kann nicht fassen, dass Sie an unserer Fahrt teilnehmen. Letztes Jahr sah ich Sie in London. Ihr Vortrag war unglaublich."

Vor ihm stand ein sturzbetrunkenes Mädchen von klischeehafter Schönheit. Blonde Locken umschmeichelten ihre Schultern, ein grellrotes Kleid brachte die üppigen Rundungen ihres Körpers zur Geltung. Und dieser Körper schmiegte sich schamlos an ihn. Ehe er protestieren konnte, schlangen sich Susans Arme um seinen Hals. Sie küsste ihn und steckte ihm ohne Umschweife die Zunge in den Mund. Volltrunken, wie er war, ebbte seine Gegenwehr in etwas gänzlich Lächerliches ab, was das Mädchen als Einwilligung zu verstehen schien.

„Ich finde dich süß", lallte sie ihm ins Ohr. „Ich kann gar nicht sagen, wie süß ich dich finde. Sieht so aus, als hättest du Lust auf etwas Spaß. Wie wäre es, wenn du mit in mein Hotelzimmer kommst? Offenbar gibt es da etwas, um das ich mich kümmern sollte."

Unverfroren tastete sie über seinen Schritt. Während er all seine Konzentration darauf verwendete, aufrecht stehen zu bleiben, glitt Susans freie Hand unter sein Hemd. Ihre Zunge spielte in seinem Mund, ein Knie schob sich zwischen seine Beine und rieb sich an einer Körperstelle, die so hart war, dass es kaum zu ertragen war.

„Susan!" Maya Stimme schnitt wie eine Klinge durch seinen Gefühlsnebel, als der erste Knopf seiner Hose geöffnet wurde. „Lass deine Griffel von ihm oder die Fahrt ist für dich gegessen."

Plötzlich war er befreit und wurde, kaum dass er Atem holen konnte, erneut von ihr fortgezogen. Noch immer rieselte der Regen auf ihn hinab. Als er den ersten Atemzug kühler Nachtluft einsog, dicht an Mayas Körper gepresst, durchdrang ein annähernd klarer Gedanke seinen Rausch. Er war bis über beide Ohren betrunken.

~❋~

Sie erinnerte sich nicht, jemals so ungeduldig gewesen zu sein. Ihr schwirrte der Kopf, als sie mit Christopher nach draußen rannte. Wie spät war es? Egal. Selbst, wenn sie morgen halb tot und auf allen vieren zum Schiff kriechen würde, Maya wollte nur noch eines: So schnell wie möglich mit ihm allein sein. Hand in Hand rannten sie den Gehweg entlang. Der Schweiß, der über ihre Haut rann, hatte nichts mit der warmen Nacht zu tun.

Als sie endlich das Hotel erreichten, war sie halb verrückt vor Ungeduld. Sie schlüpften in den Fahrstuhl, fingen sich einen zweideutigen Blick des Portiers ein und brachen in Gelächter aus. Nach Luft schnappend beugte sie sich vor und stützte ihre Hände auf die Knie.

„Hast du den gesehen? Er sah aus wie eine Eule, die einen Lastwagen auf sich …"

Christopher warf sie gegen die Wand und drückte sich gegen sie. Sein Kuss war räuberisch und besitzergreifend. Er war so, wie sie es brauchte. Ein Fluss aus Energie strömte durch ihren Körper, sanft zuerst, dann reißend, bis jede Nervenfaser in Flammen stand. Seine Zunge stieß zwischen ihre Lippen, glitt wieder zurück, drang erneut ein. Gab ihr einen winzigen Vorgeschmack auf das, was folgen würde. Er packte ihr Hemd und zerriss es, fetzte ihr den Stoff vom Körper und warf ihn zu Boden. Saugende Lippen schlossen sich um ihre Brustwarzen. Süße Qual. Sie wollte sich wehren, aus dem Glauben heraus, es nicht mehr ertragen zu können, doch Christopher ließ keine Gnade walten. Seine Lippen saugten, knabberten und küssten den letzten Rest ihres Verstandes in Grund und Boden.

Als der Fahrstuhl aufglitt, zerrte er sie hinaus und den Gang entlang. Seine Ungeduld stachelte die ihre an, bis sie beide kurz davor waren, die Kontrolle zu verlieren. Es gelang ihr, mit der einen Hand das zerrissene Hemd vor ihren Oberkörper zu halten und mit der anderen die Schlüsselkarte aus der Hosentasche zu ziehen, doch sie wurde ihren Fingern augenblicklich wieder entwunden. Mit einer Hand massierte Christopher ihre Brust, mit der anderen schloss er die Tür ihres Zimmers auf. Als er sie endlich hineinzerrte, seufzte sie vor Erleichterung. Sein Körper presste sie unvermittelt gegen die Wand, während eine Hand zwischen ihre Beine wanderte.

„Nein!" Sie knurrte ihn förmlich an. Ihre Lust hatte jegliche Zartheit vertrieben. Mit der Kraft der Verzweiflung warf sie Christopher herum, drückte ihn gegen die Wand und ließ ihre Hände über seinen verschwitzten Körper gleiten. Da erschienen sie wieder. Die blausilbern schillernden Makrelenstreifen. Sie leckte den Schweiß von seiner Kehle, fuhr das Muster mit der Zungenspitze nach, küsste seine Brustwarzen und rieb sich an ihm, um möglichst viel von seinem Körper zu spüren.

Durch den Nebel ihrer Lust hörte sie, wie es draußen regnete. Es war kein sanfter Regen, sondern eine strömende Flut. Als hätten sich die Schleusen des Himmels geöffnet, um eine neue Sintflut auf die Erde zu schicken. Durch das offene Fenster wehte der Geruch nach tropischer Nässe herein. Ihre Sinne sangen. Alles war intensiviert. Fühlen, schmecken, riechen, hören.

Ohne Vorwarnung schob Christopher seine Hände unter den Bund ihrer Hose, strich kurz über das Dreieck krauser Haare und zog sich wieder zurück, um ihr den letzten Rest Kleidung herunterzufetzen. Wieder stieß er sie gegen die Wand. Seine Hände und Lippen schienen überall zu sein, während sie ihr eigenes Seufzen hörte, als stünde sie neben sich. Irgendwie brachte er es fertig, sich während seiner Liebkosungen zu entkleiden. Endlich, als er sich ganz an sie presste, war die Berührung ihrer nackten Körper wie ein Schock. Scharf sog Maya die Luft ein, als er ihren Hintern umfasste, sie hochhob und seinen Unterleib gegen ihren presste. Doch er drang nicht in sie ein. Ein Grollen der Enttäuschung entfloh ihrer Kehle.

„Draußen", knurrte er. „Im Regen."

Er trug sie zum Fenster, schob die Vorhänge beiseite und bugsierte sie beide durch die offene Balkontür. Eine warme Dusche ergoss sich über sie. Die Fluten, die vom Himmel stürzten, ließen den Innenhof des Hotels in flirrendem Grau verschwimmen.

Er setzte sie auf dem schmiedeeisernen Geländer ab. Das Eisen war kalt und hart, doch als er ihre Schenkel noch weiter auseinanderschob, war es ihr egal. Er drang so schnell in sie ein, dass sich ihre Fingernägel in seinen Rücken bohrten. Sie hörte seinen leisen Schmerzenslaut, spürte den Druck ihrer Vereinigung, gefolgt von einem erlösenden, gleitenden Gefühl … und löste sich im Taumel ihrer Verzückung auf.

Es war herrlich.

Da war das Leuchten seiner Haut im Regen. Wasser strömte über seinen Körper, perlte über zitternde Muskeln und malte ein so wunderbares Bild, dass nicht einmal die Ewigkeit gereicht hätte, um sich daran sattzusehen. Jemand könnte sie beobachten, flüsterte die Stimme der Vernunft. Jemand könnte sehen, wie er …

Ein träger Stoß, Küsse auf ihrer Kehle, Hände, die über ihre nasse Haut glitten, und alles wurde gleichgültig. Christopher drängte sich mit aller Gewalt in sie. Sein Rücken bog sich durch, während pure Erlösung in sein Gesicht trat. Es war ihm gleich, ob das, was sie hier taten, gefährlich war. Er löste sich in Ekstase auf, und während er sie rücksichtslos liebte, wurden auch ihre Bedenken von einem Strom aus Gefühlen weggespült. Sie verspürte den Drang, trotz ihres Glücks weinen zu müssen, und vielleicht tat sie es auch. Denn statt vor diesem Strudel zurückzuweichen, stürzte sie sich geradewegs hinein.

Mit beiden Händen umfasste er ihre Taille und nahm sie in Besitz, als wollte er sie und sich um den Verstand lieben. Die Streifen auf seiner Haut leuchteten mit irisierender Helligkeit. Sie schillerten im Gleichklang mit seiner Erregung, narrten ihre Augen und verschwammen im rauschenden Regen. Christophers Stöße wurden hemmungsloser, bis sie glaubte, die Geräusche ihres Liebesakts müssten selbst das Stakkato des Wolkenbruchs übertönen und durch das gesamte Hotel hallen.

Verdammt, nein … sie sollten … völlig egal, vollkommen und herrlich egal. Sie wollte nur, dass er weitermachte.

Seine Zähne gruben sich in ihren Hals. Immer fester, je härter die Bewegungen seiner Hüften wurden. Als Antwort darauf bohrte Maya ihre Nägel in die Muskeln seiner Schultern. Feuerte ihn an mit kreisenden Bewegungen ihres Beckens, mit Seufzern und gewimmerten Lauten. Sie wollte mit ihm eins sein. Für den Rest ihrer Tage.

„Ageyuhi asgaya Amequohi“, stieß sie atemlos hervor. „Tsi ge yu i. “

Er hielt inne.

„Bitte?“

Ihn mit Armen und Beinen umklammernd, drückte sie sich an ihn und wünschte, auf eine magische Weise mit ihm verschmelzen zu können. Wie Hermes mit Aphrodite, um ein vollkommenes Wesen jenseits aller Grenzen zu erschaffen.

„Die Geliebten des Ozeans“, stieß sie hervor. „Eine Legende der Patuxet. Menschen, die der See versprochen wurden. Nach dem Tod werden sie zu Walen und finden im Meer eine neue Heimat. Das andere bedeutet, dass ich dich liebe. Tsi ge yu i.“

Mit den Fingerspitzen fuhr er über ihr Gesicht und strich ihr die Haare zurück. Eine überwältigende Zärtlichkeit lag in seinen Augen. „Sie gefällt mir, deine Legende.“

Er küsste ihre Schulter, so vorsichtig, als wollte er sich für seine vorherige mangelnde Finesse entschuldigen. Als er schließlich erneut begann, sich in ihr zu bewegen, diesmal sanft und langsam, wusste Maya, dass ihr Sehnen eine Antwort gefunden hatte. In diesem Mann. In ihrem Fabelwesen.

Das Forschungsschiff Astero war größer als erwartet. Genau genommen war es das größte Schiff, auf dem er je gereist war. Doch als Christopher die Menge an wartenden Menschen sah, erschien es ihm wiederum zu klein. Zu voll würde es für seinen Geschmack allemal werden, aber das war ihm von Anfang an klar gewesen.

Schwitzend zupfte er an seinem Leinenhemd, dessen dunkelblaue Farbe die Sonnenhitze regelrecht aufsog. Manche der Wartenden erkannte er schnell als freundliche Exemplare, andere nahmen die obligatorischen Plätze der Miesepeter, Nörgler und versnobten Wichtigtuer ein. Am liebsten waren ihm die Studenten. Sie waren meist noch offen, unverfälscht und geprägt von gesunder Neugier. Aufmerksamkeit flog ihm auch hier in gewohntem Maße zu, geäußert in Händeschütteln, Lobreden und fast peinlichen Huldigungen, doch in keinem Gesicht las er Argwohn. Ihre waghalsige Aktion auf dem Balkon schien keine Konsequenzen nach sich zu ziehen. Aber selbst, wenn es so gewesen wäre – die Gefahr war es hundert Mal wert gewesen. Nein, tausend Mal. Der Nachhall jener Momente im Regen schmeckte derart süß, dass seine aufkochende Erregung selbst die Nervosität durchdrang.

Er war dem Ziel ganz nah, und damit der Lösung eines drängenden Rätsels. In seinem Kopf war es ungeachtet dessen still, es gab kein Säuseln und kein Raunen, allerhöchstens ein zaghaftes Flüstern an der Grenze seiner Wahrnehmung. Gestern, während er Maya geliebt hatte, waren die Stimmen erneut auf ihn eingeströmt, doch nachdem er einen Schwall Aggression zurückgeschickt hatte, war Ruhe eingekehrt. Auf gewisser Ebene amüsierte ihn dieses vorsichtige Wispern in seinem Kopf, das auszutesten schien, ob er wieder bereit war, ihnen zuzuhören.

Und das war er.

Bleibt dem Schiff fern!, sprach er in Gedanken und hoffte, dass sie ihn hören konnten. *Sie werden euch sonst sehen.*

Die Stimmen antworteten augenblicklich.

Wie sollten sie das können? Wir bleiben tief unter Wasser. Komm zu uns. Widerstehe nicht länger, jetzt wo du hier bist. Aber wie kann es sein, dass du erst fern warst und jetzt so nah?

Christopher ließ sich Zeit mit dem Antworten. Mental zu kommunizieren, fühlte sich seltsam an, und doch fiel es ihm so leicht, als hätte er nie etwas anderes getan. Es unterschied sich kaum von gewöhnlichen Gedanken, er formulierte die Worte lediglich deutlicher in seinem Kopf und sandte sie hinaus, so wie er die in ihm summende Energie ausgesandt hatte, um das Meer zu beruhigen. Nur kurz war er versucht, diesen Vorgang wissenschaftlich zu analysieren, denn schnell wurde ihm klar, dass es nichts brachte. Er bewegte sich auf einem gänzlich unerforschten Feld und versuchte sinnbildlich zu rennen, noch bevor er laufen gelernt hatte.

Seine Artgenossen hatten also keine Ahnung von menschlicher Technik. Nun, er würde es ihnen ein anderes Mal erklären. Jetzt stand ihm nicht der Sinn nach langen Erläuterungen. Obwohl er inzwischen die dritte Wasserflasche austrank, glaubte er immer noch, zu vertrocknen. Die Zunge klebte am Gaumen, seine Beine schmerzten.

Ihr werdet tun, was ich sage!, befahl er den Stimmen. *Die Menschen besitzen Geräte, die ihnen zeigen, was tief unter Wasser liegt. Sie werden euch sehen, wenn ihr dem Schiff nahe kommt. Bleibt mir fern, es sei denn, ich rufe euch. Ich werde euch beschützen, aber das kann ich nur, wenn ihr tut, was ich sage.*

Die Stimmen raunten durcheinander. Er spürte Verwirrung und Enttäuschung.

Komm zu uns, wisperten sie schließlich. *Warum bleibst du bei deinen Feinden? Warum verleugnest du deine Welt?*

Christopher hätte um ein Haar laut aufgestöhnt. *Ich bin hier, um euch zu helfen. Also tut, was ich sage.*

Die Stimmen aus dem Meer verstummten, das Geschnatter der Menschen hingegen wurde lauter. Expeditionen waren aufgrund der erzwungenen Nähe zu Fremden noch nie leicht für ihn gewesen, aber jetzt, da sein gesamtes Weltbild zerstört und neu zusammengefügt wurde, fühlte er sich noch weniger gesellschaftstauglich. Blieb nur zu hoffen, dass sich die Veränderungen seines Körpers in erträglichen Grenzen bewegten und die Wesen dort draußen, die letzten Vertreter seiner Art, seinen Worten Folge leisteten.

Beeindruckt sah er an der Außenwand des Schiffes hinauf. Über achtzig Meter war es lang, ein metallenes graues Ungetüm, das weit entfernt war von romantischen Seefahrtsträumen. Das Furchtbarste aber war nicht dieser vor Technik strotzende Koloss, sondern der Hafen. Ein heilloses, übel riechendes Chaos. Bunt bemalte Hütten, Touristenläden, Lagerhallen und Künstlerstände säumten eine halbmondförmige Bucht. Monströse Kräne hievten Container auf die Schiffe, Fischer verarbeiteten inmitten der wimmelnden Menge ihren Fang und warfen den am Strand liegenden Seelöwen die Köpfe zu. Schwärme von Möwen pickten in Abfallhaufen herum, dürre Hunde bettelten nach Häppchen.

Sein Blick blieb an Eingeweidehaufen und abgeschabten, glitzernden Schuppen hängen. All diese Überreste, einst wunderschöner Geschöpfe, verfaulend auf dem schmutzigen Pflaster, aufgehäuft zwischen Müll, Kübeln und blutigen Plastikeimern. Der Anblick zahlloser, ausgestopfter Kugelfische, getrockneter Seepferdchen, abgeschlagener Korallen und präparierter Rochen war ihm plötzlich unerträglich. Beschützerinstinkte loderten auf. Gepaart mit Wut, die scharf auf der Grenze balancierte, hinter der sie unkontrollierbar war. Was würde geschehen, wenn er sie herausließe? Das Feuer kroch durch sein Blut und zerrte an seinen Fesseln. Er musste sich ablenken.

„Warum sehe ich mich daneben hängen?“, flüsterte er Maya ins Ohr. „Ausgestopft. Oder eingelegt in Alkohol.“

„Ich finde es gut, dass du dich mit den Konsequenzen eventueller Unvorsichtigkeiten auseinandersetzt.“

Sie hob eine Augenbraue und verschränkte die Arme. Wie verführerisch sie aussah mit ihrer kurzen braunen Hose und dem weißen ärmellosen Shirt, ahnte sie vermutlich nicht. Der Duft ihrer Haut brachte unwillkürlich die vergangene Nacht in Erinnerung. Maya, geschmückt von perlenden Regentropfen. Ihr Körper, das Geländer, das Plätschern und Rauschen. Er wollte sich in dieser Erinnerung verlieren, doch ihre Stimme hielt ihn in der Realität.

„Wenn du dich zu sicher fühlst, denk immer an diesen Kugelfisch.“ Sie deutete auf ein im Wind schaukelndes Exemplar, dessen Gesichtsausdruck zwischen Überraschung und Fassungslosigkeit lag. „Er fühlte sich auch sicher, bevor man ihn ins Boot hievte und austrocknen ließ.“

Ein beunruhigender Gedanke. Benommen vor Hitze fuhr er sich durch die Haare, die schweißnass auf seinem Nacken klebten. In unmittelbarer Nähe rammte ein Mann sein Messer in den Bauch eines halb toten Thunfischs. Die notdürftig niedergezwungene Wut kochte angesichts des zuckenden Tieres mit neuer Wucht auf. Erschrocken hob der Fischer den Kopf, begegnete seinem Blick und erstarrte. Angst weitete seine Augen. Zitternd legte er das Messer beiseite, bekreuzigte sich und stieß rückwärts gegen die Wand seines Bretterverschlags. Mit grimmiger Zufriedenheit spürte Christopher die Panik des Mannes. Er sah ihn an, schleuderte ihm seinen Zorn entgegen und zwang ihn in die Knie. Bis der Fischer ein Keuchen ausstieß, sein Messer beiseitewarf und schreiend die Flucht ergriff.

„Was war denn mit dem los?“ Jeanne berührte seine Schulter und ließ ihn zusammenzucken. In seinem Gehirn vibrierte es. „Hast du ihm den bösen Blick zugeworfen?“

„Anscheinend.“ Was genau er getan hatte, war ihm schleierhaft, doch es hatte sich gut angefühlt. So berauschend und erschreckend wie das Heraufbeschwören des Sturms oder das Besänftigen des Meeres. Irgendwo in der Menge erklang aufgeregtes Geplapper und Geschrei. Anscheinend war der Fischer dabei, seinen Kollegen von dem Vorfall zu erzählen. Christopher zog Jeannes Strohhut tiefer in ihr sonnenverbranntes Gesicht und war froh, dass Maya von einer Studentin abgelenkt wurde. Jetzt blieb nur zu hoffen, dass er nicht von einer Meute abergläubischer Fischer überfallen wurde.

„Du bist rot wie ein gekochter Hummer, Schwesterherz. Pass auf, dass du dich nicht pellst.“

Sie kicherte. Wie in einem Vakuum hallte der Laut in ihm wider. Das Meer jenseits der Haufenmauer war tintenblau und lockte ihn mit kaum wahrnehmbarem Flüstern. Er wollte nichts mehr sehen außer diesem Wasser. Nur noch Wind und Weite.

Als er kurzerhand Maya in die Arme zog, um einen Halt in seiner verwirrenden Wahrnehmung zu haben, starrten Dutzende Augenpaare sie an. Verdammt. Er fühlte sich wie ein lebender Fisch auf einem Silbertablett, umringt von hungrigen Gaffern. Zum ersten Mal verfluchte er den Ruf, der ihm vorauseilte. Selbst ohne all diese Aufmerksamkeit wäre seine Aufgabe nicht die leichteste gewesen. Maya hingegen schien die Tatsache, dass die gesamte Crew sie begaffte, inspirierend zu finden. Stolz schmiegte sie sich an ihn, stahl sich einen Kuss und schnurrte wie ein Kätzchen. Doch dann ging ein Ruck durch ihren Körper.

„Alan? Du bist es wirklich?“

„So ist es“, kam es von irgendwoher.

Ein Mann um die vierzig bahnte sich seinen Weg durch die Menge, schleifte eine monströse Tasche hinter sich her und ließ sie vor Maya zu Boden fallen.

„Ist das zu fassen, was es für Zufälle gibt? Meine allerliebste Lieblingsforscherin.“

Der Fremde klopfte ihr auf den Rücken und warf ihm ein Zwinkern zu. Sein lockiges, struppiges Haar glänzte wie frische Kastanien, seine grünen Augen blitzten spitzbübisch. Der Körper des Mannes war geradezu erschreckend hager, und doch strahlte er eine Energie aus, die einem Leuchtfeuer glich. Am interessantesten war seine Nase. Christopher hatte niemals ein derart beeindruckendes Exemplar gesehen. Sie prägnant zu nennen, wäre eine schamlose Untertreibung. Vielmehr glich sie einem scharfen Adlerschnabel, und doch passte dieser monströse Auswuchs perfekt in das Gesicht.

„Wen hast du uns denn da Schönes mitgebracht?" Der Mann klatschte in die Hände. „Ich bin hin und weg. Ist das nicht Dr. Jacobsen?"

Christopher versuchte sich an einer bescheidenen Miene. „Der bin ich. Aber ich wäre dankbar, wenn wir auf übertriebene Höflichkeit verzichten könnten."

„Sehr gerne. Und dort? Die hübsche junge Dame?"

„Ich heiße Jeanne." Seine Schwester zog unsicher den Kopf zwischen die Schultern. Alans aufgekratzte Art war ihr offenbar nicht geheuer. „Ich bin Christophers Schwester."

„Fein, fein. Wie ich heiße, wisst ihr ja schon." Der Mann gab eine verspielte Verbeugung zum Besten. „Und wenn ihr mich jetzt nett findet, dann seid vorsichtig. Ich bin als Schiffsarzt eingeteilt und habe die Lizenz zum Quälen. Was auch impliziert, dass ihr auf euer geschätztes Alter mich betreffend mindestens zehn Jahre draufrechnen solltet, um richtig zu liegen. Ich sehe aus wie fünfundzwanzig, gehe aber auf die Vierzig zu."

„Wie kommt es, dass du hier bist?", fragte Maya. „Ich habe mir ein Bein ausgerissen, um dich wieder als unseren Schiffsigor zu bekommen, aber man sagte mir, du wärst restlos verplant."

„Das war auch so, meine Liebe." Alans gute Laune steckte jeden an, ob er es wollte oder nicht. „Aber dann fiel meine Expedition zum Großen Barrier Riff aus nicht näher definierten Gründen ins Wasser, und als keine zwei Tage später der Anruf kam, dass Dr. Marsh erkrankt war und man einen Ersatz für diese Fahrt sucht, war für mich alles klar. Hier bin ich nun. Fallt auf die Knie und bettelt um Gnade."

„Später, mein Lieber, später." Maya deutete auf den Steg, der soeben geöffnet wurde. Wie aufgescheuchte Hühner strömten die Menschen in Richtung Schiff, drängelnd, schubsend und kichernd. „Es geht los. Und ich werde noch heute Gebete zum Himmel schicken, dass du nicht wieder deine sadistische Ader an mir austobst."

„Es war nur eine Gelbfieber-Impfung", protestierte Alan.

„Mit einer gigantischen Nadel in meinen Hintern, du fieses Stück."

Christopher legte einen Arm um Jeannes Schulter und reihte sich mit ihr in die Menge ein. Alan und Maya wiederum verfielen in eine heißblütige Diskussion, ob die vom Schiffsarzt benutzten Nadeln aus reinem Sadismus ein paar Nummern zu groß waren oder nicht.

Als sie das Schiff betraten, vertiefte sich seine Nervosität zu etwas, wofür ihm nur der Begriff Schicksalsgefühl einfiel. In den nächsten drei Monaten würde er seine brennenden Fragen beantworten. Es war eine Reise zu sich selbst, ein Ausloten unbekannter Tiefen und die Suche nach der großen Aufgabe. Er war gespannt, was das Schicksal für ihn bereithielt.

Wellen schwappten gegen die Schiffswand. Ein winziges Bullauge befand sich etwa zwei Meter über der Meeresoberfläche und milderte das Gefühl, in einer Metallkiste gefangen zu sein.

„Hier sollten wir das Fenster besser nicht nachts offen stehen lassen, was?“ Jeanne verstaute ihre Kleider in dem lächerlich kleinen Wandschrank und glühte vor Abenteuerlust. „Kaum zu glauben, dass wir hier sind! Ist das nicht irre? Wie geht es dir?“

„Gut.“ Er betrachtete das Münzenarmband an seinem Handgelenk, zog es ab und reichte es Jeanne. Warum er es tat, wusste er nicht. Es war ein plötzlich auftauchendes Bedürfnis. „Ich möchte dir das hier schenken.“

Sie weitete die Augen und nahm das Schmuckstück entgegen. Mit ihrem geflochtenen Zopf und dem kakifarbenen Sommeranzug sah sie nicht mehr aus wie ein Mädchen, sondern wie eine erwachsene Frau, die bereit war, ihr Leben selbst in die Hand zu nehmen. Tief in sich spürte Christopher, dass seiner Schwester eine bedeutsame Zukunft bevorstand. Er konnte nur hoffen, dass sie glücklich wurde. Auf jede nur erdenkliche Weise erfüllend – ob mit ihm an ihrer Seite oder ohne ihn.

„Für mich? Aber wieso?“

„Ich möchte, dass du es von jetzt an immer trägst. Das Armband stammt von einem Seemann, der die ganze Welt gesehen hat. Ich weiß, dass das auch dein Traum ist. Überall herumzukommen.“

Jeanne lächelte. „Es ist wundervoll. Danke.“

„Und wehe du verliere es.“ Er zog eine Wasserflasche aus seiner Tasche und leerte sie, was seine Schwester mit kritischem Blick verfolgte.

„Geht’s dir wirklich gut?“

„Ja. Aber ich muss erst mal raus. Diese Koje ist eng wie ein Hamsterkäfig.“

Jeanne nickte, nahm die für sie bereitgelegten Crew-Shirts in Augenschein und wirkte abwesend, also verließ er die Kabine ohne ein weiteres Wort und ging hinauf auf das Schiffsdeck. Es war fast menschenleer, lediglich ein paar Männer der Besatzung huschten geschäftig umher und bereiteten das Ablegen vor. Sie interessierten sich nicht dafür, dass er sich über die Reling lehnte und den Wellen zusah. Niemand nahm Notiz von ihm, und dafür war er dankbar. Das Dröhnen der Schiffsmotoren ließ den Boden unter seinen Füßen vibrieren. Vielleicht würde er sich besser fühlen, wenn sie dort draußen waren. Weit weg vom Lärm und Dreck des Hafens. Er sah leere Coladosen und Plastiktüten im Wasser umhertreiben, bunte Ölschlieren und Flocken aus Schaum.

Eine Weile beobachtete er die Fische, die am Grund des Hafens nach Abfällen suchten, bis er bemerkte, dass jemand neben ihm stand. Es war ein kräftiger, schwarzhaariger Mann mit Bürstenschnitt und Ziegenbart, dessen Gesichtsausdruck die Kunst vollbrachte, vollkommen emotionslos zu sein. Er trug eine abgeschnittene Bluejeans und ein grellrotes Shirt, auf dem das Foto eines Zähne starrenden Anglerfischs prangte.

„Ich bin Nico“, stellte sich der Fremde vor. „Und du bist Christopher, unser hochgelobter Ehrengast?“

Diese ganze Ehrengast-und-berühmt-Geschichte ging ihm langsam auf den Zeiger.

Der Handdruck des Mannes war extrem stark. Offenbar wollte er seine Überlegenheit klarstellen, indem er die Schmerzgrenze seines Gegenübers auslotete, doch Christopher ließ sich nicht beeindrucken. Ohne mit der Wimper zu zucken, ertrug er dieses Machtspiel, bis Nico mit zerknirschter Verblüffung von ihm abließ.

„Der bin ich", antwortete er sanft. „Nett, Sie kennenzulernen."

„Die Freude ist ganz meinerseits."

Nico musterte ihn mit unverblümter Intensität. An solche Blicke gewöhnt, kümmerte er sich nicht weiter darum und verfolgte das Spiel der Wellen, die gegen den Eisenrumpf des Schiffes plätscherten.

„Schon seltsam", sagte der Mann, nachdem er seine Studie beendet hatte. „Wie hat es Maya nur geschafft, dich einzuwickeln? Mit der Aussicht auf eine feste Beziehung konntest du sie bis nach Timbuktu jagen, und jetzt kommt sie mit dir an. Mit jemandem, dem die Welt offen stünde und der sich stattdessen mit einem unbedeutenden, kleinen Institut auf einem Inselchen zufriedengibt?"

Nach außen hin unbeeindruckt schloss Christopher die Augen und schwieg. Er mochte diesen Mann nicht und empfand nicht das geringste Bedürfnis, mit ihm zu reden.

„Da hat sie sich ja einen netten Zeitvertreib für die langen Monate auf See ausgesucht." Nico schien blind für Körpersprache zu sein. „Euer Verhältnis war mir von Anfang an klar, so, wie ihr auf dem Flughafen miteinander geturtelt habt. Ganz zu schweigen von dem Getuschel, das derzeit unter unserer Truppe kursiert."

„Was für Getuschel?" Was man über ihn sagte, war gleichgültig. Er hatte oft genug im Rampenlicht gestanden und die Falschheit der Menschen ausgelotet. Aber dass man sich über Maya das Maul zerriss, gefiel ihm nicht.

„Na über das, was ihr gestern im Club getrieben habt. Es hat einige von uns ziemlich verblüfft." Nico setzte ein maliziöses Lächeln auf. „Sie reden sich die Münder fusselig. Fast bedauere ich, nicht vor Ort gewesen zu sein."

„Mein Verhältnis zu Maya geht nur sie und mich etwas an. Also bitte."

„Gewiss doch. Aber jemand wie du muss damit leben, dass er Aufmerksamkeit auf sich und seine Auserwählte zieht. Auf einem Schiff bleibt nichts geheim, das solltet ihr bedenken. Ich freue mich darauf, Mayas neueste Kostbarkeit näher kennenzulernen. Wir sehen uns."

Nico marschierte davon, verschwand hinter zwei gelben Containern und hinterließ Verwirrung. Was meinte er mit Kostbarkeit? Ahnte der Mann etwas? Die kommenden Monate würden ohne Frage zu einem Spießrutenlauf werden. Für ihn und für Maya. Er schob eine Hand unter den Bund seiner Jeans, tastete über die Haut und fühlte mehrere kleine, glatte Erhebungen. Untrügliche Beweise der unaufhaltsam fortschreitenden Veränderung. In einigen Tagen würden sie das Gebiet erreichen, in dem sich der Graben befand. Und was dann? Selbst, wenn die ausgebrachten Roboter keine Rohstoffvorkommen aufzeigten, würde es schwierig werden. Vielleicht würde die unmittelbare Nähe seiner Artgenossen etwas in ihm auslösen. Gut möglich, dass sie ihn riefen und verführten, bis er endgültig nachgab.

Was auch immer auf ihn wartete, er würde es bald erfahren.

Mit tiefem Dröhnen erwachte das Schiff zum Leben. Gewaltige Schrauben schleuderten Fontänen aus Gischt empor und hievten das Gefährt herum. Ächzend drehte sich der Bug in Richtung offenes Meer. Er müsste sich nur die Kleider vom Leib reißen, auf die Reling klettern und hinunterspringen. Das Meer würde ihn willkommen heißen. Zu gut konnte er sich an das Gefühl erinnern, losgelöst zu sein. Frei zu sein.

Christopher rührte sich nicht. Das Schiff passierte die Ausfahrt des Hafens, trübes Wasser ging in Blau über, so klar, dass er den gewellten Sand des Meeresgrundes erkennen konnte. Als erahnten sie seine Sehnsucht, begannen die Stimmen wieder zu säuseln.

Wir sind hier … komm … spring …

Wir sind ganz nah … ganz nah … komm!

Verlangen brach in ihm auf. So unerwartet und heftig, dass es ihm nicht gelang, sich zu wehren. Das Atmen tat weh. Alles in ihm verkrampfte sich vor Sehnsucht. Sein Wille schwand.

„Wag es ja nicht“, erklang eine Stimme hinter ihm.

„Maya.“ Mit ihrem Namen auf den Lippen sank er gegen die Reling. So kurz davor war er gewesen, zu springen. Nur ein paar Sekunden später, und er hätte nachgegeben. Binnen eines Augenblicks war sein Wille untergegangen, als wäre er nichts wert.

„Richtig erfasst.“ Sie lachte. „Wäre ich wie du, hätte ich der Menschenwelt längst den Rücken gekehrt. Aber was rede ich da? Tut mir leid. Immerhin gibt es Menschen, die dich brauchen. Mich braucht keiner. “

„Ich brauche dich.“ Er spürte die Wahrheit dieser Worte in jeder Zelle. Fast verzweifelt schloss er sie in seine Arme. „Ich brauche dich mehr, als du ahnst.“

„Das ist schön. Trotzdem habe ich ein schlechtes Gewissen.“

„Warum?“

„Ich bin nur eine Fessel mehr. Wäre ich an jenem Abend nicht fast ertrunken, dann …“ Sie räusperte sich. „Ich weiß, dass du dich entschieden hättest. Dass du nach Hause gegangen wärst.“

Er küsste ihren Scheitel und atmete tief ein. Da war der Duft nach Pfirsich, Vanille und tröstender Weiblichkeit. „Ich bin froh, dich gefunden zu haben. Ich liebe dich, hörst du? Wenn du nicht damit aufhörst, mir etwas von schlechtem Gewissen zu erzählen, leg ich dich übers Knie.“

„Wärst du ohne mich zurückgekommen?“

„Ja. Wenn nicht für dich, dann für Jeanne.“ Sein Blick richtete sich auf den Horizont. Wasser und Himmel berührten einander und waren doch getrennt. Wenn sie ihn nicht überrascht hätte, wäre er gesprungen, und dieser Gedanke machte ihm Angst. „Die Wale sind ganz nah“, sagte er. „Denkst du, sie kommen an das Schiff heran?“

„Kannst du sie hören?“

„Du weißt, was ich dir über die Töne zwischen den Strophen erzählt habe? Die Laute, die man nicht hört, sondern fühlt?"

„Ja.“ Maya bedeckte seinen Hals mit federleichten Küssen. „Aber ich bin ein Mensch. Ich kann mich nicht in deine Wahrnehmung hineinversetzen, so gern ich es auch würde.“

„Man fühlt sie hier." Er legte eine Hand auf ihre rechte Brust. Unmittelbar floss warme Erregung durch seinen Körper. Während er in ihr Ohr raunte, massierten seine Finger ihr weiches Fleisch. „Sie sind so tief, dass sie in dir vibrieren. Im Wasser werden die Schwingungen Tausende Kilometer weit getragen. Von einem Ozean zum anderen."

Maya gurrte etwas in sein Hemd hinein. Er spürte ihr Verlangen, in seine Welt einzutauchen, aber wie sollte er sie dorthin entführen, wenn selbst für ihn alles noch ein Geheimnis war? Ein Labyrinth voller Wunder und Schrecken.

„Würdest du mit mir die Laudatio halten?" sagte sie nach Momenten der Stille. „Bitte. Ich sterbe jedes Mal vor Lampenfieber."

„Natürlich. Was immer du willst."

Aneinander geschmiegt sahen sie das Land in der Ferne verschwinden. Zuerst verblasste der Umriss der Küste zu einem violetten Streifen, umkränzt von Wolken. Dann löste er sich zu einem Schemen auf, der nicht viel mehr als eine Ahnung war, um schließlich ganz in den Wellen unterzutauchen. Zurück blieb nichts außer Blau. Das ewige Blau des offenen Meeres.

Sechs Seemeilen vor der chilenischen Küste

Maya betrachtete die versammelte Crew. Ausnahmslos jeder bis auf sie trug inzwischen das dunkelblaue Expeditionsshirt, verziert mit dem Symbol des Instituts. Ein springender Orca, umgeben von einem Dreieck. Es machte sie nervös, vor all diesen Menschen zu stehen, auch wenn Christopher, der seelenruhig neben ihr stand, ihr viel von seiner Kraft abgab. Ein paar der Blicke, die auf ihr ruhten, zeigten die übliche Verwunderung. Wie eine Meeresbiologin mit Professortitel sah sie nun wirklich nicht aus, mit ihrer abgeschnittenen Jeans und dem grauen Shirt, auf dem in Brusthöhe mit weißen Lettern *I'm surrounded by idiots* stand.

„Die übliche Begrüßungsformel erspare ich mir."

Sie drehte ihren Zeigestock in den Fingern und achtete darauf, ihre Stimme fest klingen zu lassen. Um nicht einmal den Verdacht von Unsicherheit zu erregen, erwiderte sie die misstrauischsten Blicke mit allem ihr zur Verfügung stehenden Selbstvertrauen. Merkwürdigerweise halfen die Schmerzen an ihren Fußgelenken, sich zusammenzureißen. Katapultierten sie Maya doch zurück zu jenen Momenten, die sie mit Christopher im Regen verbracht hatte. Miteinander vereint, aufgelöst in Ekstase. Dass sie nicht einmal wahrgenommen hatte, wie ihre Fußgelenke dank des rostigen Geländers wund gescheuert wurden, sprach für das Ausmaß der Liebeslust.

„Ich gehe davon aus, dass Sie alle wissen, wo Sie sind und warum Sie sind, wo Sie sind. Mit Sicherheit kennen Sie inzwischen auch unseren Ehrengast. Dr. Christopher Jacobsen. Frisch von St. Andrews in unser Institut geschneit."

Beifall erklang, den der Mann, dem er galt, mit einem galanten Lächeln beantwortete. Die Gesichter der Crew, ob männlich oder weiblich, sprachen Bände. Wäre dies sonst der Moment wilder Tuscheleien gewesen, herrschte nun ehrfürchtige Stille. Es überraschte sie nicht. Selbst wenn man die äußeren Attribute ausklammerte, strahlte Christophers Aura wie ein Leuchtfeuer in dunkler Nacht. Kein guter Anfang. Und doch machte es sie unsagbar stolz.

„Bring's hinter dich, Süße", zischte jemand in der Menge. „Wir wollen nicht ewig hier brüten. Die Arbeit wartet, du verstehst?"

Maya verdrehte die Augen, während Christopher ein paar Zentimeter zu wachsen schien und offenbar zu einer Entgegnung ansetzte. Schon gut, sagte sie mit Blicken. Lass das mal meine Sorge sein. Urheber der Störung war Max, ein rothaariger, grünäugiger Klischee-Ire aus Dublin, dem sie während ihrer ersten Forschungsreise zu nahe gekommen war. Ihr Techtelmechtel hatte sich als großer Fehler herausgestellt. Allerdings war nur sie zu dem Ergebnis gekommen, während Max Stein und Bein schwor, genau der Richtige für sie zu sein. Breitbeinig lümmelte er in seinem Sitz und trug ein selbstgefälliges Grinsen zur Schau. Im Nachhinein konnte sie nicht begreifen, was sie jemals an diesem Mann gefunden hatte. Er sah nicht einmal gut aus. Seine hervorquellenden Augen ähnelten denen eines Frosches, seine Gesichtszüge waren schwammig weich und die Haare kurz und rau wie die eines Dackels. Über einen glanzenden Charakter oder sprühende Intelligenz verfügte Max ebenfalls nicht. Wie es dieser Kerl geschafft hatte, sein Ozeanografie-Studium mit Auszeichnung abzuschließen, war ihr ein Rätsel. Schmiergeld? Beziehungen?

„Mein allerliebster Max." Sie ließ ihre Stimme vor Sarkasmus triefen. „Schön, dass wir in den Genuss deiner Meinung kommen durften. Und jetzt sei still, sonst bist du der Erste, der kielgeholt wird."

„Kielholen?" Dr. Solander, ein Meeresbiologe aus London, erhob sich in der hintersten Reihe und winkte ihr zu.

Maya hatte den älteren Herrn auf der gleichen Fahrt lieb gewonnen, in deren Verlauf sie Max hassen gelernt hatte. Mit seinem silbergrauem Haar und dem sanften Marlon-Brando-Gesicht punktete Solander auf jeder Sympathieskala, noch ehe er den ersten Eindruck durch Redegewandtheit und Niveau vertiefen konnte.

„Eine gute alte Tradition." Er tätschelte sich den prallen Bauch. „Wer also meint, mir wieder Garnelen in die Koje zu schütten, den unterziehe ich persönlich diesem Ritual."

„Schön, dann wird mir wenigstens nicht langweilig." Alan saß neben Solander und feixte.

Mit seiner kakifarbenen Cargohose und der explodierten Frisur sah er wie der Letzte aus, von dem man das Prädikat Schiffsarzt erwartet hätte. „Aber bitte holt längs kiel. Und präpariert den Kahn vorher mit ein paar Schiffsbohrmuscheln. Ich brauche Herausforderungen."

„Unser Alan", übernahm sie wieder das Wort. „Er kann es kaum erwarten, ein paar Jungs zu foltern. Falls jemand Impfungen nachholen will, dem jagt er gern eine Häkelnadel in den Hintern. Ich für meinen Teil liefere mich lieber der natürlichen Auslese aus, die kaum mehr in vernünftigem Maße unter Homo sapiens grassiert, denn sonst wäre zumindest einer hier längst aussortiert worden."

Max grinste anzüglich und kratzte sich zwischen den Beinen. „Süße, du weißt genau, dass die Evolution es gut mit mir gemeint hat. Ich bin zur Hälfte ein griechischer Gott."

„Welche Hälfte?", gackerte Alan. „Die untere?"

„Oh ja", schnurrte Max. „Aber du kriegst meinen Liebesknochen nie zu Gesicht. Und wenn du noch so sehr darum bettelst."

„Lass mal." Der Schiffsarzt schüttelte sich vor Vergnügen. „Unter Albträumen leide ich schon genug. Und wenn ich Seegurken untersuchen will, hol ich mir eine vom Meeresgrund."

Maya konnte sich das Grinsen nicht verkneifen. Als sie fortfuhr, kitzelte ein Lachen ihre Kehle. „Kommen wir zum Kernpunkt unserer heutigen Sitzung. Da ich bezweifle, dass alle meinen Expeditionsplan aufmerksam studiert haben, wird Ihnen Dr. Jacobsen erläutern, was wir die nächsten Wochen tun werden."

Die Gesichter der Crew glühten vor Spannung. Christophers Ruf als unterhaltsamer Redner eilte ihm weit voraus. Was Maya in Panik versetzte, genoss er vermutlich. In der vorletzten Reihe entdeckte sie Nico, den Molekularbiologen aus Chicago. Sie wusste nicht viel über diesen Mann, denn er war undurchsichtig und zurückhaltend wie kein zweiter. Etwas an der Art, wie er Christopher beäugte, behagte ihr nicht. Hatte er sie vielleicht gesehen, letzte Nacht auf dem Balkon? Ein Sinn für unterschwellige Gefahren flüsterte ihr ein, dass sie auf diesen Mann besonders achtgeben mussten.

„Unsere Route ist rot eingezeichnet, wie ihr alle seht." Christopher knipste den Beamer an. Eine Karte wurde auf die Wand projiziert. „Außerdem vollführt sie lustige Schlenker, weil das Schiff an den geplanten Orten der Probenentnahmen einparken muss. Klingt komisch, ist aber so. Zur Route selbst muss ich wohl nichts mehr erläutern. Heute ist übrigens die letzte Gelegenheit zum Luftholen, also nutzt sie. Sobald wir ordentliche Werte über die Topografie des Meeresbodens haben, wird der Bob zu Wasser gelassen. Mit diesem Roboter können wir bis zu fünfzig Meter lange Proben aus dem Meeresboden holen, was sonst nur auf einem Bohrschiff möglich ist. Zudem werden wir mit Gleitern des Instituts IFM Geomar aus Deutschland arbeiten, die in nördlicher beziehungsweise südlicher Richtung auf die Reise geschickt werden. Hier, hier und hier …" Er tippte mit dem Zeigestock auf die Punkte, „werden wir die CTP-Lanze und den Zac versenken. Für alle Frischlinge: Zac ist unser drei Tonnen schwerer Roboter, der uns nicht nur mit wertvollen Daten und Proben versorgen wird, sondern auch schöne Bilder und Videos vom Meeresboden mit hochbringt."

Zehn Minuten lang spulte Christopher seinen Text hinunter, und zwar tadellos, obwohl ihm kaum zwei Stunden Zeit geblieben waren, die Einzelheiten zu studieren. Er erläuterte die vorzunehmenden Arbeiten, umriss den Zeitplan und erklärte mit beneidenswerter Gelassenheit, wann wo was und wie getan werden musste. Schließlich beendete er seinen Vortrag und gab das Ruder mit einer entzückenden Verbeugung an sie zurück.

„Danke an Chris für diese wunderbare Einleitung." Mayas Gesicht glühte vor Verliebtheit. „Zum Schluss noch etwas, das mir persönlich am Herzen liegt. Versucht bitte, Demut und Achtung vor dem Meer zu empfinden. Ich möchte, dass ihr es nicht nur mit den Augen eines Wissenschaftlers betrachtet. Ich möchte, dass ihr euch jeden Tag mindestens zehn Minuten gönnt und einfach mal dort hinausschaut. Ich will, dass ihr in euch geht und euch bewusst macht, was das Wesen des Ozeans ausmacht und was er in euch berührt. Ich möchte, dass ihr euch in Bescheidenheit übt und daran denkt, dass der Mensch nur ein kleiner Teil des großen Ganzen ist. Wo finden wir in einer Welt, in der nur noch Wachstum und Effizienz zählen, ein Zuhause? Ist es nicht viel eher so, dass wir uns selbst verlieren? Bedenken Sie zwei Dinge, meine Damen und Herren. Erstens hat sich der Mensch sehr viele Erfindungen von den Tieren abgeschaut und sie imitiert. Zweitens ist er das einzige Lebewesen auf diesem Planeten, das blöde Fragen stellen kann. Drittens ist er ein sehr junges Produkt der Evolution, in seiner jetzigen Form gerade mal ein paar Hunderttausend Jahre alt. Nehmen wir dagegen den Hai. Er existiert seit vierhundert Millionen Jahren, und das so gut wie unverändert. Was bedeutet, dass er ein makelloses Wesen ist, an dem nichts verbessert werden muss. Manche glauben, er sei dümmer als wir. Aber ist er das wirklich? Ist er dumm, weil er keine Autobahnen baut, keine Steuern zahlt oder Flugzeuge erfindet?“

„Ist in Norwegen ein Platzhirsch explodiert?“ Max verdrehte gelangweilt die Augen. „Süße, was willst du uns damit sagen?“

„Sie will damit sagen“, warf Christopher ein, „dass du verglichen mit einem Fangschreckenkrebs wie ein schwammiger, unbeholfener Gewebeklumpen daherkommst.“

„Autsch“, frotzelte Max.

„Die Augen dieses Tierchens besitzen zehn Sehpigmente“, fuhr er mit einem Lächeln fort. „Du als Mensch nur drei. Der Krebs kann also nicht nur zwanzig Mal mehr Farben unterscheiden, seine dreidimensionale Wahrnehmung übertrifft die deine zudem bei Weitem. Er erlegt seine Beute mit einem Schlag seines Fangbeins und entwickelt dabei nicht nur die Wucht eines Kleinkalibergeschosses, sondern reagiert zudem innerhalb von drei Millisekunden. Damit verfügt er über die schnellste Reaktion dieses Planeten.“

„Du hingegen triffst beim Pinkeln nicht mal das Klo“, warf Maya ein. „Und du sabberst im Schlaf.“

Die Crew gackerte, Max zog eine Grimasse.

„Wir kennen gerade einmal ein Prozent der in der Tiefsee lebenden Geschöpfe.“ Christophers Stimme nahm einen nachdenklichen Klang an. „Wir begreifen noch nicht einmal annähernd die Prozesse und Wechselwirkungen dieser Welt. Sie ist sehr viel komplexer und sehr viel geheimnisvoller als wir ahnen, daher sollten wir uns für ein bisschen Demut nicht zu schade sein und gewisse Paradigmen überdenken. Ich kann Mayas Worte nur bekräftigen. Wir leben auf einem blauen Planeten. Unser Blut verfügt über den gleichen Salzgehalt wie das Meer. Auf gewisse Weise ist das Meer in uns allen. Behandelt es also so, wie ihr selbst behandelt werden wollt. Mit Respekt. Was passiert, wenn Profitgier über jede Vernunft siegt, haben wir neulich im Golf von Mexiko erfahren.“

Ein paar nickten zustimmend. Andere begafften Christopher wie eine himmlische Erscheinung. Seelenruhig stand er da, ein sanftes Lächeln auf den Lippen. Ob seine Gelassenheit nur äußerlich war, vermochte Maya nicht zu sagen, doch sie konnte sie nicht teilen. Niemand hier ahnte, welches Geheimnis ihn umgab. Niemand konnte sich auch nur entfernt ausmalen, was sie erfahren und erlebt hatte. Während sie die metaphorische Schallplatte wie ihren Augapfel hütete, um ihre wunderbare Musik wieder und wieder genießen zu können, würden andere sie zerstören, um ihr Innerstes zu analysieren. Ungeachtet dessen, dass sie so niemals ihre wahre Schönheit erfahren würden.

„Kommt raus!" Einer der Besatzungsmänner stürmte durch die Tür und präzisierte seinen Gefühlsausbruch mit wilden Gesten. „Da sind Buckelwale. Direkt neben dem Schiff."

Das losbrechende Chaos übertraf alles, was Maya bisher an Bord erlebt hatte. Wie losgelöst stolperten alle durcheinander und übereinander, schubsten, drängelten und purzelten umher wie eine Herde aufgescheuchter Hühner. Sie legte den Zeigestock beiseite und schaltete den Beamer aus, während Christopher ihr einen vieldeutigen Blick zuwarf.

„Ich habe noch nie erlebt, dass sie direkt ans Schiff gekommen sind. Entweder hat der Kerl übertrieben oder sie sind wegen dir gekommen."

„Lass uns gehen." Er nahm sie bei der Hand. „Ich will sie sehen. Komm."

„Versprich mir nur eins."

„Ja?"

„Mach nichts Blödes."

~ ☸ ~

Von draußen ertönten begeisterte Schreie, was darauf schließen ließ, dass der Mann nicht übertrieben hatte. Ihm wurde flau im Magen. Die Flauheit steigerte sich zu faszinierter Verblüffung, als er sich über die Reling beugte. Einiges hatte er erwartet, aber nicht das. Im azurblauen Wasser, so nah am inzwischen gestoppten Schiff, dass die Brustflossen es streiften, schwamm ein ausgewachsener Buckelwal. Dicht neben ihm tauchten zwei weitere Tiere auf, durchbrachen die Oberfläche und stießen schnaufend Fontänen aus.

Wie vom Donner gerührt stand er da. Die euphorischen Rufe der Crew rückten in weite Ferne. Alles wurde still, sein Herz schien fast stehen zu bleiben. Der Walbulle präsentierte seinen schneeweißen, von Rillen durchzogenen Bauch. Wülste aus Seepocken bedeckten die schiefergraue, narbige Haut seines Kopfes. Gemächlich hob er eine seiner meterlangen Brustflossen, hob sie höher und höher, um sie mit gewaltigem Lärm auf das Wasser klatschen zu lassen. Der Wal sang. Er stöhnte, keuchte und pfiff mit einer solch melodischen Wehmut, dass Christophers Körper sich vor Sehnsucht verkrampfte. Das Tier kam noch näher, rieb sich am Schiff und sah mit seinem kleinen, glänzenden Auge zu ihm auf. Sein Blick war sanft, voll uraltem Wissen. Die gesamte Tiefe des Ozeans schien darin zu liegen. Zahllose Bilder und Erinnerungen, zusammengesammelt aus den Äonen der Zeitgeschichte, doch er wagte es nicht, seinen Geist für sie zu öffnen.

„Er sieht dich an, Chris", flüsterte Maya. „Ich wusste es. Sie sind wegen dir gekommen."

Er umklammerte die Reling. Spürte wieder den Schwindel, das Entschwinden seines Willens. Krampfhaft hielt er sich an seiner Menschlichkeit fest, doch die Verlockung, sich fallen zu lassen, wuchs ins Unerträgliche.

Der Wal neigte sich zur Seite. Von keinerlei Eile tangiert und unbekümmert ob der lauten Rufe tauchte er ab, wie ein lebendig gewordener Teil des Ozeans

„Er verschwindet." Mayas Stimme war voller Enttäuschung. „Jetzt verstehe ich dich. Deine Zerrissenheit. Deine Unruhe. Eben geht es mir wie dir. Wenn ich nur sehen könnte, was er sieht. Wenn ich nur mit ihm gehen könnte."

„Er kommt wieder." Christopher nahm sie in die Arme und hielt sie so fest er konnte. Diese Frau war das einzige Wesen, das ihn in der Wirklichkeit hielt. Der Gesang des Wales zehrte an seinem Willen, denn in ihm lag das Versprechen berauschender Schönheit. Nichts half dagegen, nur Mayas Nähe. Mit trägen Schlägen ihrer Fluken entfernten sich die Tiere, krümmten ihre Leiber und tauchten. Ein fantastisches Bild malend, erhoben sich ihre Schwanzflossen synchron in die Luft, entblößten ihre weißen Unterseiten und verschwanden im Blau des Meeres.

Er hielt den Atem an. Es war noch nicht vorbei. Die gesamte Mannschaft schwieg. Niemand sagte etwas. Niemand schrie oder lachte mehr.

„Sie kommen zurück", flüsterte er. „Genau unter uns."

Maya beugte sich in seinen Armen vor. Aus dem Blau der Tiefe schoss ein riesiger Kopf auf sie zu. In einer Kaskade aus Gischt und Wassertropfen durchbrach der Walbulle die Oberfläche, stieg höher und höher, hievte zuerst seinen Kopf, dann die Brustflossen und den schneeweißen Bauch aus dem Wasser, bis die Spitze seiner Schnauze in Höhe der Reling lag. Wie in Zeitlupe und gelenkt von einem unwiderstehlichen Willen streckte Christopher seinen Arm aus. Und dann berührte er die narbige, schiefergraue Haut des Tieres.

Das gewaltige Wesen schien in der Luft zu schweben, seine Hand, die über die Walschnauze streichelte, wirkte winzig. Wie die eines Kindes. Ein magisches Band wurde geknüpft, hielt für die Dauer eines Augenblicks und zerriss, als die Zeit ihren Lauf wieder aufnahm und der massige Körper zurück ins Wasser glitt. Es blieb fassungslose Stille.

„So was habe ich noch nie erlebt", flüsterte jemand. „Und ich fahre seit über fünfzig Jahren zur See."

Schwer atmend sah Christopher in das Wasser hinunter. Er musste ihm folgen. Es war seine Bestimmung. Sein Zuhause. Das Meer brauchte ihn.

„Chris?", flüsterte eine Stimme neben ihm. Er verstand sie kaum. „Komm mit, du veränderst dich."

„Was?"

Sein Arm wurde gepackt. Ehe er wusste, wie ihm geschah, befand er sich in einer Spalte zwischen zwei Containern.

„Tu so was nie wieder", zischte Maya. „Gerade hast du alle Aufmerksamkeit auf dich gezogen. Das ist nicht gut. Gar nicht gut. Irgendwas ist mit dir passiert. Ich meine keine Flossen oder Schuppen. Es war als wenn …" Sie suchte fieberhaft nach Worten. „Als wäre die Maske deiner Menschlichkeit durchsichtig geworden."

Er schloss die Augen und lehnte seinen Kopf gegen den Container. Langsam wich der Bann. Eine solche Erschöpfung übermannte ihn, dass er das Gefühl hatte, sich auf der Stelle hinlegen und einschlafen zu müssen. In der Ferne hörte er noch immer die Wale singen, tief unter Wasser. Sie klangen enttäuscht.

„Es war nicht kontrollierbar“, flüsterte er. „Maya, ich konnte es nicht beherrschen. Nicht mal ansatzweise. Vorhin, als wir noch im Hafen waren und du zu mir gekommen bist, war es genauso. Um ein Haar wäre ich gesprungen.“

Sie senkte den Blick. Ihr Schrecken wehte wie ein kalter Hauch durch seinen Geist. „Dann haben wir ein großes Problem. Was ist als Nächstes unkontrollierbar? Das Ausbilden von Kiemen beim Abendessen oder das Zusammenwachsen deiner Beine bei der Projektbesprechung? Du wirst mich verlassen. Alles läuft darauf hinaus.“

Er seufzte nur und ließ zu, dass Maya ihn betastete wie eine Ärztin ihren Patienten. Niemals, beschwor er sich im Stillen. Niemals würde er das zulassen. Aber warum konnte er es dann nicht laut aussprechen?

„Deine Haut ist heiß“, sagte sie. „Die Pupillen so geweitet, dass deine Augen ganz schwarz sind. Was sollen wir dagegen unternehmen? Aspirin schlucken?“

„Hör zu.“ Er drückte ihre Hände beiseite und umfing ihr Gesicht. „Kannst du mir helfen, mehr über mich rauszufinden? Mehr über meine Körperchemie? Ich habe mich mit vielen Wissensgebieten befasst, aber Medizin war nicht darunter.“

In Mayas Augen glitzerte es. Er wusste, welchen Kampf sie ausfocht. Der Wille zu helfen, ihre Angst um ihn und die Neugierde einer Wissenschaftlerin.

„Ich denke schon. Alan schuldet mir noch einen Gefallen. Ich werde ihn fragen, ob er mir sein Labor für diese Nacht überlässt.“

„Gut. Wann?“

„Heute um elf in meiner Kabine? Ich muss gleich unsere Messgeräte auf Vordermann bringen, das wird ein paar Stunden dauern.“

„Laut Plan bin ich heute Abend sowieso damit beschäftigt, eine Horde Studenten in unsere Technik einzuweihen.“

„Ganz recht.“ Sie küsste ihn, und dieser Kuss schmeckte ebenso nach Verzweiflung wie nach Hoffnung. „In ein paar Tagen legen wir in einem Hafen an. Wenn die ganzen Leute schnorcheln gehen, fahren wir mit einem Schlauchboot raus. Nur wir beide. Kannst du die Wale noch mal anlocken?“

„Ja.“ Vorfreude verdrängte seine Sorgen. Mit dieser Aussicht hatte er etwas, an das er sich festhalten konnte. Ein Ziel vor Augen. „Ich glaube schon. Wie viele Tage noch?“

„Drei. Bis dahin musst du durchhalten.“

Später am Abend saß er vor der Bildschirmwand, umgeben von sechs Studenten, die an seinen Lippen hingen, und aufgeheitert von einem großen Becher Kaffee samt Schokolade.

„Beschäftigen wir uns als Erstes mit unseren hydroakustischen Methoden, die auf dieser Fahrt zum Einsatz kommen.“ Er nippte an dem starken Gebräu und ließ ein Stück Schokoriegel folgen. Ungeduldiges Geräusper erklang, während er genüsslich auf der Mischung herumkaute.

„Um ein möglichst detailliertes Abbild des Meeresbodens zu erlangen“, begann er schließlich, „fahren wir mit dem Multibeam und dem Atlas Parasound Profile quer zum Kontinentalhang. Während der Tage, die ihr dort hinten auf dem Wandkalender rot angemarkert findet, fahren wir 24-Stunden-Schichten. Jeder von euch wird abwechselnd eine Nacht als Wache vor den Geräten verbringen.“

„Sind Sie auch mit dabei?“, flötete Susan, die blonde Studentin, die er bereits hatte kennenlernen dürfen. „Falls ja, übernehme ich gern sämtliche Nachtschichten.“

Er blockte den Annäherungsversuch mit der üblichen Masche ab. Ein sanftes Lächeln, ein unbeeindruckter Blick sowie eine wohldosiert feste Stimme. „Während der Tage, die ihr hier verbringt, werde ich immer anwesend sein. Aber ich lasse nicht zu, dass deine Aufmerksamkeit leidet und wir ergo die Ergebnisse der Messgeräte im schlimmsten Fall als nutzlos betrachten müssen. Falls es dir also nicht möglich sein sollte, dich in meiner Anwesenheit zu konzentrieren, müssen wir über einen adäquaten Ersatz nachdenken.“

„Kein Problem, Dr. Jacobsen. Für Sie bin ich die Konzentration in Person.“ Susan kicherte. Die drei männlichen Studenten warfen ihr einen genervten Blick zu.

„Da vier von ihnen noch nie etwas von diesen Geräten gehört haben“, fuhr Christopher fort, „will ich sie kurz erläutern. Das Multibeam ist dafür da, Signale im hohen Frequenzbereich in einem weiten Winkel auszusenden. Wir reden hier von circa zwölf kHz. Damit erhalten wir auf einer Breite von vier Kilometern eine genaue Topografie des Meeresbodens. Das Parasound wiederum funktioniert als Echolot-System. Es arbeitet mit Frequenzen von achtzehn bis dreiunddreißig kHz. Die Signale dieses Geräts dringen bis zu zweihundert Meter in das Sediment ein, wobei es im Gegensatz zum Multibeam kein flächendeckendes, sondern nur ein zweidimensionales Signal liefert. Dafür liefert es uns genaue Informationen darüber, aus welchem Material die verschiedenen Schichten des Ozeanbodens bestehen. Ergo erfahren wir jede Menge über seine Beschaffenheit, und dieses Wissen hilft uns bei der Einschätzung, wo wir lange Sedimentkerne entnehmen können.“

„Warum?“, fragte einer der Studenten.

Er musste über diese trockene Entgegnung lachen. „Wir hoffen, so die Klimageschichte der letzten zwanzigtausend Jahre rekonstruieren zu können. Die Lage und Ausdehnung der Sauerstoffminimumzone spielt dabei eine tragende Rolle.“

… und wir schauen ganz nebenbei, wo sich die Ausbeutung des Meeres so richtig lohnt, fügte er in Gedanken hinzu. Er musste gähnen und streckte sich, ratterte während der nächsten zwei Stunden die Anweisungen herunter und führte die Studenten in die Bedienung der Geräte ein. Ausgenommen von Susan, deren Konzentration tatsächlich schwer zu leiden schien und gerade dazu taugte, ihm auf die Pelle zu rücken, war jeder der Anwesenden aufmerksam und lernbegierig. Noch vor Ablauf der vorgegebenen Zeit waren die Studenten eingewiesen und seine erste Aufgabe auf diesem Schiff beendet.

Es war kurz vor elf, als er geduscht vor Mayas Kabine stand. Einen Moment zweifelte er, ob es wirklich ratsam war, was sie zu tun gedachten. Es war gewagt, keine Frage, aber er musste mehr über sich wissen. Und so vielleicht einen Weg finden, die Verwandlung zu verlangsamen.

Maya hockte im Schneidersitz auf ihrem Bett und sprang auf, als er eintrat. „Hallo, mein Lieblingsfisch. Wenn ich bitten dürfte?“

Sie setzte sich auf einen Klappstuhl und deutete auf den zweiten. Ein dumpfes Gefühl füllte seinen Magen, als er das auf dem Tisch stehende Metall-Tablett entdeckte. Ohne Frage vertraute er Maya. Aber vertraute er auch sich selbst?

„Alles in Ordnung?“

„Sicher doch.“ Er nickte und setzte sich. Allein ihr Gesicht zu sehen, ihr Lächeln und dieses nervöse Glitzern in kohlschwarzen Augen, machte ihn schwindelig vor Liebe. „Sollen wir?“

„Gern.“ Maya strich mit dem Zeigefinger über das Orca-Emblem seines Shirts und schien nachzudenken. „Alan hat mir für heute Nacht sein Labor zur Verfügung gestellt. Es ist neben dem Lager der einzige Raum, den man abschließen kann, und Alan wiederum ist neben dir und Jeanne das einzige Wesen an Bord, für das ich meine Hand ins Feuer legen würde. Das heißt, ich kann dir heute Nacht bei der Suche nach deiner Andersartigkeit behilflich sein.“

„Nur zu. Tob dich aus.“ Er begutachtete die Hautstanze auf dem Tablett. Sie erinnerte an einen dicken, türkisfarbenen Kugelschreiber und sah, sofern man nicht wusste, wofür sie gedacht war, vollkommen harmlos aus.

„Wirklich?“ Wie ein kleines Mädchen kaute sie auf ihrer Unterlippe. „Ich will nichts tun, was du nicht auch willst.“

„Ich habe dich darum gebeten, soweit ich mich erinnere.“

„Ja. Ich komme mir nur vor wie … ach egal, los gehts.“ Sie zog Latexhandschuhe über, griff nach einem verschweißten Tütchen und zog ein Desinfektionspad heraus. „Wir fangen mit dem am häufigsten untersuchten Elixier des menschlichen Körpers an. Hat man dir schon mal Blut abgenommen? “

„Nein.“ Er beobachtete, wie sie mit dem Pad über seine Armbeuge strich. Merkwürdigerweise wurde ihm schläfrig davon. Ihre Bewegungen waren so sanft und vorsichtig.

„Keine Sorge, man merkt es kaum.“ Er hörte regelrecht, wie Mayas Herz einen aufgeregten Hüpfer vollführte. Wie sie da vor ihm saß, nervös und völlig aufgelöst, war sie unerträglich reizend. Plötzlich erschien ihm seine Jeans zu eng. „Ich habe die Dinger früher abgöttisch gehasst, aber nachdem ich mal von einem Schnabeltier gestochen wurde, musste ich mich dran gewöhnen.“

Er musste lachen. „Ein Schnabeltier hat dich gestochen?“

„Yepp. Die Männchen besitzen an den Hinterbeinen Sporne, die während der Paarungszeit Gift absondern. Leider kam ich dem Vieh ausgerechnet zu dieser Zeit in die Quere. Die Schmerzen sind unbeschreiblich. Nicht einmal hoch dosiertes Morphium hilft dagegen. Und das Beste ist, dass sie monatelang anhalten können. Wenn man Pech hat.“ Ihre Hände begannen zu zittern.

„Ganz ruhig“, flüsterte er. „Nicht so nervös.“

„Du hast gut reden.“ Sie atmete tief durch, klopfte auf seine Armbeuge und betrachtete versunken das Pulsieren der hervortretenden Vene. „Faszinierend.“ Ihre Stimme war wie ein Säuseln.

Mit der Spitze ihres Zeigefingers berührte sie das malvenfarbene Blutgefäß und sah versunken aus. Christopher wusste, woran sie dachte. Die Nacht im Hotel. Der Regen und der Duft nach nasser, heißer Haut. Er konnte ihre Gefühle spüren, als wären sie auf magische Weise miteinander gekoppelt. Es war wie in jener Nacht im Meer, als er in die Seele des Hais geblickt hatte. Nur vermittelte ihm Maya keine Bilder.

„Wenn du so weitermachst", tadelte er, „sitzen wir übermorgen noch hier."

„Verzeihung."

Zwei Sekunden später floss sein Blut in den Kolben, ganz normal aussehend, klammerte man den Umstand aus, dass es ihm zu dickflüssig erschien. Maya presste die Lippen aufeinander, während sie darauf wartete, dass das Gefäß sich füllte. Dann zog sie die Nadel heraus, löste das Gummiband um seinen Oberarm und legte alles zurück auf das Tablett.

„Und?" Zitternd presste sie einen Wattebausch auf den Einstich und bemühte sich kläglich, ihre Aufregung zu kaschieren. Aber selbst wenn sie eine perfekte Schauspielerin gewesen wäre, hätte er sie durchschaut wie ein Gefäß aus Glas.

„Was und?"

„Wie war ich?"

Er grinste. „Als Frau Doktor bist du unwiderstehlich."

Sie hustete in ihre zur Faust geballte Hand. Ihr Gesicht glühte. „Ich fühle mich eher wie eine irre Wissenschaftlerin, die arme Fische seziert."

„Was wirst du da drin alles sehen?"

„In deinem Blut?"

„Ja."

„Alles Mögliche. Das erkläre ich dir später. Jetzt brauch ich noch ein Stückchen Haut und eine Schuppe. Falls sie noch da sind."

„Sind sie."

Sie nahm ein Fläschchen und eine weitere Spritze, diesmal mit feinerer Nadel. Konzentriert zog sie einige Milliliter der klaren Flüssigkeit auf, klopfte gegen den Kolben und drückte den ersten Strahl heraus. „Das hier betäubt die Stelle", beeilte sie sich zu erklären. „Du wirst nichts merken. Der türkisfarbene Stift ist eine sogenannte Hautstanze. Es ist so ziemlich das Schärfste, was Alan zu bieten hat." Sie verkrampfte sich und deutete auf sein T-Shirt. Am liebsten hätte er sie hier und jetzt mit Küssen überschüttet. „Das musst du ausziehen."

Er gehorchte, ließ das Kleidungsstück zu Boden fallen und genoss Mayas weit aufgerissene Augen, als er halb entblößt vor ihr saß. Ihre Bewunderung zu spüren war aufregend.

„Oh Mann", ächzte sie. „Wohin ist meine Selbstdisziplin entschwunden? Wohin hat sich die Wissenschaftlerin geflüchtet, die das hier ohne mit der Wimper zu zucken erledigt hätte?"

Er seufzte unwillkürlich. „Maya, du bist herrlich."

„Hm." Ihr Blick war auf seine Brust fixiert. Das Muster begann wieder zu schimmern, ein untrügliches Zeichen seiner Erregung. „Ich habe nicht das Recht, das hier zu tun. Eine Narbe wird bleiben. Nur wegen mir. Ein Makel auf dieser wundervollen

Haut."

„Unsinn." Langsam bekam er Lust, sie durchzuschütteln. „Meine Heilungskräfte sind ziemlich ausgeprägt. Außerdem scheinst du zu vergessen, dass du nur meine Bitte erfüllst. Jetzt mach schon."

Sie nickte verkrampft, suchte eine Stelle über dem rechten Brustmuskel aus und tat das Nötige. „Gleich müsste es taub werden." Maya ergriff die Stanze. „Wenn ich Glück habe, kann ich dir erklären, wie das Leuchten zustande kommt."

„Das wäre fantastisch."

Sie runzelte die Stirn. „So, jetzt ist es raus. Ich mache das hier nicht nur, um dir zu helfen oder um deine Bitte zu erfüllen. Ehrlich gesagt platze ich vor Neugier."

Jetzt kam er nicht umhin, ihr liebevoll das Haar zu zerzausen. „Du bist, was du bist, meine Lieblingsforscherin."

„Na wunderbar. Hast du das grade gemerkt?"

„Was?"

„Genau das wollte ich hören. Also, ich entnehme jetzt ein kleines Stück Haut." Sie setzte die Stanze an, drückte sie in das Fleisch und ließ keine zwei Sekunden später die Probe in das Röhrchen fallen. „So, das war's auch schon. Jedenfalls fast. Dürfte ich dir noch ein letztes Mal an die Wäsche?"

Er nickte und starrte fasziniert auf das Loch in seiner Haut. Er wollte es betasten, als Maya seine Hand einfing.

„Finger weg. Ich werde es gleich flicken, dann lass ich dich in Ruhe. Als Ausgleich darfst du mich auch piesacken, auf welche Weise auch immer. Ich kann dir gern einen Foltergutschein auf meinen Namen ausstellen."

Sie nahm eine Pinzette, packte eine der kleinen Schuppen, die seine rechte Taille zierten, und riss sie heraus.

Er zuckte zusammen, als ein scharfer Schmerz durch sämtliche Nervenbahnen raste. „Autsch! Das war nicht gerade sanft."

„Verzeihung. Ich hatte erwartet, dass du in dieser Hinsicht unempfindlich bist."

„Bin ich nicht. Das war die erste und letzte Schuppe, die du von mir bekommen hast."

Sie hob sein Hemd auf, setzte ihr süßestes Lächeln auf und reichte ihm das Kleidungsstück. Ein Knurren, halb gerührt, halb erregt, grollte in seiner Kehle.

„Foltergutschein?" säuselte sie.

„Für jede einzelne Nacht, die wir auf diesem Schiff verbringen."

„Liebend gern." Sie verschloss das Biopsieloch mit zwei Stichen, legte eine Kompresse darauf und fixierte sie mit vier Pflasterstreifen. „Jetzt schlaf eine Runde. Ich verkriech mich mit meinem persönlichen Heiligen Gral und sage dir in ein paar Stunden, was ich rausgefunden habe." Sie zog die Handschuhe aus und stand mitsamt dem Tablett auf. Dann murmelte sie ein leises „Danke."

„Wofür?" Christopher legte sich auf das Bett und verschränkte die Arme unter dem Kopf. Zu gern hätte er Maya an sich gerissen und seinen Hunger gestillt, doch jetzt war es Zeit für sie, sich um andere Dinge zu kümmern.

„Für alles", antwortete sie, senkte den Blick und huschte hinaus.

Eine halbe Stunde verbrachte er in der winzigen Duschkabine, deren Enge den Vorteil hatte, dass man einnicken konnte, ohne umzufallen. Nachdem ihm das Wasser zu einem halbwegs angenehmen Körpergefühl verholfen hatte, holte er sich mithilfe der Bezahlkarte zwei Schokoriegel und drei Wasserflaschen aus dem Automaten, vernichtete beides umgehend und kehrte in seine Koje zurück, um ein wenig Schlaf zu finden. Doch deren Enge ließ ihn kein Auge zutun. Die Wände krümmten sich zusammen, rückten näher und näher, als wollten sie ihn zerquetschen. Er musste hier raus.

Vielleicht erging es Jeanne genauso, denn sie war seit dem Abendessen nicht mehr aufgetaucht und streunte irgendwo auf dem Schiff herum, vermutlich in Begleitung von Solander. Spätestens nach der dritten Afrikageschichte hatte sie einen Narren an dem alten Mann gefressen und ließ sich von abenteuerlichen Anekdoten unterhalten.

Er nahm sein Kopfkissen und zwei Decken, schlich an Deck und suchte nach einer geschützten Stelle. Fündig wurde er zwischen zwei knallgelben Containern, die am Heck standen, und richtete sich dort ein provisorisches Lager her. Hier lag es sich weitaus besser. Er fragte sich, was Maya in seinem Blut finden würde. Waren es nur Kleinigkeiten, die ihn vom menschlichen Metabolismus trennten, oder war auf den ersten Blick zu erkennen, dass er niemals humanoid gewesen war?

Abgesehen von gewissen Hoffnungen, die er hegte, gefiel ihm der Gedanke, dass sie sich mit einem Teil von ihm beschäftigte. So konnte sie wenigstens ein Stück weit in seine Welt eintauchen und ihn vielleicht besser verstehen. Oder es bewirkte das Gegenteil. Im Geiste sah er die Tabelle des Census of Marine Life vor sich, umgangssprachlich auch Volkszählung der Meere genannt. Ein zentrales Projekt von Meeresbiologen zur Erforschung der Ozeane, das Wissenschaftler in mehr als zweiundachtzig Ländern und auch die Crew dieses Schiffes damit beschäftigte, eine globale Datenbank mit neuen Arten zu füllen.

Ort: Südamerika, tropische Pazifikküste
Lebewesengruppe: sonstige Wirbeltiere
Anzahl neuer Arten: 1
Beschreibung: Chimäre aus Mensch und Fisch

Ein beunruhigender und doch erheiternder Gedanke, dass ausgerechnet er auf diesem Schiff stand, sich als Forscher tarnte und es als seine Aufgabe betrachtete, der Wissenschaftswelt die ultimative Entdeckung vorzuenthalten. Eine Volkszählung der Meere … das war typisch menschlich. Natürlich stand auch beim Census of Marine Life der Gedanke an Ausbeutung mit an oberster Stelle. Neue Arten brachten im besten Fall neue Wirkstoffe für Pharmaindustrie oder sonstige Möglichkeiten, die jeweiligen Lebewesen gewinnbringend zu nutzen.

Nach wie vor ruhelos stand er auf und ging zur Reling. Umgeben von all diesem Wasser, ein fernes Echo der Stimmen im Kopf, fiel es schwer, Schlaf zu finden. Er konnte sich nicht sattsehen am Spiel des Wassers. Pechschwarz war der Spiegel des Meeres. Außerhalb der schäumenden Kaskaden, die die Schiffsschrauben aufwarfen, wellte es sich wie Seide, geschmückt vom Widerschein der Sterne und einem sonderbaren Leuchten, das hier und da durch die Oberfläche drang. Es ähnelte zusammengeklumpten, glühenden Kohlen. Dann wieder glomm etwas im Wasser, das einem großen, orangegelben Auge glich.

Unzählige Tiefseewesen kamen an die Oberfläche, um zu fressen. Die größte Wanderung dieses Planeten. Welche wundersamen Geschöpfe würden sich ihm offenbaren, wenn er hier und jetzt ins Wasser ginge? Kaum ließ er diesen Gedanken zu, wurden die Stimmen in seiner Wahrnehmung lauter. Er klammerte sie aus, drängte sie in den Hintergrund und verspürte Triumph, als tatsächlich Stille einkehrte. Die Wesen gehorchten ihm, obwohl ihre Ungeduld wuchs.

Christopher sah sich um. Hinter ihm an der Wand war eine Leiter befestigt. Ihr oberes Ende passte vermutlich in die beiden Löcher vor dem Teil der Reling, der offen war. Bei dem Gedanken, mit ihrer Hilfe ins Wasser zu gelangen, wurde ihm heiß und kalt vor Verlangen. Das Schiff bewegte sich langsam, er würde sich problemlos an der Leiter festhalten können. Falls ihn jemand entdeckte, würde er behaupten, ihn hätte die Lust auf ein Bad gepackt. Andererseits hingen überall Belehrungen, dass das Schwimmen ohne Erlaubnis strikt verboten war. Würde man, da jeder Einzelne auf diesem Schiff ihn als Ehrengast zu betrachten schien, Milde walten lassen?

Stimmen ließen ihn herumfahren. Drei Matrosen stiegen auf das Deck, schlenderten an der Reling entlang und pafften bleichen Zigarettenqualm in den Nachthimmel. Ein paar Mal wandten sie sich um und betrachteten ihn neugierig.

Drei Tage, hatte Maya gesagt. Drei Tage, bis er seinem Verlangen nachgeben konnte, ohne eine Entdeckung zu befürchten. Er schloss die Augen und versuchte zu entspannen. Doch kaum hielt zaghafte Ruhe Einkehr in seinen Geist, hörte er statt seiner Artgenossen die Wale singen. Sie waren zurückgekehrt. In einiger Entfernung zum Schiff durchmaßen sie das Wasser und riefen nach ihm, nicht fordernd, sondern mit spielerischer Unschuld. Aufmerksam lauschte er ihren Lauten. Es war keine Sprache, wie sie Menschen benutzen. Keine Worte, sondern Empfindungen. Sie tauchten in ihm auf, so deutlich und unmissverständlich, so wunderbar einfach und klar, dass es ihn über alle Maßen entzückte. Eine Zeit lang lauschte er ihrem Gesang, während Bilder seinen Geist durchzuckten. Eindrücke von Wanderungen durch die Meere dieser Welt. Erinnerungen an Tod, Familienglück und wilde Kämpfe, viele von einer Intensität, die menschlichen Emotionen in nichts nachstand oder sie gar übertraf.

Die Tiere wollten, dass er zu ihnen kam. Sie lockten und riefen ihn, so wie die See ihn lockte und rief, doch als er ihnen in Gedanken vermittelte, warum er in der Welt aus Luft und Erde blieb, verfielen sie in Schweigen. Da war keine Wut oder Enttäuschung. Nur das Wissen, dass sie nichts weiter tun mussten, als zu warten.

Wenn Maya doch nur teilhaben könnte an allem, was er fühlte. Über ihm glommen Millionen Sterne am Firmament, und während er dort hinaufblickte, erschien ihm die Weite des Alls noch unbegreiflicher als die des Ozeans. Alles erschien magisch und unbegreiflich, und er war ein Teil dieser Magie.

Lange stand er an der Reling, bis sich nähernde Matrosen ihn wieder in den Schutz der Container trieben. In der Hoffnung, nicht entdeckt zu werden, rollte er sich in seine Decke ein und verharrte still. Die Stimmen der Männer entfernten sich, das Schweigen der Nacht hielt wieder Einkehr. Er verschränkte die Arme unter dem Kopf, starrte zum Himmel und genoss den Gedanken daran, wo er war. Am anderen Ende der

Welt, auf dem größten Ozean dieses Planeten. Und dabei, sein Schicksal zu erfüllen.

„Schau an“, murmelte jemand. „Was haben wir denn da? Einen blinden Passagier? Du weißt schon, dass man die im Fall ihrer Enttarnung über Bord wirft?“

Schlagartig öffnete er die Augen. Das Gesicht des Schiffsarztes schwebte über ihm, knochenbleich, umrahmt von zerzaustem rotem Haar. Er musste eingeschlafen sein. Gefühlsmäßig waren für ihn nur Sekunden vergangen, doch hinter dem Schatten, der sich über ihn beugte, schimmerte das grüne Band der Morgendämmerung.

„Ganz ruhig. Ich verpfeif dich schon nicht.“ Alan nahm einen Zug von seiner Zigarette und trat zurück. Diesmal trug er eine schwarze Armyhose nebst einem kakifarbenen T-Shirt, auf dessen Brust *Rom brennt und ihr merkt es nicht* stand. „Aber an deiner Stelle würde ich hier aufräumen, bevor die Mannschaft auftaucht. Ist zwar noch früh, aber der Bär steppt hier schon zu unchristlichen Zeiten.“

Christopher gehorchte, zu schlaftrunken, um klar zu denken. Er knüllte sein Bettzeug zusammen, klemmte es sich unter den Arm und trat neben Alan an die Reling.

„Schicker Schlafanzug.“ Der Schiffsarzt grinste und pustete eine Qualmwolke aus. Dunstschwaden hingen über dem Wasser. Ein silbernes Tuch zwischen lapislazuliblauem Himmel und indigofarbenem Wasser. „Ich liebe schwarze Seide. Ist ideal bei dieser Hitze. Schokoriegel? Das ist der letzte. Drei hatte ich schon.“

Er fischte denselben aus seiner Hosentasche und bot ihn Christopher an. Es war unübersehbar, dass die Schokolade unter Alans Körperwärme gelitten hatte.

„Nein, danke.“

„Verstehe.“ Der Schiffsarzt nickte gewichtig. „Zack, rief die Kalorie, und saß auf der Hüfte.“

Er musste lachen. „Darum geht es nicht. Um diese Zeit bekomme ich nie was runter.“

„Richtig so. Ist nur blöd, wenn man die Verbrennung eines Atomkraftwerkes besitzt. Sieh mich an. Ich fresse praktisch pausenlos und sehe aus wie ein magersuchtiges Mitglied der Adams Family. Egal. Sieh mal, ist das nicht der schönste Moment des Tages?“ Der Schiffsarzt lehnte sich mit einem Seufzer purer Zufriedenheit über die Reling. „Der frühe Morgen, wenn die ganze Welt noch schläft und einem das Gefühl gibt, mit sich selbst allein zu sein. Dann kann man noch atmen. Die Tatsache ausklammern, dass unsere tolle Welt auf Lügen aufgebaut ist, und einfach nur existieren. Verstehst du, was ich meine?“

„Ziemlich gut sogar.“ Windböen streichelten über sein Gesicht. Kühl und vom Duft nach Salz durchdrungen. Noch immer spürte er die Anwesenheit der Wale. Irgendwo dort draußen, verborgen hinter Schleiern aus Dunst, zogen sie geduldig durch die dunkle Tiefe. Er fragte sich, wie es sein würde, sie zu berühren. Bei ihnen zu sein und mit ihnen zu schwimmen. Ohne Frage warteten die Tiere darauf, dass er genau das tat.

„Wusste ich doch, dass wir ähnlich ticken.“ Alan rieb sich die dunkel umrandeten Augen. Er sah müde und übernächtigt aus, doch in ihm vibrierte ein Übermaß an Energie. Dieser Mann war wie ein lodernder Stern, der seine Materie im Schnelldurchlauf verfeuerte. „Immerhin vergöttert dich Maya. Wer auf ihrer Wellenlänge schwimmt, muss etwas Besonderes sein. Die Lady ist einfach zu durchgeknallt. Ich mag so was. Würde sie mir nie anders wünschen."

Christopher fiel nichts zu erwidern ein, weshalb er minimalistisch mit einem Nicken antwortete.

„Lass mal." Alan winkte ab. „Normalerweise bin ich morgens so einsilbig wie du, aber auf diesem verdammten Schiff finde ich keinen Schlaf. Da treibt es mich um. Schrecklich, so was. Ich verbrauche ganze Tiegel voll Make-up, nur um diese blöden Augenringe zu kaschieren. Man muss schließlich vertrauenswürdig aussehen. Oder würdest du dir von einem übernächtigten Arzt, der kaum noch geradeaus gucken kann, was sagen lassen?"

Er grinste und entschied, Alan zu mögen. „Ich lasse mir von niemandem was sagen."

„Du gefällst mir." Der Schiffsarzt versuchte sich an einem Rauchkringel, der reichlich unförmig ausfiel. „Hübsche Hülle, rebellischer Kern. Wie auch immer. Zum guten Glück gibt's Camouflage-Make-up und Pferdeberuhigungsmittel."

„Pferdeberuhigungsmittel?"

„Als mich mein erster Mann verlassen hat, hab ich mich selbst damit narkotisiert."

„Aha." Er versuchte, seine Überraschung nicht nach außen zu kehren, doch der Versuch scheiterte.

„Keine Sorge, ich bin wieder verheiratet und absolut treu." Alans Blick musterte ihn von Kopf bis Fuß und nahm etwas Verklärtes an. „Leider, verdammt noch mal. Ich schwör dir, wenn ich nicht vergeben wäre und du nicht vergeben wärst, dann … egal. Schwamm von gestern. Schnee drüber. Der Trip war jedenfalls grottig. War wohl die falsche Dosierung. Zuerst erschien mir meine Wohnung dreimal größer als in Wirklichkeit, sodass ich schon Kataloge wälzte, um mir neue Möbel zu bestellen. Dann wurde meine weiße Tapete bunt und mir übel. Kurz nach dem Übergeben schlief ich ein. Vor dem Klo."

„Für wie lange? Zwei Tage?"

„Nein. Ich knackte genau fünfzig Minuten lang. Falsche Dosierung eben. Dafür brach ich den Rekord im Dauerkotzen. Es ist ein Mysterium, dass bei solchen Gelegenheiten zehnmal mehr aus dem Körper rauskommt, als man reingetan hat."

Alan verstummte. Schmachtend wie ein Stummfilmschauspieler sah er der Morgendämmerung zu, deren Grün zu Orange wurde, begrenzt von Gelb und leuchtendem Türkis. Vögel tauchten am heller werdenden Himmel auf. Albatrosse, Seeschwalben und Tölpel.

„Von denen müssen wir uns bald verabschieden." Der Schiffsarzt deutete mit seiner qualmenden Zigarette auf die Tiere. „So weit, wie wir rausfahren, fliegen sie nicht. Ausgenommen die Albatrosse. Weißt du, dass sie ihr gesamtes Leben fliegend über dem Meer verbringen? Sie fliegen immer, sogar im Schlaf und bei der Paarung. Nur ein Mal im Jahr berühren ihre Füße Land. Und das nur zum Brüten. Aber ich muss bescheuert sein. Erkläre ich das gerade St. Andrews jüngstem Dozenten für Meeresbiologie und Geochemie? Verzeihung."

„Kein Problem. Schöner Gedanke übrigens. Sein Leben lang zu fliegen."

„Ja, irgendwie schon.“ Alan legte nachdenklich den Kopf schief. „Da, wo wir hinfahren, gibt es statt Vögel halt geflügelte Fische. Wahre Kamikazeflieger, diese Viecher. Einmal klatschte mir so ein Ding ins Gesicht, als ich gerade meine Probe aus dem Zac pflückte. Ich trug eine Platzwunde davon und der Fisch machte sich auf in den Orkus. Wir brieten ihn zum Abendessen.“

„Armes Ding.“

„Wer? Ich oder der Fisch?“

„Such's dir aus.“ Christopher streckte sich und gähnte, was Alan mit vergnügtem Grinsen verfolgte.

„Mann, Mann“, brummte der Schiffsarzt. „Du bist ein noch größerer Morgenmuffel als ich. Aber besser, ich reiße dich aus deinem Schlummer als einer dieser Volltrottel. Die hätten nämlich für Ärger gesorgt, das kannst du mir glauben. Verstehen keinen Spaß, diese Spießer.“

Plötzlich stutzte Alan und nahm Christophers Arm in Augenschein. Ein blauer Fleck prangte auf seiner Haut.

„War das Maya? Sieht stümperhaft aus.“

„Das ist nur … nichts.“

„Nur nichts? Schon klar. Falls es Maya war, kannst du von Glück reden, dass du noch lebst. Ihren Crashkurs in Sachen Medizin hat die Gute nämlich bei mir absolviert, und mein zweiter Vorname ist Schlächter. Wer bei mir zum Blutspenden kommt, dem reiche ich Pistole und Eimer.“

Warum Maya diesen Mann mochte, war ihm spätestens jetzt klar. Er war so etwas wie ihr männliches Pendant und löste eine Sympathie in ihm aus, die selbst von Alans indiskretem Gegaffe nicht beeinträchtigt wurde.

„Du denkst dir grade, dass unsere Professorin und ich zusammenpassen wie der Arsch auf den Eimer.“ Der Schiffsarzt nickte gewichtig. „Stimmt. Aber trotzdem waren wir nie ein Paar. Ich bin glücklich verheiratet und schwul, was natürlich nicht ausschließt, dass ich sie süß finde. Maya ist eine Sahneschnitte, für die ich glatt schwach werden würde. Aber wenn zwei Temperamentbolzen aufeinandertreffen, sollte daraus niemals eine Beziehung entstehen. Die dabei entstehende Energie genügt, um einen Atompilz zu erzeugen. Oder wahlweise ein Raum-Zeit-Paradoxon. Maya und ich, das wäre ungefähr so, als würden Zeus und Poseidon sich Ecstasy reinpfeifen und um die Häuser ziehen. Du verstehst?“

„Ich würde dich sowieso niemals an sie ranlassen.“ Er warf Alan einen vielsagenden Blick zu und milderte ihn mit einem Zwinkern. „Sie gehört mir.“

„Uuh.“ Der Schiffsarzt wedelte mit der Hand. „Keine Sorge. Ich nehme dir dein Mädel nicht weg. Aber jetzt will ich wissen, warum sie dir das angetan hat.“ Er deutete auf den blauen Fleck. „Warum zum Teufel hat sie mich angefleht, ihr für eine Nacht mein Heiligtum zu überlassen? Hat das was mit dir zu tun?“

„Nein. Oder ja. Mehr oder weniger.“

„Jetzt mal Klartext.“

Er seufzte und suchte nach unverfänglichen Worten. „Sie wollte mir bei ein paar Antworten helfen. Bezüglich einer Anomalie.“

„Anomalie im Sinne von krank?“ Alans Augen weiteten sich. Ob vor Mitgefühl oder Neugier, konnte er nicht definieren.

„Nein.“

„Sondern?“

Christopher holte tief Luft. Das hier war ein guter Zeitpunkt, um seine Besonderheit ein wenig herabzuwürdigen. „Also gut. Es ist eine Art Krankheit. Aber nichts Ernstes oder Ansteckendes. Es besteht keine Notwendigkeit, das Schiff zu evakuieren.“

„Aha.“ Alan schnippte seinen Zigarettenstummel in den hinter ihm stehenden Mülleimer. „Von mir aus. Es scheint dir ja gut zu gehen, ausgenommen der Tatsache, dass du ein bisschen anämisch zu sein scheinst. Fühlst du dich oft schlapp?“

Ihm entfuhr ein unwilliger Laut. Sein Gegenüber nahm das zum Anlass, schuldbewusst auf der Unterlippe zu kauen.

„Tschuldigung. Ich geh manchmal zu sehr in meinem Job auf. Deine privaten Angelegenheiten gehen mich nichts an. Aber falls du Hilfe brauchst, komm zu mir. Ich bin zwar ein Sadist, kenne mich auf dem medizinischen Sektor aber besser aus als Maya. Schau mal, ist das nicht schön?“ Alan nickte gen Osten, wo der Sonnenaufgang in einem Feuerwerk aus Rot, Orange und Gold entflammte. „Wenn ich daran denke“, fuhr der Schiffsarzt säuselnd fort, „dass eine winzige Geste der Natur genügt, um uns alle vom Angesicht des Planeten zu fegen, empfinde ich echte Demut. Alles, was der Mensch für so wichtig hält, wäre plötzlich weg. So, als hätte es all dieses Chaos nie gegeben. Die Welt unter Wasser ist so wunderbar einfach. Alles hängt zusammen, alles baut aufeinander auf. Die Regeln sind klar und jedes Lebewesen hält sie ein. Am Anfang steht das Sonnenlicht. Es lässt das pflanzliche Plankton wachsen, von dem sich das tierische Plankton ernährt. Letzteres wiederum ist eine unerschöpfliche Nahrungsgrundlage für die Fischschwärme. Schwärme, die ihrerseits die großen Räuber ernähren. Thunfische, Robben, Schwertfische, Dorsche, Makrelen und Marline. Zuletzt kommen die ganz Großen. Die Delfine, Haie und Wale. Sterben diese Geschöpfe, werden sie am Meeresgrund von Krabben, Aalen und Wirbellosen gefressen. Die Knochen, die übrig bleiben, werden am Ende von mikroskopisch kleinen Lebewesen zu Stoffen zersetzt, die das Wasser und damit das pflanzliche Plankton düngen. Alles beginnt wieder von vorne. All diese wunderbaren, perfekt aufeinander abgestimmten Symbiosen. Jedes Mal, wenn ich mir vor Augen führe, dass dieser Kreislauf seit Ewigkeiten funktioniert, dann hasse ich meine Spezies. Sie hinterlässt eine Spur der Vernichtung in ihrem Kielwasser, die ihresgleichen sucht. Der Mensch erfüllt im Kreislauf der Dinge keine Aufgabe mehr. Wenn wir es ganz klar und nüchtern betrachten, ist er nichts weiter als eine Plage ohne Sinn und Nutzen. Zu Land wie zu Wasser benimmt er sich wie ein respektloser Rüpel.“

Plötzlich wurde eine Tür aufgestoßen. Synchron fuhren sie beide herum, als etwas Weißes auf sie zuschoss.

„Da bist du ja.“ Maya umfasste Christophers Schultern und strahlte, dass es eine wahre Freude war. „Kommst du mal eben? Ich muss dringend mit dir reden.“

„Guten Morgen, Maya.“ Alan betrachtete sie mit unverhohlenem Wohlgefallen. „Der Kittel steht dir ausgezeichnet. Ihr beide solltet euch dringend fortpflanzen. Was gäbe das für reizende Kinder. Tut mir den Gefallen, ja? Solche Gene zu verschwenden wäre pure Sünde."

„Falls es klappt, ernennen wir dich zur Patentante. Jetzt komm schon."

Maya packte Christopher am Arm und zog ihn hinter sich her. Die Treppe hinunter, in den Schiffsbauch hinab bis zu ihrer Koje. Hastig schob sie ihn hinein und schlüpfte hinterher.

„Das ist der Hammer. Ich habe mit allem Möglichen gerechnet, aber nicht damit."

Es fiel ihm schwer, sich zu sammeln. Gedanklich stand er noch immer mit Alan an der Reling und hörte ihn über den Kreislauf der Dinge schwadronieren. Maya drückte ihn auf einen Stuhl, setzte sich auf den zweiten und tippte ihm auf die Brust.

„Also willst du wissen, wie das da entsteht?"

„Nur zu."

„Das ist fast wie bei Aequorea victoria."

„Bitte? Du meinst die Qualle?"

„Genau. Das Schimmern entsteht durch das primäre Photoprotein Aequorin. Und da es im Laufe seiner Reaktion nicht chemisch umgewandelt wird, sondern nach der Entstehung des Lichts in den Ausgangszustand zurückkehrt, ist es praktisch unbegrenzt wiederverwendbar. Ist das nicht faszinierend?"

„Nun ja …" Er dachte nach, während Maya auf ihrem Stuhl auf und ab wippte. „Bei der Qualle entsteht durch Wechselwirkung mit einem fluoreszierenden Protein grünes Licht, aber bei mir muss es was anderes sein."

„Ja." Sie kicherte. „Keine Ahnung, was es ist. Das konnte ich nicht herausfinden."

„Hätte ich den Fischschwanz der Meerfrau nicht gesehen, würde ich mir spätestens jetzt ernsthafte Sorgen machen."

„Ich mir auch. Wo waren wir stehen geblieben? Ach ja, deine Haut ist sozusagen amphibisch."

„Was?"

„Genau." Sie verschränkte die Arme vor der Brust. Ihr Gesicht glühte wie ein Hochofen. „Auf dem Quadratzentimeter, den ich entnommen habe, befanden sich außerordentlich viele Schmerz-, Druck- und Thermorezeptoren. Besonders abgehoben war die Dichte deiner Tastrezeptoren. Was bedeutet, dass deine Haut enorm empfindsam sein muss. Sie ist im Übrigen vollkommen haarlos und sehr dünn. So kannst du im Wasser Sauerstoff aufnehmen und der Strömungswiderstand ist niedriger. Zugleich erklärt es deine Neigung zum Austrocknen. Es besteht aber auch die akute Gefahr, Gifte über die Haut aufzunehmen. Wahrscheinlich wärst du aus den Latschen gekippt, wenn du dich in den Hotelpool gestürzt und das Chlor aufgesaugt hättest. Oh Gott, das ist alles zu geil. Kneif mich mal."

Okay, Maya hatte also herausgefunden, dass er die Eigenschaften einer Qualle und die Haut eines Lurches besaß. Wenn das nichts Erheiterndes war.

„Wahrscheinlich kannst du mit deiner Haut alles Mögliche unter Wasser wahrnehmen." Ihre Augen funkelten vor Begeisterung. „Feinste Temperaturschwankungen, Druckveränderungen, chemische Zusammensetzungen, Impulse und so weiter. Wir sollten unsere Tests dringend fortsetzen. Draußen auf See. In drei Tagen."

Flink wie ein Eichhörnchen sprang sie auf seinen Schoß und küsste ihn. Sie war warm, nervös und in Verzückung aufgelöst. Ihr Geschmack unverwechselbar süß. Er zog ihr den Kittel aus, machte sich an ihrem T-Shirt zu schaffen und wollte es gerade über ihren Kopf ziehen, als plötzlich die Tür aufflog.

„Wusstet ihr, dass …“ Jeanne erstarrte. Perplex huschte ihr Blick von Maya zu Christopher und zurück. „Ähm, tut mir leid. Ich wusste nicht, dass ich ungelegen komme.“

„Schon gut. Dass man auf diesem verdammten Schiff aber auch nicht abschließen kann.“ Maya stieg von seinem Schoß und raufte sich verlegen die Haare. „Nächstes Mal klopf bitte an, okay?“

„Versprochen.“ Jeannes Mundwinkel zuckten. „Ich soll euch holen. Irgendein Roboter muss zu Wasser gelassen werden. Außerdem wird Chris im Labor gebraucht. Keine Ahnung, um was es geht, aber dieses Mädchen sah enorm hilfebedürftig aus.“

„Ist es zufällig Susan?“, brummte er. „Hübsch, blond und aufdringlich?“

„Ja.“ Jeanne runzelte die Stirn. „Hast du etwa eine Verehrerin?“

„Kein Kommentar.“

„Also ran an die Arbeit.“ Maya verriet lediglich durch einen Augenverdreher, was sie über Susan dachte. „Übrigens, auf den ersten Blick sah in deinem Blut alles normal aus, außer dass …“

„Was?“, fuhr Jeanne ihr über den Mund. „Hast du etwa sein Blut untersucht?“

„Auf meinen eigenen Wunsch“, erwiderte er.

„Spinnst du? Was, wenn das in die falschen Hände gerät?“

„Das wird es nicht“, konterte Maya. „Ich habe es gemacht wie Al Capone. Nach dem Geschäft wurden alle Spuren beseitigt. Jedenfalls, was ich sagen wollte: Dein Hämoglobinanteil ist um fünfzig Prozent höher als beim Menschen üblich.“

„Wie bei einem Pottwal?“ fragte er ungläubig.

„Genau, und dem Wal hilft dieser Umstand, bis in die Tiefsee hinabzutauchen. Bei den roten Blutkörperchen hat sich im Übrigen eine Anomalie gezeigt. Ihre Form ist ungewöhnlich länglich und ihre Struktur sah irgendwie seltsam aus. Auffällig war, dass der Anteil dieser Erythrozyten, die für den Transport von Sauerstoff zuständig sind, ziemlich gering ist. Daher ist dein Blut so dickflüssig. Fühlst du dich immer schlapp und müde, wenn du längere Zeit nicht im Wasser warst?“

„Ja.“

„Ich wette“, überlegte Maya, „dass die Werte ganz anders aussehen, wenn du frisch vom Schwimmen kommst. Wir sollten das dringend mal untersuchen.“

„Untersteh dich“, rief Jeanne. „Mein Bruder ist keine Laborratte.“

„Natürlich ist er das nicht. Ich will ihm nur helfen.“

„Quatsch. Du bist neugierig.“

„Auch“, gab Maya beschämt zu. „Asche auf mein Haupt. Aber ich fand bei dieser Gelegenheit etwas Bedenkliches heraus, das für den weiteren Verlauf der Reise wichtig sein könnte. Dein Körper, Chris, stellt sich nach und nach auf Hautatmung um, ergo auf ein Leben im Wasser. Der Abstand zwischen deinen Anfällen dürfte immer kürzer werden.“

Jeanne erbleichte. „Dann ist es nicht aufzuhalten? Irgendwann kann er gar nicht mehr an der Luft leben?"

„Gar nicht mehr würde ich nicht sagen. Ich tippe vielmehr darauf, dass er am Ende seiner Verwandlung nur noch kurzfristig auf Lungenatmung umschalten kann und der Schwerpunkt auf Hautatmung liegt."

„Hast du sonst noch was herausgefunden? Was Hilfreiches? Vielleicht eine Möglichkeit, es zu verlangsamen?"

„Nein", sagte sie mit gesenktem Blick. „Natürlich werden alle Vorgänge von bestimmten Hormonen oder sonstigen chemischen Stoffen gesteuert und können manipuliert werden, aber ebenso gut könnte man versuchen, eine Raupe daran zu hindern, sich zu verpuppen und ein Schmetterling zu werden."

„Das wäre eine Forschungsaufgabe für Jahre." Hatte er etwas anderes erwartet? Gar ein Wunder? Diese Erkenntnisse überraschten ihn nicht, und doch durchfuhren ihn Wellen kalten Schreckens. Was, wenn er Maya und Jeanne verlassen musste? Was, wenn seine Veränderungen es ihm unmöglich machen würden, bei ihnen zu bleiben? Seine Stärke war nur Einbildung, das war ihm bereits vor Augen geführt worden. Sein Wille konnte jederzeit brechen.

„Eine Anomalie zeigt sich auch bei den Thrombozyten und den neutrophilen Granulozyten", fuhr Maya fort. „Das lässt auf eine außerordentliche Heilungskraft deines Körpers schließen. Mehr konnte ich nicht in Erfahrung bringen. Gezwungenermaßen war alles oberflächlich, und ich möchte hier auf dem Schiff auch nicht in die Tiefe gehen. Wie auch immer, wir müssen arbeiten. Kommst du mit?"

Er blickte auf seine Hände. Schon wieder zeigte seine Haut Anzeichen von Austrocknung. „Später", antwortete er. „Ich verschwinde erst mal unter die Dusche."

~ ~

„Wusstest du, dass der weiße Korallensand, auf den alle so stehen, zu einem großen Teil das Verdauungsprodukt von Papageifischen ist?" Maya ließ das Seil kurz los, um ihrem Schutzhelm zurechtzurücken. „Klingt nicht besonders appetitlich, was?"

Jeanne schüttelte den Kopf, während sie zusah, wie sechs Männer und Maya damit beschäftigt waren, ein riesiges Metallmonster mithilfe einer Schiene, mehrerer Seile und eines Krans ins Wasser zu bugsieren.

„Aber genauso ist es." Ihre Stimme wurde fast übertönt vom Kreischen schabenden Metalls. „Papageifische fressen die Korallen und verdauen sie zu feinstem, weißem Sand. Ein Schwarm dieser Tiere kann an einem einzigen Riff mehrere Tonnen produzieren. Der Korallensand lagert sich im Laufe der Zeit an den Stränden ab und dient dicken Touristen als Unterlage."

„Langsam!", brüllte jemand. „Das Ding bricht nach rechts aus."

„Verdammtes Mistding", fauchte ein anderer. „Hundekacke, verfluchte. Wo sind die anderen, wenn man sie braucht?"

Ihre Gedanken blieben nur kurz bei der Sache. Im Geiste sah sie Christopher unter der Dusche stehen. Wassertropfen perlten über seine Brust, Hände verteilten cremigen

Schaum und schwarzblaue Haare klebten auf seiner Haut. Himmel, könnte sie doch nur bei ihm sein. Sie würde dafür sorgen, dass jeder Millimeter seines Körpers eingeschäumt wurde.

Es war, als litte sie unter einem Fieber, das jede Aussicht auf Konzentration zunichtemachte. Immerhin wurde ihr jetzt klar, warum er dieses sauteure, rein pflanzliche Duschgel benutzte. Alles andere verpasste ihm wahrscheinlich einen Ausschlag allererster Güte.

„Verdammt, Mawatha." Robin, ein semmelblonder Ozeanograf aus Baltimore, verpasste ihr einen Stoß. „Wo bist du in Gedanken? Halt das Ding fest."

Sie packte zu, doch es war zu spät. Etwas zerriss. Der Messroboter kam in Bewegung, glitt über die Schiene und stürzte in die Tiefe. Eine Fontäne ergoss sich in einem gigantischen Schwall über Deck und durchnässte sämtliche Anwesenden.

„Scheiße." Robin stampfte wütend auf. „Scheiße, verdammte."

Sanft taumelnd verschwand der Roboter im Blau der Tiefe. Ein sorgenvolles Raunen ging durch die Menge.

„Das hätte so was von schiefgehen können", fauchte der Ozeanograf. „Glücklicherweise ist nicht das Kabel zerrissen. Was ist nur in dich gefahren, Mawatha? Wo warst du?"

„Sorry, mit den Gedanken woanders." Maya fixierte Robin. Bei dem Gedanken, um ein Haar Schuld an der Zerstörung eines sündhaft teuren Geräts gewesen zu sein, drohten ihre Knie nachzugeben. Doch das würde er nie erfahren. „So was passiert eben."

„Ach ja?" Robin wurde rot vor Empörung. „Hat dieses Pech zufällig etwas mit deinem schwarzhaarigen Schönling zu tun? Oh Verzeihung, ich meinte unseren Ehrengast aus St. Andrews."

„Wie bitte?" Ihre Contenance wankte. „Was soll das jetzt schon wieder?"

„Wir kennen dich als fehlerlose Halbgöttin, die so was hier", er umschrieb in einer ausholenden Geste die Szenerie, „mit links meistert. Sollte an deiner Unkonzentriertheit also zufällig dein Heiliger Gral auf zwei Beinen schuld sein, schlage ich vor, ihm für die restlichen drei Monate fernzubleiben. Sonst gibt es noch Tote."

Maya zwang sich zu einem Lächeln, nachdem Robins Bezeichnung für Christopher ihr das Blut aus dem Gesicht hatte sacken lassen. „Willst du mir etwa drohen? Wer ist hier der Chef?"

„Du", gab der Ozeanograf zerknirscht zu.

„Genau. Also Schluss mit dem Gerede. Ich seile mich jetzt erst mal eine Runde ab. Und falls du wissen willst, warum: Ich habe die ganze Nacht durchgearbeitet."

„Aha." Robin mahlte übellaunig mit dem Kiefer. „Denk aber dran, dass heute Abend noch gefeiert wird."

„Gefeiert? Was denn?"

„Silvester, du Knallfrosch. Hast du es wieder verschnarcht?"

„Heute?" Sie hatte sich auf eine ruhige Nacht gefreut. Ruhig in dem Sinne, dass sie die dunklen Stunden mit Christopher in ihrer Koje verbracht hätte, um das zu beenden, was sie eben in ihrer Kajüte hatten unterbrechen müssen. Doch schmiss die

Mannschaft auf dem Schiff eine Feier, war es illusorisch, auf ein stilles Örtchen zu hoffen.

~❂~

Alan saß vor dem schnurrenden Computer und wog das Für und Wider eines Verrats ab. Natürlich vertraute Maya ihm. Sie vertraute ihm sogar in einem Maße, das ihm unangenehm war, wusste er doch bis heute nicht, ob er ein guter Mensch war oder nicht.

„Okay, verzeih mir. Aber ich muss es tun."

Er knackte mit den Fingerknöcheln und wälzte ein paar obligatorische Gewissensbisse. Dann klickte er so lange auf die Maus, bis er im Ordner mit den Sicherungskopien angelangt war. Nachdem Maya derart leidenschaftlich gebettelt hatte, sein Refugium betreten zu dürfen, hatte er den Laborcomputer so eingestellt, dass er Sicherungskopien von allen Daten anfertigte. Diese Kopien blieben praktischerweise auch bestehen, wenn alles andere gelöscht wurde. Wie Maya es getan hatte. Ihr Plan wäre zweifellos aufgegangen, hätte er über etwas weniger Computerwissen verfügt.

„Hm, was haben wir denn da? Ein großes Blutbild und zwei Hautproben. Okay, mal schauen."

Er klickte auf das gelbe Köfferchen, nahm einen Schluck aus der Kaffeetasse und beugte sich vor, um die auf dem Bildschirm erscheinende Tabelle zu studieren. Zunächst war er lediglich verwirrt von dem, was sich ihm darbot. Eine Anomalie, so so. Genau genommen waren die Werte derart abgefahren, dass es in den Bereich des Unmöglichen abdriftete. Die Proben mussten verschmutzt sein. Er kannte keine Krankheit, die die Referenzbereiche derart durcheinanderwarf. Wie tief er auch in seinem Wissensschatz wühlte, ihm fiel nichts Befriedigendes zu diesen Ergebnissen ein. Was zum Teufel war los mit Chris? Litt er unter einer tödlichen Krankheit? Gar einer ansteckenden? Auf einem Schiff würde das auf eine Katastrophe hinauslaufen.

Ratlos klickte er auf das nächste Köfferchen, um die Ergebnisse der ersten Hautuntersuchung zu studieren. Dieselben waren vollkommen unmöglich. Er klickte weiter. Unfassbar. Vor sich sah er eine Zellstruktur, über die kein Mensch verfügen konnte.

Seine Tasse rutschte aus der Hand. Sie zersprang auf dem Boden und entlockte ihm ein Stöhnen. Es war seine Lieblingstasse. Sein kleines Heiligtum mit dem grauen Alienkopf und der Aufschrift *Die Wahrheit ist irgendwo dort draußen.* Wenn das nicht passte. Die Wahrheit … verdammt, seine Neuronen streikten. Er wühlte sich weiter durch die Daten. Schließlich, als er etwas von Biolumineszens las, sank er geplättet im Stuhl zurück.

„Maya, du fiese Kröte. Ich glaube, ich muss dir die Hammelbeine lang ziehen. Aber ganz gewaltig."

~❂~

Sie suchte ihre Kabine auf, zog den Kittel aus und tauschte ihn gegen eine Jeans und ein graues Hemd. Dann schlich sie zu Christophers Koje und öffnete nach zweimaligem Klopfen vorsichtig die Tür. Ein aufgeklapptes Buch namens *Utopia* lag auf seiner Brust. Offenbar schlief er tief und fest, was nicht verwunderte, denn er hatte den Tag damit verbracht, die erste Reihe Wasserproben aufzubereiten und die Gleiter zu programmieren. Eine gelöste Stimmung herrschte an Bord. Lag es an Christopher und an der Tatsache, dass jeder es zu genießen schien, mit ihm zusammenzuarbeiten? Vom abgebrühtesten Wissenschaftler bis zum unerfahrensten Studenten. Vielleicht war es seine unkomplizierte, ruhige Art, die dafür sorgte. Vielleicht auch ein Stück weit Sirenenzauber. Worin auch immer der Grund für die Sympathien lag, die ihm entgegenflogen, sie freute sich darüber. Doch keine Freude dieser Welt konnte den Schatten erhellen, der über ihr hing.

Leise legte sie sich neben ihn und sog den Geruch seiner Haut ein. Endlich Ruhe. Lange würde sie nicht andauern, denn die nächste Besprechung stand in einer Stunde an. Ganz zu schweigen von der Silvesterfeier.

Von fern waren das Lärmen der Mannschaft und das Quietschen eines Kranes zu hören. Sie betrachtete Christopher, bewunderte sein friedvolles Gesicht, das sie eine Ewigkeit hätte ansehen können und streichelte sein Haar, das sich in Wellen auf das Kissen ergoss. Sein Atem ging ruhig, alles schien in Ordnung zu sein. Eine Weile ließ sie sich vom sanften Auf und Ab seines Brustkorbs einlullen, doch der kalte Klumpen in ihrem Herzen hielt sich hartnäckig.

„Etwas habe ich dir nicht gesagt", flüsterte sie. „Ich konnte praktisch dabei zusehen, wie deine Blutzellen sich veränderten. Nicht alle besaßen die Struktur, von der ich dir erzählt habe. Aber alle, die sie nicht besaßen, nahmen sie nach und nach an. Es ging schnell, verstehst du? Verdammt schnell. Und du weißt, was das bedeutet. Es ist vorbei. Vielleicht morgen, vielleicht nächste Woche. Aber deine Zeit hier läuft ab, und wir beide müssen damit leben."

Ihre Augen brannten. Sie lehnte ihre Stirn gegen seine und wünschte sich, das Selbstmordprogramm seiner Menschlichkeit aufhalten zu können. Aber selbst wenn sie die Möglichkeit hätte, erwarb sie damit nicht das Recht, es zu tun. Das hier war nicht mehr seine Welt. Er würde sich nicht mehr den Menschen zugehörig fühlen. Nicht in dem Maße, um glücklich zu werden.

„Ich halte dich nicht fest", sagte sie leise. „Ich liebe dich viel zu sehr dafür."

Innerlich zerriss es sie bei dem Gedanken, ihn gehen lassen zu müssen, doch wenn es so weit war, musste sie es zulassen. Maya streckte sich neben ihm aus und biss sich auf die Lippe, um ihr Schluchzen zu unterdrücken. Für eine Weile verschwand die Realität in Bedeutungslosigkeit. Die Welt hielt an und ließ sie aussteigen, wenn auch nur für flüchtige Momente. Denn bald wachte er auf und sah sie an.

„Du hast geweint." Mit dem Daumen wischte er ihr eine Träne von der Wange.

„Ja." Es ergab keinen Sinn, es zu verheimlichen. Er wusste es. Er wusste, was geschehen würde. „Weil ich Angst habe."

Sein Lächeln war bitter. Als er sie stumm in seine Arme schloss, spürte sie die unausgesprochene Antwort.

Die habe ich auch.

Schweigend lagen sie aneinandergeschmiegt da und lauschten dem Atem des anderen. Maya schwebte in wohltuender Schwärze, die den Gedanken an den drohenden Verlust erträglicher machte. Sie wünschte, für den Rest ihres Daseins so liegen zu bleiben, doch dann ließ eine laute Stimme sie hochzucken. Der gnädige Schleier vor ihrem Bewusstsein wurde zerrissen.

„Maya? Bist du da?"

Das war Alan, und er klang wie eine Gouvernante kurz vor dem Donnerwetter.

„Komm rein." Sie setzte sich auf die Bettkante und rieb sich die Augen. Wie lange hatte sie hier gelegen? Sie musste zwischendurch eingeschlafen sein, denn den Geräuschen nach zu urteilen hatte die Mannschaft bereits mit der Feier begonnen.

„Hi, Chris." Alan setzte zu Mayas Verblüffung ein strahlendes Lächeln auf. „Geht es dir gut?"

„Ja. Warum?"

„Wirklich?"

Der Blick des Schiffsarztes war eigenartig. Nein, korrigierte sie sich, er war eindeutig. Sie kannte diesen Mistkerl – er wusste es. Verdammt. Maya verspürte den heißen Schauder der Ungläubigkeit, gefolgt vom eisigen Hauch der Erkenntnis. Wie auch immer er es angestellt hatte, er wusste es. Fieberhaft ging sie in Gedanken ihre Löschaktion durch. Sie hatte alles ausradiert. Definitiv. Oder etwa doch nicht?

„Nur so." Alans Unschuldsmiene scheiterte kläglich. „An deiner Stelle würde ich schleunigst hochgehen. Wenn sich die Meute erst mal auf das Grillbuffet stürzt, bleiben nur noch Krümel übrig. In dieser Hinsicht sind selbst Professoren und Doktoren wie Heuschrecken." Seine freundliche Miene verwandelte sich in die eines gestrengen Oberstudienrates, als er sich an sie richtete. „Und was uns beide betrifft, meine kleine Professorin, wir gehen mal eben vor die Tür."

„Was? Warum?"

„Komm. Aber zackig."

Alan packte den Kragen ihres Hemdes und schleifte sie zur Tür hinaus. Erst, als dieselbe krachend hinter ihnen zuschlug, zog sich seine Hand zurück.

„Was soll das? Bist du übergeschnappt?" Sie zeigte ihm einen Vogel, nur um postwendend gegen die Wand gedrückt zu werden. „Was ist mit dir? Hör auf damit!"

„Ist das dein Ernst?", blaffte Alan. „Du hast wirklich keine Ahnung, warum ich dir am liebsten einen Knoten in den Hals machen würde? Komm schon, meine Liebe, streng mal ein bisschen dein Köpfchen an."

Die Tür flog auf. Ein angriffslustig dreinblickender Christopher erschien und wollte nach Alan greifen, überlegte es sich jedoch in letzter Sekunde anders. „Gibt es hier ein Problem?"

„Keine Sorge." Der Schiffsarzt setzte sein süßestes Lächeln auf. „Ich tue deiner Liebsten nichts, edler Ritter. Sie rennt nur manchmal mit dem Kopf durch die Wand, du verstehst?"

„Das ist noch lange keinen Grund, sie gegen dieselbe zu klatschen."

Sein Blick heftete sich auf Maya, sodass sie sich genötigt fühlte, beschwichtigend abzuwinken. „Schon okay, Chris. Das ist der normale Umgangston zwischen Alan und mir. Geh ruhig hoch, ich komme nach.“

„Bist du sicher?“

Sein Beschützerinstinkt rührte sie, umso mehr, wenn sie den Auslöser für diese Angelegenheit bedachte. Sie hätte dafür sorgen müssen, dass alles unentdeckt über die Bühne ging. Ihr Magen krempelte sich um. „Absolut sicher“, krächzte sie. „Ich bin in ein paar Minuten bei dir, okay? Halt mir einen Platz frei.“

Wenig überzeugt wandte er sich zum Gehen, nicht ohne mehrere Blicke über seine Schulter zurückzuwerfen, als wartete er darauf, dass sie ihre Meinung änderte. Nach seinem Verschwinden ergriff Alan erneut das Wort.

„Sei froh, dass ich dir nicht das Fell über die Ohren ziehe, du egoistische Kröte. Verdient hättest du es.“

„Wie bitte? Warum?“

„Der Blindfisch ist der direkte Verwandte des Nasenbärs, was? Du weißt genau, was ich meine.“ Alan sah sich vorsichtig um. Dann fuhr er etwas leiser fort. „Ich weiß genau, was du in meinem Labor angestellt hast. Unter den gegebenen Umständen finde ich das absolut unerhört.“

„Ich hör wohl nicht recht. Du hast geschnüffelt?“

„Das sagt die Richtige. An meiner Stelle hättest du den Schnorchel mindestens genauso tief in fremde Angelegenheiten gesteckt. Wenn nicht noch tiefer. Die Tatsache, dass ich dein Spielchen aufgedeckt habe, gibt dir jetzt nicht zu denken?“

„Doch.“ Angst flutete heiß ihre Eingeweide. Natürlich vertraute sie Alan und hätte ihm niemals etwas Böses unterstellt, doch wie weit reichten seine Prinzipien, wenn es um die Aufdeckung eines solchen Geheimnisses ging? „Verrate ihn nicht“, flüsterte sie. „Reiß mir meinetwegen den Kopf ab, aber steck nicht seinen in die Schlinge. Ich bin hier das Arschloch, nicht Chris.“

„Deine Schleimerei kommt reichlich spät.“ Alans Augen nahmen ein giftiges Grün an, wie immer, wenn er sich aufregte. „Schon mal was von Sicherungskopien gehört? Auf die Idee hätte auch ein anderer kommen können. Wäre Dr. Marsh anstelle meiner Person gekommen, hättest du ihn auch gefragt, stimmt's? Du hast die Neugier doch erfunden. Und würde Dr. Marsh jetzt hier stehen und dich zusammenscheißen? Nein, würde er nicht. Er würde sich die Ergebnisse schnappen und deinem Freund die Hölle heißmachen. Was hast du dir dabei gedacht? Verdammt, nenn Chris nicht deinen Freund, wenn du ihn einer solchen Gefahr aussetzt.“

„Er wollte es“, stieß sie kläglich hervor. „Er bat mich darum.“

„Dann wäre es deine Aufgabe gewesen, ihm das auszureden. Komm mir nicht damit, dass du die Gefahren nicht kanntest. Du hast dir Scheuklappen aufgesetzt, weil du selbst kaum geradeaus laufen konntest vor Neugier.“

„Es tut mir leid.“ Jetzt kamen ihr die Tränen. „Ich habe Mist gebaut.“

„Ja, hast du. Dachtest du wirklich, du könntest so ein Geheimnis auf einem Schiff voller neugieriger Wissenschaftler verbergen? Wie konntest du ihn überhaupt mit an Bord bringen? Du hast eindeutig mehr Glück als Verstand. Mir juckt es mächtig in den Fingern, dir deine süßen Ohren lang zu ziehen. Mit einer Kneifzange.“

„Du hast ja recht“, knurrte Maya. „Aber jetzt mal ehrlich, wäre es dir nicht genauso gegangen? Hättest du eine solche Bitte ausschlagen können?"

„Ja, ich habe recht. Und nein, ich hätte mir definitiv nicht dieses Schiff für meine Schnüffeleien ausgesucht. Es gibt keinen schlechteren Ort. Sei froh, dass du so niedlich bist, sonst würde ich mir jetzt eine sadistische Bestrafung ausdenken. Die Gelbfieber-Impfung wäre ein Witz dagegen." Alan stutzte, spitzte die Lippen und beugte sich so weit vor, dass ihre Wangen aufeinanderlagen. „Wie sind solche Werte möglich? Was ist er?"

„Ein Kabeljau", gab Maya zurück.

„Bitte?"

„Wir haben beide keine Ahnung, okay? Dazu dienten die Untersuchungen. Folgende Dinge wissen wir inzwischen: Er ist kein Mensch, sein Körper stellt sich auf ein Leben im Wasser um, es fällt ihm zunehmend schwer, Luft zu atmen und seine Haut ist amphibisch."

„Sehr witzig. Hast du dir wieder eine Flasche Himbeer-Wodka aus dem Lager geklaut?"

„Du hast die Ergebnisse doch selbst gesehen."

„Ja." Alan kniff die Augen zusammen. „Trotzdem."

„Es ist, wie es ist. Ein Mensch ist er jedenfalls nicht. Eher so eine Art Meerjungfrau." Maya erschien dieses Wort völlig idiotisch. „Nur in männlich."

„Und demnächst wächst ihm ein Fischschwanz oder was?"

„Höchstwahrscheinlich."

„Du bist doch völlig im Eimer." Alan wedelte mit der Hand vor seinem Kopf herum. „Du schwörst gerade einen Kampf zwischen Wissenschaft und Mythos herauf. Das überstehe ich nicht ohne Drogen. Entschuldige mich. Und sag mir Bescheid, wenn ihm Schuppen wachsen."

„Er hat schon welche. Hier und hier." Sie deutete auf Taille und Hüfte.

„Heiliger Assisi. Ihr macht mich fertig."

„Reden wir später drüber, okay?" Sie packte Alan bei den Schultern und sah ihm fest in die Augen. „Behalte es für dich. Ich bitte dich."

„Was denkst du von mir? Der arme Kerl. Das ist mir alles zu abgefahren. Ich muss erst mal einiges verarbeiten. Seid ab sofort bloß vorsichtiger, sonst verpasse ich dir einen Einlauf."

„Versprochen. Du bist der Beste."

„Schleimscheißerin", knirschte Alan. „Wir sehen uns gleich oben an Deck. Und bring Hunger mit."

„Aber Wale stinken nicht", empörte sich Jeanne.

Seufzend drehte Maya ihren Plastikbecher Cola zwischen den Fingern und starrte auf das tintenschwarze Meer. Fliegende Fische zischten durch die Dunkelheit, sirrend wie Libellen. Längst glich das Schiff einem heillosen Chaos aus Bänken, Klappstühlen, voll beladenen Tischen und schnatternden Menschen, die ihre kühle Professionalität über Bord warfen.

„Irrtum, Kleines." Solander steckte sich ein mit Schinken umwickeltes Grillwürstchen in den Mund. „Sie stinken doch. Du musst dir vorstellen, dass sie mit ihren gigantischen Barten eine Menge Krill filtern. Da bleibt immer was hängen und fault vor sich hin. Wenn so ein Tier seine Fontäne ausbläst, stinkt es ergo faulig. Früher gab es viel mehr Wale im Meer. So viele, dass man ihre Blasfontänen sah, wohin man auch schaute, und so viele, dass die ganze Luft stank."

Christopher schien dem Gespräch nicht zu folgen. Geistesabwesend starrte er auf sein türkisfarbenes Glas, während er mit der freien Hand das Orca-Emblem auf seinem T-Shirt betastete. Sie liebte es, wenn er die Haare wie jetzt offen und unordentlich trug, auch wenn ihre Hände vor Verlangen, sich hineinzugraben, zuckten. Synchron nahmen sie beide einen Schluck Cola, während Solander und Jeanne weiterstritten.

„Aber die Buckelwale letztens haben nicht gestunken", warf das Mädchen störrisch ein. „Nicht ein bisschen."

„Stimmt." Solander nickte. „Sie waren in ihrem Gestank sehr gemäßigt. Aber ein wenig gemüffelt haben sie. Letztens musste ich von einem Blauwal eine Gewebeprobe nehmen. Da stand ich also mit flatternden Hosen an der Reling, zielte und wartete darauf, dass das Tier hochkam. Natürlich blies es beim Auftauchen erst mal eine stinkende Fontäne aus, und weil die Studenten nicht wussten, dass Wale so penetrant miefen können, schob man es auf einen Darmwind meinerseits. Zum guten Glück verstehe ich eine Menge Humor."

Jeanne kicherte. „Ich glaube es erst, wenn ich es selbst rieche."

„Warum? Es nimmt ihnen doch nichts von ihrem Zauber." Alan, der rechts von ihr saß, verspeiste zwei Würstchen gleichzeitig und fuhr mit vollem Mund fort. „Die schlimmsten Stinker der Meere sind Robben, meiner Meinung nach. Du riechst meilenweit, wenn eine Kolonie in der Nähe ist. Ganz abgesehen davon, dass sie einen Höllenlärm veranstalten, der nur noch in Supermärkten übertroffen wird, und zwar am letzten verkaufsoffenen Tag vor einem verlängerten Wochenende." Alan ließ den Würstchen eine mit Mozzarella belegte Tomatenscheibe sowie zwei Käsestücke folgen. Dieser Mann war wahrhaftig ein Fass ohne Boden. „Nicht zu vergessen die Sturmtaucher. Diese an sich hübschen Tierchen können halb verdauten Fisch auswürgen, wenn sie sich bedroht fühlen. Im schlimmsten Fall beschießen sie dich aus dem Flug und du musst für die nächsten Wochen in Quarantäne, weil keiner deinen Gestank erträgt. Im besten Fall hast du sie vollgefressen auf den Wellen treibend erwischt und sie kotzen das Zeug nur aus, um besser abheben zu können."

„Solander", rief jemand aus vollem Hals. „Du solltest traditionsgemäß eine deiner Geschichten erzählen."

„Nein." Er wedelte energisch mit der Hand. „Nein, nein und nochmals nein. Diesmal wird uns jemand anders unterhalten."

„Gut." Alan sah sich prüfend um. „Wer hat denn noch was drauf? Freiwillige vor."

„Hat wer eine Gitarre dabei?", fragte Jeanne in die Runde. Dem hochroten Gesicht zufolge hatte das Mädchen bereits zu oft in ihr Weinglas geblickt. „Dann hätte ich eine Idee."

„Jerry hat seine dabei", kam es von weiter hinten.

„Kann er sie mal holen?"

„Klar doch. Los, Mann, her mit der Klampfe."

Ein Junge mit hellbraunen, hüftlangen Rastazöpfen rannte davon. Maya sah, wie Christopher erbleichte. Dem Blick nach zu urteilen, hätte er Jeanne am liebsten über Bord geworfen.

„Du kannst Gitarre spielen?", fragte sie und erntete ein energisches Abwinken.

„Vergiss es."

„Komm schon", säuselte Jeanne. „Jetzt sei mal nicht so. Du hast es drauf."

Es währte keine Minute, bis Jerry samt Gitarre zurückkehrte. Sehr zu Christophers Leidwesen, dessen Blick sich radikal verdüsterte.

„Mein Bruder kann wunderbar spielen." Sie drückte ihm das Instrument vor die Brust. „Jetzt zier dich nicht. Spiel uns was vor."

„Nein." Er machte keinerlei Anstalten, die Gitarre entgegenzunehmen. „Eindeutig nein."

„Bitte." Jeanne gurrte wie ein Täubchen und brachte die ablehnende Mauer ihres Bruders zum Schmelzen. Nach und nach sank er kapitulierend in sich zusammen. „Komm schon. Bitte."

Zustimmende Rufe hallten über das Schiff. Maya hätte gern mit eingestimmt, doch plötzlich entdeckte sie Nico. Sein Blick hatte sich auf Christopher geheftet. Starr, kalt und lauernd. Etwas stimmte diesen Kerl argwöhnisch. Wenn Alan es herausgefunden hatte, dann vielleicht auch er? Falls er Verdacht geschöpft hatte, genügte es, Haare aus einem Kamm zu klauen oder vom Bett zu pflücken, um einen Beweis in den Händen zu haben. Die Türen auf dem Schiff waren nicht abzuschließen. Es wäre ein Leichtes, in Christophers Kabine herumzuschnüffeln.

„Ich spiele fantastisch?", hörte sie ihn schnaufen. „Auf welchem Planeten lebst du? Ich kann grad mal ein Lied leidlich gut spielen."

„Dann kannst du eben ein Lied ganz fantastisch spielen", quengelte Jeanne. „Oh bitte, tu mir den Gefallen."

„Was für ein Lied ist es denn?" Alan schnippte mit den Fingern. „Nebenbei möchte ich alle hier daran erinnern, dass Leistungen dieser Art auf Freiwilligkeit basieren. Klar so weit? Also lasst ihn in Ruhe, wenn er partout nicht spielen will."

„Under the milky way", antwortete Christopher zwischen zusammengebissenen Zähnen. „Danach hört mein Können auch schon auf."

„Licht aus!", rief der Schiffsarzt. „Aber zackig."

Dunkelheit flutete das Deck. Majestätisch wölbte sich der Bogen der Milchstraße über das Firmament und gab Maya das Gefühl, dieses Stahlmonster mit all seiner modernen, kalten Technik sei ein Kratzer auf einem wunderschönen Bild.

„Keine Angst." Solanders klobige Hand tätschelte Christophers Schulter. „Hier sind alle ganz locker. Gib dir einen Ruck."

„Perfektion verlangt keiner", setzte Alan hinzu. „Du solltest mal hören, wie Jerry auf dem Ding klimpert. Da krempeln sich einem die Zehennägel hoch. Und was passt besser zusammen als das Meer, der Sternenhimmel und ein hübsches Lied?"

Christopher warf einen mürrischen Blick in die Runde. Stille senkte sich über das Schiff, untermalt vom Plätschern der Wellen, die an den Schiffsrumpf schlugen. Maya lehnte sich hingerissen zurück. Hatte der Himmel jemals schöner und geheimnisvoller ausgesehen? So viele Sterne glommen auf seinem schwarzen Grund, dass sie hier und da zu sphärischen Nebeln verschwammen. Welten voller Magie.

Und dann begann Christopher zu spielen. Zaghaft zunächst, um ein Gespür für die Saiten zu entwickeln, doch schon diese ersten Töne versetzten sie in Entzückung. Sie senkte die Augenlider, lauschte der durch die Stille tropfenden Musik und spürte den Nachtwind auf ihrer Haut. Das war wahrer Zauber.

„Sometimes when this place gets kind of empty," hörte sie ihn singen. „Sound of their breath fades with the light. I think about the loveless fascination, under the milky way tonight."

Die Härchen auf ihren Armen sträubten sich. Seine Stimme schwebte träumerisch über allem, wunderschön und schmeichelnd. Mit jedem verstreichenden Moment wurde ihre Schönheit größer, bis sie in schwereloser Magie gipfelte. Maya blickte in verträumte Gesichter. Sämtliche Anwesenden lächelten, eingefangen vom Taumel einer Verzückung, die sie nicht begriffen. Alan sank ergriffen in seinen Stuhl, Solanders Augen wurden feucht. Selbst Nico, dessen Gesicht zuvor kalt und hart gewesen war, versank in Entrückung.

„And it's something quite peculiar, something that's shimmering and white, leads you here despite your destination, under the milky way tonight."

Alles verschwand in Bedeutungslosigkeit. Es gab nur noch diese Stimme, die schleichend in ihre Seele eindrang. Die sie verführte, lockte und umgarnte. Niemals sollte sie enden. Niemals.

Als Christopher verstummte und der letzte Ton der Gitarre sanft in der Stille verebbte, blieb es totenstill. Maya spürte den Zauber Schicht für Schicht von sich abgleiten, schwer wie Mäntel aus Blei. Alan und Jeanne weinten, Solander war wie vom Donner gerührt. Nicht besser erging es dem Rest der Crew. Das Schweigen hielt an. Erst, als Maya aufstand und Jerry seine Gitarre zurückbrachte, durchbrachen erste Räusperer die bleierne Stille.

„Unglaublich", murmelte jemand. „Ich habe schon eine Menge gehört, aber so eine Gänsehaut hat mir noch keiner verpasst."

~❁~

Über dem restlichen Abend lag eine seltsame Stimmung. Es wurde nicht viel geredet, und wenn, dann geschah es leise, fast verstohlen. Die meisten aßen und tranken stumm, blickten ins Leere oder starrten auf das Meer hinaus. Alan drehte geistesabwesend sein Weinglas hin und her, Solander schien jeglichen Appetit verloren zu haben und Maya grübelte still vor sich hin, den Ellbogen auf dem Tisch abgestützt und das Kinn in ihre Hand gelegt.

Christopher vermutete, dass er Schuld daran trug. Immer wieder durchbohrten ihn Blicke. Neugierige, staunende, bestürzte Blicke. Ohne Frage besaß seine Stimme sonderbare Kräfte, die unabhängig von seinem Willen auf Menschen wirkte. Wie kurz war er davor gewesen, ihnen zu schaden? Gar ihre Seelen zu rauben?

Lange dachte er darüber nach. Er lauschte in sich hinein und hörte die fernen Rufe der Wale, die ihm unablässig Bilder vermittelten. Finstere Tiefen, Schiffswracks und Unterwassergebirge mit gewaltigen Schluchten, über die sie hinwegzufliegen schienen. Aber sie vermittelten ihm auch die Qualen, die in den Meeren auf sie warteten. Unerträglicher Lärm, Bohrinseln, Ölfilme auf dem Wasser und von Schiffsrümpfen zerfetzte Artgenossen. Ein gewaltiger Müllstrudel, so groß, dass sie Tage brauchten, um ihn zu passieren. Er hörte die Schmerzenslaute harpunierter Wale in den Erinnerungen der Tiere und wusste auf die an ihn gerichtete Frage, warum so etwas geschah, keine Antwort.

Irgendwann verkündete jemand, es sei Mitternacht. Man schoss Raketen in den Himmel, die das spiegelglatte Wasser in surreale Farbenspiele tauchten, und während er den visuellen Rausch aufsog, überwältigte ihn die Gewissheit, dass er es tun musste. Heute Nacht. Da waren weder Glück noch Trauer, nur eine Art Betäubung, die von Gewissheit über unabwendbare Tatsachen herrührte.

„Frohes Neues Jahr."

Alan fiel ihm stürmisch in die Arme, gefolgt von Solander und Maya. Um sie herum wurde gelacht, gescherzt und gefeiert, als hätte sich die merkwürdige Stimmung in Luft aufgelöst, doch er wusste, dass dem nicht so war.

Als er wieder in seinen Stuhl fiel, fühlte er sich wie betrunken. Den Rest der Feier nahm er nur undeutlich wahr. Er hielt Mayas Hand, hörte den Stimmen zu und betrachtete das Gesicht der Frau, die er liebte, um es für später so deutlich wie möglich in seiner Erinnerung abzuspeichern. Bald wurde es leerer an Deck. Einige schleppten sich torkelnd unter Deck, andere schlenderten singend davon. Nur die wenigsten verließen würdevollen Schrittes und aufrecht den Ort des Geschehens. Auch Maya, Jeanne, Solander und Alan strichen alsbald die Segel.

„Mach nicht mehr so lange", sagte Maya und drückte ihm einen Kuss auf die Wange. Ein lähmender Schmerz klaffte bei dieser Berührung in ihm auf. Er musste es schaffen, zurückzukehren. Er würde nicht zulassen, dass das Meer sie trennte. „Morgen wartet Arbeit auf uns", nuschelte sie. „Foraminiferenschalen, zehntausend Jahre alter stinkender Schlamm, Einzeller und Algen aus den Tiefen der Urzeit, die uns alles über das Klima von damals verraten. Gute Nacht."

„Schlaft gut." Er schaute dem Arm in Arm davonschwankenden Grüppchen hinterher. Dann war er allein, und es fühlte sich sonderbar an. Als hätte in diesem Augenblick eine neue Wirklichkeit begonnen. Langsam ging er zur Reling, lehnte sich darüber und hörte den Stimmen zu, die aus nächster Nähe kamen. Seine Artgenossen waren hier. Draußen bei den Walen. Das Wasser war ruhig, kein Luftzug ging. Wie ein Geisterschiff schien das Stahlmonster auf der Stelle zu schweben. Vielleicht, wenn er sich die Gesichter von Maya und Jeanne fest einprägte und diese Bilder nicht losließ, würde er es schaffen.

Noch einmal überzeugte er sich, dass niemand in der Nähe war. Diese Nacht war der Moment, auf den er gewartet hatte. Christopher kehrte zum Heck zurück, nahm die Leiter von der Wand und hakte sie in die vorgesehen Löcher ein. Schnell entledigte er sich seiner Kleidung, legte sie zwischen die Container und sah sich ein letztes Mal um. Nichts. Das Deck war gähnend leer und die Stille so intensiv, dass es in seinen Ohren summte.

Stufe für Stufe kletterte er die Leiter hinunter. In ihm herrschte eine sonderbare Ruhe. Kein Herzrasen, keine Erregung, selbst die Angst war gewichen. Er würde es schaffen. Er musste es schaffen!

Als seine Füße in das Wasser eintauchten, gefolgt von den Waden, den Oberschenkeln und den Hüften, murmelte er Mayas und Jeannes Namen vor sich hin, wie ein Mantra, das ihn in dieser Welt halten würde. Dann, nach einem letzten, mühsamen Atemzug, tauchte er ins Wasser. Wie ein Sturm strömten die Stimmen auf ihn ein.

Endlich … wir kommen zu dir … wir kommen …

Er kreuzte die Arme vor der Brust und ließ sich tiefer sinken. Das Prickeln und der Schmerz blieben aus, auch sein Geist war nach wie vor klar. Genüsslich ließ er das Wasser durch seinen Körper strömen und spürte, wie seine Lungen sich damit füllten.

Die Wesen kamen näher. Durch das dunkle Blau schossen sie auf ihn zu, ungeduldig und aufgeregt wie Kinder. Noch tiefer sank er, zum Grund, der sich weit unter ihm erstreckte. Seine Augen gewöhnten sich schnell an die Dunkelheit, was erstaunlich war und doch wieder nicht, denn der menschliche Sinn hätte kläglich versagen müssen. Offenbar besaß er wie viele in der Tiefe lebende Geschöpfe die Fähigkeit, selbst kleinste Lichtanteile noch wahrzunehmen und zu verstärken. Seltsam war, dass der Pazifik sich anders anfühlte als der Atlantik. In diesem Meer lag eine gewaltige, allumfassende Ruhe, als sei dies das Wasser, das alle Erinnerungen seit Anbeginn des irdischen Lebens gespeichert hatte. Jegliches Zeitgefühl ging verloren. Wie tief er gekommen war, sagten ihm lediglich der Druck und die seltsamen Gestalten, die unter ihm auftauchten. Auf einer Wüste aus dunklem Schlick wuchsen Schwämme zart wie Kristallglas und Manteltiere, die wie durchsichtige Mäuler nach Nahrung fischten. Bleiche Fische schlängelten über den Grund. Er sah Asselspinnen mit langen, dünnen Beinen, hellblau leuchtende Garnelen und Muscheln, die die rar gesäten Felsen bevölkerten. Da waren Tiefseekorallen, wie weiße, vielfach verzweigte Geweihe geformt und vermutlich Jahrtausende alt, Schwärme winziger Ruderfußkrebse und reglos auf drei langen Flossenstrahlen dastehende Stelzenfische. Von weit her hörte er das Sonar eines jagenden Pottwals, selbst aus der Entfernung so stark, dass es seinen Körper elektrisierte.

Noch immer war sein Verstand klar und ohne jede Trübung. Lag es an dem Gefühl, das ihm dieser Ozean vermittelte? Der Atlantik war ihm fordernd und wild erschienen, der Pazifik hingegen wie eine weise, sanfte Macht. Laut den Messgeräten war das Wasser an dieser Stelle mehr als eintausend Meter tief. Wie konnte es sein, dass er diesen Druck ertrug? Es tat nicht weh, eher fühlte es sich an, als schlösse sich eine große Faust um seinen Körper und drückte sanft zu. Die Lösung lag höchstwahrscheinlich darin, dass er Wasser einatmete und seine Lungen damit füllte. Flüssigkeiten glichen den Druck besser aus als luftgefüllte Hohlkörper. Vermutlich speicherte sein Körper den notwendigen Sauerstoff in Blut und Muskeln und fuhr den Stoffwechsel auf ein Minimum herunter. Ein Anzeichen dafür war, dass sein Herz langsamer schlug und jede Bewegung erschien, als führte er sie in Zeitlupe aus.

Vorsichtig berührte er eine durch den Schlick kriechende Seegurke, die mit blaugrünem Leuchten reagierte. Er ließ sie in Ruhe weiterziehen und widmete sich einer Gruppe Venuskörbchen, die wie kostbare Vasen vor ihm aufragten, einige so klein wie ein Finger, andere lang wie ein Unterarm. Aufgebaut wie ein netzartiger Käfig aus feinstem Glas, funktionierten sie auch als solcher – in ihrem Inneren lebte jeweils ein Garnelenpärchen, hineingekrochen als Larven und nun, da sie ausgewachsen waren, gefangen in einem willkommenen Gefängnis, das sie vor Fressfeinden schützte.

Schatten huschten aus der Dunkelheit auf ihn zu und ließen einen Schwarm erschreckter Ruderfußkrebse aufleuchten wie Millionen winziger Blitze. Er zählte erst vier, dann acht Wesen. Sie umringten ihn und berührten ihn mit langen, knochigen Fingern.

Endlich … endlich …

So lange haben wir gewartet … so lange … auf den, der Wasser und Land in sich vereint.

Ungläubig betrachtete er die Geschöpfe. Ihr langes Haar war schwarz, ihre Gesichter ausgezehrt und hager. Er erkannte sechs weibliche und zwei männliche Wesen. Sieben von ihnen besaßen dunkel gefärbte Fischleiber mit grünlich schimmernden, unauffälligen Mustern. Nur eines der weiblichen Wesen leuchtete ähnlich hell und auffällig wie die Meerjungfrau und er selbst. Jedes dieser Geschöpfe war gezeichnet von einer Zeit des Versteckens und der Angst. Sie waren wie machtlose Geister. Blasse Erinnerungen ihrer selbst.

Ihre Hände glitten über seine Haut. Sie zogen an seinem Haar, umfassten sein Gesicht und versuchten, ihn weiter vom Schiff abzudrängen. Hinaus in die Finsternis. Wie ein Wirbelsturm huschten sie um ihn herum, wild durcheinander zischend und säuselnd.

Genug! Geht weg von mir.

Sie gehorchten erschreckt. Stumm schwebten sie vor ihm in der Finsternis, blickten so verzweifelt, dass er seine rüden Worte bereute.

Ich muss wieder gehen. Ich muss euch beschützen. Das kann ich nur als Mensch. Und bleibt dem Schiff fern. Versprecht es mir.

Eines der weiblichen Wesen schwamm heran. Ihre kalten Arme schlangen sich um ihn.

Geh nicht! Höre nicht auf das Blut deines Vaters. Du bist jetzt bei uns. Hier bist du zu Hause.

Er spürte ihre wilde Verzweiflung, als er sich losriss und zurückwich.

Wenn ich nicht zurückkehre, werden sie euch finden. Nur ich kann sie davon abhalten, in eure Welt einzudringen. Geht. Versteckt euch wieder. Wenn die Zeit kommt, kehre ich zurück.

Seine Hand schloss sich um einen kleinen, toten Seestern, dessen lebende Artgenossen zu Hunderten im Schlick lagen. Ein Beweis dafür, dass er hier gewesen war.

Ich komme zurück. Bald.

Ehe sie ihn erneut festhalten konnten, stieß er sich vom Boden ab und schwamm zur Oberfläche. Die Wesen wagten es nicht, ihm zu folgen. Die Tatsache, dass er freiwillig zu den Menschen ging, hinauf in die feindliche, gefürchtete Welt aus Luft und Erde, machte sie fassungslos.

Noch immer ließ der verstandesauslöschende Rausch auf sich warten. Mit ruhigen, kraftvollen Bewegungen strebte er zur Oberfläche, beseelt von einer neuen Kraft, die in dem Wissen lag, sich beherrschen zu können. Er war stark genug, um zu widerstehen. In ihm vereinten sich Wasser und Land, beide Welten waren sein Zuhause.

Es gab keine Notwendigkeit mehr, sich zu entscheiden.

Als er die Leiter erreichte und sich daran hinaufzog, drang ein Lachen aus seiner Kehle, das sich befreiend anfühlte. Leise zog er sich auf das Schiff hinauf, ging zu den Containern und zog sich wieder an. Das Atmen und Aushusten des Wassers tat weh, aber es war erträglich. Überraschend schnell nahmen seine Lungen ihre Arbeit wieder auf. Der silberne Schimmer der Haut verschwand, die Häute zwischen den Fingern verkümmerten.

Wie trunken vor Glück zog er sich aus dem Automaten einen Schokoriegel und kehrte an die Reling zurück. Eine Weile betrachtete er den Seestern, dessen Arme schlaff über seine Hand hingen, und versetzte sich noch einmal in das Gefühl der Tiefe. Er dachte an die Stille, an den Druck, der seinen Körper zusammengepresst hatte, an das unbeschreibliche Gefühl, tief unten im Meer zu sein. Am schönsten aber war das Wissen, Hoffnung in seinesgleichen zu wecken.

Offenbar war ihm unbemerkt die Zeit davongelaufen, denn am Horizont dämmerte bereits der Morgen. Noch immer war niemand zu sehen. Die Mannschaft schlief nach wie vor ihren Rausch aus und nicht einmal einer der Matrosen ließ sich blicken. An die Reling gelehnt verspeiste er zufrieden die Schokolade. Mit dem Sonnenaufgang kam lauer Wind auf. Liebkosend strich er über das Meer, ließ es sich wellen und glänzen wie Satin. War ihm die Tiefe sonst wie eine finstere Macht erschienen, die ihn von allem, was er liebte, fortreißen wollte, empfand er sie mehr und mehr als Heimat. Er kannte seine Aufgabe, und er würde sie so gut wie möglich erfüllen.

„Guten Morgen. Schon wach?"

Erschreckt fuhr er herum. Hinter ihm stand Nico, in einen zerknitterten, kakifarbenen Anzug gekleidet, der an klassische Abenteuerfilme erinnerte.

„Ich konnte nicht schlafen." Weich schmiegte sich der Körper des Seesterns in seine Faust. Was würde dieser Mann sagen, wenn er die Wahrheit wüsste? Ein Lachen kitzelte in seiner Kehle, denn etwas an der Situation war skurril.

„Mir geht's genauso. Möchtest du einen?"

Nico übersah mit vehementer Sturheit Christophers Körpersprache. Statt ihn allein zu lassen, hielt er ihm einen Kaffeebecher entgegen und nippte an dem zweiten. Das verlockende Aroma des Dampfes stieg ihm in die Nase, doch der Sinn stand ihm eher nach etwas Fruchtigem. Nach einem dieser frisch gepressten Säfte zum Beispiel.

„Nimm schon", drängelte Nico. „Ich habe extra zwei genommen, weil ich dich hier oben gesehen habe. Jeder braucht um diese Zeit einen Koffeinschock."

„Der Kaffee aus dem Automaten schmeckt wie Motoröl."

„Jetzt nimm schon. Sonst hab ich ihn umsonst bezahlt. Er ist nicht überragend gut, das stimmt. Aber er macht wach."

„Ich bin wach."

„Willst du mich allein trinken lassen? So wie jeder andere auf diesem Schiff?"

Er seufzte. Man musste kein Psychiater sein, um diesen Menschen zu durchschauen.

Zu viel Neid, zu viele unerfüllte Träume. „Also gut. Meinetwegen."

Er nahm einen Schluck vom Gebräu und hoffte, seinen unliebsamen Besucher damit zufriedengestellt zu haben. Doch Nico blieb. Ungeachtet der Tatsache, dass er sich erneut demonstrativ abwandte. Was stimmte mit diesem Mann nicht? Fieberhaft nervös spielte Nico mit seinem Pappbecher herum, trat von einem Bein auf das andere und kratzte sich am Ziegenbart. Nun gut, er musste ihn nur lange genug ignorieren. Früher oder später gab jeder auf, selbst der penetranteste Zeitgenosse. Schweigend starrte er auf das Meer hinaus, aalte sich in ersten Sonnenstrahlen und lauschte, dann und wann einen Schluck Kaffee schlürfend, dem Pfeifen und Klicken einer vorbeiziehenden Delfinschule. Diesmal empfing er keine Bilder oder Gefühle. Zu beschäftigt mit der Jagd, schienen die Tiere seine Nähe nicht einmal zu bemerken.

Nico währenddessen blieb hartnäckig. Die ruhelosen Blicke und das Gezappel gingen ihm langsam auf die Nerven. Wenn dieser Kerl nicht gehen wollte, dann ging eben er. Gereizt trank er den inzwischen lauwarmen Kaffee aus, warf den Becher in den Mülleimer und wandte sich zum Gehen.

„Hey …" Nico hielt ihn an der Schulter fest.

„Was?"

„Ich … ähm …"

„Was ist los mit dir? Ich bin müde, also bitte."

Er schüttelte Nicos Griff ab, langsam davor, wütend zu werden. Nach ein paar Schritten überfiel ihn aus heiterem Himmel ein Gefühl von Übelkeit. Sein Gleichgewicht kränkelte. Er sank gegen das Geländer der Reling, blinzelte ein paar Mal und hoffte, dass es besser werden würde. Doch das Gegenteil war der Fall. Alles hüllte sich in Nebel. Er sackte in die Knie, ohne etwas dagegen tun zu können.

„Geht's dir nicht gut?" Nicos Stimme hallte aus weiter Ferne zu ihm herüber. „Zu viel getrunken, was?"

„Habe gar nichts getrunken." Panik stieg in ihm auf. Hatte sein Ausflug ins Wasser wieder etwas ausgelöst? Eine weitere Verwandlung, die sich diesmal völlig seiner Kontrolle entzog? Plötzlich lag er auf dem Boden, Nicos Gesicht nah über seinem. Der Himmel, der Mann und das Schiff hüllten sich in bunte Schlieren.

„Ich habe dich gesehen, Freundchen. Willst du mir nicht erklären, wie du es schaffst, fast eintausend Meter tief zu tauchen? Oder was ist das hier?"

Nico zog ihm das T-Shirt hoch und entblößte das hell leuchtende Muster. Kalte Angst durchdrang seinen Rausch. Er sah es. Er sah den Beweis, und auf Gnade durfte er bei diesem Mann nicht hoffen.

„Was bist du, zum Teufel?" Die Hand des Mannes legte sich auf seine Brust. Glitt langsam, fast andächtig darüber. „Ich wusste doch, dass etwas nicht mit dir stimmt. Spätestens seit deiner Gesangseinlage. Komm schon, sag mir, wie du das gemacht hast. Das Sonar lügt nicht. Etwas war mit dir da unten. Was versteckt sich da? Hast du deshalb darauf bestanden, die alleinige Verantwortung für unsere Roboter zu tragen? Weil du nicht wolltest, dass wir euch auf die Schliche kommen?"

„Verschwinde!", stieß er hervor. „Ich habe dir nichts zu sagen."

Nico hechelte wie ein ausgehungerter Köter. „Du dachtest, niemand würde dich sehen, was? Wäre ich nicht schlaflos gewesen, hätte dein Plan auch funktioniert. Wer weiß, vielleicht liegt es ja an dir, dass diesem Kahn eine ganze Menagerie folgt. So viel wie bei dieser Reise gab es auf den Bildschirmen noch nie zu sehen. Du lockst die Tiere an, stimmt's? Sie folgen dir wie die Motten dem Licht. Warum?“

Nicos Atem strich über seine Lippen. Er roch nach heißer, widerlicher Erregung. „Was bist du? Eine Chimäre? Ein Zwitterwesen? Oder so was wie eine männliche …“

„Was bitteschön ist denn hier los?“

Eine scharfe Stimme ließ Nico verstummen. Es war Alan, der wie die Vision eines indischen Asketen aus dem bunten Nebel seiner Wahrnehmung auftauchte. Christopher wurde schlecht. Und zwar derart, dass er trotz seiner Benommenheit hochfuhr, Nicos Griff abschüttelte und zur Reling kroch. Gerade noch rechtzeitig steckte er den Kopf durch die Eisenstangen, als sein Mageninhalt auch schon in hohem Bogen herausbefördert wurde.

„Was hast du angestellt, du Mistmade?“ Er spürte eine Hand auf seinem Rücken, die höher glitt und sich um seinen Nacken legte.

„Gar nichts“, brachte er hervor.

„Doch nicht du“, knurrte Alan ihn an. „Ich meine das Arschloch hinter dir.“

Er übergab sich ein zweites Mal. Ihm wurde schwarz vor Augen. Er hörte noch, wie der Schiffsarzt auf ihn einredete und spürte tastende Finger auf seiner Stirn, dann war da nichts mehr.

Bis die Dunkelheit wieder von Stimmen durchdrungen wurde.

„Denkst du, ich lasse mein Heiligtum lange unbeaufsichtigt, du Vollpfosten? Ich habe mir nur was aus der Kantine besorgt. Und als ich zurückkam, habe ich gesehen, wie du aus meinem Labor getürmt bist. Mit zwei Bechern Kaffee. Du hast was reingetan. Was war es? Raus mit der Sprache, du Kröte.“

„Ich habe es nur getan, weil ich einen Beweis brauche. Das ist kein Mensch. Das ist … scheiße, Mann. Das ist irgendwas anderes.“

Alan stöhnte. „Tu mir einen Gefallen, ja? Verpiss dich und schlaf deinen Rausch aus.“

„Und was ist das hier?“ Eine Hand öffnete seine Faust, ohne dass er etwas dagegen tun konnte. „Du erkennst doch einen Tiefsee-Seestern, wenn du einen siehst. Den hat er vorhin hochgeholt. Siehst du? Er ist noch voller Schlamm.“

„Blödsinn. Wahrscheinlich stammt er aus der Kantine.“

Nico fauchte erbost. „Ich sage es dir, verdammt. Er war dort unten. Knapp eintausend Meter. Ich habe es auf den Bildschirmen gesehen. Soll ich dir mal zeigen, was …“

Er spürte Finger, die nach seinem Shirt griffen, doch mit einem Ruck wurden sie beiseitegerissen. Die Geräusche eines Handgemenges erklangen.

„Weißt du eigentlich, was du da von dir gibst?“, knurrte Alan. „Es wird wohl Zeit, dass ich meinen Haldol-Vorrat anbreche. Und behalte deine Griffel bei dir, verstanden?“

„Langsam regst du mich auf.“ Nico schien in Rage zu geraten. „Ich spinne mir nichts zusammen. Frag die Technik. Das Gerät hat gezeigt, wie er bis zum Grund getaucht ist. Was ist der Weltrekord ohne Hilfsmittel? Einhundertfünfzig Meter für ein menschliches Wesen, und das grenzt schon an eine Nahtoderfahrung."

„Hast du es aufgezeichnet?" Plötzlich nahm Alans Stimme einen verschwörerischen Ton an.

Christopher versuchte aufzustehen, doch alles, was sein Körper hergab, war ein mattes Winden. Alans warme Hand lag auf seiner Brust. Dieser Mann würde ihm nichts antun. Oder etwa doch?

„Ja", nuschelte Nico. „Ein wenig habe ich aufzeichnen können."

„Und wie ist es geworden?"

„Leider ziemlich diffus. Ergo untauglich als Beweis. Sie werden es für einen Kalmar halten, dessen Tentakel zufällig wie Arme und Beine aussehen. Wir brauchen einen Beweis. Bringen wir ihn runter und holen uns eine Genanalyse. Verdammt, Mann. Das bringt uns auf die Titelseite eines jeden verfluchen Wissenschaftsblattes. Ach ja, bevor ich es vergesse … was sagst du dazu?"

Nico zog ihm das T-Shirt über die Brust. Aus dem Augenwinkel sah Christopher, wie hell die Streifen auf seiner Haut leuchteten. Heller als jemals zuvor.

„Wie erklärst du dir das?", triumphierte Nico. „Hast du so was schon mal gesehen? Irre, oder? Er leuchtete wie eine Wunderlampe. Entlang der Wirbelsäule sieht es genauso aus. Glaubst du mir jetzt?"

„Was meine Meinung dazu ist? Pass auf." Kurze Stille herrschte, dann schrie eine überaus wütende Stimme: „Sieh verdammt noch mal zu, dass du Land gewinnst! Das ist meine Meinung. Wer hat dir so eine bescheuerte Idee ins Hirn geschissen? Verschwinde, oder ich vergesse mich. Und einer Sache kannst du dir sicher sein: Das hier hat ein saftiges Nachspiel."

„Aber …"

„Verpiss dich, bevor ich noch ungemütlicher werde." Alan verpasste seinem Gegenüber einen derart groben Schubser, dass er das Gleichgewicht verlor und nach hinten kippte. „Du hast eindeutig ein paar zu viel gezwitschert. Denkst du wirklich, dass dir einer diese gequirlte Scheiße glaubt? "

Nico rappelte sich auf. Er kniff die Augen zu wütenden Schlitzen zusammen und schien etwas erwidern zu wollen, doch zu Christophers und vermutlich auch Alans Überraschung fuhr er herum und suchte das Weite.

„Junge, Junge." Der Schiffsarzt half ihm auf und stützte ihn beim Gehen. „So grün, wie du bist, würde ich auf Chloroform tippen, aber das existiert in meinem Fundus nicht. Geht's wieder?"

Ihm wurde erneut schlecht, doch in der Zielgeraden entschied sich sein Magen für den Rückzug. Jeder Schritt fühlte sich an, als würde er über schmelzende Butter laufen. Dann, als sie die Treppe erreicht hatten, begannen sich deren Stufen wellenförmig zu bewegen.

„Ich kann da nicht runter", nuschelte er. „Sie bewegen sich."

„Quatsch." Alan schob ihn mit sanfter Gewalt die Treppe hinunter. „Die Stufen sind völlig in Ordnung. Nur deine Wahrnehmung ist im Eimer. Also wirklich, Chris. Was hast du dir bloß dabei gedacht? Einfach ins Wasser gehen und dich dann auch noch erwischen lassen. Beim heiligen Assisi, du hast dein Glück schon mehr als strapaziert."

Er blinzelte. Der vor ihnen liegende Gang schien sich wie Gummi in die Länge zu ziehen. Er wurde länger und länger und füllte sich mit waberndem, grünem Licht. Mehrere Kabinentüren zerflossen zu Spiralen, andere blähten sich auf wie Ballons. Ein Kichern entfuhr ihm. Es war vollkommen unkontrollierbar. Aus dem Kichern wurde ein Lachen, bis er sich krümmte, ihm Tränen über die Wangen liefen und seine Bauchmuskeln sich anfühlten, als müssten sie reißen.

„Meine Fresse." Alan seufzte. „Du gehst ja ab wie eine Rakete. Sieht so aus, als hätte dieses Arschloch mein LSD entdeckt."

~❀~

„Was sagst du?" Maya kapierte, aus weinseligem Schlaf gerissen, zunächst kaum das Ausmaß der überbrachten Nachricht.

„Chris ist schwimmen gegangen", wiederholte Alan. „Ausgerechnet heute Nacht. Nico machte einen Abstecher zu den Bildschirmen und hat eine Sequenz aufgezeichnet, in der dein Freund munter abwärts driftet."

Sie starrte Alan mit offenem Mund an, während ihr Gehirn Synapse für Synapse hochfuhr. „Du verarschst mich."

„Nein." Alan ließ sich auf die Bettkante fallen. „Chris ist jetzt in seiner Kabine, sieht bunte Spiralen und kommt aus dem Lachen nicht mehr raus. Jeanne und ich haben ihm zwar gerade den Kopf gewaschen, aber er hat so viel Zeug intus, dass ihm alles scheißegal ist."

„Wie bitte?"

„Jedenfalls ist die Aufnahme wohl so diffus, dass unser Vollpfosten einen Beweis für nötig hielt. Und da seine beutesichernden Maßnahmen dank mir scheiterten, sieht es um seinen Nobelpreis schlecht aus. Weißt du, was ich denke? Du solltest ein Netz nehmen, Nico dort hineintun und ein paar Steaks dazugeben. Anschließend ziehen wir das Ganze hinter dem Schiff her. Im Freibeuterjargon nennt sich das Haiknödel. Die martialische Version des Meisenknödels, du verstehst?"

Maya konnte ihn nur mit offenem Mund anstarren.

„Sag mal, kriegst du noch was mit?" Alan verpasste ihr eine Kopfnuss. „Der Typ hat Chris unter Drogen gesetzt und wollte ihn auffliegen lassen. Wäre ich nicht dazugekommen, wäre auf dem Kahn jetzt der Teufel los. Ja, du solltest ihn um die Ecke bringen. Oder wenn dir das zu drastisch ist, ihm eine solche Drohung um die Ohren hauen, dass er den Rest seines Lebens winselnd unter dem Sofa hockt und seinen gottverdammten Schwanz einkneift."

„Drogen?" Sie sprang auf und verlor um ein Haar das Gleichgewicht. „Er hat ihn ausgeknockt?"

„Sagte ich doch."

Sie ließ Alan links liegen und stürmte nach draußen. Vor der Kabine mit der Nummer vier riss sie mit einem Ruck die Tür auf, sah Nico auf dem Bett liegen und packte ihn mit wutentbranntem Knurren am Kragen. Der Zorn verlieh ihr ungeahnte Kräfte.

Es gelang ihr, den überraschten Mann hochzuziehen und mit dem Kopf gegen die Wand zu dreschen.

„Scheiße, Mann. Was war das?" Nico hielt sich die Stirn mit beiden Händen.

„Was das war? Ein Schiff." Sie ließ einen Tritt gegen das Schienbein folgen. „Hast du noch alle Tassen im Schrank? Was hast du mit Dr. Jacobsen angestellt?"

Nico stöhnte schmerzvoll, doch sein Mund verzog sich zu einem Grinsen. „Wie konntest du nur so was vor uns geheim halten? Dein Bettgefährte ist verdammt leichtsinnig. Hast du wirklich erwartet, dass wir es nicht rausfinden? Ich meine, hey, wer hätte das gedacht? Unser berühmter Ehrengast ist ein … Fisch?"

Ohne Vorwarnung rammte Maya ihm das Knie zwischen die Beine. Mit bitterem Genuss registrierte sie Nicos Schmerzenslaut. „Übermorgen verschwindest du", spie sie ihm entgegen. „Du verpisst dich und kommst mir nie wieder unter die Augen. Verstehe das als fristlose Kündigung. Und wenn du Chris noch einmal zu nahe kommst, ziehe ich dir die Haut in Streifen ab. Dafür nehme ich sogar lebenslänglich in Kauf. Verstanden?"

„Hat er dir das Hirn aus dem Schädel gevögelt?" Nico wich vor ihr zurück und lächelte, symbolisierte all das, was sie verabscheute. Feigheit, Verlogenheit und Heuchelei. „Ist dir eigentlich klar, was du da beschützt? Komm mal wieder auf den Teppich, Süße. Hast du wirklich erwartet, dein Wunderwesen für dich behalten zu können?"

Maya bleckte kampflustig die Zähne. „Komm mir nicht mehr unter die Augen, bis wir im Hafen anlegen. Sonst vergesse ich mich."

„Mir schlottern die Knie."

Nico war so schnell, dass Maya keine Chance hatte. Er warf sie mit voller Wucht gegen die Wand, verdrehte ihren Arm und drückte ihn so fest nach oben, dass sie vor Schmerz fast das Bewusstsein verlor.

„Was willst du tun?", zischte er. „Mich anzeigen? Mich kielholen? Ihr beide wart zu leichtsinnig, und jetzt müsst ihr den Preis dafür bezahlen. Du hättest ihn nie hierher bringen dürfen. Wer ist hier der Böse, Maya? Ich, weil ich meiner Natur gemäß reagiere? Oder du, weil du deinen Freund erst in die Wolfsgrube geworfen hast?"

Der Schmerz trieb ihr die Tränen in die Augen. Schmerz und die Gewissheit, dass Nico recht hatte.

„Lass mich los", hörte sie sich keuchen, doch Nico packte nur noch fester zu. Als sie glaubte, es keine Sekunde länger aushalten zu können, wurde er mit einem Ruck von ihr weggezerrt. Ein Schrecken ging unmittelbar in den nächsten über. Christopher stand vor ihr, hielt den Mann an beiden Schultern fest und sah sie an. Sein Blick besaß nichts Menschliches mehr. Er war kalt, gnadenlos und abgrundtief. Ein Sog erfasste ihren Geist, der von diesen absolut fremdartigen Augen ausging.

„Geh", sagte er leise. Die Kälte seiner Stimme übertraf die seines Blickes. „Lass uns allein."

Ferngesteuert von einem Willen, der nicht der ihre war, verließ sie den Raum und ging hinauf auf das Deck. Schwankend erklomm sie die Stahltreppe, die zum Technikraum hinaufführte. Alle Geräte liefen, unbeeindruckt und tadellos. Eine Zeit lang starrte sie auf die blauen Umrisse der Wale, die sich auf dem Sonar-Bildschirm abzeichneten, holte tief Atem und versuchte, ihre Gedanken zu ordnen. Es war ein kläglicher Versuch. Eine aussichtslose Bemühung, Ordnung in heilloses Chaos zu bringen. Sie wischte sich die Tränen von den Wangen, ließ sich auf den Hocker nieder und machte sich daran, die verräterische Sequenz auszuradieren.

~❁~

„Was soll das?“

Nico schüttelte seine Hände ab und taumelte gegen die Wand. Christopher sah Angst und ergötzte sich an ihr. Er spürte das Lächeln auf seinen Lippen. Das Lächeln eines Wesens, das seit seinem ersten Atemzug in ihm war, doch erst jetzt aus seinem Schlaf erwachte. Alles, was er tat, geschah ohne Nachdenken. Er trat zu Nico hin, legte beide Hände um sein Gesicht und blickte ihm in die Augen. Der Mann begann zu zittern, Gewimmer kam über seine Lippen. In dem Geruch, der ihm entströmte, gingen Angst und Erregung, Hilflosigkeit und Euphorie eine untrennbare Symbiose ein.

„Ihr geht lächelnd in den Tod“, flüsterte er. „Ihr zappelt in unserem Netz und kommt darin um. Du hättest sie nie anfassen dürfen.“

Er fühlte Nicos Seele, ein Energiefeld, ummantelt von Fleisch. Mit jedem Atemstoß entströmte dem Mund ein hauchfeiner Strom dieser Energie. Seine Lippen legten sich auf die des Mannes, begannen zu trinken, sogen das Licht in sich auf. Warm strömte es durch seinen Geist, durchtränkt von Erinnerungen, die er ebenso absorbierte wie die Kraft der aus dem Körper strömenden Seele. Nico zitterte. Während er das Licht trank, immer gieriger und fester, presste sich der Mann an ihn, umschlang mit den Armen seinen Nacken und gab sich dem Sog hin. Er spürte wachsende Lust. Süße Selbstaufgabe.

Nicos hartes Glied presste sich gegen seinen Oberschenkel. Er sog weiter, trank das Licht, schluckte seine Wärme und sein Leben. Der Körper erschlaffte. Nach wie vor die Lippen fest auf Nicos Mund gepresst, sank er mit ihm zu Boden. Erst, als der letzte Tropfen Seele in ihn übergegangen war und nur noch Kälte übrig war, ließ er den Mann frei. Glasige Augen blickten zu ihm auf. Fassungslos. Entrückt. Und vollkommen leer.

Christopher spürte kein Mitleid. Sein Körper glühte vor Wärme, doch seine Gefühle waren eingefroren. Nichts empfand er für den Mann, den er in eine lebende Leiche verwandelt hatte. Das Meer würde sein Opfer holen. Bald.

Er ließ Nico zurück, ging in seine Kabine und fiel auf das Bett. Der Schlaf kam fast augenblicklich. Er war von traumloser Tiefe, und als er nach einer gefühlten Ewigkeit wieder erwachte, war erneut der Abend herangebrochen. Nach wie vor war er allein, doch neben ihm auf dem Nachtschrank lag ein Zettel.

Ich liebe dich. Komm ins Labor, wenn du wach bist. Maya.

Christopher blickte an die Decke und fühlte sich, als wäre er in einem Kokon eingesponnen. Nein, viel eher war dieser menschliche Körper eine leere Hülle, längst verlassen, doch sein Verstand hatte es noch nicht vollends begriffen. Er fürchtete sich vor der endgültigen Verwandlung und war zugleich seltsam gelöst, weil ihm klar wurde, was zu tun war. Mayas Sorgen hatten sich in seine Seele eingebrannt. Allein er trug die Schuld an ihrem Leid, und indem er das Unvermeidliche hinauszögerte, würde er es nur vergrößern. Es gab für ihn keinen Platz in ihrer Welt, das hatte ihm der ungeheuerliche Akt des Seelenraubes deutlich vor Augen geführt. Sie würde neues Glück finden. Gemeinsam mit einem Menschen, der wie sie alterte und für immer an ihrer Seite blieb, ohne die Gefahr, jederzeit von einer unwiderstehlichen Macht von ihr fortgerissen zu werden oder ihr unabsichtlich das Leben auszusaugen.

Er lauschte auf das träge Schlagen seines Herzens. Seine Sinne trübten sich, in demselben Maße, wie das Brennen in seinem Innersten stärker wurde. Zäh kroch dieses Feuer durch seine Nervenbahnen. Beißende Säure, die den letzten Rest Menschlichkeit auflöste und zersetzte. Alle Stärke, die er zuvor empfunden hatte, entpuppte sich als höhnische Illusion.

Paralysiert lag er da. Eigentlich müsste er ab morgen früh vor den Bildschirmen sitzen und einen Roboter über den Meeresboden lenken, doch die Bewältigung dieser Aufgabe erschien ihm plötzlich unmöglich. Sein Herz begann, schneller zu schlagen. Es war so weit. Es geschah hier und jetzt, und selbst wenn er etwas dagegen hätte tun wollen, wäre er nicht einmal annähernd stark genug gewesen.

Instinktiv wusste er, dass es Zeit wurde, hinauszugehen. Kaum vollführte er den ersten Schritt, begann ein wilder Schmerz in ihm zu toben. Vom Scheitel bis zu den Zehenspitzen. Die Qual war derart heftig, dass sie den Schleier der Benommenheit von seiner Wahrnehmung riss. Er erreichte das leere Deck, klammerte sich an der Reling fest und sah in einen bleichen, von Wolkenschleiern verhüllten Abendhimmel hinaus. Der Schmerz erreichte die Grenze des Erträglichen und schoss darüber hinaus.

Mit einem erstickten Schrei krümmte er sich zusammen. Messer bohrten sich in seine Beine, wieder und wieder, gepaart mit dem Gefühl, als verätzte jeder Nerv in weiß brennender Glut.

Da war das Spiel der Wellen, versprach Erlösung. Sanftes, kühles Wasser. Er hielt es nicht mehr aus. Er musste gehen.

In seine Welt.

Die Knie gaben unter ihm nach, doch er schaffte es irgendwie, sich aufrecht zu halten. Seine Hände umklammerten so fest das Geländer, dass die Knöchel fast durch die Haut stachen. Ein kurzer, jeden Muskel erfassender Krampf, dann endete der Schmerz und ließ nur noch Verlangen zurück. Seine Lungen versagten ihren Dienst. Sie schrien nach salzigem Wasser.

„Alles okay?“, fragte jemand hinter ihm.

Ohne sich umzudrehen, starrte er auf die Wellen, kämpfend um jeden Atemzug. „Es geht schon wieder.“

„Soll ich Alan holen?“, fragte die Stimme. „Oder Maya?“

„Nein.“ Die Namen waren ein Messer in seinem Herzen. „Nein, es geht schon wieder. Ich muss nur allein sein.“

„Okay.“

Wer auch immer hinter ihm stand, er entfernte sich. Christopher wartete, bis er allein war, riss sich das T-Shirt vom Leib, kletterte über die Reling und sprang. Das Wasser umschloss ihn. Es durchströmte ihn und füllte seinen ausgehungerten Körper. Die Erleichterung war so unbeschreiblich erlösend, dass ihm war, als hätte sein Leben zuvor nur aus Schmerz bestanden. Hastig befreite er sich von den restlichen Kleidern. Die Jeans, die Schuhe, die Shorts. Alles verschwand taumelnd in der Tiefe.

Als die Schiffsschraube bedrohlich nahe kam und weiße Gischtstrudel aufwirbelte, brachte er sich mit einigen schnellen Schwimmzügen außer Reichweite der Rotorblätter und tauchte in sicherer Entfernung wieder auf.

Der metallene Koloss zog schnell an ihm vorüber. Erst als seine Silhouette in der Ferne verschwand, begriff er das Geschehen in seinem gesamten Ausmaß. Er war im Wasser, während die Menschen, die er liebte, zusammen mit dem Schiff verschwanden.

Es war geschehen. Er hatte sie verloren. Für immer.

Vor ihm lag die Freiheit des Ozeans. Eines leeren, endlosen Ozeans. Als spürte das Meer seine Trauer, brachte es ihm eine Strömung, die ihn erfasste und mit sich nahm.

Zuhause. Du bist Zuhause.

Der Himmel über ihm sah aus wie Perlmutt. Eine elfenbeinbleiche Sonne schwebte über dem Horizont. Und dann geschah etwas. Ein neuer Schmerz brach auf, so brachial, als zermalmte etwas die Knochen in seinen Beinen zu Brei. Dieser flüchtigen Qual folgte ein ziehendes Gefühl. Es war, als würden zwei Beine zu einem verschmelzen, und als er untertauchte und an sich hinabsah, wurde ihm klar, dass genau das der Fall war. Dort, wo das Fleisch zusammenwuchs, nahm seine Haut eine silberhelle Farbe an und veränderte ihre Struktur. Sie ähnelte glatter Wildseide, hier und da geschmückt von glänzenden, weißen Schuppen. Eine Flosse entfaltete sich dort, wo seine Füße hätten sein sollen, groß, fächerartig und gemustert mit leuchtenden Sprenkeln. Dann veränderte sich auch der Rest seines Körpers – die Hälfte, die menschlich geblieben war. Auch hier wurde die Haut heller und glatter. Seine Finger wurden länger, Schwimmhäute wuchsen. Etwas, das silbernen, knöchernen Schuppen glich, wuchs in Reih und Glied entlang seiner Unterarme, und auf eine Weise veränderte sich auch sein Gesicht. Er tastete danach, konnte jedoch nicht erkennen, wie prägnant diese Veränderungen waren.

All das tat nicht weh und war schrecklich und herrlich zugleich. Es zeigte ihm, dass seine alte Heimat für ihn verloren war. Und damit auch Jeanne und Maya. Es bewies ihm aber auch, wohin er wirklich gehörte.

Aus dem Blau der Tiefe tauchten die Wale auf. Sie umringten ihn, sangen für ihn und weckten ein Gefühl bitteren Glücks. Ihre Emotionen übertrugen sich auf ihn. Erinnerungen lagen im Wasser, gespeichert über Jahrmillionen seit dem Anbeginn des Lebens. Selbst aus der wilden, leeren Zeit davor, als nur Feuer und Wasser die Welt regiert hatte.

Er berührte die Haut des Tieres, das ihm am nächsten war, streichelte sie, befühlte Beulen aus Seepocken und aufgewölbte Narben. Das Singen der Tiere vermittelte ihm das Gefühl, zu Hause zu sein. Wirklich zu Hause zu sein. Und als ihn eine einzige Bewegung seines neuen Körpers in die Tiefe hinabtrug, als das Meer ihn erneut durchströmte, diesmal um so vieles endgültiger, erfasste ihn das Gefühl grenzenloser Freiheit. Ein Gefühl, das ihm die Erinnerungen an alles nahm, was hinter ihm lag. Eine nach der anderen, zunächst verschleiernd, dann auslöschend, bis nur noch Glück übrig blieb.

Die Erinnerung kehrte auch dann nicht zurück, als er nach einiger Zeit in der Tiefe wieder die Oberfläche durchstieß, sich auf den Rücken legte und die Sterne betrachtete. Zischende Blasfontänen schossen neben ihm in den Himmel hinauf. Von den Wellen auf und ab gewiegt, streckte er die Arme aus und sah an sich hinab. Die Schönheit seiner neuen Gestalt war überwältigend. Eine große, kräftige Schwanzflosse spielte mit dem Wasser und reflektierte das Mondlicht. Herrliche Muster glommen auf seiner Haut. Dieser Körper war vollkommen. Alles war so, wie es sein sollte. Er ließ sich treiben und dachte an nichts. Es gab nur noch ihn und einen gewaltigen Ozean, in dessen Tiefe seinesgleichen auf ihn wartete.

~ ❁ ~

Normalerweise summte Maya, wenn sie wie jetzt Proben filterte, siebte und beschriftete, irgendwelche Lieder vor sich hin. Doch diesmal schwieg sie. Sie aß einen Apfel, warf die Überreste in den Mülleimer und stieß sich mit den Füßen ab, sodass ihr Drehhocker Richtung Mikroskop rollte.

Drei winzige Ruderfußkrebs-Nauplien schwammen durch gleißendes Licht. Hektisch strampelten ihre Füßchen, während sie, eingesperrt zwischen zwei Glasflächen, ihre Runden drehten. Ahnten diese hilflosen Wesen etwas von der Ausweglosigkeit ihres Schicksals? Erging es ihr vielleicht wie diesen Tieren?

Christopher entwickelte sich zu etwas Unkontrollierbarem, diese Tatsache musste sie sich eingestehen. Er hatte etwas mit Nico angestellt. Ihm alles Leben ausgesaugt, sodass er nun durch die Gegend taumelte wie ein hirnamputierter Zombie. Sie fürchtete sich. Vor dem Mann, den sie liebte, vor sich selbst und vor dem, was sie erwartete. Während er in seiner Kabine schlief, bereitete eine Handvoll Studenten samt einem Wissenschaftler den Roboter für ihre Mission vor, und falls sie etwas fanden, würde sich die ganze Sache noch weiter zuspitzen. Was sollte sie tun? Ihn und Jeanne im nächsten Hafen zurückschicken? Sie bezweifelte, dass Christopher von seinem Plan abzubringen war. Zumal sie in wenigen Tagen den Tiefseegraben erreichen würden.

„Verzeihung", sprach sie jemand von hinten an. „Darf ich dich kurz stören?"

„Darfst du." Zitternd wischte sie ihre Finger am Kittel ab. Wenigstens besaß sie inzwischen genug Contenance, um ihre Tränen zu unterdrücken. „Was gibt's?"

„Es geht um Dr. Jacobsen. Ich meine, um Chris." Der Student kratzte sich unschlüssig am Kopf. „Er ist oben auf dem Deck beim Kran. Sieht so aus, als ginge es ihm nicht gut. Vielleicht siehst du mal nach ihm?"

Sie sprang auf und stürzte nach draußen. Auf der Treppe nahm sie drei Stufen auf einmal, schwenkte nach rechts und rannte zum Heck des Schiffes, dorthin, wo sich der Kran wie ein monströses Skelett vor dem dunkelblauen Abendhimmel abzeichnete.

Er war nicht mehr hier. Das Herz hämmerte ihr bis zum Hals.

„Nein, nein, nein … großer Geist, bitte nicht."

Als sie das T-Shirt fand, das vor der Reling lag, wurde ihr schwindelig vor Entsetzen. Ihre Finger betasteten das Orca-Emblem, unter dem Christophers Name aufgedruckt war, als müsste sie ihren Verstand überzeugen, dass sie ihn wirklich in der Hand hielt – den Beweis, dass er hier war. Sie schwankte am Kran vorbei, hastete die Stahltreppe hinauf und platzte ohne Vorwarnung in den Technikraum. Die Studenten saßen vor den Bildschirmen und blickten ihr mit aufgeklappten Kiefern entgegen.

„Ich hä-hä-hätte schwören kö-kö-können …", stammelte Susan. „Ich glaube, wir haben … aber Sie werden uns für verrückt halten."

Maya schloss die Augen und atmete. Ein und aus. Ein und aus. „Reden Sie klarer."

„Die Wale sind verschwunden", wisperte Susans schlohweißer Sitznachbar. „Etwas war plötzlich bei ihnen. Es kam hier von diesem Schiff. Und dann …"

„Etwas?" Ihr Gleichgewichtssinn kränkelte.

„Eine … es sah aus wie … wir wollten es aufnehmen, aber man hat uns nicht gesagt, wie das funktioniert."

„Schluss." Maya vollführte eine wütende Handbewegung. „Verschwindet. Macht euch vom Acker. Ich übernehme den Rest der Schicht."

„Aber …"

„Verschwindet!"

Die Studenten sprangen auf und gaben Fersengeld. Als sie verschwunden waren, kehrte Maya an die Reling zurück. Er war fort. Er war gegangen. Das, wovor sie sich Tag und Nacht gefürchtet hatte, war geschehen. Und obwohl es sie nicht überraschte, war der Schock von lähmender Heftigkeit. „Vergiss mich nicht", flüsterte sie, ihre Finger um das Eisen klammernd. „Bitte. Ich brauche dich." Das Meer war ihr noch nie so endlos und grausam erschienen. Es war ein Spiegelbild ihrer Seele, denn in ihr gähnte eine ebensolche Leere. Endlosigkeit ohne jeden Haltepunkt.

„Was ist passiert?" Alan stand hinter ihr, ohne dass sie ihn kommen gehört hatte. Sanft legte er eine Hand auf ihren Rücken. „Ist er fort?"

Sie nickte. Der Kloß im Hals verwandelte sich in eine scharfe Klinge. Ihr Blick schweifte zu den Rettungsbooten.

„Vergiss es", würgte Alan ihren Gedanken ab. „Sie würden es merken. Und dann machst du alles nur noch schlimmer."

Maya presste eine Hand auf den Mund, Tränen liefen über ihre Wangen. Verloren … weg … für immer. Die Wahrheit stach wie Eissplitter in ihr Bewusstsein. Christopher war irgendwo dort draußen, in einer Welt, in die sie ihm nicht folgen konnte.

„Glaub mir." Alan schloss sie in seine Arme. „Er wird dich nicht vergessen. Nicht einmal als Fisch. Ihr beide seid füreinander geschaffen. Das wusste ich, seit ich euch das erste Mal zusammen gesehen habe. Und jetzt komm, bevor noch irgendwer Verdacht schöpft."

„Was sollen wir sagen?"

„Nichts", erwiderte Alan. „Wir sagen gar nichts. Weil er zurückkommen wird."

~❀~

Da war tiefes Blau. Lichtspiele tanzten auf der Oberfläche und sandten schimmernde Säulen in das Wasser. Wolken aus Fischen huschten umher. Felsgrate ragten aus finsterer Tiefe. Während er auf das in der Ferne auftauchende Riff zuschwamm, drehten die Wale ab und blieben in der Weite des offenen Meeres.

Abertausende Wesen tummelten sich zwischen den Korallenbänken. Ein wahrer Farbenrausch hüllte ihn ein. Er wurde nicht müde, die Stärke und Gewandtheit seiner neuen Gestalt zu genießen und umherzutollen wie ein Kind. Fische umkreisten ihn, ließen sich zutraulich berühren oder erforschten ihn ihrerseits. Ein blauer Zackenbarsch nahm ihn in Augenschein, schwarz-weiß gestreifte Muränen umschlangen seine Arme. Er erkundete Unterwasserhöhlen, ruhte für ein paar Momente in ihrer Dunkelheit aus und erforschte die seltsamen Wesen, die sich darin verborgen hielten.

Von fern drangen die Stimmen zu ihm vor, doch er ignorierte sie. Weder wagten sich seine Artgenossen hinauf an die Oberfläche noch empfand er Lust darauf, in die finstere Tiefe abzutauchen. Übermütig tauchte er in einen Schwarm aus glänzenden Goldmakrelen ein, ließ sich von ihren Lichtspielen die Sinne verwirren und sank, als ihm allzu schwindelig wurde, zum Grund hinab.

Dösend im Korallensand liegend beobachtete er das Treiben. Blumentiere filterten mit ihren Tentakeln das Plankton aus dem Wasser. Röhrenwürmer fuhren ihre karmesinroten Kiemen aus, zwei violette Meeresschnecken mit zitronengelben Auswüchsen krochen über eine Hirnkoralle. Über purpurnen Schwämmen spielten Seepferdchen und ein Krake nahm ihn von seiner Höhle aus in Augenschein. Gedankenlos ließ er sich treiben, ruhte auf dem weichen Sand und tauchte die Finger hinein. Irgendwann zogen dunkle Wolken über dem Wasser auf. Ihre Ränder glühten im letzten Sonnenlicht, das Meer wurde still und holte tief Atem. Nach erwartungsvollen Momenten der Ruhe öffneten sich die Schleusen des Himmels und ließen Regen auf das Wasser herabprasseln. Die zuvor schweigende Welt erfüllte sich mit ohrenbetäubendem Rauschen.

Als er das Ende des Riffs erreichte und sich nur noch gewellter Sand unter ihm erstreckte, brach bereits die Nacht herein. Im Schutz der Dunkelheit wuchsen die Korallenbänke auf wundersame Weise. Sie dehnten sich aus, zeigten unzählige winzige Tentakel und begannen, Plankton aus dem Wasser zu filtern. Die Jäger der Nacht kamen herbei. Haie, Rochen, Kraken und Muränen. Der Regen geriet zur Sintflut als Geräuschkulisse für eine gespenstische Welt, in der das Gesetz aus Fressen und Gefressenwerden gnadenlos regierte. Blutgeruch breitete sich im Wasser aus. Zu viel Angst, zu viel Tod.

Er ließ das Riff hinter sich und kehrte zu den Walen zurück, zog sich auf den Rücken eines Bullen, der an der Oberfläche ruhte, und ließ die Tropfen auf sich hinabprasseln. Das Wogen der See schläferte ihn ein. Er träumte von Maya und Jeanne, sah sie lachen und hörte ihre Stimmen. Als er erwachte, lag er noch immer auf dem Rücken des gemächlich dahinschwimmenden Tieres und die Erinnerungen waren zurückgekehrt.

In all ihrer Schärfe.

Ungläubig blickte er an sich hinab. Sein Körper war noch immer der einer Sagengestalt. Es jetzt zu sehen, bei klarem Verstand, stürzte ihn in tiefe Fassungslosigkeit. Er berührte die silberne Haut und die Schuppen, drehte sich auf die Seite und untersuchte die Flosse, die auf der Rückenlinie des Fischleibes wuchs, betastete die Schwimmhäute und sein Gesicht – doch zu glauben, dass dies hier die Wirklichkeit war, fiel ihm schwer. Er war hier, in den Weiten des nächtlichen Pazifiks, verwandelt in etwas, das sich seinem Begreifen entzog. Das Schiff war in weiter Ferne. Und mit ihm die Frau, die er liebte. Unvermittelt klaffte Einsamkeit auf. Er war allein. Fern von den Menschen, die er liebte. Die Stimmen aus der Tiefe erinnerten ihn daran, was seine Aufgabe war, doch seine Angst, Maya und Jeanne nie wiederzusehen, war von lähmender Heftigkeit.

~❁~

In der einen Hand die Weinflasche, in der anderen die Muschelkette, lag Maya auf ihrem Bett und weinte, bis sie sich vollkommen leer fühlte. Sie hätte im Technikraum vor den Bildschirmen sitzen sollen, um sicherzustellen, dass niemand etwas sah, was er nicht sehen durfte. Doch sie war wie ein leeres Gefäß. Unfähig, auch nur annähernd ihre Aufgaben zu erfüllen. Schwankend holte sie eine zweite Flasche aus dem Schrank, um ihre Betäubung zu vertiefen. Draußen war es längst dunkel. Einer merkwürdigen Eingebung gehorchend fischte sie das Taschenmesser aus der Nachttischschublade, entschied, dass das Trinken nichts half und stolperte nach draußen. War es der Seegang, der den Boden so schwanken ließ? Oder war sie tatsächlich sturzbetrunken?

Mühsam arbeitete sie sich die Treppe hoch und nahm nur schwammig wahr, dass sie es praktisch auf allen vieren tat. An Deck prasselte Regen in ihr Gesicht. Es waren warme, weiche Tropfen, die es nicht einmal ansatzweise schafften, ihren Rausch zu mildern. Maya warf die Weinflasche über Bord, streckte beide Arme aus und torkelte zur Reling. An die Eisenstangen gelehnt starrte sie auf das Messer. Würde er ihr Blut spüren, wenn es sich mit dem Wasser vereinte? Würde sie so nicht Teil seiner Welt werden? Kurzerhand bohrte sie sich die Klinge in die Handfläche.

Da war keinerlei Schmerz. Einfach nichts. Sie zog das Messer wieder heraus, streckte den Arm aus und sah zu, wie ihr Lebenssaft in das Wasser tropfte. Ja, so war es gut. Ihr Sein vermischte sich mit den Wellen. Vereinte sich mit der Tiefe und erreichte ihn vielleicht, irgendwo dort draußen.

Kraftlos sackte sie in sich zusammen. Hoffnung war keine mehr übrig. Er würde sie vergessen. Und wenn sie ehrlich war, wenn sie ganz ehrlich zu sich war, dann war es gut so.

Wie lange sie so an der Reling hing, vor sich hinschluchzte und schlotterte, wusste sie nicht. Dann schreckte sie etwas auf. War da nicht ein heller Schatten im Wasser? Ein geschmeidiger Körper, der unter den Wellen spielte? Der Regen verwusch den Eindruck. Viel zu schnell. Er prasselte auf das Wasser und auf das Schiff nieder und ließ alles verschwimmen.

Nein! Da war es wieder. Etwas Helles. Ein menschlicher Körper. Oder ein menschenähnlicher.

„Ich komme.“ Maya steckte das Messer in ihre Hosentasche, zog sich das T-Shirt nebst Schuhen aus und kletterte über die Reling. Euphorisch ließ sie sich fallen. Mit einem gewaltigen Platscher tauchte sie unter, arbeitete sich strampelnd wieder an die Oberfläche und rang hustend nach Atem. Während sie sturzbetrunken auf den Wellen trieb, sah sie sich um. Sie drehte sich und suchte und fand nichts. Wo war er? Wo steckte er, zum Teufel? Auf dem sich entfernenden Schiff brach Tumult aus. Ein Alarm begann zu schrillen. Maya rief Christophers Namen, immer wieder und wieder. Zuerst verzweifelt, dann wütend. Salzwasser schwappte in ihren Mund. Sie hustete und röchelte, gab jedoch nicht auf. Er war hier irgendwo. Sie wusste es. Der Regen, der auf das Wasser fiel, klang seltsam. Wie ein alles erfüllendes Plätschern, Tröpfeln und Rauschen. Zornig schlug Maya auf die Wasserfläche ein.

„Wo bist du? Komm her. Zeig dich, verdammt. Los, komm raus, du dämlicher Fisch.“

Vor ihr, keine drei Meter entfernt, tauchte etwas Helles im Wasser auf.

„Chris? Bist du das? Chris?“

Als die Gestalt durch die Oberfläche brach und auf sie zuschwamm, wollten mehrere Dinge gleichzeitig über ihre Lippen sprudeln. Sie brachte es fertig, gleichzeitig zu keuchen, zu heulen und zu lachen, versuchte nebenbei, irgendwelche Wörter dazwischenzuschieben und krönte das Ganze mit würgendem Gespotze, weil Wasser in ihre Kehle geriet.

Er verharrte dicht vor ihr und warf dem Schiff einen Blick zu. Soeben war es dabei, in etwa hundert Meter Entfernung ein Wendemanöver zu vollführen. Als er sie wieder ansah, hoffte sie auf ein Lächeln. Doch sein Gesicht blieb reglos. Das dort vor ihr war nicht mehr der Mann, der ihr vertraut war. Er hatte sich auf erschreckende, fantastische Weise verändert. Seine silbrige Haut, seine azurblau leuchtenden Augen, die fremdartig veränderten Gesichtszüge mit den bläulich schimmernden Streifen auf Wangen und Schläfen – all das war nicht mehr menschlich.

Sie wollte ihn berühren. Sie wollte wissen, wie er sich anfühlte. Ob er echt war. Und sie wollte wissen, was dort unter der Wasseroberfläche lag. Tatsächlich der Körper eines Fisches? Er kam noch näher. Trieb langsam auf sie zu, bis sie die Hand ausstrecken und auf seine Wange legen konnten. Er neigte den Kopf und schmiegte seine Haut an ihre. Maya hörte sich wie losgelöst schluchzen. Kalt fühlte er sich an. Glatt und fremdartig. Sie ließ ihre Hände tiefer gleiten, ertastete die Schuppen auf seiner Taille, wanderte noch tiefer und dann …

„Es ist wahr“, stieß sie hervor. „Großer Geist.“

Nur kurz zuckte ihre Hand zurück, bis sie ihre Finger wieder über die Fischhaut gleiten ließ. Da war eine Flosse auf seiner Rückenlinie. Sie fühlte sich dünn und hart an. Ihre Spitzen waren so scharf, dass sie sich an einer stach. Mayas Rausch war wie verflogen.

„Du bist … du bist …“

Ihr fehlten die Worte. Sie zog Christopher an sich und spürte seinen geschmeidigen

Leib an ihrem. Halb Mensch, halb Fisch. Nein – es gab gar keine menschliche Hälfte. Er war ganz und gar anders. Und doch immer noch wundervoll.

„Ich bin eine elende Egoistin, aber ich will dich nicht verlieren. Bitte verlass mich nicht."

Zärtlich nahm er ihr Gesicht in beide Hände. Ein Hauch der vertrauten Wärme kehrte in seine Augen zurück. „Das werde ich nicht", raunte er mit einer Stimme, die pure Magie war. Weich wie Samt und zugleich machtvoll wie die See. „Ich muss wieder weg, aber wir sehen uns wieder. Nimm das als Versprechen."

Sie nahm nur entfernt wahr, wie sich das Schiff von hinten näherte und helle Suchscheinwerfer über das Wasser huschten.

„Geh nicht", flehte sie. „Ich brauche dich."

„Glaub mir, Maya, auch wenn du mich nicht siehst, bin ich immer in der Nähe. Ich versuche, wieder Mensch zu werden. Aber ich weiß noch nicht, wie es funktioniert."

„Ich habe ihnen nicht gesagt, dass du weg bist." Ihre Worte gingen fast im Schluchzen unter. „Ich habe noch gar nichts gesagt."

„Das ist gut. Ich komme wieder zurück. Bald."

Mit diesen Worten beugte er sich vor und küsste sie. Endlich kehrte ein Gefühl des Wiedersehens ein. Es war so wunderbar. Sie brauchte es wie die Luft zum Atmen, doch viel zu schnell löste er sich von ihr. Mit der Kraft der Verzweiflung zog sie ihn wieder an sich.

„Nein!", flehte sie. „Nein, bitte bleib hier …"

„Lass mich gehen", sagte er. „Ich lasse dich nicht im Stich, vertrau mir."

„Noch nicht."

„Maya …"

Sie erstickte jedes weitere Wort mit einem Kuss. Verzweifelt klammerte sie sich fest, hungerte nach jedem Moment der Nähe, der ihnen noch blieb.

Das Licht des Suchscheinwerfers traf sie blendend hell. Mit einer blitzschnellen Bewegung riss Christopher sich los und tauchte ab. Wasser spritzte in ihr Gesicht, etwas zischte dicht an ihrem Kopf vorbei. Sie hörte einen dumpfen Laut, etwas Hartes traf sie am Bein, dann spannte sich neben ihr ein Seil. So fest, dass es knirschte. Ihr Verstand begriff nur zögerlich, was geschehen war. Unter ihr in der Tiefe wand sich etwas Helles. Ein Metallschaft blitzte im Wasser auf. An seinem Ende war jenes straff gespannte Seil befestigt.

Eine Harpune! Großer Gott!

Ihre Instinkte reagierten blitzschnell. Sie zog das Messer aus der Hosentasche, packte das Seil und versuchte, es zu durchschneiden. Es war aus dem robusten Nylonzeug gedreht, das selbst die Zugkraft eines Weißen Hais aushielt, und die Klinge war lächerlich stumpf. Maya säbelte mit aller Kraft. Millimeter für Millimeter durchtrennte sie das Gewebe, während auf dem Deck des Schiffes wilder Tumult ausbrach. Mehrere Männer versuchten aus Leibeskräften, ihre vermeintliche Beute anzulanden.

„Komm schon! Komm!"

Gleich würde es zu spät sein. Christophers Bewegungen wurden matter. Stück für Stück wurde er zur Oberfläche gezerrt.

„Komm!“, schrie sie. „Komm! Du verdammtes …“

Das Seil riss mit einem hässlichen Geräusch, schnellte zurück und schrammte über ihre Wange. Als sie ihre zusammengekniffenen Augen wieder öffnete, gähnte unter ihr nur schwarze Tiefe. Ein Rettungsring schlug neben ihr auf dem Wasser auf. Automatisch klammerte sie sich fest und ließ sich hochziehen. Ihr wurde schwarz vor Augen.

Nur Sekunden später, so erschien es ihr, lag sie japsend an Deck. Umringt von einer Menschenmenge.

„Was sollte das?“ Alan redete auf sie ein. Sein rotes Haar stand zu Berge, als hätte ihn ein Blitz getroffen. „Bist du gesprungen? Heiliger Assisi, du stinkst wie eine ganze Schnapsbrennerei. Was ist passiert, Maya?“

„Wer hat geschossen?“ Ihre Wut entlud sich in einem wüsten Knurren. „Welcher von euch Idioten hat geschossen?“

„Ich war es“, antwortete ein schnauzbärtiger Matrose. „Gestern sahen wir haufenweise Haie. Wir dachten, es wäre einer von denen. Haben nur eine Flosse gesehen und dann … na ja.“

„Du Hornochse“, schrie sie. „Wie konntest du einfach drauflosschießen?“

„Er wollte dir nur helfen“, mahnte Alan. „Er dachte, dass etwas dich angreift. Verdammt, es war nur ein Fisch. Jetzt mach deswegen nicht so ein Theater und komm mit. Du hast eine Wunde an der Wange, ich muss dich untersuchen.“

Mit diesen Worten nahm er sie bei der Hand und zog sie die Treppe hinunter, drängte sie nach rechts und schubste sie in seine Kabine. Mit lautem Knall warf er die Tür hinter sich ins Schloss.

„Jetzt hör mir mal zu, meine Liebe. Reiß dich sofort zusammen, okay?“

„Du weißt genau, dass es kein Fisch war!“ Maya hyperventilierte. Hätte Alan sie nicht festgehalten, wäre sie zusammengeklappt. „Ich bin gesprungen, weil ich dachte, dass … und dann … oh Gott, ich habe ihn festgehalten, als er weg wollte. Es ist nur wegen mir passiert.“

„Sei still.“ Alan packte ihre Schultern. „Du darfst um Himmels willen nicht so ein Theater abziehen. Ihr wart beide schon viel zu auffällig. Wer weiß, wie lange Nico noch rumläuft wie ein hirnloser Tiefseeschwamm. Gut möglich, dass der Zauber demnächst nachlässt. Chris übt schließlich noch.“

Sie wollte etwas entgegnen, doch urplötzlich bahnte sich ihr Mageninhalt einen Weg nach draußen. In mehreren Schwallen landete er auf Alans Kabinenboden.

„Schnitzel und Schnaps.“ Der Schiffsarzt seufzte. „Na toll. In genau fünfeinhalb Stunden legen wir im Hafen an. Dann mieten wir uns ein Boot und suchen nach ihm, okay? Ich bin sicher, dass er an den nächsten Strand flüchtet und …“

„Ein Strand?“ Sie raufte sich die Haare. „Im Wasser wittern die Haie das Blut und am Strand werden ihn Menschen sehen. Das kann nicht gut gehen. Das kann … oh Gott, bestimmt ist er schon tot.“

„Unsinn.“ Alan rollte mit den Augen. „Hör auf, so schwarz zu sehen. Er ist nicht tot. Wo hat das Ding ihn getroffen?“

„Ich glaube, hier.“ Sie deutete auf ihre Hüfte.

„Gut. Das ist keine tödliche Stelle. Außerdem befinden wir uns momentan vor der schwarzen Küste. Das ist so ziemlich der gottverlassenste Ort, den du dir vorstellen kannst. Wenn er sich an einen dieser Strände flüchtet, wird ihn niemand sehen. Also reiß dich am Riemen und mach es nicht noch schlimmer."

„Noch schlimmer?" Sie kippte nach hinten auf das Bett. „Wie könnte es noch schlimmer kommen?"

„Sieh es positiv. Wenigstens haben sie es nicht geschafft, ihn auf das Schiff zu ziehen. Sonst läge er jetzt wie eine geangelte Forelle in einem Bottich. Tu mir den Gefallen und versuche, in den nächsten Stunden wieder klar zu werden. Ich gehe rüber in mein Heiligtum und suche schon mal alles zusammen, was ich brauchen könnte. Er wird nicht sterben, okay?"

Maya nickte.

„Sehr gut." Alan richtete sich auf und klatschte in die Hände. „Weißt du was? Komm am besten gleich mit. Dann klebe ich dir ein Pflaster auf die Wange."

Maya wusste nicht, wovor sie sich am meisten fürchtete. Der Erfolg ihrer Suche konnte bedeuten, nur eine Leiche zu finden. Kehrten sie erfolglos in den Hafen zurück, würde sie nie erfahren, was mit ihm geschehen war.

Sie sank in sich zusammen und betete, denn etwas Besseres fiel ihr nicht ein. Während Alan das gemietete Schnellboot in rasanten Manövern aus der Bucht lenkte und dafür sorgte, dass der heftige Fahrtwind ihr den Atem raubte, suchte sie Trost in Erinnerungen. Es half nur ansatzweise. Sie war nicht einmal mehr sicher, ob ihre Nähe zueinander noch vorhanden war. Auf ihrer Seite ohne Frage, aber was fühlte er? Jetzt, da er sich für seine wahre Heimat entschieden hatte? Gehörten sie noch immer zusammen? Und was, wenn er tot war? Wie sollte sie jemals wieder Freude empfinden, wenn diese Last auf ihr lag?

„Es wird alles gut werden." Jeanne ließ ihren Kopf auf Mayas Schulter sinken. „Mach dir keine Sorgen. Wir finden ihn. Ich weiß es."

Sie nickte nur und nahm das Mädchen in den Arm. Hilfe suchend klammerten sie sich aneinander fest und versuchten zu verstecken, dass sie unaufhörlich weinten. Obwohl Alan dem Boot alles abverlangte und eine halsbrecherische Geschwindigkeit an den Tag legte, schien die Küste viel zu langsam an ihnen vorüberzugleiten. Vielleicht lag Christopher irgendwo und blutete aus. Jede Sekunde, die sie brauchten, war eine zu viel.

„Da ist sie!", rief Alan. „Die schwarze Küste."

Schroffe Felsen kratzten an einem grauen, dunstverhangenen Himmel, unterbrochen von Stränden aus anthrazitfarbenem Sand. Trostlosigkeit war alles, was sie bei diesem Anblick empfand. Alan lenkte das Boot so nah am Ufer entlang, wie die Sicherheit es zuließ. Mehrmals glaubte sie, einen leblosen Körper erspäht zu haben, doch entweder war es eine Robbe, die faul vor sich hindöste, oder ein von den Elementen ausgebleichter Baumstamm.

Lange tat sich nichts. Maya glaubte, verrückt zu werden.

Die Sonne erreichte ihren höchsten Stand und brannte selbst durch die Wolkendecke unerträglich heiß. Jedes Mal, wenn ein Strand oder eine Bucht an ihnen vorbeizog, ohne dass sie Christopher gefunden hatten, wuchs ihre Verzweiflung. Es gab so viele Haie hier, die in jedem verletzten und geschwächten Wesen eine leichte Beute sahen.

Zwei Stunden vergingen, ohne dass etwas geschah. Doch als der Abgrund ihrer Angst rot glühenden Zorn auf Gott und die Welt ausspuckte, wedelte Alan aufgeregt mit den Armen.

„Dort hinten. Seht ihr das?“

Er hielt mit einer Hand sein flatterndes Haar im Zaum und deutete mit der anderen nach vorne. Ein schier endloser Strand erstreckte sich vor ihnen, nebelbegrenzt und bar jeden Lebens. Auf dem schwarzen Sand, nah am Saum der Brandung, lag ein Körper.

„Das ist er.“ Sie sprang auf. „Oh Gott, er ist es. Bewegt er sich? “

„Ich hoffe nicht. Wenn er denkt, wir wären Japaner auf der Suche nach Sushi, finden wir ihn wahrscheinlich nie wieder.“

Alan lenkte das Boot zum Strand. Er war ein rabiater, aber nichtsdestotrotz fantastischer Fahrer, sodass er das Boot trotz der halsbrecherischen Geschwindigkeit mit einer eleganten Drehung anlandete. Kreischend schrammte der Bug über den Lavasand.

Noch ehe es zum Stillstand gekommen war, sprang Maya von Bord. Wasser durchnässte sie von Kopf bis Fuß, doch sie kümmerte sich nicht darum. All ihre Aufmerksamkeit galt Christopher. Er lag auf der Seite, hatte den Kopf auf seinem ausgestreckten Arm abgestützt und sah aus, als schliefe er nur.

„Es tut mir so leid.“ Sie ging neben ihm in die Knie. Seine Brust hob und senkte sich, doch die Erleichterung darüber war nur flüchtig. Vorsichtig berührte sie seine Schulter und wagte es nicht, den Blick zur Seite zu richten. Schon aus dem Augenwinkel heraus sah sie furchtbar aus. Die Harpune, die in seiner linken Hüfte steckte.

„Heiliger Assisi!“ Alan stand mit offenem Mund da. Er ließ den Rucksack fallen, sackte in die Knie und gaffte. „Kneif mich mal. Das gibt's doch nicht. Hat er wirklich … Herr im Himmel. Hat er wirklich das da?“ Zitternd berührten seine Finger die weiße Haut des Fischleibes. Sie strichen über die Schuppen, betasteten die Flosse entlang der Rückenlinie und wanderten zu dem metallenen Schaft hinauf. „Krass“, flüsterte Alan. „Das ist so was von abgefahren.“

Nach einem kurzen Moment blinzelte er, als wäre er aus einem Traum aufgewacht, schaltete auf Arztmodus um und presste Zeige- und Mittelfinger an Christophers Hals. „Sein Puls ist regelmäßig.“ Alan nickte zufrieden, was Maya vor Erleichterung zusammensacken ließ. Das Herz schlug ihr bis zum Hals. Es hämmerte so heftig, dass sie glaubte, es gäbe jeden Augenblick den Geist auf. „Ich kann ihn deutlich fühlen. Anscheinend befindet er sich nicht im Delirium, sondern in einer Art Heilschlaf. Beste Voraussetzungen für unseren kleinen Einsatz. Mach dir keine Sorgen, Süße. Das kriegen wir wieder hin.“

Maya murmelte eine Floskel. Sie fühlte sich derart erschöpft, dass ihr Blick verschwamm. Dieser Ort schien zwischen den Welten zu liegen. Das Dämmerlicht, die Stille. Der schwarze Sand, durchsetzt von Gerippen aus Stein und totem Holz.

„Allerdings macht mir eine Sache Sorgen." Alan griff nach seinem Rucksack und zog ihn zu sich heran. „So eine Harpune ist naturgemäß mit Widerhaken bestückt, was die Sache nicht leicht macht. Normalerweise soll das, was damit getroffen wird, ja auch gegessen und nicht verarztet werden."

„Alan", keuchte Maya.

„Verzeihung. Ich kenne seine Anatomie nicht, deshalb besteht die Gefahr, dass ich …"

„… eine Arterie treffe?" führte Jeanne den Satz zu Ende. Sie kniete hinter Maya und versuchte krampfhaft, ihre Fassung zu wahren. „Wolltest du das sagen?"

„Korrekt. Eigentlich müsste er in ein Krankenhaus, aber das ist in diesem speziellen Fall unmöglich, es sei denn, wir wollen ein paar hysterische Anfälle riskieren. Also muss ich es hier und jetzt mit meinen begrenzten Möglichkeiten versuchen."

„Schaffst du das?", wisperte Maya.

„Klar. Zuerst muss ich die Wunde erweitern, damit ich die Löffel reinschieben kann."

„Was für Löffel?" Jeanne erbleichte.

„Damit meine ich ein Instrument, das ich über die Haken schiebe, damit ich die Harpune herausziehen kann, ohne noch mehr Unheil anzurichten."

Das Mädchen blickte skeptisch. „Ist das die übliche Methode?"

„Es ist meine Methode. Okay, dann wollen wir mal. Halt ihn am besten fest, Maya."

„Willst du ihn vorher nicht …"

„Nein. Erstens schläft er sowieso und wird das vermutlich noch eine ganze Weile tun. Zweitens hat mir Jeanne von Christophers Allergie gegen alle möglichen Chemikalien erzählt. Wenn wir Pech haben, lässt ihn ein Anästhetikum völlig aus den Latschen kippen."

„Blödsinn", fauchte Maya. „Jetzt mach schon. Als ich ihm letztens was verpasst habe, hat er es prima vertragen."

Den Rest ihres Gedankens behielt sie besser für sich. Im Nachhinein konnte sie nur von Glück reden, dass es genau so gewesen war. Ebenso gut hätte sie ihn mit der Chemieladung hoffnungslos ausknocken können.

„Von mir aus." Alan kramte in seiner Tasche, tat das Nötige und starrte, als er die Lokalanästhesie durchgeführt hatte, eine Weile prüfend auf seinen Patienten hinab.

„Er hat es überlebt. Sehr gut. Aber sag mal, wo ist eigentlich sein …" Der Schiffsarzt reckte den Hals. „Ich meine, er muss doch einen haben, oder? Siehst du irgendwo eine Hauttasche oder so was? Wie bei Delfinen und Walen?"

„Alan!" Maya war kurz davor, ihm eine Ohrfeige zu verpassen. „Hast du sie noch alle?"

„Tut mir leid. Ich lege dann mal los."

„Das wäre nett." Vorsichtig ergriff sie Christophers Schultern und drehte ihn herum, sodass sein Gewicht auf ihren Schenkeln ruhte. „Alles wird gut", flüsterte sie ihm zu. „Alan macht das schon."

„Fertig?" Er fischte ein silbernes Päckchen aus dem Rucksack.

„Fertig", bestätigte Maya.

„Ach ja, falls er doch wach wird und irgendwie Panik schieben sollte, halt ihn um Himmels ruhig. Wenn ich das treffe, was man bei Menschen Oberschenkelarterie nennt, dann verblutet er uns innerhalb von dreißig Sekunden und ich kann nicht das Geringste dagegen tun. Verstanden? Zur Not zieh ihm eins über den Schädel. Aber frag mich vorher, wohin genau du hauen musst. So einfach wie im Film ist es nämlich nicht."

Jetzt war es Jeanne, die entrüstet auffuhr. „Bitte mach deine Arbeit und hör auf, Witze zu reißen."

„Schon gut, schon gut. Das ist eben meine Art, mit so was umzugehen." Alan desinfizierte die Haut um die Eintrittswunde, packte eine spitze Skalpellklinge samt passendem Griff aus und steckte beides zusammen.

„Kann ich?" Vor der Kulisse des düsteren Strandes war das Bild, das Alan mit der Klinge bewaffnet bot, geradezu makaber.

„Jetzt mach schon." Maya legte ihre Hände auf Christophers Brust und beugte sich vor, bis ihre Lippen seine Stirn berührten. Im Geiste fuhr sie mit ihren Gebeten fort. Es waren alte Gebete, die aus White Elks Überlieferung stammten. Sie hatte nie an ihre Wirkung geglaubt, doch jetzt war sie sich nicht mehr sicher. Selbst wenn es nichts einbrachte, haftete diesen Worten etwas Tröstliches an. „Aber mach schnell."

„Ich gebe mein Bestes."

Alan setzte sein hoch konzentriertes Arztgesicht auf. Behutsam legte er seine freie Hand auf Christophers Hüfte und setzte die Klinge dort an, wo die Harpune eingedrungen war. Mühelos glitt sie in das Fleisch, was weitaus weniger grausam aussah, als sie befürchtet hatte. Als Alan die Klinge bis zum Anschlag versenkt hatte, drehte er sie halb herum und vollführte einige schneidende Bewegungen.

„Perfekt." Vorsichtig zog er das Skalpell wieder heraus und wiederholte die Prozedur auf der anderen Seite der Eintrittswunde. Rinnsale dunklen Blutes tropften auf den schwarzen Sand.

„Ich gehe mal … ihr wisst schon." Jeanne suchte mit grün anlaufendem Gesicht das Weite, setzte sich auf einen der Felsen und verfolgte den Rest der Operation aus der Entfernung.

„Gleich ist es vorbei", murmelte Maya. „Keine Sorge, unser Alan ist ein Genie."

„Jetzt mal nicht so vorschnell." Er wischte sich mit dem Unterarm den Schweiß von der Stirn. „Der schwierige Teil kommt erst noch."

Alan warf das blutige Skalpell in eine Plastiktüte und holte ein zweites Instrument aus dem Rucksack. Es sah aus wie eine silberne Zange, deren Enden in löffelförmigen Gebilden endeten.

„Ich hoffe nur, es ist nicht eines dieser Geschosse, die mit Widerhaken regelrecht gespickt sind. Wenn es nach mir ginge, wäre so was verboten."

Er klemmte seine Zunge in den Mundwinkel, setzte die Löffel am Schaft der Harpune an und ließ sie behutsam in die erweiterte Wunde hineingleiten. Sein Gesicht zeigte höchste Konzentration. Maya begriff, welches Glück ihr das Schicksal mit Alans unerwartetem Erscheinen in die Hände gespielt hatte. Sie musste ihm, wenn das alles hier überstanden war, dringend auf Knien huldigen.

„Wo seid ihr? Kommt schon, ihr kleinen Scheißteile." Immer tiefer glitt das Instrument in die Wunde hinein, Zentimeter für Zentimeter. „Verdammt noch mal. So tief unten könnt ihr doch gar nicht sein."

Plötzlich zuckte Christopher in ihren Armen zusammen. Seine Augenlider öffneten sich, gerade so weit, dass sie den blauen Schimmer der Iris sah.

„Schlaf", flüsterte sie ihm zu. „Schlaf einfach weiter, hörst du?"

„Schneller kann ich nicht arbeiten", presste Alan angestrengt hervor. „Ich muss vorsichtig sein, sonst … na bitte!" Das hauchfeine Geräusch aufeinandertreffenden Metalls erklang. „Da haben wir sie. Okay, Maya, jetzt geht's ans Eingemachte. Halt ihn ruhig, okay? Halt ihn um Gottes willen ruhig. Ich muss die Löffel jetzt so über die Haken schieben, dass ich das Ding rausziehen kann."

Sie presste ein Stoßgebet hervor, während Alan die beiden Griffe des Instruments auseinanderzog. Ein Stöhnen kam über Christophers Lippen, und plötzlich sah er sie an. Verdammt. Obwohl sie wusste – oder viel eher hoffte –, dass er nichts spürte, war es ihr lieber, wenn er nichts von dieser Prozedur mitbekam.

„Alles okay." Instinktiv legte sie eine Hand über seine Augen. „Wir haben es gleich geschafft. Alles wird gut, Chris. Um Himmels willen, mach hin. Er ist wach."

„Klappe! Ich mach so schnell ich kann."

Christophers Finger packten ihre Hand und zogen sie beiseite. Ein verblüffter Laut kam über seine Lippen, als er sah, wie Alan mit hochrotem Gesicht die Griffe des Instruments auseinanderzog und ihm nebenbei zuzwinkerte.

„Was macht er da?"

Maya musste unpassenderweise lachen. „Er entfernt nur gerade eine Harpune. Nichts weiter. Sieh einfach nicht hin."

Erneut erklang ein hässliches, metallisches Geräusch. Mit einer Neugier, die Maya unpassend erschien, sah Christopher zu, wie Alan das Instrument herauszog. Sie glaubte, die Haken in ihrem eigenen Fleisch zu spüren. Am Ende, als Alan die Harpune mit einem sanften Ruck herauszog und beiseite schleuderte, war sie es und nicht Christopher, die einen Seufzer der Erleichterung ausstieß.

Es war überstanden.

Maya würgte an dem Kloß in ihrem Hals. Warum gewann sie den Eindruck, sie hätte mehr gelitten als der Patient?

„Du bist gekommen", hörte sie Christophers matte Stimme. „Ich wusste es."

Sie fühlte sich elend und glücklich zugleich. In ihrem Kopf schien ein Vakuum zu herrschen. „Ich bin hier. Es ist alles in Ordnung. Und es tut mir so leid."

„Nicht." Die Antwort war schwach, doch sie sah das Lächeln auf seinen Lippen. „Dir muss nichts leidtun."

„Der Wind wird stärker." Alan wühlte geschäftig in seinem Rucksack. „Und das Meer kommt näher. Wir sollten uns beeilen. Sonst wird es gleich nass."

„Als würde es dich zurückholen wollen." Sanft küsste sie Christophers Scheitel. Wieder kamen ihr die Tränen, und sie konnte nichts dagegen tun. Aus dem Augenwinkel sah sie, wie Jeanne zaghaft näher kam.

„Wenn du gehen willst, dann geh", presste sie hervor. „Ich halte dich nicht wieder auf. Du gehörst nach da draußen. Nirgendwo anders hin."

„Sie hat recht." Das Mädchen war bei ihr und setzte sich neben sie. „Wir lassen dich gehen. Es ist in Ordnung."

Vorsichtig nahm Christopher die Hand seiner Schwester. „Habt ihr wirklich gedacht, ich würde euch verlassen?"

„Ja", sagte Jeanne geradeheraus.

„Das würde ich nie tun. Gut, einen Moment dachte ich darüber nach, aber …" Er nahm einen tiefen Atemzug. Erschöpfung lag wie ein Schatten über seinen Augen, doch mit jeder Welle, die ihn umspülte, schien mehr Kraft in ihn zurückzukehren. „Glaubt mir, ich könnte euch nie verlassen. Dort, wo ihr seid, ist mein Zuhause."

Inmitten der stärker werdenden Brandung verschloss Alan die Wunde mit einigen Stichen, was Christopher nicht zu bemerken schien. Während seine Hand Jeannes Finger umschlossen hielt, ruhten seine Augen unverwandt auf Mayas Gesicht, als könnte er nicht realisieren, dass sie hier war. An seiner Seite.

Aus heiterem Himmel schäumte eine hohe Welle über sie hinweg. Alan und Jeanne ergriffen kreischend die Flucht, Maya aber blieb. Ein überwältigendes Schuldgefühl schnürte ihr die Kehle zu.

„Du musst gehen."

„Ich lasse dich nicht allein", beharrte er. „Das hatte ich nie vor."

„Aber es ist besser."

„Warum sagst du das?"

„Warum?" Tränen liefen über ihre Wangen. Die Qual wurde noch schlimmer, als sanfte Hände sie fortwischten. „Du hättest frei sein können. Du hättest verschwinden können, aber wegen mir bist du zurückgekommen. Schon das zweite Mal, und jetzt sieh, was daraus geworden ist. Wegen mir ist das alles passiert. Schau uns doch an, Chris. Du bist kein Mensch mehr. Du kannst in meiner Welt nicht mehr leben. Genauso wenig, wie ich in deiner leben kann." Die Worte schnitten in ihr Herz wie ein Messer, doch sie mussten ausgesprochen werden.

„Ich fürchte", murmelte er nach einigen Momenten des Schweigens, „dass du mich nicht so einfach loswirst. Deine Schwarzmalerei ändert auch nichts daran."

„Wir sind dir wichtiger als deine Freiheit?"

„Warum sollte ich mit euch an meiner Seite nicht frei sein können? Hört zu", er griff nach Mayas Händen, „ich weiß, dass ich mich wieder zurückverwandeln kann. Ich muss nur herausfinden, wie es funktioniert. Leg ein paar Sachen für mich zwischen die Container."

„Du bist doch verrückt."

„Ich kann wieder Mensch werden. Nicht für lange, aber es wird reichen. Es muss reichen. Vielleicht fällt es mir auch leichter, weil ich nur zur Hälfte ein Fisch bin. Mein Vater war immerhin menschlich."

Maya wünschte, an seine Worte glauben zu können. Doch wenn sie ihn ansah, erschien ihr seine Hoffnung wie eine Illusion. Wie viele Hoffnungen waren niemals etwas anderes? Sie saß da, umspült von Wellen, und fühlte sich unwirklich. „Es ist deine Entscheidung."

„Ja, das ist es. Und falls sich irgendwer wundert, erzähle ihnen einfach, ich musste für eine private Sache kurzfristig das Schiff verlassen und steige im nächsten Hafen wieder dazu. Irgendwie bekommen wir das hin."

Maya stieß ein klägliches Lachen aus. „Es klingt komisch, wenn du Dinge wie ‚wegen einer privaten Sache' sagst."

Christopher grinste, was keineswegs freundlich aussah, sondern seinem Gesicht einen raubtierhaften Ausdruck verlieh. Dann blickte er an ihr vorbei. „Danke für alles, Alan. Vielleicht kann ich es wiedergutmachen. Und Jeanne, hör bitte auf zu weinen. Ich komme so bald wie möglich zurück."

„Gern geschehen", rief der Schiffsarzt zurück und hielt das hemmungslos schluchzende Mädchen im Arm. „Und erzähl mir nichts von Schuld, sonst muss ich dich in Bierteig panieren."

Ein kurzer schweigender Blick, ein Lächeln, das Christopher Maya noch schenkte, dann tauchte er in der nächsten Welle unter. Zurück blieb bittersüßer Schmerz, an dessen Ende neue Hoffnung stand.

„Ich glaube das alles nicht." Alan schüttelte konfus den Kopf, als sie sich zu ihm und Jeanne gesellte. „Er kann doch nicht einfach wegschwimmen. Das war eine mittelschwere Operation und kein Splitter im Zeh. Unglaublich. Du sag mal, er will doch wiederkommen, nicht wahr?"

„Ja. Will er."

„Gut. Ich muss ihn nämlich unbedingt noch mal sehen. Und hemmungslos ausfragen. Zu ungefähr eine Million Dingen." Alan schulterte seinen Rucksack und grinste. „Immerhin habe ich jetzt ein Märchen, das ich meinen Kindern erzählen kann. Sofern ich je welche adoptieren sollte."

Unter dem finsteren Himmel schimmerte das Meer in unwirklichem Türkis. Regen tröpfelte auf sie herab, doch Maya war es gleich. Sie war ohnehin durchnässt bis auf die Knochen. Die schwarze Küste verschwand im Dunst der Ferne, Jeanne ruhte in ihren Armen und hatte die Augen geschlossen. Der Vernunftmensch in Maya zweifelte daran, dass Christopher die Rückkehr gelingen würde. Der andere Teil, dominiert von ihrem Herzen, wünschte es sich mit aller Kraft. Aber war es wirklich sein Wunsch, zurückzukehren, oder versuchte er es um ihretwillen? So viel stand zwischen ihnen. So viel sprach gegen sie. Beide Seiten, Verstand und Herz, waren sich jedoch in einem einig: Es war das Wichtigste, dass es ihm gut ging.

Nach und nach verschwand das Land in der Ferne. Alan drosselte das Tempo, um zwischen mehreren Felsen hindurchzuschlüpfen, als eine mächtige Wasserfontäne wenige Meter neben dem Boot in die Höhe schoss.

„Seht nur!" Maya fuhr hoch. „Das sind Wale. Das sind die drei Buckelwale."

Alan und Jeanne starrten mit offenen Mündern. Die Tiere waren so nah, dass man jedes Detail ihrer riesigen Körper erkennen konnte. Das Männchen ließ seine Brustflosse auf das Wasser klatschen und gab damit das Signal zum Auftauchen für die beiden Weibchen. Blasfontänen ausstoßend durchbrachen sie die Oberfläche. Ein Regen aus Gischt ging auf das Boot nieder.

„Seht euch das an“, rief Alan. „Wir könnten unsere Hand ausstrecken und sie anfassen.“

Als Maya sich über den Bootsrand beugte, um genau das zu tun, tauchte eine weitere Gestalt aus dem Meer auf. Es war Christopher. Seine wilde Schönheit raubte ihr den Atem und tat zugleich weh.

„Ihr wolltet doch mit ihnen tauchen“, sagte er. „Also kommt.“

„Was?“ Alan stieß ein verblüfftes Schnaufen aus. „Ist das dein Ernst?“

„Ihr habt doch Tauchanzüge dabei.“ Er legte die Hände auf den Bootsrand, feingliedrige, unmenschliche Hände mit Schwimmhäuten zwischen den Fingern, und musterte die beiden Pressluftflaschen.

„Denkst du wirklich, wir können zu ihnen ins Wasser?“ Alan schien misstrauisch. „Ich meine im Ernst?“

„Ja. Traut euch ruhig.“

Maya beobachtete die Tiere, wie sie friedlich im Wasser schwebten. Eines der Weibchen blickte zu ihr auf. Irrte sie sich, oder war da eine stumme Einladung in ihren Augen? Träge legte sich der Wal zur Seite, sackte ab und tauchte zurück in die Tiefe. Als wollte er sie auffordern, ihr zu folgen.

„Sie hat es dir gerade selbst gesagt.“ Christopher lächelte. „Wenn ihr mit ihnen schwimmen wollt, dann kommt.“

Maya spürte eine gewaltige Sehnsucht. Wie gern wäre sie wie er, um mit ihm gehen zu können. Wie gern hätte sie die Grenze zwischen ihnen überwunden. Ein für alle Mal und endgültig.

„Wir haben nur zwei Tauchausrüstungen.“ Alan war bereits in eine davon geschlüpft. „Verzeiht meinen Egoismus, aber einer muss ohne auskommen.“

Mit einem Freudenschrei sprang er ins Wasser. Ein kurzes Plätschern, ein Wedeln mit den Gummiflossen, und er war abgetaucht.

„Nimm du die andere“, sagte Christopher. „Und keine Angst. Euch kann nichts passieren. Ihr seid kein Krill, nicht wahr?“

„Tz“, machte Maya. „Was ist mit deiner Wunde? Tut es sehr weh?“

Er zuckte äußerst menschlich mit den Schultern. „Es ist auszuhalten. Meerwasser scheint ein gutes Heilmittel zu sein. Und jetzt komm. Sie werden nicht ewig bleiben.“

„Was ist mit Jeanne?“

Er warf seiner Schwester einen liebevollen Blick zu. „Sie wird mit mir kommen.“

„Wie du meinst.“ Maya schlüpfte in den Tauchanzug, schnallte die Flasche um und sprang. Das Blau des Wassers war überwältigend, tief, klar und leuchtend. Durch die Taucherbrille sah sie, wie einer der Wale auf sie zukam, und plötzlich war er so nah, dass ihre Hand über seine Haut strich. Kurzerhand griff sie nach der Finne. Während das Tier sie durch die Tiefe trug, streichelte sie seinen Rücken und berührte die Narben, von denen jede eine Geschichte erzählen konnte aus den jahrzehntelangen Wanderungen durch die Ozeane dieser Welt. Diese Momente wirkten so unwirklich, dass sie fürchtete, nur zu träumen. Ein Buckelwal schwamm mit ihr, als sähe er sie als Teil seiner Welt an, ließ sie hinab in die unauslotbare Tiefe blicken und entfachte trotz aller Entzückung ein Gefühl tiefer Enttäuschung, weil Maya begriff, dass sie niemals ganz eins mit dem Wasser sein würde.

Als der Wal steil abtauchte und laut der Anzeige an ihrem Arm die für Menschen gefahrlose Grenze überschritt, löste sie sich schweren Herzens von ihm. Langsam um ihre eigene Achse kreisend schwamm sie zur Oberfläche, wo noch immer der Bulle schwebte, gewaltig wie ein lebender Berg, und Jeannes Streicheleinheiten genoss. Dicht neben ihr trieb Christopher im Wasser, ließ einen Arm locker auf dem Rücken des Tieres liegen und lächelte ihr zu, sprach eine stumme Einladung.

Maya strebte auf ihn zu. Als sie ihn fast erreicht hatte, huschte er mit einer schnellen Bewegung auf sie zu, schloss sie in die Arme und trug sie zur Oberfläche. Etwa zwanzig Meter vom Boot entfernt tauchten sie auf.

„Gefällt es dir?“

„War das eine Frage?“ Sie zog die Taucherbrille ab und küsste ihn. Er fühlte sich kalt an, doch es nahm der Berührung nichts von ihrer Köstlichkeit. „Es ist wundervoll“, hauchte sie atemlos. „Es ist das Schönste, was ich jemals erlebt habe.“

Er schien zufrieden. „Tust du mir einen Gefallen?“

„Natürlich.“ Sie musste sich korrigieren. Der schönste Anblick ihres Lebens war das Lächeln, das er ihr nun schenkte.

„Hab ein Auge auf die Technik. Lass sie nicht finden, wonach sie suchen.“

„Ich versuche mein Bestes. Nur kann ich im Gegensatz zu dir weder Gehirne noch Aufnahmen manipulieren.“

„Es ist nur für kurze Zeit. Tut mir leid, Maya, dass es so gekommen ist. Kaum habe ich meine Aufgabe übernommen, passiert das hier.“ Er sah an sich hinunter. „Alles kommt anders, als man es plant.“

„Wohl war.“ Sie musste lachen. So heftig, dass ihre Gesichtsmuskeln zu schmerzen begannen.

Als sie sich halbwegs beruhigt hatte, beugte er sich vor und raunte in ihr Ohr: „Komm wieder runter.“

Er tauchte, sie folgte ihm. Während sein Körper so anmutig durch das Wasser glitt wie der eines Fisches, dümpelte sie plump hinterher. Spielerisch wirkten seine Bewegungen, so lebensfroh und elegant, dass Neid sie überwältigte. Mühelos schwebte er durch sein Element, während sie sich mit albernen Gummiflossen und Pressluftflasche abstrampelte.

Die Zeit unter Wasser schien zu verfliegen. Maya und Alan blieben so lange unter Wasser, bis ihnen der Sauerstoff ausging, was etwa eine Stunde war und sich doch wie Minuten anfühlte. Jeanne erwartete sie bereits im Boot, hochrot vor Erschöpfung und Glück. Während sie schwerfällig in das Boot plumpsten und sich des Neoprens entledigten, spielte Christopher in einiger Entfernung mit den Wellen. Eine gewaltige Fluke tauchte neben ihm im Wasser auf und ließ einen Vorhang aus Tropfen auf ihn herabregten.

„Sieh ihn dir an.“ Alan seufzte. „Beneidenswert, was? Kann den ganzen Mist, mit dem wir uns abplagen, einfach hinter sich lassen.“

„Alan“, tadelte Maya. „Ich weiß ja, was du meinst, aber ist dir schon mal klar geworden, dass du mit deiner Passion deinen Lebensinhalt verdienst? Nicht viele können das von sich behaupten. Wir haben alle eine Aufgabe. Und die sollten wir so gut wie möglich erledigen."

„Von mir aus." Er verstaute die Taucherausrüstung und warf den Motor an. „Ich habe eben einen ungesunden Freiheitsdrang. Weißt du, was ich als Erstes mache, wenn wir wieder auf dem Kahn sind? Ich stelle mich unter die Dusche und presse, bis mir Flossen wachsen."

Jeanne Gesicht verfinsterte sich. Sie strich sich die nassen Haare aus der Stirn und wandte sich vom Anblick ihres Bruders ab, als könnte sie ihn nicht länger ertragen. „Ich hoffe, er kommt nicht zurück. Es wäre nicht richtig."

Acht Tage später

Mayas Fantasie lief auf Hochtouren, während sie die blauen Umrisse betrachtete. Der Bildschirm zeigte, dass Christopher sich auf dem Weg zu ihr befand, zusammen mit den drei Walen, die zu seinen ständigen Begleitern geworden waren. Sie fühlte sich auserwahlt. Welcher Mensch konnte von sich behaupten, auch nur entfernt etwas Ähnliches erlebt zu haben? Oh ja, es war fantastisch, auch wenn sich viel Angst mit diesem Zauber vermischte.

Die Füße auf den Tisch gelegt, saß sie im hoch gelegenen Technikraum und blickte auf das Meer hinab. Leere Eisbecher, Chipstüten und zwei Kaffeetassen standen auf dem Tisch, die Zeugen einer langen Nacht.

Noch knapp zweihundert Meter. Ihre Gedanken begannen um Nico zu kreisen. Wie eine wandelnde Leiche war er im Hafen von Antofagasta von Bord gegangen, den leeren Blick in die Ferne gerichtet, die Bewegungen schwer und matt. Während der Zeit, die er noch auf dem Schiff geduldet worden war, hatte sich sein Zustand zu Alans großer Ratlosigkeit mehr und mehr verschlechtert. Teilnahmslos war er geworden, ausgezehrt und ruhelos.

Sie wusste, dass Christopher die Schuld daran trug. Etwas hatte er in jener Nacht mit der Seele des Mannes angestellt, und dieses Irgendwas würde Nico früher oder später das Leben kosten. Würde sie diesen lebensgefährlichen Teil in Christophers Natur je akzeptieren können?

Seit mehreren Tagen und Nächten saß sie fast ununterbrochen vor den Bildschirmen, um seine Bitte zu erfüllen. Inzwischen war ihr anzusehen, dass sie ihr Schlafpensum auf ein Minimum beschränkte. Vielleicht war es besser, dass er nicht anwesend war, denn in der derzeitigen Phase der Forschungsarbeit waren der Greifarm und der Ansaugtrichter des Roboters damit beschäftigt, Muscheln und Spinnenkrabben von den schwarzen Rauchern der Tiefsee zu pflücken, Tierchen aller Art einzufangen und Proben zu entnehmen. Ein Umstand, der ihn mit Sicherheit nicht erfreut hätte.

Gestern zu später Stunde hatten sich Jeanne, Alan und sie am Heck des Schiffes zusammengefunden, um mit Christopher zu plaudern. Ausschweifend berichtete er, wie es war, im Farbenrausch des Riffs zu tauchen, in der Strömung zu schlafen, inmitten eines gewaltigen Makrelenschwarms zu treiben oder sich unter Sternen auf den Wellen treiben zu lassen.

Es war eine haarsträubend skurrile Situation, und doch fühlte es sich richtig an, wie sie da standen, an Bord eines hochmodernen Forschungsschiffs, Kaffee aus Pappbechern tranken und mit einem mythologischen Wesen philosophierten, das für den Rest der Menschheit nicht existierte.

„Ich liebe dich."

Mit dem Zeigefinger berührte sie den blauen Punkt, der sich in zweiundfünfzig Metern Entfernung zum Schiff befand. Wenn er es nicht schaffte, wieder menschlich zu werden, würde er aus eigener Kraft den halben Erdball umrunden müssen. Vermutlich eine Sache von Monaten, vielleicht sogar Jahren. Es gab Strömungen, die die Ozeane durchzogen, doch selbst, wenn er sie zu nutzen wusste, würde seine Reise vermutlich eine Ewigkeit dauern. Viel zu lange. Wie sollte sie das ertragen?

Ihr wurde flau im Magen. All die Gefahren, die dort draußen warteten. Die exorbitante Anzahl der Fischtrawler auf den Weltmeeren und ihre gewaltigen Netze, die ganze Meeresgebiete kahl rasierten und kein Leben übrig ließen. Wenn er dort hineingeriet, würde sein Körper von den unvorstellbaren Massen an Fischen zerquetscht werden. Und falls er überlebte, warteten Glaskästen auf ihn, in denen er eingepfercht den Rest seines Daseins verbringen würde.

Neun Meter.

Maya würgte ihr Kopfkino ab und stürmte in die Kombüse. Nachdem sie sich einen Teller mit belegten Baguettescheiben befüllt hatte, begab sie sich an das Heck des Schiffes, prüfte die Umgebung und beugte sich, als niemand zu entdecken war, über die Reling. Eine helle Gestalt tauchte unter ihr im Wasser auf.

„Hallo Sprotte."

„Hallo Maya", kam es zurück.

„Wie geht es dir? Schon Fortschritte gemacht?"

„Nein. Tut mir leid."

Sie blickte auf ihre belegten Häppchen. „Hast du auch Hunger? Was isst du eigentlich da unten?"

Christopher antwortete mit Schweigen und wirkte, während sie zu essen begann, in hohem Maße unzufrieden. Immer wieder musste er tauchen und schwimmen, um auf gleicher Höhe mit ihr zu sein.

„Hast du es noch nicht herausgefunden?", hakte Maya nach.

„Mehr oder weniger. Sardellen sind nicht übel", sagte er zerknirscht. „Muscheln auch nicht. Dann war da noch ein komisches Zeug und etwas, das aussah wie Qualle."

„Komisches Zeug und Qualle? Lecker. Dann bist du also ein Raubfisch. Das gefällt mir. Friedfisch hätte nicht zu dir gepasst."

„Warum?"

„Einfach so. Und wie ist das, wenn du … nun ja, die Konsequenz vom Essen?"

„Das geht dich nichts an."

„Doch", widersprach sie vehement. „Es geht mich sehr wohl etwas an. Alles, was dich betrifft, geht mich etwas an."

„Vergiss es."

„Miesmuschel. Und was ist mit Liebe?"
„Liebe?"
„Naja, du weißt schon. "
Christopher schnaufte konsterniert. „Keine Ahnung! Kannst du einmal nur für ein paar Minuten, die Wissenschaftlerin hinter dir lassen?"
„Das wird schwer. Wo ist dein Fortpflanzungsorgan? Darf ich beizeiten mal nachsehen?"
„Schluss und aus."
„Okay." Sie hielt sich den Bauch vor Lachen. „Willst du was von meinem Essen haben? Aber ich muss dich vorwarnen. Ein paar Scheibchen sind mit Lachs und Forelle belegt. Keine Ahnung, ob du das als Beleidigung auffasst. Oder als Kannibalismus. Aber nein, halt, du hast ja Fisch gegessen."
„Wirf es runter." Christopher schwamm ein Stück, um wieder aufzuholen. „Mach schon."
„Aber du solltest dich an den Geschmack deiner natürlichen Nahrung gewöhnen", widersprach sie.
„Sie hat kaum welchen. Das ist es ja. Wäre ich damit aufgewachsen, würde ich es vielleicht anders empfinden. Aber bin mit Schokolade, Glutamat und Chips groß geworden."
„Probier es mal mit Calamari."
„Ich habe was gegen Saugnäpfe. Wirf es runter." Wieder musste er aufholen, was seine Ungeduld langsam in Wut verwandelte. Das Schiff lief nur mit geringer Kraft, gerade so schnell, dass man es in Wellenrichtung halten konnte, doch Wind und Strömung trieben es voran. „Jetzt mach schon."
„Na gut." Sie ließ eine Käseschnitte fallen. Geschickt fing er sie auf und verspeiste sie mit zwei Bissen. „Aber das ist keine artgerechte Nahrung für einen Fisch. Wer weiß, was das Zeug in deinem Metabolismus anrichtet."
„Mehr."
„Jetzt mal ein Verwandter von dir?"
„Ja."
Eine Lachsschnitte flog hinab, wurde aufgefangen und mit Begeisterung verschlungen. Anscheinend hatte er die Grenze von schlichtem Verlangen zu echtem Hunger längst überschritten.
„Aus reiner Tierfreundlichkeit." Sie verabschiedete sich auch von den restlichen drei Schnitten. „Ich komme mir vor, als würde ich in einem Park Karpfen füttern. Das ist abgefahren."
„Du wirst gerade beleidigend." Sie hörte ihn lachen. „Was ist mit Schokoriegeln? Kannst du mir einen holen? Diese Sorte mit Karamell?"
Natürlich tat sie ihm den Gefallen und kehrte kurz darauf mit zwei Riegeln zurück. Den ersten warf sie ihm hinunter, den zweiten aß sie selbst.
Christopher war überglücklich. „Ich werde nie ohne das Zeug auskommen", befand er zwischen zwei Happen. „Unmöglich."
„Das solltest du aber." Sie hob mahnend eine Hand mit ausgestrecktem Zeigefinger.

„Du bist ein wildes, freies Wesen. Schokoriegel sind nichts für dich."

„Oh doch, sind sie. Hast du noch ..."

Plötzlich erklang hinter Maya eine Stimme. Sie fuhr herum. Es war Solander, der mit vergnügt schlenkernden Armen auf sie zugewankt kam. Gerade noch erblickte sie das Bild einer silberweißen Flosse, die in den Wellen untertauchte. Knapp war gar kein Ausdruck für diese Reaktion. Einen winzigen Moment später, und der alte Herr hätte an seinem Verstand zweifeln müssen.

„Alan beginnt seinen Vortrag", sagte Solander. „Den darfst du nicht verpassen. Und wo steckt eigentlich Dr. Jacobsen?"

Sie kaute unschlüssig auf ihrer Unterlippe. Jeder auf dem Schiff war derart mit Arbeit zugeschüttet gewesen, dass Christophers Abwesenheit nur sporadisch aufgefallen war. „Grippe", platzte es aus ihr heraus. „Ihm geht es nicht gut. Er kuriert sich aus."

„Aha." Solander setzte ein bedauerndes Gesicht auf. „Wie schade. Also, kommst du?"

Maya warf noch einen Blick auf die Wellen hinunter, seufzte und nickte. „Von mir aus."

Ihre Konzentration ließ zu wünschen übrig. Alans Vortrag glänzte durch Wortgewandtheit und Humor, doch Mayas Gedanken blieben selten länger als fünf Sekunden bei der Sache. Halb liegend, halb sitzend hing sie in ihrem Stuhl, dachte an Christopher und ihr Schicksal, schließlich an die Tatsache, dass sie alterte und er nicht. Selbst, wenn er wieder zu ihr käme, klaffte ein Abgrund zwischen ihnen, der nicht zu ignorieren war. Im Geiste sah sie sich verschrumpelt in einem Rollstuhl hocken, geschoben von einem schönen jungen Mann, der ihr von vergangenen Zeiten erzählte.

Sie seufzte derart laut, dass Alan seinen Vortrag unterbrach. Er warf ihr ein wissendes Zwinkern zu, legte eine neue Folie auf den Beamer und fuhr in seinem Redeschwall fort. Die Zeiger der Uhr rückten stetig nach vorn. Es ging auf elf Uhr zu, als ihr ein Schatten in der Tür auffiel. Sie fuhr herum, holte Atem und stieß ihn in einem fassungslosen Ächzen wieder aus.

Christopher stand in einer weiten schwarzen Hose und dem dunkelblauen Expeditions-Shirt vor ihr. Die Kleidung, die sie für ihn zwischen den Containern deponiert hatte. Sein Haar war tropfend nass.

„Maya", zischte er ihr zu, während Dutzende Köpfe herumfuhren. „Komm. Ich muss mit dir reden."

Ihr blieb kaum Zeit, sein Erscheinen zu begreifen. Er nahm sie am Arm und zog sie mit, den Gang entlang und hinauf in den Technikraum. Zwei Studenten saßen vor den Bildschirmen und blickten neugierig zu ihnen auf.

„Lasst uns allein", befahl Christopher mit fester Stimme.

„Wir haben den Auftrag, bis Mitternacht die Stellung zu halten." Der Jüngere der beiden machte klar, dass er nicht viel von Autoritäten hielt. „Auftrag ist Auftrag. Kommt von der Lady da."

„Seid ihr nicht müde?", raunte Christopher. „Todmüde? Ab ins Bett und schlaft euch aus."

Die beiden Studenten gafften. Während er ihre Blicke abwechselnd erwiderte, sanken die Lider der Jungen auf Halbmast. Ihr Wille schien zu schwinden.

„Komm", murmelte der Ältere. „Ich bin todmüde. Wir hauen ab. Nimm den Kaffee mit."

„Nein!", widersprach Christopher. „Der Kaffee bleibt hier."

Die Studenten tauschten verunsicherte Blicke aus. Nach einer Weile, in der sie wie Schlafwandler wirkten, die ihre Orientierung verloren hatten, schleppten sie sich aus dem Raum. Ohne Kaffeekanne.

„Wie hast du das gemacht?" Maya kicherte, obwohl sich ein Teil in ihr gruselte. „Hypnose?"

„Keine Ahnung." Er zuckte mit den Schultern. „Instinkt? Ich war mir nicht mal sicher, ob es funktioniert."

„Tu so was nie mit mir, hörst du?" Maya fiel ihm mit einem lauten Seufzer in die Arme. „Gott, ist das schön, dich wieder hier zu haben. Bist du wirklich zurück? Sag, wie hast du dich verwandelt?"

„Es geschah einfach."

Er hauchte einen Kuss auf ihre Stirn und schob sie von sich. Ein Magenschwinger hätte nicht schmerzhafter sein können. Ohne Umschweife sank er auf einen der Sessel, die vor den Bildschirmen standen, und schnappte sich den Joystick für die Steuerung des Roboters.

„Ich dachte mir, dass die stärkste Kraft immer noch in meinem Willen liegt. Und nichts wollte ich mehr, als bei dir zu sein."

Maya nahm im zweiten Sessel Platz. Ihn vor sich zu sehen, als Mensch in gewöhnlicher Kleidung, machte sie fassungslos. Aber warum ließ ihn ihr Wiedersehen so kalt? „Das sieht mir eher danach aus, als hättest du die Computer vermisst", presste sie hervor.

„Ich habe meine Artgenossen nach Manganknollenfeldern gefragt." Behutsam lenkte er den Roboter nach rechts, um einem Felsen auszuweichen. Momentan befand er sich in einer Tiefe von knapp dreitausendzweihundert Metern. „Ich beschrieb ihnen das Aussehen der Knöllchen, und sie sagten mir, solche gäbe es hier ganz in der Nähe. Wir fahren praktisch genau darauf zu."

Sie tippte mit dem Zeigefinger auf ihre Unterlippe und nickte. Ihre Enttäuschung vertiefte sich. „Dann hat dich also nicht nur deine Sehnsucht hierhergetrieben."

Er warf ihr einen verschmitzten Blick zu. „Meine Schöne, es war die unwiderstehliche Mischung aus Liebe und Pflichtgefühl. Aber du musst mir verzeihen, ich habe etwas sehr Wichtiges vergessen."

Christopher zog sie in seine Arme und küsste sie so sanft, zärtlich und versunken, dass ihr die Sinne schwanden und sie glaubte, niemals wieder von ihm lassen zu können, ohne elend zugrunde zu gehen. Es fühlte sich anders an. Besser. Magischer. Wie das Eintauchen in fremde Sphären und ein Blick auf tausend Geheimnisse. Maya seufzte vor Enttäuschung, als er sie von sich schob. Aber es musste sein.

Schaudernd vor Wonne lehnte sie sich an seine Schulter, während er mit Vorsicht den Roboter lenkte. Ein Schlafhai, wohl um die fünf Meter lang, schwebte aus der

Dunkelheit herbei und nahm das Gerät in Augenschein. Seinen trägen, geschmeidigen Bewegungen zuzusehen, war ungemein beruhigend.

„Er ist uralt", flüsterte Christopher. „Mindestens zweihundert Jahre."

„Woher weißt du das?"

„Wir sind uns dort unten begegnet. Er zeigte mir Erinnerungen. Eine ziemlich eintönige Abfolge von Bildern. Dunkel, träge und absolut einschläfernd. Er erlebt praktisch alles in Zeitlupe."

„Wow." Maya schüttelte ungläubig den Kopf. „Was kannst du noch alles? Zapfst du auch meine Erinnerungen an?"

„Nein, du müsstest sie mir schon in voller Absicht offenbaren."

Sie dachte eine Weile darüber nach, wie das wohl zu bewerkstelligen war. Als er auf ihre probeweise Übermittlung einer banalen Kindheitserinnerung nicht reagierte, wechselte sie das Thema. „Ich dachte, wir bewegen uns in einem uninteressanten Gebiet. Nur deshalb ließ ich die beiden allein."

„Das Gegenteil ist der Fall."

Ahnte er, wie sehr ihn die Bewegungen seiner Hand erregten? Wenn er sanft den Joystick umfasste, ihn hauchfein nach links oder rechts bewegte, wenn sein Körper sich anspannte und er vor Konzentration den Atem anhielt, flutete eine wohlige Hitze ihren Unterleib.

„Siehst du?"

Seine Stimme wirkte narkotisierend. Wie betrunken fühlte sie sich, als seine Lippen ihre Wange streiften. „Wo?"

„Schau genau hin."

Sie tat es. Seltsame Gebilde tauchten aus der Finsternis auf. Eine graue Kruste aus zusammengeballten Knollen, die sich wie unregelmäßig geformte Bälle dicht an dicht drängten. Während der Roboter weiterglitt, tauchten immer mehr dieser Gebilde auf. Ein ganzes Feld erstreckte sich vor ihnen. Soweit der Lichtkegel des Scheinwerfers reichte.

„Ich fasse es nicht. Sieh dir das an, Chris."

Ihre Gedanken überschlugen sich. Was da vor ihnen lag, würde ihre Investoren in einen Taumel der Entzückung versetzen. Es war der Schatz, nach dem sie jagten. Ein Versprechen auf Reichtum. Doch nicht für sie oder für ihr Institut. Zugleich besiegelte es das Ende des Friedens, der seit Jahrmillionen dort unten in der Tiefe herrschte.

„Ich lasse nicht zu, dass jemand davon erfährt." Christophers Stimme war sanft, ließ jedoch keinen Zweifel, dass er sich mit seiner Entscheidung zur Not auch gegen sie stellen würde.

„Ich weiß. Aber schließlich kommt der Nächste, selbst wenn unsere Ergebnisse zeigen, dass es hier nichts zu holen gibt."

Er sagte eine Weile nichts. Vorsichtig lenkte er den Roboter rückwärts und dann nach links, bis die Scheinwerfer nichts weiter zeigten als Schlick, bleiche Fische und Tiefseeschwämme.

„Wenn die Expedition endet, werde ich nicht mit euch reisen", sagte er. „Bevor ich nach Skye zurückkehre, muss ich meinesgleichen in Sicherheit bringen. In ein Meeresgebiet, das von Menschen unberührt ist."

Maya fühlte die Berührung kalten Schreckens. Die Suche nach diesem sicheren Ort könnte lange dauern. Sie wusste, es musste sein, doch alles in ihr sträubte sich gegen den Gedanken, ihn erneut gehen lassen zu müssen. „Das wird schwer werden", murmelte sie, das Kinn auf seine Schulter gestützt. „Viel Auswahl gibt es nicht."

„Irgendetwas finde ich schon. Es sind nur noch acht Wesen übrig. Mit mir und der Schwester meiner Mutter sind wir zehn."

Diese winzige Zahl erschreckte Maya. „Damit ist euer Aussterben vorprogrammiert."

„Ich weiß. Aber wir sind langlebig."

„Lass mich raten. Nur du kannst die Art retten?"

„Du willst es gar nicht wissen." Er grinste verblüffend menschlich. „Genau genommen gibt es nur noch zwei weibliche Wesen, die stark genug sind, für Nachwuchs zu sorgen. Und ich … nun ja …"

„Schon klar." Maya fühlte Wut in sich aufsteigen. Eine egoistische, eifersüchtige Anwandlung, über die sie keine Kontrolle besaß. „Mit selbstlosem Einsatz kämpfte er für die Rettung seiner Art."

Zärtlich fuhr er ihr über das Haar. „Maya. Ich liebe dich. Nur dich allein. Wenn ich die letzten Überlebenden meiner Art in Sicherheit bringe, wenn ich ihnen die Angst nehmen und Hoffnung geben kann, werden sie zu ihrer alten Stärke zurückfinden. Sie können sich selbst retten und brauchen mich nicht mehr dafür."

„Entschuldigung." Ein junger, braunhaariger Mann mit Brille erschien plötzlich in der Tür des Technikraums. „Kann ich kurz mit dir reden, Maya?"

„Sicher. Du bist John, nicht wahr? Der Meteorologe?"

„Fast richtig. Ich bin der Meteorologe, heiße aber Richard."

„Tschuldigung."

„Kein Problem. Machen wir es kurz. Unser Kahn fährt genau in ein Unwetter hinein. Der Kapitan meinte, du sollst entscheiden."

Christopher ließ den Joystick los und musterte Richard. Maya begriff angesichts seiner entspannten Miene, dass der Sturm keine Gefahr darstellte. Was ihm auf den Klippen von Skye gelungen war, würde ihm auch diesmal gelingen. Er würde niemals zulassen, dass das Meer dieses Schiff verschlang.

„Wie schlimm wird es?", fragte sie.

„Es ist nicht besonders heftig, jedenfalls noch nicht. Genaues kann ich erst heute Abend sagen. Aber hier draußen sind diese Schätzchen verdammt launisch, weshalb ich empfehle, das Gebiet weiträumig zu umfahren. Oder einen Hafen aufzusuchen."

„Was sagt der Kapitän dazu?"

„Er fährt weiter, wenn du es sagst. Oder eben nicht."

„Dann trage ich also die Verantwortung? Wir sind gerade sehr weit draußen. Der Hafen fällt also flach. Unser Zeitplan ist sowieso schon knapp bemessen. Wenn wir uns noch ungeplante Hafenaufenthalte erlauben, erfüllen wir unser Pensum niemals."

„Es kann gut gehen", stimmte John zu. „Die Wahrscheinlichkeit ist groß, dass wir nur ein bisschen Achterbahn fahren. Aber es kann auch schiefgehen. Meine Bedenken seien hiermit angemeldet, alles andere ist deine Entscheidung als Expeditionsleiterin."

„Ich schlage vor, wir fahren weiter." Christopher zwinkerte ihr unauffällig zu. „So schlimm dürfte es nicht werden."

„Es ist die Entscheidung aller an Bord", sagte sie dennoch. „Mach bitte mal eine Durchsage, Richard. Jedermann möge sich postwendend im Aufenthaltsraum einfinden."

Der Meteorologe verschwand, die Stille ihrer intimen Zweisamkeit kehrte zurück. Und dann gelang es ihr endlich, die drängendste ihrer Fragen auszusprechen: „Was hast du mit Nico getan?"

Christopher blickte stur auf den Bildschirm. Anscheinend wollte er den Hai ein wenig mit dem Greifarm ärgern, doch das Tier wandte sich gelangweilt ab und verschwand mit trägen Schlägen seiner Schwanzflosse in der Finsternis.

„Ich habe seine Seele genommen", sagte er dann. „Er wird sterben. Die Sehnsucht nach dem Meer frisst ihn auf."

„Weil seine Seele bereits dort ist?"

„Ja."

„Wie?" flüsterte sie. „Wie hast du es getan?"

Er seufzte. Es war nicht zu übersehen, dass dieses Thema ihm nicht behagte. „Ich kann es nicht erklären. Meine Erinnerung daran ist nur blass. Als wäre es ein Traum gewesen. Ich war wütend, geschwächt und hatte mich nicht unter Kontrolle. Es war so eine Art …", er schien nach dem richtigen Wort zu suchen, „Instinkt. Alles, was ich noch weiß, hat etwas mit einem Licht zu tun. Mit einem Licht aus seinem Körper, das ich gewissermaßen trank. Ich saugte es in mich auf."

„Das Blut des Meeres fließt in uns allen", sprach Maya in Erinnerung an ein altes Gedicht. „Wer kann seinem salzhellen Ruf widerstehen, wenn er einmal erklingt? Ich träumte von Tangwäldern und flüsterndem Wasser. Ich träumte vom Lied der See."

Christopher sah sie auf eine sehr seltsame Art an. „Was sind das für Worte?"

„Ich habe sie gelesen", antwortete sie. „Vor langer Zeit. Ich glaube, es stand in einem Buch, das White Elk mir geschenkt hat."

Einstimmig entschied man sich dafür, die Fahrt fortzusetzen. Nach kurzer Aufregung kehrte wieder Routine ein, und schon am Morgen nach der Ankündigung des drohenden Unheils war jeder zu beschäftigt, um sich über Stürme Gedanken zu machen. Heller Sonnenschein ergoss sich an diesem Vormittag über das Meer und täuschte Freundlichkeit vor. Während Christopher im Technikraum die Stellung hielt und dafür sorgte, dass das Manganknollenfeld ungesehen umschifft wurde, pflückte Maya mit Alan und Jeanne Proben aus dem Bob, schnitt die Zylinder in zwei Hälften und zerteilte die faulig stinkenden Sedimente aus dem Ozeanboden in zentimetergroße Stücke. Sie versetzten die Proben mit Ethanol, um sie zu konservieren, fügten Bengalrosa hinzu, damit sich das lebende Gewebe im Schlamm einfärbte, und brachten das Ganze in den Kühlcontainer.

Im Ergebnis von mehreren Stunden, die sie mit dieser Arbeit verbrachten, verwandelte sich das Rot ihrer Overalls in schmutziges Braun. Ihre Hände färbten sich rosa und eine Aura aus fauligem Gestank umgab sie.

„Es ist so weit." Alan klatschte in die Hände, als sie die letzte Probe versorgt hatten. „Wir gehen jetzt Kanister schütteln."

„Kanister schütteln." Maya klatschte in die Hände. „Was nimmst du?"

„Freestyle. Und du machst mir wieder die ausgeflippte Schamanin."

„Meinetwegen. Jeanne, kommst du mit?"

Das Mädchen blickte zu ihnen auf. Die Miene der besessenen Schlammwühlerin gelang ihr bereits in Perfektion. „Nein, macht ihr nur. Ich kämpfe mich noch ein bisschen durch den Gestank der Jahrtausende."

„Das ist genau dein Ding, was? Die Meeresbiologie."

„Vielleicht." Jeanne lächelte dürftig, schnappte sich den nächsten Kern und zerschnitt ihn mit verbissenem Gesichtsausdruck in zwei Hälften.

„Na komm, Alan. Ab ins Labor."

Zwei Studenten waren bereits damit beschäftigt, die mit Meerwasserproben gefüllten Kanister zu schütteln. Eine Aufgabe, die zu den amüsantesten Tätigkeiten an Bord gehörte, sofern man über ein gewisses Maß an Temperament verfügte. Um den begehrten Stoff Neodym aus dem Wasser zu gewinnen, wurde es angesäuert, mit Eisen geimpft, homogenisiert, auf einen bestimmten PH-Wert eingestellt und erneut homogenisiert, wobei dieser Vorgang aus schlichtem Schütteln der Kanister bestand.

„Hallo Leute." Alan schnippte mit den Fingern. „Ihr könnt hochgehen und den anderen helfen. Wir kommen mit dem Rest allein klar."

Heilfroh, dem Job entronnen zu sein, gaben die beiden Jungen Fersengeld und stürmten nach oben. Maya schnappte sich einen der Kanister, präparierte das Wasser und begann einen spannungsabbauenden Tanz aufzuführen. Die Proben schüttelnd hüpfte sie durch den Raum, schüttelte ihre Haare, sprang auf Tische und Stühle und übte sich in merkwürdigen Verrenkungen. Dann schwang sie ihren Kanister wie eine Trommel, schlug darauf ein und hüpfte zu Alans Entzückung im Kreis herum.

„Oh ja", flötete der Schiffsarzt, während er sich auf schlichtes Huftwackeln beschränkte und sporadisch eine John Travolta-Pose einnahm. „Zeig's mir. Mach mir den Crazy Horse."

Maya tat, wie ihr geheißen. Das Homogenisieren war besser als ein Punchingball. Ihre Ängste und Verkrampfungen lösten sich, ihre Energien konnten wieder frei fließen. Als sie schließlich japsend innehielt und den Kanister zurück auf den Tisch hievte, ließ Alan umso verbissener seine Hüften kreisen. In Verbindung mit der dürren Gestalt, seinem roten Haar und dem Overall bot er einen skurrilen Anblick.

„Ich liebe es, mit dir zu homogenisieren", schnurrte er. „Für dich würde ich glatt wieder hetero werden. Wusstest du, du dass du bei bestimmten Lichtverhältnissen wie ein hübscher Junge aussiehst? Pass bloß auf dich auf, wenn ich mir mal wieder einen zu viel hinter die Binde kippe. Vermutlich wird mich dein mythologischer Held von innen nach außen krempeln und meine Seele mit einem Schuss Zitrone verschlingen."

Sie lachte, strich sich die verschwitzten Haare aus dem Gesicht und fächelte sich mit beiden Händen Luft zu. Das Körnchen eisiger Angst, das bei der Anspielung die Seele betreffend in ihrem Inneren wuchs, ignorierte sie mehr schlecht als recht.

„Auf fröhliches Isotopen-Messen im heimischen Skye. Aber so leid es mir tut, dich allein zu lassen, ich muss dringend Schlaf nachholen. Du entschuldigst mich?"

Sie versuchte, so viel Dankbarkeit wie möglich in ihren Blick zu legen. Ohne Alan wäre nichts so gekommen, wie es war. Ohne Alan wäre Christopher nicht mehr am Leben. Irgendwann, so hoffte sie, würde sie sich revanchieren können.

„Gute Nacht", rief er ihr zu. „Ich meine, guten Tag. Wie auch immer. Schlaf gut, Süße."

Wie müde sie tatsächlich war, spürte sie erst, als sie die Tür ihrer Kabine hinter sich schloss. Nachdem sie den eingesauten Overall gegen eine Jeans und ein schwarzes Hemd ausgetauscht hatte, fiel sie auf das Bett, schloss die Augen und schlief innerhalb von Sekunden ein.

„Verdammt!" schrie jemand in weiter Ferne. „Ich hasse dieses Ding!"

Maya tauchte nur widerwillig aus der Tiefe ihres Schlafes auf. Benommen genoss sie eine Weile das monotone Auf und Ab der Wellen, während sie sich vorstellte, tief unten im Wasser zu ruhen. Abgelöst wurde dieser meditative Zustand von dem Gedanken, dass das Schiff gerade wie eine winzige, verletzliche Nussschale auf dem stürmischen Pazifik trieb.

„Hundekacke!"

Sie grinste. Offenbar war Robin wieder dabei, seinen Frust über die Macken moderner Technik abzubauen. Mit ausgestreckten Armen balancierte sie das Gleichgewicht aus, schwankte nach oben und arbeitete sie sich zum Heck des Schiffes vor. Die Wellen peitschten beeindruckend die See, aber sie hatte schlimmere Stürme erlebt. Noch immer stanken ihre Haut und ihr Haar nach faulen Eiern, aber dieses Aroma kannte sie als einen treuen Begleiter solcher Expeditionen. Kein Duschgel und kein Parfüm der Welt waren stärker als der Gestank verwesenden Meeresschlamms. Sie spürte den Sturm, die salzige Gischt, den Rausch entfesselter Elemente. Sämtliche Härchen ihres Körpers sträubten sich, Elektrizität kroch ihre Wirbelsäule entlang.

Als sie die Reling umklammerte, donnerte eine Welle gegen den Schiffsrumpf und hüllte sie in eine Gischtwolke. Ihr Körper spannte sich an. Höher und höher bäumten sich die Wellen auf, brachen krachend am Schiff und spien ihren weißen Atem in den Himmel hinauf. Bald zerrte der Sturm so heftig an ihr, dass sie sich kaum mehr festhalten konnte. Das Schiff fuhr mitten in ein Inferno hinein, und doch fürchtete sie sich nicht. Auf dieser Fahrt konnten ihnen die Elemente nichts anhaben, denn jemand beschützte sie, dessen Macht es mit jeder Urgewalt aufnehmen konnte.

Ein fantastischer Gedanke.

Ihre Muskeln und Sehnen brannten. Dieses Schauspiel aus ungezügelter Kraft zog sie in seinen Bann und gab ihr das Gefühl, eins mit allem zu sein. Lebendig. So intensiv zu leben, als jagte ein Drogencocktail durch ihren Körper.

Maya hakte ein Bein in die Reling ein und knöpfte ihr Hemd auf. Fast riss der Sturmwind es ihr vom Leib, als sie die Arme ausstreckte und sich dem Toben der Elemente auslieferte. Gischt durchnässte ihr dünnes Unterhemd. Sie hörte sich lachen, als eine monströse Welle gegen das Schiff krachte und Wolken aus salzigem Wasser über sie ausspie. Es rann über Gesicht und Brust, brannte in den Augen und ließ die Geschmacksnerven ihrer Zunge prickeln. Sie wollte mehr. Sie wollte hineingerissen werden in diesen Mahlstrom ungezügelter Gewalt, wollte ganz zerrissen werden, neu entstehen und alles Menschliche hinter sich lassen, um so zu werden wie er.

„Tsi ge yu i!", schrie sie gegen das Brüllen des Unwetters an. „Tsi ge yu i!"

Das Verlangen, ungeachtet aller Gefahren in das Wasser zu springen, wurde schmerzhaft. Christopher würde zu ihr kommen. Er würde sie an sich pressen, sie küssen und ihr das Gefühl absoluter Sicherheit vermitteln. Oben im Technikraum leuchtete warmes Licht. War er allein? Vielleicht sollte sie zu ihm gehen und …

Ein lautes Lachen durchdrang das Brüllen des Sturms. Maya glaubte, Jeannes Stimme zu erkennen. Sie folgte dem Laut, konnte nur mühsam das Gleichgewicht wahren und sah eine Sturmfee am Bug des Schiffes stehen.

Das war sie, in ein langes Kleid gehüllt, das im Flutlicht des Decks saphirblau und petrolgrün schillerte. Ihr offenes Haar flatterte in den Böen. Für Momente umgab sie die Aura eines sagenhaften Wesens.

„Hallo Maya."

Jeanne hielt sich an einem jungen Mann fest. Neben den beiden stand ein Mädchen mit schwarzem, geflochtenem Zopf, dessen Name, soweit sie sich erinnerte, Clara lautete. Alle drei wandten sich ihr zu.

„Ist das nicht wunderbar?"

Sie wollte soeben antworten, als ein unmöglicher Anblick sie erstarren ließ. Eine gewaltige Wand aus Wasser raste auf das Schiff zu, größer als alle Wellen zuvor. Sie würde das gesamte Deck überspülen.

„Verschwindet!", brüllte sie. „Sofort!"

Die Drei fuhren herum und gefroren zur Salzsäule. Für die Dauer eines Herzschlags ragte die Wasserwand über dem Schiff auf. Ein gewaltiger Schlag traf den Stahlkoloss. Gischt spritzte auf. Mit brachialer Wucht ergoss sich die Welle über das Deck. Der Junge und die beiden Mädchen wurden von den Füßen gerissen. Ihre Körper schleuderten auf Maya zu und glitten an ihr vorbei, zu schnell, als dass sie nach ihnen hätte greifen können. Dann wurde auch sie zu Boden gerissen. Für die Dauer eines endlosen Moments schienen titanische Fäuste ihren Körper zermalmen zu wollen. Sie krachte gegen die Reling, klammerte sich fest und hörte ihren eigenen Schrei das Toben der Elemente durchdringen. Der Wasserschwall rauschte über das Deck, endete so schnell, wie er gekommen war. Einer der Container löste sich aus der Halterung und krachte gegen das Eisengeländer. Kreischend stemmte sich der Kran gegen die Schrauben, die ihn mit dem Deck verankerten. Mayas Schultergelenke fühlten sich an, als hätte die Kraft des Wassers sie ausgekugelt.

„Jeanne! Clara!", brüllte eine Stimme. „Oh mein Gott, nein! Nein!"

Sie spähte in die Finsternis und zitterte derart, dass es ihr nicht gelang, aus eigener Kraft aufzustehen. Wenn die Welle die Mädchen mitgerissen hatte, konnte ihnen niemand mehr helfen, nicht einmal Christopher. Der Sturm war zu einem brüllenden Orkan geworden. Salzwasser brannte in ihren Augen. Jemand packte ihre schmerzenden Schultern und schüttelte sie.

„Sie sind weggespült worden.“ Es war die Stimme des jungen Mannes, schrill vor Angst. „Jeanne und Clara. Sie sind im Wasser.“

Ihr Körper reagierte wie eine Maschine. Sie stemmte sich auf die Füße und beugte sich über die Reling. In den Wellen trieben zwei winzige Körper, wurden unter Wasser gezogen, tauchten wieder auf und schrien um ihr Leben.

„Haltet durch!“, brüllte Maya. „Wir holen euch rauf.“

Zwei Rettungsringe hingen an der Wand hinter ihr. Hastig riss sie sie aus der Halterung, warf sie ins Wasser und musste zusehen, wie die Körper der Mädchen abgetrieben wurden. Weg von den Ringen.

Tumult brach auf dem Schiff aus. Menschen umschwirrten sie plötzlich, eine Gruppe Matrosen rannte zum Kommando-Raum hinauf. Der Alarm schrillte. Wie in jener Nacht, da sie zu Christopher ins Wasser gesprungen war und damit fast seinen Tod verschuldet hätte.

„Was ist los?“ Solander redete auf sie ein. „Was ist passiert? Maya, rede mit mir! Was ist passiert?“

„Jeanne und Clara. Sie … ich …“

Die Worte erstickten in ihrer Kehle. Verdammt, sie trug die Verantwortung! Für alles, was auf dieser Reise geschah. Stöhnend vollführte das Schiff ein Wendemanöver, doch Maya wusste, dass es aussichtslos war. Die Körper der Mädchen waren vom Mahlstrom der Brecher bereits verschluckt worden.

Und dann sah sie Christopher.

„Hilf ihnen!“, schrie sie ihm zu. „Sie sind dort unten! Sie ertrinken!“

Er zögerte keine Sekunde. Unsanft bahnte er sich einen Weg durch die Menschenmenge, flankte über die Reling und verschwand in der Dunkelheit.

Alles verlangsamte sich, wurde leise und fern, während das Schiff wie ein Korken auf den haushohen Wellen tanzte.

„Bitte nicht!“ Sie sprach die Worte wie ein Gebet. Wieder und wieder. „Bitte nicht … nicht … nicht.“

„Sinnlos“, durchdrang eine Stimme ihren Schock. „Sie werden alle drei sterben! Seht euch diese Kaventsmänner an. Das überleben die niemals.“

Wut kochte auf. Wie konnte dieser Idiot so etwas behaupten? Schockgefrostet stand sie an der Reling und hielt den Atem an. Der rasende Schlag ihres Herzens füllte ihr Denken aus. Solander schleppte einen weiteren Rettungsring heran, hievte ihn keuchend über die Reling, wollte ihn hinabwerfen – und schreckte zurück. Ein heller Schatten erschien in den Wellen.

Christopher mit Jeanne in seinen Armen. Hustend klammerte sich das Mädchen am Rettungsring fest. Maya, Alan und Solander zogen an dem Seil, während der Rest der Crew sich am Eisengeländer oder aneinander festhielt und nichts tat, als zu gaffen. Meter für Meter näherte sich Jeanne dem Schiff, bis sie sie endlich an Deck ziehen konnten.

„Du bist in Sicherheit, Kleines!“ Alan betastete ihr seltsam verdrehtes Bein. „Es ist gebrochen. Aber keine Sorge, das kriegen wir wieder hin.“

„Wo ist Clara?“, brüllte der junge Mann. „Sieht sie irgendwer? Clara!“

Maya beugte sich erneut über die Reling. Nichts war zu sehen, nur das rauschende, schäumende Meer. Doch dann tauchte er auf. Keine fünf Meter vom zweiten Rettungsring entfernt. Das Mädchen in seinen Armen war bewusstlos, ihr Körper schlaff wie der einer Puppe. Christopher legte sie über den Ring, schloss einen Arm um ihre Taille und hielt sich mit dem anderen fest.

Ein zweites Mal begannen sie zu ziehen. Jetzt blieb nur zu hoffen, dass er sich im Wasser nicht verändert hatte. Maya ratterte im Stillen sämtliche ihr bekannten Gebete herunter. *Er kann es kontrollieren*, beschwor sie sich. *Er weiß, wie es zu beherrschen ist.*

Und tatsächlich! Christopher hatte Beine, keine Flossen. Alles schien normal. Maya stieß ein Stöhnen der Erleichterung aus.

Während Alan die bewusstlose Clara untersuchte, sank Christopher schwer atmend gegen die Reling. Es war keine Erschöpfung, das begriff sie schnell, sondern der zu schnelle Wechsel zwischen Haut- und Lungenatmung. Während er sich hustend krümmte und das Wasser auswürgte, klopfte man ihm auf die Schulter und redete auf ihn ein, bis ein heftiges Zucken durch seinen Körper ging. Sein Blick traf Maya. Sie sah die bittere Erkenntnis. Großer Gott, es geschah. Hier und jetzt würde er sich verwandeln. Und alle Willenskraft half ihm nicht.

Zeitlupenhaft ging er in die Knie. Seine Haut nahm einen silbrigen Schimmer an. Knöcherne Auswüchse zogen sich vom Ellbogen bis zum Handgelenk. Zwischen den Fingern, die länger und schlanker wurden, wuchsen Schwimmhäute. Fingernägel wurden zu spitzen Krallen, blausilberne Streifen schimmerten auf Brust, Wangen und Armen.

Alle Versteckspiele waren vergeblich gewesen. Sie wussten und sahen es alle. Maya blickte in die Gesichter der Menschen. Hätte es der Wellengang nicht erfordert, immer wieder das Gleichgewicht auszubalancieren, wären sie zweifellos zu Salzsäulen erstarrt. Niemand sagte etwas. Kinnladen klappten nach unten. Augen weiteten sich. Sie sah ungläubige Bewunderung, Fassungslosigkeit, Entgeisterung und jene Neugier, die sich von Angst nicht tangieren ließ.

„Großer Gott." Solander streckte einen Arm aus, als wollte er Christopher berühren. „Was ist mit dir los?"

Er zuckte zurück. In seinem Blick lagen so viel Verzweiflung und Traurigkeit, dass es Maya das Herz zerriss. Sie wusste, was geschehen würde, und doch fuhr es wie ein Messer in ihre Seele, als er über die Reling sprang. Zurück in den schwarz glänzenden Strudel der Wellen. Weg von ihr.

Nein!, schrie ihr Herz. *Er hat dir versprochen, zurückzukehren. Du musst ihm vertrauen. Du musst einfach. Ihr seht euch wieder.*

Doch die Sprache ihres Verstandes war eine andere. Jetzt, da das Geheimnis gelüftet worden war, gab es keine Hoffnung mehr auf ein gemeinsames Leben. Man wusste, wie nah sie sich standen. Und man würde sie benutzen, ihn in die Falle zu locken.

Ihr Verstand stand auf Durchzug. Selbst jene Region im Gehirn, die für instinktive Entscheidungen zuständig war, versagte ihr den Dienst. Sie wusste nicht, was sie tun sollte. Was sie denken sollte. In ihr gähnte eine alles erfüllende Leere.

„Hey!" Irgendwer rüttelte sie an der Schulter. Alan. Sein hageres Gesicht war kreidebleich. „Maya. Herrgott, hör mir doch endlich zu."

„Was?" Sie versuchte, irgendwas zu fokussieren. „Ich … tut mir leid."

„Sieh mich an." Die Hände des Schiffsarztes nahmen ihr Gesicht in die Zange und zwangen sie, ihn anzusehen. „Max ist rauf zum Sonar. Du weißt schon, dein eifersüchtiger Verflossener. Er heftet sich an Chris' Fersen. Ich meine Flossen, was auch immer."

„Was?" Maya schnappte nach Luft, als ihre Wahrnehmung sich klärte. Menschen huschten umher wie panische Hühner, sofern sie sich nicht am Geländer festklammerten. Sie plapperten und schrien durcheinander, schlugen die Hände vor das Gesicht und gebärdeten sich wie tollwütig. Vor ihr lag die bewusstlose Clara, daneben kauerte Jeanne und weinte hemmungslos.

„Max und ein paar andere Idioten wollen die Jagd eröffnen", erklärte Alan. „Trotz des Orkans. Dank der Technik dieses beschissenen Kahns ist unser Freund nirgendwo sicher."

Ihr schlimmster Albtraum wurde wahr. Alles umgab sich mit surrealem Nebel, ohne den Anblick erträglicher zu machen. Eine Meute aus Biologen, Ozeanografen und Chemikern war in fiebrige Debatten vertieft. Sie rauften sich die Haare und beglotzten die Wellen, während sie mit lächerlicher Plumpheit darum bemüht waren, trotz des Seegangs auf den Beinen zu bleiben. Keiner dieser Menschen kümmerte sich darum, dass soeben zwei Mädchen verletzt worden waren.

„Max!" Maya stieß einen gutturalen Schrei aus. Die Wut raubte ihr schier die Sinne. „Ich werde ihn umbringen. Ich werde ihn…"

„Ja, das wirst du." Alan bückte sich und hob Jeanne auf seine Arme. „Aber erst mal müssen wir die beiden runterbringen. Los, hilf mir."

Wie ferngesteuert gehorchte sie. Erst, als Clara und Jeanne auf den beiden Liegen im Behandlungszimmer ruhten, die eine nach wie vor weinend, die andere leblos, nahm ihr Verstand seine Funktion ansatzweise wieder auf.

„Entschuldige mich kurz." Alan knackte mit den Fingerknöcheln. „Jemand muss diesem Arschloch das Rektum aufreißen."

„Ich komme mit!"

„Nein! Bleib du bei den Mädchen. Clara geht's den Umständen entsprechend gut, sie dürfte jeden Moment wach werden. Solander und ich machen das schon."

Sie nickte resignierend. Beruhigende Floskeln murmelnd beugte sie sich über Jeanne, streichelte ihr Haar und prüfte nebenbei Claras Puls.

Bald erklang Geschrei von draußen. Sie hörte Alans Stimme, darauffolgend Max' Gelächter. Jemand trat gegen eine der Kabinentüren.

„Du Mistkröte!", hörte sie den Schiffsarzt brüllen. „Du erbärmlicher Idiot. Ich reiße dir die Froschaugen raus. Profitgeil seid ihr. Lass mich los!"

Die Tür flog auf. Mit unsanftem Tritt wurde Alan in den Raum befördert, gefolgt von Solander, den man nur wenig behutsamer hinterherschob.

Maya sprang auf Max zu, doch ehe sie dazu kam, ihre Hände um dessen Kehle zusammen zu schließen, wurde sie von hinten gepackt und festgehalten. „Verdammt, du Mistkerl, was soll das alles?"

„Nur die Ruhe“, erwiderte er selbstzufrieden. „Ich habe alles im Griff. Dein Liebster wird uns nicht entwischen. Das Sonar funktioniert tadellos. Wir haben ihn schon auf dem Bildschirm. Klar und deutlich.“

„Wir stecken mitten in einem verdammten Orkan“, fauchte Solander. „Das ist lebensmüde. Das ist idiotisch.“

„Nur wer wagt, der auch gewinnt.“ Max vollführte eine abwinkende Handbewegung. „Fürs Erste sperren wir euch besser ein. Ich habe Wichtigeres zu tun, als mich mit sentimentalen Gutmenschen herumzuärgern.“

„Chris hat ihnen das Leben gerettet!“ Maya riss sich los und trat Max vor das Schienbein. Sein Schmerzenslaut brachte nur geringe Befriedigung. „Er hat ihnen das Leben gerettet, verdammt noch mal! Ist dir das eigentlich klar? Wie kannst du ihn dafür auch noch bestrafen? Das wirst du bereuen, ich schwöre es dir.“

„Bereuen?“, presste er mit hochrotem Gesicht hervor. „Du irrst dich. Ich und meine Mitstreiter werden mit dieser Entdeckung vielmehr auf sämtlichen Titelseiten dieses Erdballs erscheinen. So sieht es aus. Und jetzt müsst ihr mich entschuldigen, wir haben zu tun. Ach ja, bevor ich es vergesse: Danke!“

„Wofur?“

„Ohne dich hätten wir niemals von ihm erfahren.“

Sie taumelte. Ihr Verstand weigerte sich, das Geschehen zu begreifen. Er sträubte sich, verschloss sich, hüllte sich in alles dämpfende Watte. Doch als die Tür mit einem Knall zuschlug, kroch das klare Denken hinter seinem Schutzwall hervor.

„Ich glaube das alles nicht.“ Alan schloss die wimmernde Jeanne in seine Arme. „Kneif mich, Maya. Kneif mich bitte. Ich will sofort aufwachen. Was für ein beschissener Traum.“

„Das hier ist real“, brummte Solander. „Das ist die echte, ekelerregende Realität. Ich glaube das alles nicht. Kann mich mal wer aufklären? Was war das gerade? Ich dachte erst, es liegt an meinen Medikamenten, dass ich Schwimmhäute sehe.“

„Lange Geschichte“, schnaubte Alan. „Ein anderes Mal, okay?“

Maya rüttelte am Knauf der Tür, hämmerte gegen das Metall und tobte sich um den Verstand. So lange, bis sie kraftlos zusammensackte. „Es ist meine Schuld. Alles meine Schuld. Alan, bring mich um.“

„Nicht jetzt. Erst mal kümmere ich mich um Jeannes Bein.“ Er drückte das Mädchen auf die Liege. „Ich werde es schienen, okay? Alles wird gut.“

„Klar doch.“ Maya schmeckte bittere Galle auf ihrer Zunge. Im Hintergrund sah sie Clara erwachen und aus großen Augen in die Runde starren.

„Alles wird gut. Für Max und Konsorten.“

Ihr wurde übel. Sie mussten etwas tun. Irgendetwas. Verdammt! Ihr Gehirn visualisierte noch einmal, was geschehen war. Allein sie hatte dem Schicksal diese verhängnisvollen Impulse verpasst. Nur sie und niemand sonst. Es war abzusehen gewesen, dass dies hier geschehen würde, und doch hatte sie Christopher erlaubt, an der Reise teilzunehmen. Wegen ihrer Neugier. Wegen ihrer Vernarrtheit. Wegen ihrer Unfähigkeit, das Nötige zu tun und hinter dem Wohl eines anderen zurückzutreten.

Mit wilder Verzweiflung schlug sie gegen die Tür. Schrie und tobte, klopfte und prügelte auf das Metall ein, bis Solander sie an seinen weichen Körper drückte.

„Anstatt hysterisch zu werden", brummte er, „sollten wir lieber nachdenken. Ganz ruhig nachdenken. Komm, setz dich. Ich lass mir was einfallen."

„Ich breche ihnen jeden Knochen im Leib, wenn sie ihm was antun."

Solander streichelte ihr Haar und hielt sie unnachgiebig umfangen. „Wenn wir hier rauskommen, dann helfen Alan und ich dir dabei. Versprochen."

~❁~

Das Schiff wendete und hielt direkt auf ihn zu. In ihm erwachte der Wunsch, einfach hierzubleiben und sich fangen zu lassen. Maya noch einmal zu sehen, sie noch einmal zu berühren, alles hätte er dafür in Kauf genommen. Doch es würde ihr das Herz brechen. Sie würde sich an allem die Schuld geben und daran zugrunde gehen.

Erst als das Schiff vor ihm aufragte, tauchte er unter. Der Schmerz war unbeschreiblich. Er fühlte brennende Wut, abgrundtiefe Verzweiflung und Hass gegenüber dem Schicksal. Ohne Maya fühlte er sich leer und sinnlos. Ohne sie war ein Leben unmöglich, doch das Ende ihrer Gemeinsamkeit war besiegelt. Wenn er ihr jetzt noch einmal nahe kam, brachte er nicht nur sich, sondern auch sie in Gefahr.

Während er sich vom Schiff entfernte und zurückkehrte in die Tiefe, fühlte es sich an, als versteinerte sein Herz. Wieder strömten die Stimmen auf ihn ein und riefen ihn zu sich, doch er schleuderte ihnen ein so zorniges „Bleibt weg von mir!" entgegen, dass sie verängstigt schwiegen.

Am Grund des Meeres war vom Sturm nicht viel zu spüren. Er ließ sich auf den schlammigen Boden sinken und verharrte still, versuchte, die unangenehmen Töne des Sonars zu ignorieren. Doch bald wurden sie so intensiv, dass es wehtat. Felsen konnte das Signal nicht durchdringen, also musste er sich in das Riff flüchten und eine Höhle finden.

Die Oberfläche war nur als ferner Schimmer zu erkennen, aufgewühlt vom Orkan. Was taten diese Idioten nur? Wollten sie ihn wirklich in diesem Unwetter verfolgen? Das war Selbstmord, und doch schienen sie sich genau dazu entschlossen zu haben. Seine Hoffnung auf geistige Scheuklappen erfüllte sich nicht. Sie wussten, was er war. Sie wussten, wo er war, und setzten für die Jagd sogar ihr Leben aufs Spiel. Über sich sah er den Schatten des Schiffes, das auf den Wellen tanzte und einen Schweif heller Gischt hinter sich herzog. Der Ton des Sonars wurde so laut, dass jedes Signal wie ein Stromschlag durch seinen Körper jagte.

Er floh vor diesem zermürbenden Lärm zum fernen Riff. Weißstreifendelfine tauchten aus der Weite des Meeres auf, begrüßten ihn mit einer Melodie aus Pfeif- und Klicklauten und ließen zu, dass er sich an ihren Finnen festhielt, um schneller voranzukommen. Das metallene Ungetüm blieb dicht hinter ihnen, und zum ersten Mal fürchtete er sich in dieser Umgebung. Seine Kraft war im Gegensatz zu der des Schiffes nicht unerschöpflich. Nach einer Flucht, die Stunden zu dauern schien, verkrampften die Muskeln seiner Arme und machten ein Festhalten unmöglich.

Aus eigener Kraft schwamm er weiter, bis endlich das Riff in Sicht kam. Hierhin konnte ihm das Schiff nicht folgen, schon gar nicht im Sturm, denn die scharfen Korallenbänke schlitzten selbst dicke Stahlwände auf.

Er versuchte, den Delfinen mithilfe von gedanklichen Bildern eine Idee zu vermitteln, und zu seiner Verblüffung taten sie genau das, worauf er hoffte. Während drei Tiere an seiner Seite blieben, zerstreuten sich die anderen klickend und pfeifend in sämtliche Himmelsrichtungen. Vielleicht würde es die Menschen verwirren und von seiner Spur ablenken.

Nach einer kräftezehrenden Flucht durch die Schluchten und Gänge des Riffsystems fand er eine Höhle von ausreichender Größe. Die Delfine drehten ab, nicht ohne sich zuvor freundlich an ihn zu schmiegen und ihm zu versichern, dass sie in der Nähe bleiben würden. In der finstersten Ecke seiner Zuflucht sank er auf den Grund und erschlaffte, übermannt von bleierner Erschöpfung. Jeder Muskel tat weh. Noch immer hörte er das Signal und begann zu zweifeln. War es doch stark genug, um ihn durch Korallen und Stein hindurch auszumachen? Er hatte von einem Sonarsystem gehört, dass selbst Felsen durchdrang, doch war es bisher nur zu militärischen Zwecken benutzt worden. Nicht für wissenschaftliche Expeditionen. Abgesehen davon war dieses Sonar sehr viel lauter als das, was er hörte. So laut, dass es selbst ausgewachsene Pottwale betäubte. Vermutlich würde man einen der Gleiter einsetzen, um ihn aufzuspüren. Dank der Thermosensoren war es diesen Geräten möglich, warmblütige Tiere zu verfolgen und sich wortwörtlich an ihre Flossen zu heften.

Es spielte ohnehin keine Rolle mehr. Selbst wenn sie wussten, wo er war – ihm fehlte die Kraft zu einer weiteren Flucht. Atem und Herzschlag verlangsamten sich, Müdigkeit wischte alle Verzweiflung beiseite und senkte sich wie ein schweres Tuch auf ihn herab. Neben ihm ruhte ein blaugrüner Papageifisch verborgen unter einer Hülle aus Schleim, die ihm half, seine Fressfeinde zu narren. Das Tier fühlte sich nicht gestört, öffnete und schloss in aller Ruhe sein Maul und ließ Wasser durch seine Kiemen strömen.

Am Rande der völligen Erschöpfung übermannte ihn der Schlaf und zog ihn unerbittlich in seine Tiefe. Manchmal schreckte er auf, geweckt vom Lärm des Unwetters oder von einem schlimmen Traum. Der Sturm schien das Riff und die Welt aus den Fugen reißen zu wollen.

Als trübes Dämmerlicht in die Höhle fiel und die Wut des Unwetters verebbte, fühlte er sich kräftig genug, eine weitere Flucht zu wagen. Kannte man sein Versteck, würden sie spätestens jetzt ihre Taucher schicken. Kannten sie es nicht, konnte er dem Sonar vielleicht mithilfe der verzweigten Schluchten und Gänge des Riffs entkommen.

Eine Weile lauschte er auf die Umgebung und glaubte, das Geräusch eines Bootsmotors zu hören. Sollte er es wagen oder nicht? Was blieb ihm für eine Wahl?

In dem Augenblick, da er sich zum Ausgang der Höhle vorwagte, zerbiss der Papageifisch seinen Kokon und huschte an ihm vorbei in das freie Wasser, ein flirrender Juwel aus Blau und Goldgrün. Haarscharf schrammte er an einem Taucher vorbei, der unvermittelt erschien. Der Mensch zuckte zurück, blickte dem Tier überrascht nach und setzte seinen Weg fort. Hinein in die Höhle.

Dort draußen waren weitere Menschen, das spürte er, doch hierzubleiben war unmöglich. Er konzentrierte sich, für die Augen des Tauchers noch unsichtbar in der Dunkelheit, um unvermittelt hervorzuschießen. Von einem heftigen Schlag getroffen taumelte der Taucher zurück.

Ein zweiter Mensch, nur als Schatten im Blau wahrnehmbar, hob warnend seinen Arm. Er ließ die Höhle hinter sich, glitt ins freie Wasser hinaus – und schwamm in die Stränge eines unsichtbaren Netzes hinein. Elastische Stränge wickelten sich um seine Glieder. Hände packten zu, Schatten fielen über ihn her. Je verzweifelter er kämpfte, umso enger umschlossen ihn die feinen Maschen.

Zwei Boote tanzten auf der sonnenbeschienenen Oberfläche. Nach wenigen Augenblicken derart gefangen, dass er sich kaum mehr regen konnte, schleppten die Taucher ihn hinauf an die Oberfläche.

All seine Gedanken galten Maya. Ihr Gesicht war sein letzter Halt und zugleich seine größte Qual. Sie sollte ihn nicht sehen. Nicht wegen ihm leiden und sich die Schuld an all dem geben.

Das Boot kam näher, das Riff verschwamm im Blau. In der Ferne tauchten die Delfine auf, jagten mit aller Kraft näher und erfüllten das Wasser mit wütenden Pfiffen. Ein letztes Mal wehrte er sich, so verzweifelt, dass die Stränge in seine Haut schnitten. Keine einzige Hand konnte er abschütteln. Sie durchstießen die Oberfläche, und als er mit einem schmerzhaften Atemzug Luft in seine noch immer wassergefüllten Lungen sog, wusste er, dass er verloren hatte. Seine Liebe, seine Freiheit, den Kampf für seine Artgenossen und sich selbst.

Jemand packte ihn bei den Schultern und hievte ihn in das Boot. Gesichter schwebten über ihm, Stimmen raunten durcheinander. Mehrere Hände tasteten über seinen Körper.

Die Delfine erreichten sie, als der letzte Taucher sich aus dem Wasser zog. Ein Weibchen erwischte die rechte Hand des Mannes und riss sie ab. Ein zweites sprang hoch aus dem Wasser, in der Hoffnung, das Boot zum Kentern zu bringen, doch es rutschte am glatten Rand ab und verursachte nicht mehr als ein Schaukeln. Ein anderes Tier rammte seine Schnauze von unten in den Bug. Dann ein zweites und drittes, bis der Motor aufheulte und selbst das mutigste Tier zurücktrieb.

Dass selbst diese friedfertigen Wesen so verbissen für ihn kämpften, rührte ihn und erweckte zugleich einen so gewaltigen Zorn auf diese Männer, dass seine Emotionen sich auf das Meer und die Elemente übertrugen. Würgend hustete er das Wasser aus seinen Lungen und rang nach Atem. Eine fremdartige Kraft strömte aus seinem Inneren, ungehindert und unkontrollierbar. Er wusste nicht, was geschehen würde. Er wusste nur, dass er etwas Gewaltiges auslöste. Etwas von furchtbarer Zerstörungskraft. Die See hielt den Atem an, ballte tief in ihren Eingeweiden eine namenlose Urgewalt zusammen, von ihm heraufbeschworen.

„Nicht zum Schiff“, stieß er hervor. „Nicht zum Schiff. Es bringt euch um.“

Sie lachten nur, triumphierend und kalt. Gespenstische Stille senkte sich über das spiegelglatte Meer. Etwas geschah, tief unter ihnen. Etwas, das unmöglich zu kontrollieren war.

~❂~

Max hatte sich vor Maya aufgebaut und präsentierte ein breites Grinsen.

Sie wusste, was seine Miene bedeutete. Diese Made hatte bekommen, was sie wollte. „Ich skalpiere dich, sobald du mir in die Finger kommst", spie sie ihm entgegen.

Max' Grinsen gefror zu einer eisigen Grimasse. „Ich lasse euch jetzt raus. Vorausgesetzt, ihr benehmt euch. Es ist sowieso zu spät. Wir haben ihn erwischt. Draußen am Riff."

Die Worte trafen wie ein Faustschlag in die Magengrube. Als höhnisches Echo hallten seine Worte in ihrem Geist nach.

„Ich habe schon mit dem Institut in Santiago telefoniert", hörte sie ihn triumphieren. „Natürlich hält man mich noch für einen geistig umnachteten Idioten, aber sie schicken trotzdem jemanden zum nächsten Hafen, den wir in genau …", er warf einen Blick auf seine Armbunduhr, „zwei Stunden erreichen sollten. So, und nun entschuldigt mich. Ich muss mich um die Entdeckung des Jahrtausends kümmern."

„Bei Gott," fauchte Alan, „eines Tages schlage ich dir den Schädel ein und pinkel auf deine Leiche."

Max warf ihm eine Kusshand zu und verschwand. Maya glaubte, innerlich zerreißen zu müssen. Solander wollte seinen Arm um ihre Schulter legen, doch sie stieß ihn beiseite.

„Wir müssen zu ihm", sprach Alan aus, was alle dachten. „Wir sollten bei ihm sein."

„Können wir gar nichts tun, um ihm zu helfen?", fragte Solander. „Fällt uns denn nichts ein?"

„Wir müssen zu ihm", wiederholte der Schiffsarzt. „Das ist im Moment alles, was wir tun können. Vielleicht spielt uns das Schicksal in die Hände. Jeanne, Clara, ihr bleibt hier. Das ist eine ärztliche Anweisung. Ihr seid zu schwach, um Chris eine Hilfe zu sein."

Die Mädchen nickten und verkniffen sich die Tränen.

Alan zog Maya hinter sich her. Jeder Schritt, den sie zurücklegten, war eine einzige Qual. In ihr verkrampfte sich alles. Als sie die wimmelnde Menschentraube am Heck entdeckte, glaubte sie gänzlich zu verzweifeln. In heller Aufregung versuchte man, möglichst nahe an das Objekt der Begierde heranzukommen, schubste und drängelte aus Leibeskräften und verschaffte sich mit Ellbogenstößen Raum.

„Ich dachte, ich müsste dich von ein paar Morden abhalten." Alan knirschte mit den Zähnen. „Aber vielleicht gestaltet es sich auch umgekehrt."

Hinter ihnen stöhnte Solander auf. Maya rannte auf die Menge zu, schob grob jeden zur Seite, der ihr im Weg war, schlug die Hände beiseite, die an ihrem Hemd zogen, und kämpfte sich weiter vor. Endlich sah sie ihn. Er lag auf dem Boden, so wütend und verletzlich zugleich, dass es ihr das Herz zerschnitt. Ein verzweifelter Stolz flackerte in seinen Augen, nicht willens, zu resignieren. Machtlos ging Maya in die Knie. Sie erstickte ihr Schluchzen, streckte die Arme aus und legte ihre Hände auf seine Schultern. Jedes Wort blieb ihr im Halse stecken. Tränen liefen über ihre Wangen. Niemals in ihrem ganzen Leben hatte sie sich so hilflos gefühlt.

„Hör mir zu." Christopher packte sie bei den Schultern und zog sie zu sich hinunter.

Sie spürte seine kühlen Lippen an ihrer Wange. Weich und salzig würden sie schmecken, doch wenn sie ihn jetzt küsste, würde der Schmerz sie umbringen.

„Bringt euch in Sicherheit. Geht nicht in die Kabinen, bindet euch irgendwo an Bord fest. Und zwar so, dass ihr euch unter Wasser schnell befreien könnt."

„Was?" Sie rang nach Atem. „Großer Gott, Chris, was hast du getan?"

„Bringt euch in Sicherheit." Seine Stimme klang dunkel und fremd. „Ich habe etwas ausgelöst. Etwas, das ich nicht kontrollieren kann. Es ist zu stark. Das Meer wird dieses Schiff verschlingen. Rettet euch."

Sie sah, wie sich sein Fischleib zu verändern begann. Die Schuppen verschmolzen mit der Haut, die Schwanzflosse krümmte sich zusammen. Dutzende Augenpaare beglotzten mit widerlicher Begeisterung die Metamorphose.

„Was hast du ausgelöst?"

„Ich weiß es nicht." Christopher zuckte zusammen.

Ihr Blick fiel auf Max, der eine frisch ausgerissene, silberweiße Schuppe in den Fingern hielt. Mit aufgeklapptem Kiefer drehte er sie hin und her, bestaunte das perlmuttartige Schimmern. Ihm blieb nicht viel Zeit, seiner Neugier zu frönen. Ein kurzer, heftiger Schlag mit der Flosse, und er landete mit überraschtem Grunzen auf dem Rücken.

„Maya, hör mir zu." Christopher packte ihre Schultern. „Ihr müsst euch in Sicherheit bringen, sonst werdet ihr sterben. Das Wasser kommt. Ich kann nichts dagegen tun. Ich kann euch nicht helfen. Geh!"

Maya wollte aufspringen, erschreckt über den Klang seiner Stimme, doch jemand kam ihr zuvor, packte sie am Kragen und zerrte sie beiseite. Die Wand aus Menschen schloss sich vor ihr. Noch einmal, das war ihr klar, würde sie nicht wieder in seine Nähe kommen.

Das Meer … sterben … in Sicherheit bringen …

Am ganzen Körper zitternd ging sie zu Alan, der sie in die Arme schloss. Solander stand mit betretener Miene neben ihnen. Stumm spendeten sie einander Trost, bis der Schiffsarzt plötzlich erstarrte.

„Spürt ihr das?"

Maya blickte auf das Meer hinaus. Makellos glatt spiegelte es den Morgenhimmel wider, so höhnisch schön. Für Sekunden schien die Welt in ihrem Lauf inne zu halten. Sie glaubte zu sehen, wie der Ozean einen Atemzug nahm. Einen tiefen, gewaltigen Atemzug, der das Schiff spürbar anhob und wieder absinken ließ. Die Luft zog sich zusammen. Sie legte sich wie ein Eisenband um ihren Brustkorb. Dann endete die Stille. Von fern erklang ein dumpfes Donnern.

„Großer Gott", flüsterte Solander. „Seht ihr das? Da hinten?"

Er deutete zum Horizont. Das Licht der Dämmerung begrenzte das Blau des schwindenden Nachthimmels mit einem Streifen Türkis. Etwas war dort, das zunächst wie ein weißes Wolkenband aussah. Doch je näher es kam, umso gewaltiger wurde das Donnern. Es erinnerte an die Bilder, die vor einigen Jahren im Fernsehen allgegenwärtig gewesen waren. Eine Furcht einflößende Wand aus Wasser, unbezähmbare

Macht symbolisierend. Doch das, was in diesen Augenblicken auf ihr Schiff zuraste, war höher als jede Flutwelle. Sehr viel höher.

„Eine weiße Wand“, wisperte Maya. „Das ist es. Das hat Chris ausgelöst.“

Schaum floss vom Kamm der Welle herab und verwandelte sie in das, was ihr Name umschrieb. Eine weiße Wand, gut vierzig Meter hoch. Rasend schnell kam sie näher, zornig und unaufhaltsam. Ihr Rauschen übertönte alles. Menschen schrien. Rannten kopflos durcheinander. Christopher, inzwischen in menschlicher Gestalt, wurde von zwei Männern festgehalten, die versuchten, ihn unter Deck zu ziehen.

„Springt!“, schrie er Maya zu. „Springt ins Wasser!“

Er versetzte dem Mann links einen Schlag mit dem Ellbogen, kam frei und schleuderte den Zweiten beiseite. Zu spät.

Die gigantische Welle hob das Schiff an. Maya verlor den Boden unter den Füßen, stürzte und klammerte sich in letzter Sekunde an der Reling fest. Von einer gewaltigen Kraft emporgetragen glitt die Astero in die Höhe, überragt vom schäumenden Ozean. Das Schiff erklomm die Welle, Meter für Meter, dem Mahlstrom entfesselter Urgewalt ausgeliefert, bis es so steil stand, dass Maya hilflos über der Tiefe baumelte. Hinter dem Tosen des Wassers und dem Stöhnen des Schiffes hörte sie die Schreie der abstürzenden Menschen. Neben ihr hingen Alan und Solander.

Nach wenigen Augenblicken stand die Astero nahezu senkrecht. Christopher war nirgendwo zu sehen. Vermutlich war er längst im Wasser. Vielleicht würde das Schiff nicht kentern, sondern an der Wand hinabgleiten. Eine letzte, idiotische Hoffnung. Schäumende Gischt ergoss sich über sie und strafte diese Hoffnung Lügen. Ihre Augen brannten, die Muskeln ihrer Arme verkrampften sich. Solander kreischte, ein von nackter Panik kündender Laut, der sich abrupt entfernte und vom Donnern der Welle verschluckt wurde. Er war abgestürzt.

Als dieser Gedanke sie erreichte, überwältigte sie eine seltsame Ruhe und Klarheit. Sie würde sterben. Alles würde hier und jetzt sein Ende finden, um irgendwo neu zu beginnen. Ihre Muskeln schmerzten derart, dass es kaum mehr zu ertragen war. Ja, hier endete alles. Er würde sie in seine Arme schließen und ihre Seele befreien.

So, wie es ihr Schicksal war.

Ihre Finger gaben nach. Das Schiff neigte sich zur Seite, stöhnte wie ein sterbendes Monstrum. Es hatte den höchsten Punkt der Welle erreicht und wurde von der Schwerkraft wieder zurückgezogen. Wie in Zeitlupe stürzte der Koloss. Ihre Finger lösten sich vom Geländer. Millimeter für Millimeter. Und dann fiel sie. Stürzte auf das Meer zu, fiel und fiel, bis sie glaubte, für immer zwischen Himmel und Wasser zu schweben. Es folgte ein heftiger Aufschlag, der sie jeden Knochen im Leib spüren ließ. Alles war ein Rauschen, Gurgeln und Wirbeln. Sie war unter Wasser, doch ihr blieb kaum Zeit, diesen Umstand zu registrieren. Mit ohrenbetäubendem Donnern schlug das Schiff auf der Oberfläche auf. Es würde sie zermalmen. Die unvorstellbaren Kräfte des Wassers rissen ihren Körper mit. Wirbelnde Fluten schleuderten sie herum, zogen sie hinab in die Finsternis, bis sie glaubte, ihr Körper müsse zerbrechen. Es dauerte ewig und doch nur einen Moment, bis etwas Helles auf sie zuschoss, aufleuchtend wie ein Geist. War sie zuvor mit aller Gewalt nach unten gezogen worden, so riss sie nun etwas hin zur Oberfläche.

Luft! Endlich Luft!

Hustend rang sie nach Atem, während ihr Retter wieder verschwand. Eben noch hatte sie dem sicheren Tod ins Auge geblickt, jetzt trieb sie wie ein Korken auf den Wellen und wurde hinauf- und wieder hinuntergehoben. Zu leben fühlte sich unwirklich an. Wie eine flüchtige Illusion. Etwa zehn Meter neben ihr trieb Solander. Sie wollte gerade zu ihm schwimmen, als Alan mit röchelndem Schnaufen neben ihr auftauchte. Wieder erhaschte sie nur einen kurzen Blick auf Christoper, der augenblicklich wieder in der Tiefe verschwand.

„Das Schiff ist abgesoffen", sagte Alan. „Heiliges Kanonenrohr! Das ganze Schiff ist abgesoffen."

Maya drehte sich um die eigene Achse. Wo war Jeanne? Hatte sie überlebt? Die Momente, in denen nichts geschah, schienen ewig zu währen. Das entfesselte Wasser war nur noch ein helles Wolkenband, das mit dem Morgen verschmolz und ein stilles Meer hinterließ.

Alan begann zu hyperventilieren. „Alle weg. Alle abgesoffen. Scheiße! So was habe ich noch nie gesehen. Wo ist Jeanne? Scheiße!"

„Nein. Alan, komm wieder runter, bitte." Wie idiotisch. Da versuchte sie ihn zu beruhigen, obwohl sie selbst am Rand der Verzweiflung stand. Wie manisch drehte sich der Schiffsarzt um die eigene Achse und schnappte nach Luft. Sein Gesicht verlor an Farbe.

Endlich tauchte Christopher vor ihr auf. In seinen Armen hing die erschöpfte, aber lebende Jeanne. Der Blick des Mädchens huschte panisch hin und her.

„Ich muss wieder runter", stieß er hastig hervor. „Es gibt noch Überlebende. Bitte kümmere dich um meine Schwester, solange ich weg bin. Lass sie nicht allein. Bitte."

Maya presste ein tränenerSticktes Versprechen hervor und übernahm den geschwächten Körper des Mädchens, indem sie einen Arm um ihren Brustkorb legte. Wieder verschwand Christopher, und als seine helle Gestalt in der Tiefe unter ihr verschwunden war, sprach sie beruhigend auf Jeanne ein. Um sie zu trösten, um selbst einen Halt zu haben und nicht vollends zu verzweifeln. Was würde jetzt nur aus ihnen werden?

Ein bunter Schemen am Horizont fiel ihr ins Auge, offenbar ein Containerschiff. Es hielt dem Anschein nach direkt auf sie zu. Möglicherweise war es ihrem Kapitän gelungen, vor dem Untergang einen Notruf abzuschicken.

In einiger Entfernung tauchte jemand auf. Einer der Studenten. Kurz darauf folgte ein weiterer Junge, zwei Mädchen, ein Matrose und Richard, der Meteorologe. Es lag keine Panik in ihren Gesichtern. Nur eine entrückte, verwirrte Ruhe, die die Menschen wie emotionslose Puppen wirken ließ.

Eine Nachwirkung des Sirenenzaubers. Würden sie sich erinnern? Oder hatte er das Geheimnis endgültig aus ihren Köpfen getilgt?

„Die Welle. Das war er, nicht wahr? Wie hat er das gemacht?" Alan hielt sich strampelnd über Wasser, hochrot vor Anstrengung. „Wie kann man eine Welle rufen?"

„Er hat sich nur gewehrt." Sie hatte das Bedürfnis, ihn zu verteidigen, obwohl

Dutzende Menschen durch ihn umgekommen waren. „Er konnte es nicht kontrollieren. Es ist nicht seine Schuld. Wenn, dann meine."

„Einige haben es verdient, abzusaufen." Alan blickte dem herannahenden Containerschiff entgegen. „Andere nicht. Es hätte nie so weit kommen dürfen."

Maya spürte einen Vorwurf in diesen Worten, den sie nicht von sich weisen konnte. Paralysiert, lediglich Blicke austauschend, warteten sie darauf, dass ihre Rettung näher kam. Niemand tauchte mehr auf. Kein Überlebender. Kein Christopher.

Zehn Seelen waren übrig geblieben.

Als das Containerschiff in einiger Entfernung stoppte, spürte sie eine Berührung an ihrem Bein. Christophers Hand strich darüber, flüchtig und sanft, und als sie hinab blickte, sah sie ihn in der Tiefe verschwinden. Ein Abschied.

Vielleicht für immer.

Kapitel 3

Schicksal

*„Wind ist der Welle lieblicher Buhler.
Wind mischt vom Grund aus schäumende Wogen.
Seele des Menschen, wie gleichst du dem Wasser.
Schicksal des Menschen, wie gleichst du dem Wind.“*

(Johann Wolfgang v. Goethe)

~ ☸ ~

Weit über ihm zogen sie die Überlebenden hinauf in die Boote. Alan verschwand, Solander, Jeanne und Maya. Das Wasser fühlte sich leer an. Seiner Wärme beraubt. Der von jeder Vernunft abgekoppelte Teil in ihm wollte wieder hinauf, zu den sich entfernenden Booten, um noch einmal bei den Menschen zu sein, die er liebte.

Christopher versuchte, Maya eine stumme Botschaft der Hoffnung zu vermitteln, doch ob sie ihn hörte, wusste er nicht. Die beiden Nussschalen wurden an Bord des Schiffes gezogen, gigantische Schrauben wühlten das Wasser auf und trugen den Koloss davon. Vielleicht zu dem Hafen, an dem sie vor einer gefühlten Ewigkeit an Bord der Astero gegangen waren.

Sein Elend vertiefte sich. Ob er jemals nach Skye zurückkehrte, stand nicht einmal in den Sternen. So viele Dinge konnten geschehen, die ihn hindern würden, jemals seine Insel zu erreichen, doch er weigerte sich, darüber nachzudenken.

Es war besser, wenn er verschwand und alles hinter sich ließ. Wenigstens für eine Weile, bis seine Aufgabe erfüllt war. Vielleicht, und dieser Gedanke saß wie ein kalter Splitter in seinem Herzen, war es sogar das Beste, für immer zu verschwinden. Es war nicht abzusehen, ob die genommenen Erinnerungen der Menschen zurückkehren würden, und falls sie das taten, war seine Nähe für Maya gefährlich. Denn dann stand sie zwischen ihm und der Besessenheit der Wissenschaft.

Als er in die Tiefe tauchte, die alte Welt und den Schatten des sich entfernenden Schiffes endgültig hinter sich ließ, fühlte er sich matt und leer. Und doch funktionierte ein Teil in ihm mit gewohnter Präzision. Er holte sein Wissen hervor und tauschte Empfindsamkeit gegen emotionslose Kühle. Wo gab es einen Ort, an dem seinesgleichen sicher waren? Wohin konnte er sie bringen? Seine Erinnerungen gaben ihm schnell eine Antwort.

Die Phoenixinseln …

Eine von drei Inselgruppen des Inselstaates Kiribati, aus acht zumeist unbewohnten Atollen bestehend. Das größte Meeresschutzgebiet der Welt, ein lichtdurchflutetes

Paradies voller Riffe, Lagunen und Sandbänke. Er selbst hatte in seiner Zeit als Mensch daran mitgewirkt, dass das Schutzgebiet im Jahr 2008 auf über vierhundertzehntausend Quadratkilometer erweitert wurde.

Als er seinen Ruf in die Tiefe hinabsandte, erhielt er fast augenblicklich eine Antwort.

Wir kommen … wir kommen zu dir …

Nur zögernd tauchten seine Artgenossen auf, als wäre es ein wahrer Kraftakt, ihren Graben zu verlassen. Während er auf sie wartete, rief er sich Bilder ins Gedächtnis. Die markante Form der verschiedenen Atolle, die Form der Inseln und besondere Merkmale der Topografie des Meeresbodens. Nach wie vor schien sein Gedächtnis blendend zu funktionieren. Aber funktionierte es auch blendend genug, um ihn durch die unermesslichen Weiten des Pazifiks zu lotsen?

Bald kamen sie zu ihm, acht verschreckte Wesen, die sich säuselnd und flüsternd um ihn scharten, halb panisch ob der bevorstehenden Reise, halb freudig, weil sie so nah vor einem neuen Leben standen.

„Vertraut mir", sagte er zu ihnen. „Ich bringe euch an einen Ort, an dem ihr sicher seid."

„Weit weg", zischte eines der männlichen Wesen, das offenbar die Bilder in seinem Kopf gesehen hatte.

Für die Augen schien er jung zu sein, doch in seinen Gedanken spürte Christopher einen uralten Atem. Flüchtige Bilder wurden ihm von seinem Gegenüber zugetragen, die an seine eigene Heimat erinnerten. Eine raue, sturmumwehte Insel. Hütten aus Birkenrinde, die sich unter einen düsteren Himmel kauerten. Schiffe mit Drachenköpfen und prächtigen Holzschnitzereien. Jede Erinnerung ein Relikt aus einem früheren Leben, dass dieser Mann wie er als Mensch verbracht hatte. Christopher wollte ihn nicht ansehen, denn seine tiefdunklen Augen und das schulterlange schwarze Haar erinnerten ihn an die Frau, die er verloren hatte.

„Zu weit weg. So viel Lärm da draußen. So viele Menschen."

„Ich weiß, aber ihr müsst es wagen. Vertraut mir. Kennst du den Weg zu den Inseln?"

„Lange her", antwortete der Mann. „Ich weiß es nicht mehr. In meinem Kopf ist nichts mehr wie damals. Fühlt sich an wie Meeresschlamm."

Aus der Ferne tauchten die drei Buckelwale auf. Der Bulle, alt und weit gereist, hatte die Bilder in Christophers Kopf empfangen und vermittelte ihm den Wunsch, sie dorthin zu begleiten. Nur zu gern gab er dem Tier seine Einwilligung. Nicht nur, weil er selbst seinem Orientierungssinn noch nicht vollständig vertraute, die Aussicht, von den Walen begleitet zu werden, schien zudem für mehr Mut und Entschlossenheit bei seinen Artgenossen zu sorgen. Der Mann mit den schwarzen Augen schwamm zu den anderen zurück und schien sie in ein stummes Gespräch zu verwickeln. Die Streifen und Sprenkel auf ihren Fischleibern leuchteten auf oder wurden blasser, veränderten ihr Muster oder pulsierten in sich verändernden Rhythmen. Möglicherweise eine Art von Kommunikation, deren Sinn und Zusammenhänge er noch begreifen musste.

Schließlich, nach langem Hin und Her, schien man sich einig zu werden.

„Wir folgen dir", sagte der Mann. „Wohin auch immer du uns führst."

Es war erleichternd, die Reise endlich antreten zu können. Nicht nur wegen der Aufgabe, die er erfüllen wollte, sondern vor allem, um vor seinen Gedanken und Erinnerungen zu fliehen. Als er sich an der Finne des Wals festhielt und dem Tier bedeutete, in Richtung der sinkenden Sonne zu ziehen, fand sein altes Leben ein endgültiges Ende. Es war ein schreckliches, herrliches Gefühl. Berauschend und doch grausam. Der Bulle tat, wie ihm geheißen, zunächst mit gemächlichen Schlägen seiner Fluke, doch bald schneller, als ihn die angeborene Lust auf Wanderschaft packte.

Langsam verschwand Mayas Nähe aus seiner Wahrnehmung. Ihre Wärme verblasste, und zurück blieb ein Gefühl von Einsamkeit.

Viele Tage durchquerten sie eine Wüste aus Wasser. Hier im offenen Ozean existierte kaum Leben. Es umgab sie nichts außer gnadenloser Unendlichkeit, in der selbst gewaltige Tiere wie die Wale winzig erschienen. Bahnen aus Energie durchzogen den Ozean, bündelten sich an unterseeischen Bergen und Vulkanen und wiesen ihnen die Richtung. Vermutlich handelte es sich um Magnetfeldlinien. Hätte sich Mayas Verlust nicht wie ein Eispanzer um seine Seele gelegt, wäre er von der Tatsache, dass er sie als feinen, elektrischen Sog wahrnehmen konnte, wohl zutiefst fasziniert gewesen. Stattdessen versuchte er mit der Emotionslosigkeit einer Maschine, sich mithilfe unsichtbarer Markierungen zu orientieren. Nirgendwo fühlte sich das Wasser gleich an. Mal war es voller Energie, mal schal und leblos. In der einen Gegend schmeckte es bitter, in der anderen hinter dem allgegenwärtigen Salz süßlich. Mal war es kalt, mal warm, und hin und wieder sickerte ein besonders intensives, elektrisches Gefühl durch seinen Körper, das sich in seinem Gehirn konzentrierte. Offenbar besaß er wie viele wandernde Tiere zu Wasser und in der Luft ein winziges Metallkörnchen in seinem Kopf, das ähnlich wie ein Kompass funktionierte und für eine tadellose Orientierung sorgte, unabhängig von den Zeichen des Himmels. Nach und nach begriff Christopher das Gefüge der Ozeane. Es glich einem gigantischen, komplexen Bild, das in seinem Kopf entstand und mit jedem Sinneseindruck detailreicher wurde. Eine Landkarte voller Flüsse, Gebirge und Schluchten, unsichtbaren Linien aus Energie und Zonen aus kaltem und warmem Wasser.

Es verging kaum ein Tag, an dem ihnen keine Schiffe begegneten. Riesige, lärmende Kolosse, schwimmende Fischfabriken oder hell erleuchtete Kreuzfahrtschiffe durchpflügten das Wasser und versetzten seine Artgenossen in Panik. Regelmäßig verfielen sie in kopflose Hektik, schrien und jammerten durcheinander und versteckten sich auf dem Grund des Meeres, wo sie sich erst nach Energie raubend langen Aufmunterungen wieder hervorlocken ließen.

Christophers Geduld hing an seidenen Fäden. Diese Geschöpfe waren mit ihrer Befreiung überforderter, als er erwartet hatte. Manchmal zweifelte er gar, dass überhaupt noch ein Rest ihrer einstigen Stärke überlebt hatte.

Erst, als nach vielen Tagen eine Strömung vor ihnen auftauchte, verspürte er einen Hauch Erleichterung. Nach so langer Zeit des Nichts erschien ihm die hier existierende Fülle des Lebens wie eine Wohltat. Der Walbulle verfiel in freudigen Gesang, den die Weibchen mit einer Frequenz beantworteten, die selbst für seine Sinne nicht zu hören, sondern nur zu fühlen war. Hier, wo das strömende Wasser Nährstoffe mit sich brachte, pulsierte das Leben. Hungrig fielen die Buckelwale über eine Krillwolke her und durchsiebten sie mit ihren Barten. Wirbelstürme aus silbernen Fischen tanzten im Blau, verfolgt von den allgegenwärtigen Jägern der Hochsee. Fächerfische schossen heran wie dunkle Pfeile. Ihre Körper verfärbten sich, als sie die einzelnen Schwärme zusammentrieben wie Schäfer ihre Herde, um schließlich in rauschhafter Gier über sie herzufallen. Hellblaue Streifen leuchteten auf ihrer Haut, Flossensegel stellten sich auf, verwirrten die Fische und versetzten sie in Panik, die Christopher als unangenehme Schärfe aus dem Wasser herausschmeckte.

Während die Buckelwale ihren Hunger stillten, sahen er und seine Begleiter dem Spiel der Jäger zu. Es glich einem Tanz, einem Orkan aus schillernden Fischkörpern, der wie eine Einheit reagierte und mit verblüffender Präzision immer wieder neue Formen bildete. Die Jäger ließen sich durch dieses Verwirrspiel nicht täuschen. Wie Blitze zerschnitten sie die Schwärme, setzten ihre schwertartig verlängerten Oberkiefer als Keulen ein und schlugen Fische aus dem Verband heraus. Auch Christophers Magen knurrte. Seit Tagen hatte er nichts zu sich genommen, doch erst angesichts dieses Fressrauschs machte sich dieser Umstand als ziehende Leere bemerkbar. Vorsichtig näherte er sich den umherwirbelnden Tieren, die ihn nicht als Feind zu erkennen schienen, wartete, bis einer der Jäger zuschlug, und schnappte sich das vom Schwarm getrennte Opfer. Eine blitzschnelle Drehung mit der Hand, und der Kopf des Fisches sank taumelnd in die Tiefe. Genüsslich verspeiste Christopher seine Beute, während hungrige Blicke in seinem Nacken prickelten.

„Warum geht ihr nicht selbst jagen?“, fragte er seine Artgenossen. „Wie habt ihr euch sonst da unten ernährt?“

Die Antwort erhielt er als Bilder in seinem Kopf. Seegurken, Muscheln, Schnecken. Alles, was in der Tiefe lebte und langsam genug war. Wie entwürdigend. Seine Aufgabe würde noch schwieriger werden als gedacht. Als Hände bettelnd über seine Arme strichen, verdrehte er innerlich die Augen.

„Also gut. Dieses eine Mal. Aber tut mir den Gefallen und versucht es beim nächsten Schwarm selbst.“

Er tauchte in das Getümmel aus Jägern und Gejagten ein. Als eine Gruppe von acht Fischen von ihren Verfolgern abgedrängt und in seine Richtung getrieben wurde, packte er blitzartig zu, fing eines der Tiere und tötete es mit einer schnellen Drehung seiner Hand. Ein zweiter und dritter Fisch folgte dem Ersten binnen weniger Sekunden.

Dankbarkeit wehte durch seinen Kopf, als er zu seinen Artgenossen zurückkehrte, verbunden mit verletztem Stolz. Sie wussten, dass sie schwach waren, doch noch schienen sie nicht bereit zu sein, ihre Ketten aus eigener Kraft zu zerreißen.

Etwas Rohes, Ungezügeltes haftete ihnen an, als sie die Fische mit erschreckender Gier zerfetzten und verschlangen. Ein Verhalten, weit entfernt von der Erhabenheit, die er von seinesgleichen erwartet hatte. Hoffnung machte ihm nur der Mann mit den schwarzen Augen, der sich nach einigen Momenten stiller Beobachtung vom Gemetzel abwandte und seinerseits begann, sich im Jagen zu versuchen.

Mit überragendem Erfolg, wie sich bald herausstellte.

Schließlich, als jeder satt war und sie ihren Weg wieder aufnahmen, schoss einer der Fächerfische mit hoch aufgestelltem Segel und blendendem Körpermuster an Christopher vorbei. So nah, dass ihn die Luftblasen seines Kielwassers wie ein Vorhang umgaben. Es war ein stummer Gruß, eine kleine Ehrerbietung, zeigte ihm auf wunderbare Weise, dass man ihn als Teil dieser Welt ansah.

Auf dem Rücken der großen Strömung ließen sie sich durch den Ozean tragen. Tage kamen und gingen wie ein monotoner, zeitloser Fluss. Dachte er an Maya, schmerzte die Sehnsucht wie eine offene Wunde. Sicher war sie längst zu Hause und wartete auf ihn, gab sich einer Hoffnung hin, von der er nicht wusste, ob er sie erfüllen konnte. Selbst wenn alles gut ging, würde es Monate dauern, bis sie sich wiedersehen würden. Skye war wie ein winziges Körnchen in der Unendlichkeit der See, irgendwo am anderen der Welt, und er konnte sich nicht mehr in ein Flugzeug setzen, um den Erdball innerhalb weniger Stunden zu umfliegen.

Er betrachtete den Himmel über der Oberfläche, gab sich seinen Träumen und Erinnerungen hin und ließ sich vom Wal erzählen, was er in seinem langen Leben gesehen hatte. Manchmal schlief er für wenige Momente oder nutzte die Zeit, um dem Mann mit den schwarzen Augen Bilder aus der Menschenwelt zu zeigen. Oft wurden sie mit Angst beantwortet, und nie entbehrten sie einer gewissen Ungläubigkeit, doch sein neuer Freund schien bereit zu sein, mehr über das Leben an Land zu erfahren. Als das Interesse einer wachsenden Neugier wich und sie fast unaufhörlich Seite an Seite schwammen, gab Christopher seinem Gefährten den Namen Cal. Das Wort war mehrmals in seinen Gedanken aufgetaucht, vielleicht, weil es der Name eines lange vergangenen Lebens war.

„Menschenunsinn", beschwerte sich Cal, konnte jedoch nicht verbergen, das dieser Name etwas in ihm berührte. „Allem gebt ihr ein Wort. Dumm. Schrecklich dumm. Alles lebt und stirbt auch ohne Namen."

Er schimpfte vor sich hin, verwirrt von den Bildern, die Christopher ihm vermittelt hatte und ungläubig darüber, dass er nun einen Namen hatte, bis das zuvor lichtdurchflutete Meer unvermittelt dunkel wurde. Ein Sardellenschwarm zog über sie hinweg, so gewaltig, dass die ungeheure Masse aus Fischen den Ozean in Finsternis tauchte. Früher, vermittelte ihm Cal in seiner lautlosen Sprache, hatte es überall solche Schwärme gegeben, und es erschreckte ihn, dass sie bisher nur diesem einen begegnet waren.

Obwohl es ihm unangenehm war, holte Christopher jene Erinnerungen herauf, die er tief in seiner Seele vergraben hatte. Bilder aus seinem jahrelangen Kampf um das Wohl der Meere. Von ihm und seinen Mitstreitern belagerte Zusammenkünfte der Mächtigen, auf denen die Schätze dieser Welt gnadenlos verschachert wurden. Eine Bucht in Japan, rot gefärbt vom Blut Hunderter Delfine, die man in die Enge getrieben und mit Lanzen und Messern abgeschlachtet hatte. Trawler, prall gefüllte Theken, Fischmärkte in Asien, auf denen nahezu jede im Meer lebende Spezies angeboten wurde. Er vermittelte Cal seine ohnmächtige Wut, als er vor Jahren vergeblich versucht hatte, die Freigabe eines Schutzgebietes für die Fischerei zu verhindern, und er zeigte ihm, wie es ihm angesichts des Wal-Massakers auf den Färöer-Inseln nicht gelungen war, gegenüber den Schlächtern beherrscht zu agieren. Zwei Tage in einem Gefängnis waren die Folge der Prügelei gewesen. Er und seine Mitstreiter hatten sie klaglos abgesessen, ohne den leisesten Anflug von Reue, doch mit einem Gefühl tief gehender Resignation. Furchtbare Dinge geschahen überall und jederzeit, und nach dem Erlebnis auf den Färöer-Inseln war er von dem Gefühl übermannt worden, an all den Übeln, die diese Welt Tag und Nacht erfüllten, zusehends zu verzweifeln. Christopher verlor sich in Erinnerungen und begriff im Nachhinein, warum seine Eltern angesichts der Nachricht, dass man ihn inhaftiert hatte, derart aufgebracht gewesen waren. Es musste teuer und aufwendig gewesen sein, die Adoption zu ermöglichen und ihm eine falsche Identität zu beschaffen, doch ganz gleich, wie sorgfältig dieselbe ausgeklügelt gewesen sein mochte – einer intensiveren polizeilichen Überprüfung hätte sie vermutlich nicht standgehalten. In Gedanken daran befiel ihn ein solches Übermaß an Dankbarkeit und Liebe, dass es ihn schier zerreißen wollte.

Mitfühlend strich Cal mit einer Hand über seinen Rücken. „Warum hängst du so an ihnen?", fragte er. „Warum tut es dir so weh, ihre Welt hinter dir zu lassen? Sie sind grausam. Sie töten das Meer und sie wollten dich töten."

„Warum ich an ihnen hänge? Die Frau, die du in meinen Gedanken gesehen hast, würde genauso wie ich oder meine menschliche Schwester ihr Leben für das Meer geben. Meine Eltern opferten sich für mich auf, obwohl sie wussten, dass ich nicht ihrer Welt angehöre. Sie waren immer für mich da, in jeder Hinsicht. Deswegen hänge ich an ihnen."

„Warum spüre ich dann soviel Angst dort oben?" Cals Blick war von sanftem Ernst. „Wenn ich auf Gefühle aus eurer Welt höre, ist da nur Gewirbel. Kein Ziel, keine Ordnung. Nur Angst und Wut."

Christopher dachte lange über eine Antwort nach. Um seinem Freund sämtliche Zusammenhänge zu erklären, fehlten ihm die Worte und der Wille. Mehr schlecht als recht versuchte er, das Problem grob zu umreißen: „An Land halten Wenige die Macht in der Hand, und meistens sind es Dummköpfe, die nur eins im Kopf haben. Noch mehr Macht. Dafür gehen sie über Leichen. Viele Menschen haben mit mir gegen das gekämpft, was ich dir gezeigt habe. Aber wir waren nicht stark genug."

„Wenige herrschen über viele gegen ihren Willen? Wie geht das?"

„Mit Angst", antwortete er. „Mit Lügen und falschen Versprechungen. Es ist schwer zu erklären."

Cal warf ihm einen unergründlichen Blick zu und schwamm weiter, dachte nach über das, was ihm gesagt und gezeigt worden war.

„Würdest du mich verstehen", fragte Christopher nach einer Weile, „wenn ich laut mit dir sprechen würde?"

„Du meinst wie Menschen? Grunzend und stöhnend?"

„Ja."

„Ich würde dich nicht verstehen."

„Und warum tust du es gerade?"

Cal warf ihm einen argwöhnischen Blick zu, als könnte er nicht glauben, dass man ihm eine solche Frage stellte. „Weil du in der Sprache des Meeres redest."

„Aber ich habe sie nie gelernt."

Jetzt erntete er ein ungläubiges Seufzen. „Du wurdest mit dem Wissen geboren. So wie Tiere von Geburt an Dinge wissen, die zu ihrem Leben gehören. Es geschieht von selbst, wenn du deine Gedanken mit mir teilst. So, wie du von allein atmest. Soviel Mensch ist noch in dir. Ihr tut seltsame Dinge. Dumme Dinge. Warum? Das gefällt mir nicht."

„Damit musst du leben." Die Sticheleien über seine menschliche Seite stimmten ihn langsam ärgerlich. „Ich bin erst seit ein paar Tagen hier bei euch. Ihr könnt nicht erwarten, dass ich mein früheres Leben einfach so vergesse. Du wirst es nicht glauben, aber manche der dummen Dinge, wie du sie nennst, tat ich gerne. Hast du schon mal Schokolade gegessen? Kennst du Musik, Pfefferminztoffees, Flanellbettwäsche und heiße Duschen? Hast du dir schon mal in der Altstadt von Edinburgh die Nacht um die Ohren geschlagen oder eine Frau, die du über alles liebst, im Regen auf dem Balkon eines Hotels geliebt?"

Cal starrte ihn verwirrt an. „Schlechte Gedanken in meinem Kopf", murmelte er reuevoll. „Es tut mir leid. Du musst wie wir alle nur lernen. Aber das, was ich in deinem Kopf sehe, ist so … " er schien nach einem unverfänglichen Wort zu suchen, „seltsam, wie ihr sagen würdet? Viele deiner Worte kenne ich nicht. Ich sehe die Bilder dazu, aber …"

„Schon gut." Cals Hilfe suchender Blick ging ihm in seiner Intensität durch Mark und Bein. „Besser, ich lerne eure Welt kennen, als du meine. Könnten Menschen unsere Gedanken verstehen?"

„Nein." Sein Freund schien nicht sicher zu sein. „Wenigstens gab es nie einen Menschen, der unsere Sprache verstanden hat."

„Und hat niemand von euch je einen Menschen geliebt?"

Lange dachte Cal darüber nach. Und als er schließlich antwortete, verrieten die ins Wasser strömenden Gefühle, dass er seinen eigenen Worten nicht glaubte. „Nein, niemals."

„Warum fühlst du dann Trauer?"

„Manche von uns haben in ihrem Leben als Mensch geliebt." Er schien die Fähigkeit, Gefühle wittern zu können, insgeheim zu verfluchen. „Aber entscheiden wir uns für das Meer, erlöschen diese Gefühle. Keine sterbliche Liebe hält dem Ruf unserer wahren Natur stand. Niemals. Land und Wasser bleiben immer unter sich."

„Glaubst du wirklich, dass es so einfach ist?"

Christopher spürte eine Vielzahl an Widersprüchen, die in seinem Freund um die Vorherrschaft kämpften, und plötzlich wurde ihm bewusst, wie ähnlich sie sich wirklich waren. Dieses Wesen war so, wie er eines Tages sein würde. Gequält von Erinnerungen, die ihn für immer in zwei Hälften rissen.

„Nein", antwortete Cal schließlich. „Ist es nicht."

Viele Tage folgten sie dem Strom, bis er sie eines sonnigen Nachmittages an einem

Unterwasserberg vorbeiführte. Über ihnen zog ein Schwarm Hammerhaie vorbei, wie schwarze Geister vor der lichtglänzenden Oberfläche, doch von ihnen drohte keine Gefahr. Sie waren satt gefressen und verschwanden geruhsam in der Ferne, ohne ihnen Beachtung zu schenken.

Steile Felshänge leiteten die Tiefseeströmungen nach oben und brachten in der sonst leeren Hochsee einen Überfluss an Nahrung hervor, die Lebewesen aller Arten anlockte. Doch die großen Jäger kamen nicht nur, um zu fressen. Zwischen den Felsen und Korallenbänken wimmelte es vor kleinen, bunten Fischen, die nur darauf warteten, ihre von Parasiten geplagte Kundschaft blank zu putzen. Ein Dienst, den sich auch die Buckelwale nicht entgehen lassen wollten, auch wenn die Putzerfische bei Weitem zu klein waren, um sie befriedigen zu können. Schnaufend durchbrachen die Tiere die Oberfläche und legten sich auf die Seite, woraufhin Dutzende der auf den Felsen nistenden Möwen angepaddelt kamen und mit ihren Schnäbeln die dicke Walhaut bearbeiteten.

„Komm“, sagte Cal in seinem Kopf. „Ich will dir etwas zeigen.“

Während ihre Artgenossen es vorzogen, in einer Höhle Unterschlupf zu suchen und dort auszuruhen, folgte Christopher seinem neuen Freund hinaus in die Landschaft aus korallenbewachsenen Felsen. Es war herrlich, durch bunt blühende, lichterfüllte Schluchten zu tauchen, in denen das Leben einen rauschhaften Höhepunkt fand. Rochen scharten sich um sie, zutraulich wie Katzen an Land, umfächelten sie mit ihren flügelartigen Flossen und knabberten an ihrer Haut. Was Christopher anfangs entzückte, wurde bald lästig. Cal brach mithilfe seiner krallenartig verlängerten Fingernägel ein paar Muscheln auf und fütterte die Tiere mit deren Fleisch, was zur Folge hatte, dass deren Zutraulichkeit noch hartnäckiger wurde. Umgeben von einem ganzen Schwarm aus bettelnden Rochen schwammen sie weiter und glitten über eine Landschaft aus seltsam geformten Felsen hinweg, die sich wie Säulen zur Oberfläche streckten.

Erinnerungen formten sich in seinem Geist. Bilder eines prächtigen Inselstaates mit Palästen, Gärten und Palmen im Wind. Er sah exotische Tempel, dunkelhäutige Menschen mit Blumen im Haar und bunte Vögel in einem wild wuchernden Dschungel. Nie gab es Hunger, denn die Netze der Fischer waren stets gut gefüllt. Nie gab es Elend und Krankheit, denn der Schutz des Meeres lag über jedem Mann und jeder Frau. Muscheln und Edelsteine verarbeitete man zu wunderschönen Schmuckstücken und legte sie an den Strand.

Opfergaben für die Götter des Meeres.

Waren Menschen zu alt geworden, um leben zu wollen, gingen sie furchtlos in das Meer und überantworteten ihre Seele der Tiefe. Lächelnd nahmen sie den Tod entgegen, gehalten von den Armen der Wesen, die sie verehrten, und wurden sanft in die andere Welt hinübergetragen.

In seiner Erinnerung sah er eine Zeit des Friedens, eine Epoche der Gemeinsamkeit zwischen Land und Meer. Doch dann geschah etwas. Eine Gruppe junger, übermütiger Männer überraschte am Strand ein Mädchen und trieb es in die Enge. Wunderschön war sie, mit blasser, silbriger Haut und langem Indigohaar. Im Schatten der Bäume taten sie ihr furchtbare Dinge an, lachten über ihren Schmerz und ließen sie halb tot im Sand zurück. Schäumend vor Wut brachten ihre Artgenossen sie in das Meer zurück, und als das Mädchen in Sicherheit war, entlud sich der Zorn der See ungehemmt über die Insel, deren Bewohner das Gesetz des Friedens so schändlich gebrochen hatten.

Der Himmel über den Palästen wurde schwarz. Erdbeben erschütterten das Land, zerfetzten es und zwangen es in die Knie. Ein gewaltiger Sturm schob eine Welle vor sich her, so hoch, dass sie die Insel überspülte und alles, was die Erdbeben übrig gelassen hatten, ins Meer riss. Paläste und Tempel lagen nun am Grund der See, überwuchert und abgetragen vom Mahlstrom der Jahrtausende.

Christopher sah sie vor sich. Die prächtige Stadt unter ihrer dicken Schicht aus Korallen und Schwämmen. Die Säulen mit ihren hineingemeißelten, runden Gesichtern, die lächelnd von alten Zeiten erzählten. Gärten und Wege, Prachtstraßen und weitläufige Plätze, auf denen sich keine Menschen mehr versammelten, sondern Schwärme tropischer Fische. So schnell diese Vision gekommen war, verschwand sie wieder, und als er erneut hinsah, waren da nur noch uralte Ruinen, bis zur Unkenntlichkeit verschlungen und erobert vom Meer.

„Du warst dabei, als das geschah?“ fragte er Cal. „Das waren deine Erinnerungen?“

„Ja“, war seine bittere Antwort. „Ich war noch jung, als es geschah. Ich sah die Insel auf meiner ersten Reise, und ich sah, wie sie unterging.“

„Was ist mit dem Mädchen geschehen?“

„Sie war nur noch das, was du einen Schatten nennst. So jung wie ich, noch nicht stark genug, um es zu überstehen. Wir konnten nur ihren Körper heilen, nicht ihre Seele. Lange ist es her, dass sie gegangen ist. Das Riff wuchs auf den einst heiligen Stätten der Menschen, weil sie Frieden nie lange halten. Frieden ist nichts für sie. Sie müssen kämpfen, erobern und Schätze sammeln.“

Christopher wusste nichts darauf zu antworten, denn blickte man in die Geschichte zurück, erkannte man in den Worten eine unleugbare Wahrheit.

„Woher kommst du?“, fragte er Cal. „Die Bilder deiner Heimat erinnern mich an meine Insel.“

„Aus dem Norden“, sagte er. „Ich weiß kaum etwas davon. Wir fuhren auf Schiffen mit roten Segeln und trugen silbernen Schmuck. Viel habe ich von diesem Leben vergessen, in der Zeit, als alles dunkel und leer war.“ Cals Blick wurde plötzlich schwermütig. „Ich will mehr sehen. Mehr Erinnerungen. Sie sind wie Träume, die ich vergessen habe. Aber ich weiß, dass sie schön waren.“

Abrupt schwamm er mit einer Gruppe Rochen in seinem Kielwasser davon. Im Wasser lag der bittere Geschmack von Trauer, ein Gefühl, das ihn eine tiefe Verbindung zu seinem Freund spüren ließ. Christopher sah sich um. Einige der Felsen ragten über das Wasser hinaus und boten Platz, um sich auszuruhen, also nutzte er die Zeit für einen Rückzug. Luft füllte seine vernachlässigten Lungen, Sonnenwärme streichelte seine Haut, so warm und schwer, dass es ihm nicht lange gelang, die Augen offen zu halten. Mühsam war es, seinen Körper dazu zu bewegen, wieder menschlich zu werden, doch es gelang. Ungläubig betrachtete er seine Beine, die ihm jetzt, hier draußen auf hoher See und nach vielen Tagen in seiner natürlichen Gestalt, fremd vorkamen. Er zog sie an seinen Körper, legte die Arme darum und sank mit dem Rücken gegen den sonnenwarmen Stein. Weit und breit war nichts zu sehen. Kein Boot, kein Schiff, keine ferne Küste.

Als er dem Sog der Müdigkeit nachgab, sah er wieder Maya vor sich. Ihr Gesicht im Regen, damals auf dem Balkon des Hotels. Ihr Lächeln, als sie ihn in ihre Kabine gezerrt hatte, um ihm ihre Ergebnisse darzulegen. Er spürte die Berührungen ihrer Hände und den Geschmack ihrer Lippen. Hätte sie nur bei ihm sein können. Wären die Grenzen zwischen ihren Welten doch nur überwindbar …

Angesichts der uralten Ruinen, die vergessen unter dem Spiegel des Meeres lagen, wurde ihm bewusst, wie verschwindend kurz ein menschliches Leben war. Kaum mehr als ein flüchtiger Moment des Lichts und der Wärme. Frustriert schüttelte Christopher die Müdigkeit ab und glitt zurück ins Wasser. Er musste weiter. Er musste seine Aufgabe erfüllen und zurückkehren, so bald wie möglich. Ganz gleich, was es für ihn bedeutete.

Mondschein versilberte das Meer. Eine Weile ruhten sie aus und beobachteten, wie opaleszierende Kalmare aus der Tiefe aufstiegen, gefolgt von winzigen durchsichtigen Wesen. In allen Farben des Regenbogens flirrten sie zu Tausenden, verließen die ewige Finsternis am Meeresgrund und kamen zum Fressen an die Oberfläche.

„Schwimmt weiter“, sagte er zu Cal. „Ich hole euch ein.“

Ohne sich um die vielstimmigen Beschwerden seiner Artgenossen zu kümmern, tauchte er in die Tiefe, um noch einmal allein zu sein. Er driftete abwärts, bis die Masse des Wassers seinen Körper zusammengepresste. Entschlossen, einmal den Boden der wahren Tiefsee zu sehen, schwamm er ungeachtet dessen weiter, ganz langsam, bis sein Herz so träge schlug wie das einer Meeresschildkröte. Die Erinnerungen an sein verlorenes Leben waren hier unten so nah. So tröstend deutlich und klar. Je tiefer er schwamm, umso ruhiger wurde es in seinen Gedanken. Fast war es, als wurde er in die Tiefen seiner eigenen Seele eindringen.

Bald sah er nichts mehr außer Schwärze. Jetzt war er so tief, dass keinerlei Restlicht mehr vorhanden war und selbst seine an die Dunkelheit angepassten Augen versagten. Um ihn herum herrschte nichts als Finsternis, doch noch immer hatte er die Grenzen seines Körpers nicht ausgelotet. Sein Metabolismus veränderte sich spürbar, passte sich dem Druck an und glich ihn auf wundersame Weise aus. Er sank weiter hinab, glaubte bereits den Grund unter sich zu erahnen, doch dann spürte er etwas. Etwas Ungeheuerliches.

Ein Geschöpf schwamm unter ihm in der Dunkelheit. Riesig in seinen Ausmaßen und angefüllt mit uralten Erinnerungen, die zu fremdartig waren, um sie zu begreifen. Das gigantische Tier wirbelte eine Strömung auf, die ihn fast mit sich gerissen hätte. Furcht und Ehrfurcht rangen miteinander. Es machte keinen Sinn, unauffällig sein zu wollen, denn das Wesen wusste längst, dass er hier war. Friedlich zog es nach kurzem Innehalten weiter, in seinem gesamten Sein jenseits aller Vorstellungskraft, und verschwand in der Weite der Tiefsee.

Als Christopher zurückkehrte, empfingen ihn besorgte Gesichter. Er erzählte von seiner Begegnung, doch niemand konnte ihm eine befriedigende Antwort geben. Ja, sie kannten dieses Wesen, doch keiner hatte es je gesehen oder seine Gedanken begriffen. Es war eines der großen Rätsel der Tiefe. Ein Relikt der absoluten Finsternis, das nicht enthüllt werden wollte.

Sie nahmen ihre Wanderung wieder auf, und mit jedem verstreichenden Tag erschien ihm die Weite des Pazifiks endloser. Immer, wenn Christopher sich an den Wal schmiegte und ausruhte, kreisten seine Gedanken um Maya und Jeanne. Wie fern ihm sein altes Leben erschien. Wie absurd der Gedanke, dass er jemals Vorlesungen in einer Universität gehalten und in Anzug und Krawatte vor Menschenmassen aufgetreten war.

Er vermisste Maya so sehr. Ihre Stimme, ihre Nähe, ihre Reaktionen auf das, was er tat oder sagte. Sobald sie die Phoenixatolle erreicht hatten, musste er zurückkehren. Maya und Jeanne brauchten ihn, und er brauchte sie. Cal war inzwischen stark genug, um seine Position einzunehmen, wenigstens solange, bis er gemeinsam mit den Menschen, die er liebte, wieder zurückkehren konnte.

Das Sonar eines Fischtrawlers zerschnitt die stille See und riss ihn aus seinen Gedanken. Weit vor sich, glänzend im Mondschein, wirbelte ein Sardellenschwarm durch das Indigoblau der nächtlichen See. Angsterfüllt tauchten seine Artgenossen ab und hinterließen einen blassen Eindruck von Hass, während Cal an seiner Seite blieb und mit ihm beobachtete, was geschah. Die Tiere kamen panisch auf sie zu, verfolgt von Geräuschen, die in den Meeren längst alltäglich geworden waren.

Grelle Lichter eines Schiffes tanzten durch das Wasser, doch sie beleuchteten nicht das gigantische, für die Sardellen unsichtbare Netz. Die tödliche Falle schnappte zu, ohne dass sie es bemerkten. Christopher spürte die Panik der Tiere in sich widerhallen, als wäre es seine eigene. Alles hing im Meer zusammen, alles war eins. Das Wasser vereinte jedes Geschöpf, das in ihm existierte, zu einem lebendigen, einheitlichen Ganzen, dessen Existenz auf einem perfekt abgestimmten Kreislauf beruhte. Dass diese Einheit kurz davor war, zerstört zu werden, war spürbarer denn je. Einst hatte das Meer gewimmelt vor Leben und sein Reichtum war unerschöpflich gewesen. Das zeigten ihm Cals wunderbare Erinnerungen. Doch die gewaltigen Schwärme und die unzähligen Wale waren verschwunden. Das Blut der Erde siechte dahin, und mit jedem Tag wurde es kränker.

Hass stieg in ihm auf, heiß und sengend wie an jenem Tag, da er die Welle heraufbeschworen hatte. Mit wildem Zorn durchstieß er die Oberfläche und sah zum Schiff hinüber, das in all seiner hell strahlenden, lärmenden Hässlichkeit auf dem Wasser trieb. So schwer war das Netz, dass der Kran sich beim Einholen ächzend durchbog.

„Hol dir zurück, was man dir genommen hat." Christopher streckte die Arme aus, sodass seine Handflächen die Oberfläche des Wassers berührten. „Zeige ihnen, dass sie dich niemals beherrschen können."

Das Wogen der Wellen durchfloss seinen Körper, das Atmen des Ozeans wurde zu seinem Atem. Eine winzige Regung vermochte sich im Kreislauf der Strömungen in die vernichtende Gewalt eines Sturmes verwandeln und in Wellen, hoch genug, selbst dieses Schiff zu verschlingen. Doch diesmal würde er es zu kontrollieren wissen.

Die Spannung in der Luft und im Wasser wuchs. Sterne wurden von Finsternis verschluckt. Er vereinte seine Wut mit der Kraft der Elemente. Wellen türmten sich auf, höher und höher. Der Atem des Windes wurde zu einem fauchenden Sturm. Hilflos tanzte das Schiff auf der wogenden Dünung, Kran und Winden kreischten, bis das Metall der Belastung nicht mehr standhielt und brach. Das Netz klatschte zurück in das Wasser, der Trawler ergriff mit voller Kraft die Flucht. Verletzlich wie eine Nussschale trieb er auf den haushohen Wellen und verschwand in der Dunkelheit der Nacht.

Gemeinsam mit Cal schwamm er zu dem in die Tiefe sinkenden Netz. Der in Panik aufgelöste Schwarm ballte sich eng zusammen, viele Tiere waren längst von ihren Artgenossen zerquetscht worden. Als er das Geflecht am oberen Ende aufzog und es öffnete, huschten nur wenige Tiere zurück in die Freiheit. Zusammengedrängt zu einer kleinen Wolke drehten sie dicht unter der Oberfläche ihre Runden, derart orientierungslos und verwirrt von dem, was ihnen geschehen war, dass Christopher sich ganz elend vor Mitleid fühlte.

Schon schoss eine Gruppe Marline heran, angelockt vom Geruch nach Angst und Blut, doch diesmal würde er den Jägern ihre Beute verwehren. Den kleinen Schwarm vor ihren Angriffen abschirmend, verwies er sie an die unter ihm treibende Wolke aus toten und sterbenden Fischen. Dankbar machten sich die Marline über diese leichte Beute her. Das Spiel aus Leben und Tod fand einen kurzen, ekstatischen Höhepunkt, und als die Hektik nach kurzen Momenten verebbte, legte das Meer wieder seine Maske aus trügerischem Frieden an. Der kleine Schwarm glitt unbehelligt hinaus in die See, fand eine schillernde Wolke aus Artgenossen und vereinte sich mit ihr, um seine Reise mit den Strömungen fortzusetzen.

Während der langen Zeit der Reise gab es Momente, in denen die Welt, aus der er kam, völlig aus seinen Gedanken verschwand. Wenn er am Grund des Meeres lag, Seite an Seite mit seinen Gefährten in der Dunkelheit dahindämmerte, dem sanften Klang ihrer Erinnerungen und Gedanken lauschte, fühlte er sich nahtlos eingefügt in seine Heimat. Strebte er am Morgen im Halbschlaf an die Oberfläche, tauchte aus den Wellen auf und ließ sich unter einem weiten Himmel von den ersten Sonnenstrahlen wecken, fühlte er sich schwerelos und frei.

Sie jagten und schliefen gemeinsam, rasteten an unterseeischen Bergen und Riffen, sonnten sich auf Sandbänken und sahen ferne Inseln an sich vorbeiziehen. Seine wahre Natur ergriff mit jedem Tag mehr von ihm Besitz, und Mayas Bild, so sehr er es auch festzuhalten versuchte, verblasste wie Meeresschaum, der in der Wärme der Sonne zerschmolz.

Vielleicht wäre es ganz aus seinem Kopf verschwunden, getilgt von der besitzergreifenden Wildheit des Meeres, doch eines Morgens, als Christopher auftauchte und nur mühsam die Erinnerung an sein altes Leben wachzurufen vermochte, lag das Ziel ihrer Reise vor ihm am Horizont. Die Atolle der Phoenixinseln.

Sie erschienen ihm wie eine Vision. Kaum mehr als ein grünlicher Schatten, umkränzt von den ersten Sonnenstrahlen. Über ihm flogen Seeschwalben, blickten neugierig zu ihnen hinab. Der Duft nach Erde, Früchten und Bäumen schwängerte die Luft.

Die Inseln waren echt. Er hatte sein Ziel erreicht.

Während sich seine Artgenossen übermütig in den farbenfrohen Taumel des Lebens stürzten, ihre neu gewonnene Kraft auskosteten und zwischen Korallenbänken umherhuschten, blieben Cal und er in schweigendem Staunen verbunden zurück. In unmittelbarer Nähe befand sich eine schmale Sandbank. Ihm war danach, Sonne und Wind auf seiner Haut zu spüren, also gab er seinem Freund ein Zeichen und hielt darauf zu.

Es war eine Ehrerbietung, die Christopher zu schätzen wusste, als Cal das Wasser aus seiner Lunge hustete und Luft zu atmen begann – seit langer Zeit das erste Mal, wie er ihm beiläufig mitteilte. Eine Weile sah er sich schweigend um, betrachtete die von Riffen umgebenen drei Inseln. Wie grüne Edelsteine sahen sie aus, eingefasst von weißem Sand.

„Du wirst gehen", sagte Cal. Er beobachtete mit großen Augen, wie Christopher seine menschliche Gestalt annahm und sich in der Sonne ausstreckte. „Du willst zurück zu deiner Gefährtin."

„Ja." Es ergab keinen Sinn, über Beschwichtigungen nachzudenken. Die Erinnerung an eine Welt voller Lügen und Missverständnisse war blasser denn je, und für einen Moment zweifelte Christopher, ob es wirklich gut war, zurückzukehren. Er zweifelte sogar daran, dass er es wollte. Was war nur los mit ihm?

„Aber ich komme zurück", versprach er Cal. „Bis dahin musst du meinen Platz einnehmen und über sie wachen."

Erst jetzt bemerkte er, wie farbenfroh der Körper seines Freundes war. All die Farbtöne, die das Wasser verschluckte, schillerten nun in der Sonne. Dunkle, netzartige Muster überzogen die Rückenlinie eines Fischleibes, der je nach Lichteinfall in vielfältigen Blautönen opaleszierte. Aquamarinfarben leuchtete die Haut seines Menschenkörpers, petrolgrün und kobaltblau seine Schuppen. Cals Wangen, Hals, Brust und Arme verzierten zarte Streifen, doch nicht silbrig, sondern von blassem Indigo. Jetzt, da er wieder zu Kräften gekommen war, zeigte er die ganze Pracht eines fleischgewordenen Mythos mit dem Gesicht eines Kriegers aus alten Zeiten. Scharf geschnitten, würdevoll und stolz.

„Ich schwöre es beim Salz der See." Cal zeigte ein betrübtes Lächeln. „Aber du musst mir versprechen, dass wir dich wiedersehen. Der Weg ist weit und gefährlich. Lieber wäre mir, ich könnte dich begleiten."

„Du musst hierbleiben", widersprach Christopher. „Du hast meine Erinnerungen und Gedanken geteilt. Du weißt, was ich weiß, und sie brauchen dich. Ich schwöre dir, dass ich zurückkehre."

„Du wirst es nicht allein tun."

„Ich werde jemanden mitbringen. Menschen, die euer Geheimnis kennen und euch niemals verraten würden. Vertraut mir."

Er spürte Cals Argwohn, doch sein Freund beließ es bei höflichem Schweigen. Eine

Weile lagen sie Seite an Seite, halb im Wasser, halb auf dem Sand, ließen den warmen Wind über ihre Haut streicheln und gaben sich ihren Gedanken hin, bis Cal lautlos zurück in das Wasser glitt. Er verabschiedete sich nicht, doch Christopher spürte seine Dankbarkeit und Zuneigung wie einen warmen Hauch in seiner Seele. Es fühlte sich merkwürdig an, seine Aufgabe erfüllt zu haben und nun tun zu können, wonach ihm der Sinn stand.

Er wollte Maya und Jeanne wiedersehen, auch wenn die Erinnerung an seine Heimat erschreckende Blässe zeigte. Er hielt das Gesicht in die Sonne, schloss die Augen und dachte an die Frau, die er liebte. Ihm war, als läge ihre letzte Berührung Jahrhunderte zurück. Seine Hand war zärtlich über ihr Bein gestrichen, weil er mehr Nähe nicht ertragen hätte. Ausgebleichte Bilder und Gefühle gewannen an Farbe, zurückgedrängte Sehnsucht kehrte zurück. Fast glaubte er, Mayas Duft läge ihm in der Nase. Er erinnerte sich an den Strand mit der Fischerhütte und an sein Zimmer im Dachgeschoss. An die Häuser des Dorfes und den rauschenden Strandhafer. Er dachte an Jeannes Stimme, an Mayas warmen Körper und merkwürdigerweise auch den Kamin in der Küche.

Die Sehnsucht überfiel ihn mit aller Heftigkeit.

Christopher sprang auf, hechtete in eine Welle und verwandelte sich noch im Sprung. Niemals war er schneller geschwommen. Während der Wanderung war sein Körper um vieles kräftiger geworden, sodass er einen Tag und eine Nacht lang schwamm und erst im Morgengrauen Erschöpfung verspürte. Er widerstand ihr, bis sein Körper rigoros sein Recht einforderte, fing mit letzter Kraft ein paar Fische und ließ sich im freien Wasser treiben, bis seine Energien wieder aufgefüllt waren. Die gespeicherten Informationen erlaubten eine tadellose Orientierung. In umgekehrter Reihenfolge bewältigte er die ihm nun vertrauten Strömungen und Strudel, die kalten und warmen Bereiche, Magnetlinienflüsse und unterseeischen Gebirgszüge.

Während der Tage und Nächte, die ihn entlang der Küste Chiles nach Süden führten, gesellte sich eine Gruppe wunderschön gefärbter Schwarzdelfine zu ihm. Für beide Seiten stellte es eine willkommene Partnerschaft dar. Die verspielten Tiere empfanden es als pures Vergnügen, ihn abwechselnd zu tragen und Gedanken und Erinnerungen auszutauschen, und er kam dank ihrer Hilfe weit schneller voran, als es ihm aus eigener Kraft je möglich gewesen wäre. Erst, als die Gewässer zu kalt und rau für die Delfine wurden, machten sie kehrt und überließen einer Schule Grindwale ihren Platz. Nur selten gönnte er sich Ruhe oder gar Schlaf, schwamm Seite an Seite mit seinen Begleitern von Sonnenaufgang bis Sonnenuntergang und oft die gesamte Nacht hindurch. Seine Kräfte schienen im Laufe der Zeit nicht ab-, sondern zuzunehmen.

Bis er das Meer vor Feuerland erreichte.

Raue, baumlose Inseln duckten sich unter den Schneestürmen in das düstere Wasser. Eiskristalle schnitten in seine Haut, wenn er auftauchte, Nordlichter erhellten mit gespenstisch grünem Schein die eisigen Nächte. Feuerland war das Sinnbild eines zornigen, ungezähmten Endes der Welt, doch auch hier hatte der Mensch Fuß gefasst. Erleuchtete Dörfer und kleine Städtchen durchdrangen wie Refugien des Lebens das Dunkel des Tages und die Finsternis der Nacht. Sie erinnerten ihn daran, wie das Land zu seinem Namen gekommen war. Freundlich musste Ferdinand Magellan das Licht der zahllosen, allnächtlich von den Ureinwohnern angezündeten Lagerfeuer erschienen sein, als er im Jahre 1520 mit seinen Schiffen an den Inseln vorbeigesegelt war. Wie das sprichwörtliche Licht der Hoffnung.

Ihn aber schreckte jedes Zeichen menschlicher Nähe ab.

Unerfreut über die Kälte und die wilden Strömungen verabschiedeten sich die Grindwale und kehrten in die Gewässer des Nordens zurück. Vor Christopher aber lag die Drake-Passage, das raueste Meeresgebiet der Welt. Unter ihm in der schwarzen Tiefe vermoderten die Gerippe zahlloser Schiffe. Das Wasser war mit Schmerz und Verzweiflung angereichert, Echos verlorener Seelen, die hier im Laufe der Jahrhunderte ihren kalten Tod gefunden hatten.

Er erlaubte sich keinen Gedanken der Angst oder des Zweifels, sondern schwamm weiter, bis er einen Strom fand, der ihn in Richtung der aufgehenden Sonne trug. Schnell ließen ihn die wilden Wasser vorankommen, doch hier, nahe den antarktischen Gewässern, setzte selbst ihm die Kälte zu. Mit jedem Tag und jeder Nacht saugte sie ihm mehr seiner Kraft aus. Orkane fegten über das Meer hinweg, Stürme von einer solchen Wucht, dass sie die Welt in ihren Grundfesten auseinanderzureißen schienen. Bis in die Tiefe aufgewühltes Wasser brüllte, tobte und fauchte, warf ihn mit seinen unberechenbaren Wirbeln weit zurück oder drängte ihn gegen die Klippen der Küste, sodass ihm manchmal nichts anderes übrig blieb, als sich in eine geschützte Bucht zu retten und zu warten, bis die Stürme ihre größte Wut hinausgespien hatten. Es war unmöglich, diese Elemente zu beherrschen. Sie waren zu wild und gewaltig, und seine geschwächte Macht reichte nicht aus, um ihren Zorn zu besänftigen.

Erneut entglitten ihm die Erinnerungen. Wie eine verletzliche Glaskugel schienen sie in der Tiefe seines Seelenmeeres zu versinken. Er fühlte sich kalt. Wie versteinert. Erfüllt von der Wildheit der See, die keinen Gedanken an Wärme und Sterblichkeit zuließ.

Eines Abends, als er glaubte, nie wieder die Kraft zu finden, um weiterzuschwimmen, schlief er auf einem Felsen so tief ein, dass er erst am Mittag des nächsten Tages erwachte. Und das auch nur, weil die Steine des Kieselstrandes, an dem er Zuflucht gesucht hatte, unter zaghaften Schritten klackerten. Benommen vom Schlaf fuhr er hoch. Ein Mann stand nur wenige Meter entfernt, seine Arme schützend um die Schultern eines Mädchens und eines Jungens gelegt.

Alle drei starrten ihn aus großen Augen an.

Ihre Nähe war wie eine Illusion. Ein Trugbild aus einem längst vergangenen Leben. Es tat weh, die Menschen anzusehen, denn sie führten ihm etwas vor Augen, das er gerne verdrängt hätte. So fest er die Erinnerung an Maya und Jeanne auch gehalten hatte, so oft er in ihre gemeinsame Zeit zurückgereist war, um seine menschliche Seite nicht völlig zu verlieren – es lagen Welten zwischen dem neuen und dem alten Leben, die unmöglich zu überwinden waren.

Plötzlich sprang das Mädchen unerwartet schnell auf ihn zu.

„Caro!“, zischte der Mann und griff nach seiner Tochter, doch die entwischte seiner zupackenden Hand mit der Flinkheit einer Sardelle. Der Pferdeschwanz des Mädchens schimmerte weißblond, viel heller als Jeannes Haar. Auch war sie jünger und fülliger, mit braunen Augen und farbloser Haut. Ebenso rau und kühl wie das Land, auf dem sie lebte. Und doch erinnerte sie ihn so sehr an seine Schwester, dass eine heiße Klinge das Eis seiner Seele zu durchdringen schien.

Das Mädchen watete furchtlos durch das Wasser auf ihn zu und streckte ihm die Hand entgegen. Er berührte sie, umfing sie vorsichtig und spürte, dass sie echt war. Die Wärme der Menschenhaut riss den Schleier von seinen Erinnerungen und zeigte ihm in aller Deutlichkeit, was er verloren hatte. Was er wirklich wollte und wonach er sich verzehrte.

Die Erkenntnis ließ ihn zurückzucken. Er ließ sich in das Wasser gleiten und hörte, während er seinen Weg wieder aufnahm, das Lachen und Rufen des Mädchens. Von nun an war er ein Teil ihres Lebens. Vielleicht würde sie Kinder bekommen und ihnen von ihrer magischen Begegnung erzählen. Ein schöner Gedanke.

Fünfzig Seemeilen vor der Küste Argentiniens

Der gewaltige Pottwalbulle begleitete ihn auf seinem Weg nach Norden. Ringförmige Narben bedeckten seine Haut, Zeichen titanischer Kämpfe gegen Riesenkalmare in der Finsternis der Tiefsee. Uralt war das Tier und hatte alle Meere dieser Welt bereist, von den Tropen bis zur Antarktis, von Neuseeland bis Alaska. Seine Erinnerungen vertrieben Christopher die Zeit, ließen Tage wie Minuten vergehen und gaben dem Bild des Ozeans, das in seinem Kopf herangewachsen war, den letzten Feinschliff.

Nach und nach erwärmte sich das Wasser. Manchmal tauchte der Wal ab, um zu jagen, blieb eine Weile in der Tiefe und kehrte gesättigt zurück, manchmal mit tiefen Wunden versehrt, die ihm die Schnäbel und hakenbesetzten Saugnäpfe der Kalmare beigebracht hatten. Je weiter sie nach Norden kamen, umso belebter und lauter wurde das Wasser. Immer häufiger hörte er den Lärm großer Städte, immer mehr Schiffe kreuzten ihren Weg. Eines Abends zog eine Segelboot-Armada über sie hinweg, und in der Nacht darauf wurden sie, kaum dass sie in einen oberflächlichen Halbschlaf gefallen waren, von der lauten Musik eines Kreuzfahrtschiffes aufgeschreckt. Christopher wagte es, in der Nähe des schwimmenden Palastes aufzutauchen. Er betrachtete die sich im Wasser widerspiegelnden Lichterketten und die auf Deck umherwandernden Menschen, forschte nach den Erinnerungen, die der Anblick des Schiffes angestoßen hatte. Vor langer Zeit war auch er auf solch einem Gefährt gereist. An Norwegens Küste entlang bis zum Nordkap, gemeinsam mit Martha, Robert und Jeanne. Ihre letzte gemeinsame Reise.

Mit einem schmerzenden Kloß im Hals tauchte er ab und nahm seine Wanderung wieder auf, getröstet von der Nähe seines majestätischen Gefährten. Viele Tage blieben sie zusammen, bis dem Wal der Geschmack des Wassers zu bitter wurde und er sich von ihm trennte, um in Richtung der Azoren weiterzuziehen.

Mit wachsender Ungeduld strebte Christopher gen Norden. Zaghafte Hoffnung wurde zu euphorischer Zuversicht, denn bald würde er zum Floridastrom gelangen, der sich nördlich der Bahamas mit dem Antillenstrom zum Golfstrom vereinte. Hatte er diesen erst einmal erreicht, musste er sich nur noch treiben lassen. Immer weiter in den Norden hinauf, Hunderte Seemeilen weit, bis die Strömung nach Osten schwenkte und ihn als Nordatlantikstrom direkt zur Küste Schottlands bringen würde.

Das Wasser nahm tropische Temperaturen an und gab seine Energie an ihn ab, doch zugleich wurde sein Geschmack immer bitterer. Etwas stimmte nicht im Gefüge des Meeres. Die wenigen Tiere, die ihm begegneten, schienen geschwächt und mager, der sonst bevölkerte Meeresboden war leer wie eine Wüste und nur hier und da von den robustesten Geschöpfen belebt. Je weiter er kam, umso kränker wurde das Wasser. Der Grund dafür lag bald vor ihm.

Eine schwarze Wüste tat sich auf. So weit das Auge blickte, überzog schwarzer Schlick den Ozeanboden. Zähes, stinkendes Öl. Befand er sich im Golf von Mexiko und sah die Überreste der gewaltigen Ölkatastrophe? Nein, das war unmöglich. Er war viel zu weit östlich. Dies hier musste das Ergebnis eines ganz neuen Tanker- oder Bohrinselunglücks sein.

Eine Zeit lang schwamm er am Rand der toten Welt entlang, doch nirgendwo kam ein Ende des Ölteppichs in Sicht. Es blieb ihm nichts weiter übrig, als geradewegs darüber hinwegzuschwimmen. Der Anblick des erstickten Meeresbodens war kaum zu ertragen. Auch das Wasser war so gut wie abgetötet. Gift war darin aufgelöst worden, drang in seine Haut ein. Er schmeckte den bitteren Geschmack auf seiner Zunge und erinnerte sich, dass man zur Eindämmung der Deepwater-Horizon-Katastrophe knapp sieben Millionen Liter Corexit in das Wasser gekippt hatte. Eine Chemikalie, die das Öl in der Tiefe binden und festhalten sollte. So störte es zwar nicht mehr das Menschenauge, bedeckte jedoch den Meeresgrund mit einer dicken, alles Leben erstickenden Schicht. Corexit wiederum war noch schädlicher und giftiger als das Öl selbst, sodass die scheinheilig als Rettungsaktion bezeichnete Aktion dem Meer endgültig den Todesstoß versetzt hatte.

Christopher empfand eine kaum zu beherrschende Wut. Verrottende Kadaver lagen unter ihm, doch kein Jäger machte sich darüber her. Nicht einmal Schnecken oder Würmer überlebten in dieser vergifteten Welt. Über das Öl hinwegschwimmen zu wollen, stellte sich als Fehler heraus. Unaufhörlich nahm seine Haut das im Wasser gelöste Gift auf. Ihm wurde übel, seine Orientierungssinne versagten. Bald fand er seinen Weg nur noch, indem er regelmäßig auftauchte und den Verlauf der fernen Küste beobachtete. Städte und Häfen zeigten sich am Horizont, Kolonnen aus Containerschiffen und Trawlern, die weit hinausfahren mussten, um noch Fische zu finden.

Seine Schwäche nahm zu. Bald war es, als bestünde sein Körper aus Blei und käme kaum mehr voran. Er dachte an Maya, um nicht in Panik zu verfallen, doch ein erstickender Film legte sich über seine Haut und machte das Atmen schwer. Er musste es schaffen. Er musste zu ihr zurückkehren. Immer weiter zwang er seinen Körper vorwärts, immer verzweifelter kämpfte er gegen die Wirkung des Giftes an, die ihm vollständig die Sinne zu rauben drohte.

Endlich, als der Abend hereinbrach, sah er das Ende des Ölteppichs. Doch die Hoffnung auf Rettung endete in bitterer Gewissheit. Es war zu spät. Mit letzter Kraft kämpfte er sich zum hellen Sand, sank darauf nieder und spürte, wie die Dunkelheit nach ihm griff. Nichts konnte er ihr entgegensetzen. Jeder Gedanke endete in Schwärze, es gelang ihm nicht einmal, Mayas Bild in seinem Geist festzuhalten. Das Gift floss durch seinen Blutkreislauf. Viel zu viel. Es saugte ihm das Leben aus. Langsam und unerbittlich.

Isle of Skye, Jack's Hütte

Abgedeckt von einer Plane, die sie mit Steinen beschwert hatte, wartete ein Berg Zedernholz darauf, zum Kanu ihres Lebens verarbeitet zu werden. Doch bevor sie ihre Arbeit begann, musste sie zu sich selbst finden.

Maya zündete ein Feuer im Kamin an und schob die Bücher beiseite, um sich auf den Boden setzen zu können. Sie trank grünen Tee und strich liebevoll über die Kleider, die sie in der Stadt gekauft hatte. Eine weite Hose und ein fließendes Hemd aus Baumwolle, beides in Schwarz. Stoff dieser Art war wohl am angenehmsten, wenn man es verlernt hatte, Kleidung auf der Haut zu tragen. In einer Truhe wiederum lag ein ganzer Berg an Schokoriegeln und Karamell-Schokolade, nur für den Fall, dass Christopher seiner artgerechten Nahrung noch immer untreu wurde.

Sie zog die Schuhe aus und schauderte. Kälte musste während der nächsten Wochen gleichgültig werden, ebenso jede Art von Schmerz. Wer ein Kanu bauen wollte, musste den alten Regeln nach viele Dinge beachten. Weder schnitt noch kämmte man sich die Haare. Man fastete, lebte keusch und nahm jeden Morgen vor der Arbeit und jeden Abend nach der Arbeit ein Bad im Meer. So lange man das Kanu baute, sprach man nicht, klagte nicht und lebte nur vom Nötigsten, während man alle Kraft in das Holz legte, aus dem man sein Lebenswerk erschaffen wollte.

Nun, zumindest die Angelegenheit mit der Keuschheit würde leicht werden. Blieb nur zu hoffen, dass man sie während ihres wohlverdienten Urlaubs nicht störte und kein Reporter auf die Idee kam, bei ihr vorbeizuschauen. Das Handy hatte sie ausgeschaltet. Alan und Solander vertraten sie im Institut und waren entschlossen, ihr die Zeit zu geben, die sie brauchte.

Wie White Elk es ihr damals beigebracht hatte, verbrachte sie die Nacht damit, ihren Geist von allem Ballast zu reinigen und ihre Gedanken zu klären. Als der Morgen dämmerte, errichtete Maya in der Nähe der Hütte einen etwas schiefen, aber robusten Unterstand. Einige im Institut hatten nach Darlegung ihrer Pläne behauptet, dass man lediglich die ersten Tage des Alleinseins genoss und später die Leere kommen würde, schleichend wie ein Schatten, der sich langsam über einen legte. Oder wie ein lauerndes Tier, das unvermittelt aus seiner Deckung springt und über sein Opfer herfällt. Aber Maya wusste sehr gut, was Einsamkeit bedeutete. Als Jugendliche hatte sie manche Tage und Nächte draußen in der Wüste verbracht, auf sich allein gestellt und umgeben von einer Stille, die nicht viele Menschen ertragen konnten, weil sie nur einen Weg zuließ – die die Rückkehr zu sich selbst.

Geschützt von ihrem Unterstand begann sie am Morgen des zweiten Tages ihre Arbeit am Kanu. Unbemerkt floss die Zeit dahin. Der Abend kam, die Nacht und ein neuer Morgen. Ihm folgten weitere Tage, kamen und gingen leise, unaufhaltsam und gleichgültig in ihrem Fluss. Ganz gleich, ob es stürmte oder regnete, ob die Sonne brannte oder Nebel alles verhüllte, baute Maya von morgens bis abends an ihrem Lebenswerk. Nach und nach nahm das Gerüst Gestalt an, ließ die schlanke Eleganz des Kanus bereits erahnen und weckte neue Hoffnung. Vielleicht würde er kommen, sobald dieses Boot fertig war. Vielleicht würde genau das der richtige Zeitpunkt sein.

Konzentriert arbeitete sie weiter, legte all ihre Liebe in jedes Stück Holz, das sie zusammenfügte und in jede Leiste, die sie auf das Gerüst nagelte. Viele Tage vergingen, denn sie ließ sich Zeit und hielt oft inne, um in der Brandung zu stehen und auf das Meer hinauszusehen. Manchmal fütterte sie die Möwen und Seeschwalben, weshalb sich die Tiere bald näher heranwagten und als die letzte Leiste festnagelt worden war, das Brot sogar aus ihrer Hand fraßen.

Drei Mal während dieser Zeit kamen Jeanne, Alan und Solander auf einen Besuch vorbei. Sie redeten, tranken Tee, wälzten Unterlagen, besprachen Pläne und schwelgten in Erinnerungen. Sie sprachen von Hoffnung, Zuversicht und einer blendenden Zukunft, die ihren Anfang nehmen würde, sobald Christopher zurückkehrte.

Falls er zurückkehrte. Gut möglich, dass er sich für ein Leben fern von ihr entschieden hatte, an der Seite seiner Artgenossen. Vielleicht war ihm während seiner weiten Wanderung etwas zugestoßen oder er wurde aufgehalten. Es gab so viele Dinge, die ihm gefährlich werden konnten. Tiere, Menschen, Stürme, Umweltgifte, das Meer selbst.

Maya vertrieb ihre düsteren Gedanken und arbeitete weiter. Irgendwann sah das Kanu für den unwissenden Betrachter fertig aus, doch sie wusste, dass die mühsamste Arbeit erst jetzt begann. Eine weitere Woche verbrachte sie damit, das Zedernholz glatt zu schleifen und zu polieren. Wieder und wieder, bis es sich anfühlte wie Seide. Anschließend folgte eine wasserabweisende Schicht, die sie stundenlang in meditativer Ruhe auftrug und kreisförmig einrieb, bis jede Holzfaser durchtränkt war. Nur, um anschließend eine zweite und eine dritte Schicht aufzutragen.

Zusehends nahm das Kanu seine wahre Gestalt an. Mit seiner fortschreitenden Vollendung kamen auch die Kräfte in ihrem Inneren ins Gleichgewicht. Sie schmeckte einen Hauch des Friedens, nach dem sie sich sehnte, doch vollkommen würde er erst sein, wenn Christopher wieder bei ihr war.

Der Mann, den sie liebte. Ihr Fabelwesen.

Mittlerweile machte ihr die Kälte des Meeres nichts mehr aus, wenn sie in der ersten Morgendämmerung darin badete. Auch spürte sie nicht mehr die Kälte des Windes oder die Härte des Bodens, auf dem sie schlief. Strähnig und verfilzt hingen ihr die Haare über die Schultern, ihre Hände waren schartig von all den Schrammen, Kratzern und Splittern.

Viele Wochen waren verstrichen, als sie mit den letzten Arbeiten begann. Die Spätfrühlingssonne schien von einem wasserblauen Himmel herab, auf den Klippen blühten Teppiche zarter Wildblumen. Während sie das Kanu mit schwarzer Grundierung bemalte, lief ihr der Schweiß in Strömen über die Haut. Als nach zwei Tagen die Farbe vollkommen durchgetrocknet war, begann sie, mit Königsblau einige Symbole auf das Kanu zu malen.

Geduldig zeichnete sie einen stilisierten Orca auf den Bug, ließ seine Schwanzflosse in verschlungenen Linien enden, die sich zum Heck hin verbreiterten und zu einem Hirsch zusammenfügten. Das Symbol des Wassers und das des Landes, eng miteinander verbunden.

Dieselben Figuren brachte sie auch auf der anderen Seite an, obwohl ihre künstlerische Ader nicht feinfühlig genug war, um beide Seiten gleich aussehen zu lassen. Ungeachtet dessen kamen ihr, als sie den letzten Strich malte und zurücksank, vor Ergriffenheit die Tränen. Es war vollendet. Das Kanu ihres Lebens, das Abschied und Anfang zugleich symbolisierte. Das alte Dasein, in dem zu viel Schuld auf ihr lastete, lag nun endgültig hinter ihr.

Eine Woche lang ließ sie die Malereien trocknen. Erst dann trug sie ein spezielles Gemisch auf, das das Holz vor den Elementen schützen würde. Viele Jahre lang würde die Farbe so frisch bleiben, während das Kanu selbst, nach uraltem Wissen gebaut, Jahrhunderte überdauern konnte.

„Komm zurück", flehte sie, als sie am Abend der Vollendung ihres Werkes in der Brandung stand. „Bitte komm zurück."

Keine Antwort erreichte sie. Nichts regte sich in ihrem Inneren. Keine Nähe, kein Versprechen. Vor ihr lag nichts als die Weite des Meeres.

~ ☸ ~

Maya und Jeanne flankierten ihn auf der grünen Chaiselongue im Arbeitszimmer seines Vaters. Er hielt ein Buch in den Händen und las ihnen daraus vor:

„Sterblicher Erdenwurm, was hast du mir zu sagen? Woher nimmst du dir das Recht, meine Wellen mit deinem Schiff zu zerschneiden und meine Kinder zu töten? In die Tiefe will ich's ziehen, hinab zum Meeresgrund. Nähren sollst du die Fische mit deinem Fleisch und deinem Blut. Höre, Mensch, ich bin die See. Nie wirst du mich bezwingen."

Er hörte Jeanne lachen. Maya flüsterte ihm zärtlich eine Liebeserklärung ins Ohr und hauchte Küsse auf seinen Hals. Er zog sie in seine Arme und sank zurück in die Polster. Es duftete nach Früchten. Ein lauer Wind strich ihm über das Gesicht.

Wind? Früchte?

Christopher zuckte hoch. Das Zimmer verschwand. Jeanne und Maya verschwanden. Unter sich erfasste er weißen Sand, über ihm schwangen Palmwedel im Wind. Das Meer rauschte, den aquamarinblauen Himmel betupften weiße Seeschwalben. Alles in ihm bestand aus Schmerz. Ihm war übel, ein ekelhafter Geschmack erfüllte seinen Mund und seine Arme schienen kaum kräftig genug, um sich darauf abzustützen. Dieser Zustand weckte eine Erinnerung. Er hatte sich schon einmal so gefühlt.

Vor langer Zeit auf einem Schiff.

„Wie fühlst du dich?"

Eine Stimme durchdrang den Wind. Schmeichelnd und hell. Er blickte hinter sich und sah die Meerfrau, wie sie, ein Palmenblatt in den Händen haltend, graziös auf ihn zuschritt. Der Wind hatte ihre Haare getrocknet und ließ sie wie einen Schleier um ihren Oberkörper wehen.

„Wo bin ich?", hörte er sich sagen und kippte kraftlos hintenüber. „Was ist passiert?"

Statt einer Antwort legte sie das Palmenblatt neben ihm ab und setzte sich. Duftende Früchte waren um eine Makrele drapiert worden, verziert mit Häufchen aus zusammengerolltem Tang.

„Gewagte Kombination." Er ignorierte die Übelkeit, stemmte sich hoch und nahm mit spitzen Fingern den Fisch heraus. Ein Instinkt sagte ihm, dass er dringend Nahrung brauchte.

„Was meinst du?", fragte sie.

Er schüttelte nur den Kopf. Langsam kaute er auf dem Makrelenfleisch herum, verwendete alle Konzentration darauf, sich nicht zu übergeben. In seiner Erinnerung war es nach wie vor dunkel, doch er glaubte, erste Schemen erkennen zu können. Er war auf dem Weg zurück nach Skye gewesen. Dann war etwas geschehen. Aber was?

„Warum bin ich hier?"

„Versuch, es laut zu sprechen", bemängelte die Meerjungfrau. „So wie ein Mensch. Sonst verlernst du das Sprechen."

Christopher stutzte. Er hatte sich derart an die mentale Art des Gedankenaustauschs gewöhnt, dass er nicht einmal darüber nachgedacht hatte.

„Was ist passiert?", presste er laut hervor und erschrak über seine Stimme. Cal hatte recht. Sie klang wie plumpes Grunzen und Stöhnen. Und jetzt, da er sich an seinen Freund erinnerte, tauchten auch die anderen Bilder aus seinem Gedächtnis auf. Feuerland, der Pottwal, die Wüste aus Öl. Er hatte aufgegeben und dem Tod ins Auge geblickt.

„Als das Wasser mir sagte, dass du krank warst, befand ich mich gerade vor der Küste des Landes, das ihr Brasilien nennt." Die Menschensprache der Meerfrau klang weitaus angenehmer als die seine. „Ich kehrte um, suchte nach dir und brachte dich hierher."

„Wo ist hier?" Er schnupperte an der Haut seines Armes. Noch immer nahm er den scharfen Geruch der Chemikalien wahr, deren Rückstände vermutlich noch in seinem Körper zirkulierten.

„Eine kleine Insel. Vermutlich haben die Menschen auch für sie einen Namen, aber ich kenne ihn nicht. Ruh dich aus, und dann kehre zurück zu Maya."

Verblüfft starrte er sie an, während er ein Häufchen Tang zwischen den Fingern zermahlte. Sie hatte ihren Namen genannt? Sie wollte, dass er bei ihr war?

„Ja", bestätigte sie seine Gedanken. „Das will ich."

„Warum?"

Die Meerfrau lächelte verträumt, als hätte etwas ihre Gefühle zum Klingen gebracht.

„Du hättest sterben müssen. Ich rettete dich zu spät, denn obwohl ich Hilfe hatte, war der Weg zu dir weit. Viel zu weit, um rechtzeitig zu kommen. Als ich dich an diesen Strand brachte, war ich sicher, dich sterben zu sehen und deine Seele befreien zu müssen. Doch mit ihrem Namen auf den Lippen hast du um jeden Atemzug gekämpft. Ohne Maya hätten wir dich verloren. Geh zu ihr. Sie ist deine Bestimmung."

Ihre Worte erstaunten ihn und taten weh, auch wenn er nicht sagen konnte, weshalb. „Und was tust du?"

„Ich kehre zu meinesgleichen zurück", sagte sie. „Mir gefällt es oben im Norden nicht. Das Wasser schmeckt schlecht, die Quallen liegen schwer im Magen und es ist kalt."

Jetzt musste er lächeln. Zum ersten Mal empfand er Zuneigung zu diesem Wesen. „Kennst du den Weg zu den Inseln?"

„Ja", antwortete sie. „Vor langer Zeit bin ich an ihnen vorbeigezogen. Schwimm, mein Freund. Kehre zurück zu der Menschenfrau, der du dein Leben verdankst."

Christopher nickte sprachlos, von heftiger Ungeduld befallen. Er hatte sich in ihr getäuscht während all der Zeit, in der er sie für gefühllos und besitzergreifend gehalten hatte. Schnell verspeiste er die Früchte, gab ihr in Ermangelung passender Worte einen Einblick in seine Gefühle und sprang auf, um zum Meer hinunterzurennen. Wenigstens versuchte er es, doch nach mehreren wackeligen Schritten fand er sich unvermittelt auf dem Rücken im Sand liegend wieder.

„Törichter Jungfisch." Die Meerfrau schüttelte missbilligend den Kopf. „Ruh dich ein paar Tage aus und iss, was ich dir bringe. Dann bist du vielleicht kräftig genug, um weiterzuschwimmen."

Die Grand Banks vor der Küste Neufundlands

Eine Wand aus Luftblasen stieg aus der Tiefe herauf. Tausendfach perlten die Blasen über seinen Körper und hüllten ihn in einen silbrigen Schleier. Die Klicklaute der Orcas wurden lauter. Den aufsteigenden Blasen würde ein Fischschwarm folgen, denn die Wale trieben ihre Beute so schnell in Richtung Oberfläche, dass die Luft beim Auftauchen aus den Leibern der Gejagten gedrückt wurde.

In der Strömung schwebend sah er den Schwarm auf sich zukommen. Eine glitzernde Masse aus Fischen, die sich panisch zusammenballte und damit ihr Schicksal besiegelte. Abertausende Tiere schossen auf ihn zu, teilten sich vor ihm, umströmten seinen Körper wie ein flirrender Strom aus Silber und schlossen sich wieder zu einem Schwarm zusammen.

Ihnen folgten fünf schwarz-weiße Riesen. Aus den Atemlöchern der Orcas entwichen Luftblasen, bildeten einen Vorhang und trieben den Fischschwarm zusammen. Wie ein funkelnder Wirbelsturm drängten sich die Tiere dicht an dicht unter der Oberfläche, folgten einem uralten Instinkt, der sie der Vernichtung preisgab.

Er bewunderte die Wale für ihre Schönheit, für ihr Geschick und ihre Stärke, doch sie gehörten zu den grausamsten Geschöpfen der Meere. Delfinen und kleineren Walen bissen sie die Flossen ab, um sie an der Flucht zu hindern. Sie hetzten stundenlang Buckelwalkälber, nur um nach ihrem Tod die Zunge zu fressen. Gerne spielten die Orcas mit Robben, schleuderten sie mit brutalen Schlägen ihrer Fluken hoch aus dem Wasser oder zerquetschten sie zwischen Gaumen und Zunge, bis das Fleisch aus der Haut herausgedrückt wurde. Wie Geister schwebten die Häute jener Unglückseligen im Meer umher. Manchmal töteten die Orcas ihre Beute auch nur, um die Kadaver unangetastet zurückzulassen. Meist geschah es, wenn Mütter ihren Kälbern das Jagen zeigten oder wenn eine Gruppe junger Wale die Lust auf Zeitvertreib verspürte. Man mochte es Verschwendung nennen, doch im Meer ging nichts verloren. Was die Orcas nicht fraßen, nahm ein anderes Lebewesen nur zu gerne an, und im Gegensatz zum Menschen gab ein Wal das, was er genommen hatte, nach seinem Tod vielfach zurück. Zahllose Geschöpfe ernährte er über Monate hinweg, bis selbst seine Knochen auf dem Meeresgrund aufgezehrt wurden und nichts zurückblieb außer Schlamm.

Er gönnte seinem müden Körper Ruhe, trieb still dahin und beobachtete die Jagd der Orcas. Klickend und pfeifend umkreisten sie den Schwarm, bildeten eine perfekte Einheit, in der jedes Tier auf das andere abgestimmt war. Unvermittelt schoss einer der Wale vor und peitschte mit seiner Schwanzflosse durch den Schwarm. Dutzende Fische taumelten betäubt umher, eine leichte Beute für die wartenden Orcas. Der Jäger wiederum schlug erneut zu. So lange, bis ein anderer Wal diese Aufgabe übernahm, und er selbst sich ins Festmahl stürzte.

Der Lärm dieses Treibens lockte weitere Räuber an. Sturmtaucher schossen wie helle Blitze durch das Wasser, schnappten sich die Fische und stiegen wieder in die Lüfte auf. Robben huschten umher, Delfine und Haie zerschnitten im Fressrausch das Wasser.

Bald kündeten von dem einst riesigen Fischschwarm nur noch glitzernde Schuppen, die wie Schneeflocken in die Tiefe rieselten. Das Spiel aus Fressen und Gefressenwerden endete. Die Jäger zerstreuten sich, glitten hinaus in das offene Meer und nahmen ihre Wanderungen wieder auf.

Ein Orcaweibchen aber folgte seinem Ruf. Er hielt sich an ihrer Finne fest und zeigte ihr das Bild jener Insel, die ihr Ziel sein würde.

In der Zwischenzeit war ihm klar geworden, dass eine Verwandlung umso schwerer fiel, je länger er in seinem natürlichen Körper blieb, also nahm er die Gestalt eines Menschen an und setzte sich rittlings auf den Rücken des Wales. Er streichelte er über die Haut des Tieres, vermittelte seine Dankbarkeit für die Hilfe. Die glatte Fläche fühlte sich wunderbar an. Fest und makellos, als wäre sie mit nassem Satin überspannt.

Gemeinsam zogen sie durch die ruhige See in den anbrechenden Abend hinein. Eisberge leuchteten in gespenstischem Blau, als fingen sie die Dämmerung in ihrem Inneren ein, der lapislazuliblaue Himmel schmückte sich mit Sternen. Ohne es zu bemerken, schlief er ein, von den monotonen Bewegungen des Orcas eingelullt. Als er am frühen Morgen erwachte, umgab ihn eine trübe, undurchdringliche Nebelsuppe. Wie ein Geist fühlte er sich, als sie durch diese stille Welt aus Dunst glitten. Nirgendwo regte sich etwas. Selbst die Wellen schienen den Atem anzuhalten.

Immer wieder sackte er nach vorn, schläferte ihn das graue Nichts und das sanfte Auf und Ab des Körpers unter ihm ein. Irgendwann glitt in der Nähe ein Fischkutter vorbei. Christopher sah ihm im Halbschlaf nach, zu müde, um klar zu denken. Die Männer ihrerseits starrten wie vom Donner gerührt auf das seltsame Bild, das sich ihnen zeigte. Wie musste ihre Geschichte klingen, wenn sie sie erzählten?

Im Morgennebel ritt ein nackter Mann auf einem Orca an uns vorbei …

Er hörte die Stimmen der Menschen, den Klang eines Radios und das Rauschen der Bugwelle, dann verschwand dieser Bote seiner alten Welt im Dunst. Ihm kam das Mädchen aus seinem Buch in den Sinn, das sich von einem Narwal über das Meer hatte tragen lassen. Er dachte an den Krieger, der am Leben zerbrochen war und von den Göttern der See verwandelt wurde. In vielen Legenden wurden Inseln von Menschen bevölkert, die auf Walen über das Meer gekommen waren. Skurril war es, an solche Märchen zu denken, während man selbst auf einem Orca saß. Wer wusste schon, wie viel Wahrheit in solchen Geschichten lag?

Tag um Tag reisten sie weiter, Nacht um Nacht, durchquerten auf dem Rücken des Nordatlantischen Stromes einen ganzen Ozean, sahen die Küste Nordirlands an sich vorbeiziehen und passierten die Inseln Islay und Mull.

Nach einer endlosen Folge aus Sonnenauf- und -untergängen tauchte eine vertraute Silhouette in der Ferne auf. Majestätische Klippen leuchteten im ersten Sonnenlicht, Seevögelschwärme kreisten über ihnen. Christopher erstarrte. Er blickte auf Skye. Seine Insel. Nach so langer Zeit, nach so vielen Odysseen sah er ihre Strände und Felsen wieder und hatte das Gefühl, niemals fort gewesen zu sein.

Er vermittelte dem in die Hochsee zurückschwimmenden Wal seine Dankbarkeit und legte den Rest des Weges aus eigener Kraft zurück. Immer entlang der Küste in Richtung Norden. Kleine Dörfer zogen an ihm vorbei, Häfen und einige der rar gesäten Städte. Je näher er seinem Ziel kam, umso heftiger tobte seine Nervosität. Er glaubte, Maya zu spüren. Ihre Gedanken, ihre Sehnsucht. Aber vielleicht war es nur Illusion.

Und dann sah er ihn. Den Strand mit Jacks Hütte. Er sah die Dünen, die Kiefern auf der Klippe und das windschiefe Haus.

Ungläubig betrachtete er das Bild. Wie lange war er fort gewesen? Er rang seine Ungeduld nieder, beobachtete die Umgebung, überzeugte sich, dass niemand in der Nähe war und wagte sich erst dann aus dem Wasser. Alles strömte auf ihn ein, wie er es in seinen Erinnerungen bewahrt hatte, sah man einmal von dem windschiefen Unterstand ab, der nun neben der Hütte stand und offenbar ein Boot beherbergte. Neugierig näherte er sich dem Gebilde. Seine Befürchtung, jemand Fremdes hätte sich hier zu schaffen gemacht, löste sich in Bewunderung auf.

Vor ihm stand ein Kanu. Ohne Frage Mayas Werk, das prächtigste Boot, das er je gesehen hatte. Auf schwarzem Grund leuchtete die Abbildung eines stilisierten Orcas und eines Hirsches, miteinander verbunden durch ein verschlungenes Netz aus Linien und keltisch anmutende Spiralen. Das Symbol des Meeres und des Landes. Beeindruckt strich er über den eleganten Bug des Kanus, doch seine Ungeduld erlaubte keine näher gehende Betrachtung. Er musste wissen, ob sie hier war. Das Herz schlug ihm bis zum Hals, als er die morsche Tür der Hütte öffnete. Im Inneren roch es nach Kaminholz, Schokolade und Tee. Gerüche, die vertraut und doch fremd waren, weil er sie seit Ewigkeiten nicht wahrgenommen hatte.

Mitten im Raum stand eine Kiste, darauf lagen Kleider, denen Mayas Duft anhaftete. Er nahm sie in die Hand, roch daran und zog sie über. Der Stoff rieb auf seiner Haut und gab ihm das Gefühl, eingeengt zu sein. Doch das Hemd und die Hose trugen ihren Geruch.

Neugierig öffnete er die Truhe und war entzückt. Dutzende seiner geliebten Schoko-Karamell-Riegel lagen darin. Daneben getrockneter Schinken in knisternden Tüten, Mokkabohnen, Zartbitterschokolade und Apfelringe. Sie hatte all das für ihn hier hinterlassen, in dem Wissen, dass er zurückkehren würde. Und als er die hauchfeine Rauchwolke sah, die vom abgebrannten Kaminholzstapel aufstieg, wusste er, dass Maya ihn nicht aufgegeben hatte. Sie würde wieder hierherkommen. Bald.

Euphorisch machte er sich über den Inhalt der Truhe her. Der Genuss, Schokolade auf der Zunge zerschmelzen zu lassen, war unbeschreiblich. Seine Disziplin löste sich in Wohlgefallen auf, und als er nach ausgiebigem Schlemmen wie ein Stein auf die Pritsche fiel, konnte er nur hoffen, seinen Körper nicht hoffnungslos überfordert zu haben.

Todmüde, die Decke bis zur Nase hochgezogen, kreisten seine Gedanken um möglicherweise lauernde, unangenehme Überraschungen. Es war gut möglich, dass nicht nur Maya auf ihn wartete, doch der Sog der Müdigkeit verschlang ihn unwiderstehlich. Sein Geist driftete in warme Tiefen hinab und mit einem süßen Duft in der Nase schlief er ein.

„Guten Morgen." Lippen strichen über seine Stirn. Zarte Finger hielten seine Hand. „Und willkommen zurück."

Eine Träne fiel auf seine Brust. Christopher öffnete unter Mühen die Augen. Über ihm schwebte das schönste Gesicht, das er sich je hätte ausmalen können. Stumm und ergriffen lag er da, gefesselt von der Angst, Maya könnte wieder verschwinden. Die Frau, deren Bild er über so lange Zeit hinweg mit wachsender Verzweiflung festgehalten hatte. Die Frau, die ihm in eisiger Dunkelheit vor Feuerland beinahe entglitten wäre.

„Wie lange war ich weg?", hörte er sich krächzen.

„Viel zu lange." Maya fiel ihm weinend in die Arme. „Bist du echt? Bist du wirklich hier?"

„Ja, ich bin hier." Eine Weile hielt er sie einfach im Arm, wiegte und küsste sie, bis er sich überzeugt hatte, nicht zu träumen. Und doch war all das surreal. Es war ein verwundbares, verletzliches Glück, und er wagte kaum, danach zu greifen.

„Zwei Jahre", hörte er sie flüstern. „Es waren ganze zwei Jahre."

„Was?"

Diese ungeheure Vorstellung ließ ihn hochfahren. Maya wich zurück, kniete auf dem Boden und sah zu ihm auf. Die Reise zu den Inseln und zurück war ihm lange vorgekommen, doch niemals wie zwei Jahre. Unmöglich. Andererseits … wenn sie auf den Grund hinabgesunken waren, um zu schlafen, war es wirklich stets nur eine Nacht gewesen?

„Die Zeit vergeht im Meer anders“, flüsterte er. „Ich hätte nie gedacht, dass …“

Ihm fehlten die Worte. Ungläubig strich er über Mayas zerstrubbeltes Haar, das ihr inzwischen bis zur Taille reichte. Zwei kostbare Jahre waren verstrichen, die er nicht mehr zurückholen konnte.

„Wie ist das mit deinen Beinen?“ Sie strich nervös zitternd über seine Oberschenkel. Wie sehr ihn diese Berührung erregte, konnte Maya wohl kaum ermessen. Er musste sich auf die Lippe beißen, um nicht laut aufzuseufzen. „Wie lange kannst du diese Gestalt behalten?“

„Mehrere Tage, dank meines menschlichen Anteils.“

„Wunderbar. Dann kannst du es inzwischen kontrollieren? Ich meine wirklich kontrollieren?“

„Ja. Alles kein Problem. Sag, wie geht es Jeanne? Was machen Alan und Solander?“

Maya lachte, bis ihr Tränen über beide Wangen rannen. „Ihnen geht es fantastisch. Hast du eigentlich eine Ahnung, wie glücklich ich bin?“

„Du kannst nicht glücklicher sein als ich.“ Wieder zog er sie in seine Arme, hielt sie fest umschlungen und atmete ihren Duft ein. Er wollte sie nie wieder loslassen. Wenn sie sich befreien wollte, dann nur mit roher Gewalt. Doch Maya dachte nicht daran.

„Erzähl mir alles“, bat sie. „Erzähl mir, was du erlebt hast.“

Christopher tat es. Den gesamten Tag lang berichtete er Maya von seiner Reise, mal ausschweifend und farbenfroh, mal dramatisch knapp. Hin und wieder stellte sie Fragen, doch meist lauschte sie ihm mit großen Augen und verblüfft offen stehendem Mund.

„Es gibt wirklich komische Wesen da draußen“, beendete er schließlich seine Erzählung, als draußen bereits der Abend dämmerte. „Wusstest du, dass Mondfische im Dunkeln leuchten? Aber sie leuchten nicht selbst. Etwas ist auf ihrer Haut, das …“

„Oh verdammt.“ Unvermittelt wurde er zurück auf das Bett gestoßen. „Sei still. Sei endlich still.“

Ehe er etwas erwidern konnte, zwang sie ihn zu einem Kuss und drückte ihn in die ausgeleierte Matratze hinein. Ungeduldig zerrte sie ihm das Hemd über den Kopf, warf es auf den Boden und ließ ihre eigene Kleidung folgen. Die Sehnsucht fraß ihn schier auf. Nach so langer Zeit des Wartens und des Bangens wollte er wie Maya nur noch eines: Spüren, dass sie wieder zusammen waren.

Abrupt warf er sie herum, schaffte es, sich durch ein paar ungelenke Bewegungen die lästige Hose auszuziehen und schob sich auf ihren nackten Körper. Staub wirbelte auf. Hier hatten sie sich zum ersten Mal geküsst. Hier waren sie zum ersten Mal vereint gewesen. Knurrend vor Ungeduld küssten sich und wälzten sich in den Decken hin und her, pressten halb lachend, halb schluchzend ihre nackten Körper aneinander.

„Du gehörst mir“, schnurrte er. „Nur mir allein. Für den Rest unseres Daseins. Ich lasse dich nie wieder los. Damit musst du leben.“

Maya erschlaffte mit einem glückseligen Seufzen. Ihre schwarzen Augen hielten ihn gefangen, Stille umschlang sie. Benommen vor Glück beugte er sich vor und strich mit der Zungenspitze über ihre Brustwarzen. Sie reagierte unvermittelt. Ihr Körper bewegte sich auf derart laszive Weise unter seinen Berührungen, dass er glaubte, vor Verlangen verrückt zu werden. Doch Maya war schneller. Sie bäumte sich auf, griff nach jenem Teil von ihm, der längst steinhart war vor Erregung und dirigierte ihn dorthin, wo sie ihn haben wollte. Mit der Wildheit lange geschürten Hungers fielen sie übereinander her, zu leidenschaftlich, um rücksichtsvoll sein zu können. Zu gierig, um zärtlich zu sein.

Schließlich, als er sich mit einem wilden Stoß ganz in ihr versenkte, ging ein erlösender Krampf durch ihren Körper. Für den Rest der Nacht war sie nur noch zu primitiven Lauten fähig. Allenfalls Seufzer, Stöhner und Ächzer brachte sie zustande, und manchmal, wenn es unerträglich wurde, ein hervorgestoßenes „Oh Gott".

Dann lagen sie paralysiert nebeneinander, Hand in Hand, mit schweißglänzenden Körpern und schwerem Atem, spürten die klammen Decken unter sich und rochen den Qualm des erlöschenden Feuers. Alles war vollkommen.

„Das ist abgefahren." Maya kuschelte sich an seine Brust und schnurrte. Ihr Haar klebte auf seiner nassen Haut. „Ich liege neben jemandem, der sich jederzeit in einen Fisch verwandeln kann."

„Soll ich mal pressen?" Er rekelte sich zufrieden. „Vielleicht wachsen mir auch Tentakel."

„Besser nicht."

Die Schweißperlen auf ihrer Stirn wirkten derart verlockend, dass er ihren Kopf mit beiden Händen umfing und sie zärtlich fortküsste.

„Vielleicht mit Saugnäpfen dran?", hakte er nach. „Damit könnte ich wunderbare Dinge tun. Mich an dir festsaugen zum Beispiel. Und hätte ich acht Tentakel wie ein Krake, könnte ich dich überall berühren. Und zwar gleichzeitig."

„Komm mir nicht mit Tentakeln. Ich hasse Tentakel."

Christopher lachte und zog sie noch fester an sich. In der folgenden Stille wühlten sich Erinnerungen aus dem Dunkel des Verdrängens herauf. „Es tut mir leid wegen deiner Crew", sagte er leise. „Wie geht es den Überlebenden?"

„Gut", antwortete sie kaum hörbar. „Ich glaube, sie sind ganz froh, sich an kaum etwas zu erinnern."

„Dann hat es funktioniert?"

„Ja. Du hast keinerlei Spuren hinterlassen." Sie stemmte sich hoch und sah auf ihn herunter. „Hör zu, Chris, das Unglück ist nicht deine Schuld. Du hast dich nur gewehrt."

„Wir bezahlen einen hohen Preis, Maya." Er zog sie wieder an seine Brust und schloss die Augen. Seine Gedanken visualisierten, was vielleicht hätte geschehen können, und ob dieser Bilder überzog sich sein Körper mit Gänsehaut. „Ohne den Tod all dieser Menschen wären wir nicht hier. Wir wären für immer getrennt worden."

„Ich weiß."

Maya erschlaffte und sagte eine Weile nichts. Wie konnten Glück und Schuld so nah beieinanderliegen? Für die Dummheit und die Gier einiger Weniger waren zu viele gestorben, und doch konnte er nichts bereuen, denn er lag hier. Neben der Frau, die er liebte.

„Man wartet auf dich“, flüsterte Maya. „Sie können es kaum erwarten, dich wiederzusehen. Alan, Jeanne und Solander arbeiteten inzwischen in meinem Institut. Alle Menschen, die von eurer Existenz wissen, sind damit vereint.“

„Und was werde ich tun? In meinem neuen alten Leben als Mensch?“ Der Gedanke war obskur. Geradezu unmöglich. Und doch gefiel er ihm.

„Deine Welt beschützen“, antwortete sie. „In den letzten Monaten habe ich das Institut vollkommen umstrukturiert. Man bringt uns weltweit Aufmerksamkeit entgegen, unsere Geschichte ist in aller Munde. Dramatik, Tragik und ein Schuss Romantik, dann noch das spurlose Verschwinden unseres berühmten Ehrengastes. Genau das war die Mischung, nach der sich die Menschen die Finger lecken. Ich kann mich vor Anfragen kaum retten. Stell dir nur vor, wie viel Gutes wir mit unserer neuen Position bewirken können. Man wird uns zuhören. Man wird unsere Worte hören und darüber nachdenken. Komm mit mir, Chris. Arbeite mit uns, schenke uns dein Wissen und deine göttlichen Vorträge. Gemeinsam können wir mehr für deine Welt tun als jeder andere Mensch oder Fisch auf diesem Planeten.“

Er nickte, wie betäubt von dem Schwall ihrer Worte. Der Gedanke faszinierte, doch konnte er wieder als Mensch leben? In einer Welt, die ihm so fremd geworden war? Es fühlte sich schon skurril an, in einem Bett zu liegen und Kleider zu tragen.

„Die Vertreter des Landes und des Meeres“, sagte er nachdenklich. „Eine Symbiose zweier Welten.“

„Genau.“ Leidenschaft überwältigte Maya und verstärkte seinen Entschluss. Er musste es versuchen. Ganz gleich, wie verrückt es ihm jetzt erschien. „Stell es dir nur mal vor. Gibt es eine bessere Möglichkeit, deinesgleichen zu beschützen? Man wird an deinen Lippen hängen, mehr noch als zuvor. Mit dir an unserer Seite können wir so viel bewirken.“

„Es wird ein Spiel mit der Gefahr. Es ist gewagt, aber perfekt. Wird man nicht Verdacht schöpfen, wenn ich wie aus dem Nichts wieder auftauche?“

„Ist das ganze Leben nicht ein Spiel? Als man uns auf das Schiff zog, kontrollierte niemand, wie viele oder wer wir waren. Keiner weiß, dass du nicht bei uns warst. Genau genommen glauben dank meiner Berichte alle, du hättest dir nach diesem traumatischen Erlebnis eine Auszeit am anderen Ende der Welt gegönnt. Und die Erinnerungen der Überlebenden sind ein für alle Mal gelöscht. Sie wissen nichts mehr.“

Christopher wagte kaum, daran zu glauben. „Ich hätte nicht erwartet, dass es so gut funktioniert. Schon gar nicht unter Stress.“

„Hat es aber. Übrigens hast du mal wieder die Fachwelt zur Verzweiflung getrieben. Niemand konnte sich erklären, wie sich eine Welle solchen Ausmaßes auf eine Länge von wenigen Hundert Metern beschränken konnte und noch dazu bei absolut ruhigem Wetter auftauchte. Die Crew des Schiffes, die uns gerettet hat, durfte praktisch zusehen, wie eine weiße Wand aus dem Nichts entstand und vor ihnen wieder abebbte. Deshalb blieb das Containerschiff auch unversehrt.“

„Die Sache dürfte inzwischen in der Vergraben-und-Verschweigen-Schublade verschwunden sein?“

„Vermutlich.“ Maya holte tief Luft. „Aufmerksamkeit kann übrigens ein Segen sein, wenn man mal genauer drüber nachdenkt. Je berühmter und angesehener du bist, umso sicherer bist du, denn deine Worte haben Gewicht und werden nicht so schnell angezweifelt. Es ist der beste Weg für alle von uns. Und vor allem für deine Welt. Während meiner Wartezeit habe ich mehrere Schutzprojekte ins Leben gerufen, über die man weltweit berichtet hat. Mit deiner Unterstützung werden sie ein voller Erfolg.“

Er fühlte sich überfordert, aber glücklich. „Das klingt fantastisch.“

„Ich liebe dich!“ Sie bedeckte sein Gesicht mit Küssen. „Du wirst sehen, es wird eine wundervolle Zeit. Und keine Sorge, wir nehmen keine Einladungen an, die uns weiter als zehn Meilen ins Landesinnere führen.“

Lachend zerzauste er ihr Haar. „Wie immer du willst. Aber jetzt komm. Geh mit mir schwimmen.“

Maya ließ sich hochziehen und zerrte ihn, als sie die Tür hinter sich zuwarfen, nach rechts zu dem Unterstand.

„Wie findest du es?“ Ihre Augen glühten vor Stolz. „Sag schon.“

„Es ist mit Abstand das schönste Kanu, das ich je gesehen habe. Du bist eine Künstlerin.“

„So kann ich bei dir sein dort draußen.“ Ihre Freude hatte etwas rührend Kindliches an sich. „Ich musste dieses Kanu bauen, um mit meinem alten Leben abzuschließen. Eine alte Tradition meiner Vorfahren. Übrigens habe ich dein Versprechen erfüllt. Seit unserer Rückkehr wohne ich in eurem Haus. Und Jeanne hat sich inzwischen zu einer unverzichtbaren Mitarbeiterin entwickelt.“

Er genoss ihre Blicke. „Ich danke dir sehr, dass du für sie da gewesen bist.“ Ihr Lächeln war der schönste Anblick der Welt und ließ alle Wunder, die er gesehen hatte, verblassen. Er wollte sie im Wasser spüren.

„Komm, Maya. Das Meer ruft uns.“

Er sah zu, wie sie noch einmal zärtlich über den Bug des Kanus strich und in das Wasser ging. Als sie abtauchte, folgte er ihr, zog sie in seine Arme und verwandelte sich. Gemeinsam ließen sie sich hinaustreiben, bis die Küste weit hinter ihnen im letzten Abendlicht lag. Über kupferfarben schimmernden Klippen kreisten die Möwen, während sie eng umschlungen im Wasser trieben.

„Ich werde alt werden“, flüsterte Maya an seiner Wange. „Und du bleibst ewig jung.“

„Nicht jetzt.“ Er küsste sie sanft. „Wir haben so viel Zeit. So viele Jahre. Jeden Tag davon sollten wir feiern.“

Sie lächelte. Ihre Beine umschlossen seinen Fischleib, während die sanften Bewegungen seiner Flosse sie über Wasser hielten. Und nach einem langen Kuss, der den Neubeginn besiegelte, tauchten sie ab. Über ihnen schimmerte die Oberfläche im Dämmerlicht, unten ihnen lag das salzige, ewige Blau. Hier und jetzt war Maya ein Teil seiner Welt.

Mensch und Meer. In perfekter Harmonie.

Dein Anblick hält mich gefangen,
meine Sehnsucht ist unendlich.
Wie du mich rufst und für mich singst.
Wie du meine Seele berührst,
wenn Sonne und Mond auf deinen Wellen schimmern.
Oh, das Indigo in deinen Tiefen.
Du salziges, ewiges Blau.
Ich muss fort in das Meer.

Sehnsucht zieht mich hinaus,
wenn Wellenschaum meine Füße umspült.
Wenn die See mich ruft und lockt.
Mir sagt, dass ich nicht bin wie die Menschen.
Oh, das Indigo in deinen Tiefen.
Du salziges, ewiges Blau.
Nimm, Meer, mir die Beine, denn sie zwingen mich an das Land.
Mein Leib und meine Seele für dich.
Ich muss fort in das Meer.

(Jacks Lied)

Nachwort

Diese Geschichte schrieb ich der Träume und der Sehnsucht wegen.

Und für …
Jay, meinen Lebensgefährten, besten Freund, Geliebten und weltbesten Muserich, der mir alles bedeutet,
meine Eltern, denen ich gar nicht genug danken kann,
meine Schwestern Angela und Silke,
meinen Neffen Alexander, dem ich wünsche, dass er sich seinen Berufstraum (Meeresbiologe) erfüllen kann
und jene Menschen, die mich als Freunde begleiten: Hannah, Jenny und Artanis.

Ebenso danke ich dem Fotografen Gregory Colbert, dessen wunderbare Bilder mich zutiefst berühren und inspirieren.

Söhne der Luna 02: Die Braut des Wolfes
Lara Wegner
ISBN: 978-3-941547-17-9

Aurora Braglia ist eine Hexe ohne erkennbare Fähigkeiten, dafür aber mit einem Fluch belegt, den ihre Zunft vor Generationen auf sich gezogen hat. Als die Gefährtin ihres Vormundes verschwindet, soll Aurora sie finden. Um Aurora das Risiko schmackhaft zu machen, wird ihr ein Beschützer und Gemahl in Aussicht gestellt: der Vagabund und Werwolf Ruben de Garou. Schnell stellt sich heraus, dass sich der Einzelgänger nicht freiwillig in die Rolle des Bräutigams gefügt hat. Obwohl sie das weiß, kann sich Aurora ihrem Schicksal nicht entziehen und wagt sich mit ihm in die nächtlichen Straßen von Rom. Dort wartet auf sie eine Bedrohung von ungeahntem Ausmaß. Der Fluch der Larvae. Ohne die Kraft und Liebe ihres Begleiters droht Aurora der Tod. Doch wie soll sie einen Werwolf erobern, der sein Herz verschließt?

Blutsvermächtnis
Kathy Felsing
ISBN: 978-3-941547-31-5

Man nennt Menschen wie sie Dream Shaper, doch Nevaeh Morrison, eine Paläopathologin aus Los Angeles verdrängt ihre paranormale Gabe. Sie begegnet dem ältesten denkenden Wesen der Welt: Elasippos alias Elia Spops, eine geheimnisumwobene Persönlichkeit von ganz besonderem Blut. Dem seit Jahrhunderten zurückgezogen lebenden Elia drohen seine unbedacht gelegten Spuren der Vergangenheit zum Verhängnis zu werden. Sie lassen Nevaeh in das Fadenkreuz eines blutrünstigen Vampirs auf der Suche nach dem Blutsvermächtnis rücken. Ein persönlicher Feind hat zudem eine Rechnung mit ihr zu begleichen und zusätzlich steht die erste Begegnung von Nevaeh und Elia unter keinem guten Stern: Sie sieht in ihm den Entführer ihres Vaters.

Night Sky: Sklave des Blutes
Stephanie Madea
ISBN: 978-3-941547-35-3

Als der reinrassige Vampir Jonas Baker seine wohlhabende Familie nach hundert Jahren der Einsamkeit auf der Beerdigung seines Vaters wiedertrifft, verlangt der Clan Unmögliches von ihm: Nicht nur soll er den Baker-Konzern führen, man erwartet obendrein, dass er eine Reinblüterin ehelicht. Doch Jonas hat nicht vor, sich einer Legende oder seiner Familie zu beugen, so setzt er als Erstes alles daran, die mysteriöse Todesursache seines Vaters aufzuklären und den Mörder zu stellen. Dabei begegnet er der Pilotin Cira, die mit dem Tod seines Vaters verwoben zu sein scheint. Als ein mächtiger Nephilim nach ihrem Leben trachtet, vereitelt Jonas den Angriff und kommt ihr dabei gefährlich nah …

Erbin der Nacht
Tanya Carpenter
ISBN: 978-3-941547-15-5

Der Paranormale Untergrund ist noch nicht zerschlagen, und mit dem Gestaltwandler Cyron Gowl hat Melissa noch eine Rechnung offen. Da mischt sich der Orden der Lux Sangui mit seinen Dämonen-Jägern in die Geschehnisse ein, in Gestalt des charismatischen Blue, der alles daran setzt, sowohl Melissa als auch Armand auf seine Seite zu ziehen.

Zur gleichen Zeit macht ein Killer Jagd auf Vampire und ist im Besitz einer Waffe, die auch die Unsterblichen töten kann. Ihre unterschiedlichen Vermutungen über seine Identität stellen die Liebe zwischen Mel und Armand erneut auf eine harte Probe. Melissas Weg führt in die Unterwelt, denn nur dort kann sie erfahren, wie das Unheil abzuwenden ist. Aber Blue ist der Einzige, der sie dorthin bringen kann, denn auch er verbirgt ein Geheimnis.